이웃 사냥

죽여야 사는 집

이웃 사냥

해리슨 쿼리 · 매트 쿼리 지음
심연희 옮김

다산
책방

소냐와 클라크, 좋은 이웃들과 티보도,
그리고 이 세상을 지키는 모든 개에게 이 책을 바칩니다.

차례

제1부

서부로 가다

1

해리

"제가 처음으로 죽인 사람은 한 명이 아니었습니다. 둘이었죠. 한 번에 연달아서, 2초 안에 차례로 죽였습니다."

과격할 만큼 솔직하게 사실을 털어놓았다. 그동안 내 왼쪽 다리는 잠든 듯 조금도 움직이지 않았다. 나는 상담 도중 앉은 자리의 무게중심을 옮기는 식으로 불편이나 불안을 드러내고 싶지 않았다. 물론 그런 행동이야말로 이 자리에 날 불러다 정밀 조사를 하는 이유일 테다. 솔직해지는 순간에 꼼지락거리거나 나도 모르게 감정을 드러내는 동작이 있나 봐야 할 테니.

"2010년 아프가니스탄에서였습니다. 모슈타라크 작전이 바로 시작되었을 때였죠. 마르자에서 일어난 전투였고요. 우리 조는 도로를 따라 쭉 이어진 둔덕에서 조용히 대기 중이었습니다. 둔덕은 도로보다 살짝 높은 수준이었어요. 주로 타이어와 쓰레기, 오물을

2미터 정도 높게 쌓아서 만들어놓은 둔덕이오. 우리는 명령을 기다리면서 거길 지켰습니다. 전 친구인 마이크와 함께 있었고요. 우리 둘은 다른 사람들보다 18미터 정도 앞에 배치되었죠. 나머지 소대가 우리 뒤에 있었지만 쓰레기 둔덕의 반대편에 있어서 보이진 않았죠. 동료들도 대부분 근처에 있었습니다. 하지만 우리만 앞에 나와서 대공격의 다음 차례를 기다리던 상황이었습니다."

빌어먹을 그 도시에선 똥 냄새가 풍겼다. 불에 탄 쓰레기와 염소 똥, 땀과 똥구멍 냄새였다.

"그런데 갑자기 우리 왼쪽에서 길을 따라 달려오는 남자 둘이 보였습니다. 놈들은 우리 앞에 있는 작은 교차로로 이동했습니다. 그 교차로에선 우리 반대편으로 뻗은 도로가 이어졌고요."

나는 손으로 T자형 교차로를 만들어 보였다.

"앞선 놈은 AK♦를 들었고, 다른 놈은 무전을 하는 중이었는데 커다란…… 하키 백 같은 걸 들었더라고요. 그 배낭을 어깨에 메고 있었죠. 배낭에는 다 쓴 로켓추진유탄 통이 가득했고요. 두 놈다 20대 후반으로 보였어요. 30대 초반일 수도 있고요. 어쨌든 저보다 나이가 많았습니다.

처음에는 놈들을 보고도 진짜인가 싶었죠. 동쪽에서는 대규모 총격전이 벌어지고 있었는데 놈들이 도망치던 방향이 거기였죠. 왜인지 모르겠지만, 저는 그때 혹시라도 탈레반 놈들이 나타나면 그쪽으로 달려들 거라고 생각했습니다. 실제로 전 마이크를 툭 치

♦ 칼라시니코프 자동소총.

고서 속삭여 물었습니다. "저거 탈레반 새끼들 아니야?" 그러니까 마이크도 저만큼 놀라더라고요. 다시 말하면, 우리는 놈들을 보자 마자 본능적으로 적이라는 걸 알기는 했는데, 그 상황을 믿을 수가 없었던 거죠. 마르자 전투가 시작되기 전까지 근 1년 동안 내국에 서 지냈거든요. 그래서 지금처럼 무장한 괴한들이 200미터도 떨어 지지 않은 넓은 공터에서 길을 따라 천천히 이동하는 모습은 한 번 도 본 적이 없었습니다. 그런데 바로 저기 있다니, 정말 드문 일이 었죠. 그 전에는 탈레반 새끼들을 아주 멀리서만 봤거든요. 놈들이 우리 순찰대한테 총을 쏠 때나 말입니다. 그런데 이건…… 정말로 가까이서 마주친 거잖아요. 안 그래요? 꼭 약을 빨 때처럼 진짜인 가 싶은 순간이었죠."

나는 말을 맺고 놀랍다는 듯한 미소를 지으며 고개를 끄덕였다.

"놈들은 우리 앞에 있던 도로, 그러니까 높지도 않은 쓰레기 둔 덕에서 우리가 내려다보고 있던 곳까지 왔습니다. 그 길은 놈들의 왼쪽으로 쭉 뻗어나갔죠. 어쨌든, 놈들은 몸을 숙이고서 낡고 부서 진 세단 뒤에 웅크리고 앉았습니다. 아마 90미터쯤, 어쩌면 한 100 미터쯤 떨어진 지점이었을 겁니다. 놈들은 도망쳐 온 방향으로부 터 몸을 숨겼어요. 우리 왼편에서는 놈들이 보이지 않았겠죠. 저들 딴에는 잽싸게 잘 숨었다고 생각했던 것 같은데, 알고 보면 우리에 게 완전히 노출되어 있었거든요. 그러니까, 두 놈 다 아주 잘 보였 단 말입니다. 조금만 움직여도 조준경 안에 놈들의 움직임이 다 들 어왔으니까요. 마이크와 저는 충격을 받은 나머지 멍청하게 앉아 서 말 한마디 없이 놈들을 지켜봤습니다. 하나, 둘, 셋, 셋 반, 셋

반의반. 이런 식으로 숫자를 세면서 족히 15초는 흘려보냈을 겁니다. 그러고서는, 어쩌다가 그랬는지는 잘 모르겠는데, 아마 가까이 있던 놈이 고개를 들고 저를 봤는지, 아니면 제 쪽을 봤는지 그랬을 거예요. 그래서 전…… 두 놈을 쐈죠. 먼저 소총을 들고 있던 놈을 쏘고, 다음으로 그놈 뒤에서 무전기와 커다란 로켓추진유탄 배낭을 멘 놈을 쐈어요. 쏘는 족족 맞더라고요. 놈들이…… 빌어먹게 딱 정확히 거기 있어서요. 100미터 정도면 사실 그리 먼 거리가 아닙니다. 딱 한눈에 들어와서, 쏘기가 겁나 쉬웠죠."

나는 일부러 말을 멈추고 의사를 똑바로 바라보았다. *진심처럼 보이게 고개를 끄덕이는 거 잊지 마.* 속으로는 이렇게 생각하면서 덧붙였다.

"둘 다 그 자리에서 바로 죽었습니다."

첫 번째 남자를 어떻게 쐈는지 기억난다. 목덜미 바로 아래를 쐈다. 그가 얼굴부터 앞쪽으로 고꾸라졌다. 그는 자기 몸을 가누기 위해 근육 하나 움직이지 못하고 소총을 든 채로 쓰러져 길바닥에 얼굴을 박았다. 즉사하지 않았다면 분명히 기절했겠지. 내가 척추를 쐈을 수도 있다. 어쨌든 총을 쏘자, 두 번째 남자는 동료를 바라보았다. 온통 놀란 놈의 얼굴은 *"야, 너 뭐 하는 거야?"*라고 말하는 듯했다. 그 순간 그놈의 가슴을 쐈다. 총알이 박히자마자 그는 무전을 떨어뜨리고 양손을 뒤로 홱 뻗었다. 뒤로 자빠지지 않으려고 애쓰다가 반사적으로 결국 길에 손바닥을 파묻어버리는 꼴이 되었다. 마치 해변에 비치 타월을 깔고 앉은 듯한 모습이었다. 그가 무척 혼란스러워하는 순간, 난 그를 다시 쐈다.

다음으로 머릿속에 떠오른 사람은 그러고 나서 두 주가 지난 뒤에 죽인 또 다른 남자였다. 나이 든 병사로, 머리가 희끗희끗했다. 나는 그의 얼굴을 누구보다도 자주 떠올렸었다. 무심하면서도 엄숙하리만큼 폭력성이 확고하게 드러난 얼굴이었다.

나는 상담의인 피터스 박사를 바라보았다. 의사는 아주 미세하게 고개를 끄덕이면서 나를 지그시 보고 있었다.

"해리, 나에게 이 기억을 말해주면서 어떤 기분이 들었나요?"

"음……."

나는 잠시 바닥을 내려다보며 최선을 다해 곰곰이 생각하는 표정을 지은 다음, 의사를 다시 올려다보았다.

"누군가에게 이 이야기를 했다는 것만으로는 별로 이렇다 할 것이 느껴지지 않습니다. 가장 먼저 떠오르는 건 같이 지내던 동료 마이크예요. 연락한 지도 벌써 2년이 넘었네요……. 녀석이 잘 지내고 있으면 좋겠습니다."

피터스 박사는 고개를 끄덕였다.

"혹시 그 기억이, 그 경험이 생각이나 꿈에 불쑥 나타날 때가 있나요? 어떤 식으로든, 어느 때든 말이죠. 불쑥 떠올라 놀라거나 성가셨던 적이 있었나요?"

나는 또 1, 2초간 억지로 생각하는 척을 확실하게 해 보인 다음 대답했다.

"아뇨. 없습니다. 그런 일은 없었어요."

피터스 박사는 고개를 끄덕이면서 내가 더 말하기를 기다렸다. 정신과 의사들은 으레 "더 자세히 말해보시겠어요?"라며 압박한

14

다. 하지만 피터스 박사는 아무런 질문을 하지 않아서, 내가 대답을 하다 만 것 같은 기분마저 들었다. 그 방식은 효과가 있었던 것 같다. 내가 이어서 말했으니까.

"그때의 기억이…… 제게 놀라운 것이나 성가신 것으로 종종 떠올랐다고는 생각할 수 없습니다. 그냥 다른 기억과 똑같아요. 전 죄책감을 느끼지 않습니다. 질문하시는 요지가 그거라면 이렇게 말씀드릴 수 있죠. 제가 그놈들을 쏘지 않았다면, 반대로 놈들이 절 쐈을 거라고요. 제가 죽인 사람들 이야기를 남들에게 해주는 건 그다지 나쁘지 않습니다. 누가 그때의 경험을 묻는다면, 기꺼이 말해줄 겁니다. 단지, 아시잖아요……. 누가 물어보지 않으면 제 쪽에서 먼저 이야기를 꺼내지 않을 뿐이에요."

피터스 박사는 고개를 끄덕였다. 그의 표정을 보자 내가 적절한 대답을 했다는 걸 알 수 있었다. 적어도 이제 그는 이 문제를 부정적으로 보지는 않을 것이다.

"자, 해리, 시간이 많이 지났군요."

그럼요. 당연하죠, 선생님. 저는 상담 시간이 22분 30초 지나는 동안 일분일초를 분명하게 느끼고 있었거든요.

어쨌든 나는 손목시계를 바라보며 놀란 척을 했다.

"아, 이런, 저는 이만 가보겠습니다."

피터스 박사는 일어나 책상으로 걸어갔다. 그러고는 서류철을 집어 내게 내밀었다.

"해리, 아이다호에 있는 재향군인국 소속 센터에 대해 좀 알아봤어요. 포커텔로와 트윈 폴스에 클리닉과 병원들이 있더라고요. 보이시에도 당연히 있고요. 재향군인국의 상담 과정에 불만을 느끼실 수 있습니다만, 그래도 상담에 전념해 주면 참 좋겠어요. 그리고 당신이 건강하게 신뢰할 수 있는 분을 찾기를 바랍니다. 그게 정말 중요하거든요. 비록 만난 지 한 달밖에 되지 않았지만, 전화나 화상 채팅으로도 언제든 저와 대화 가능하다는 걸 알아주셨으면 해요. 어떻게든 시간을 낼 수 있으니 주저 말고 연락 주세요."

나는 일어서서 그가 내민 서류철을 받아 들고 고개를 끄덕였다.

"그러겠습니다, 피터스 선생님. 시간 내주셔서 감사드립니다. 선생님과는 대화하기 참 수월했습니다."

의사는 나와 악수하며 입술을 꾹 다물고 미소를 지었다.

"해리, 저는 당신과 아내분이 하려는 일이 참 멋지다고 생각해요. 꿈꿔왔던 삶을 이룰 방법을 찾아서 제가 다 기쁘고 또 부럽군요. 진심으로요. 이렇게 열정을 좇을 기회를 얻는 이는 많지 않거든요. 이게 당신과 사샤의 꿈이었다는 걸 알아요. 두 사람이 꿈을 이뤄나가는 길에 오로지 행복과 성공만이 있기를 바랄게요. 두 사람이 그 생활을 잘 해나가리라 믿어 의심치 않아요."

나는 그에게 미소를 지었다.

"어쨌든 덴버는 너무 사람이 많죠. 산에서 지내는 생활이 안 맞으면 언제든 돌아올 수 있어요."

"몸조심하세요, 해리."

박사는 대답 대신 미소를 지으며 내게 문을 열어주었다. 하지만 그의 얼굴에는 확실히 약간의 걱정이 비쳤다. 어쩌면 의심도 있었을지 모르겠다. 그 표정은 의도적이었을까.

2

사샤

와이오밍주 남부를 가로질러 쭉 뻗은 80번 고속도로는 아무리 운전해도 지루한 적이 없다. 가지뿔영양, 산쑥, 저 멀리 보이는 석유 정제 공장, 비바람에 깎여 모양이 신기해진 바위, 요한계시록의 한 구절을 인용한 광고판, 또 가지뿔영양……. 단조롭고 삭막하지만 그만큼 아름다운 지역이다. 해리와 나는 지난 10여 년 동안 오리건과 아이다호, 윈드리버산맥♦에 적어도 열두 번 넘게 배낭여행을 왔었다. 지난 스키 시즌에는 잭슨에 있는 친구들을 몇 번 방문하기도 했다. 그러니 이번 운전이 벌써 백 번째는 될 것이다. 이제는 래러미, 싱클레어, 록스프링스, 에번스턴에 있는 각 주유소의 인테리어를 머릿속으로 구별할 수도 있다.

♦ 미국 와이오밍주 서부에 있는 로키산맥의 일부다.

차에 틀어놓은 오디오북의 성우 목소리가 갑자기 끊기더니, 벨소리가 울리며 해리의 얼굴이 휴대폰 화면 가득 나타났다.

"자기야, 그린리버에서 주유해도 괜찮겠어? 한 시간 뒤쯤 도착할 거야."

"난 좋아, 자기야. 안전 운전 하고!"

나는 지금 도요타 4러너를 몰고 해리의 뒤를 따라가고 있다. 그리고 해리는 내 앞에서 커다란 이삿짐 트럭을 몰고 있다. 우리는 지난 며칠간 이토록 클 수 있나 싶을 정도로 커다란 트럭에 우리의 인생을 꽉 채워 실었다.

"대시는 어때?"

나는 뒷좌석을 돌아보았다. 우리가 키우는 골든리트리버 대시는 웅크리고 엎드려 있었다.

"잘 있어. 얼른 다리를 뻗고 달려 나가고 싶은 거 같긴 해. 우리는 여기 잘 있으니까 걱정하지 마."

"그래. 자기야. 안전운전해."

287번 도로를 타고 콜로라도에서 와이오밍으로 넘어간 뒤부터는 갑자기 느낌이 확 달라졌다. 와, 진짜, 우리가 정말로, 마침내 해내는구나. 이건 해리와 내가 10년 전에 대학에서 만났을 때부터 이야기하던 꿈이었다. 우리가 처음 만나기 시작했을 때, 나는 해리에게 너의 '희망과 꿈'이 뭐냐는 흔하디흔한 질문을 한 적이 있었다. 아니면 더 유치한 헛소리 같은 질문, "넌 20년 뒤에 어디에 있을 것 같아?"라고 물었을 수도 있다. 그때 해리가 정확히 뭐라고 대답했는지는 기억나지 않지만, 그래도 그의 대답 중에는 절대로 잊지 못

할 말이 있다. 그 말을 듣자마자 그에게 푹 빠지고 말았으니까. 어쩌면 해리와 사랑에 빠진 건 그 대답 때문인지도 모른다.

해리는 이렇게 말했다.

"산자락에 있는 땅을 좀 갖고 싶어. 현관에 앉아서 바깥을 바라보면, 온통 자연뿐인 곳으로. 인간이 손댄 흔적은 내 집이랑 헛간이랑 작업장밖에 없는 곳이었으면 좋겠어."

이렇게 말하던 해리의 눈빛에는 더없이 진지하고 희망찬 그리움이 담겨 있었다. 하지만 그때는 해리가 다른 남자들이랑 똑같은지 아닌지 판단할 수 없었다. 본성을 싹 숨기고 엉뚱한 헛소리를 늘어놓으며 한번 자보려는 남자일 수도 있으니까. 어쩌면 해리가 이런 말을 한 이유가 정말로 나랑 자고 싶어서였는지도 모르고. 어느 쪽이었든 그 말은 먹혔다. 또한 해리는 그 데이트 이후로도 산에서 살고 싶다는 간절한 바람을 확실히 고수했으며, 그 꿈에 나도 푹 빠지도록 만들었다.

하지만 나 역시 억지로 그 삶에 끌고 들어가지 않아도 제 발로 들어갈 사람이었다. 사실, 서부 로키산맥의 전원생활이라면 해리보다 내 쪽이 더 익숙하고 경험이 많았다. 나는 콜로라도 남서부에 있는 작은 산골 출신으로, 나무로 때는 난로가 있는 집과 평생 스키광이었던 부모님 슬하에서 컸기에, 자연 속에서 사는 데 거부감이 별로 없었다. 내가 해리의 '꿈'에 곧바로 빠져든 이유도 분명 그래서겠지. 첫 데이트 이후로, 나는 해리의 꿈을 깊고 포근한 집처럼 느꼈다.

약 1년 전부터 우리가 살 만한 산속 땅이 있는지 진지하게 조사하기 시작하면서, 나는 줄곧 해리가 아주 오래전에 했던 저 말을 끄집어내 그를 놀려댔다.

조사는 보즈먼, 미줄라, 헬레나, 벤드, 코들레인 지역 부동산 중개인에게 연락하는 것으로 시작되었고, 그들과 이메일을 주고받기만 해도 흥미진진했다. 그런 다음, 나는 내가 근무하는 회사의 최고운영책임자와 최고경영자에게 멀리서도 재택근무가 가능하도록 특별 직책을 만들어 달라고 제안했고, 정말로 그들과 함께 그 직책을 만들기 시작하자 상황은 훨씬 더 현실적으로 다가왔다.

물론 그 과정에서 불안하고 초조했던 순간들도 있었다. 앞으로 친구들이 죽도록 그립겠지. 마음 내킬 때마다 해피아워가 있는 식당을 찾아갈 수도 없고, 라이브 음악을 즐길 수도 없고, 부모님이 계신 고향을 당일치기로 방문할 수도 없겠지. 그렇다 해도, 나는 우리가 꿈꾸던 생활 방식에 언젠가 한번 전념해 봐야 한다면 바로 지금이라는, 점점 커지는 조급함과 직감에 계속 주의를 기울였다. 이건 지금이 아니라면 절대로 할 수 없는 일이야.

혹시 내가 이러는 게 그저 해리를 기쁘게 하기 위해서인지도 곰곰이 따져보았다. 그러다가 끊임없이 놀라고 말았다. 그 꿈이 나 자신도 정말로 바라는 일이었음을 깨달아서였다.

해리는 서른다섯, 나는 서른 살이다. 우리의 대학 친구들은 대개 일 때문에 점점 바쁘게 살면서 아이를 낳아 키웠다. 그럼 우리는 어땠냐고? 우린 분기점에 선 느낌이 들기 시작했다. 길은 두 가지였다. 볼더와 덴버에 있는 말도 안 되게 비싼 집을 산 다음 더 열심히 일하거나, 아니면 꿈꿔온 생활을 한번 해보거나.

그 분기점에 다다르자 깨달음이 왔다. 사실은 내가 자연에서 사는 삶을 한 번은 누려보고 싶다고 간절히 바라고 있었구나. 해리와 조용하고 아름다운 야생 어딘가에서 가정을 꾸려나간다는 상상을 실은 내가 참 좋아하고 있었구나.

사실 이 꿈을 진지하게 받아들이게 된 계기는 따로 있었다. 1년 전쯤 우리는 스키를 타러 가려고 70번 고속도로를 달리고 있었는데, 차가 너무 막혀서 베일 패스◆까지 무려 여섯 시간이나 걸렸다. 해리와 나는 전에도 70번 고속도로에서 교통 체증을 수없이 겪어봤지만, 그때 해리가 길에서 네 시간 동안 보여준 표정은 결코 잊지 못할 것이다. 나는 조수석에 기대앉은 채로 그를 보던 그날의 기억이 아직도 생생하다. 체념과 괴로움이 그득한 표정으로 가다 서다를 반복하는 차량들을 성난 눈초리로 두리번거리던 해리의 모습. 마침내 해리는 날 보며 이렇게 말했다.

"자기야, 우린 이놈의 주를 떠야겠어."

하지만 우리는 보즈먼과 벤드 말고는 답이 없다는 걸 곧바로 깨달았다. 우리가 사는 덴버 주변 땅은 너무 비싼 데다, 우리가 '진짜 서부'를 바라기 때문이었다. 해리도 그렇고 나도 콜로라도가 '진짜 서부'로 분류될 만한 곳은 아니라는 느낌을 받았다. 우리는 지난 7년 동안 덴버에 살면서, 이제 덴버도 LA나 피닉스처럼 대도시라는 생각이 들었다. 점점 커지며 뻗어가는 도시는 날이 갈수록 주변 평원을 잠식했다.

◆ Veil Pass, 콜로라도의 산 고개.

그때 코들레인에 사는 우리의 부동산 중개인이 자신의 동료를 소개시켜 주었다. 그는 잭슨 근교에서 일하지만 티턴산맥의 모든 매물을 관리하는 사람이었다. 잭슨 지역의 땅은 헛웃음이 나올 만큼 비싸서 우리 예산 범위를 벗어났지만, 내털리라는 이름의 그 중개인은 아이다호주 쪽 티턴산맥에 있는 아주 좋은 매물들 목록을 보여주었다. 적어도 나에게는 참 좋아 보였다. 더 크고, 더 좋으면서도 약간 더 저렴했으니까. 해리는 몇 년 전 우리 개를 데리고 아이다호주의 드릭스에 가서 대학교 친구와 낚시와 뇌조 사냥을 한 적이 있었다. 그래서 곧바로 이 지역의 매물이 나왔다는 소식에 열광했다.

해리가 소파에 앉아 그 지역의 위성 지도와 더불어 그곳에 머물며 찍은 사진을 보여주던 기억은 아직도 선하다.

"참 놀라운 지역이야. 왜 처음부터 여기를 생각 못 했는지 모르겠네. 강에는 송어가 가득하고, 포플러나무 숲이 있고, 사방이 다 공유지거든. 잭슨까지 차로 한 시간 반, 보이시까지는 네 시간쯤, 솔트레이크까지는 세 시간 반 걸려. 자기야, 날 믿어봐. 여기 진짜 끝내주는 곳이야."

지난 9월, 우리는 친구 결혼식에 참석하려고 잭슨으로 차를 몰고 갔었다. 그 뒤로 며칠 동안 아이다호에서 내털리를 만나 티턴산맥과 프리몬트 카운티 주변을 살펴보았다. 해리의 말이 옳았다. 정말 놀라운 곳이었다. 그 여행에서 나는 아이다호에 면한 티턴산맥을 무척 좋아하게 되었다. 우리가 예산으로 잡은 가격대의 매물 중에는 마음에 드는 게 전혀 없었는데도 말이다. 나는 이 지역의 아름

다음에 어안이 벙벙해졌고, 곧바로 해리의 말이 옳다는 걸 깨달았다. 우리가 이사를 와야 할 곳은 바로 여기구나.

몇 달 뒤, 우리의 부동산 중개인은 애슈턴과 저드킨스 외곽의 조용한 계곡에 있는 작은 목장을 알려주었다. 내털리도 이 매물을 두고 안절부절못했다. 정말 놀라운 거래라면서.

그곳은 소 울타리를 두른 6만 7000평짜리 대지 위로 자그마한 302평짜리 집을 갖춘 매물이었다. 지붕도 새로 올려져 있었고 온수기도 새로 달려 있었으며, 별도의 차고 겸 작업장은 물론 작은 창고 몇 개도 딸려 있었다. 또한 집의 앞면을 따라 쭉 이어진 베란다가 집 뒤쪽에 있는 주방의 커다란 뒷베란다와 이어져 있었다. 집을 둘러싼 철망 울타리는 자연 경관과 멋지게 어울렸다. 무엇보다도, 집의 북쪽과 동쪽에 로드아일랜드보다 몇 배나 큰 국유림이 펼쳐져 있었다.

내털리의 설명에 따르면, 거의 10년 전에 어느 대형 목장부지 부동산 투자 회사가 이곳을 산림청과 일종의 토지 지역권◆ 교환 거래에 쓸 목적으로 구입했다고 했다. 하지만 산림청과의 거래는 불발되었거나 이 땅을 쓸 필요가 없게 되었거나, 여하튼 그렇다고 했다. 현재 그 부동산 투자 회사는 이 작은 집과 땅을 약간 손본 다음 보유 매물 목록에서 없애려 하는 중이었다. 내털리는 이곳이 "하루 안에 확실히 팔릴 것"이라고 했다.

해리는 밤을 새우다시피 지리정보시스템 지도를 보면서 지역 웹

◆ 남의 토지를 특정 목적으로 이용할 수 있는 권리.

사이트에서 찾을 수 있는 부동산 서류를 낱낱이 뒤졌다. 그리고 그 땅이 속해 있는 사냥협회와 사냥철 정보를 읽고, 물 사용권을 검색하고, 보기에도 짜증나는 토양분류지도인가 뭔가까지 불러와서 읽었다. 다음 날 아침, 그는 *왜 우리가 지금 당장 거래에 나서야 하는지* 내게 자세히 설명해 주었다. 인정할 수밖에 없었다. 그건 좋은 시도였다.

우리는 해리가 자격을 갖춘 재향군인국 대출 상품을 이용할 수 있었다. 게다가 둘 다 그 지역을 사랑하기도 하고 그곳을 사는 게 건전한 투자라고 확신했기 때문에, 실제로 그 땅에 가본 적도 없으면서 이미 마음을 꽤 굳힌 상태였다. 그리고 그곳이 아무리 비싸다 해도, 친구들이 볼더나 덴버, 포틀랜드와 샌프란시스코에서 집에 들이는 비용보다는 저렴했다. 그래서 우리는 제길, 그냥 하자, 하고 마음먹은 다음 내털리에게 전화해서 거래를 진행시켜 달라고 했다. 다음 날 아침, 우리는 내털리로부터 우리가 제시한 지나치게 낮은 견적이 아무런 반박 없이 통과되었다는 메일을 받았다. 우리는 이제 공식적으로 계약을 맺은 것이다. 몇 주 뒤에는 심사를 거쳤고, 그 거래가 위험하다는 판정은 없었다. 그래서 그다음 주 금요일에 우리는 공식적으로 우리의 첫 집을 얻게 되었다.

실제로 우리가 6만 7000평짜리 토지가 딸린 집을 살 능력이 있었느냐 따져본다면, 음…… 우리는 서류상으로나 그럴듯한 사람이라 해야 할 것이다. 알고 보면 우리는 지나치게 의욕적이기만 했지 실속은 없었다. 즉, 우리 둘 다 신용점수가 좋았고 해리는 재향군인국을 통해 긴급대출을 받을 조건이 되었다고나 할까. 사실 우리의 저축액은 보잘것없었다.

게다가 해리는 '전투 특별 보상금' 프로그램의 자격 요건을 갖추고 있었기 때문에 대출 제한에 걸리는 일이 없는 데다, 우리가 받은 담보대출을 상당 부분 상환할 만한 비과세 수표를 정부로부터 매달 받기도 했다. 해리는 요즘 들어 부쩍 "보병으로 6년 복무했던 게 유일하게 기분 좋은 점은 이 담보대출과 제대군인 원호법◆뿐이야"라고 말했다. 나는 해리가 다달이 받는 수표를 좋은 점으로 언급하지 않는 이유를 알고 있다. 돈을 받는 데 죄책감을 느끼기 때문이었다. 그리고 그 수표는 해리를 약하게 만들었다.

나는 해리가 그런 마음을 먹지 않게 하려고 최선을 다했다. 그러면 안 됐으니까. 우리는 수없이 논쟁했지만 그때마다 해리는 똑같은 말만 되풀이했다.

"사샤, 정부에선 내 대학 등록금을 내줬고, 내가 다 나을 때까지 병원비도 내줬어. 지금 나는 어엿하게 일할 수 있어. 그러니 이 빌어먹을 종이 쪼가리는 필요 없다고."

그럴 때마다 나는 똑같이 대답하곤 했다.

"그래서 받지 말라고? 말도 안 돼."

내가 매달 우리 계좌에 돈을 따박따박 넣어주는 미국 정부의 문자를 매달 받는 게 그다지 기분 좋지 않다고 말한다면 그건 거짓말이다. 그게 왜 기분 나쁜 일이어야 해? 해리는 당연히 그 돈을 받

◆ 국가의 존립과 유지를 위해 공헌하거나 희생한 국가 유공자와 그 유족을 지원하고 예우하기 위한 법률.

고도 남을 자격이 있는걸.

해리는 전쟁통에 말 그대로 몸이 붕 떴다가 갈가리 찢어졌었다. 그리고 다시 신체적으로 제 기능을 한 지 얼마 되지 않았을 때 우리는 사귀기 시작했다. 난 다시 사회생활 하는 법을 배워가는 해리와 사랑에 빠졌다. 사람 많은 술집이나 공연장에서 내 옆에 머물면서 차분하고 기분 좋게 행동하려고 몸부림치는 해리의 모습을 지켜보았다. 매일 밤 그가 침대에 누웠을 때 그의 흉터를 보았고, 매일 아침 침대에서 일어나느라 몸을 움츠리고 절뚝이는 모습을 바라보았다. 그가 악몽을 꿀 때마다 나는 등을 문질러 깨워주었다. 늦은 밤, 불꽃을 바라보는 그의 눈동자에 서린 고통이 내겐 보였다. 힘든 하루를 보내고 온 해리의 목소리에서 거리감과 슬픔이 들렸다.

아직도 해리가 나와 나누지 않는 지점은 존재한다. 해외에서 일어났던 일들. 그가 한 일들과 본 일들. 그는 내게 아무것도 알려주지 않는 게 날 지키는 길이라고 굳게 믿고 있겠지. 하지만 우리 사이에 이런 침묵이 존재한다는 게 나에게는 훨씬 힘들다. 해리의 삶에 내게 말하지 않는 부분이 있다니. 거기에 그의 일부였고 지금도 일부인 어마어마한 사건들이 가득하다니. 나는 재향군인국이 절망적일 정도로 이상한 기관이라는 사실을 종일토록 증명할 수도 있다. 하지만 그런 곳이나마 있어서 해리가 자기 이야기를 털어놓을 상담자를 만난다는 게 항상 다행이라고 생각해 왔다. 그런데 적어도 얼마간은 해리가 그런 상담 치료를 받을 수 없을 거라고 생각하니 좀 불안하다. 해리는 누군가 대화를 나눌 사람이 필요하다. 난 이제껏 해리를 심하게 압박한 적은 없지만, 그래도 해리가 누군가 대화할 사람을 고른다면 그게 나이기를 바란다. 동시에 난 대화를 주고받으며 누군가를 치유해 줄 사람으로서 그리 적합하지 않다는 것도 안다. 나는 병원에서 근무하는 사람들이 갖춘 지식도 없고, 그런 지식을 갖고 싶지도 않으니까.

이런 말은 미안하긴 하지만, 미 해병대의 재래식 보병 따위 엿 먹으라지. 나는 파란 제복 차림의 해병 남편과 결혼식을 올리기는 했지만, 그토록 파괴적이고 광적이며 사람을 학대하는 해병대라는 조직을 절대로 좋아할 수가 없었다. 거기서 내 남편에게 시켰던 일과 요구했던 희생이 얼만데 그걸 겨우 한 달에 3200달러로 보상하려고 하지? 그게 제대로 된 보상이야? 게다가 우리의 자유를 위해서 남편이 희생했다고? 내 남편이 10년 동안 지구 반대편에서 빌어먹을 사상에 맞서서 이기지도 못할 전쟁을 하다 폭탄에 맞은 게 대체 내 자유와 무슨 상관인지에 대해 누가 실질적이고 논리적인 주장을 하는 걸 한 번도 들어본 적이 없었다. 지난여름 미국이 아프가니스탄에서 철수한 지 불과 몇 분 만에 탈레반이 그곳을 완전히 장악하는 모습을 지켜본 만큼, 이제는 그 전쟁의 의미에 대해 누가 뭐라 주장한들 설득력이 있을 것 같지 않았다.

자, 그러니 그 망할 놈의 수표를 받아야겠다 이거야.

와이오밍주 그린리버 쪽으로 빠지는 두 번째 출구에 다다랐을 무렵, 이삿짐 트럭의 깜빡이가 켜지는 게 보였다. 나는 해리를 따라 주유소로 들어가 그의 뒤에 있는 주유 기계 옆에 차를 세웠다.

해리가 이삿짐 트럭에서 내려 내 쪽으로 걸어오자, 대시는 뒷좌석에서 일어나 정신을 차리고 몸을 앞으로 숙여 앞 창문을 통해 바깥을 내다보았다.

차에서 내려 기지개를 켜자마자 와이오밍 대평원의 건조하고 차가운 3월 공기가 느껴졌다. 해리는 미소를 지으며 내게 걸어왔다.

"자기야, 컨디션은 좀 어때?"

"좋아! 얼마나 더 걸리려나? 다섯 시간 정도 더 가면 돼?"

해리는 고개를 끄덕이고서 도요타 4러너에 주유기를 꽂았다.

"응, 그쯤 될 거야. 난 대시를 데리고 볼일 보고 올게."

나는 해리가 도요타 4러너의 뒷문을 열고서 대시의 목줄을 풀어주는 모습을 바라보았다.

"오줌 누러 가자고, 친구."

"남가새♦랑 유리 조심해, 해리. 와이오밍 시골 주유소 주차장은 개 발바닥이랑 무슨 원수라도 진 것처럼 생겨먹었잖아."

해리는 내게 미소로 대답했다. 대시는 검붉은 꼬리털을 허공에 휘날리며 해리 옆을 터벅터벅 걸었다. 그를 바라보는 개의 모습은 마치 신을 올려다보는 듯했다.

♦   아열대와 온대의 건조한 기후에서 자라는 한해살이풀로, 열매가 딱딱하고 가시가 있다.

3

해리

아이다호주 애슈턴을 지나자 이제 새집까지 단 5분만이 남아 있었다. 그때 나는 참 오랫동안 느끼지 못했던 현기증을 간만에 느꼈다. 흥분 역시 느껴졌다. 실제로 가본 적도 없는 목장 따위를 사다니. 물론 사샤도 이곳을 찾기 위해 똑같이 노력하기는 했지만, 그래도 밀어붙인 사람은 나였기 때문에 압박감이 사라지지 않았다.

코너를 돌아 우리 집으로 이어지는 지방도로로 접어들자, 나는 창문을 내리고 몸을 내밀어 사샤에게 바보 같은 미소를 지어 보였다. 그러자 그녀가 웃으며 신나게 핸들을 두드리는 모습이 보였다. 대시도 뒷자리에서 창밖으로 고개를 내밀었다.

우리 땅은 지방도로에서 1.6킬로미터 정도 떨어져 있었다. 우리 집은 이 도로의 마지막 집으로, 우리 집 뒤로 이어지는 길은 국유림으로 들어가 막다른 지점에 이른다. 사유지는 대부분 지방도로를 따라 있으며, 도로의 서쪽에 있는 이웃은 170만 평짜리 목장을 소유한 어떤 부부다. 나는 소유주의 이름을 지리정보시스템에서 찾아냈는데, 댄 스타이너와 루시 스타이너였다. 온라인에 올라와 있는 그들의 흔적은 최근까지도 재산세를 납부했다는 것뿐이었다. 그 부동산은 잘 관리되어 있고, 웅장한 티턴산맥의 서쪽 지역을 배경으로 한 풍경이 아주 아름다웠다.

나는 한 시간 전에 내털리와 통화했고, 목장에서 그녀와 만나기로 했다. 내털리가 진입로 끝에 있는 우리 집 대문 기둥에 묶어놓은 풍선이 보였다. 그 순간, 나는 깨달았다. 우리 집으로 향하는 진입로에 도착해서 처음으로 우리 땅을 바라보는 지금 이 순간을 죽을 때까지 잊을 수 없겠구나.

그 광경에 숨이 막혔다. 좌회전해서 긴 진입로로 들어섰을 땐 경외감마저 느꼈다. 진입로는 남쪽으로 돌아가면 국유림으로 이어지는 L자형 도로에서 북쪽으로 갈라져 나와 길게 뻗어 있었다. 쭉 따라가자 살짝 솟은 지대에 집과 차고가 있었고, 그 주위를 목초지와 포플러나무가 둘러쌌다. 집 너머로 보이는 뒷마당에는 커다란 목화나무 몇 그루가 자리 잡았고, 진입로 옆에는 포플러나무가 드문드문 자랐다. 3월의 산에는 아직도 눈이 꽤 쌓여 있었지만, 봄기운이 지금부터 왕성하게 피어날 기미 역시 분명했다. 이르게 자라난 잎새들은 파릇파릇한 초록빛이었고, 일찍 핀 야생화도 고개를 내밀었으며, 여기저기 새들 천지였다. 그 땅은 활기에 가득 차 콧노래를 부르는 것 같았다.

그 집은 우리가 원래 찾던 집보다 훨씬 작았다. 지난 몇 년간 덴버의 하일랜드에서 지냈던 집보다도 더 작은 집이었다. 하지만 널찍한 현관과 집 둘레에 울타리가 쳐져 있어도 주변 풍경이 아름답게 내다보이는 마당, 괜찮은 모양새로 분리되어 있는 차고 겸 작업장 뜰, 그리고 두어 개의 창고까지 참 마음에 들었다. 무엇보다 눈에 들어온 것은, 내다보이는 모든 곳에, 어느 방향으로 고개를 돌리든 간에 믿을 수 없을 만큼 아름답게 펼쳐진 풍경이었다. 이곳의 경치를 보자마자 우리는 곧바로 이 집을 사랑하지 않을 수 없었다. 한 점의 의심도 없이.

마당을 두른 울타리 바깥에는 약 4만 8000평에 이르는 목초지와 황무지가 있었다. 집 밑에는 개울이 위아래로 이어져 있는 연못이 하나 있었다. 집 위에는 북쪽 경계를 따라 약 1만 8000평 넓이의 소나무 숲이 자리 잡았다.

우리는 집과 차고 사이에 자갈을 깔아둔 회차 지점에 차를 세웠다. 내털리도 그곳에 자기가 타고 온 진주빛 캐딜락 에스컬레이드를 세워두었다.

그 뒤로 한 시간 동안의 기억은 흐릿하다. 내털리는 우리에게 집과 차고를 구경시켜 주었다. *여기 회로 차단기가 있고요. 이건 수도관 제어기예요. 여기 뚜껑을 열면 우물 펌프가 나오고요,* 같은 말이 주저리주저리 이어졌다. 내털리가 떠나자, 사샤와 나는 집 앞마당에 서서 별말 없이 그저 웃으며 대시와 놀았다. 그러고는 뒷마당으로 이어지는 계단에 앉아 사샤가 가져온 샴페인을 둘이서 병째 주고받으며 마셨다. 그 계단을 따라가면 집 뒤쪽 주방에 맞닿은 뒷베란다가 나왔다.

우리 둘 다 이곳이 좋았지만, 사샤는 말 그대로 만면에 웃음을 띤 채 이리저리 뛰어다녔다. 신나서 제정신이 아닌 그녀의 모습은 아찔하리만큼 사랑스러웠다.

난 가족이랄 사람이 많지 않았기에, 사샤야말로 나에겐 이 세상 전부다. 물론 사샤의 가족도 나의 가족이라 칠 수 있겠지만, 그녀의 부모는 아주 무심한 사람들이었다. 사샤의 말에 따르면, 두 사람이 부모로서 자기 딸을 가장 자랑스러워했던 순간은 딸이 독립해서 집을 나갔을 때였다. 그들은 사샤가 떠나자마자 일주일 만에 딸의 방을 대마초 재배실로 바꿔버렸다. 딸의 대학 학비 같은 건 한 푼도 저축해 두지 않았고, 딸이 대학교에 다니는 4년 동안 학교에 방문한 적도 단 한 번인가 그랬다. 물론 끔찍한 부모는 아니었고, 자식을 학대하는 비열한 부모도 아니었다. 그저 자식에게 관심 따위 없는 자들일 뿐이었다. 사샤가 열네 살이 되자, 그들은 정기적으로 차를 몰고 애리조나에 가서 한 달 동안 LSD를 판매하고 오기를 반복했다. 한 달 동안 사샤를 아예 혼자 내버려 두고서 말이다. 사샤는 당시 자기 부모님이 어디 있는지에 대해 선생님과 친구들의 부모에게 거짓말하는 걸 당연하게 생각했다.

사샤가 자란 환경을 돌아보면, 대체 어떻게 그녀가 이토록 훌륭하고 똑똑하고 독립적인 여자가 될 수 있었는지, 어떻게 이토록 친구들과 굳센 우정을 쌓을 수 있는 사람이 되었는지 경탄할 수밖에 없다. 그녀가 내 세상에 들어온 것이야말로 말 그대로 사람의 목숨을 구하는 사건이나 다름없다는 점을 나는 믿어 의심치 않는다.

나는 해병대를 전역한 뒤 곧바로 볼더에 있는 콜로라도대학교의 신입생 기숙사에 들어갔다.

길에서 온몸에 상처를 입고, 상처를 꿰매고, 전투 지역에서 병원으로 이송되고, 그런 다음 또 다른 병원으로 옮겨지고, 그 뒤에는 주 소속 부대로 보내졌다가 결국 세상에 적응하지 못하는 스물네 살짜리가 되어버렸는데 곧바로 거대한 주립대학에 입학하다니, 대단히 멍청한 짓이었다. 나는 참 경솔한 판단을 내렸던 것이다.

대학교 생활은 감정적으로 고립된 나날의 연속이었고, 화산처럼 들끓는 불안 때문에 악몽이나 다름없었다. 나는 빠르게, 그것도 열과 성을 다해서 위스키와 각성제를 들이부으며 나 자신을 무차별적으로 파괴하기 시작했다. 학자금 보조금을 받는 족족 코카인에 썼고, 수업 출석을 거의 포기했으며, 첫 학기를 대부분 송어 낚시와 엘크 사냥, 파티로 보냈다.

나는 어릴 적 앨버커키에서 자랐다. 열 살 무렵 아버지가 술을 퍼마시다 죽은 다음, 엄마는 외삼촌들과 가까이 살기 위해 나를 데리고 콜로라도의 푸에블로로 이사했다. 두 외삼촌은 내게 말을 많이 걸거나 내가 누구인지, 무슨 생각을 하는지 이것저것 캐묻지 않았다. 두 사람은 성미가 까다로운 인간들이었고, 난 둘 중 누구와도 1분 이상 대화해 본 기억이 없다. 하지만 외삼촌들은 내 삶에서 나름대로 할 수 있는 역할을 해주었다. 8년 동안, 삼촌들은 나를 데리고 주말마다 송어 낚시를 하고, 매년 가을에는 몇 주간 엘크와 사슴 사냥을 했다. 다시 말해서, 커다란 갈색 송어를 찾아 강을 샅샅이 뒤지고 엘크를 찾아 산을 이리저리 돌아다닌 경험은 소년이었던 나에게 탈출구나 다름없었다. 어엿한 성인 남자가 된 뒤에도 나는 자연스럽게 같은 방식의 탈출구를 찾았다.

내가 하룻밤 새 코카인을 3.5그램씩 코에 들이붓기 시작하자, 콜로라도대학교 행정부는 곧바로 나에게 학사보호관찰 처분을 내렸다. 그때 내가 스스로의 행동을 합리화하며 이런 혼잣말을 했던 기억이 난다. 코카인일 뿐인데 뭐 어때. 헤로인이나 합성마약도 아니고. 그냥 대마초보다 한 단계 센 약일 뿐이잖아? 남들 다 하는데 나도 할 수 있지. 내 인생은 이런 약에 빠질 만도 했다고.

죽고 싶다는 생각을 적극적으로 했다거나, 자살하는 여러 가지 방법을 떠올려봤느냐고 묻는다면 아니었으니, 난 '자살 위험군'은 아니었다. 하지만 그다지 오래 살고 싶은 마음 역시 없었다.

그런 내게 두 가지 중요한 일이 일어났다.

첫째로, 퇴역군인도 아니고 해로운 남성성을 드러내며 여자들을 쫓아다니는 놈들도 아닌, 평범한 남자들의 모임에 들어가게 되었다. 스키와 낚시를 즐기지만 마약도 즐겨 하는 평범한 녀석들이었다. 그 애들과 어울리면서 나는 앞으로 내가 저렇게 살 수도 있겠다 싶은 건강한 생활 방식을 보았다. 하지만 거기서 좋은 영향을 받기는커녕, 오히려 내 삶이 저들과는 너무나 동떨어져 있다는 면만 곱씹곤 했다. 내가 어떤 사람이 되고 싶은지 알고 있었지만, 그러기엔 이미 너무 늦은 것 같아 주저하고만 있었다.

그러다 사샤를 만났다.

그녀를 만난 곳은 힐에 있는 어느 술집이었다. 힐은 볼더의 한 지역으로, 대학생들이 떼로 뭉쳐 저지를 수 있는 온갖 방탕한 짓거리를 어쩔 수 없이 봐야 한다면 차라리 한곳에 모아놓자는 전략에 따라 콜로라도대학교 학생들에게 떼어준 곳이었다.

사샤에게 첫눈에 반했다고는 말할 수 없지만, 어떤 여자에게 이 토록 넋 놓고 빠져든 것은 그때가 처음이었다. 그때도 그랬고 지금 도 마찬가지로, 사샤는 내가 아는 여자 중 가장 아름다운 사람이 다. 하지만 나랑 같이 약을 했던 친구들은 "걔가 너한테 콩깍지를 씌웠다"고들 한다. 빌어먹게 진부한 표현이긴 하지만, 그녀를 보는 순간 나는 더 좋은 사람이 된 것만 같았고, 정말로 더 좋은 사람이 될 수 있다는 기분이 들었으며, 그 마음이 오늘날까지도 바뀌지 않 았다는 것만은 진심이다.

그래서 끝이 없던 나의 자기파괴적 추락은 사랑에 빠지면서 제 동이 걸렸다. 사샤가 두 번째에 이어 세 번째로 데이트를 승낙했을 때, 내겐 정신을 차려야 할 이유가 생겼다. 그녀가 나를 남자친구 라고 소개하는 말을 처음 들었을 때 내겐 평일 밤에 술을 자제하고 퇴학당하지 말아야 할 이유가 생겼다. 사샤를 내 발전의 주요한 원 동력으로 삼아, 나는 바닥에서 올라가기 시작했다.

사샤를 만나서 나는 다시 현실에 발을 붙였다. 그녀의 미소, 그 녀의 행복과 그녀의 웃음이야말로 말 그대로 내가 지금껏 살아가 는 유일한 이유다. 지난 10년간 매일 그 생각을 하며 살아왔다.

그래서 뒷베란다에서 산을 올려다보며 미소 짓는 사샤를 보는 것, 우리 땅을 처음 보고 너무나 행복해하는 모습을 보는 것만으로 나는 정말 족했다. 앞으로도 내가 바랄 것은 그뿐이다.

그날 밤 우리는 구태여 짐을 풀고 이삿짐을 안으로 들이지 않았 다. 캠핑용 스토브로 파스타를 만들어 먹고, 베란다에 캠핑 의자를 두고 앉았으며, 거실 구석에 매트리스를 깔고 잤다.

다음 날, 이 집에서 처음 맞는 아침, 우리는 일어나서 집을 둘러 싼 울타리를 따라 쭉 걸었다. 아직 날씨가 따뜻하지는 않았지만, 우리는 연못가에 피크닉 매트를 깔고 점심을 먹은 다음 우리 소유 지를 가로지르는 개울을 저 위에서 아래까지 따라가 보았으며, 부 지에 있는 모든 나무와 초원을 샅샅이 살폈다. 그때까지 그날은 내 인생 최고의 순간이었다.

우리는 흥분감에 짜릿해진 채로 이 땅에서 무엇을 할지 환상적이 고도 더없이 비현실적인 계획을 세워나갔다. 이곳에서 보낸 첫 세 시간 동안 여기에 스노파크를 만들고 스키 점프대를 세우고 10점 짜리 양궁 경기장을 만들고 방문객이 묵는 '자그마한 고향 마을'을 짓고 와인을 마실 수 있는 데크를 개울을 따라 여러 군데 깔자는 계획을 짰다. 우리는 꼭 이것들을 다 짓자고 약속했다.

대시는 내가 본 개 중 세상에서 가장 행복한 개가 되었다. 나는 그동안 녀석이 고지대의 새들과 물새를 사냥하도록 훈련시켰고, 우리는 꽤 많은 사냥감을 잡았었다. 그러니 대시는 모험이란 걸 꽤 경험했고 재미있는 삶을 살긴 했지만, 결국은 5년 내내 자그마한 뒷마당만이 자기 몫이던 도시 개였다. 그런데 이제는 집을 중심으 로 울타리를 둘러놓은 몇만 평의 땅은 물론이고 그 너머로도 왕국 만큼 어마무시하게 넓은 땅을 갖게 된 것이다.

이곳에 정착하고 두 주는 그림을 걸고 높다란 침대를 조립하고 정원에 이른 봄작물을 심느라 쏜살같이 지나갔다. 처음 몇 주 동안 샤샤는 매 순간 놀라워하고 흥분했고, 어느 때는 한없이 평온한 표정을 짓기도 했다. 대시도 사샤와 나처럼 완연한 천국에 사는 것 같았다.

사샤가 미리 통신사에 설치 일정을 잡아둔 덕분에 이사 첫 주에 인터넷을 쓸 수 있었다. 그리고 손님방을 사샤의 서재로 바꾸었다. 그곳에서 그녀는 전화를 받고 화상 회의를 하면서 재택근무를 서서히 익혀갔다. 인터넷을 설치하러 온 직원들과 덴버에서 사샤가 타던 스바루 자동차를 가져오도록 고용한 차량 배달 서비스 직원들을 제외하면, 우리가 본 사람이라고는 시골길이나 국유림의 기점을 오가느라 집 옆을 지나는 이들뿐이었다.

집의 북쪽과 동쪽, 심지어 남쪽의 일부도 국유림이었다. 인접한 사유지는 스타이너 목장뿐이었다. 스타이너 목장은 우리 서쪽에 바로 맞붙어 있고, 우리 남쪽으로는 지방도로를 건너야 나온다. 엄밀히 말하자면,

우리 땅이 포함된 골짜기에 또 다른 목장이 있긴 있다. 베리크리크 목장으로, 스타이너 목장의 남쪽에 있는, 800만 평에 달하는 거대한 땅이다. 하지만 그 목장의 진입로는 주 고속도로와 멀리 떨어져 있다. 골짜기 아래와 주 고속도로 건너편에 꽤 많은 가족 단위 주택과 자그마한 목장이 작은 구획 안에 모여 있다. 하지만 주 고속도로를 중심으로 우리가 있는 지역에는 지방도로 주변의 큰 땅을 단 세 명만이 소유하고 있다. 그래서 실제 지방도로에서 접근하기 편한 곳으로 따져보자면, 사샤와 나, 그리고 스타이너 부부만이 여기에 사는 유일한 사람이다.

우리 옆에 이웃이 딱 하나밖에 없다니, 그것도 실제로는 2킬로

미터도 넘게 떨어져 있다니. 맙소사, 그거야말로 이 공간에서 내가
가장 마음에 드는 점이다.

이곳은 조용했다. 아름다웠다. 이제야 집에 온 느낌이었다.

4
사샤

이곳에서 살기 시작한 지 3주째, 나는 재택으로 일하는 데 익숙해지기 시작했다. 내가 몸담은 곳은 광고업계로, 내 동료들은 거주지에서 멀리 떨어져 사는 프로젝트 매니저들과 일하는 데 익숙했지만, 실제로 내가 재택으로 일해보니 그다지 편리하지는 않았다. 하지만 그래도 괜찮았다. 나의 팀원들도 지지해 주었다. 내가 얼마나 여기서 살고 싶어 했는지 알고 있었으니까.

얼마 뒤에 시간을 더 끌다가는 조만간 이웃에게 자기소개도 없는 무례한 인간들로 여겨질 거라는 점에 서로 동의했다.

그주 토요일 아침, 우리는 파이를 두어 개 만든 다음 도요타 4러너를 타고 스타이너 부부를 만나러 갔다. 정문을 들어서자 400미터쯤 되는 진입로가 나왔다. 폰데로사 소나무와 포플러나무 군락이 군데군데 들어선 가운데 통통한 소들이 있는 목초지를 지나자 집이 나왔다. 멋진 곳이었다. 산맥이 아주 찬란한 경치를 뽐냈다. 드넓은 정원은 잘 손질되어 있었고, 활기가 넘쳤다. 사방에서 좋은 기운이 가득했다.

집은 거대한 헛간 두 개와 트랙터 차고, 커다란 작업장 사이에 자리 잡고 있었다. 우리가 다가가자, 차도에 선 나이 든 사람이 고개를 돌려 우리를 바라보더니 손을 들어 인사했다. 그는 우리가 차를 댄 곳으로 천천히 걸어왔다.

"댄 스타이너요. 당신들은 새 이웃이겠지요?"

댄은 우리에게 한 명씩 차례대로 인사하며 따스한 미소를 지었다. 해리는 손을 내밀었다.

"네, 선생님, 해리 블레이크모어라고 합니다. 이쪽은 사샤예요."

나는 미소를 지으며 해리에 이어 그와 악수했다.

"안녕하세요, 댄. 만나 뵈어 반가워요."

댄은 70대 초반 같았지만 아직도 상당히 활기차 보였다. 그의 동작에선 몸을 마음대로 얼마든지 움직일 수 있다는 기색과 근력이 드러나서, 40대 못지않게 쌩쌩해 보였다. 손은 버펄로 가죽 같고 이목구비는 나무를 조각한 것 같았다.

곧바로 노부인 하나가 헛간에서 나왔다. 그녀 역시 댄과 비슷한 또래였고, 댄만큼 건강해 보였다. 그녀의 얼굴에는 현명함이 흘렀다. 마치 퀴즈쇼에서 3번 문 뒤에 뭐가 있을까 모두가 호들갑 떨 때도 뭐가 있을지 아는 듯 태연할 것 같은 분이었다. 그녀는 자신을 루시라고 소개했고, 우리는 모두 평범하고 사교적인 인사를 나누었다.

노부부는 1970년대부터 이 스타이너 목장을 소유했다는 이야기를 해주었다. 그리고 1996년부터 2011년까지 우리 집에 살았던 가족과 친하게 지냈다고도 알려주었다. 그 가족을 끝으로 그 땅에 살았던 사람은 없다고 했다. 그들이 이사 간 뒤 목장부지 부동산 투자 회사가 그곳을 구입했기 때문이었다. 루시의 말에 따르면, 부동산 회사 직원들이 1년에 한두 번씩 목장에 들렀지만, 대개는 사냥을 하기 위해서였다. 댄과 루시는 쭉 함께 살아갈 이웃이 생겨서 참 신난다고 했다. 그들은 우리가 선물한 파이를 무척 고맙게 받았다. 해리는 진심을 담아 "혹시 필요한 게 있으시면 언제든 전화하시거나 들러주십시오"라고 말했다. 그러자 노부부 역시 같은 말을 우리에게 돌려주었다.

이제 "그럼 다음에 뵐게요"라고 말할 때가 왔다고 느껴지자, 댄은 히죽 웃으면서 해리를 가리켰다.

"자네 보병이오?"

해리는 자기 두 손을 내밀고 내려다보며 대답했다.

"그렇게 티가 납니까?"

댄은 껄껄 웃으며 무릎을 쳤다.

"하, 난 1마일 밖에서도 알아볼 수 있지! 육군이오, 해병이오?"

"해병대 보병 소총수였습니다."

"졸병이군! 아니, 잠깐, 소총수였다니? 왜 지금은 아닌 것처럼 말하시오? 해병은 죽어서 관짝에 실릴 때까지 해병 아니던가?"

해리는 미소를 지으며 고개를 끄덕였다.

"네, 저도 알죠. '한번 해병은 영원한 해병이다.' 하지만 윗선에서 그러더군요. 여길 그만두면 여러분같이 훌륭한 납세자분들께서 제 대학교 등록금을 대신 내주실 거라고요. 그래서 당장 해병을 때려치우고 뒤도 돌아보지 않았습니다."

해리는 언제나 이런 농담을 해댔고, 그러면 노인들은 항상 웃었다. 댄과 루시도 마찬가지였다.

"아주 잘했소. 나는 해군에서 복무했소. 정비병이었지. 콜로라도에서 4년 있었소."

해리는 알겠다며 고개를 끄덕였다.

"음, 전문병으로 복무하신 걸 보니, 선생님께서는 저보다 훨씬 나은 선택을 하셨군요."

댄은 그 말에 껄껄 웃었다.

"아프가니스탄이었소? 아니면 이라크?"

해리는 한 번 고개를 끄덕였다.

"아프가니스탄에 잠깐 있었습니다."

댄은 씩 웃는 것으로 대답했지만, 억지 미소 같았고 심지어 미안한 기색처럼 보였다.

"해병대 소총수로 지내기에는 참 지옥 같은 곳이라고 들었소."

"확실히 다채로운 경험을 하긴 했습니다."

"그랬겠지."

댄의 미소는 사라지고 이제 궁금한 기색이 드러났다.

"자, 자네도 알겠지만 지난 세월, 음…… 10년 가까이 말이지, 자네 땅을 소유했던 부동산 투자 회사는 우리와 이 목장의 계절노동자들에게 그 땅을 돌봐주는 대가로 돈을 주었다오. 대개는 나무와 덤불을 가지치고 산불이 잘 나는 철이 오기 전에 풀을 깎고, 우물과 정화조를 수시로 확인하는 일이었지. 게다가 내가 지난 수십 년간 거기서 말을 타고 사냥하면서 참 오래도 지냈단 말이오. 우리는 그곳을 누구 못지않게 잘 안다오. 그러니 진심으로 여러분에게 몇 가지 알려주고 싶소. 아주 중요하다고 생각하는 관리 지침을 몇 가지 조언해 주고 싶단 말이지. 어쩌면 곧 다시 만나서 한두 시간 쯤 함께 다녀볼 수도 있지 않겠소?"

이제는 내가 끼어들 시간이었다. 해리가 꼭 필요하지는 않은 사교적 요구를 없던 일로 해버릴 위기마다, 나는 종종, 그것도 재빨리 관여해야 했다.

"그래주시면 정말 감사하죠! 이 땅에 대해 아시는 것들을 저희도 꼭 알고 싶어요! 내일 저녁 시간 괜찮으세요?"

나는 해리를 올려다보며 그의 팔을 꼭 쥐었다. 제발 '자기야, 바보처럼 굴지 마'라는 나의 뜻을 알아채야 할 텐데.

해리의 반응을 보자 내 마음을 알아준 것 같았다.

"그러자. 나도 내일 저녁이 딱 좋겠어. 두 분은 어떠세요?"

자기, 잘했어.

루시는 미소를 띠며 대답했다.

"좋아요! 그럼 5시쯤 들를게요. 와주어서 정말 고마워요. 여기 종종 와줬으면 좋겠네요."

그 말을 끝으로 우리는 차에 올라 집으로 향했다.

"내가 초대하기로 했다고 징징댈 생각은 하지 마, 자기. 저분들 아주 상냥하신 것 같아. 두 분 지식이 큰 도움이 될 거라고. 응?"

"그래, 알아. 자기 말이 맞아. 나도 즐겁게 있을 거야. 믿을 만한 이웃 같아."

나는 해리의 얼굴을 유심히 보았다. 다른 퇴역군인과 만나는 일은 해리에게 모 아니면 도였다. 어떨 때는 그런 군인들이야말로 이 세상에서 유일하게 동질감을 느끼는, 자신을 이해해 줄 유일한 타인이라 느끼는 것 같았다. 하지만 어떨 때는 그런 놈들이야말로 다시 보고 싶지도 말 섞고 싶지도 않은 인간인 것으로 밝혀졌다. 왜 이렇게 반응이 갈리는지 해리가 제대로 설명한 적은 한 번도 없었지만, 굳이 설명할 필요도 없었다. 왜 그런지 알 것 같았으니까.

해리를 보고 있으면 가끔 그가 얼마나 감정적으로 힘들어하는지 알 수 있다. 그럴 때마다 나는 해리의 부모님에게 설명할 수 없는 분노를 느낀다. 그분들에게 소리를 지르고 싶었다. 부모에게 외면당하면서도 이만큼 어엿하게 자란 아들을 두 눈으로 똑똑히 보았어야지, 뭐가 그리 바쁘다고 일찍 세상을 떠나셨냐고. 해리의 아버지는 뵌 적 없지만, 어머니와는 적어도 몇 번의 주말을 함께 보냈다. 하지만 그때 그분은 이미 빈껍데기나 마찬가지였다. 시어머니는 우리가 결혼하고 몇 달 뒤 심장마비로 죽었다.

내 부모도 그보다 나을 게 별로 없는 사람이지만, 그래도 내가 비교적 무해한 어린 시절을 보낼 수 있게 키워주었다. 적어도 나는 안전한 마을의 조용한 집에서 자랐다. 부모님과 나는 파고사 스프링스에 살았다. 엄마는 식당에서 일하며 대마초를 재배했고, 아빠는 내가 태어나기 전부터 울프크리크 스키장에서 일했다. 아빠는 아직도 그곳에서 일하면서 1년에 150번 이상 스키를 탄다. 두 분은 내 학자금을 한 푼도 대주지 않았을뿐더러, 대학에 가면 어떻겠느냐는 말조차 꺼낸 적이 없었다. 내가 독립한 뒤로 뭘 이루었는지에도 전혀 관심이 없다. 하지만 그래도 여전히 부모답게 행동하긴 한다……. 가끔, 어느 정도는 말이다.

나는 때때로 생각한다. 우리가 만나기 전에 해리가 그런 일을 겪지 않았으면 어땠을까. 그래도 지금과 같은 사람이 되었을까. 솔직히 말하자면, 나를 만나기 전에 해리가 그토록 많은 일을 겪어서 다행이라는 생각이 들 때가 있다. 그렇지 않았다면, 해리는 날 이토록 깊이 사랑하지 않았을 테니까.

아이의 발달이 타고나는 것인지 교육에 의해 결정되는 것인지 모르겠지만, 어쨌든 그 결과로 지금 내가 바라보는 이 남자가 이루어졌다. 얼굴에 햇빛을 받으며 진입로를 따라 산속 우리의 작은 목장으로 나를 태우고 달리는 남자. 그래서 감사할 뿐이다.

제2부

봄

5

해리

우리의 땅에서 보낸 첫 2주 동안, 우리는 렉스버그시에 있는 농장과 목장용품 가게에 몇 번 들렀다. 그곳에서 정원 텃밭을 만들 울타리용 목재와 공구 몇 개, T자형 기둥을 수십 개 샀다.

렉스버그는 집에서 남서쪽으로 80킬로미터 정도 떨어져 있고 인구가 2만 5000명쯤 되는, 우리가 보기엔 북적거리는 대도시다. 집에서 차로 한 시간 거리에 있는 도시 중 가장 컸다. 사샤와 나는 처음으로 이곳 시내를 운전해 지날 때 조용히 차창 밖을 바라보았다. 그리고 이제 이 마을이 우리 삶의 도심지가 되었다는 사실을 고요히 성찰했다. 북서쪽에 있는 작은 도시 애슈턴이나 남쪽에 있는 드릭스에는 작은 식료품점을 비롯해 쇼핑할 곳이 좀 있었지만, 렉스버그는 엄연한 '도시'인데도 타깃*조차 없었다.

댄과 루시를 만난 그 주 일요일, 우리는 낮에 목초지에서 울타리 작업을 하고 정원 손질을 마무리하는 게 좋겠다고 결정했다. 그리고 산불 조심 기간이 오기 전에 몇 주 정도 풀을 뜯어 먹어줄 양을 구할 방법을 알아보기 시작했다. 그러니 목초지의 울타리 몇 군데를 아주 세심하게 손봐주어야 했다. 날씨는 무척 좋았고, 이 땅에는 우리와 개밖에 없었다. 이런 봄날에는 곧 긴긴 낮과 따스한 밤이 이어지는 여름철이 성큼 다가오겠구나 싶은 향기가 난다.

우리는 낡고 부서지고 녹슬고 구부러진 기둥을 새로 산 T자형 기둥으로 교체할 작정이었다. 찾아보니 망가진 기둥이 실제로 있었다. 사샤와 함께 기둥 열 개를 교체하는 데 두 시간이 걸렸다. 이렇게 느린 속도라니, 기억해 두었다가 훗날 지금을 떠올리며 미숙했던 우리를 놀릴 일화가 생긴 셈이다.

나는 마지막 기둥을 땅에 망치로 박아 넣었다. 망치 머리가 기둥을 박는 쨍그랑 소리가 목초지를 지나 저쪽 숲까지 쩌렁쩌렁 울렸다. 사샤가 나를 쳐다보며 웃는 걸 알아챈 나는 망치 머리를 기둥 위에 대고 멈춰 선 채 얼얼한 손에 피가 돌도록 털면서 마주 웃어 주었다.

"나도 어엿한 목장주인이 되려면 아직 멀었다는 거 알아, 자기야. 잘 안다고."

그녀는 웃으며 고개를 저었다. *어쩌면 저토록 미치게 예쁠까.*

"해리, 잘하고 있어. 어엿한 목장주인답게 일하고 있다고! 자기 땅의 목장 울타리를 수리하는데, 이게 목장주가 아니면 뭐야!"

◆ 미국의 유명 슈퍼마켓 체인.

그녀는 두 팔을 벌리고 우리의 땅을 향하더니 그 자리에서 빙글빙글 돌았다. 그동안 대시는 사샤를 올려다보며 그녀의 발치에서 껑충껑충 뛰었다.

이내 사샤는 내게 다가와 내 허리를 감싸고서 지그시 눈을 맞추었다.

"우리가 해내서 만족하지? 이게 자기가 바란 거 맞지?"

나는 그녀에게 입 맞추었다.

"난 자기만 있으면 돼. 하지만 그래…… 맞아. 이게 바로 내가 바랐던 거야. 자긴 만족해?"

사샤는 내게 미소 지으며 고개를 끄덕이기 시작했다.

"나도 당연히 만족하지. 게다가 자기가 이 땅을 관리하는 데 전념하잖아. 난 이렇게 힘든 일은 주말에밖에 못 해. 내가 가장이고, 자긴 토지 관리인이지."

"음…… 그런 것 같네. 그렇지?"

그녀는 미소를 짓더니 내게 다시 키스했다.

"오늘은 여기까지 하자. 댄과 루시가 곧 올 거야."

사샤는 허리를 굽혀 삽을 들고 작업하던 울타리를 가리키고는 짓궂게 웃으며 덧붙였다.

"하지만 내일은 제일 먼저 이 망할 울타리부터 마무리 지으시죠, 덩치 큰 아저씨."

우리가 정리를 막 끝냈을 무렵 댄과 루시가 커다랗고 낡은 포드 F250을 타고 진입로로 들어왔다. 그들을 맞으러 나가서 인사하고 안마당으로 들어가며 잡담을 나누는 동안, 그들은 알겠다는 눈빛으로 주변을 훑어보았다. 나는 댄이 커다란 목화나무의 줄기를 두드리는 모습을 보았다. 그는 루시에게 이 오래된 나무가 어떻게 살아남았는지에 대해 몇 마디 했다. 과연 두 사람은 우리 땅에 대해 잘 알고 있었다.

이어지는 한 시간 동안 걸어 다니며 스타이너 부부가 우리 땅에 대해 짚어주는 점과 제안하는 내용을 들었다. 그동안 대시는 우리 뒤를 졸졸 따라왔다. 그들은 우리에게 많은 이야기를 해주었다. 우물, 펌프, 대수층과 1년 중 목초지에 물을 대야 하는 시기들에 대한 내용이었다. 마당에 있는 과일나무 철마다 어떻게 가꾸어야 하는지도 추천해 주었다. 그리고 겨울에 눈을 피해 엘크들이 산에서 내려오기 시작할 때 보통 어느 부분의 울타리를 망쳐놓는지도 보여주었다. 가장 좋은 버섯이 자라는 곳도 알려주었고, 어떤 나무가 앞으로 1, 2년 안에 죽을지 몇 그루 짚어주었으며, 개울이 넘치는 해에는 어느 지점이 범람하는지 알려주었다. 두 사람은 그런 유의 이야기를 계속했다. 그 땅뙈기에서 일하면서 땅을 읽고 앞날을 예측하는 법을 익혔을 때에야 비로소 체득하게 되는 그런 잡지식 말이다.

두 사람과 걷는 동안 머릿속에 여러 생각이 스쳤다. 두 분은 이 계곡을 익히기 위해 참 많은 시간을 들였겠지. 주변 자연과 이만큼이나 연결되어 사는 존재를 곁에서 보자 감동으로 마음이 겸허해졌다. 이곳에서 아주 오랫동안 살아온 이들이 매일을 의식적으로 영위하며 인생을 보내는 모습이라니. 두 사람의 지식은 아주 겸손했고, 그래서 나는 그 지식을 원했다. 너무나도 간절히 원했다.

루시가 댄을 몇 번이고 힐끗대는 모습도 알아차릴 수 있었다. 루시는 짧은 눈빛을 던지면서 볼살 안쪽을 씹고 이마를 지그시 찡그렸다. 댄은 잠시 아내와 눈을 마주치고서 시선을 돌리거나 그저 설명을 계속했다.

우리가 다시 집으로 돌아갔을 때, 루시는 사샤에게 우리 목장에서 야생 아스파라거스가 자라는 곳을 보여줘도 되겠느냐고 물었다. 그런데 남자들만 마당에 남겨두고 떠나기 전, 루시가 댄에게 다시금 걱정스러운 표정을 짓는 게 언뜻 보였다. 그 표정은 나타나자마자 빠르게 사라졌다. 루시는 사샤와 팔짱을 꼈고, 나는 두 사람이 걸어가며 대화를 나누고 웃는 소리를 들었지만 무슨 이야기를 하는지는 알아들을 수 없었다.

댄은 나에게 현관 베란다에서 잠시 이야기할 수 있겠느냐고 물었다. 그래서 나는 댄에게 맥주를 좀 마시겠느냐고 권한 다음 맥주 두 병을 가지고 돌아와 자리에 앉았다.

차가운 맥주를 한 모금 마시자 이거다 싶었다. 댄도 맥주를 길게 쭉 들이켠 다음 병을 내려놓더니 의자를 돌려 나를 똑바로 마주 보았다. 제대로 자리를 잡은 그는 팔꿈치를 무릎에 얹고서 손깍지를 낀 채로 몸을 숙이고 내 두 눈을 빤히 바라보았다. 나는 그와 한참 시선을 맞추다가 어느새 나도 모르게 의자에서 앉은 자세를 살짝 고치고 있었다. 어색한 분위기를 막 깨뜨리려던 순간, 댄이 적당한 말을 끄집어내야겠다는 듯 아래를 내려다보다가 다시금 고개를 들더니 강렬한 눈빛으로 나를 빤히 바라보았다.

"자네 말이야, 우리가 지금껏 살펴보고 일러준 것들은 이 땅을 관리하는 데 도움이 될 걸세. 하지만 이것 말고도 자네에게 해줘야 할 아주 중요한 이야기가 몇 가지 있어. 설명하기 어렵긴 한데, 어쨌든 아주 세심하게 신경 써야 하는 일일세. 아무리 강조해도 지나치지 않을 만큼 중요해. 정말 중요하다고. 알겠나?"

나는 그만 슬쩍 웃고 말았다. 어색하리만큼 진정성이 듬뿍 담긴 말에는 어쩔 수 없이 불안하게 반응하는 게 나의 습관이었다. 그러나 나는 댄을 존중했기 때문에 맥주병을 내려놓고 그와 시선을 마주한 채 고개를 끄덕였다.

"물론입니다, 댄. 듣겠습니다."

"지금부터 내가 하려는 말은…… 이상하게 들릴 걸세. 알겠나? 어쩌면 아주 무서울 수도 있어. 하지만 진지하게 들어주게. 내가 지금 말해주는 사항 덕분에 자네 목숨을 구할 수 있을 거야. 아마 구하게 될 걸세. 내가 실제로 전쟁에서 자네와 함께 1년 동안 복무한 하사관이라고 생각하고 내 말을 듣게. 자네는 방금 비행기에서 내린 풋내기 보병이라고 생각하고."

나는 보통 이런 식으로 군대를 들먹이는 비유들은 죄다 헛소리에 유치하다고 생각하지만, 이분이 얼마나 진지한지 생생하게 느껴지는 바람에 그냥 고개를 끄덕이고 눈을 마주쳤다.

"알겠습니다."

댄은 고개를 끄덕이고는 재킷에서 접은 종이 몇 장을 꺼내 내 앞에 들어 올리고는 우리 사이에 있는 테이블에 놓았다. 아래를 내려다보자, 첫 장 윗부분에 커다랗게 쓰인 '봄'이라는 단어가 보였다. 그때 댄의 말이 시작되어서 나는 다시 그의 얼굴을 쳐다보았다.

"1996년 겨울에 시모어라는 가족이 이 목장을 샀을 때도 루시와 나는 여기 와서 지금 하려는 이야기를 그대로 들려주었다네. 그 뒤로는 누구와도 이런 대화를 나눈 적이 없어. 우리가 여기로 처음에 이사 왔을 때, 제이컵슨이라는 나이 든 부부가 이곳에 살고 있었고, 헨리 가족은 길 위쪽에 있는 오래된 무상 불하◆ 토지에 살고 있었지. 그 땅은 나중에 조가 사들여서 지금은 베리크리크 목장의 일부가 되었다네. 이제 이 계곡에 있는 토지 소유주는 나라를 제외하면 조랑 루시와 나, 자네 둘뿐이야. 조 부부는 이 골짜기에 있는 모든 걸 샀고."

나는 고개를 끄덕였다.

"네, 저도 베리크리크 목장을 봤습니다. 꽤 넓은 땅이더군요. 선생님은 그곳 소유주인 조라는 분과 친구십니까? 저도 만나 뵙고 싶군요."

댄은 고개를 끄덕였다.

"그러겠네. 그는 쇼쇼니족◆◆과 배넉족◆◆◆ 출신이야. 조의 가족은 그 누구보다도 오랫동안 이 골짜기 땅을 소유했지. 그들의 조상은 로마제국이 망하기 전부터 이 나라에서 살아왔으니까. 지금부터 자네에게 해줄 말도 조가 나와 루시에게 해준 말이었다네."

나는 고개를 끄덕이고는 시선을 돌렸다. 잠시 뒤 댄을 바라보니, 그는 곁눈질로 나를 바라보며 말을 이었다.

◆　　 국가 또는 공공 단체의 재산을 개인에게 팔아넘기는 일.
◆◆　 Shoshoni, 네바다 분지의 북미 원주민 부족 가운데 하나.
◆◆◆ Bannock, 현재의 아이다호 남부에 살았던 북미 원주민 부족.

"우리가 만난 지는 며칠 되지 않았지만, 내 말을 귀담아듣게. 무슨 개소린가 싶겠지만, 그래도 내 말을 믿어보란 말일세. 그래, 처음에는 믿지 않을 것 같긴 해. 그래도 끝까지 들어보고, 자네를 놀리려고 이런 말을 하는 게 아님을 믿어주게."

그는 말에 여운을 남겼다. 나는 할 말을 잃은 느낌이었다. 뭔가 오싹하기도 했다. 하지만 이웃집 노인장은 내가 보기에 참 멋있는 산사람이고 조금 전까지만 해도 아주 현실적이고 지혜로워 보였다. 그런 사람이 선수를 쳐서 본인이 앞으로 떠들어댈 말이 터무니없이 들릴 거라는 언질을 주다니. 나는 몸을 앞으로 내밀고 목을 빼 사샤와 루시가 어디 있는지 보려고 했지만, 두 사람은 벌써 보이지 않았다. 댄은 내가 불안해하는 기색을 감지하고 내가 보는 곳으로 시선을 돌렸다.

그러고는 자신의 두꺼운 손으로 다급하게 손짓했다.

"두 사람은 잘 있으니 걱정하지 말게, 저 연못가에 앉아 있어."

몸을 내밀어 보니 사샤가 루시와 함께 집을 마주하고 통나무에 앉은 모습이 보였다. 그 뒤 개울에서는 대시가 놀고 있었다. 댄의 목소리가 나를 다시 현실로 끌어들였다.

"루시도 지금 사샤에게 똑같은 말을 해줄 걸세. 그러니 내 말을 잘 들어주게. 알겠나?"

나는 고개를 끄덕였다.

"그럼요, 댄. 끝까지 듣겠습니다."

댄은 나를 한동안 지그시 응시하더니, 우리 사이에 있는 테이블에 아까 올려놓았던 종이들을 집어 들었다.

"자네에게 할 말을 적어두었다네. 자네와 사샤는 이걸 외워야 하니 말일세. 이걸 태어날 때부터 알았다는 듯이 기억해 두게. 여기 복사본이 몇 부 더 있네. 루시도 지금 사샤에게 복사본을 주고 있을 걸세. 그러고는 같이 검토하겠지. 이걸 절대로 잃어버리지 말게. 베껴 써두게. 손으로 필사를 해. 판자때기에 새겨서 방에다 걸어두게. 무슨 일이 있어도 그렇게 하라고."

그는 종이를 다시 우리 가운데 놓인 작은 테이블에 두고는 두 손을 모은 다음 다시 나를 올려다보았다.

"자, 이제 내 말이 끝날 때까지 질문하지 말게."

6

사샤

우리는 현관 앞에 서서 댄과 루시가 진입로를 나가는 모습을 바라보았다. 그들은 흙길을 따라 자기네 집으로 돌아갔다.

"해리…… 대체 이게 뭐였지?"

해리는 그들의 트럭을 바라보며 고개를 천천히 저을 뿐이었다. 트럭이 진입로를 따라 멀어지며 점점 작은 크기로 보였다.

"뭔 소린지 전혀 모르겠어."

노부부의 트럭이 마침내 시야에서 완전히 사라지고, 떠난 자취에서 희미한 먼지만이 피어올랐다. 해리와 나는 집 뒤쪽으로 걸어가 주방 맞은편 뒷베란다에 앉아 방금 일어난 일을 이해해 보려고 했다.

처음에 난 해리의 행동이 약간 언짢았다. 해리와 댄 사이에 무슨 일이 있었는지는 모르겠지만, 댄이 해리를 자극했던 모양이다. 해리는 말 그대로 노부부를 우리 소유지에서 쫓아냈다. 그 과정에서 폭력이나 거친 언쟁이 있지는 않았지만, 해리는 그들이 나가야 한다고 곧바로 결론을 내려버렸다. 난 해리를 좀 사납게 비난했다. 그분들을 마구 내쫓아 버린 건 참 무례한 짓이라고, 이제 앞으로 그분들을 볼 때마다 *끔찍할* 정도로 *어색할* 거라고 말이다.

하지만 동시에, 나는 해리의 말에 반박하지 못했다. 우리가 그들을 쫓아낸 것과는 상관없이 우리와 그들 사이는 어색해질 수밖에 없었으니까.

"그 사람들은 우리를 엿 먹이려고 하는 거야. 아니면 미쳤거나. 둘 중 하나뿐이야, 사샤. 그 두 가지는 공존할 수도 없어. 이쪽 아니면 저쪽, 둘 중 하나밖에 없다고."

나는 해리의 말에 동의해야 했지만, 루시의 편을 약간은 들어줄 수밖에 없었다. 루시는 참 멋진 분이었다. 모든 점이 그랬다. 그녀와 내가 통하는 면이 있다는 걸 곧바로 느낄 수 있었다. 두 분 다 어쩜 이런 분들이 있을까 싶게 좋은 분들이었고, 세련된 말씨를 가진 목장 소유주이자 관리인인 줄 알았는데……. 대체 무슨 소리인지도 모를 말을 지껄이다니. 믿기 어려웠다.

해리는 고개를 젓더니 대놓고 웃으며 말을 시작했다.

"계절마다 찾아오는 산 악령이라니, 그게 무슨 소리야? 그러니 공물을 바쳐야 한다고? 퍽이나 창의적인 이야기지. 게다가 전달방식도 웃기지도 않게 열정적이고 극적이야."

해리는 주먹을 쥐어가며 마지막 말을 강조했다.

"정말로 혼신의 힘을 다해 주장하더라니까. 감탄할 정도로 연기를 잘하는 사람이 아니라면야, 정말로 '저주받은 골짜기'라는 헛소리를 믿나 본데. 루시도 댄만큼 감정을 실어서 진지하게 말했어?"

나도 이젠 어쩔 수 없이 해리를 따라 웃고 말았다. 나는 대답 대신 어깨를 으쓱였다.

"응, 내 말은, 루시가 최선을 다해서 자기 말을 믿도록 나를 설득했다는 거야. 그 말을 진지하게 받아들여주길 바랐어. 마지막에 내가 루시와 마당으로 돌아왔을 때, 자기가 그분들더러 나가라고 했잖아. 그때 루시가 자기 손을 잡고 눈을 바라보면서 본인들이 알려 준 소소한 '악령 보호' 규칙을 따르라고 애원했잖아. 나한테도 똑같이 그랬어."

그때 루시가 얼마나 진지했는지 생각하니 등골이 오싹해졌다. 루시와 나는 연못가에 10분 정도 앉아 있었는데, 갑자기 해리가 현관 앞에서 우리에게 집으로 돌아오라고 소리를 질렀다. 그때 루시는 '곰 추격'이라는 우습지도 않은 상황을 설명하고 있었다.

해리가 우리를 부르는 순간, 나는 뭔가 이상한 일이 일어나고 있다는 걸 깨달았다. 루시는 그때도 같은 표정을 내비쳤다. 말하자면, 이럴 줄 알았다는 표정이었다. 루시는 해리 쪽을 돌아보지 않았지만, 어깨를 축 늘어뜨리고 눈을 내리깔더니 나와 함께 일어서면서 입을 꾹 다물고 미소를 지어 보였다. 내가 지금 무슨 일이 일어나고 있는 건지 묻기도 전에, 그녀는 이미 나가라는 말을 들으리라는 사실을 예상했던 듯했다. 만약 해리가 그들을 먼저 내쫓지 않았더라면, 나는 제아무리 소름이 끼쳤다 해도 예의상 루시의 소소하고 기괴한 설명을 분명히 끝까지 들어주었을 것이다.

"사샤."

해리가 나를 부르는 소리에 루시 생각이 뚝 끊겼다. 고개를 들자 해리가 눈썹을 추켜세우고 즐거운 미소를 지은 모습이 보였다. 그 표정에 갑자기 짜증이 확 일어났다.

"사샤, 설마 그 두 사람 말을 믿는 건—"

나는 해리가 무슨 말을 할지 알고 손을 들어 말을 끊었다. 그러고는 일부러 가벼운 목소리로 말했다.

"해럴드, 지금 자기랑 토론할 마음 없어. 난 자기만큼이나 이상한 사람이잖아. 자기가 묻기 전에 짚고 넘어가자면, 아니야. 난 그분들이 한 말 하나도 안 믿어. 하지만 우리가 각각 들은 말이 같은 내용인지도 아직 모르잖아."

해리는 팔짱을 끼더니 댄과 루시가 두고 간 자그마한 종이 더미 쪽으로 고갯짓했다. 그 종이들은 집 뒷베란다에 있는 테이블에 놓여 있었다.

"댄이 나한테 한 말을 간추리자면, 계곡에 무슨 악령 같은 게 사는데, 그게 계절마다 새로운 모습으로 나타난다던가 하는 개소리였어. 봄에는 이런 짓을 하고, 또 여름에는 다른 짓을 하고, 계속 그런다고."

해리는 말을 뱉고서 누군가 담배 연기를 훅 내뿜기라도 한 듯 손을 내저었다.

"또 철마다 그걸 막기 위한 별난 짓 내지는 속임수나 의식 같은 게 있댔어. 의식도 계절마다 다르고. 루시도 똑같은 말을 했어?"

나는 고개를 끄덕였다. 그리고 해리 뒤에 펼쳐진 목초지를 바라보았다.

"기본적으로는 같은 이야기였어. 루시는 봄 이야기만 해줬어. 연못에 불빛이 보이면 어떻게 불을 피워야 하는지까지만. 그리고 여름에 나타나는 징후를 설명하려던 때에 자기가 불러서 대화가 끊긴 거야."

해리는 눈을 굴리더니 고개를 돌려 내가 보는 쪽을 바라보았다. 팔꿈치를 베란다 난간에 얹은 채였다.

"그래, 댄도 거의 똑같은 이야기를 했어."

잠시 뒤 해리는 고개를 돌리고 피곤한 눈빛으로 다시 나를 바라보았다. 그러더니 갑자기 웃기 시작했다.

"이거 진짜 너무너무 이상한 개소리잖아. 근데 그 사람들, 또 겉보기로는 엄청 정상적이고, 안 그래?"

나도 따라 웃었다. 그러고는 베란다에 있는 해리에게 다가가 팔로 그를 그러안고 등에 두 손을 얹은 채 그를 올려다보았다.

"그럼…… 다음에 그분들을 마주치면 대체 어떻게 반응해야 하지? 해리, 그래도 조금 더 예의 바르게 행동하지 그랬어. 그분들은 우리를 겁주려던 게 아니었을 수도 있어. 정말로 그렇게 믿고 있을지도 모르잖아. 일종의 망상처럼. 거기다 대고 그렇게 심하게 신경 질 낼 필요는 없었어."

나는 해리에게 키스했고, 그는 짜증스럽게 한숨을 내쉬었다.

"난…… 그렇게 무례하게 굴지는 않았어. 그냥 댄에게 이렇게 말했을 뿐이야. 정말 그런 헛소리를 믿는 건지, 아니면 우리를 엿먹이려고 지어낸 건지는 모르겠지만, 어쨌든 지금은 그런 빌어먹을 우스운 이야기를 웃으면서 들을 여유가 없다고."

나는 해리에게서 물러서며 고개를 갸웃거렸다.

"하지만 자긴 딱 봐도 화난 것 같았어, 해리. 무시무시한 이야기를 들은 게 정말로 불쾌해 보였어. 어쨌든 그분들은 우리 이웃이잖아. 여기 살려면 이웃이 중요해. 영원히 교류를 끊을 수는 없어."

해리는 베란다 바닥을 내려다보더니 다시 날 보았다.

"음, 댄과 함께 앉아 있는 동안 자기가 루시와 연못가에 앉아 있는 걸 살짝 봤어. 그때 자기가 무서워하는 것 같았어. 자기가 무서워하는 거, 난 싫어. 자기가 겁을 먹으면 내가 거칠어진다고. 언제나 그랬잖아."

해리는 어깨를 으쓱였다.

전에도 해리에게서 이런 말을 들은 적이 있었다. 그런 모습을 실제로 보기도 했었다. 해리는 고압적인 사람이 아니고 나를 과잉보호하는 편도 아니다. 하지만 내가 뭔가를 불편하게 여기는 모습을 직접 볼 때면, 나를 불편하게 하는 대상과 나 사이에 본능적으로 끼어들어 공격적으로 막아서곤 했다. 때로 그런 행동이 도를 넘을 때도 있었다.

대학 시절, 우리가 사귄 지 1년쯤 되던 어느 날 저녁이었다. 나는 아파트 앞에서 해리를 만나 학교 근처 펍에서 햄버거를 먹으려고 했다. 난 몇 달 전 스키를 타다가 발목이 부러진 상태였고, 목발까지는 짚지 않아도 될 정도로 낫긴 했지만 여전히 깁스를 하고 있었다. 집에서 나와 문을 잠그고 돌아서서 길가로 나가려던 순간, 거대한 너구리가 갑자기 몇 계단 아래 서서 나를 가로막고 쉿소리를 내며 으르렁댔다. 난 놀라 비명을 지르고 말았다. 너구리를 피해 한 계단 올라서거나 가슴에 모아 쥔 손을 다시 펼 새도 없이, 해리가 어둠 속에서 불쑥 나타나더니 계단을 다급하게 올라와 너구리의 뒷다리를 잡고 뒤로 던져버렸다. 너구리는 빙글빙글 돌며 거리 저편 어둠 속으로 사라졌다. 짐승이 아스팔트에 부딪혔을 때 난 우지끈 소리와 끙끙대던 숨소리를 아직도 기억한다. 무슨 일인지 내가 파악하기도 전에, 해리는 내 팔꿈치를 살며시 잡고서 진심으로 걱정하는 눈빛으로 날 위아래로 훑어보며 괜찮으냐고 물었다. 내가 너구리에게 물리기라도 한 듯이. 나는 다음 날 아침 학교 가는 길에 도랑에 있는 너구리를 보았다. 땅에 어떻게 떨어진 건지 등뼈가 부러져 부자연스럽게 몸통이 뒤틀린 너구리는 털이 온통 젖은 채 눈을 크게 뜨고 있었다. 사후 경직된 몸통에서 다리가 삐죽 솟은 모습이 아직도 눈에 선하다.

나는 그 기억을 억지로 덮어두고 해리를 돌아보았다.

"그래…… 자기 말대로 우리를 놀리는 게 아니라면 정말로 망상에 빠진 거겠지. 하지만 어느 쪽이든 그분들을 지나치게 공격적으로 내쫓을 필요는 없었어. 그분들이 우릴 위협한 것도 아니고, 이곳을 관리하는 걸로는 어마어마하게 많이 아시잖아. 그러니까, 조만간 두 분을 다시 초대하자. 그러고서 두 분을 내쫓은 걸 사과하면 어때? 자기가 좋든 싫든 해야 해."

해리는 두 주먹으로 허리를 문지르고 가슴을 쭉 폈다. 그러고는 나를 보던 시선을 동쪽으로 돌려 산을 바라보더니, 살짝 웃고는 긴장이 풀린 듯 한숨을 내쉬며 대답했다.

"그으으래, 뜻대로 하시지요, 마님."

나는 웃으면서 해리의 갈비뼈에 손을 대고 간지럼을 태우려 했지만, 그는 방어적으로 몸을 숙이면서 한 걸음 물러섰다. 나는 해리의 뒤를 쫓아갔고, 결국 우리는 다시 서로를 품에 안고 웃고 입맞춤을 나누었다. 우리는 대시를 뒷베란다에 두고 안으로 들어가 거실에서 사랑을 나누었다. 우리 집의 우리 거실에서.

그날 저녁 느지막이 일어난 우리는 와인 한 병을 따놓고 음악을 틀었다. 해리는 저녁을 짓기 시작했다. 나는 주방 아일랜드 식탁 앞에 의자를 끌어다 놓고 댄과 루시가 우리에게 두고 간 '산 악령' 이야기가 쓰인 종이를 들고 앉았다.

해리는 야채를 썰다 말고 내가 손에 든 종이를 보았다.

"아, 그렇지."

그는 칼을 내려놓고 서랍에서 라이터를 꺼내더니 짓궂은 미소를 지으며 아일랜드 식탁 너머로 슬며시 내게 다가왔다.

"가스레인지 점화기가 작동이 안 돼. 그 종이로 불을 붙이면 되겠다."

나는 깔깔 웃으면서 종이 뭉치를 가슴에 꼭 안고 고개를 저었다.

"꿈도 꾸지 마. 이건 황금 보물이라고. 빨리 스캔해서 친구들에게 보내주고 싶단 말이야. 아무도 안 믿겠지만."

해리는 미소를 지으며 눈을 흘기더니 다시 요리하러 돌아갔다.

그 종이 묶음의 표지에는 이 계곡을 맴도는 '산 악령'이 사계절마다 어떻게 다르게 나타나는지 개괄적으로 정리한 내용이 적혀 있었다. 뒷장부터는 봄에 무슨 일이 일어나는지 자세하게 서술해 놓았다. 나는 해리에게 말했다.

"내 생각에 그분들은 우리가 계속 긴장하길 바라는 것 같아. 그래서 발을 동동거리며 여름과 가을, 겨울에는 대체 어떡해야 하는지 속속들이 궁금해했으면 하는 거지!"

해리는 나를 쳐다보지도 않고 대답 대신 목구멍 깊숙이에서 이상한 소리만 냈다. 다음으론 두어 장에 걸쳐 기묘한 악령의 봄철 현현에 대한 내용과 안전하게 지내려면 따라야 하는 이상한 지침들이 자세히 설명되어 있었다. 나는 봄철 설명을 조용히 읽어보며, 루시가 내게 해준 말과 기본적으로 같은 내용이라는 걸 확인했다. 마지막 메모에는 우리가 다가올 첫 번째 봄의 반복적인 현상을 겪어내면 여름에 대해 더 철저히 알려주겠다는 내용이 적혀 있었다.

나는 해리를 올려다보았다.

"댄이 자기한테도 따라야 할 몇 가지 규칙이나 수행해야 하는 의식이 있다고 말해줬어? 그러니까 이 봄에…… 악령 같은 게 현현한다거나, 연못에 나타나는 작은 빛 때문에 생기는 위험을 피하는 방법 말이야."

해리는 돌아보지도 않고 대답했다.

"비슷한 이야기를 했지."

나는 해리를 좀 더 도발했다.

"해리, 말해줘. 댄이 뭐라고 했어? 그냥 알고 싶어서 그래. 그분들이 설명한 내용이 여기 적힌 것과 일치하는지. 봄에 '연못에 나타나는 빛'의 위험을 상쇄하거나 약하게 하는 방법이 뭐랬어?"

해리는 칼을 내려놓더니 양손을 벌리고는 피곤한 미소를 지으며 나를 힐끗 돌아보았다. 그러고는 고개를 저었다.

"전혀 모르겠어, 사샤. 루시는 뭐라고 했는데?"

"봄에 해가 지고 나서 연못에서 빛 덩어리를 보면 곧바로 벽난로에 불을 피워야 한댔어. 벽난로에 불이 붙자마자 연못에서 빛이 사라질 거라고."

해리는 몸 옆에서 엄지손가락을 휙 들어 보이더니 다시 도마에 집중했다.

"나도 그런 소리를 들었던 것 같네. 그래서 루시가 뭐래? 우리가 그 빛을 봤는데도 아무것도 안 하고 난롯불을 안 피우면 얼마나 무시무시하고 오싹한 일이 일어난대?"

"루시 말로는, 동쪽 산에서부터 북소리 같은 게 들려올 거랬어. 그 소리가 들리면, 가능한 한 빨리 모든 창문을 닫고 무슨 짓을 해서라도 집 안에 아무것도 들이면 안 된대……."

해리는 내가 앉은 아일랜드 식탁으로 걸어와 식탁 아래 선반에서 소스 팬을 꺼냈다. 그러고는 내게 몸을 숙이고는 눈을 휘둥그레 떴다.

"*벽난로가 온기를 잃으매 전능한 티턴산맥에서 봄철 악마의 북소리가 들려오도다.*"

그럴듯한 연기까지 곁들인 해리의 농담에 그만 한바탕 웃고 말았다. 이제 여름 부분까지 종이를 넘긴 나는 그에게 한 부분을 짚어 보여주었다. 그러고는 신나게 웃으며 말했다.

"여기 여름 부분의 '악령 현현' 내용을 읽어봐야 해."

나는 손가락으로 따옴표를 만들어 보일 수밖에 없었다.

"이거 진짜…… 내용이 미쳤어. 무슨 일이 일어나는지 막연하게 만 나와 있지만 내가 보기엔 이게 일어나면—"

하지만 해리는 스토브로 가다 말고 빙글 돌아서서 손바닥을 내 밀어 보이며 내 말을 끊었다.

"사샤, 제발 이제 그만하면 안 될까? 온종일 이 소동 얘기뿐이잖 아. 난 그만할래. 미안하지만 이 헛소리를 더는 못 참겠어."

나는 주방 아일랜드 식탁에 둔 램프를 바라보며 댄과 루시가 쓴 종이를 슬그머니 덮었다. 그러고는 고개를 저으며 한숨 섞인 목소 리로 말했다.

"알았어. 자기 때문에 흥 다 깨졌네. 사실은 자기가 너무 무서워 서 듣고 싶지 않다면, 불 다 끄고 안 무서울 때 다시 읽어보지, 뭐."

해리는 눈을 흘기며 다시 요리에 집중했다.

"그것참 고맙네."

해리는 소스 팬을 내려놓고 주방에서 거실로 가는 입구를 향해 걸으며 뻐근한 어깨를 풀었다.

"저건 뭐지?"

해리는 눈을 가늘게 뜨고 현관문 쪽을 보았다. 마치 거기 쓰인 자그마한 글자를 어떻게든 읽어보겠다는 것처럼. 그러다 잠시 뒤 놀란 기색으로 나를 보았다.

"완전히 잊고 있었네. 저 미친 늙은이들이 현관문 근처에 뭘 두 고 간 거 기억해?"

그게 무슨 말인지 이해했을 때, 해리는 벌써 거실로 성큼성큼 걸 어가고 있었다. 댄과 루시는 정말로 우리를 위해 무언가를 앞베란다에 두고 갔다. 나는 "혹시 연못에 빛이 왔는데 자네들에게 땔감이 하나도 없으면 안 되니까"라는 댄의 말을 떠올렸다. 그날 오후에 댄과 루시가 떠난 뒤로 우리는 주방 쪽 문으로만 드나들었고 현관문은 전혀 사용하지 않았기 때문에 까맣게 잊고 있었다.

나는 해리의 뒤를 따라 주방을 달려 나가는 대시를 쫓아 문 밖으로 나갔다. 현관 베란다로 가자 해리가 밧줄 손잡이가 달린 커다란 캔버스 천 옆에 무릎을 꿇고 있었다. 가지런히 쪼개놓은 벽난로 장작 한 묶음이 천으로 싸여 있었다. 장작 묶음은 텅 빈 벽난로용 장작 선반 한가운데에 놓여 있었다. 해리가 현관 왼쪽에 난 거실 창문 아래에 설치해 놓은 장작 선반이었다. 해리가 캔버스 천을 풀자 장작 묶음 위로 커다란 성냥 상자와 함께 작은 쪽지가 보였다. 해리는 쪽지를 읽고서 고개를 한 번 젓더니 나에게 건네주었다. 옆에 있던 대시는 그것이 간식이라도 되는 것처럼 킁킁 냄새를 맡았다.

해가 지고서 연못에 빛이 보이면
이걸로 곧장 벽난로에 불을 붙여요.
루시.

그 쪽지를 읽고서 처음으로 든 감정은 놀랍게도 감사함이었다. 마치 루시가 우리에게 꽃이나 컵케이크 한 접시를 준 것처럼 상냥한 응대로 느껴졌다. 해리는 일어서서 손등으로 이마를 닦았다.

나는 해리의 허리에 팔을 감았다.

"으으, 자기도 인정해. 이건 나름 친절한 행동 아니야, 해리?"

내가 깔깔 웃자, 해리는 고개를 절레절레 저으며 다시 집으로 들어갔다.

"그보다는 나름 돌아버린 짓이 아닐까."

나는 성냥 상자를 집어 들고 대시에게 안으로 들어오라 손짓한 다음 문을 닫았다. 그러고는 성냥을 거실 벽난로 선반 위의 작은 바구니에 넣었다.

우리는 조리대에서 저녁을 먹은 다음 뒷베란다에서 와인을 한 병 마셨다. 이곳의 별은 믿을 수 없을 만큼 무수했다. 로키산맥 근처 내가 자란 남부 지역을 배낭여행 했을 때 이후로 이토록 많은 별을 본 게 처음이었다. 그날 밤, 나는 지금 보는 이 광경에 익숙해지지 말자고 다짐했다. 이토록 아름다운 하늘을 당연하게 여기는 사람이 되지 말아야지.

우리는 주방을 치운 다음 침대에 누워 넷플릭스를 켰다. 그러다 해리가 잠이 들락 말락 하자 나는 노트북을 덮어 침대 옆 협탁에 올려놓고 일어나 앉아 침대 위 창문의 블라인드를 내렸다. 그러고는 팔꿈치를 창턱에 대고 몇 분간 연못을 바라보다가, 마침내 눈을 감았다.

7

해리

사냥개들은 봄의 칠면조 사냥철을 정말 싫어한다.

지난 5년 반 동안 나는 대시를 가르치면서 사냥한 물새를 물어오는 리트리버 훈련뿐만 아니라 콜로라도의 고지대에 숨어 있는 새들을 덮쳐서 날아오르도록 만드는 플러싱 훈련도 시켰다. 사냥감을 공중에 띄워 총으로 쏠 수 있게 하는 플러싱은 매우 색다른 사냥법이다. 대시는 유구한 오리 사냥개 혈통을 타고났지만, 결국 아주 믿음직한 고지대 플러싱 사냥개가 되었다. 그래서 우리는 산에서는 뇌조를 쫓고 평원에서는 꿩을 쫓으며 대부분의 시간을 보냈다. 물론 오리 사냥도 제법 하지만, 대시와 나는 둘 다 입 다물고 앉아서 새들이 우리 쪽으로 올 때까지 그저 하염없이 기다리기가 좀이 쑤셨다. 그래서 우리는 새들을 찾아나서는 플러싱 사냥으로 방향을 틀었다. 적어도 1년에 40일 정도는 해가 뜨기 전에 일어나 대시와 함께 차에 짐을 싣고 덴버에서 쌩하니 산속으로 달려가 뇌조를 찾거나, 그러지 않으면 동쪽으로 가서 꿩과 메추라기 사냥을 했다. 대시는 새를 플러싱해서 사냥하고 총에 맞아 땅에 떨어진 새를 물어 오는 것을 세상 무엇보다도 행복해했다. 이 개는 분명 나보다 더 사냥을 좋아할 거다. 이 세상에서 제일 좋아하는 게 사냥인 녀석이니까. 대시가 없었다면 난 절대로 새 사냥 따위는 하지 않았을 것이다.

하지만 대시에게는 이상하게 느껴질 봄의 칠면조 사냥철이 다가오면, 대시는 아주 짜증을 부렸다. 봄 칠면조 사냥철에는 사냥개를 동반하는 것이 허용되지 않기 때문이다. 하지만 대시는 주에서 정한 낚시 및 사냥 규정을 읽지 못하므로, 지금이 봄 칠면조 사냥철인지 아닌지 알 턱이 없다.

내가 해 뜨기 전에 일어나서 엽총을 챙기고 커피를 끓이면서 전자레인지에 브리토를 넣어 덥히고 있으면 대시는 귀신처럼 눈치를 챘다. 이 행동들이 자기가 세상에서 가장 좋아하는 사냥을 나가기 전 이른 아침에 거치는 의식이라는 사실을 잘 알고 있었으니까. 대시는 내 다리 사이를 뱀처럼 지나다니며 흥분과 기대감을 표하고 온 집 안을 이리저리 뛰어다녔다.

떠나야 할 때면 나는 가방을 메고 엽총을 어깨에 걸친 다음 문을 여는데, 대시에게는 그때가 이루 말할 수 없는 배신의 순간이다. 나는 다리로 문을 가로막아 대시가 마당으로 나가지 못하게 막는다. 지난가을 고지대에서 새 사냥철을 맞이하여 아침마다 수백 번도 더 했던 행동을, 해가 뜨기 전 어둠 속을 가르고 기쁨에 날뛰며 차를 향해 뛰쳐나가는 행동을 하지 못하도록 대시를 막는 것이다.

내가 문밖으로 나갈 때마다 대시의 표정은 참으로 가관이었다. 나는 그럴 때마다 미안하다며, 몇 시간 뒤에 돌아오겠다는 표정을 짓는다. 개가 이토록 절묘한 표정으로 쓰라린 배신감을 드러낼 수 있는지 나는 미처 몰랐었다. 대시의 눈썹은 정말로 "*해럴드, 이 배신자 새끼야. 네가 어떻게 감히 이럴 수 있어*"라는 뜻을 전달하고 있었다. 참 비현실적이다.

사냥개의 믿음과 사랑을 배신하는 가슴 아프고 괴로운 의식을 치르고 사냥을 떠난 나는 칠면조가 발견되는 지점으로 향했다. 사냥철이 시작되는 날 아침이었고, 나 혼자 사냥을 떠나는 것도 처음이었다. 새로운 정착지의 우리 집에서 나서는 첫 번째 모험인 셈이다. 기분이 좋았다.

난 세계적으로 손꼽히는 칠면조 사냥꾼은 아니지만, 그래도 잘생긴 수컷 칠면조를 좀 잡을 줄 안다. 비결은 아침 일찍 나와서 녀석들이 밤에 둥지를 트는 나무 근처에 좋은 자리를 잡는 것이다. 나는 일주일 전쯤, 그러니까 댄과 루시가 우리 집에 와서 산 악령에 대한 괴상한 경고를 해대며 우리를 웃겨주고 떠난 다음 날, 사샤와 함께 집에서 나와 20분쯤 차를 타고 달리다가 어느 공유지에서 커다란 칠면조 무리를 보았다. 그래서 사냥철이 시작되는 아침에 몰래 그곳에 다시 가서 멋진 칠면조 수컷을 잡아야겠다고 생각했다.

나는 사냥이 좋다. 주위의 모든 것보다 먼저 깨어 있는 게 즐겁기 때문이다. 야생의 아름다운 곳에 자리를 잡고서 동물들이 깨어나고, 자연이 기지개를 켜며 차가운 밤의 아픔을 털어내는 모습을 지켜보는 게 참 좋다. 특히 새들이 깨어나 처음 노래하는 순간에 바깥에서 그 소리를 듣는 게 마음에 든다.

밤새도록 코카인을 들이켜고 밤늦게까지 자지도 못하다가 피곤에 지친 나머지 마침내 자볼까 싶을 때 새 소리를 듣는 것보다야 지금이 훨씬 낫다. 내가 후회와 자기혐오를 겪을 만큼 겪었다는 걸 과연 누가 알까. 그래서 해 뜨기 전에 사냥을 나가는 게 참 좋다. 일찍 밖을 나서는 건 실수한 결과가 아니라 온전히 의지로 한 행동의 결과이기 때문이다. 아니면 해병대에서 복무하며 맞이해야 했던 수많은 이른 아침이 너무 힘들었기 때문일 수도 있다. 반면 지금 일찍 일어나는 건 내가 스스로 마음먹은 행동이지 않은가.

이유야 어쨌든, 산악 초원지대에 앉아서 튀어나온 바위에 자리를 잡고, 옆에 난 돌 틈에 뜨거운 커피가 담긴 보온병을 끼워두고서 첫 종달새와 울새가 막 시작한 노래를 듣고 있자니 치유가 되는 기분이었다. 어찌 보면 종교적이기까지 한 순간이다. 티턴산맥의 화강암 절단면과 험준한 바위에 꾸물꾸물 비치는 햇빛의 윤곽을, 코요테와 사슴이 협곡을 빠르게 지나 내가 앉았던 산등성이 아래로 다가오는 모습을 쌍안경으로 지켜보았다. 내가 사냥을 좋아하는 건 바로 이것 때문이 아닐까.

그렇지만 댄과 루시가 우리 집에 들러 이 계곡에 사악한 대지의 악령이 출몰한다는 열변을 토하고 간 이후로 나는 긴장을 풀기가 힘들었다. 그 사람들의 말을 한마디도 믿지는 않지만, 대체 우리에게 접근해 불쑥 그런 헛소리를 해댈 이유가 뭐가 있는지 알 수가 없었다.

사샤도 이 일을 주기적으로 생각하고 있다. 그리고 알고 보면 본인이 인정하는 것보다 더 무서워하고 있다. 사샤는 약간 히피 기질이 있다. 난 장난스레 그녀를 '대지 친화적 인간'이라고 부르곤 했다. 아니, 어쩌면 그녀는 그저 사물과 장소에 깃든 일종의 에너지에 쉽사리 휘말리는 사람인지도 모른다. 그건 그녀답다. 내가 그래서 사샤를 좋아하기도 하고. 망할 위카♦ 사제라고까지 할 순 없지만, 그녀는 눈에 안 보이거나 쉽게 측정하기 힘든 위력과 영향력에 언제나 푹 빠져들었다.

그렇다고 사샤가 무슨 마법이나 초자연적 개념을 믿는다는 건 아니다. 하지만 특정 장소나 사물에 특별한 의미나 권력을 부여하는 관점을 잘 받아들이는 사람은 맞다.

반면, 나는 속속들이 고집스러운 회의론자다.

만약 누군가 내 앞에서 자신이 깊이 믿는 무언가를 옹호한다면, 종교든 지지 정당이든 그게 자신을 나타내는 특성이라면서 널리 받아들여지고 세상에 퍼져야 한다고 주장한다면, 나는 보통 그 사람은 물론이고 그가 믿는 것까지 곧바로 싫어지곤 한다. 문제의 대상이 정치적이든 신학적이든 전혀 상관없다. 정치나 종교를 두고 열렬히 주장하는 사람들 옆에 있으면, 내 머릿속에 갑자기 경고 방송이 시작되면서 '이 사람은 똥 덩어리다, 이 사람은 똥 덩어리다'

♦ Wicca, 영어 문화권을 중심으로 전 세계에 널리 퍼진 신흥 종교로, 자연주의, 여성주의, 생태주의 관점을 지녔다.

라는 말이 울려 퍼진다. 그러면 그들이 하는 말에 내 나름의 생각을 적절하게 드러내는 일은 일절 하지 않고 완전히 무시하곤 했다. 추상적인 문제를 놓고 토론할 능력이 없어서는 아니었다. 적어도 내가 자란 지역 사람들이나 해병대 동료들에 비하면 난 스스로를 꽤 똑똑한 사람이라고 생각한다. 다만, 어떤 개념에 깊이 몸 바치는 사람들을 보면 혐오감이 들 뿐이다. 비합리적이라는 건 알지만 어쩔 수 없다.

지난주에 들은 악령이 떠돈다는 계곡 이야기를 듣고 나서, 사샤는 '그분들이 한 말 중엔 사실도 있을지 모른다'는 입장을 택하려는 게 눈에 빤히 보였다. 그럼 나는 어떠냐고? 이 이웃들이 우리를 엿 먹이려고 되는대로 지껄이고 있다고 확신할 뿐 아니라, 그들이 한 말이 진짜인지 아닌지 재미삼아 한번 시험해 보자는 생각조차 심술궂게 비웃을 작정이었다. 우리는 거기에 대해 많이 이야기하진 않았다. 그저 사샤와 나는 서로를 잘 알고 있을 뿐이다. 굳이 세세한 역할 설정까진 하지 않아도, 이 문제를 두고 우리의 입장이 이렇게 되리라는 걸 둘 다 알고 있었다.

우리는 둘 다 그 사람들이 이러는 이유가 뭔지 몰랐다. 지금도 그놈의 빌어먹을 이유를 모르는 바람에 이 아름다운 산악 초원지대에서 아침을 맞이하면서도 마음의 평화가 흐트러지고 있다. 나는 야외에 앉아 급하지 않은 문제는 뭐든 적극적으로 제한하고 무시하려고 했다. 아프가니스탄에서 돌아온 뒤 퇴역군인 프로그램에서, 그리고 병원에서 명상 수업을 들은 적이 있다. 그 수업은 모두 실내에서 열렸다. 하지만 명상이 실내에서만 해야 하는 일이라고 생각해 본 적은 없다.

그날 이른 아침에 대시가 믿을 수 없다는 배신감을 얼굴에 한껏 띄우는 바람에 생겨난 죄책감이 놀랍게도 여전히 나를 괴롭혔다. 물론 그 녀석을 사랑하긴 하지만, 개는 개일 뿐인데 나보고 어쩌란 말인가.

내게는 너무나 생생해서 하나하나 또렷하게 떠올릴 수 있는 어린 시절의 기억이 있다. 왜인지 몰라도 불안하거나 긴장이 풀릴 때면 반드시 그 기억이 떠오른다. 공공장소에서 스트레스를 받거나, 혼자 있는 곳에서 차분함을 느낄 때 다가오는 기억이다. 그건 마치 눈앞에 어른거리는 비문증♦ 같다.

내가 꼬마였을 때 수없이 겪었던 경험에 대한 것인데, 그 기억이 떠오를 때마다 충격적일 만큼 자세하고 그리운 감각이 느껴진다. 어떤 소리가 났는지, 어떤 냄새가 났는지, 손으로 뭘 했는지, 공중에 먼지가 어떻게 떠돌았는지, 내 신발 끈이 얼마나 더러웠는지까지도. 모든 것이 여전히 너무나 선명하다.

초등학교 시절, 스쿨버스를 타는 곳은 집에서 몇 블록 떨어진 큰 길에서 벗어나 있었다. 거기 가려면 집과 큰길 사이에 있는 정사각형 모양의 고철 집하장을 지나야 했다. 고철 집하장에는 경비견이라고 하면 흔히 떠올릴 법한 전형적인 개가 한 마리 있었다. 날쌔고, 성질이 더럽고 약간 못 먹은 티가 나는 핏불테리어 믹스였다.

왜인지 그 개는 아침에는 절대로 돌아다니지 않았지만, 오후만

♦ 눈앞에 물체가 날아다니는 듯이 보이는 증상.

되면 1년 내내 울타리 안을 따라 어김없이 순찰을 돌거나 낡고 녹슨 배와 트럭, 드라이기 사이를 슬그머니 걸으면서 혹시 누가 울타리 근처로 오지 않을까 가만히 탐지했다. 내가 그 개의 시야나 가청거리 안으로 들어가는 순간, 개는 울타리로 돌진해서 마구 성내며 짖어대고 허공을 하릴없이 물어뜯었다. 그 입놀림이 어찌나 과격했는지 개의 이빨에서 나는 딱딱 소리가 맞은편 집 뒷마당을 둘러싼 나무 울타리에까지 메아리칠 정도였다. 아직도 그 낡은 울타리에 그려져 있던 물방울무늬가 떠오른다.

처음에는 그 개가 무서워서 길 건너편으로 건너가 물방울무늬 나무 울타리를 따라 걸었다. 하지만 그래 봤자 별로 나아질 건 없었다. 왜냐하면 그곳은 켈리 스티어스의 집이었기 때문이다. 켈리는 나보다 두어 살 위의 소녀로, 내가 처음으로 반한 여자애였다. 켈리를 생각하면 죽을 만큼 겁이 났다. 만약 그 애가 내게 말이라도 걸었다면 무서워서 온몸이 굳어버렸을 것이다. 잔뜩 화난 개 옆을 지나가는 것보다 켈리와 우연히 마주치는 상황이 사실 더 스트레스였기 때문에, 나는 마지못해 사나운 짐승 쪽으로 되돌아갔다.

이렇게 개를 어느 정도 자세히 보게 되자, 그 집 울타리가 튼튼하다는 것과 그 개가 사실 고철 집하장을 벗어날 방법을 전혀 모른다는 사실이 분명해지면서 나의 자신감은 점점 커져갔다. 3학년이 되자 그 개가 내 옆에서 몹시 화를 내더라도 울타리를 따라 걷는 일이 즐거운 과제가 되었다.

철망 울타리를 따라 걸을 때 어린 내가 무엇을 느꼈는지 지금도 정확히 기억난다. 매혹적인 공포를 느끼며 분노로 으르렁대는 개를 내려다보던 나의 시선. 지나갈 때마다 화난 개가 옆을 따라오며 마구 발길질을 해대는 탓에 미친 듯이 일던 먼지, 거품을 문 개의 입을 따라 질질 흐르던 침, 그리고 소음. 철망만 없었더라면 짐승이 나라는 아홉 살짜리 아이의 몸을 물어뜯고 갈기갈기 찢어버릴 거라는 사실을 알면서 그 옆을 지날 때의 기분.

아직도 오후의 빛살 사이로 떠도는 먼지가 눈에 선하다. 메뚜기들이 울타리를 따라 가라앉은 풀숲에서 도망치는 모습이 보인다. 개가 짖을 때 느껴지는 압박감과 온기가 어린 나의 다리에 닿는 느낌이 생생하다. 그때마다 나는 안정된 보폭을 유지하려고 하면서도, 혹시 울타리가 부서지는 징조가 보인다면 단거리 경주를 하듯 있는 힘껏 달릴 준비가 되어 있었다. 그때 근육에 구불구불 서렸던 습한 긴장을 지금도 생생히 느낄 수 있다.

그곳을 지나는 일은 나에게 일종의 의식이 되었다. 그 블록을 얼마나 차분한 모습으로 걸어가는지, 분노한 짐승을 내가 얼마나 신경 쓰지 않는지 알아보는 의식 말이다. 내가 걸어갈 때마다 차를 타고 옆을 지나가는 사람들이 나의 침착한 자태를 보고 내 용기에 감명받기를, 그래서 그날 저녁 늦게 다른 사람에게 이런 꼬마를 봤다며 내 이야기를 꼭 해주기를 바랐던 기억도 난다. 고철 집하장 울타리를 따라 걷는 이 의식이 진짜 친구를 사귀려는 현실적이고 진정한 동기가 되기도 했다. 이 경험을 누군가와 나누려면, 방과 후에 우리 집에 오고 싶어 하는 친구가 있어야 했으니까. 그리고 켈리 스티어스가 이 사나운 개 옆을 지나가는 나를 보고 그 자신감에 크게 감동받아 사랑에 빠질 거라는 공상을 몇 시간이고 했던 기억도 난다.

3학년의 어느 날, 나는 여느 때처럼 스쿨버스에서 내려 집으로 돌아가고 있었다. 그런데 고철 집하장 주위에 경찰차 세 대와 앰뷸런스, 경찰과 이웃들이 여기저기 서 있었다. 나는 발걸음을 늦추고 집하장 쪽을 바라보다가 어리둥절해졌다. 개는 어디 갔지? 사람이 이토록 많이 모여 야단법석을 떨고 있는데 왜 그 개가 평소처럼 미친 듯이 짖지 않지?

가까이 다가가 보자, 울타리 모퉁이가 알루미늄 기둥에서 앞으로 뜯겨 나온 모습이 보였다. 그 개가 탈출한 것이다. 그 순간 공포가 나를 덮쳤다. 지금 그 개는 어디 있을까. 어서 달려가 경찰에게 조심하라고, 그 사나운 경비견을 찾으라고 부탁해야겠다는 생각까지 했다. 하지만 난 그냥 돌아서서 집으로 향했다. 동물 구조대가 그날 밤 개를 찾으려고 동네를 수색하는 모습이 보였다.

다음 날 학교에 가자 무슨 일이 일어났는지 듣게 되었다. 켈리 스티어스와 그녀의 친구들이 그 개를 놀려댔던 것이다. 그 울타리에 최대한 가까이 가서 개를 자극하고는 다시 길을 건너 켈리의 집 뒷마당으로 돌아오는 놀이를 한 모양이었다. 그런데 어떻게 그랬는지, 개는 몸을 확 던졌다가 운 좋게도 울타리를 부수었고, 그길로 자기를 괴롭혔던 애들 중 하나를 쫓아가 켈리네 뒷마당으로 들어갔다. 쫓긴 아이가 켈리였는지 아닌지는 모르겠지만, 어쨌든 뒷마당에 들어간 개가 마구 물어뜯은 건 켈리였다.

켈리는 얼굴 대부분이 찢어졌고 한쪽 눈이 완전히 망가졌으며 두개골에서 턱이 떨어져 나가다시피 했다. 나는 운동장에서 전날 켈리의 집 뒷마당에 있었던 여자애를 중심으로 빙 둘러선 무리에 끼어들었다. 그 여자애는 사고 당시의 섬뜩한 광경을 자세히 설명하면서 모여든 애들을 즐겁게 해주는 동안 자기에게 쏟아지는 관심을 즐겼다. 켈리의 아버지가 딸을 개에게서 떼어내려고 싸우는 동안, 켈리가 엉금엉금 기어 개에게서 벗어나려고 하던 모습이 어땠는지 설명이 이어졌다. 켈리가 비명을 지르며 망가진 얼굴 위로 눈물을 흘리는 동안, 개는 켈리의 다리를 물고 심하게 흔들어댔다고 했다. 그 애는 켈리의 턱과 뺨이 덜렁대는 모습과 망가진 얼굴 반쪽이 왼쪽 뺨에 얼마 남지 않은 살점으로 간신히 이어진 채 땅에 질질 끌리는 모습을 묘사했다.

약 1년 뒤, 나는 학교로 돌아온 켈리를 보았다. 병원에서 켈리의 턱을 다시 붙여놓았지만 이식받은 피부와 얼굴의 흉터, 없어진 눈 때문에 켈리는 아주 눈에 띄는 끔찍한 외모를 갖게 되었다. 다리 역시 심하게 다쳐서 여전히 목발을 짚고 다녔다. 반짝이는 분홍색 어린이용 목발이었다.

그 개가 어떻게 되었는지 그 뒤로 들은 이야기는 없다. 한동안 사람들이 개를 찾으려고 수색했다는 건 안다. 사람을 공격했으니 안락사를 시키려는 게 분명했다. 하지만 우리 동네는 시 외곽이었던지라 바로 옆에 바위투성이의 건조한 초원이 몇 킬로미터나 이어져 있었다. 그 끝을 따라가면 산맥이 나왔다.

난 그 개가 거기서 살아남았을 거라고, 야생에서 살아갔을 거라고 생각하고 싶다. 곰과 퓨마, 늑대 사이에서 자기 자리를 고수하며 살았을 거라고. 얼굴 털이 회색으로 변하고 눈이 흐려질 때까지 오래오래 살아갔다고, 다람쥐를 잔뜩 잡아먹고 배부른 몸으로 조용하고 평화로운 곳을 골라 누워 마지막 때를 보내며 죽어갔다고 생각하고 싶다. 커다란 나무 아래도 좋고, 시냇물이 흐르는 멋진 공터여도 좋을 것이다.

어쨌든 그 더웠던 오후, 먼지와 울타리와 소음과 개의 분노까지, 그 전부가 내게는 생생하다. 이토록 오랜 세월이 흘렀는데도, 그 뒤로 소음과 먼지와 피와 분노를 수없이 보았어도…… 이 산의 초원에 앉아 있는 지금까지도, 어제 일처럼 그때를 기억한다.

그 뒤로 한 시간 동안 칠면조 수컷 몇 마리가 저 멀리서 무언가를 게걸스럽게 먹는 소리가 들렸다. 하지만 종일 앉아 있지 않는 한 괜찮은 칠면조를 잡기는 힘들 것 같았다. 난 종일 거기 앉아 있을 마음이 없었다. 아침의 평화와 명상은 이미 이루었다. 그러니 이미 성공적인 사냥을 한 셈이다. 오전 9시쯤 나는 다시 산등성이를 내려가 숲 진입로에 세워둔 차를 타고 집으로 향했다.

✢ ✢ ✢

그 주의 어느 늦은 오후, 나는 도로에서 댄을 스쳐 갔다. 꽤 어색하게 그를 우리 집에서 내쫓았던 이후로 첫 만남이었다. 나는 앞으로 이들과 어떻게 지내게 될지 몰라서 그저 댄에게 친근하게 손을 흔들며 미소를 지었다. 그러자 댄도 나에게 똑같이 인사를 했다. 나는 차의 속력을 늦추지 않았지만, 백미러를 통해 보니 댄은 커다란 복륜 트럭의 브레이크를 이미 밟고 있었다. 아마도 내가 차를 세우고 자신과 대화할 거라 생각했겠지. 잠깐 마음이 안 좋았지만, 그런 기분은 이내 사라졌다. 어쨌든 나는 아직 대화할 마음의 준비가 되지 않았으니까.

다음 주말에는 덴버에 사는 친구 두 명이 집에 찾아와 묵었다. 그들은 잭슨에 있다가 우리를 만나러 티턴 패스*를 넘어왔다. 작년에 결혼한 잭과 세라라는 친구였다. 잭은 나의 대학 동창으로, 그때부터 지금껏 사냥과 낚시, 파티를 함께 즐기는 사이였다.

우리는 첫 손님을 맞게 되어 기분이 아주 좋았다. 베란다에서 보이는 티턴산맥의 경관과 밤에 빛나는 별을 바라보며 경탄하는 친구들의 모습을 보니 기분이 좋았다. 두 사람은 우리가 그들에게 침실로 꾸며준 서재에서 보이는 풍경에도 찬사를 늘어놓았다. 그것이야말로 우리의 선택이 옳았다는 증거였다.

우리는 그들에게 미친 이웃이 들려준 산 악령 이야기를 해줄까 생각했지만 그만두었다. 이유는 확실하지 않다. 사샤는 남에게 요리해 주는 걸 좋아했기에, 우리는 주말 동안 먹고 마시며 폴강 상류를 한가로이 거닐고 낚시도 했다. 아주 즐거운 시간이었다.

잭과 세라는 일요일 아침에 떠났고, 약 아홉 시간 뒤에 안전하게 집에 도착했다며 전화를 걸어서 대접해 준 우리에게 다시금 고맙다고 했다. 친구들이 떠난 지 불과 두어 시간밖에 되지 않은 느낌이었고, 어쩐지 기분이 좋았다. 우리가 떠나온 세상과 그래도 조금

◆　Teton Pass, 와이오밍주 서부 티턴산맥의 남쪽 끝에 있는 높은 산길.

은 이어져 있는 듯한 기분이 들어서였다.

이제 정말로 이곳이 집처럼 느껴지기 시작했다.

8

사샤

저녁 식사 뒤, 여느 때처럼 우리는 일종의 의식을 수행했다. 바로 뒷베란다에 앉아 와인을 한 잔 마시며 떠오르는 달을 감상하는 것이다. 나는 댄과 루시가 남기고 간 종이 묶음 중 한 장을 꺼내 들었다. 내가 뭘 들고 있는지 알아본 해리가 눈을 흘겼다. 우리는 친구들이 떠난 뒤로 '악령이 출몰하는 골짜기' 이야기를 꺼내지 않았다. 당분간 이야기를 하지 않았던 건 꽤 괜찮은 결정이었다.

난 지난주에 이 '봄 악령' 부분을 여러 번 읽었고, 그럴수록 점점 루시가 해준 이야기에 깊이 빠져들며 살짝 무서워졌다. 루시의 말도 무서웠지만, 종이에 적힌 내용이 더 무서웠다. 이제는 너무 많이 생각해서 질릴 정도인 이 정신 나간 이야기가 진짜라는 증거를 보거나 들었기 때문은 아니다. 루시에겐 어쩐지 본능적으로 금방 신뢰할 만한 무언가가 있었다. 이게 다 우리를 해코지하려는 계략이라고 굳게 믿는 해리와 달리 나는 그런 확신이 없었다. 루시가 믿는 무언가가 실제로 있다는 느낌, 적어도 어느 정도는 있다는 느낌이 들었으니까.

산 악령 이야기 중에서 가을 악령에 대한 막연한 묘사를 읽다가 고개를 드니, 해리가 현관 난간에 기대어 나를 바라보고 있었다. 해리는 내 마음을 읽을 수 있고, 그것도 아주 잘 읽었다. 내가 손에 든 종이의 내용을 믿는다는 걸 해리가 알아챌 만큼 드러내놓고 말한 적은 없다. 하지만 해리는 이게 꾸며낸 이야기라는 걸, 우리를 겁주려는 계략이라는 걸 자신은 확신하지만 나는 그만큼 확신하지 않음을 알아보았다. 그래서 그 점을 물고 늘어졌다.

"사샤, 설마 그 어처구니없는 헛소리를 조금이라도 믿는 건 아니겠지?"

해리는 부드럽게 말을 건네면서 웃고 있었다. 논쟁할 때처럼 '이기려' 들지는 않았지만, 그럼에도 몹시 짜증이 났다. 그의 선제공격이 나를 자극했다.

나는 그를 흘겨보았다.

"해리, 그러지 마. 난 가만히 앉아서 우리가 들은 말이나 이 종이에 쓰인 내용이 정당하다고 옹호하려는 건 아니야. 내가 하고픈 말은—"

해리는 비바람에 시달린 베란다의 나무판자를 내려다보며 특유의 '오, 시작이군' 하는 표정으로 히죽 웃었다. 그가 언제든 내 말을 끊어버릴 준비가 되어 있는 걸 보고 나는 손을 들었다.

"그만, 해리. 그만해. 나 마저 말할게."

그가 내 말을 듣지도 않고서 제대로 반박할 낌새가 보일 때, 그래서 이런 말로 그의 관심을 끌어야 할 때마다 사실은 무척 기분이 좋다. 그래서 이런 순간을 남발하지는 않으려고 한다. 해리는 이제 팔짱을 끼고 고개를 끄덕이더니 내 눈을 바라봐 주었고, 난 계속 말을 이었다.

"내가 하려는 말은, 댄과 루시가 나쁜 사람 같지는 않다는 거야. 특히 루시는 그래. 뭔가 나쁜 뜻을 품고서 거짓말로 헛소리를 하려고 여기 온 것 같지는 않단 말이야. 아주 현실적이고, 사회성도 있는 분 같아서 그분이 거짓말을 했다고는 믿을 수가 없다고……."

나는 그만 멍해지고 말았다. 내가 앞으로 말하려는 내용이 결국 내 논리의 전제를 무효화할 수밖에 없단 생각이 들어서였다. 제길.

"……그런 분이 완전히 지어낸 헛소리로 날 겁주려고 여기까지 왔다고는 믿을 수가 없다니까. 그 이야기가 사실이라는 말이 아니야. 내 말은, 그분들은 그 이야기를 믿는 것 같다는 거야. 우리를 겁주거나 엿 먹이려는 게 아닌 것 같아. 적어도 루시는 자기 말에 확신이 있는 것 같았어."

해리는 고개를 끄덕였다. 그러고는 잠시 침묵하다가 대답했다.

"알았어. 일리 있네. 자기 말이 맞을 수도 있어. 하지만 잘 생각해 봐, 사샤. 그 사람들이 이 헛소리를 믿느냐 안 믿느냐가 애초에 중요해? 무슨 오컬트 집단이나 이상한 사이비 종교인을 대하는 반응이 저절로 나오는 걸 나더러 어떡하라고."

나는 고개를 저었다.

"해리, 솔직히 말해봐. 그분들이 극도의 정신이상자처럼 보여?

정신적으로 혼미해 보여? 세상 어떤 사람이 새로운 이웃이 오자마자 그런 말을 하고 가겠어? 미친 인간이라는 인상을 줄 걸 뻔히 알면서? 본인들에겐 중요한 문제니까 우리가 어떻게 반응할지 알면서도 말한 거잖아?"

"사샤, 진정해. 난 정말 모르겠어. 그 사람들이 여기에 누가 사는 걸 바라지 않아서 우리를 겁주어 쫓아내려는 건지도 모르잖아."

나는 팔짱을 끼고서 주장을 더욱 밀어붙였다.

"해리, 내가 하려는 말이 그거야. 그분들은 어딜 봐도 정상인 같았어. 놀라울 만큼 정상적인 분들 같았다고. 너도 지난주에 말했잖아. 부동산 중개인도 그분들을 좋아했다고. 그들이 이 지역에서 존경받는 인물이라고. 심지어 관청 직원도 댄을 안다면서 높이 평가했다고 했잖아!"

그건 사실이었다. 해리는 세인트 안토니에 있는 관청 사무소에 들러 측량소 직원들과 오래된 재산 기록에 대해 대화를 나누었다. 그때 해리를 도와주었던 사람 중 하나가 댄을 안다면서, 참 좋은 분이라고 말했던 것이다.

"만약 댄이 정신이상자에다 사이비 종교 같은 걸 신봉하는 사람이라면, 관청 직원이 칭찬할 리가 없지. 게다가, 그날이 끝나갈 무렵엔 자기도 댄과 루시를 좋아하게 되었다는 거 알아. 해리, 자기가 단 한 번 만난 사람을 마음에 들어 한다는 게 얼마나 드문 일인지 난 잘 알아."

해리는 인정하지 않을 수 없다는 기색으로 고개를 갸웃거렸다. 그러고는 몸을 돌려 팔꿈치를 난간에 기댔다가 슬쩍 뒤를 돌아 대답했다.

"모르겠어, 사샤. 그러니까…… 제길. 내가 보기엔 우리가 외출했을 때 댄이 배터리를 끼운 LED 손전등을 연못에 던지지는 않는지 감시해야 할 것 같은데."

우리는 둘 다 웃으면서 이 문제를 그냥 덮어두기로 했다. 내버려두기로 말없이 합의했다고나 할까. 당장 이사 갈 마음도 없으니, 댄과 루시가 위험한 존재가 아닌 한, 좀 미친 사람들이 옆집에 산다고 해서 신경 쓸 건 없잖아?

잠자리에 들기 전, 해리가 서재에 서서 책상 위에 난 창문 너머로 연못을 가만히 바라보는 모습이 보였다.

다음 날 아침, 나는 아침부터 회의가 있었고, 해리는 온라인으로 알게 된 사람을 시내에 가서 만나기로 했다. 양을 팔거나 목초지를 임대하는 사람이었다. 그리고 주문한 조립식 온실도 가져올 예정이었다. 나는 온실을 설치하면 채소를 기를 수 있다는 생각에 무척 신이 났다. 이곳은 밤이 되면 꽤 추워진다. 땅에는 아직도 아침마다 봄 서리가 얇게 내려앉곤 했다.

그날 오후, 나는 해리가 온실을 설치하는 모습을 지켜보았다. 해리는 자랑스러운 남편이었고, 난 해리 덕분에 행복했다. 그는 이곳을 우리가 먹고살 수 있는 땅으로 만들고 있었다.

그날 밤을 비롯한 그 주의 오후와 저녁 내내, 마지막 화상 회의를 끝낸 나는 해리와 함께 남은 그림을 집에 거는 데 온 힘을 다하는 것으로 이사를 마무리했다. 잠에서 깨어 침실 창문을 바라보면 산골짜기를 배경으로 한 목초지가 보이는 게 여전히 낯설고, 냄새와 소음 역시 여전히 이질적이지만, 그래도 많이 익숙해졌다.

그다음 주말에 우리는 주립 도로 끝에 있는 국유림의 기점까지 등산을 했다. 그곳에는 말 트레일러를 주차할 수 있는 잘 관리된 주차장이 있었지만, 우리 집의 진입로를 지나쳐 국유림의 기점까지 운전해 가는 이는 하루에 한두 명뿐이었다. 해리는 주차장에서 1.5킬로미터만 들어가도 여전히 산길에 눈이 덮여 있기 때문이라고 했다. 하지만 봄에 얼음과 눈이 본격적으로 녹기 시작하고 길이 열리면 오가는 차도 늘어날 거라고 했다.

국유림 기점에서 시작된 길을 따라가자, 대시는 우리보다 앞서 걷다가 이따금 멈춰 서서 여기저기 냄새를 맡으며 조사를 했다. 그동안 해리는 왼쪽에 있는 목초지를 가만히 응시했다. 거기서 보이는 서쪽은 커다란 사유지 목장이었다.

"댄이 저곳 주인 이름이 '조'라고 하지 않았어? 뭐라고 했더라, 베리 캐니언인가 하는 이름이었는데."

해리에게 묻자, 그는 나를 돌아보지도 않고 고개를 끄덕였다.

"베리크리크 목장이야. 댄이 말한 것도 맞아. 조는 쇼쇼니족이고, 댄에게 '악령'과 그걸 물리칠 '의식'을 가르쳐줬다고 했어."

그는 손가락으로 따옴표를 만들어 단어를 강조했다.

"그래, 루시도 같은 말을 했었어."

그 사유지는 아름답고 정말 거대했다.

"정말 넓다……. 800만 평을 관리한다니, 생각만 해도 벅찬데. 이게 이 지역에서 가장 큰 목장이지? 혹시 이 주에서 가장 큰 거 아니야?"

해리는 고개를 저었다.

"아니야. 800만 평이니까 크긴 크지만, 아이다호주 쪽 티턴산맥 근처에 2400만 평, 심지어 3600만 평까지도 되는 목장이 몇 군데 있어. 게다가 텍사스나 몬태나, 오리건 동부에는 몇억 평에 이르는 목장도 있고."

"세상에…… 그토록 넓은 목장이라니 상상이 안 가."

해리는 내 말에 동의했다.

"맞아, 장난 아니지? 정말 대단한 일이지. 하지만 그만한 규모의 목장을 실제로 운영하려면 직원을 잔뜩 두겠지."

우리가 커다란 폰데로사 소나무 아래를 지날 때, 해리는 길가에서 막대기 하나를 주웠다. 대시는 검붉은 꼬리를 바짝 세우고 달려와 앞뒤로 흔들어댔다. '물어 와' 놀이를 곧 하게 되리란 사실을 알아서였다. 해리는 우리 앞에 떨어진 막대기를 도로 아래로 던졌고, 대시는 막대기를 뒤쫓아 갔다.

도로 이쪽이 우리 땅에 있는 언덕을 지나가기 때문에, 집에서는 연못 반대편에 있는 우리 초원의 일부만 보인다. 하지만 뒤로 돌아 동쪽을 바라보면, 구불구불한 숲으로 덮인 언덕 위로 우뚝 솟아 있는 거대한 화강암 산이 보인다.

지방도로가 내려다보이는 서쪽으로는 주 고속도로까지 쭉 뻗은 경치가 한눈에 보였다. 그 고속도로는 댄과 루시의 목장은 물론이고 조의 소유지를 상당 부분 가로지르고 있다. 이곳의 전망은 참 놀라웠다. 우리 골짜기의 경계가 얼마나 잘 나뉘어 있는지, 능선의 높은 산마루가 얼마나 뚜렷한지, 또 작은 화강암과 소나무로 이루어진 경계가 얼마나 깔끔한지 아주 잘 보였다. 고속도로와 국유림의 시작점 사이에 자리 잡은 우리만의 성소는 진정한 의미에서 산이 시작되는 곳이었다.

해리는 걸음을 멈추고 풍경을 바라보았다. 내가 무슨 생각을 하고 있는지 이미 아는 것 같았다. 그는 나를 보며 웃고는 내 손을 잡고서 눈앞에 펼쳐진 경치를 다시 바라보았다.

"티턴산맥 서쪽에는 이런 작은 배수로가 참 많아. 그런데 이 지역에 토지 소유주가 단 세 명뿐이라는 게 얼마나 멋진 일이야? 우리는 아주 운이 좋았어."

나는 그의 손을 꼭 쥐었다.

"맞아, 우린 정말 운이 좋았어, 자기야. 내털리가 그러지 않았어? 조 아니면 베리크리크 목장 회사인가 하는 데서 이 자그마한 골짜기에 남은 사유지를 대부분 사들였다고?"

해리는 지난 6년간 덴버 시의 측량 사무소에서 일했다. 그 결과 그는 지도와 부동산 기록이라면 뭐든지 아는 전문가가 되었다. 그는 이미 역사 전문가, 특히 미 원주민 부족과 미국 서부 역사에 몰두하는 마니아였는데, 이젠 거기에 토지까지 더해진 것이다. 자연스럽게도 그는 덴버를 떠나기 전부터 이웃의 재산 목록을 전부 몰래 입수했다. 그래서 이 말의 요점이 무엇이냐고? 내가 토지의 역사에 대해 물으면, 해리가 갑자기 신나서 흥분하는 모습이 아주 사랑스럽다는 것이다. 난 해리의 설명을 듣는 게 좋았다. 물론 아닐 때도 있지만.

해리는 고개를 끄덕였다.

"맞아. 오래된 부동산 기록을 많이 찾아냈지. 조의 가족은 1867년에 자기들 부동산 일부에 대해 정부에서 발행한 소유권을 얻었어. 1867년 아니면 1869년이었을 거야. 하지만 조의 증조할아버지와 몇몇 가족들은 인디언 일반토지할당법◆에 따라 자기들 땅 중 처음으로 커다란 인접 토지를 얻었지. 그게 아마 120만 평쯤 됐을 거야. 이 법에 대해서는 말이 많아. 이 법 때문에 많은 미국 원주민의 정체성이 소멸됐거든. 하지만 기능적으로는 인디언 보호구역에서 이주하려는 인디언들의 권리를 법적으로 보장해 주려는 의도였어. 부족이나 집단이 아니라 부족민 개개인에게 연방정부가 토지 소유권을 주는 방법으로 말이야. 그래서 조의 가족은 커다란 토지를 갖게 되었고, 그게 오늘날의 목장이 되었지. 이곳은 쇼쇼니족과 배넉족의 땅이라, 베리크리크 목장의 주인들은 사실 미국이 생기기도 훨씬 전부터 여기 살았어. 어쨌든 그들이 일반토지할당법에 따라 120만 평의 토지를 얻었을 때, 이 골짜기에 살고 있던 다른 가족은 제이컵슨 집안밖에 없었어."

대시가 돌아와 해리의 발밑에 막대기를 떨어뜨렸다. 그러고는 어서 막대기를 다시 던져주기를 초조하게 기다렸다. 해리는 막대기를 우리 땅 쪽 길로 겨냥해서 던졌다.

"제이컵슨 집안은 1870년대에 연방정부로부터 토지 소유권을 승인받았어. 그때 받은 땅이 80만 평쯤이었고, 지금 우리 집도 그 안

◆ General Allotment Act. 인디언이 보류하는 토지를 나누어 인디언 개개인에게 소유지로 할당해 주는 법으로, 토지는 부족 전체에 속하는 것이라는 인디언의 개념을 무너뜨리고 인디언을 시민으로서 백인 사회에 동화시키려고 했다.

에 들어가 있었지. 그들의 옛 토지는 국유림 쪽으로 이어져 지금 우리가 서 있는 곳까지 포함했어. 제이컵슨 집안은 오랫동안 토지를 분할해서 여기저기 덩어리로 팔았어. 특히 마지막 후손은 토지를 대부분 산림청에 팔아버렸지. 옛 집을 허물고 우리가 지금 사는 집을 1960년대에 새로 지은 사람도 그 후손이야. 그리고 제이컵슨 집안의 마지막 상속자가 1990년에 죽었는데, 이름은 잘 기억 안 나지만 어떤 나이 든 여자였어. 그 뒤로 토지는 잠시 신탁에 맡겨졌다가 1996년 1월에 시모어 집안에서 샀어. 시모어 가족은 우리 둘이 처음 만났던 해 봄에 그 집을 팔았고, 그 뒤론 아무도 여기 살지 않았지……. 2012년에 시모어 가족에게서 부동산 투자 회사가 이곳을 산 다음부터 지금까지, 여긴 비어 있었어."

나는 이제껏 시모어라는 이름을 잊어버리고 있었다. 그 이름을 듣자 뭔가 떠올랐다.

"댄과 루시가 그랬잖아. 1996년 겨울에 시모어 가족이 여기 이사왔을 때, 두 분이 그들에게도 똑같은 이야기를 했었다고. 악령인가 뭔가에 대해서 똑같이 뭐라 뭐라 했다고 했어. 그때 이후로는 계곡의 새 소유주가 오지 않아서 말해줘야 하는 일이 없었다고 했잖아?"

해리는 어깨를 으쓱이며 고개를 저었다.

"그래, 댄이 그런 말을 했었던 것 같다."

"난 사실…… 시모어 가족에게 전화해 보면 어떨까 싶은데. 댄과 루시에 대해서 좀 물어보고, 그들은 '악령' 이야기를 어떻게 생각하는지 알아보고 싶어."

해리는 대답하지 않았다. 잠시 뒤 그는 우리가 올라왔던 언덕길을 가리키며 마니아나 알 법한 소소한 토지 소유권 기록으로 화제를 돌렸다.

"우리 집과 국유림의 기점 주차장에서 끝나는 길까지는 사실 일곱 군데의 개인 사유지가 있었어. 그 땅들은 모두 19만 평 아니면 39만 평 크기였지. 1862년에 공유지불하법◆에 따라 정착민에게 나눠준 땅이 다 그 단위로 되어 있거든."

대체 해리는 이런 걸 어떻게 다 외우지?

그는 언덕 아래에 보이는 댄과 루시의 목장을 가리켰다. 우리 소유지 아래 도로와 인접한 곳으로, 여기서는 길 서쪽을 빙 두른 숲에 가려져 있었다.

"실제로 저 아래에도 19만 평짜리 토지가 세 군데 있었지만, 댄과 루시의 땅을 먼저 소유했던 사람들이 사들여서 하나의 목장으로 만들었어. 그건 솔직히 아주 멋진데……."

해리는 예의 그 사랑스럽고 괴짜나 보일 법한 흥분을 띠고서 나를 바라보았다.

"1920년대부터 1930년대까지 이 도로를 따라 열세 집안이 살았던 거야. 지금보다 훨씬 북적북적했겠지! 조나 베리크리크 목장이 주변 땅을 사서 사람들을 내보냈기 때문이기는 하지만, 우리가 이제껏 가본 도시들이 죄다 점점 인구가 많아진 반면, 여기서는 반대

◆ Homestead Act, 서부개척시대에 서부로 이주해 온 개척자들에게 공유지를 부여한 연방법.

로 사람이 점점 적어지고 있었던 거야……. 참 멋지지."

나는 미소를 지으며 고개를 끄덕였다. 이 골짜기에 한때 열세 가족이나 살았다고 생각하니 놀랍게도 일말의 아쉬움이랄까, 적어도 아쉬움 비슷한 것이 확실히 느껴졌다. 이웃이 많았다면 좋았을 텐데. 지금보다 더 소속감을 느꼈을 텐데. 물론 우리가 찾아낸 이런 고독이 좋다. 특히 티턴산맥에서 이런 곳을 찾는 우연한 기회를 만나게 되어 감사했다. 그럼에도 나는 여전히 이보다는 살짝만 더 큰 공동체였다면 좋았겠다는, 더 많은 이웃이 곁에 있어서 더 많은 사람을 알고 지냈으면 좋았겠다는 어렴풋한 염원을 갖고 있었다.

나는 손으로 저무는 태양을 가리고 뒤돌아 조의 목장을 보았다.

"조를 만나고 싶어. 이웃이라서가 아니라, 댄과 루시 말고 그 악령 이야기를 전부 믿는 사람이 있다는 게 놀라워서 그래. 만약 그들도 진짜 그걸 믿으면 어떡해? 조가 나와선 '그래요, 여러분. 진짜입니다. 빛이 보이고 악령이 여러분을 잡기 전에 반드시 불을 피우세요'라고 하면 어떡해?"

해리는 모자를 벗고 고개를 저은 다음 두 팔을 천천히 벌리며 어깨를 으쓱였다.

"글쎄…… 난 모르겠어, 자기야. 대체 누가 그런 터무니없는 개소리를 진지하게 받아들일지. 댄이 그 이야기를 했을 때, 그 헛소리에 뭐라고 반응해야 할지 알 수 없었어. 다른 사람이라고 해서 나와 반응이 다를 거란 생각은 전혀 들지 않는데."

그 이야기 때문에 해리는 정말로 좌절했나 보다. 나한테는 다 보였다. 내가 보기에 루시와 댄은 좋은 사람들이고, 그저 이웃에게 할머니들이 들려줄 법한 괴상한 이야기를 들려준 것뿐이다. 하지만 해리는 기분이 상한 것 같았다. 마치 개인적인 모욕을 당한 것처럼, 아니면 그들이 우리를 위협해서 제 발로 나가게 만들려고 했던 것처럼 말이다.

나는 해리에게 다가가 허리를 껴안았다.

"걱정하지 마, 자기야. 무서운 불빛이든 벌거벗은 남자든 곰이든 허수아비든 자기한테 못 다가가게 지켜줄게. 그런 놈들은 나한테 다 져. 내가 우리 커다랗고 힘센 해병 아저씨를 지켜준다니까."

해리는 눈을 흘기더니 내게 키스했다.

나는 해리의 가슴에 파고든 채로 산을 올려다보았다.

"정말로 점점 날이 따뜻해지네……. 이젠 공기에서 봄이 느껴지는 것 같아. 햇빛에서도."

해리가 동의하며 고개를 끄덕이는 느낌이 났다. 나는 그를 바라보았다.

"그래도 이 산속은 아직 완연한 봄은 아니라서 쌀쌀해. 집에 가서 불을 피우고 몸을 녹이자, 알겠지?"

해리는 내게 키스했다.

"나도 지금 세상 무엇보다 그러고 싶어."

9

해리

"정말 맛있었어. 나 7킬로그램쯤 찐 것 같아."

나는 사샤를 바라보며 말했다. 우리는 며칠 전에 새로 산 그릴을 개시해 스테이크와 감자, 아스파라거스를 구워 먹는 것으로 방금 저녁 식사를 마쳤다. 아주 배부르게 식사를 한 뒤, 베란다에 매단 그네 의자에 몸을 뉘었다가 해가 진 지금은 아예 베란다 바닥에 앉아서 소화를 시키는 중이었다.

"음⋯⋯."

사샤는 일어나서 기지개를 켰다. 그러고는 두 팔을 내밀고 몸을 숙여 내 앞에 얼굴을 내밀고서 미소를 지었다.

"와인 한 병 따는 거 어때?"

"좋지. 난 이거 마저 끝내고 들어갈게."

나는 현관 앞에 앉아서 대시의 꼬리와 배털에 붙은 우엉 열매를 떼어내는 중이었다. 저녁 식사 전, 우리는 개울을 따라 소유지 끝까지 산책을 했다. 개울은 국유림에서 발원하여 우리 땅으로 흘러들어 1.6킬로미터쯤 떨어진 산등성이에 자리 잡은 전나무와 폰데로사 소나무 숲으로 흘러갔다. 작은 개울은 아름다웠고, 오늘은 봄이 온 뒤 처음으로 날씨가 화창한 날이었다. 하지만 개울의 특정 부근을 따라 우엉이 미친 듯이 자라 있어서, 대시의 꼬리와 털에 이 골짜기에 자라는 우엉 열매의 절반이 달라붙었다 해도 과언이 아닐 정도였다. 우엉 열매를 개털에서 떼어내는 일은 엄청나게 성가시다. 특히 개를 아프게 하지 않고 떼어내기는 더욱 힘들다.

나는 이제 마지막 우엉 열매를 뽑고 있었다. 특히 단단하게 가슴털에 달라붙은 것이었다. 그런데 아무리 떼어내려고 해도 좀처럼 떨어지지가 않았다. 짜증이 난 대시는 자꾸 몸을 돌려 내가 꼼짝 못 하도록 대시를 잡은 다리 사이에서 도망치려 했다.

"쉬, 착하지. 조금만 참아, 이게 마지막이야."

우엉 열매에 얽힌 털 몇 가닥을 풀자 드디어 떼어낼 수 있었다.

나는 열매를 녀석의 코앞에 내밀어 보여주었다.

"다 됐어, 대시. 다 됐다고!"

대시는 열매 냄새를 킁킁 맡았고, 내가 몸을 뒤로 빼자 녀석은 벌떡 일어나서 털을 말리듯 몸통을 부르르 털었다.

와인 잔을 들고 남은 걸 마저 마시려는데, 목초지 쪽에 있는 무언가가 눈에 들어왔다. 잔 속에 어른거리는 잔상 때문에 와인이 마치 피처럼 보였다.

노란빛 구였다. 연못 속에, 물 아래 1미터쯤 잠겨 있는 빛.

순간 심장이 파르르 떨리고 아드레날린이 확 치솟았다. 그걸 부정한다면 빌어먹을 거짓말쟁이일 것이다.

일어서서 현관 난간으로 다가갔다. 대시는 나를 쳐다보고 내가 어딜 보는지 보려고 그쪽으로 고개를 돌리더니, 나와 함께 목초지 쪽으로 쏜살같이 다가왔다.

제길, 저거구나. 사진을 찍어서 집에 있는 사샤에게 보낼까 했지만, 그녀를 놀라게 하고 싶지 않았다. 왜 그런지 몰라도, 이 빛에 대해 말할 마음조차 없었다.

다만 머릿속은 다급하게 움직였다. 날은 완전히 저물어 어두웠지만, 그래도 눈에 힘을 주고 진입로를 바라보았다. 댄이 슬그머니 도망치는 모습이 보일 것 같아서였다. 그 노인네가 근처에 있다가 나를 엿 먹이려고 연못에 정원용 램프 같은 걸 넣어둔 거란 생각이 들었다.

이윽고 나는 그 빛을 총으로 쏠까 생각했다. 현관 바로 안, 코트를 보관하는 옷장에 새로이 조준경을 달아둔 30-06 사냥용 소총이 있었다. 연못은 100미터 남짓 떨어져 있으니, 쉽게 맞힐 수 있다. 어쩌면 저 망할 놈의 빛을 터뜨릴 수 있을지도 모른다. 그럼 어떻게 되나 볼까?

무언가가 느껴졌다. 아주 오랜만에 감지하는 느낌이었다.

누군가, 무언가가 나를 감시하는 기분이라 나는 그것이 움직이기 전에 위치를 파악해야 했다. 왜 그런지는 모르겠지만, 나는 본능적으로 북동쪽 수목한계선을 바라보았다. 대시도 그걸 느낀 것 같았다. 나는 고개 숙인 개를 내려다보았다. 대시가 털을 바짝 세우고 낮게 으르렁대는 소리가 들렸다. 난 다시 빛을 바라보았다.

젠장, 빛이 움직이잖아. 처음 봤던 자리에서 적어도 4미터도 넘게 이동해 있었다. 나는 현관 베란다에 서서 연못의 빛을 내려다보았다.

난 이게 무슨 현상인지 설명할 근거를 찾으려 애썼다. 풀어 말하자면, 이게 속임수라고, 일종의 계략이라고 설명할 수 있는 개연성을 미친 듯이 떠올리고 있었다. 배터리를 넣은 기기일까? 아니면 태양열 기기일까? 하지만 그 생각은 내가 댄을 쫓아냈던 날 현관에서 댄이 한 말이 떠오르자 수면 아래로 가라앉아 버렸다. 댄의 말은 마치 뉴스를 틀면 화면 아래로 흘러가는 주식 자막처럼 내 머릿속을 흘러갔다.

놀랄 필요 없네. 그냥 하던 일을 멈추고 불을 피우게. 물을 데울 정도로 작고 확실하게 피우면 되네. 처음 빛을 보면, 불을 피우고 우리에게 전화하게. 빛을 봤는데도 불을 피우지 않으면, 북소리가 들릴 걸세. 그러면 창문을 가리고 집 안으로 절대 아무도, 아무것도 들이지 말게.

대시는 숨을 내쉴 때마다 낮게 으르렁거리면서 여전히 수목한계선을 올려다보고 있었다.

대시가 왜 이렇게 흥분했을까? 늑대나 곰, 퓨마가 있나? 아니면 코요테가 있는 낌새를 느꼈나? 곰들은 지금쯤 겨울잠에서 깨어날 시기고, 당연히 배가 고플 것이다. 그렇더라도 대시는 보통 자기보다 큰 포유동물을 보면 그냥 짖기만 하지, 으르렁거리거나 지금 같은 행동을 보이지는 않았다. 심지어 등산하다 곰을 마주쳤을 때도 마찬가지였다. 게다가 서쪽 하늘에 희미한 빛이 조금밖에 남아 있지 않았지만, 우리와 숲 사이에 펼쳐진 초원에 짐승이 한 마리도 없다는 건 분명했다.

대시가 불편해하는 이유를 찾지 못한 나는 나도 모르게 한숨을 내쉬었다. 내 한숨 소리를 듣기조차 민망했다. 심장이 점점 빠르게 뛰었다. 방금 달리기를 한 것처럼 귓가에 심장 소리가 울려왔다. 정신을 차려보니 난 무의식적으로 대시에게 말을 걸면서 녀석을 진정시키려 애쓰고 있었다.

"괜찮아, 대시. 괜찮아. 저긴 아무것도 없어."

놀랄 필요 없네. 그냥 하던 일을 멈추고 불을 피우게…….

나는 대시의 시선이 못 박힌 곳과 연못의 빛을 번갈아 바라보았다. 그 빛은 내가 돌아볼 때마다 위치가 바뀌어 있었다. 어두워서 내가 잘못 본 거겠지?

전투 지역에서 야간 순찰을 돌 만큼 돌아보았고, 밤에 활사냥도 많이 해봤기 때문에 이런 착시 현상이 쉽사리 일어난다는 점은 잘 알고 있다. 심장 박동이 빨라지면서 종일토록 바라던 무언가를 능동적으로 찾아낼 때 특히 이런 현상이 잘 나타나곤 한다. 머릿속으로 너무나 바라기에, 실제로는 없는 것이 그만 시야에 나타나 버리는 것이다. 지금 이것도 당연히 그런 착시일 거다.

몇 초 뒤, 빛 덩이가 적어도 10미터는 떨어진 연못의 다른 지점으로 옮겨 가는 게 보였다.

나는 눈을 비비고 심호흡한 다음 다시 연못을 바라보았다. 빛의 위치를 확인하고 산등성이를 올려다보고 나서, 다시 눈을 깜빡여 시야를 또렷하게 만든 다음 연못을 보았는데…… 하, 망할 놈의 빛은 매번 완전히 다른 곳에 가 있었다.

촉수처럼 손을 뻗어오는 공포가 머릿속 가장자리에서부터 어른거리기 시작했다. 손에 감각이 없어졌다. 이건 아드레날린이 정말로 확 돌기 시작할 때만 있는 일이다.

나는 억지로 소리 내어 껄껄 웃었다. 그래봤자 곧바로 내가 얼마나 불안한지 깨닫게 될 뿐이었다. 내 목소리에 깃든 공포를 인식하자 나는 더욱 초조해졌다. 나의 온몸과 마음이 이걸 현실로 받아들일 수 없다고 신속하게 저항하고 있음을 깨달았다. 불을 피우면 결국 내가 이 이야기를 믿는다는 걸, 두려움에 굴복해 버렸다는 걸 인정하는 셈이었다.

내면의 목소리가 내게 말했다. 불 피워. 그놈의 불 좀 피운다고 나쁠 게 뭔데?

그러자 더 크고 호전적인 목소리가 대답했다. 웃기지 말라고 해. 여긴 내 땅이야. 이 지구상에서 차지한 유일한 내 몫이라고. 빌어먹을 내 자격으로 얻었다고. 서부의 별것 아닌 옛날이야기 따위 알 게 뭐야.

그때, 대시가 낑낑대는 소리가 들렸다.

내려다보자 대시는 베란다에 서 있었다. 개는 나를 올려다보는 중이었다.

"대시, 괜찮아. 아무 문제 없어!"

하지만 개는 귀를 뒤로 젖히고 꼬리를 만 채로 수목한계선을 바라보며 천천히 뒷걸음질 치기 시작했다. 그러더니 휙 돌아 갑자기 베란다 쪽으로 열린 주방문을 향해 힘껏 달려갔다.

나는 고개를 홱 돌려 대시를 그토록 겁먹게 만든 수목한계선을 둘러본 다음, 다시 연못의 빛을 바라보았다. 제길, 또 자리를 옮겼네. 그러고는 다시 수목한계선을 보았다. 이젠 내 손과 어깨마저 덜덜 떨려왔다.

나는 스트레스가 심한 상황에서 마음을 다잡는 연습을 아주 오랫동안 해왔다. 총알이 날아오고, 우러러보며 존경하던 상관들이 겁에 질려 비명을 지르고 피 흘리며 죽어가는 상황에서도 냉정을 유지해야 했으니까. 적어도 주저앉아 무너져 버리는 것만큼은 피해야 했으니까.

그러기까지 참으로 오래 걸렸지만, 난 예전에 만들어서 수도 없이 외웠던 주문을 힘겹게 끝까지 외웠다. *숨 쉬어. 죽을 수도 있고, 아닐 수도 있어. 만약 죽으면, 아무 느낌 없을 거야. 너는 놈들보다 더 위험해. 움직여. 숨 쉬어. 죽을 수도 있고, 아닐 수도 있어. 만약 죽으면, 아무 느낌 없을 거야. 넌 놈들보다 더 위험해. 움직여. 숨 쉬어……*.

대시는 이제 깽깽대며 안으로 들어가려고 문을 긁었다. 대시의 이런 행동은 내가 기억하기로 처음이었다. 대시의 행동은 빛 덩이만큼이나 충격적이었다. 기압이 변하는 느낌이 들었다. 마치 토할 것처럼 입에 침이 고이기 시작했다.

순간, 퍼뜩 깨달았다. 대시의 행동 때문이었을까. 아니면 대시가 문을 긁는 소리에 사샤가 무슨 소리인지 보려고 바깥으로 나오리라는 걸 알아서였을까. 연못의 불빛을 처음 본 지 대략 90초밖에 되지 않았지만, 불을 피워야겠다는 욕망이 1톤어치 벽돌처럼 나를 와르르 덮쳤다.

불을 피우겠다는 욕망은 원초적이었다. 빌어먹을 나의 영혼으로부터 비롯된 감정인 듯했다. 아직 태어나지 않은 나의 자식과 손주들이 살아남는 것이 바로 지금 이 순간의 결정에 달려 있는 느낌이었다.

주방문이 열리는 소리를 듣자마자 나는 빙글 돌아서 장작을 집으려고 베란다로 있는 힘껏 달려갔다.

뒷문을 지나자 대시가 사샤의 다리 옆을 스쳐 주방으로 들어가는 모습이 보였다. 사샤와 나의 눈이 마주치자, 대시를 바라보며 어리둥절하던 그녀의 눈빛이 더욱 혼란스러워졌다.

"당장 문 잠가. 난 현관으로 들어갈게."

그러고선 두 발짝 정도 뛴 느낌이었는데, 이미 현관 몇 미터 아래에 둔 장작더미에 도착했다. 나는 장작더미에서 가장 작은 장작 묶음과 손도끼를 잡고서 집 안으로 뛰어들어 문을 쾅 닫은 다음 잠금 장치를 걸었다.

사샤는 벌써 거실에 있었다.

"대체 무슨 일이야, 해리?!"

나는 간신히 "빛이야"라고 말하고는 그녀를 스치고 주방으로 달려갔다. 그러고는 조리대에 있던 광고지를 잡고 휙 돌아서서 얼른 거실에 있는 벽난로로 달려가 장작을 넣고 성냥을 집은 다음 연통을 조절해 열고 무릎을 꿇었다.

사샤는 이미 서재에 가 있었다. 그곳은 거실에서 좀 떨어진 방이었고, 커다란 남향 창이 있어서 목초지와 연못이 보였다. 그녀의 반응이 들려왔다.

"어쩜 이런 일이. 제길."

사샤가 다시 거실로 돌아오자 우리의 눈길이 마주쳤다. 그녀의 얼굴에는 실제적이고 진실한 공포가 서려 있었다.

"헤리, 어쩜 이런."

대시는 우리 둘 사이를 서성이면서 마치 방금 겨울 아침의 오리 사냥을 끝내고 돌아온 것처럼 낑낑대며 몸을 떨었다.

사샤는 내 옆에 웅크려 앉았다.

"헤리, 어쩜 이럴 수 있지."

그녀는 지금 나오는 말이 그뿐인 것 같았다. 솔직히 나는 그런 말조차도 할 수 없었다. 정신없이 불을 지피면서도 너무 창피했던 나머지 사샤를 쳐다보고 싶지도 않았다.

불쏘시개 더미와 작은 장작더미 밑에 편지 몇 장을 구겨 넣던 순간, 대시가 짖는 소리가 들렸다. 사샤와 나는 뒤돌아 대시를 바라보았다. 거실을 지나 주방을 바라보자, 대시는 베란다로 통하는 주방문을 보며 짖고 있었다.

대시가 무엇 때문에 흥분한 건지는 몰라도, 대시는 무언가가 문 밖에 있을 때가 아니면 결코 짖는 법이 없었다. 내 몸은 당장 소총을 들고 마당으로 박차고 나가라고 소리쳤지만, 머리가 이겼다.

야, 이 자식아, 하던 일에 집중해.

"헤리, 불을 피워. 당장 불을 피우라고."

사샤의 떨리는 목소리가 들렸다.

나는 다시 앞을 보고 두꺼운 성냥을 하나 그어 종이 밑에 두었다. 그리고 성냥을 하나 더, 또 하나 더해서 세 개, 다시 하나 더해서 네 개까지 그었다.

불이 붙으면서 치이익 타들어가는 소리와 함께 불꽃이 일더니 송진을 흠뻑 머금은 성냥의 몸체가 타오르기 시작했다. 그 모습을 바라보던 나는 어느새 깨달았다. 나, 내심 바깥에서 북소리가 들려오지 않기를 바라고 있었구나. 나는 손도끼를 잡고 장작을 더 잘게 쪼개 그 조각들을 종이와 장작 사이에 넣기 시작했다.

"해리⋯⋯ 해리."

대시가 짖는 소리에는 일종의 으르렁거림까지 섞여 있어서 사샤의 말이 잘 들리지 않았다.

"뭔가가⋯⋯ 뭔지는 모르겠지만, 느껴져."

나 역시 느꼈다. 대체 이게 무슨 지랄인지 몰라도 확실하게 느꼈다. 귓가에 압력이 가해지고, 입에 침이 고이면서 맥박이 머릿속에서 쿵쿵 뛰었다.

마침내 나는 불쏘시개와 장작 하나에 불이 붙은 걸 알아보고서 손도끼를 내려놓고 불길에 부채질을 했다. 불은 불과 몇 초 만에 저절로 타올랐다. 나는 이제 탁탁거리는 불꽃에 나머지 장작을 넣고서 심호흡을 했다.

대시는 옆에 서서 나와 사샤, 불을 바라보았다. 그러고는 잘했다는 듯이 꼬리를 흔들었다.

나는 빛을 본 뒤 처음으로 사샤의 눈을 똑바로 바라보았다.

"해리⋯⋯ 이게 대체."

그녀는 차마 말을 잇지 못했다. 순간, 나는 몇 주 전 댄이 간단한

'의식'을 설명하면서 들려준 말을 기억했다. 그 말이 머릿속에 떠오른 순간 사샤가 똑같은 문장을 소리 내어 말했다.

> 불이 붙으면, 빛은 사라진다. 남향 창문으로 가서 빛이
> 아직도 있는지 보라. 만약 여전히 빛이 보이면, 불에 장작을 더 넣어라.
> 빛이 사라졌다면 악령은 떠난 것이다. 악령이 떠나면 곧바로
> 느낄 수 있다. 그러면 불이 알아서 꺼지게 놔두고
> 아무 일도 없었던 것처럼 하던 일을 계속 하면 된다.

"처음으로 빛을 보게 되면, 불을 피우고 우리에게 전화하라고, 그렇게 말하셨잖아."

사샤는 댄과 루시의 전화번호가 있는 냉장고로 다가갔다. 장식용 자석을 치워 가려져 있던 전화번호를 확인한 그녀는 휴대폰의 번호를 누르기 시작했다.

"사샤, 잠깐만 기다려."

나는 옷장으로 다가갔다. 앞으로 몇 주간은 겨울잠에서 깨어난 반달가슴곰과 회색 곰이 먹이를 찾아 헤맬 시기였기 때문에, 일주일 전 나는 12구경 산탄총 다섯 자루 중 하나를 옷장에 넣어놓았다. 펌프 액션♦ 튜브 탄창이 달린 총에는 단단한 강철 탄환이 다섯 발 들어갔다. 나는 탄환 하나를 장전했다.

♦ 산탄총에 많이 쓰이는 장전 방식으로, 외부에 달린 총신덮개를 뒤로 당겨 탄피를 빼내고 앞으로 밀어 탄환을 장전하는 방식.

"해리…… 그분들에게 전화해야 해."

나는 가차 없이 말을 내뱉고 싶었지만 애써 억눌렀다.

"그냥, 잠깐만 기다려줘, 응? 숨 좀 돌리고 생각해 보자."

나의 몸과 본능은 여전히 소리를 질러댔다. 어서 헤드램프를 켜라고. 자동소총을 들라고. 가서 그 지역을 사수하라고.

하지만 부정할 수는 없었다. 확실히 불을 붙이기 전보다 편안했으니까. 공포가 가시는 기분이었다. 댄이 불을 붙인 다음에 바깥에 나가도 된다고 했는지 기억이 나지 않았다. 사샤는 내 생각을 읽기라도 한 것처럼 댄과 루시의 경고인가 규칙인가 하는 망할 글을 넣어둔 책상으로 가서 종이 묶음을 꺼내 펼쳤다. 그녀를 바라보자 밑줄을 친 '봄'이라는 제목이 보였다. 그녀는 큰 소리로 그 부분을 읽기 시작했다.

그래요, 그 말이 지랄맞게도 옳았군요, 댄. 나는 난생처음 사악한 악령을 물리치는, 아주 볼거리가 풍부한 의식에 참여했네요. 그리고 이제는 다 끝냈지만 '*아무 일도 없었던 것처럼*' 빌어먹을 하던 일을 계속하면 되는군요.

저 규칙의 마지막 문장 때문에 나는 매우 화가 났다. 아니, 사실은 내가 이 거지 같고 터무니없는 상황에 겁먹었다는 사실에 수치스러워 분노가 일었던 건지도 모른다. 사실, 나는 지금도 손을 덜덜 떨고 있었다. 분노를 주체할 수가 없었다. 사샤는 내 등에 손을 얹었다.

나는 그녀를 바라보았다.

"해리, 가서 보고 오자."

우리는 천천히 서재 쪽으로 걸어갔다. 눈을 내리깐 채 창가로 다가간 다음, 산탄총을 벽에 세워두고 두 손을 창턱에 얹었다.

"해리, 사라졌어."

사샤의 목소리가 들렸다. 그녀의 말이 옳았다. 하지만 그 사실을 받아들일 만한 여유가 내겐 없었다. 바로 그 순간, 나는 물론이고 사샤도 마찬가지로, 분명 이제껏 겪었던 모든 일 중에서 가장 심오한 순간이라 할 만한 것을 경험했기 때문이다.

그 짧은 찰나, 이 '악령'이라는 헛소리가 어떻게 봐도 진짜라는 전제에 맞서서, 절대로 받아들일 수 없다고 다짐하는 나의 온 정신이 게슈타포급 진압 작전을 펼치고 있었다. 그러나 어마어마한 노력에도 불구하고, 빛이 사라졌다는 걸 알아본 순간 절묘한 안도감이 나를 덮쳤다. 나는 인간이 마약 없이도 그런 기분을 느낄 수 있다는 걸 처음 알았다. 사샤는 나의 팔을 꽉 쥐었다. 그러고는 무어라 말하려다가 그만두었다.

감정적 분출이자, 동시에 놀라운 신체적 안도감이 찾아왔다. 마치 아주 끝내주는 오줌을 누며 느끼는 해방감이나, 무더운 날 냉방이 잘되는 건물에 들어갔을 때의 짜릿함이나, 7킬로그램이나 살을 뺐다는 걸 깨닫는 순간의 희열이 한순간에 동시에 느껴지는 기분이었다.

나는 몸서리를 치고서 미소를 짓다가 하마터면 웃음을 터뜨릴 뻔했다.

"해리, 너도 느꼈어?"

"응…… 무슨 미친 짓인지 모르겠지만, 느꼈어……."

대시 역시 완전히 정상으로 돌아왔다. 현관 옆에 선 개는 꼬리를 흔들며 밖으로 내보내 주기를 기다렸다.

사샤와 나는 그런 대시를 보다가 말문이 막힌 채로 서로를 바라보았다.

10

사샤

"해리, 우린 그분들에게 전화해야 해."

내가 말했다. 어째서 해리가 반대하는 건지 도무지 이해가 안 갔다. 연못에서 빛을 보고서 공포를 느꼈고, 빛이 사라지자마자 온몸으로 안도했으면서. 그런데도 이 고집불통 자식은 주방에 떡하니 버티고 서서 스타이너 부부에게 전화하지 말자고 고집을 피우며 장장 5분 동안 나와 말싸움을 하는 중이었다. 해리가 내세우는 근거도 다섯 번이나 바뀌었다. 처음엔 "이게 진짜라 하더라도 그들은 우리를 전혀 도와줄 수 없어"라고 하다가 나중엔 "분명 그 사람들이 저 연못에 램프 같은 걸 설치했을 거야"라는 식이었다.

"사샤, 잠깐만. 우리 천천히 숨 돌리고 생각해 보자."

해리가 겁먹은 게 보였다. 물론 겁먹은 것까지는 아니겠지만, 그는 분명 화가 났다. 지금 일어나는 일에도 화가 나고, 이게 뭔지 설명할 수 없다는 점에도 화가 난 것이다.

그는 내가 옆에 있을 때는 어떤 상황에서도 화를 내지 않으려고 언제나 대단히 노력했다. 내가 멍청한 짓을 하거나 술에 취해서 말다툼 중에 아주 못된 말을 해도, 그는 화가 난 것을 내게 티 내지 않으려 화를 꾹꾹 눌러 참고 심호흡을 몇 번 한 다음 화제를 바꾸거나 그냥 떠나버리곤 했다.

"해리, 대체 왜 이러는 거야? 날 봐. 지금 당장 전화하지 말아야 할 이유가 뭔지 정확한 말로 나한테 설명해 보라고. 그분들이 주고 간 이 빌어먹을 내용에도 써 있잖아. **빛이 사라지면 곧바로 느낄 수 있다.** 이게 다 그분들이 꾸민 짓이라면, 그런 느낌은 어떻게 주는데? 연못에 램프를 넣고 나서 우리 집 환풍구에 마약이라도 뿌렸다는 거야?!"

놀랍게도 해리는 전혀 반박하지 않았다. 다만 바닥을 족히 10초는 뚫어져라 바라보다가, 다시 나를 보고는 손을 들어 보였다.

"그래…… 알았어, 사샤. 전화하자."

나는 오히려 당황했다. 해리가 굴복하는 모습을 보니 그 어떤 것보다 지금 상황이 현실적으로 느껴졌다.

그는 손을 내 휴대폰 쪽으로 내밀었다.

"내가 전화할게. 스피커폰 모드로 틀어놓고."

나는 해리에게 폰을 건네주었고, 그는 스타이너 부부의 집 전화번호를 눌렀다. 몇 번 신호가 울리다가 댄의 목소리가 들렸다. 무언가에 살짝 스치는 소리와 삐걱대는 소리를 들으니 그가 방금 앉은 자세를 바로잡았다는 걸 알 수 있었다.

"음, 해리가 전화를 다 했군! 잘 지냈나? 입주 상황은 어때? 별 문제 없이 되고 있나?"

"네, 다 잘되고 있습니다. 저, 이 시간에 전화 드려서 죄송해요."

"오, 그런 걱정 말게. 우리는 이맘때쯤엔 10시 전에 자는 일이 없으니까. 그런데 무슨 일인가? 두 사람 다 괜찮아?"

"네, 저희는 괜찮습니다. 사실 전화드린 이유는요, 그게……."

해리는 나를 슬쩍 보고는 심호흡을 했다.

"방금 그렇게 되었어요. 조금 전, 연못에서 빛을 봤습니다……."

해리가 그 말을 하자마자 0.5초도 지나지 않아서 댄의 확고한 목소리가 대답했다.

"불을 피웠나? 보자마자 불을 피웠냐고, 해리?"

해리는 말투에 가벼움과 장난기를 섞으려고 노력했다.

"네, 그럼요. 빛을 보자마자 불을 피웠죠. 약속했던 대로 피웠단 말이에요! 빛은 사라졌어요. 가르쳐주신 기적적인 치유법이 효과가 있는 모양이더라고요. 북소리도 안 들렸고요!"

댄이 무어라 대답하기 전에 루시가 먼저 "오 하느님, 감사합니다"라고 숨죽인 목소리로 말하는 게 들렸다.

"음, 우리 둘 다 그 소식을 들으니 아주 기쁘네, 해럴드. 우리는 말이지, 음…… 지금 꽤 불안할 거라는 것도 알아. 자네들이 괜찮은지 확인하고 싶네. 혹시 우리가 잠깐 들러도 되겠나? 오래는 안 있을 테니."

해리가 거절하려는 게 보여서, 나는 그의 손을 향해 내 손을 뻗고 고개를 끄덕였다. 하지만 해리는 대답 대신 고개를 저었다.

"괜찮습니다, 댄. 오실 필요 없어요. 조만간 직접 만나 말씀드릴 기회가 분명히 있겠죠."

나는 해리에게 뭐 하는 짓이냐는 눈초리를 보냈지만, 솔직히 그분들이 지금 당장 여기 와서 이야기를 하겠다는 게 너무 이상하다는 건 부정할 수 없었다. 대체 왜 그러는지는 몰라도 말이다.

순간, 나는 선생님의 다음 질문에 대답할 준비를 해야 하는 중학생처럼 불안해지고 말았다.

"안녕하세요, 댄. 사샤예요. 빨리 이야기할게요. 그러니까, 지금 우리 밖에 나가도 되는 거 맞죠? 빛이 사라지는 대로 다 괜찮아질 거라고 하셨—"

"아, 그렇고말고. 빛이 사라지기만 하면 끝난 거라오. 보통은 빛이 사라졌을 때 곧바로 느낄 수 있소. 눈으로 보는 것과 마찬가지로 느낌으로도 알 수 있소. 나도 두 사람이 그 점을 알아차릴 줄 알았지!"

나는 눈을 커다랗게 뜨고 최대한 도전적인 눈빛으로 해리를 노려보았다. 하지만 해리는 나를 보더니 다시 휴대폰을 내려다보며 말했다.

"저희가 조만간 다 말씀드리겠습니다."

해리가 전화를 끊자, 나는 그에게 걸어갔다.

"해럴드, 나 좀 봐. 이게 진짜가 아니라면 뭔데? 이게 다 그분들이 꾸민 짓이라면, 우리에게 느낌은 어떻게 준 거냐고? 해리, 정말이지……."

그는 나를 힐끗 보더니, 멍한 시선으로 창밖을 내다보았다. 그 자세만 봐도 해리가 머릿속으로 뭔가 계획을 짜고 있다는 걸 알 수 있었다. 해리는 재빨리 몸을 돌려 현관으로 향했다.

"자기야, 뭐 하려고?"

해리는 나를 돌아보고 대답했다.

"이 헛짓거리를 내가 해결해 볼게. 5분만 기다려. 집에서 나오지 마, 샤샤. 부탁이야."

해리는 대시가 어둠 속으로 따라 나오지 못하게 하려고 문을 연 다음 바깥을 막았다. 대시는 그를 올려다보며 답답한 기색으로 낑낑댔다.

나는 짜증스러워서 어깨를 으쓱이며 고개를 저었다.

"알았어. 몸조심해."

해리는 현관에서 달려 나가 차고로 들어갔다. 그러고는 헤드램프를 머리에 쓰고 소총 한 자루와 사냥용 카메라 두 개를 들고 나왔다. 방수와 동작 감지, 야간 식별 기능까지 갖춘 카메라로, 사냥철이 시작되면 짐승을 추적하기 위해 나무에 매놓는 용도였다.

이윽고 그는 우리 마당 울타리의 정문으로 달려가 마당에서 목초지로 통하는 문을 잠갔다. 나는 서재로 자리를 옮겨서 후문에서 목초지를 가로질러 연못으로 가는 해리를 지켜보았다. 그는 AR-15 돌격소총을 가지고 갔다. 해리가 그 총을 사용하는 일은 잘 없었고, 나더러 같이 사격장에 가자고 권했을 때만 몇 번 봤던 총이었다. 하지만 그 소총을 어깨에 메고 목초지를 달릴 때 소총에 장착된 램프가 원뿔 모양으로 빛을 발하며 어두운 앞쪽을 비추는 모습을 보니, 총은 마치 해리의 분신 같았다. 그 모습이 어찌나 자연스럽던지, 너무나…… 포식자 같았다.

연못 옆에는 포플러나무가 옹기종기 자라 있었다. 해리는 곧장 나무를 향해 갔다. 헤드램프 불빛으로 가늠해 본 뒤 그는 소총을 풀어 휙 돌려 내리고 사냥용 카메라를 작은 나무 두 그루에 묶기 시작했다. 그러고는 무릎을 꿇었는데, 아마도 카메라 각도를 확인해서 제대로 설치되게끔 조절하는 것 같았다. 카메라와 잠시 씨름을 벌이던 해리는 이내 돌아서서 마당으로 달려왔다. 나는 주방문을 열고 뒷베란다에서 그를 맞이했다.

"카메라 갖고 뭐 한 거야?"

해리는 소총을 풀고서 내 손을 꽉 잡은 다음 씩 웃었다. 그리고 주방으로 가며 대답했다.

"만약 그 미친 늙은이들이 정말로 빛을 만들어내려고 목초지에 몰래 들어가 연못에 뭘 넣었다면, 분명히 계략을 완벽하게 마무리 짓기 위해서라도 아침 전에 몰래 꺼내러 올 거야. 사냥용 카메라를 설치했으니, 연못 근처로 다가오는 건 다 찍을 수 있어."

해리는 자신의 계획에 만족한 듯했다.

내 생각에는 댄과 루시가 우리에게 장난칠 이유가 없었다. 우리가 연못에서 빛을 보았다고 말했을 때 그들의 목소리에서 느껴지던 공포가 생생했으니까. 그리고 연못에 빛이 나타났을 때 내가 받은 느낌, 그리고 빛이 사라졌을 때의 느낌을 생각하면, 뭔지는 몰라도 노인 두어 명이 해낼 만한 계략이라고는 절대 생각할 수 없었다. 하지만 내가 이게 일종의 속임수가 아니라고 대놓고 말할 마음의 준비가 되었는가 하면, 그 역시 아니었다.

나는 무슨 말을 해야 할지 모른 채 해리를 따라 거실로 들어갔다. 그가 소총을 옷장에 보관하고 헤드램프를 현관문 옆 수납장에 올려놓는 모습이 보였다.

해리와 함께 베란다로 나간 나는 맥주를 나누어 마시며 방금 있었던 일을 차근차근 생각했다. 장작더미를 내려다보면서 다음번에 또 이런 일이 일어날 것에 대비해 장작을 안에 들여놓을까 싶기도 했다. 그런 일이 계속 생기면 점차 아무렇지 않아질 거란 생각이 들자, 조금 전까지 품었던 불안과 공포에 기름을 확 끼얹는 것 같았다.

바깥에 앉은 해리와 나는 이 일을 처음부터 끝까지 적어도 세 번은 차근차근 따져보았다. 하지만 머지않아 나만 말하는 분위기가 되어서, 나는 이 문제가 그냥 흐지부지되도록 내버려두고 해리와 함께 텔레비전을 좀 본 다음 잠자리에 들었다.

해리는 자야 한다고 생각하면 곧바로 잠드는 능력이 있었는데, 그걸 볼 때마다 나는 항상 놀란다. 나는 제대로 잠들려면 적어도 한 시간은 뒹굴어야 하기 때문이다. 그날 밤 나는 일어난 일을 열다섯 번쯤 빠짐없이 머릿속으로 복기해 본 다음, 헤드보드에 기대어 침대 위 창문턱에 팔꿈치를 대고서 어두운 목초지 저편 연못을 바라보았다.

달빛이 살짝 드리웠지만, 풍경은 잉크처럼 검디검었다. 나는 아래를 내려다보며 생각했다. 그 빛을 과연 다시 보게 될까. 아마도 그렇겠지. 그러자 심장이 문득 빠르게 뛰기 시작했다.

11

해리

그놈의 빛 때문에 온통 소란이 일어난 뒤, 나는 아침 6시 15분에 알람을 맞춰놓았다.

알람이 꺼지고 몇 분이 지난 뒤, 나는 낚시용 장화를 신고 삽과 묵직한 정원용 갈퀴, 소총을 들고서 서리 덮인 목초지를 지나 연못으로 저벅저벅 걸어갔다.

댄과 루시가 직접 연못에 램프 같은 걸 설치했거나, 아니면 누굴 시켜서 우리 소유지에 몰래 들어가 설치하라고 지시한 게 아닌가 싶었다. 그렇다면 그들은 해가 뜨기 전에 증거를 없애려고 우리 소유지에 몰래 들어올 테고, 사냥용 카메라에 분명히 잡힐 것이다.

만약 카메라에 아무것도 남지 않았다면, 연못 전체를 조금씩 뒤적여 볼 작정이었다. 연못 바닥을 1센티미터 간격으로 파가며 대체 빛을 내며 움직이는 어떤 물체를 설치했는지 찾아보는 것이다. 연못 자체는 가장 깊은 곳도 1미터 50센티미터 정도밖에 되지 않았기에, 필요하다면 종일 뒤져서라도 반드시 확인해 볼 참이었다.

연못 둑의 자그마한 포플러나무 군락에 도착한 나는 물건을 전부 내려놓았다. 무릎을 꿇고서 두 대의 카메라 중 첫 번째 카메라의 모니터를 열어젖혔다. 모니터에는 촬영된 몇 개의 사진과 영상이 표시되어 있어 쭉 스크롤해서 보면 되었다. 나는 카메라를 각기 다른 각도로 설치해 두었는데, 첫 번째 카메라는 연못의 남쪽 둑 근처를 대부분 담고 있었다. 거기에 네 장의 스틸컷이 찍혀 있었고, 모두 솜꼬리토끼가 둑으로 올라가는 모습이었다.

첫 번째 카메라를 닫고 이제는 두 번째 카메라를 확인했다. 두 번째 것은 연못 표면을 담고 있었다. 모니터를 열어보자 여덟 장의 사진이 찍혀 있었다. 처음 네 장은 또 솜꼬리토끼였다. 첫 번째 카메라가 찍은 것과 똑같은 놈들이겠지. 나머지 네 장은 연못에 물을 마시러 뒤뚱뒤뚱 다가오는 스컹크였다.

이런, 제길. 내가 봤던, 연못에서 여기저기 움직였던 발광체가 아직 물속에 있다는 소리였다. 그렇다면 파봐야겠군.

이어지는 두 시간 동안, 나는 그 망할 놈의 연못 전체를 몇 번이나 첨벙첨벙 걸어 다녔다. 진흙탕 둑 한쪽에 막대기를 꽂아둔 다음 최대한 직선으로 반대편 둑까지 걸어가면서 정원 갈퀴로 바닥을 긁어 나뭇가지보다 더 큰 것은 뭐든지 건져 올렸다. 나는 흠뻑 젖을 걸 각오하고서 가장 깊은 부분은 마지막으로 남겨두었다. 하지만 아무리 찾아봐도 빛을 낼 만한 물건이 전혀 나오지 않아서 좀 짜증이 났다. 이제는 연못 한가운데의 가장 깊은 곳만 남았다. 나는 장화 속으로 흘러들어 오는 얼음장 같은 물줄기에도, 충격적으로 시린 다리와 가슴도 아랑곳하지 않고 작업을 계속했다.

하지만 아무것도 없었다. 연못에는 바위와 잔가지, 진흙뿐이었다. 흠뻑 젖어 얼어죽을 것 같은 데다 화가 잔뜩 난 나는 소총을 움켜쥐고 집으로 돌아왔다.

내가 흠뻑 젖은 옷을 벗는 동안 이미 일어난 사샤는 커피를 들고 대시와 함께 주방에서 나왔다. 대시는 꼬리를 흔들며 총총 달려와 자기에게 관심을 기울여달라고 졸랐다.

"맙소사, 해리. 완전 젖었네. 엄청 춥지?"

"응."

나는 일부러 사샤와 눈을 마주치지 않았다. 전날 밤 우리의 대화를 생각해 보면 그녀는 이미 그 악령이니 뭐니 하는 헛소리에 넘어간 게 분명했다. 정말이지 세상에 다시없이 절망스러웠다.

"그래서…… 연못에서 빛을 내는 물건 같은 걸 찾았어?"

"아니."

이 짧은 대답에서조차 내가 삐친 기색이 가감 없이 드러나 버려서 짜증이 났다. 대체 누구에게, 아니 무엇에게 분노해야 하는지 모를 분노가 일었다.

나는 설명할 수 없는 걸 잘 받아들이지 못한다. 종교란 종교는 죄다 믿지 않고, 전설이나 판타지를 보고 쾌감을 느낀 적도 없다. 예전에는 신을 믿기도 했고, 그 존재가 인격인지 아닌지도 모르면서 기도한 적도 있었다. 하지만 신에 대한 믿음은 내가 우러러보던 상관들이 죽어가는 모습을 본 이후로 사라졌다. 니콜스 병장님. 긍정적인 에너지와 대담한 성격으로 장교든 사병이든 상관없이 주변 이들의 사기를 북돋아 주던 분. 그분의 존재만으로도 암페타민을 투여한 것같이 활력이 돌아서 제아무리 지치고 겁먹은 해병이라도 병장님의 농담 한마디면 힘을 내곤 했다. 그저 같이 있어주는 것만으로도 전투지를 확 바꿔놓는 분이었다. 그는 내게 무적의 존재였건만, 결국 스러지고 말았다. 그가 어마어마한 고통과 공포에 사로잡힌 채 피 흘리며 죽어가는 모습을 나는 무기력하게 지켜보았다. 니콜스 병장님은 그냥 죽은 게 아니라, 마지막 숨이 끊어질 때까지 고통으로 진흙 속에서 몸부림치며 울었다.

니콜스 병장의 임종을 영원히 잊을 수 없게 된 나는 전능한 신의 존재를 부정하게 되었다. 그날 이후, 구체적이고 설명 가능하며 예상 가능한 것만 믿는 성향이 생겼다. 무엇보다도, 위협을 느낄 때마다 정신을 똑바로 차리는 데 아주 능숙해졌다.

안타까운 점은 위협을 느끼고 맞서는 데 익숙해진 나의 능력에도 한계가 있다는 것이다. *안위를 위협하는 대상이 뭔지 잘 아는* 상황에서만 그 능력이 발휘되었다. 그 대상은 이제껏 언제나 다른 남자 또는 나 자신이었다. 둘 다 이해하기 아주 쉬운 대상이었다.

사샤는 문을 열어둔 채 집 안으로 들어갔다가 다시 나와서 내 옆에 앉아 수건을 한 장 건네주었다. 지금 내 몸은 냄새 나는 연못물에 흠뻑 젖은 채 아침 햇살을 받아 모락모락 김을 내고 있었던지라, 그녀는 냄새가 풍기지 않는 범위에서 최대한 가까이 앉았다.

내가 머리를 말리는 동안, 사샤는 내 어깨에 손을 얹었다. 내가 그쪽을 바라보자, 그녀는 입을 열었다.

"자기야, 할 수 있는 건 아무것도 없어. 때로는 이 세상에 설명할 수 없는 일이 있는 법이라서—"

순간, 나는 무력감이 치솟았다.

"사샤, 그게 뭔데? 그게 뭐냐고! 네가 겪었던 일 중에서 이런 게 있으면 어디 한번 말해봐. 이성으로 설명할 수 없는 초자연적인 현상이 하나라도 있으면 대봐. 난 그 망할 불빛을 보고서 뭔가가 빌어먹게 이상해지는 걸 느꼈어. 그건 공중에 있었어. 내 머릿속에 있었단 말이야. 심지어 대시도 겁먹었잖아. 인터넷에서 봤던 것 말고, 진짜 네가 이 비슷한 거라도 실제로 알고 있는 게 있다면 하나만 대보라고."

"자기야, 진정해. 나한테 화낼 필요는 없잖아. 난 그냥—"

"그냥 뭘 어쩌려고?!"

나는 벌떡 일어서서 베란다 계단을 향해 걸어가다가 다시 고개를 돌려 사샤를 마주 보았다.

"사샤, 뭘 하려는 건데? 이런 지랄 맞은 괴담으로 내 기분을 풀어주려고? 이걸 신나고 자극적이고 멋진 이야기로 만들어보려고? 귀신을 부르는 강령회라도 열까? 인디언 주술사처럼 세이지를 태우고 수정구슬 부적이라도 늘어놓을까? 사샤, 이 지랄이 진짜라고 해서 재미있고 신비한 일이 될 것 같아?"

신랄한 비판을 채 끝내기도 전에 나는 내가 선을 넘었음을 깨달았다. 사샤 역시 그 점을 알고 있었다. 난 지금 제정신이 아니었다. 울고 싶었다. 사샤는 일어서서 그녀 특유의 표정을 지어 보였다. *사과하고 마음을 가라앉힐 때까지 말 걸지 말라는 표정이었다.*

나는 심호흡을 하고 천천히 다음 문장을 말했다.

"미안해, 사샤. 자기한테 심하게 말할 생각은 아니었어. 그냥…… 제길, 이게 다 무슨 일이지?"

"모르겠어, 자기야. 미치도록 무섭다는 것만 알아. 있잖아…… 우리가 감당하기 너무 힘들면, 그냥 이곳을 팔고 이사 가면 돼. 하지만 댄과 루시가 안전하게 지내는 법을 알려줬잖아. 그러니 적어도 여름까진 지내보면서 그 말이 진짜인지 확인해 볼 가치는 있다고 생각해. 만약 두 분이 쓴 '곰 추격'이라는 여름 악령이 실제로 나타난다면, 그땐 확실히 알 수 있겠지."

지금까지 들은 말조차 믿기 힘들었지만, 나도 같은 생각이었다. 그래서 나는 건방지게 대답하지 않기 위해 말을 골랐다.

"그래, 맞아…… 자기 말이 옳아."

+++

낮은 점점 따뜻해졌고, 밤도 영하권에서 벗어났다. 정원에는 이런저런 초목을 심었고, 사샤는 재택근무에 잘 적응한 지 오래였다. 우리는 열두 그루의 작은 일년생 유실수를 심었다. 지금이 나무를 심을 적기인지는 확신이 서지 않았지만 이런 생각으로 합리화를 했다. 아니, 지금이 때가 아니라면 묘목원에서 왜 이런 어린 나무를 팔겠어?

우리는 돌도 잔뜩 주문해서 집 앞마당을 두른 자그마한 돌담을 보강했다. 돌담은 오랜 세월 비바람에 깎이고 무너져서 지금은 볼품없어졌기 때문이었다. 사샤는 행복해했다. 나는 그녀의 행복을 눈으로 보고 온몸으로 느끼고 가벼운 웃음을 통해 들었다. 그게 이 세상 무엇보다 더없이 만족스러웠다.

또 집 위쪽에 있는 1만 8000평 가량의 폰데로사 소나무 숲에서 하루 네 시간을 꼬박 쓰기 시작했다. 그곳은 50년 동안 이렇다 할 관리를 받지 못했다. 산불에 타고 남은 거대한 나무기둥과 완전히 죽어버린 나무들이 잔뜩 있는 이 숲은 미리 쌓아둔 모닥불용 더미나 다름없어 산불 위험이 높았고, 실제로 산불이 나서 진압된 적도 있었다. 그래서 일주일 내내 나는 대시와 함께 숲에 가서 전기톱으로 나무를 베고 나중에 태우려고 더미로 쌓아두었다. 다가오는 겨울에 처리할 생각이었다. 일은 고됐지만, 오늘 하루 한 일이 더미로 쌓여 한눈에 들어오자 믿을 수 없을 만큼 만족스러웠다. 대시 역시 하늘을 날듯이 기분이 좋았다. 다람쥐를 뒤쫓고 뇌조도 두어 마리 사냥했기 때문이었다. 봄의 찬란함이 완연한 가운데 5월의 기운이 사방에 드리워진 하루였다.

일과를 마치고 내가 주방에서 저녁을 만드는 동안, 사샤는 서재에서 우리가 주문한 이케아 책장을 조립하고 있었다. 내가 막 고추를 자르려는데, 그녀가 숨을 헉 들이쉬는 소리가 들렸다. 괜찮으냐고 말을 꺼내려던 순간, 그녀의 비명이 들렸다.

"자기야, 자기야! 해리! 빛이, 빛이 연못에 있어. 지금. 저기 바로 있어."

온몸의 핏줄을 따라 서늘함이 확 끼치고, 팔뚝에 소름이 오소소

돌았다. 나는 부엌칼을 그대로 쥐고서 서재에 불쑥 들어갔다. 사샤는 손으로 입을 가리고 창가에 서 있었다.

그녀의 어깨 너머로 빛이 보였다. 전처럼 자그맣고 동그란 노란 빛 덩이가 연못 수면 수십 센티미터 아래에 있었다. 사샤는 눈을 크게 뜨고 나를 지그시 바라보았다.

연못을 슬쩍 돌아보자 빛은 벌써 왼쪽으로 몇십 센티미터 이동해 있었다. 난 화가 났다. 이 뭔지 모를 조그마한 빛 때문에 감정이 솟구쳤다. 분노였다. 어떻게 해야 할지 알고 있지만, 사실은 이 헛짓거리를 시험해 볼 다른 방법은 없을까 생각하는 중이었다. 뭔가 확인할 방법이 있지 않을까. 그때 사샤의 목소리가 나의 불안한 생각을 끊었다.

"장작을 가져와야겠어. 나랑 가서 대시를 안에 들이자."

내가 뭐라 말하기도 전에, 사샤는 거실로 쏜살같이 나갔다. 그녀는 현관문을 확 열고 왼쪽으로 빠르게 돌아 장작더미로 다가갔다. 나는 대시를 소리쳐 부르면서 집 안에 둔 스포트라이트 랜턴 쪽으로 갔다.

내가 베란다로 나갈 때쯤 사샤는 벌써 손도끼와 함께 장작을 한아름 가지고 돌아와 있었다. 나는 스포트라이트를 안마당에 비추면서 개를 찾았다. 몇 번 더 소리쳐 부르자 대시를 찾을 수 있었다.

대시는 마당 끝, 울타리 구석에 있었다. 대시는 지난번에 보며 그토록 흥분했던 수목한계선을 이번에도 쳐다보는 중이었다. 꼬리를 말고 털을 잔뜩 세운 채. 어쩐 일인지, 이런 대시의 모습을 보자 처음으로 진짜 공포가 느껴졌다.

내가 대시의 이름을 비명처럼 부르자, 대시는 휙 돌아서더니 내가 다시 베란다로 올라가는 동안 마당을 힘껏 뛰어 나에게 왔다.

그 순간 느꼈다. 기압이 바뀌면서 귓가에 심장 소리가 울리며 입에 침이 고이기 시작했다. 비릿한 맛이 느껴져 토할 것 같았다.

나는 대시를 안에 들이고 문을 닫은 다음, 옷장에서 산탄총을 꺼내 약실에 탄환을 쑤셔 넣고 안전장치를 확인했다. 사샤를 보자, 그녀는 이미 불을 피우고 있었다.

나는 산탄총을 의자에 기대어놓고 사샤 옆으로 가서 도와주려 했지만, 사샤는 부드럽게 내 손을 치우면서 날 보고 미소 지었다.

"이건 혼자 해야 해, 자기야. 내가 알아서 할게."

그녀의 표정은 아무리 봐도 신난 것 같았다. 나는 그 뒤에 앉아서 가만히 생각했다. 이토록 배짱 좋은 여자를 찾아내다니, 난 정말 복이 많은 놈이구나.

대시는 주방에 있으면서 빛이 보일 때마다 베란다 문을 향해 짖기 시작했다. 저 빛이 나타날 때마다 녀석을 그토록 꼼짝 못 하게 만든 수목한계선이 보이는 쪽이었다. 사샤는 대시를 돌아보았지만 불 피우는 손을 쉬지는 않았다. 내게 슬금슬금 공포가 밀려들었다. 뭔가와 싸우고 싶었지만, 공포 역시 분노 못지않게 커서 힘겨웠다.

사샤는 1분 안에 불이 붙도록 처리한 다음, 내 옆에 다가와 앉아 손을 잡아주었다. 나는 대시를 불렀고, 개는 다가와 우리와 함께 있는 동안 벽난로 주위를 이리저리 걸으며 끙끙댔다.

사샤와 나는 1, 2분 동안 말없이 앉아서 불꽃을 지켜보았다. 이러다 불길에 홀릴 것만 같았다. 저 불꽃이 자라나기를 바랐다. 저 화염에 몸을 바치고 싶었다.

사샤는 고개를 돌려 나를 바라보았다.

"나…… 느껴져. 뭔가 느껴져. 나만 이래?"

"아니, 아니야. 나도 느낄 수 있어."

사샤는 고개를 끄덕이고는 우리가 맞잡은 손을 내려다보았다. 겁먹었지만 동시에 단호한 얼굴이었다. 그렇게 1분이 더 지나자, 그녀는 다시 나를 보았다.

"가서 빛이 아직도 있나 보자."

나는 고개를 끄덕이고서 일어난 다음 사샤를 일으켰다. 그러고는 산탄총을 들고 천천히 서재 문으로 다가갔다. 그러면서 총신을 앞으로 들었다. 고지대 사냥을 할 때 사냥개를 따라가듯 총구를 45도 각도로 유지했다. 하지만 뭘 쏘게 될지도 전혀 모르면서 이러다니, 내 모습이 살짝 우습기도 했다.

우리는 천천히 서재로 들어가 창문 너머로 연못을 바라보았다. 빛은 사라지고 없었다.

순간, 지난번과 똑같은 감정적이고 신체적인 안도감이 나를 확 덮쳤다. 제대로 놀던 대학교 시절, 나는 블랙 타르 헤로인을 알루미늄 호일에 싸서 피운 적이 몇 번 있었는데, 오래전인데도 아직까지 확실하게 그때의 감각을 생생하게 기억할 수 있다. 내 기억으로는 그때의 감각이 지금의 느낌과 그나마 가장 비슷했다. 나는 몸을 떨면서 가쁜 숨을 내쉬었다.

사샤는 내 팔을 잡았다.

"세상에, 해리, 자기도 느꼈어?"

"그러니까, 뭘?"

나는 반사적으로 나도 느꼈다는 대답을 피했다. 인정하지 않으면 나를 둘러싼 완전히 미쳐버린 이 짓거리를 막을 수 있다는 듯 말이다.

"그냥…… 뭔가가 확 풀린 것 같아. 놀라워!"

사샤는 쭉 뻗은 팔을 가만히 내려다보다가 나를 다시 바라보며 웃더니, 계속 말했다.

"마치…… 온몸이 가려운데, 동시에 누가 온몸을 확 긁어주고 나서 따뜻한 수건으로 덮어준 느낌이야!"

그녀는 자기가 한 말에 자기가 웃고는, 내 팔을 잡고서 한 걸음 다가왔다.

"해리, 자기도 느꼈지?"

나는 어쩔 수 없이 불안하게 웃으며 고개를 끄덕이고 말았다.

"그래, 확실히 뭔가 느끼긴 했어."

하지만 이런 마음을 입 밖에 냈다는 것만으로도 화가 치밀었다.

사샤는 댄과 루시에게 전화해서 집으로 부른 다음 방금 일어난 일을 얘기해야 한다고 고집을 부렸다. 그녀는 내가 반대하리란 것쯤은 당연히 예상했다는 듯 줄기차게 주장했다. 자신의 생각을 어떻게든 관철하겠다는 의지마저 느껴졌다.

"그래, 전화해 봐."

내 말에 사샤는 깜짝 놀라는 듯했지만, 서둘러 그들에게 전화했다. 통화 내용은 지난번과 거의 똑같았지만, 이번에는 사샤가 우리를 확인하러 오겠다는 노부부의 제안을 받아들였다.

사샤는 통화를 마친 뒤 몇 분간 집 안을 정리했고, 그동안 나는 계속 화가 솟구치는 상태로 그냥 베란다에 앉아 있었다. 이게 대체 무슨 빌어먹을 짓거린지, 상황이 대체 어떻게 흘러가는지 모르겠지만, 오늘밤이야말로 다 알아내고 말겠어.

댄과 루시의 트럭 전조등이 주립 도로를 따라 내려오는 모습이 보였다. 이윽고 디젤 엔진이 조용해지고 두 사람의 부츠가 진입로의 자갈을 바스락바스락 밟는 소리가 들릴 때까지 나는 움직이지 않고 가만히 서 있었다. 두 부부가 미처 정문을 닫지도 않았을 때 난 두 주먹을 불끈 쥐고 그들을 향해 걸어갔다. 그들이 무어라 말하려는 순간, 내가 먼저 선수를 쳤다.

"이게 대체 무슨 개수작인지 알고 싶습니다. 당장."

댄은 루시의 팔을 잡고서 그녀를 보호하는 자세로 가리며 한 걸음 나섰다.

"*개같은 헛소리는 그만두시죠, 네? 악령이니 의식이니 귀신이 떠돈다느니 뭐 그런 소리는 집어치우라고요. 그럴듯하게 포장하지 말란 말입니다.*"

루시의 눈에 서린 공포를 보았을 때에야 나는 깨달았다. 나는 무의식 중에 노부부 쪽으로 계속 걸어가고 있었던 것이다. 두 사람은 내게서 물러서려고 뒷걸음질을 쳤다. 사샤의 목소리가 들리며 그녀가 내 손목을 붙잡아 내 뻣뻣한 몸을 뒤로 잡아끌었을 때에야, 비로소 내 목소리에 분노가 서렸다는 걸 깨달았다.

"*해리, 이러지 마. 해리, 당장 그만둬. 진정하란 말이야.*"

그러다 내가 사샤의 손을 홱 뿌리치려 했다는 걸 깨달았다. 나는 겁먹은 부부를 외면한 채 집으로 들어갔다. 댄과 루시, 사샤가 나를 부르는 소리를 들었지만, 무슨 말을 하는지는 사실 알아듣지 못했다. 다만 그들 근처에 1초만 더 있었어도 내가 난폭하게 행동하리라는 것만은 분명했다. 그러자 수치심과 더불어 울화가 치밀었다. 지금은 숨을 돌려야 했다.

사샤가 그들에게 안으로 들어오라고 설득하는 동안, 나는 무력감과 민망함, 분노를 느끼며 뒷마당을 서성였다. 그러다 결국 대시를 뒤에 달고 멍하니 차고로 걸어가고 말았다. 커다란 러버메이드◆ 쓰레기통 근처를 뒤져서 내 기억으로 작년에 숨겨두었던 담배 한 갑을 찾아냈다. 아주 낡고 오래되어 퀴퀴한 담뱃갑을 집어 들고 한 개비 뽑아 불을 붙인 다음, 다시 현관문 옆 베란다 계단으로 걸어와 앉았다.

정신을 가다듬으며 머릿속으로 사과할 말을 떠올리고 있는데, 현관문이 열리는 소리가 들렸다. 댄이 밖으로 나온 것이다.

나는 뒤를 슬쩍 돌아서 댄이 문 닫는 모습을 지켜보았다. 무슨 말을 해야 할지 모르겠어서, 나는 낡은 담배를 들어 보였다. 그는 손을 흔들더니 고개를 한 번 저었다. 그가 천천히 내 왼쪽으로 다가오는 모습을 보았다. 그는 허리띠를 차는 고리에 엄지를 걸고서 코로 지그시 한숨을 내쉬었다. 그러고는 계단 반대편 기둥에 어깨를 기댄 채 북쪽 숲을 올려다보았다.

이 남자에게 무슨 말을 해야 할지 정확히 알 수는 없었다. 하지

◆ Rubbermaid, 그릇과 쓰레기통 등의 용기를 만드는 미국 회사.

만 입을 다물고만 있는 나를 무례하게 받아들이지는 않는 것 같아서, 아무 말도 하지 않은 채 시간을 보내며 담배를 마저 피웠다. 댄에게 화를 내고 싶었고, 그가 위협적으로 굴어주기를 바랐지만 나의 본능이 그 욕망과 싸웠다. 본능이 내게 말하고 있었기 때문이다. 댄은 정직한 사람이고 미치지 않았다고. 사샤의 본능도 역시 같은 말을 했다. 그리고 나는 나의 본능보다 사샤의 본능을 더 신뢰했다.

나는 일어나서 현관에서 대문으로 통하는 시멘트 바닥 통로를 따라가 무릎을 꿇고서 담배꽁초를 잔디에 비벼 껐다. 그러고는 댄 쪽으로 돌아서서 그를 잠시 응시했다. 그가 먼저 말을 꺼내주기를 바라는 마음이 든 것도 같던 순간, 댄이 마침내 침묵을 깼다.

"자네가 이런 일을 처리하게 되어 내 유감이네, 해리. 이런 걸 머릿속에 넣고 산다니 참 골치가 아프고말고. 다른 것도 그렇고. 내 잘못은 아니지만…… 그래도 미안하네. 이게 쉽지 않다는 걸 누가 알겠나."

아주 잠깐 내가 그를 공격하게 되는 건 아닐까란 생각이 들었다. 하지만 오른손 근육이 팽팽해지던 찰나, 그 욕구는 치솟았던 만큼 재빨리 잦아들면서 일종의 무력감이 찾아왔다. 난 아직도 내가 이 상황을 진짜라고 받아들인다고 말하는 게 꺼려졌다. 그래서 천천히 고개를 저으며 새 담배에 불을 붙였다.

나는 담배를 몇 번 빨아들인 다음 긴장한 채 숨을 내뱉고 댄을 보았다. 그러고는 고개를 들어 하늘을 보고서 어깨를 으쓱였다.

"예, 정말…… 정말 불편합니다."

댄은 고개를 끄덕이고선 나를 보지도 않고 대답했다.

"정말 그렇지."

나는 베란다로 올라가서 댄의 반대편 기둥에 기댔다. 그를 바라보자, 댄은 이미 나를 지그시 응시하고 있었다.

"보게, 나는 자네 둘이 여기서 안전하게 지내기를 바랄 뿐일세. 내가 미친 소리를 하는 것 같겠지. 날 미쳤다고 생각할 테고. 다 알아. 하지만 이 악령은 진짜라네. 앞으로 점점 더 위험해질 걸세. 그러니 내 부탁을 좀 들어주겠나? 잠시만 의심을 거둬주면 안 되겠어? 자네는 올여름과 가을에 무슨 일을 맞이하게 될지 들어야 하네. 다시는 나와 말하고 싶지 않다 해도 괜찮네. 정말로 괜찮아. 하지만 내 말을 들어준다면 내가 자네 둘에게 대비시키는 거라고 생각하며 잠들 수 있을 게 아닌가. 그러니 루시와 사샤가 집 안에서 차를 마시는 동안, 내가 여기 처음 왔을 때 말해주려 했던 걸 마저 얘기해도 되겠나?"

나는 그저 어깨를 으쓱이고서 고개를 흔들었다. 그러고는 내가 서 있던 베란다 계단으로 돌아가 엉덩이를 대고 앉았다.

"그러시죠, 댄."

댄은 마치 침을 뱉을 것처럼 목을 가다듬었지만, 가래침을 뱉지는 않았다.

"이 골짜기에 악령이란 게 있다는 걸 알아두게. 이 산에 말이야. 여기에 사는 쇼쇼니족과 배넉족 인디언들은 그 악령에게 이름을 붙여주긴 했지만, 내가 기억할 수 있는 이름이 아니라서 난 그냥 악령이라고 부른다네. 이곳에는 이상한 일이 일어나지. 이상하면서 위험한 일이. 이 골짜기에 사는 사람들에게만 일어나. 지난번에도 말했듯이, 악령은 계절마다 다른 방식으로 모습을 드러내. 말하자면, 이 악령은 하나가 아니야. 안타깝게도 앞으로 자네가 알게 될 이상한 사건들의 배후에 있거나, 원동력이 되는 것들이지."

댄은 내가 앉았던 자리를 바라보던 시선을 돌려 어두운 숲을 보았다.

"지난번에 내가 여름에 대해 말해주려고 했던 순간 자네가 날 쫓아냈지. 일명 곰 추격 철이야. 봄 악령에는 자네들이 충분히 잘 대처한 것 같으니, 이젠 다시 여름 이야기를 해줘도 되겠지."

댄은 현관에서 내려와 계단의 가장 높은 단에 선 다음, 체중을 옮겨가며 천천히 바닥에 앉았다. 그가 움직일 때마다 무릎과 허리에서 뼈가 둔탁하게 우두둑거리면서 여기저기 삐걱대는 소리가 마치 화음처럼 들렸다. 평생 몸을 쓰며 살아온 남자의 몸이 자아내는 화음이었다.

"곰 추격은 여름에 악령이 나타나는 방식일세. 자네들이 바깥에 있을 때만 시작되지. 아마도 바깥에 있어야만 시작되는 것일 게야. 누군가 겁먹은 목소리로 지르는 고함을 들으면 시작되었다는 걸 알게 될 걸세. 소리치는 곳으로 따라가 보면, 발가벗은 남자가 보일 걸세. 마치 갓 태어난 아기처럼 홀딱 벗은 남자가 천천히 자네 쪽으로 달려올 거야. 매번 볼 때마다 똑같지. 벌거벗은 남자가 성기를 덜렁대면서 나무 사이에서 불쑥 나타나 자네에게 달려오는데, 그 뒤를 커다랗고 늙은 흑곰이 쫓아오는 모습이 보일 걸세. 남자는 비명을 지르며 자기를 도와달라고, 목숨을 구해달라고 빌 걸세, 자, 이제 잘 듣게. 그때 자네가 뭘 하는 중이든, 절대로 그 남자가 가까이 다가오게 돼서는 안 돼. 그걸 보면 당장 할 일이 뭐냐면, 그 남자에게서 숨을 만한 것 뒤로 숨어야 하네. 이 집 울타리 정도면 충분해. 내가 오랫동안 본 바에 따르면, 그 남자는 대문이나 집 문을 열 수가 없어. 1미터가 넘는 물건도 못 넘고. 하지만 그자가 어디서 나타나든, *곧바로* *자네를* 향해 달려올 걸세. 그때 자네가 집 울타리나, 목초지의 소 울타리, 아니면 그냥 커다란 통나무 뒤에라도 숨을 수 있다면 괜찮아. 어쨌든 거리를 유지하고 있으면 별일 없을 걸세. 흑곰이 남자를 잡으러 올 테니까."

나는 이미 사샤가 읽어준 내용을 들었기에 여름 악령 이야기를 알고 있었다. 그래서 아주 놀라지는 않았지만, 뭐라 반응해야 할지는 여전히 알 수 없었다. 그저 담배를 계속 피우면서 고개를 끄덕였다.

"소총이 있나?"

댄의 질문에 나는 놀랐다. 나는 그를 훑어보았다.

"몇 정 있죠."

"구경은 어떻게 되나?"

"음, 그게…… 22구경 두 정, 22구경 매그넘 하나, S-5.56 두 정, 308구경 하나, 30-06 스프링필드, 7밀리미터 레밍턴 매그넘이랑, 또—"

댄은 고개를 끄덕이며 손을 들더니 내 말을 끊었다.

"그 정도면 많아. 그중 아무거나 괜찮네. 항상 현관문 근처에 총을 하나 두게. 차고에도 두고. 바깥에서 일할 때는 항상 소총을 갖고 다니게. 하지만 자네는 해병이고 불곰과 늑대가 사는 땅에서 살고 있으니, 안 그래도 항상 갖고 다니겠지."

나는 생각나는 유일한 대답을 억지로 꺼냈다.

"네, 그렇습니다."

댄은 계속 말했다.

"내 강력하게 말하겠네. 총으로 그 벌거벗은 남자를 쏴, 해리."

이 말에 난 깜짝 놀랐다. 하마터면 댄을 바라보며 웃을 뻔했다. 믿을 수가 없어서 고개를 저었다. 이런 말도 안 되는 권유에 뭐라 대답해야 할지 전혀 알 수 없었다. 너무나 기괴한 동시에 댄은 너무나 진지해 보였다.

"벌거벗은 남자를 쏘라고요?"

댄은 천천히 한 번 고개를 끄덕였다.

"자네가 쏘지 않아도 어차피 흑곰이 남자를 잡을 걸세. 그러면 남자가 산 채로 잡아먹히는 모습을 보게 되지. 마구 울면서 자네에게 살려달라고 빌 거고, 온몸이 엉망진창이 되는 꼴이 보일 걸세. 음, 그건 아무리 봐도 불쾌할 수밖에 없어. 하지만 곰 걱정은 하지 말게. 곰은 위협적인 존재가 아니니까. 오히려 벌거벗은 남자가 위험한 쪽이야. 하지만 지금 내 말의 요점은 아주 간단하다네, 해리. 절대로 그 남자를 자네나 사샤 가까이 못 오게 해. 알겠나? 안 그럼 그 남자가 자네를 갈가리 찢을 걸세. 어쨌든 그리 어려운 일은 아니야. 그 남자는 그렇게 빠르지 않거든. 곰도 마찬가지고. 그냥 설렁설렁 뛰어오는 정도의 속도야. 그러니 고함 소리가 들리거든, 곰이 쫓아오는 위치를 파악하고, 그 남자와 자네 사이에 뭔가 장애

물을 둔 다음, 쏘아버리게. 그러면 곰이 남자를 끌고 갈 걸세. 그걸로 끝나. 이 모든 일은 보통 여름에 서너 번밖에 일어나지 않지. 봄철의 빛과 비슷해."

나는 눈썹을 추켜세우고 현관 계단 밑에 펼쳐진 잔디밭을 빤히 바라보았다. 댄에게 다시 소리 지르고 싶은 마음을 억누르고 온 힘을 다해 알겠다고 고개를 끄덕였다. 나는 담배를 다 피웠지만 굳이 일어나 잔디에 꽁초를 비비지 않고 그냥 산책로에 던진 다음 밟았다. 난 지금 어쩔 줄 모르는 상태였다.

"이보게."

댄의 목소리에 서린 날카로운 기색을 느끼자, 나의 눈길이 그를 향해 스르르 끌려갔다.

"자네는 그 빛을 두 번이나 봤네. 그러니 불을 피울 때 그것이 떠나가는 느낌을 안단 소리지. 마치 온몸을 뒤덮는 파도처럼 영혼과 뼈에 사무치는 감각을 느꼈을 게야. 전에 경험해 보지 못했던 느낌이란 것도 아네. 그러니 굳이 부정하려 들지 말게. 자네가 분별력이 있다면, 사람에게 이런 짓을 하는 존재가 단순히 동화 수준의 허구가 아니라는 건 알겠지. 이건 현실이야. 자네 아내를 위해서라도 우리가 가르쳐준 대로 따르는 게 좋을 걸세."

내가 졌다. 난 그 자리에서 멈추고 말았다. 그가 옳았다. 그 감각은 단순히 심리적인 게 아니었다. 신체로 느껴지는 그 감각은 전에 느껴본 적이 없는 현실적인 감각이었다.

나에게서 눈길을 거두고 밤하늘을 올려다보는 댄의 얼굴을 지켜보았다. 그는 길고 깊은 숨을 가만히 들이쉬었다. 마치 와인의 향취를 대하듯 공기의 향기를 음미하더니, 전부터 품어온 어떤 예감을 확인하듯 홀로 천천히 고개를 끄덕였다. 그는 별을 계속 바라보며 말했다.

"여름이 머지않았다네. 오늘 같은 밤이면 느낄 수 있지. 공기 중에 떠도는 여름의 기운을. 그러니 단단히 명심하게……."

댄은 천천히 시선을 내리 깔고는 현관 계단을 가로질러 나를 바라보았다.

"봄은 가장 쉬운 축이야."

제3부
여름

12

사샤

봄에서 여름으로 넘어가기까지 빛은 두 번 더 나타났다. 두 번 모두 이전과 비슷한 상황에서 발생했다. 해리와 나는 저녁 끼니를 만들거나 영상을 보던 도중, 둘 중 하나가 침실 창문 옆을 지나거나 남향 창이 있는 서재에 들어갔다가 목초지 너머 연못에 나타난 빛을 보게 되었다. 그러면 같은 과정이 이어졌고, 그 일을 겪으면 겪을수록 적어도 나는 상황을 처리하기가 점점 쉬워졌다. 심지어 대시조차도 이게 그저 새로운 일상이 되었다고 생각하는 듯했다.

해리 역시 같은 과정을 거쳤지만, 여기에 대해 좀처럼 말하려 들지는 않았다. 우리 둘 다 똑같이 미친 상황을 겪고 있으니 답답하기는 마찬가지였지만, 입을 굳게 다문 해리를 보면 그가 나보다 더 힘겹게 싸우고 있다는 게, 이게 다 거짓말이라는 믿음을 고집스레 품고 있다는 게 보였다. 마치 믿지 않아야 그나마 살아갈 수 있다는 듯이 말이다. 그는 빛이 나타날 때마다 연못에 달아둔 사냥용 카메라를 확인했다. 하지만 그때마다 아무것도 찍힌 게 없었다. 그 빛은 동작 감지 기능에 잡히는 게 아니었기 때문이었다. 그럴수록 해리는 점점 좌절했다.

5월이 끝나갈 무렵, 해리와 나는 악령의 다음번 '현현'에 대해 이야기를 나누기 시작했다. 댄과 루시는 그걸 '곰 추격'이라는 꽤 섬뜩한 말로 설명했다. 해리가 이성을 잃고 우리 집을 나서는 그들에게 마구 소리를 질렀던 날, 댄과 루시는 우리에게 여름과 가을 악령이 어떻게 현현하며 우리가 그때마다 무엇을 해야 하는지 기묘하고 소소한 규칙을 상세히 적은 설명서를 남겼다. 그날 밤에 들었던 얘기에 따르면, 이 근처의 겨울은 '비수기'라서, 가을이 끝나갈 무렵부터 봄이 다시 오기까지는 이 미친 짓에서 벗어날 수 있어 무척 다행이라고 했다.

아침에 커피를 마시거나 저녁 식사를 마친 뒤, 나는 몇 번인가 그 설명서를 꺼내 소리 내어 읽고는 대화를 시작해 보려고 했다. 내가 보기엔 지금쯤이면 이 내용을 진지하게 받아들여야 했지만, 해리는 그저 고개를 끄덕이거나 어깨를 으쓱일 뿐이었다. 그의 방어적인 태도는 '내가 어떻게 알아'라는 뜻이었지만, 솔직히 이런 말도 안 되는 상황에 꽤나 어울리는 반응이긴 했다.

5월 말의 어느 오후였다. 나는 해리가 정원 텃밭 옆에 설치한 가로세로 3.5미터 크기의 작은 조립식 온실에서 일하고 있었고, 해리는 헛간을 고치는 중이었다.

순간 대시가 마당 한구석에서 격하게 움직이기 시작했다. 난 대시가 어디 있는지 보고 해리를 소리쳐 부르려 했지만, 그는 이미 안으로 들어가 사냥용 소총을 가지고 주방 쪽 베란다 아래로 내려오고 있었다. 나는 대시를 진정시키면서 개가 짖는 방향을 바라보았다. 해리는 이미 마당을 둘러싼 철망 울타리 사이로 소총의 총신을 걸어놓고서 조준경을 들여다보고 있었다. 그가 침착하게 내뱉은 소리에 가슴이 철렁였다.

"곰이야."

나는 그가 소총을 겨누고 있는 방향과 그의 얼굴을 번갈아 쳐다보다가 간신히 눈길을 돌렸다.

"어디야, 해리? 어디냐고!"

그는 차분하고 조용한 목소리로 대답했다.

"울타리를 따라 230미터쯤 떨어진 곳에 있는 죽은 포플러나무. 흑곰 암컷이야. 금방 보일 거야."

나는 수목한계선을 돌아보고서 해리가 말한 포플러나무를 찾아냈다. 아니나 다를까, 몇 초 되지 않아 커다랗고 까만 몸체가 나무 아래 풀밭에서 나타났다. 심장이 쿵쿵 뛰었다. 아직 5월이라 봄은 끝나지 않았지만, 곧 댄과 루시가 우리에게 말해준 여름 악령 의식이 떠올랐다. 곰 추격. 나는 무슨 말을 해야 할지 알 수 없어서 해리의 얼굴을 돌아보았다.

이제 대시의 짖는 소리에서 성난 기색이 가라앉았다. 이제는 낮게 으르렁거리는 사이사이에 간간이 조용히 누그러진 성미만 드러날 뿐이었다.

우리가 사는 곳이 곰 출몰 지역이라는 건 알고 있었다. 댄과 루시를 만나기 전부터 이미 흑곰이나 그리즐리곰이 여기 서식한다는 걸 들어 각오했었다. 하지만 이제껏 들어온 내용 때문에 말조차 할 수가 없었다.

"저 곰은 새끼가 딸렸어. 두 마리네. 와서 봐."

해리의 말에 안도감이 확 솟구쳤다. 내가 자랐던 동네는 흑곰이 우글거리는 지역이었고, 새끼 딸린 흑곰이야말로 절대로 마주치고 싶지 않은 존재였지만, 곰에게 새끼가 있다는 소리를 듣자 공포가 싹 사라졌다. 우리가 기다리고 있는, 그보다 더 기묘하고 심하게 충격적인 현상을 마주하게 될 일은 없을 것 같았기 때문이다.

"이리 와서 봐."

해리는 소총을 가만히 잡은 채 옆으로 비켜서더니 나에게 조준경을 들여다보라고 손짓했다. 조준경을 보자 곰들이 훨씬 선명하게 보였다. 어미 곰은 초원에 서서 우리 쪽을 바라보고, 이따금 뒤에 있는 귀여운 새끼 곰 두 마리를 슬쩍 돌아보곤 했다. 나는 새끼 중 하나가 자그마한 뒷다리로 서서 포플러나무의 하얀 줄기에서 수액을 핥는 모습을 지켜보았다.

"와…… 아이다호주에서 처음으로 보는 곰이야!"

나는 해리를 올려다보며 말했다. 그는 내게 미소를 지으며 고개를 끄덕였다.

"그러게. 처음 보는 곰이네."

해리는 무릎을 꿇고 대시의 뺨을 두 손으로 잡아 긁어주었다.

"잘했어, 대시. 아주 잘했어. 알려줘서 고마워."

대시는 마치 장군의 명령을 간절하게 기다리는 군인처럼 해리를 올려다보았다. 참 소중한 순간이었다.

해리는 일어서서 소총을 잡으려 손을 뻗었다.

"몇 걸음 물러서서 귀를 막아."

나는 너무 당황해서 고개를 저었다.

"뭐? 왜? 자기 설마 곰을 쏘려고?"

해리는 웃었다.

"맙소사, 사샤, 아니야. 하지만 저놈들에게 겁을 줄 거야. 신고식을 해야지. 무섭게 만들어줘야 해. 새끼 딸린 어미 곰이 이 근처에 출몰하게 두고 싶지 않아. 네 곁에 가면 어떡해."

그의 말이 옳았다. 내 고향 동네에서도 보안관들이 그런 말을 했던 기억이 났다. 곰을 겁주고, 물건을 던지고, 페인트 볼 총을 쏴서라도 쫓아버려야 한다고. 주 생물학자들이 그것을 '혐오 유발법'이라고 언급했던 걸 듣기도 했다. 곰이 사람들을 경계하도록 하는 게 장기적으로는 곰을 보호하는 방법이다. 해리는 나에게 뒤로 물러나라고 손짓했다.

"잠깐, 해리. 대시는 어쩌고? 대시가 겁먹는 건 싫은데."

해리는 나를 놀리는 듯한 미소를 지었다. 어떻게 보면 딱하다는 표정이기도 했다.

"사샤, 얘는 사냥개야. 대시의 머리 바로 위에서 대놓고 산탄총을 쏜 적이 천 번은 될걸. 자기도 내가 그러는 걸 백 번은 봤을 거야. 대시는 소리에 반응도 안 해. 그저 신나서 사냥한 새를 물어 올 생각만 하지."

그건 그랬다.

"귀 막고 있어, 자기야. 이거 *시끄러우니까.*"

나는 손가락으로 귀를 막고 해리가 소총 약실의 노리쇠를 뒤로 당겼다가 빠른 동작으로 다시 제자리에 밀어 넣는 모습을 지켜보았다. 그는 소총을 어깨에 메고 곰 쪽을 바라본 다음, 조준경 렌즈 뒤에 자리를 잡았다. 잠시 뒤, 해리가 방아쇠를 당기자 폭발에서 비롯된 압력이 내 얼굴에 확 느껴졌다. 반동이 그의 몸에 충격을 주었고, 엄청난 총소리에 나는 그만 깜짝 놀라고 말았다.

귀를 막은 손가락을 떼어낸 뒤에도 소총의 메아리가 굉음처럼 오후의 대기를 가르며 저 산까지 울려 퍼지고 있어서 신기했다.

곰과 새끼들이 있는 곳을 돌아보니, 모두 재빨리 국유림 쪽으로 돌아서서 울타리에서 멀리멀리 도망치고 있었다. 그들은 한 마리씩 숲으로 사라졌다. 그 소리에 맞추어 대시는 갑자기 격하게 움직이면서 마당을 두른 울타리를 따라 마구 내달렸다. 이게 꿩 사냥이라고 착각한 모양이었다. 그래서 어느 쪽으로 가야 있지도 않은 꿩을 찾을 수 있는지 가르쳐 달라는 뜻으로 해리를 바라보았다.

해리는 대시에게 소리쳤다.

"미안해, 대시. 이번에는 새가 없어. 곧 사냥철이 올 거야. 그래도 네 열정이 참 맘에 든다!"

해리는 소총의 노리쇠를 다시 당긴 다음 빈 놋쇠 탄피를 풀밭에 떨구었다. 그러고는 내 쪽으로 걸어오면서 허리를 굽혀 탄피를 집었다. 불안해진 나는 그에게 애매한 미소를 지었다.

"왜 그래? 곰과 멀리 떨어진 죽은 나무를 쐈어. 곰들은 무사해."

나는 고개를 저으며 웃었다.

"자기가 곰을 쏘지 않은 건 알아. 그게, 난…… 모르겠어. 그러니까, 혹시 벌거벗은 남자가 목초지에서 여기로 뛰어오는 건 아닌가 기대하고 있었던 것도 같고."

해리는 대답 대신 입을 꾹 다물더니 어깨를 으쓱였다.

"이번에는 아닌 것 같네. 자기도 알겠지만 여기는 곰 서식지야. 예전에 살던 곳과 마찬가지라고. 곰이 나타났다고 해서 그게 꼭 산악령의 징조는 아니지."

나는 눈을 흘기며 그의 손을 잡았다.

다음 날 밤, 우리는 저녁을 먹은 다음 식탁에서 진 러미◆를 했다. 게임이 끝나갈 무렵, 나는 해리를 바라보았다.

"잠깐 있어봐."

그가 어리둥절한 눈빛으로 날 보는 동안, 나는 서재에 가서 댄과 루시가 준 설명서를 가져왔다.

내가 가져온 게 뭔지 보자, 해리는 눈썹을 추켜세웠지만 나는 그에게 조용히 하라는 신호를 보냈다.

"해리, 쉿. 조용. 내가 이거 읽은 다음에 우리 이야기 좀 하자."

그는 졌다는 듯 손을 내밀었다.

"좋아, 알았다고. 어디 들어보자."

나는 눈을 가늘게 뜨고 그를 노려본 다음 목을 가다듬고 그 설명서의 이상한 내용을 읽기 시작했다. 설명서에는 벌거벗은 남자의 외모부터 시작해서 남자와 나 사이를 차단할 수 있는 물건의 종류,

---

◆ gin rummy, 카드 게임의 일종.

146

또 곰이 쫓아오는 속도가 기묘하게 느리다는 사실, 곰은 결국 우리 편이라는 댄과 루시의 의견까지 적혀 있었다.

나는 설명서를 내려놓고 해리를 바라보았다. 그는 팔짱을 끼고 천천히 고개를 끄덕이면서 감정이 거의 드러나지 않는 표정으로 날 바라보았다.

"자, 어떻게 생각해? 이런 일이 정말로 일어나면 어떡해? 잠깐 만 그런 상황이 진짜로 일어난다고 상상하면서 나랑 얘기 좀 해. 댄과 루시가 우리에게 연못에서 빛을 볼 거라고 했잖아. 그리고 진짜 봤고. 불을 피우면 빛이 사라진다는 말도 사실이었잖아. 빛이 사라지면 느낄 수 있다고 하셨는데, 진짜 느꼈잖아. 빛처럼 이것도 진짜라면, 앞으로 어떻게 할지 최소한 *대화라도* 해봐야 할 것 같아. 여기에 혹시 사려 깊고 합리적인 반대 의견 있어?"

해리는 눈썹을 추켜세우고 머리를 옆으로 비스듬히 기울이더니, 나에게 마지못해 미소를 지었다. 내가 알기로 그건 '그래, 알았어' 라는 표현이었다. 그는 심호흡을 하고서 대답했다.

"봐, 그딴 일이 정말로 벌어진다면, 그땐 알아서 해야 하지 않을까, 자기야. 그러니까, 생각을 해봐, 잠깐이라도 진지하게······."

해리는 식탁에 손을 내밀었다. 그 모습은 평행선을 강조하는 것처럼 보였다.

"우리 소유지는 국유림과 인접해 있어. 제일 가까운 등산로는 우리 사유지에서 산 위로 1.6킬로미터밖에 떨어져 있지 않다고. 그곳엔 말 그대로 1만 명이나 되는 등산객, 캠핑족, 산악인, 암벽등반가, 크로스컨트리 스키 여행객, 승마하는 사람, 수렵인, 사진작가,

낚시꾼을 비롯해 주 공무원과 연방 공무원 등등이 등산 시즌 내내 다녀. 게다가 어제 봤듯이, 여기엔 정말로 곰이 산다고. 그러니까, 실제로 일어날 확률이 희박하긴 해도, 실제로 살아 있는 사람이 진짜 곰에게 쫓겨서 우리 소유지에 들어올 수도 있단 말이야. 곰에게 쫓기는 사람이 있다면, 벌거벗었든 아니든 낯선 사람을 죽여버리라는 살인 명령을 따를 마음은 없어. 그건 정말이지…… 미친 짓이잖아, 자기야."

해리의 주장에는 일리가 있었다. 나는 그에게 고개를 끄덕이고서 말없이 동의한다는 눈빛을 보냈다. 하지만 그래도 밀어붙이고 싶었다. 해리도 그 점을 감지하고는 내가 입을 열기 전에 먼저 몸을 숙이고 식탁에 팔꿈치를 댄 채 계속 말했다.

"근데 말이야……."

그는 미소를 거두고 내 눈을 바라보았다.

"네가 근처에 있는 동안 이 미친 개소리가 실제로 일어날지도 모른다고 생각하니까, 어쩐지 잠시나마 믿을 만하다는 마음이 들거든? 게다가 이 땅에서 실제로 벌어질 수 있는 모든 비상사태에 대해 계획을 세워둬야 우리 둘 다 안심이 되겠지. 내 말은, 흑곰이나 그리즐리, 늑대, 무스, 퓨마나 코요테 떼가 근처에 다가오면 일반적으로 지켜야 할 절차에 대해서 우리 상의했잖아. 그러니 이 미친 이야기에 대해서도 절차를 만들어두는 게 왜 안 되겠어?"

나는 팔짱을 끼고서 그에게 미소를 지어 보였다.

"동의해 주셔서 감사합니다."

"그러니까, 만약 모든 게 댄과 루시의 말처럼 불길한 형태로 정확히 일어나면, 난······ 그 *벌거벗은 남자를 쏠 거야.* 우리가 피해를 입기 전에 말이야. 알겠지?"

나는 고개를 끄덕였다.

"그래."

해리는 이 일에 대해 혼자서도 생각하고 있던 게 분명했다. 심지어 내게 뭐라 말할지 머릿속으로 살짝 연습한 것도 같았다.

"그러니까, 자기도 생각을 좀 해봤다는 거구나? 어느 정도 진지하게 받아들였다고 봐도 될까?"

내 말에 해리는 어깨를 으쓱였다.

"요즘 시간이 많으니까, 그 헛소리 생각도 좀 했지."

나는 그에게 미소를 지어주었지만 무슨 말을 해야 할지 알 수가 없었다. 그래서 잠시 뒤 겨우 이렇게만 말했다.

"아무리 봐도 미친 소리 같긴 해."

⫶ ⫶ ⫶

"루시는 이 '여름 악령 현현'이 어떻다고 말했어? 자기가 분명히 물어봤을 것 같은데."

해리의 말은 옳았다. 하지만 물어봤다기보다는 *그녀를 탈탈 털었다고* 하는 편이 더 정확할 것이다. 그날 밤부터 이어지는 며칠 동안, 나는 해리에게 기억나는 대로 루시와 내가 나눈 대화를 시시콜콜한 것까지 다 이야기했다.

두 번째로 연못에 빛이 나타나서 댄과 루시가 우리를 찾아왔던 날로부터 이틀이 지났다. 그날 오후, 루시가 나에게 전화를 해서 혹시 다음 날 같이 산책하지 않겠느냐고 물어보았다. 나는 곧바로 꼭 하고 싶다고 대답한 다음, 2시쯤 만나기로 했다. 장소는 우리 집 진입로와 그분들의 목초지로 이어지는 정문 사이의 국도였다. 오후에 집에 들어온 해리는 내 산책 계획을 듣고 약간 미심쩍어했다. 하지만 나는 해리에게 조목조목 지적했다. 그분들은 어쨌든 이웃이고, 이렇게 시골에서 살아가려면 잘 알고 지낼 필요가 있다고. 해리는 반박하지 않았지만 농담은 던졌다. 혹시라도 루시가 나를 잡아먹을지도 모르니, 자신의 '전투 장비'를 착용하고 내 시야 밖에서 포복으로 이동하며 감시할까 한다고.

다음 날, 나는 루시와 함께 시간을 보낸다는 생각에 어린애처럼 들떴다. 오늘도 그녀에게서는 진실함이 곧바로 느껴졌다. 루시는 아주 현실적이고 현명한 분 같았다. 사실, 그분들의 진입로에서 처음으로 루시를 만난 순간부터 지금껏 나는 그녀의 성격에 끌렸고, 말하는 방식도 마음에 들었다.

나는 곰 퇴치 스프레이와 캐멀백 텀블러를 챙긴 다음, 대시에게 목걸이를 채우고 루시를 만나러 길 쪽으로 향했다. 이윽고 그분들의 소유지에 가까워지자, 나를 향해 길을 걸어오는 루시가 보였다.

예상대로 루시는 더없이 상냥하고 매혹적이며 현명한 분이었다. 나는 다시 우리 소유지 쪽으로 함께 걷는 동안 그분의 말 한 마디 한 마디를 새겨들었다. 우리 집 진입로를 지나서 국유림의 등산로에 접어들자, 대시는 앞서 뛰어다니며 개구리를 쫓고 자신만의 천국에서 개가 할 수 있는 소소한 일과를 누렸다.

루시는 우리가 어떻게 정착해 가고 있는지, 해리는 어떤지, 해리는 이 이상한 일들을 어떻게 받아들이고 있는지 물었다. 그러고는 자신의 이야기를 해주었다. 몇몇 개에 걸쳐 있는 양 목장에서 자랐으며, 렉스버그에서 해외참전용사회가 주최하는 댄스파티에 갔다가 해군에서 제대한 지 얼마 안 된 댄을 만났다는 이야기였다. 또 실제로 소를 키우는 목장을 운영하는 일에 대해 설명해 주었다. 그러면서 길가에 핀 독특한 꽃이나 양치식물, 나무를 보면 그때마다 이야기를 멈추고 잠시 시간을 내어 그 식물이 피어나는 철과 각종 독특한 특성에 대해 알려주었다. 산책한 지 30분도 되지 않아 나는 루시에게 반해버렸다. 그분이 말하는 방식과 나를 바라보며 이야기를 들어주는 방식, 단어에 깃든 어조와 이 땅을 바라보는 방식, 그녀 특유의 분위기가 다 마음에 들었다.

루시는 아주 자연스럽게, 그 지역의 말씨를 썼다. 말마다 '아니유'라든지 '아닌 게 아니라' 같은 추임새와 더불어 우스꽝스럽고 예스러운 표현이 가득했지만, 그런 점이 무색하리만큼 놀랍도록 정확하고 강렬한 어휘를 사용하는 모습을 보면 분명히 책을 아주 많이 읽는 사람이었다. 나는 루시처럼 말하는 사람을 본 적이 없다. 이 노부인의 목소리는 전화번호부를 읽어주는 사람처럼 또박또박 낭랑해서 몇 시간이고 귀 기울이고 싶었다. 그녀의 세련되고도 투박한 말투와 우아한 자태를 보면 마치 살아 있는 예술품 같았다. 루시 같은 사람은 정말 처음 보았다.

댄과 루시 사이에 자녀가 있느냐고 묻자, 그녀는 자신과 남편이 둘 다 힘든 어린 시절을 보냈기 때문에 낳지 않았다고 대답했다.
하지만 또 "이런 곳에서 아이를 기른다는 건 글쎄요…… 참 어렵
지 않을까요. 환경이 이상하잖아요"라고 대답하기도 했다.

그녀는 나를 바라보며 물었다.

"두 사람은요? 자녀를 가질 계획인가요?"

나는 어깨를 으쓱였다.

"네, 해리가 정말로 원해요. 저도 그런 것 같고요. 대학을 졸업하
고 지금까지 몇 년간 인생이 너무 빠르게 흘러갔어요. 모르겠어요,
아직 때가 안 되긴 했죠. 해리가 부담을 주거나 그런 건 아니지만,
확실히 아이 얘기는 자주 나와요."

루시는 고개를 끄덕이더니 다시금 길을 바라보았다.

"음, 여러분이 어떻게 할지 곧 답이 나오겠지요. 그건 확신해요.
나도 가끔은 아기를 가졌으면 좋았을 거란 생각을 해요. 어떤 날
아침에는 뼛속까지 사무치는 마음이 들죠. 그러다가도, 여름마다
그 벌거벗은 남자를 보면 말이죠……. 아이를 낳아서 저런 꼴을
보여주느니 안 낳은 게 천만다행이라는 생각이 들어요."

루시는 갑자기 살며시 내 팔을 잡더니 따스한 미소를 지었다.

"하지만 두 사람이 아이를 낳는 걸 안 좋게 보는 건 아니에요. 당
신과 해리가 이곳에서 아이를 키우려는 마음을 비난하는 게 아니
라는 걸 알아줘요. 두 사람은 잘 해낼 수 있을 것 같아요. 정말로
요. 다만…… 뭐랄까, 내겐 아이를 낳을 배짱은 없었다고 생각해
요. 그리고 낳지 않기로 결정한 데 후회는 전혀 없어요."

나는 그녀에게 미소로 답했다.

"무슨 말씀인지 알 것 같아요."

이윽고 언덕 꼭대기에 다다른 우리는 눈앞에 펼쳐진 골짜기 전체의 웅장한 풍경을 마음껏 감상했다. 국유림 안의 주차장과 산책로 근처 언덕 꼭대기의 도로는 평탄했다. 루시는 베리크리크 목장의 집을 가리켰다. 바로 신비한 조 할아버지가 사는 곳이었다.

나는 그녀를 바라보았다.

"조가 두 분에게 악령에 대해 가르쳐주고 따라야 할 규칙과 의식을 알려준 분이죠?"

루시는 고개를 끄덕였다.

"조와 가족들은 그 과정 내내 우리 손을 잡고 도와준 분들이었죠. 조는 자신을 잘 드러내지 않지만, 아주 좋은 사람이에요. 그는 사람들과 어느 정도 거리를 유지하는데, 그건 이 골짜기에서는 자연스러운 일이죠. 그들은 여기서 아주 오래전부터 살아왔어요. 일종의, 뭐랄까…… 골짜기와 악령에 대한 지식을 보유한 사람들이죠. 꽤 부담스러운 일이에요. 많은 책임이 따르거든요. 내 생각엔 조와 그의 아버지, 또 할아버지가 이 근처 부동산을 사들이기 시작한 이유가, 새로운 사람들이 이사 왔다가 이런 불편한 현실을 맞닥뜨리는 상황을 만들지 않기 위해서인 것도 반쯤 맞아요. 사실, 당신과 해리가 시모어네 집을 그토록 빨리 취득하지 않았다면, 조가 샀을 거예요. 하지만 여러분의 집이 매물로 나왔을 때 조는 몬태나에 있었고, 시모어 가족이 이사 간 뒤로 그 집을 사들인 부동산 투자 회사에 굳이 연락해 보지 않았기 때문에 매물이 나왔다는 연락을 빨리 받지 못했던 거예요."

묻고 싶은 게 천 가지는 됐지만, 전략적으로 질문하기로 했다. 다행히도 루시는 내 질문의 의도를 캐묻지 않고 계속 이야기했다.

"맞아요. 조는 여기서 살아가는 법과 악령이 나타나는 계절을 헤쳐 나가는 법을 알려줬죠. 1996년에 시모어 가족이 두 사람의 집을 샀을 때, 우리는 시모어 가족에게 악령에 대한 지침을 알려주겠다고 조에게 제안했어요. 조는 기꺼이 그 제안을 받아들였죠. 그러니 여러분은, 말하자면 우리가 두 번째로…… 끌어들인 사람인 거죠. 내 생각에 조는 직접 지식을 전수하지 않아도 되어서 안심했을 거예요. 그분은 혼자 지내면서 자기 목장과 자식, 손주들에게 온 신경을 쏟는 편을 좋아하는 것 같거든요."

루시는 나를 돌아보더니 미안하다는 듯한 미소를 지었다.

"하지만 사샤, 날 믿어줘요. 이건 댄과 나에게도 참 어색한 일이에요. 정말로요. 두 사람처럼 똑똑한 젊은이들의 눈을 똑바로 쳐다보며, 악령이 존재한다는 비밀을 이야기하는 게 쉬운 일은 아니랍니다. 부디 오해하지 말아줘요. 이런 이야기를 하는 우리가 얼마나 미친 늙은이로 보일지 모르지 않아요. 날 그렇게 본다 해도 괜찮아요. 하지만 중요한 일이라서요."

루시의 표정은 더욱 진지해졌다.

"여러분이 철따라 뭘 해야 하는지 알아놓지 않으면, 끔찍한 일들 일이 일어날 거예요. 사샤. 정말 끔찍한 일요."

이제껏 궁금해서 미칠 것 같았던 한 가지 질문을 던질 기회가 생겼다. 그래서 그걸 잡았다.

"루시, 만약에 우리가 규칙을 지키지 않으면 어떻게 되나요? 예

를 들어서, 빛이 보일 때 불을 붙이지 않으면 무슨 일이 일어나
요? 북소리가 들리기 시작하면 창문을 가리고 집 안에 아무것도
들이지 말라고 하셨잖아요. 하지만…… 만약 북소리가 들려도 우
리가 그렇게 안 하면 실제로 무슨 일이 생기나요?"

루시는 나를 보지 않았다. 그저 굳은 표정으로 골짜기를 가만히
내려다보았을 뿐이었다. 얼마나 지났을까, 이젠 어색함마저 느껴
져 내가 화제를 바꾸어야겠다고 마음먹은 순간, 그녀는 고개를 돌
리고 나를 보았다.

"좋지 않은 일이 일어나요, 사샤. 그래서 시모어 가족이 떠난 거
예요. 그 가족은 몇 년간 규칙을 잘 따랐고, 맡은 일을 꽤 잘해냈어
요. 하지만 어린애들에겐 힘들었죠. 결국, 그들이 떠난 해 봄에 일
이 터졌어요. 제때 불을 붙이지 않았거든요. 그래서…… 그들은
대가를 치러야 했죠. 가족 중 아무도 죽지 않았어요. 심하게 다친
사람도 없었고요. 댄과 조가 개입한 덕분이었죠. 하지만 그 때문에
시모어 가족은 떠나야 했어요. 며칠 후에, 그들은 트럭에 가진 걸
최대한 가득 채우고선 우리에게 떠나겠다고 전화한 다음에 꽁무니
를 빼듯 도망쳤어요."

나는 뭐라고 대답해야 할지 알 수가 없었다.

"아니…… 무슨 일이 있었는데요? 댄과 조가 어떻게 개입해서
그걸 막았는데요?"

산책하는 동안 루시가 초조한 건 그때뿐이었다. 그녀는 입술
을 깨물고 몇 초간 눈길을 내리깔더니 고개를 들어 나를 보았다.

"사샤, 미안하지만요, 그 질문에 어떻게 대답해야 할지 좀 생각

해 봐야겠어요. 나중에 꼭 말해줄게요. 하지만 지금은 당신과 좀 더 친분을 쌓아야 할 필요가 있어요. 부디 이해해 주기를 바라요."

루시의 대답에 나는 놀랐지만 그저 고개를 끄덕였다.

"그럼요, 이해하고말고요, 루시. 저도 꼬치꼬치 캐물을 생각은 없었어요. 그냥…… 좀 말도 안 되는 소리잖아요. 무슨 상황인지 알고 싶어서 그랬어요. 저와 제 남편을 위협하는 게 뭔지 알고 싶어서요……. 우리가 어떤 위험에 처한 건지 말이에요."

루시는 고개를 끄덕였다. 그리고 내게 다가와 두 손을 잡고서 나의 눈을 지그시 바라보았다.

"이 말은 해야겠어요. 시키는 대로 정확히 하기만 하면 돼요. 계절마다, 악령이 나타날 때마다 시키는 대로 하면 위험하지 않고 무사할 거예요. 이게 벅차고, 또 무섭다는 것도 알아요. 그리고 솔직하게 말하자면, 여름과 가을은 봄보다 더 힘들어요. 하지만 댄과 나는 당신과 해리의 안전을 보장하기 위해 온 힘을 다해 노력할 거라는 점을 알아줘요. 정말이에요. 알겠어요, 사샤? 난 지금 마음을 다해서 약속하는 거예요."

나는 평소에 이런 말에 넘어가는 사람이 아니지만, 지금 이 순간만큼은 곧바로 루시를 믿을 수 있었다. 그것도 전적으로. 그녀의 영혼이 훤히 보이는 기분이었고, 내 몸과 마음이 루시의 말을 속속들이 믿고 있었다. 눈물이 핑 돌았지만, 억지로 삼켰다.

"고맙습니다, 루시. 정말 고맙습니다."

시모어 가족에 대해 묻고 싶었다. 그들이 떠난 뒤에 어떻게 되었는지도. 조와 그의 가족에 대해서도 묻고 싶었다. 왜 악령이 겨울에는 나타나지 않는지도, 악령이 주는 느낌에 대해서도, 그리고 루시와 댄이 처음 우리를 방문해서 모든 걸 이야기해 주었을 때부터 지난 몇 주간 내 머릿속을 스쳐온 이 모든 미친 소리의 내용이 조금씩 달라졌다는 점에 대해서도 묻고 싶었다. 하지만 앞으로도 산책할 기회는 많을 테니, 대화할 기회도 많으리라 생각했다.

우리는 대시에게 막대기를 던져주면서 천천히 소유지를 향해 길을 되짚어갔다. 나는 해리와 어떻게 만나게 되었는지 들려주었다. 해리가 해병대에서 보냈던 시간과 내 부모님에 대해서도, 또 나는 부모님과 최소한의 조심스러운 관계만 유지하며 살아가고 있다는 이야기도 했다. 루시는 전반적으로 모든 이야기에 흥미를 보여주었고, 그녀의 질문엔 진실하고도 진지한 관심이 깃들어 있었다. 하지만 내겐 아직 한 가지 질문이 더 남아 있었다. 이건 우리가 다음번에 만날 때까지 묻어둘 수만은 없는 것이었다.

진입로로 올라가던 도중, 나는 고개를 돌려 루시를 쳐다본 다음 최대한 직설적으로 물었다.

"루시, 제가 잘 몰라서 그러는데요……. 혹시 그 악령을 무찌를 방법은 전혀 없나요? 무찌르는 것까지는 아니더라도, 어떻게든 잠잠하게 만들 방법이라도 있지 않을까요? 영원히?"

루시는 천천히 눈을 들어 나를 보았다. 그녀는 입술을 꾹 다물고 있었다.

"없어요, 사샤. 그런 게 있다고는 믿지 않아요. 솔직히 우리도 비슷한 질문을 조에게 백 번도 넘게 백 가지 방법으로 물어봤어요. 그때마다 조는 대답했죠. 지금 내가 당신에게 할 말도 조가 해준 대답에서 비롯된 거예요. '그런 건 없소. 하지만 여러분이 규칙을 따른다면, 걱정할 거 하나 없을 거요. 악령은 이 땅의 일부니까. 날씨나 계절처럼 말이오'라고요."

이 대답은 마음에 들지 않았지만, 불만을 품고 루시를 압박할 마음은 없었다. 우리는 작별 인사를 나누었고, 그녀는 해리에게 말해서 자기 집에 저녁을 먹으러 오라고 권했다. 놀러 오면, 자신의 말로 승마를 가르쳐준다고 했다. 그러면 같이 말을 탈 수 있다는 것이었다. 나는 무척 신나서 꼭 방문하겠다고 약속했다.

그날 밤부터 며칠 동안, 나는 해리에게 루시와 나눈 대화를 최대한 세세하게 말해주었다. 해리는 진심으로 내 말에 흥미를 보였다. 더 자세하게 말해달라는 데서 티가 났다. 심지어 다음번에 또 루시를 만나게 되면 이러이러한 것을 물어보라고 제안하기도 했다. 하지만 시모어 가족이 왜 떠났는지 같은 특정 사건의 세부사항에 대해서 루시가 입을 꾹 다물었던 것 때문에, 해리는 댄과 루시에게 품은 의혹을 거두지 못했다. 우리가 들은 게 완전한 진실은 아니라고 의심하는 듯했다.

루시와 오후에 산책을 하고 집으로 돌아오는 길에 생각한 것이 하나 있었다. 특히 궁금해서 마음에 걸렸던 것이자 며칠 밤을 침대에 누워 생각한 것이기도 했다.

시모어 가족은 무슨 일을 겪었기에 떠나야 했을까.

마침내 나는 마음을 먹었다. 내가 직접 시모어 가족을 찾아가서 알아보기로.

13

해리

이곳의 계절이 봄에서 여름으로 변하는 과정은 미묘하고도 단호했다. 일몰이 더 길게 느껴지고, 귀뚜라미가 울기 시작하고, 들꽃이 만개하면서 공기 중의 먼지도 좀 더 오래 부유하는 것 같았다. 그러다 어느 날 아침 밖으로 걸어 나온 순간, 더는 입김이 나오지 않는다는 사실을 눈치채며 공기 중의 냄새로 알게 되는 것이다. 아, 여름이 왔구나. 사샤가 사계절 중 가장 좋아하는 것이 여름이었다. 그녀는 태양의 아이나 다름없었다.

나는 사샤가 루시와 즐거운 시간을 보내는 게 좋았다. 사샤는 확실히 그녀를 우러러보았고, 아주 빨리 빠져들었다. 나 역시 루시가 좋은 사람이라는 건 부정할 수 없었다. 댄도 마찬가지이기는 했다. 하지만 난 아직 누군가와 막역한 사이가 될 마음의 준비가 되지 않아서, 나와 친해지려는 댄의 노력에 저항했다.

6월 초가 되자, 댄과 루시는 일주일에 한 번 이상 예고도 없이 불쑥 찾아와 갓 구운 빵을 건네주거나 집에 있던 여분의 공구를 가져다주었다. 그들은 이제껏 악령 이야기로 나의 삶에 참 많은 스트레스와 혼란, 좌절감을 주었지만, 그것을 제외하면 어딜 봐도 놀라울 만큼 근사한 이웃이라는 점은 확실했다.

요즘은 가축을 활발하게 돌보는 시기라서 댄은 계절노동자들을 고용하여 목장을 관리하느라 아주 바빴다. 관개 시설을 관리하는 것 자체가 꼬박 매달려야 하는 일인 데다, 다른 할 일도 많았기 때문이다. 우리와 그들 사이의 친분에서 내가 한발 물러나 있는 동안, 댄의 일상에 대해 알게 된 나는 모든 일을 능숙하게 해내는 댄을 보며 감명을 받았다.

사샤는 루시와 함께 정기적으로 오후에 국유림으로 이어지는 우리 집 앞길을 산책했다. 두 사람은 대시를 데리고 버섯과 새, 꽃을 찾아다니며 삶에 대해 이야기를 나누었다. 난 처음에는 주저하면서 사샤에게 그 부부를 너무 믿는 것 아니냐는 우려를 표했지만, 사샤는 내가 아는 이 중에서 사람 보는 눈이 가장 좋기도 했다. 사람을 파악하는 사회성이라면 나보다 사샤가 천 배쯤 더 발달해 있었다. 이곳으로 이사 오기 전까지, 나는 상대방을 파악하는 사샤의 본능을 의심의 여지 없이 전적으로 신뢰해 왔다. 그래서 걱정은 그만두고 사샤가 알아서 하게 놔두기로 했다. 하지만 그녀가 노부부와 아주 잠깐이라도 만날 때마다, 나는 항상 대시를 데려가라고 고집을 부렸다.

대시는 성격이 태평한 골든리트리버이긴 했지만, 사샤를 아주 맹렬하게 보호했다. 지난 5년 동안 대시와 함께 사냥하는 동안 녀석이 코요테 여러 마리에게 덤벼들어 쫓아버리는 모습을 본 적이 있다. 덴버에 살 때도 주정뱅이나 노숙자가 사샤에게 가까이 다가올 때마다 재빨리 으르렁대며 이빨을 드러내는 모습도 봤다. 대시는 사샤를 지켰다.

이곳으로 이사 오면서 사샤는 직장과 거래를 했다. 자신을 위해 재택근무를 보장해 주는 대신, 적어도 첫해에는 분기에 한 번씩 일주일쯤 덴버에 와 있어야 한다는 조건이었다. 그래서 회사는 사샤가 담당하는 고객사의 임원진과 크고 중요한 대면 회의를 할 때마다 일정을 잡고 그녀를 덴버로 불렀다.

6월 셋째 주에 사샤의 첫 번째 출장이 잡혔다. 회사에서는 우리가 이곳으로 이사 온 바로 그 주에 비행기표를 사서 사샤에게 보냈다. 불과 한 달 전만 해도 그녀는 덴버로 여행을 간다는 데 굉장히 신나 했었고, 그녀가 좋아하니 나도 좋았다. 사샤는 사교성이 뛰어난 사람이었고, 또 친구들을 얼마나 보고 싶어 하는지 나도 잘 알았다. 그래서 난 이 여행이 고립된 목장의 삶에서 일시적으로 눈을 돌릴 수 있는 소소하고도 중요한 휴식기라고 생각했다. 며칠 동안 사샤는 다른 곳에서 맛있는 음식을 먹고 친구들과 함께 시간을 보낼 수 있을 것이다.

하지만 지난 몇 주 동안, 사샤는 여행에 대한 기대감을 많이 잃어버리더니 급기야는 일정을 변경하거나 뒤로 미룰 수는 없을지 고민하기 시작했다. 물론 그 정신 나간 악령이 닥칠지도 모르는 상황에서 나 혼자 일주일 동안 지내는 게 걱정이 되어 그런다는 건 알았지만, 나는 사샤를 설득했다. 앞으로도 집을 절대로 떠나지 않을 거라 말할 순 없지 않느냐고. 그러니 가라고.

떠나기 전날 밤, 사샤는 내가 혼자 남게 된 상황에 매우 불안해했다. 그래서 난 그녀의 논리를 역으로 이용해 살짝 공격했다.

"사샤, 진정해. 자기는 이 땅에서 적극적으로 사는 법을 몸 바쳐 배우는 사람이잖아. 그래서 이 계절별 악령이니 뭐니 하는 게 우리 삶을 지배하지 못하게 할 거잖아. 그런데 다시는 여행을 가지 않겠다니, 그게 무슨 소리야? 그건 악령에게 지배당하는 거지, 적극적으로 사는 게 아니라고. 게다가 자기는 회사 일을 놓지 않고 여기서도 일을 잘하고 싶어 했잖아. 그렇다면 회의에 참석해야 해."

사샤는 내 말을 인정하면서도 여전히 불안해했다.

"해리, 나도 알아. 그냥…… 지금 여름이잖아. 곰 추격 같은 미친 짓이 일어날 때 자길 혼자 두고 싶지 않아서 그래."

그녀는 내 반응을 보려고 날 바라보았다. 나는 눈을 흘겨서 그녀의 기대에 부응했다.

"벌거벗은 놈이 뛰어오면, 그냥 맥주 한 병이랑 마리화나를 좀 파이프에 넣어서 주지 뭐. 그래서 취하게 만들어야 하지 않을까. 아니면 마리화나를 종이에 말아서 주든가. '넌 좀 진정해야겠어, 친구. 한 대 할래?'라고 말할게."

사샤는 엄한 표정을 지으려다가 그만 웃고 말았다.

"해리, 내가 없는 동안 이런 농담 하면 안 돼. 진짜."

"이런 말도 안 되는 헛소리를 두고 농담을 안 하면 대체 언제 하라는 거야. 내가 하고 싶으면 언제든 할 거라오, 마누라님."

내 말을 듣자 그녀는 날 침대 위에 확 밀어 넘어뜨렸다.

물론 나도 사샤가 보고 싶을 것이다. 난 아직도 이 모든 헛소리를 진짜라고 믿지 않았지만, 확실히 긴장하게 될 것이다. 솔직히 말해서 그 곰 추격이라는 게 진짜라면, 난 돈이 얼마가 들든 사샤가 그 근처에 얼씬도 못 하게 할 작정이었다. 댄과 루시의 설명에 따르면 정말 끔찍한 일이었으니까. 그러니 그게 정말 일어날 일이라면, 그래서 사샤가 여름마다 이곳에서 떠나 있겠다고 한다면 나는 그러라고 할 작정이었다. 하지만 그 미친 짓거리가 사실로 판명된다면, 솔직히 곰 추격을 경험하자마자 도요타 4러너에 짐을 싣고 떠나는 게 낫지, 그 꼴을 보고서도 굳이 여기 계속 살겠다고 고집할 이유가 없을 것 같았다.

다음 날 아침, 나는 사샤를 아이다호 폴스까지 태워다 주었다. 집에서 한 시간 15분 거리에 공항이 있다니 솔직히 좋았다. 이 공항에는 솔트레이크행 비행기가 하루에 세 대 있고, 솔트레이크에 가면 어디로든 비행편이 있었다. 공항에 차로 간 건 이사한 뒤 처음이었는데, 이곳에 오니 내가 사회와 그리 멀리 떨어져 있지는 않다는 느낌이 들었다.

나는 사샤가 탑승하기 전 꼭 안아주고 키스했다. 그녀는 내 얼굴을 두 손으로 잡고서 지그시 바라보았다.

"해리, 나 똑똑히 말하는 거야. 절대로 잊지 마."

"뭘?"

"우리가 합의한 계획 잊지 말라고."

우리는 여름 내내 둘 중 하나가 울타리 바깥으로 나갈 때마다 소총을 반드시 들고 나가기로, 그리고 헤드폰으로 음악이나 팟캐스트를 듣지 않기로 합의했다.

"절대로 잊으면 안 돼, 해리. 우리의 작은 계획은 나한테만 해당하는 게 아니잖아? 자기도 일하러 나갈 때 소총을 들고 가고, 음악도 들으면 안 돼. 알았지?"

"그래, 약속할게, 자기야. 항상 소총을 들고 다닐게. 자기야말로 잊었어? 이 세상의 진짜 곰들도 지금쯤 동면에서 깨어나 먹이를 찾아다닌다고."

나는 사샤가 공항 터미널로 들어가다가 돌아서서 손으로 키스를 전하는 모습을 지켜보았다. 그녀가 보고 싶겠지. 하지만 혼자만의 시간을 갖게 되어 꽤 들뜬 것도 사실이다.

다음 날 아침, 나는 개울둑과 진입로 아래로 이어진 배수로를 따라 10년 치는 족히 쌓인 쓰레기 더미를 치울 계획을 세웠다.

잠에서 깨었을 땐 사샤에게 확인 전화를 했다. 그녀는 다시금 음악 금지 규정과 소총 지참 규정을 반복했다. 나는 규정을 잘 따르겠다고 약속했다. 대시에게 밥을 주고, 커피와 아침 식사를 해치우고, 점심에 먹을 샌드위치를 챙겼다. 지금 난 그동안 얼마나 혼자만의 시간이 절실했는지 깨닫는 중이었다. 통제할 수도 설명할 수도 없이 위험한 이 개 같은 상황에 사샤가 가까이 있다고 생각하며 나는 무의식적으로 스트레스를 받아왔던 것이다. 그런데 그녀가 떠나자, 그 스트레스가 풀리는 기분이었다.

나는 헛간으로 나가서 삽과 갈퀴, 곡괭이와 바위용 쇠지레를 챙겨 손수레에 실은 다음 나의 총기보관실 안으로 들어갔다.

나는 보관실을 열고 30-06 사냥용 소총을 꺼내려다가, 수년 동안 만들어온 5.56카빈 총의 총신 위에서 손을 멈췄다.

보병대에서 '전역'할 때는 복무 시 사용하던 총을 가지고 나갈 수 없다. 하지만 만약 제대할 때 쓰던 총을 가지고 나갈 수 있었다면, 나는 미 국방부에서 발급하는, 맨 위에 화려한 글자로 '명예 제대'라고 박힌 DD256증서를 포기하고서라도 그 총을 가져왔을 것이다. 그 총 없이는 벌거벗은 기분이었다. 그 총 없이는 외로웠다. 나는 민간인이 되고서 일주일 만에 아프가니스탄에서 갖고 다녔던 M4소총을 최대한 똑같이 복원하기 시작했다. 그 작업은 이후로도 오랫동안 계속되었다.

자동사격 속도 옵션이 없다는 것 외에는 이 소총은 내가 복무 중 사용했던 것과 흡사했다. 그립감도 똑같고, 조준기도, 개머리판도, 레일도, 총열도, 멜빵도, 심지어 내 월급의 대부분을 쏟아부은 트리지콘사의 망원조준경까지 모든 게 죽여주게 똑같았다. 이 소총이 아프가니스탄에서 썼던 소총과 다른 점은 미친 듯이 깨끗하다는 점뿐이었다. 먼지투성이 산을 다니며 늘 수족처럼 총을 들고 야외에서 살지 않는다면, 소총은 계속 깨끗함을 유지할 것이다.

나는 총을 꺼내 익숙한 무게감을 느끼면서 두 손으로 이리저리 돌려보았다. 소총을 쥐고서 윤곽을 쓸어보니 마치 할머니 집 냄새를 맡는 기분이었다. 아주 진하고 그리운 익숙함이었다. 이 총은 나의 애착 담요 같았다.

이것도 괜찮잖아? 나는 매그넘 소총 하나를 들고서 손수레로 걸어간 다음, 공구 위에 소총을 넣었다. 이 총은 홈집이 좀 나야 했다. 예전 총은 아주 흠집이 많았으니까.

그 뒤로 다섯 시간 동안 대시와 나는 10년 동안 개울을 막아온 통나무며 나뭇가지, 이파리와 나무뿌리, 돌 등을 치워 개울을 준설하며 보냈다. 초여름의 물이 흘러가는 개울은 얼음장처럼 차갑고 세찼지만, 오늘은 날씨가 꽤 더워서 개울 준설 작업이 기분 좋게 느껴졌다. 대시는 진흙에서 뒹구는 돼지보다 행복한 기분으로 물장구를 치고 둑에서 졸고 메뚜기를 쫓아다녔다.

그날 늦은 오후가 되자, 나는 개울에서 조금 떨어진 비탈 위로 올라갔다. 그리고 땡볕 아래 불쑥 솟은 바위에 앉아 물을 들이켜고 샌드위치를 게걸스럽게 먹었다. 대시가 내 발치에 눕자, 나는 대시의 발바닥에서 마른 진흙 덩어리들을 떼어주었다. 그런데 느닷없이 대시가 벌떡 일어나 네 발로 서는 바람에 나는 무지막지하게 놀랐다. 대시는 수목한계선과 국유림의 경계선이 있는 남동쪽을 바라보았다.

나도 대시가 보는 쪽을 보았지만 아무것도 보이지 않았다. 하지만 부정하지 않겠다. 가장 먼저 든 생각은 '*벌거벗은 곰 인간이 나타났나?*'였다. 나는 한동안 그 자리에 앉아서 수목한계선을 노려보며 몸의 감각을 한껏 끌어올렸지만, 들리는 것이라고는 귀뚜라미의 합창 소리와 더불어 이에 질세라 졸졸 흐르는 시냇물 소리뿐이었다.

내가 일어서자 대시는 나를 올려다보았다.

"*이봐, 대시.*"

나는 풀밭에서 막대기를 주워 와 개의 코에 닿을 듯이 내려주어 냄새를 맡게 한 다음 그것을 목초지 비탈 아래 손수레를 세워둔 개 울둑 쪽으로 던졌다.

하지만 대시는 움직이지 않았다. 심지어 막대기의 움직임을 눈으로 좇지도 않았다. 그저 내 얼굴을 빤히 바라보더니 다시 수목한 계선을 주시할 뿐이었다.

온몸에 아드레날린이 솟구쳤다.

올해로 이 개를 곁에 둔 지 6년째다. 대시는 '물어 와' 놀이라면 자다가도, 아무리 아프더라도 벌떡 일어날 정도로 병적이다시피 좋아했다. 사람이 던져준 물체가 바로 가까이에 있는데 물어오지 않은 적은 한 번도, 말 그대로 *단 한 번*도 없었다. 마당에서 깊이 잠들어 있을 때도, 누군가 조용히 물건을 던지는 소리가 들리기만 하면 원초적인 본능이 갑자기 대시의 머리에 신호를 주어서 저기 물어 올 것이 있다고 알려주는 것 같았다. 그러니 대시가 '물어 와' 놀이를 *안 한다*는 것은 두 가지로 해석할 수 있다. 무척 아프거나, 아니면 이 자그마한 개의 뇌가 아주 중요한 무언가에 단단히 꽂혀서 관심을 빼앗겼거나.

나는 수목한계선을 다시 바라보았다.

"왜 그래, 대시?"

대시는 나를 잠시 바라보고 다시 숲으로 고개를 돌리더니, 시선을 그대로 둔 채 고개를 숙이기 시작했다. 대시가 주목할 만한 뭔가를 발견했다는 분명한 신호였다. 이번에는 나 역시 그 신호를 제대로 알아챘다.

나는 해가 비치는 비탈에서 황급히 내려가 소총과 연장을 보관해 둔 손수레 쪽으로 달려갔다. 그러면서 대시에게 따라오라고 소리쳤다.

대시는 쉽게 나를 제치고 개울둑에 먼저 도착했다. 그러고는 다시 돌아서서 '저쪽에 뭔가가 있다'는 자세를 취하며 남동쪽 숲을 뚫어져라 바라보았다.

손가락이 소총을 쥐는 순간 근육에 익숙한 감각이 느껴졌다. 나는 익숙한 동작으로 단번에 멜빵을 어깨에 메고서 돌아서며 탄창을 맥웰 그립에 탁 넣었다. 장전용 손잡이를 뒤로 당기고, 안전장치를 엄지로 제치고, 무릎을 끓고서 소총 개머리판을 어깨에 얹고 조준경을 눈에 댔다. 그리고 소리에 귀 기울이면서 수목한계선을 전체적으로 훑어보았다.

순간, 귀뚜라미의 소리가 그쳤다.

살면서 이런 일이 일어나기도 한다는 말을 들어봤던가. 물론 개구리들은 이럴 수 있다. 밤중에 사람이 연못에 너무 가까이 다가가면 분명히 개구리는 금방 울음을 멈춘다. 하지만 귀뚜라미가? 이 한낮에?

그럴 리가.

이어서 정말이지 듣고 싶지 않은 소리가 들려오고 말았다. 어떤 남자의 고함 소리였다. 방향은 대충 동남쪽이다. 알아들을 수 있는 말은 없었지만, 아주 분명하게 분간할 수 있는 건 그 어조가 확실히 겁에 질려 있다는 거였다.

나의 심박 수가 급격하게 치솟았다. 얼굴은 아드레날린 때문에 감각이 사라지고 있었다. 나는 소총을 어깨에 메고 뒤로 걸어가면서 대시에게 따라오라고 소리쳤다.

개울은 내가 가는 방향으로 30여 미터쯤 더 이어지다가 커다란 지하배수로로 들어가 우리 집 진입로 밑으로 흐른다. 그 길을 따라 진입로 반대편에 있는 우리 목초지를 가로질러 다른 시냇물과 합류한다.

나는 진입로 주위의 소 울타리를 아주 튼튼하게 보강해 두었다. 지금 목표는 그 울타리 건너편으로 가는 것이다.

축하합니다, 댄. 드디어 바라시던 대로 나까지 악령이니 뭐니 하는 장단에 맞추게 되는군요. 이런 생각이 아주 잠깐 머릿속을 스쳤지만, 딴생각도 잠시, 겁먹은 고함 소리가 처음으로 알아들을 만한 단어를 훅 던져서 나를 다시 현실로 끌어왔다.

"살려주세요!"

내가 선 곳은 개울가를 따라 살짝 팬 땅이라서 남동쪽 목초지는 솟아오른 땅에 가려져 보이지 않았지만, 소리가 그곳에서 들려온다는 건 알 수 있었다. 나는 이제 울타리까지 10여 미터 떨어진 곳에 다다랐지만, 대시는 여전히 손수레 옆에 버티고 서서 고함이 들려오는 방향으로 짖어댔다. 다리를 벌리고 고개를 숙인 채로, 망할 코요테처럼 이빨을 다 드러내고서.

남자의 시끄러운 목소리와 대시의 으르렁 소리에 더해 나도 목소리를 높였다.

"대시, 가자니까!"

이 말은 효과가 있었다. 대시는 마침내 빙글 돌아 전속력으로 내게 뛰어왔다.

대시가 뛰기 시작하는 걸 본 나는 그대로 돌아서서 울타리 쪽으로 전력 질주했다. 진입로로 통하는 작은 언덕에 다다랐을 때 뒤를 슬쩍 돌아보자, 벌거벗은 남자로 보이는 사람이 손을 머리 위로 흔드는 모습이 보였다. 나는 속이 뒤집어져 숨이 콱 막힐 것 같았다.

나는 소총을 옆으로 메고 대시를 번쩍 든 다음 반쯤은 던지고 반쯤은 떨어뜨리다시피 울타리 너머 진입로로 옮겼다. 나도 T자형 철망 중간쯤에 발을 대고서 울타리 위로 몸을 들어 올렸다.

비틀거리며 착지했지만, 가까스로 한 손을 자갈밭에 대고 균형을 잡았다. 소총을 끌어당겨 빙글 돌리고서 조준경을 눈에 댔다. 조준경 렌즈에 나타난 모습을 보자 헉 소리가 절로 나와서 숨을 짧게 들이쉬었다.

벌거벗은 남자가 들판을 가로질러 달려오고 있었다.

그는 내가 손수레를 둔 개울의 반대편 둑을 향해 목초지의 비탈길을 내려왔다. 나보다 조금 나이 들어 보이는 남자는 40대 초반 같았고, 짧은 턱수염을 기르고 있었다. 짧고 부스스한 머리카락은 모래빛깔 도는 갈색이었다. 맨발에선 피가 흘렀고, 댄이 말했던 대로 거시기가 온 세상에 다 보이게 덜렁댔다. 그는 나를 똑바로 쳐다보았다. 조준경을 통해 나와 그의 눈이 마주쳤다. 겁먹고 절망에 빠져 지친 그의 모습은 곰에게 거의 진 거나 *다름없었다.*

이제는 그의 목소리도 더 분명하게 들렸다.

"*살려주세요! 제발 기다려줘요! 살려줘요! 도와주세요, 제발, 제발, 저게 날 죽이려고 해요, 선생님, 제발, 제발요!*"

제길. 도무지 믿을 수가 없었다. 이거였구나.

대시는 뭐에 씌기라도 한 것처럼 격하게 움직이며 으르렁대고 짖었다. 이윽고 나는 처음으로 그 남자 뒤에 있는 것을 보았다. 흑곰이었다. 조준경으로 보자, 곰은 어느 모로 보나 이제껏 본 수많은 흑곰과 다를 것이 없었다. 확실히 덩치가 컸고, 2백 킬로그램쯤 되는 수컷이었다. 하지만 보통 곰이 생각보다 빨리 달리는 걸 내가 아는데, 저 곰은 아주 느릿하게 돌진하고 있었다. 그 외에는 악몽처럼 무시무시하다든가 부자연스러운 점은 없었다.

나는 다시 남자에게 초점을 맞추었다. 그는 이제 개울을 첨벙이며 건너오는 중이었다. 나를 보다가 또 뒤를 돌아보며 곰을 보다, 또 나를 보기를 반복했다. 그가 우는 모습이 보였다. 남자는 애처롭게 울부짖었다.

"선생님, 제발요! 제에에발, 이러다 저 죽어요, 살려주세요! 절 좀 살려주세요!"

내 머릿속에서 대화 소리가 어지럽게 뒤엉키기 시작했다. *저 곰을 쏴야 해. 곰을 쏘라고. 망할 놈의 곰을 쏘란 말이야, 자식아. 댄이 저 곰을 쏘지 말란 소리는 안 했잖아. 이게 실제 상황이면 어떡해? 내가 들은 악령 이야기와 우연히 똑같은 상황이 벌어진 거라면 어떡하냐고? 사람이 잡아먹히게 둬야 한단 말이야?*

이제 남자는 나와 손수레 사이에 있는 개울둑에서 올라오려는 참이었다. 뒤따라오는 곰도 내게 훤히 보이는 사정거리 안에 들어왔다. 나는 단번에 깨끗하게 숨통을 끊어놓을 수 있었다. 그러다 문득 이런 생각이 들었다.

저 손수레에는 날카롭고 긴 강철 연장이 많아. 벌거벗은 저 남자

의 눈앞에 떡하니 놓여 있다고. 내가 만약 곰에게 쫓기고 있었더라면, 저런 연장이 먼저 눈에 들어왔을 거야. 당연히 곧장 연장 쪽으로 달려가겠지. 의심의 여지가 없어. 바로 앞에 삽이며 곡괭이가 있잖아? 게다가 뾰족한 쇠지레까지 있단 말이야.

나는 그 남자에게 다시 소리를 지르기 시작했다.

"삽을 들어요! 쇠지레를 들라고! 이봐요! 쇠지레나 곡괭이를 들고 방어해요! 이보세요! 연장을 집으라니까! 겨우 흑곰이잖아! 맞서 싸워도 된다고! 삽으로 때리면 물러설 거라고요! 저걸로 때려요! 맞서 싸우라고!"

그는 내 말이 들릴 정도로 가까이 있었지만, 애원을 멈추지 않았다. 멈춰 서서 내 말을 듣지도 않았다. 이제 그는 손수레에 거의 다 가왔다.

그때쯤 내 목소리는 절규의 최고조를 찍고 있었다.

"이봐요! 삽을 들고 싸우라고! 방어하라고! 이봐요! 싸워!"

그는 손수레를 지나쳤다. 손수레에 눈길 한번 주지 않았다. 단한 순간도 나에게서 시선을 떼는 일 없이 달려올 뿐이었다.

"이, 이봐요…… 이런 제길."

눈물이 차올랐다. 대시가 으르렁댔다. 남자는 이제 나와 20미터 정도 떨어진 곳까지 다가왔고, 여전히 애원하며 울고 있었다.

"선생님, 제발 절 구해주세요, 부, 부탁이에요, 선생님, 제발 절 살려주세요. 도와주십쇼, 선생님, 제발요!"

말이 나오지 않았다. 숨도 간신히 쉬어졌다. 예전에 전투에서 겁에 질릴 때마다 외우던 주문이 짧게 떠오르기 시작했다. 숨 쉬자.

움직여. 심호흡해, 움직여.

나는 대시의 목줄을 잡고서 녀석을 진입로 위로 끌고 가기 시작했다. 그러면서 남자에게 계속 소리쳤다.

"이봐요…… 왜 안 싸워요? 왜 안 싸우느냐고요!"

그에게서 인간적인 면이 느껴지는 대답을 듣고 싶었다. 내 말에 조금이라도 인간답게 반응하는 단어나 문장을 듣고 싶었다. 지금 내가 제정신이 맞는지, 꼭 현실을 파악하는 내 능력이 그의 대답에 달려 있는 것처럼 그가 진짜 생각이란 걸 하는 사람인지 증명할 말을 한마디라도 듣고 싶었다. 남자가 횡설수설 지껄이는 말들은 너무 반복적이라서, 이쯤 되자 아무리 겁에 질려 충격을 받아도 그렇지 내 말에 전혀 반응하지 않는다는 게 이상했다.

나는 다른 시도를 해보기로 했다. 남자가 진입로 언덕을 따라 올라오면서 이제 10미터도 안 되는 거리에 들어오자, 나도 걸음을 늦추고 애원하는 남자를 향해 고함을 쳤다.

"선생님, 성함을 말씀해 주시면 울타리 너머로 끌어올려 드리겠습니다. 선생님, 성함이 대체 뭡니까? 대답해 주시면 저 곰을 죽여주겠다고! 어서 이름을 말하라고!"

하지만 그는 울며 빌기를 멈추지 않았다. 내가 하는 말도 알아듣지 못했다. 로봇도 아닌데 너무 부자연스러웠다. 마치 대본을 외우는 것처럼. 적어도 내가 말하는 동안엔 아주 잠깐이라도 입을 다물어주지 않을까 기대했지만, 남자는 그러지 않았다.

그는 이제 언덕을 올라 울타리로 다가왔다. 나와 겨우 몇 미터 떨어진 곳까지. 나는 남자의 흉곽과 뒤따라오는 곰 사이에서 어느

173

쪽을 쏠지 결정하지 못하고 미친 듯이 총구의 방향을 바꾸어댔다. 대시는 아까보다 덜 짖었지만 남자를 향해 으르렁거리며 눈길을 떼지 않았다. 내가 천천히 진입로를 따라 이동하자 남자는 방향을 바꾸어 비탈길을 대각선으로 오르며 우리를 따라왔다.

이제 서로 아주 가까워졌다. 대시가 뭘 보고 있는지도 알 수 있었다. 대시는 곰이 있다는 사실은 신경 쓰지 않고 오로지 남자만 바라보았다. 남자가 울타리에 다다르자, 나는 대시에게 내 뒤로 오라고 소리치며 뒤에 있는 자갈길을 가리켰다. 대시는 명령을 제대로 따르지는 않았지만, 몇 걸음 물러서서 내 옆에 와서 섰으니 그럭저럭 명령이 먹힌 셈이었다. 그래도 대시는 여전히 으르렁거리며 남자를 물기라도 할 듯이 이를 딱딱거렸다.

울타리에 도착한 남자는 자리에 멈춰 서서 두 손으로 울타리의 철망 윗부분을 쥐고서 나를 바라보았다. 그는 어린애처럼 대놓고 울면서 간신히 알아들을 수 있는 말을 내뱉었다. 왜인지 나는 아직도 그와 이야기하는 중이었다.

"이봐요, 이름을 말해주면 내가 곰을 죽여준다니까. 그러니 어서 망할 놈의 이름을 말하라고! 알겠어?"

나는 그의 오른쪽에서 현란한 손짓으로 곰을 겨누었다. 그러면서도 눈빛은 남자를 바라보았다.

"이름을 말해주면 내가 죽여준다고! 아무 이름이나 대! **그럼 내가 저 망할 놈의 곰을 죽여주겠다고!**"

그는 내 말을 전혀 듣지 못한 것 같았다.

"선생님, 제발요, 사, 사, 살려주세요, 울타리를 넘게 해주세요.

제발 제가 이렇게 죽도록 놔두지 마세요. 부탁이에요!"

횡설수설하는 남자에게 내가 계속 소리 지르고 있으려니까 어느새 곰이 다가왔다. 금방이라도 앞발을 들어 올리려는 곰을 쏠 준비를 했다. 500그램 정도의 압력으로 방아쇠를 당겼다고 생각했던 순간, 무언가 내 팔꿈치를 잡아당기는 바람에 소총의 총신이 하늘로 불쑥 들렸다. 아래를 보자 대시가 이빨로 내 소총의 멜빵을 물어당기고 있었다. 마치 우리가 자기 장난감으로 터그 놀이를 하고 있다는 듯이 말이다.

나는 방아쇠를 잡았던 손을 풀고 대시의 목걸이를 잡았다.

"대시, 안 돼! 대시, 왜 이래!"

곧바로 남자를 돌아보았다. 그는 울타리의 윗부분을 잡고서 울고 있었다. 질질 흐른 콧물이 입술을 스쳐 턱으로 흘러내리는 가운데, 나와 똑바로 눈이 마주쳤다. 그 순간, 곰이 남자의 뒤에서 뒷다리로 일어서더니 그의 오른쪽 어깨에 앞발을 박았다. 발톱은 순식간에 남자를 면도날처럼 그었고, 피부와 근육 사이로 하얗게 벌어진 상처에 곧바로 피가 쿨럭 넘쳐났다.

동시에 곰은 입을 벌려 남자의 왼쪽 목과 쇄골 사이를 물어뜯었다. 남자가 눈을 휘둥그레 뜨면서 어린아이가 보일 법한 순수한 공포를 드러냈고, 곰은 그를 뒤로 잡아끌었다. 남자는 엉덩방아를 찧으며 앉은 자세로 곰의 얼굴을 쥐고서 턱을 비틀어 자신의 몸을 빼려 했다.

남자의 목과 쇄골 사이의 물린 자리에서 선명한 진홍색 피가 주르르 흘렀다. 가슴과 배를 거쳐 음모까지 핏줄기가 쉴 새 없이 떨어졌다. 남자의 비명은 전보다 훨씬 더 높은 음을 냈다. 나는 그 소리를 들어본 적 있었다. 너무나 절대적인 비명, 삶을 뒤흔드는 고통을 느낄 때 나오는 초조하고 겁먹은 비명이었다.

곰은 그를 달랑달랑 물고 뒤로 가려 했다. 잠시 곰이 어색한 자세를 취하나 싶더니, 문 것을 놓았다. 남자는 그 기회를 잡아 필사적으로 앞으로 굴렀고, 손과 무릎을 바닥에 대고서 입을 크게 벌렸다. 천천히, 이젠 끝이라는 기색으로 흐느껴 우는 남자의 턱을 타고 눈물이 바닥에 뚝뚝 떨어졌다.

그가 내 쪽으로 기어오기 시작하자, 곰은 앞발로 남자의 어깨뼈를 그으며 오른쪽 몸뚱이가 위로 향하게 돌렸다. 그러고는 남자의 갈비뼈 바로 밑으로 드러난 창백한 살점을 물어뜯었다.

곰이 머리를 흔들자 갈비뼈가 우지끈 부러지는 소리가 났다. 나는 남자가 눈을 질끈 감고 주먹을 움켜쥔 채 고통으로 온몸이 감전된 듯 움찔 떠는 모습을 지켜보았다. 짐승의 턱은 여전히 남자의 갈비뼈 아래와 복부를 물고 있었고 저녁 식탁에 두는 커다란 접시 크기의 앞발이 곰의 머리 양옆에 있었다. 그 앞발로 몸을 지탱하려는 것 같았다. 한쪽 발은 남자의 가슴에 올려놓고, 다른 쪽 발은 그의 허리를 잡은 곰은 맹렬한 힘으로 잡은 부분을 위로 당겼다.

남자의 갈비뼈 아랫부분이 나무처럼 쪼개지면서 피부가 벗겨지는 모습이 보였다. 곰이 입에 문 창백한 뱃가죽 아래로 반질반질한 내장이 돌돌 꼬인 채로 배 속에서 딸려 나왔다. 대단히 괴상한 그 광경이 꼭 죽어가는 해파리 같았다.

남자는 눈이 순간적으로 뒤집히더니 이내 목구멍에서 신음을 뿜었다. 이제 그는 새로 입은 상처를 내려다보았다. 충격을 받아 눈을 휘둥그레 뜬 채 마치 차가운 호수에 뛰어든 것처럼 숨을 헐떡이기 시작했다. 곰은 입에 가득한 피부 조각과 부서진 갈비뼈, 내장을 뱉어내더니, 앞발로 남자의 등을 확 내리쳤다.

곰은 호기심이라고밖에 볼 수 없는 눈빛으로 남자를 내려다보았다. 그는 곰의 사나운 눈을 올려다보며 지금껏 그가 내왔던 소리보다 훨씬 더 큰 비명을 질렀다. 곰이 입을 쩍 벌려 그의 얼굴을 물었다. 곰의 입은 남자의 귀까지 삼켜 그의 비명을 턱 막아버렸다. 남자는 미친 듯이 발길질과 주먹질을 해대며 새까만 짐승의 거대한 어깨 쪽 털을 긁어댔다. 이윽고 곰은 남자의 머리를 양옆으로 사정없이 마구 흔들어대기 시작했다. 남자의 목이 쩍 하고 깊고 물기 어린 소리를 내며 부서지는 게 귓가에 들렸다.

남자의 오른다리가 확 뻗쳤다. 신경이 마지막으로 경련을 일으키면서 발끝이 발레리나처럼 뾰족하게 펴졌다. 이윽고 몸의 모든 근육이 축 늘어졌다. 그 순간 내게 찾아든 느낌은, 따뜻하고 반가운 안도감이었다. 그 느낌에 몸이 부르르 떨렸다.

곰은 남자의 머리를 뱉더니, 그의 귀에서 새어나오는 피를 두어 번 핥고서 나를 올려다보았다.

곰은 울타리를 향해 서너 걸음 천천히 다가왔다. 남자가 잔혹하게 죽어가는 모습을 지켜보며 무아지경에 빠졌던 나는 잽싸게 정신을 차렸다. 그 상태로 비틀비틀 물러서다가, 충격을 받은 나머지 넘어지면서 세차게 엉덩방아를 찧었다. 하지만 소총의 멜빵을 확 잡아채 총을 위로 올리고 곧바로 곰의 머리를 똑바로 겨누었다. 방아쇠를 잡은 손에 힘을 주고 막 비명을 지르며 총을 쏘려던 순간, 대시가 내 곁으로 달려오더니 소총의 주둥이와 곰 사이를 가로막고서 울타리 쪽으로 몇 걸음 다가갔다. 나는 대시가 나를 보호하려고 곰에게 달려드는 줄 알았다. 그래서 대시의 이름을 소리쳐 부르며 허둥지둥 일어섰지만, 이내 주저하고 말았다.

대시가 꼬리를 올리고 살랑살랑 흔들어대는 게 아닌가. 등 위로 휙 솟은 꼬리를 인사하듯 앞뒤로 흔드는 건 녀석이 기분 좋을 때만 하는 행동이었다. 나는 대시를 보다가 곰을 바라보았다. 그런데 곰은 내겐 눈길조차 주지 않고 오로지 대시만 바라보고 있었다.

그러더니 곰이 어떻게 했는지 아는가. 내 목숨을 걸고 맹세하는데, 정말로 그 곰이 내 개에게 고개를 끄덕였다. 빌어먹을 고개를 끄덕였다고.

미묘한 움직임이지만 틀림없는 끄덕임이었다. 사람들이 옆에 지나가는 사람에게 자연스럽게 보일 법한 그런 고갯짓이었다. 곰을 마주 본 대시도 나와 놀 때 으레 그러듯 꼬리를 점점 빠르게 흔들며 폴짝폴짝 뛰는 게 꼭 대답하는 것 같았다. 나는 말문이 막혔다.

곰은 아주 잠깐 나를 보았다. 그저 슬쩍 눈길을 준 정도였다. 이윽고 곰은 천천히 몸을 돌려 남자에게 다가갔다. 그러고는 이로 그의 팔뚝을 물고 갈기갈기 찢어진 시체를 끌고 떠나기 시작했다. 남자의 몸통에서 나온 굵은 내장 줄기가 땅에 자국을 남겼다. 그 내장 줄기가 풀 더미에 걸리고 자갈과 흙을 뽑아내며 끌려가는 모습에서 시선을 뗄 수가 없어서 그저 넋을 잃고 바라보았다.

억지로 눈길을 돌렸을 때에야 대시가 내 손을 핥고 있다는 걸 알아차렸다. 나도 모르게 뺨 위로 눈물을 흘리고 있었다. 게다가 어깨에 멘 소총도 팔 아래에서 덜렁거렸다. 숨을 크게 들이마시자 곧바로 반사적으로, 또 필사적으로 숨을 마구 몰아쉴 수밖에 없었다. 내가, 어쩌면 나의 뇌가 너무 오랫동안 숨을 쉬지 않았다는 걸 깨달아서였다. 나는 가슴에 손을 얹고서 호흡을 가다듬었다. 입에서 토한 것 같은 맛이 났다. 내가 토했던가? 아니다. 혹시라도 그랬을 가능성은? 아닌 것 같았다. *제길, 뭐지.*

나는 무릎을 꿇고 두 팔로 대시를 안았다. 녀석은 골든리트리버다운 금빛 꼬리를 살랑살랑 흔들며 내 얼굴을 핥아주었고, 그 느낌에 나는 다시 현실로 돌아왔다.

나는 그 모든 경험을 돌이켜 보면서 대시의 머리를 두 손으로 꼭 잡고 눈을 맞추었다. 왜 그런지는 모르겠지만, 끝내 이 질문을 하고 말았다.

"대시, 너 그 곰이랑 진짜 대화했어?"

내가 무슨 대답을 기대한 건지는 모르겠다. 대시는 그저 평범한 개의 모습으로 내 얼굴에 대고 헥헥거릴 뿐이었으니까. 하지만 정말 충격적이었던 건, 지금 대시가 아주 정상적으로 보인다는 것이다. 그게 어찌나…… *안심이 되던지.* 녀석은 우리가 불을 피우자 연못의 불빛이 사라졌던 봄의 경험을 네 번 거쳤을 때와 전혀 다를 것이 없는 듯했다.

나는 집으로 가서 호스 달린 수도꼭지 아래에 주저앉았다. 물을 틀어놓고 4리터는 족히 마셨던 것 같다. 그리고 멍하니 30분을 흘려보냈다. 이 어지럽고 멍한 상태는 놀라우리만큼 익숙했다. 총격전을 벌인 뒤와 똑같았다. 그것도 40시간 동안 자지 못해 전쟁의 피로감이 가득한 상태로 한바탕 전투를 치른 뒤의 느낌 말이다.

나는 현관으로 이어지는 계단에 앉아, 방금 무슨 일이 일어난 건지 파악해 보려고 노력했다. 무엇보다도 놀란 점은 이것이다. 사람이 나한테 살려달라고 소리 지르다가 잔인하게 몸이 뜯겨 살해당하고 있는데, 어째서 나는 멍하니 서서 그걸 바라보기만 했는가. 그래, 이 모든 것은 댄과 루시가 말한 대로 끝났다. 하지만 그 사실 때문에 나의 불안과 공포는 더욱 커져갔다. 남자를 돕지 못했던 그 순간, 나는 악령이니 뭐니 하는 헛소리에 굴복해 버렸으니까. 난 곰을 죽일 수 있는 무기를 지니고 있었다. 그것도 내가 사용법을 아주 잘 아는 무기를 지니고서도 눈앞에서 남자가 찢겨 죽게 놔두다니. 내가 나약한 겁쟁이에, 수치스럽고 웃긴 놈이라는 생각이 들었다. 나는 금방이라도 울음을 터트리지 않으면 집 벽에 머리를 들이박을 것 같은 기분으로 그 자리를 서성였다.

스스로 뭘 하고 있는지조차 모른 채, 나는 주방으로 뛰어 들어가 충전기에서 휴대폰을 뽑았다. 그러고는 더듬더듬 전화를 걸어서 방금 내 사유지에서 흑곰에게 공격당해 죽은 사람을 봤다는 설명을 늘어놓았다.

911 신고 접수 담당자는 나보다 어린 여자 같았고, 살짝 짜증 어린 기색이었다.

"선생님, 좀 천천히 말씀해 주세요. 어디 사시는지 말씀해 주실 수 있죠?"

직원이 내 주소를 묻는 소리를 듣자, 왜 그런지 몰라도 마음속에서 겁먹은 소리들이 더욱 심하게 싸워댔다. 내가 미쳐서 사람 하나를 죽게 내버려둔 건 아닐까, 아니면 정말로 있을 수 없는 일 같지만 악령이 벌인 장난질을 목격한 걸까. 직원의 목소리를 듣자, 곧바로 쓸데없이 전화를 걸어서 미안하다고 사과하고픈 욕망이 치밀었다. 그 감정만으로도 악령이 어쩌니 하는 헛소리를 내가 믿게 되었다는 깨달음이 역겹게 밀려왔다. 난 아직 그 헛소리를 믿을 마음의 준비가 되지 않았다. 그래서 그녀에게 나의 주소를 알려주었다.

한 음절씩 또박또박 말하자 내 양심과 의지가 그 안에 온통 쏟아지는 느낌이었다. 곰이 공격했다고 신고하면서 이 산 악령이란 걸 믿지 않겠다는 나의 다짐을 공식적으로 알리고, 이게 다 꾸며낸 이야기라는 걸 더 확고하게 믿겠다는 양심과 의지였다. 직원은 프리몬트 카운티의 보안관 사무실에서 곧 사람을 보낼 거라고 말했다. 그리고 사람이 갈 때까지 어디 안전한 곳에 머물러 있으라는 말을 듣고서 나는 전화를 끊었다.

내가 기다린 곳은 우리 마당을 둘러싼 울타리로 통하는 입구의 계단이었다. 그곳은 군 도로를 따라 다가오는 응급 의료요원을 조망할 수 있는 지점이었다. 나는 이 사건을 어떻게 설명할지 미친듯이 연습하기 시작했다. 그러면서 동시에 무척 당황하고 말았다. 911에 전화하기로 마음먹은 걸 사샤에게 어떻게 설명해야 할까. 게다가 놀랍게도, 댄과 루시에게는 또 어떻게 내 입장을 정당하게 설명할지도 걱정이 되었다. 두 사람이 마지막 내용까지 세세하게 예언했을 뿐만 아니라, 내가 대비하게끔 많은 노력을 기울여주었는데, 이 사건을 겪고 나서도 내가 그 이야기를 여전히 못 믿겠다며 신고를 한 걸 어떻게 설명하나.

10분쯤 지났을까, 군 보안관 엠블럼을 단 하얀 트럭이 희미한 먼지를 날리며 군 도로를 따라 올라오는 모습이 보였다. 시계를 확인해 보니 911에 전화한 지도 거의 50분이 다 되어갔다. 나는 일어서서 바지의 먼지를 털었다. 보안관 트럭을 몰고 온 사람이 진입로에 다가와 나의 도요타 4러너 옆에 주차한 다음 트럭에서 내렸을 때, 나는 어색하게 손을 흔들었다.

그는 챙 넓은 하얀 카우보이모자를 쓴 중년 남자였다. 풀 먹여 빳빳한 제복과 배지, 명찰을 보자 단순한 순찰 보안관보가 아니라 어느 정도 계급 높은 사람이 왔다는 걸 알 수 있었다. 그는 트럭 문을 닫고서 모자를 벗었다 쓰며 인사를 했다. 그러고는 나에게 다가오며 집과 마당을 훑어보았다.

"누가 여기로 이사 올지, 아니면 조 할아버지가 이 땅을 낚아챌지 궁금하던 참이었습니다."

곰이 사람을 공격한 현장이니 응급 의료요원이 다급하게 뛰어올 거라 생각했건만, 그는 태평하게 걷고 있었다. 그는 선글라스를 벗어 가슴 주머니에 넣고서 나에게 손을 내밀었다. 그의 얼굴은 거의 동정 어린 표정이었다.

"안녕하세요, 어, 저는 해럴드 블레이크모어라고 합니다. 몇 달 전에 이 땅을 사서 아내와 함께 이사를 왔습니다."

그는 나와 악수하며 고개를 끄덕였다.

"군 보안관 대리 에드워드 모스입니다. 당신은, 음……."

그는 나의 손을 놓고서도 나를 계속 바라보며 우리 목초지를 가리켰다.

"신고 접수처에서 그러던데, 흑곰이 벌거벗은 중년 남자를 공격했다고 하셨죠. 선생님 목장에서 사건이 발생했다고 하셨고요."

나는 고개를 끄덕였다.

"맞습니다. 저는 도랑 파는 작업을 하고 있었는데 갑자기 소리가 들려서—"

그 순간, 보안관 대리가 손바닥을 들어 보이며 나에게 진정하라는 신호를 했다.

"잠깐만요, 블레이크모어 씨, 잠깐만 기다려주십시오……."

그는 내가 앉았던 계단을 가리켰다.

"잠시 같이 앉아도 되겠습니까?"

나는 당황했다.

"어…… 네, 그럼요."

내가 계단에 앉자, 그는 내 왼쪽에 조금 떨어져서 앉았다. 그러고는 모자를 벗고서 손가락으로 머리카락을 쓸어 넘긴 뒤 나를 훑어보았다. 그는 나와 오랫동안 눈을 마주치면서 내 얼굴을 한참 살펴보더니, 입을 열었다.

"블레이크모어 씨, 이런 일로 신고하실 필요 없습니다. 저는 믿을 만한 출처를 통해서, 선생님과 아내분이 말이죠, 그러니까…… 설명을 들었다고 해야 할까요. 어쨌든 이미 스타이너 부부께서 이 골짜기의 독특한 환경에 대해 여러분께 전했다고 들었습니다. 왜 전화하셨는지 이해합니다만, 선생님도 이미 아실 거라 봅니다. 제가 여기서 해드릴 수 있는 일이 아무것도 없다는 걸요. 왜 그런지도 아시겠지요."

머리가 빙빙 돌기 시작했다. 충격을 받아서 할 말이 떠오르지조차 않았다. 정신을 차려보니, 나는 분노에 차 방어적인 대답을 중얼대고 있었다. 사람이 곰에게 찢기는 걸 봤으면, 당장 신고 전화를 거는 게 정상 아니냐고, *이게 무슨 빌어먹을 소리냐고*. 그때, 보안관 대리가 단호한 어조로 내 말을 끊었다. 그 기세에 나는 그를 올려다보았다.

그는 천천히 일어서더니 모자를 다시 쓰고 나를 향해 돌아섰다.

"블레이크모어 씨, 다른 사람에게도 이미 여러 번 들으셨을 거라 생각하지만, 다시 말씀드리겠습니다. 스타이너 부부가 이곳에 대해 하는 말이나, 조 할아버지네 가족들이 하는 말은, 그러니까……사실입니다. 말도 안 된다고 생각하시겠지만, 진짜입니다. 그러니 귀담아 들으셔야 합니다. 그분들의 말을 진지하게 들어야 합니다. 듣지 않는다 해도 사법부가 여기에 해드릴 일이 아무것도 없기 때문입니다. 아시겠습니까?"

나는 가만히 앉아서 멍청이처럼 그를 빤히 바라보았다. 너무 당황스러워 말이 나오지 않았다. 그는 연민과 동정이 뒤섞인 눈빛으로 나를 응시했다. 마치 아내의 장례식에 서 있는 늙은 남편을 보는 듯한 눈빛이었다.

"블레이크모어 씨, 저희는 이 카운티의 시민들을 위해 복무합니다. 언제든 응급 상황이 생기면 주저하지 말고 불러주시기를 바랍니다. 하지만 이 일이라면……."

그는 목초지 쪽으로 손을 내젓더니, 나를 다시 바라보았다.

"선생님이 알아서 하셔야 합니다. 이 작은 골짜기에서는, 선생님이 스스로 살길을 도모해야 한다는 말입니다."

나는 이 미친 이야기가 진짜라는 현실에 짓눌리고 말았다. 그래서 할 말을 잃은 채 멍한 얼굴로 그를 바라보기만 했다. 보안관 대리는 선글라스를 다시 쓰면서 말을 이어갔다.

"블레이크모어 씨, 이런 오래된 지역에는 별별 거친 일이 다 일어나죠. 그러니 규칙을 따르세요. 그것밖에는 정말로 방법이 없습니다."

나는 알겠다는 뜻으로 힘겹게 고개를 끄덕였고, 그는 돌아서서 트럭 쪽으로 걸어갔다. 보안관 대리가 차를 타고 진입로를 빠져나가서 군 도로로 내려갈 때까지 나는 멍청한 표정으로 자리에 앉아 있었다. 그의 트럭이 시야에서 벗어나고도 한참 동안, 나는 일어나지 않았다.

그날 저녁, 나는 오랫동안 현관 계단에 앉아 시간을 흘려보냈다. 피로와 충격은 가시고, 이제 모든 현실이 햇빛 아래 드러난 콘크리트처럼 자리를 잡아갔다. 나는 완전한 침묵 속에서 한 시간을 더 앉아 있었다. 온종일 내 곁을 떠나지 않은 대시를 믿을 수 없다는 듯이 바라보다가, 전화기를 가만히 봤다가, 댄과 루시에게, 아니 그보다 더욱 심하게는 사샤에게 전화할까 갈팡질팡 고민했다.

보안관 대리가 왔다 가자 일말의 의심과 회의감마저 사라지긴 했다. 하지만 댄과 루시에게 전화해서 오늘 일어난 일을 이야기하기 위해서는 다시금 마음의 준비가 필요했다.

사샤에게 전화를 걸어야겠다고 생각한 순간, 곧바로 그 이후의 상황이 예상되었다. 내가 제대로 말을 끝맺기도 전에 그녀는 만사를 제쳐두고 집으로 돌아오는 비행기표를 예약하겠지. 그 말은 사샤가 아무런 망설임이나 고민 없이 그 자리에서 곧바로 일을 그만둔다는 뜻이다. 오늘은 일요일이고, 사실상 여행의 목적인 가장 큰 회의는 월요일 아침과 화요일에 있었다. 게다가 목요일에 사샤는 부모님을 덴버로 초대해서 저녁 식사를 하기로 했다. 사샤의 부모님이 얼마나 게으르고 이기적이며 피도 눈물도 없는 인간들인지 따져보았을 때, 그들이 덴버까지 와주는 건 대단한 일이었다. 나의 평가가 가혹할지는 모르겠지만, 어쨌든 나는 그들이 사샤를 보기 위해 파고사 스프링스에서 덴버까지 운전하기로 했다는 소리에 놀랐다. 사샤 역시 마찬가지였고, 그녀가 부모님을 보게 되어 얼마나 신이 났는지도 잘 알고 있었다. 무엇보다도, 그녀는 그 주에 거의 매일 덴버에 있는 친구들과 커피 약속이나 식사 약속을 잡았다. 내가 알기로 이번 여행을 기대한 가장 큰 이유는 바로 그거였다.

한편으로는 사샤에게 솔직하게 모든 걸 이야기해야 한다는 의무감도 느꼈다. 아프가니스탄에서의 경험을 제외하면, 10년 전에 데이트하기 시작한 뒤로 나는 그녀에게 모든 걸 꽤 솔직하게 말해왔다. 하지만 오늘 무슨 일이 있었는지 사샤에게 말한다면, 그녀는 일을 내팽개치고 집으로 곧장 날아올 것이다. 그러므로, 결론은 두 가지로 수렴한다. A. 목요일에 사샤가 부모님과 저녁 식사까지 마친 뒤에 곰 추격 악령과 만났다고 이야기한다. 그 경우 왜 진작 이야기하지 않았냐고 그녀가 얼마나 화를 낼지가 문제다. B. 지금 이야기한다. 그 경우 사샤는 이번 출장을 접고 가족과 친구들과 보낼 기회를 저버린 채 일찍 돌아올 게 분명하다. 그 경우 사샤의 직업과 정서적 안녕에 얼마나 해로울지가 문제다.

나는 A를 선택하기로 마음먹었다. 엄청난 후폭풍에 직면할 테고, 그런 대접을 받아도 할 말이 없겠지만, 사샤가 이번 출장을 포기하는 것보다는 내게 화내는 게 낫다. 이번 주 후반까지 사샤에게 말할 수 없다면, 댄과 루시에게 먼저 이야기하는 편이 훨씬 낫다는 것도 안다. 사샤가 이 사건을 듣자마자 첫 번째로 할 일은 내가 규칙을 제대로 지켰느냐 아니냐 묻는 것일 테고, 두 번째로는 날 위해 댄과 루시에게 전화하는 것일 테니까.

나는 날이 저물고도 한참이나 현관에 앉아 술을 마시며 생각했다. 대시와 나의 M4 소총을 항상 손 닿을 곳에 두고서. 고민 끝에 주요한 결론 두 가지에 도달했다. 첫째, 이 지랄은 진짜다. 적어도 이번 생에서는 그 무엇보다도 진짜다. 둘째, 무슨 일이 있더라도 사샤가 이 곰 추격이라는 걸 혼자 겪게 두지 말자.

╌╌╌

나는 며칠이 지나서야 다시금 제정신 비슷한 상태가 되었다. 그동안 집을 하릴없이 돌아다니거나 대시와 함께 국유림을 하이킹했다. 사샤와 통화할 때는, 최선을 다해 충격과 자기 연민에 허우적대는 머릿속을 감추려 했다. 그렇게 목요일이 되자, 아직도 조금은 멍하고 충격이 남은 상태였지만, 그래도 괜찮아지기 시작했다.

제길, 그러니까 지금껏 자연스러운 세계의 질서를 받아들이던 나의 이해력은 이제 눈속임으로 죽어가는 벌거벗은 남자와 곰 때문에 다 망하고 말았다. 게다가 난 그 곰에 대해 아주 오랫동안 생각해 본 끝에, 믿을 수 없게도 그 짐승이 솔직히 좀 *멋지다*고 결론을 내렸다. 그래서 내가 이 상황을 점차 받아들이고 있기는 하지만, 이리저리 갈피를 잡지 못하는 상태가 길어지는 건 당연하다고 스스로를 정당화했다.

사샤를 데리러 공항에 나가기 전날인 금요일 아침, 나는 댄에게 전화를 걸었다. 그리고 처음으로 곰이 나타나 고생을 했고, 댄이 요청했던 대로 알려드린다고 말했다. 댄은 내 전화를 받고도 크게 놀라는 기색이 아니었고, 전화를 건 이유에 대해서도 마찬가지였다. 그저 자신과 루시가 그날 오후에 좀 들러도 되냐고 물었을 뿐이다. 그는 20분쯤 지난 뒤에 우리 집 진입로에 차를 세웠다.

나는 그들에게 커피를 대접했고, 그들은 커피를 받았다. 우리가 모두 뒷베란다에 앉은 다음, 나는 사건을 순서대로 쭉 설명했다.

이야기를 마친 뒤에도 댄은 한동안 침묵을 유지하다가, 마침내 대답했다.

"음, 해리, 자네가 이런 일을 겪게 되어 정말로 대단히 유감일세. 참 불쾌한 일이고. 미친 소리 같겠지만, 시간이 흐르면서 실제로 이걸 계속 겪다 보면 쉬워질 걸세. 여기서 여름을 몇 번 보내고 곰 추격도 수십 번 겪고 나면 눈앞에 펼쳐진 세상이 새로이 래커를 한 겹 칠한 것처럼 달리 보이거든. 곰 추격 상황이 무슨 로봇처럼 딱

틀에 박혀 정해진 듯 흘러가고, 또 그 남자가 사실 얼마나 비인간적인지 깨닫게 된단 말일세. 물론 남자가 잡아먹히는 모습을 보면 얼마나 기분 나쁜지도 잘 알고 있지. 그러니 다음번에는 엉엉 우는 그 새끼를 그냥 쏴버리게. 강력하게 추천하는 방법일세."

이쯤에서 루시도 끼어들었다.

"해리, 처음에 남자를 쏘고 나면 트라우마가 생길 만큼 힘들긴 해요. 그게 미친 산 악령이 저지르는 의식의 일부이건 아니건 상관없이 말이죠. 아직 익숙해지지 않은 상태에선 악령이 저지르는 일 자체도 견디기 힘든 법이잖아요. 제아무리 그 남자가 인간이 아니라 악령이 현현한 모습이라 해도, 우는 남자를 쏘기란 쉽지 않아요. 정말요. 그래도 시간이 지날수록 견디기 쉬워져요. 지금은 그렇게 믿기가 참 어렵겠지만요."

나는 루시를 올려다보았다.

"루시, 저는 사람을 죽인 적이 있습니다. 진짜 사람을요. 그러니 제 아내와 집을 위협하는 사람을 쏘는 건 전혀 두렵지 않습니다. 다만, 이 망할 놈의…… 악령이 존재한다는 게 훨씬 더 불안한 겁니다."

두 사람은 무어라 대답하지 않고 입을 다문 채 조용히 있었다. 오히려 내 머릿속에 질문이 하나 떠올랐다. 그래서 두 사람은 아마도 안도했을 것이다.

"제가 그 곰과 우리 개에 대해서 말씀드렸잖습니까. 둘이 좀…… 그런 순간이 있었다고요. 왜 그런 건지 아시는 게 있을까요?"

댄은 어깨를 으쓱이고서 씩 웃으며 루시를 바라보았다. 아내더러 대답하라는 기색이었다.

"우리는 말을 기르는 목초지 근처에서 곰 추격을 몇 번 겪었어요. 그때마다 말들은 남자를 보며 심하게 겁을 먹었죠. 하지만 곰이 다가왔을 때는 달랐어요. 곰이 말들을 알은척하는 것 같다고 할까요. 뭐라 설명하기가 힘든데, 어쨌든 곰이 나타나니까 곧바로 말들이 진정하더라고요. 시모어 가족은 이곳에 이사 오고 몇 년 뒤에 개를 한 마리 길렀는데, 그분들도 똑같은 이야기를 했어요. 곰이 자기네는 놔두고 개에게 알은척을 했다고요. 시모어 가족의 개 이야기를 듣고 나서 얼마 지나지 않아 우리도 키우는 말과 곰이 그러는 걸 몇 번 봤어요. 그게 눈에 들어와서 어느 날 밤 조의 집에 저녁을 먹으러 갔다가 그 이야기를 꺼냈죠. 조와 아들들은 별말이 없었지만, 뭐랄까, 곰이 균형을 상징한다고 느낀대요. 연못의 빛과 균형을 맞추는 게 불을 피우는 행위인 거죠. 잘 모르겠지만…… 음양의 조화 같은 게 아닌가 싶어요."

여기에 뭐라고 대답할 말은 없었지만, 내 머릿속은 이미 움직이고 있었다.

"조를 만나고 싶습니다. 이 개 같은 일들에 대해 그분과 이야기하고 싶습니다. 제가 거기 찾아가서 인사를 드려도 될까요?"

이번엔 루시가 댄을 보았다. 남편더러 대답하라는 뜻이었다.

"해리, 조는 바쁜 사람일세. 사생활을 중시하기도 하고. 머지않아 본인이 직접 인사를 하러 올 걸세. 그건 분명해. 내가 보기엔 조는 스스로 준비되었을 때 직접 자네에게 오는 쪽을 좋아할 게야."

나는 약간 짜증이 났다.

"댄, 긴급한 상황이잖습니까. 만약 조가 그럭저럭 제정신이라면, 사샤와 제가 이 거지 같은 일에 대해 최대한 많이 알아두는 게 중요하단 점 역시 잘 알 거라 생각합니다."

댄은 고개를 끄덕이면서 나를 진정시키려는 듯 두 손을 들었다. 그제야 내 목소리가 필요 이상으로 날이 섰을지도 모르겠다는 생각이 들었다.

"자네 말은 잘 알았네, 해리. 하지만 명심하게. 이건 이 지역에서 늘 있어온 일이었어. 만약 조가 자기 뜻을 고집했다면, 자네들은 절대로 이 골짜기에 이사 올 수 없었을 걸세. 자네들을 싫어해서가 아니야. 다만 조 일가가 백 년 넘도록 이 근처 땅뙈기를 열심히 사들였기 때문이지. 여기로 이사 왔다가 이런 일을 겪는 사람이 없도록 말일세. 조는 워낙 독특해서 이해하기 어렵긴 하지만, 좋은 사람일세, 해리. 내가 아는 남자 중 최고지. 몇 번이나 나를 구해주었고. 그러나 내 한마디 하자면, 조는 자기가 자네에게 뭔가 해줘야 할 의무가 있다고는 생각하지 않을 게야. 그런 생각을 반길 리는 글쎄……."

댄은 고개를 들더니 억지로 미소를 지어 보였다. 내가 보기엔 본인이 할 수 있는 한 최대한 따스한 미소였다.

"해리, 지금 자네는 흥분했네. 악령이 진짜라는 사실을 깨닫고 짜증도 나고 화도 나 있잖나. 하지만 조는 그러거나 말거나 신경도 안 쓸 걸세. 만약 조가 몬태나에서 열리는 경매 때문에 아들들을 데리고 자리를 비우지 않았다면, 이 땅이 매물로 나왔다는 소식을 들은 순간 최대한 빨리 이 땅을 샀겠지. 그러면 자네들은 여기 올 수 없었을 걸세. 물론 조가 이 땅을 사지 못했다고 해서 자네에게 무례하게 굴거나 하진 않을 걸세. 경우를 아는 사람이니까. 하지만 자네가 초대받지도 않았는데 조의 집에 불쑥 나타나기 전에, 이 일에 익숙해지는 쪽이 좋지 않겠나. 난 다음 주에 조와 만날 일이 있네. 산림청과 토지 임대차 계약을 같이 하기로 해서, 방목 허가서를 살펴봐야 하거든. 그때 내가 꼭 조에게 언질을 주도록 하지. 자네에게 가서 인사를 나누라고 말일세. 알겠나?"

나는 어깨를 으쓱였다.

"좋습니다."

커피를 마신 다음에 두 사람을 대문까지 바래다주었다. 대시는 루시 옆을 따라 달리며 그녀를 더없이 애정 어린 눈빛으로 바라보았다. 루시는 허리를 굽혀 개의 머리를 긁어준 다음, 일어서서 내게 짓궂은 미소를 지었다.

"사샤에게 곰 추격 악령을 만났다고 아직 이야기 안 했죠? 안 했다는 데 버펄로 니켈*을 걸겠어요."

댄은 돌아서서 짐짓 놀란 표정으로 날 보았다.

"아니, 해리. 자네 왜 이리 멍청한가. 사샤에게 엉덩이를 흠씬 맞겠구먼."

나는 어떻게 반응할지 몰라 그만 불안하게 웃음을 터뜨리고 말았다.

루시는 나에게 손가락을 흔들어댔다.

◆ 1913년부터 1938년까지 발행한 5센트짜리 동전으로, 현재는 수집용이 되었다.

"내가 이제껏 파악한 사샤의 성품으로 보건대, 두 가지는 확실해요. 첫째, 만약 사샤에게 이미 말했다면, 만사를 제쳐두고 지금쯤 벌써 돌아와 있겠죠. 그리고 둘째, 사샤는 왜 자기에게 진작 말하지 않았냐고 무시무시하게 화낼 거예요."

"둘 다 맞습니다, 루시. 그럼 조만간 또 뵙죠."

다음 날 아침, 나는 사샤를 데리러 공항으로 가는 길에 이 일을 어떻게 설명할지 연습하기 시작했다. 어느 때보다도 그녀가 보고 싶어 마음이 설렜다. 사샤가 그리운 것도 있었지만, 내가 이 정신 나간 악령 이야기를 믿는 걸 주저하며 꺼림칙해했던 게 우리 관계에 상당한 부담을 주었다는 걸 깨달았기 때문이다. 우리는 처음부터 함께 삶을 꾸려가며 거의 모든 것에 의견을 같이 했다. 큰일이든 작은 일이든 말이다. 언제나 같은 주파수를 맞춰놓고 살았다. 어디에 살고 싶은지, 누구를 좋아하고 또 누구를 좋아하지 않는지부터 시작해 가장 좋아하는 레스토랑, 서로에게 기대하는 점, 여가 시간을 보내는 방법, 가장 좋아하는 음식, 가장 좋아하는 스키장까지 모조리 똑같았다.

더 중요한 점은 우리가 서로에게 헌신한다는 것이었다. 우리는 매일 모든 행동이 서로 함께하는 데이트가 되도록 노력했다. 매일 밤 요리해서 상을 차릴 때도, 매일 밤 영화를 볼 때도, 매번 개를 데리고 우리가 살던 덴버의 오래된 동네를 산책할 때도, 주말에 하이킹을 갈 때도, 매번 정원을 가꿀 때도, 심지어 출근 전 15분 동안 베이글 하나를 우적우적 먹을 때조차도, 그 행동이 마치 1년 전부터 미리 짜둔 계획인 것처럼 일부러 *함께*했다.

우리 같은 관계가 얼마나 많은지는 잘 모르겠다. 하지만 이렇게 살 수 있는 내가 이 지구상에서 가장 운 좋은 놈이라고 생각한다.

20번 고속도로를 따라 아이다호 폴스로 가는 동안, 사샤를 향한 사랑이 얼마나 무거운지 강렬하게 느껴졌다. 어서 아내를 보고 싶었다. 그녀를 곁에 두고, 그녀와 함께 새로이 펼쳐진 삶의 모든 면을 진지하게 받아들이고 싶었다.

그러다 문득 오래전 어느 날 아침의 일이 떠올랐다. 지금 느끼는 건 그날 아침에 느꼈던 감각이었다. 대학교 1학년 때, 나는 음주운전을 하다 걸려 주정뱅이들이 갇힌 유치장에 던져진 적이 있었다. 수갑을 차고 법정 뒤편에 앉아서 내 심리 차례를 기다리는 동안, 내장과 신경계엔 전기 화재가 일어나듯 어마어마한 숙취가 느껴졌다. 그때 나는 경찰이 내 잔스포츠 책가방을 찾았는지 아닌지 필사적으로 기억해 내려고 했다. 그 안에는 글록17 권총과 대마초 한 뭉치가 들어 있었다. 검문에 걸려 차를 세웠을 때, 나는 겁에 질린 채 가방을 조수석 창문 밖으로 던져 눈 더미 속에 파묻었다.

하지만 경찰은 가방을 찾지 못했다. 이틀 뒤에 내가 가방을 찾아냈으니까. 그 가방 속에 들었던 권총은 아직도 갖고 있다.

왜 지금 이 기억이 생생하게 떠오르는 건지는 모른다. 하지만 그때 나는 정말 큰일났다는 걸 분명히 깨닫고 있었다. 지금 역시 그렇다.

14

사샤

나는 차의 센터 콘솔 위로 주먹을 뻗어 해리의 턱을 갈기고 싶었다. 하지만 화내는 것보다 입 다물고 침묵하는 게 해리를 더 괴롭게 한다는 걸 알고 있었다.

공항 터미널에서 나오기 전, 그가 "있잖아, 할 말이 있어"라고 말을 꺼냈다. 하지만 난 이미 알고 있었다. 그의 표정을 읽을 수 있었으니까.

나는 해리에게 모든 걸 차근차근 설명해 보라고 했다. 벌거벗은 남자의 목소리를 처음 들은 순간부터 곰이 시체를 숲속으로 질질 끌고 갔을 때까지 말이다. 그런 다음 전체를 다시 이야기해 보라고, 이번에는 훨씬 더 자세하게 설명하면서 내가 질문하면 대답도 곁들이라고 했다. 해리는 댄과 루시와 함께 앉아서 논의했다고 말해주었다. 하지만 이렇게까지 했으니 '솔직히 나한테 고마워해야

195

하는 거 아니냐'라는 태도로 느껴져서, 더 답답해졌을 뿐이다.

해리와 나는 새로운 집에 나타나는 이상한 특성에 대해 친구나 가족에게 말하지 말자고 결정했다. 그래서 겨우 일주일 떨어져 있는 동안에도 나는 해리와 그 이야기를 하고 싶어서 죽을 지경이었다. 이런 마음 때문에 해리의 고백을 듣자 더 약이 올랐다.

한 60초쯤 나는 해리에게 마구 소리를 질렀다. 넌 정말 나쁜 놈이라고, 우리가 서로 완전히 솔직하게 모든 걸 털어놓는 사이라는 게 나한테 얼마나 중요한지 아느냐고. 특히 이 악령 문제는 더욱 그렇다고. 그러다 꾹 참고 숨을 들이마신 다음 전략을 바꿨다.

해리는 어려운 문제도 말로 잘 풀어내는 부류의 사람이었다. 의견 일치를 보지 못하는 상황에서도 상대방이 자신의 입장에서 보도록 설득해 역학관계를 돌려놓을 줄 알았다. 솔직히 이 자식은 로스쿨에 갔어야 했다. 해리의 논지는 일리가 있었기에 인정할 수밖에 없었지만, 굳이 입 밖으로 시인하진 않았다. 나는 이 문제에서는 한 치도 양보하지 않을 작정이라서, 두 번째로 좋은 전략에 돌입했다. 해리를 가장 답답하게 만드는 방법이기도 했다.

바로 침묵하는 것이다. 이런 논쟁을 계속해 봤자 해리 같은 사람에게 유리할 뿐이고, 시간이 지날수록 그의 선택은 정당화된다. 하지만 내가 침묵하면 해리는 논쟁에서 요리조리 빠져나올 구멍을 찾지 못해 자기 잘못이 뭔지 스스로 생각하게 된다.

나는 해리가 무척 보고 싶었다. *미친 듯이* 그리웠다. 10여 년을 함께 살았지만 고작 일주일 떨어져 있는 동안 마치 10대처럼 그의 사진을 보면서 다시 만날 순간을 손꼽아 기다렸다. 사람은 결국 상대방에게 질리는 게 정상일지도 모르고, 스물세 살에 결혼했다면 나도 질리지 않았을까 생각해 보곤 하지만, 정말이지…… 나는 해리에게 키스하고, 포옹하고, 섹스하고, 사랑하고, 이 남자와 함께 웃고 싶었다. 너무 늙어서 더는 키스하고 포옹하고 섹스하고 사랑할 수 없을 때까지.

아무리 그렇게 사랑하는 사람이라도, 화나는 건 화나는 거다.

진입로에 들어가자, 내 얼굴을 바라보는 해리의 눈빛이 느껴졌다. 아름다운 오후였다. 햇빛은 찬란히 빛나고 사방은 너무나 푸르렀으며 잎사귀 사이로 미풍이 살랑였다. 그러자 어쩔 수 없이 미소가 나왔다. 나는 해리가 곰 추격이 일어났다고 말해준 지점을 바라보았다. 그러자 등골이 오싹해졌지만 동시에 매우 놀랍게도 집에 돌아와서 *너무나* 행복했다.

나는 뒷좌석에 있던 대시를 내보내고서 트렁크에서 가방을 꺼냈다. 일부러 해리가 가방을 꺼낼 기회를 차단한 것이다. 그러고는 대문을 지나 뒷마당으로 들어갔다.

"사샤……."

나는 이미 결정을 내렸다. 집에 들어가서 샤워할 때까지 해리의 말을 무시해야지. 그가 성큼성큼 걷는 나의 속도를 따라잡으려고 결국 달려오는 소리가 들렸다.

"사샤, 자기야, 이러지 마. 응?"

그는 부드럽게 내 팔꿈치를 잡았다. 나는 휙 돌아서서 그의 얼굴을 마주 보았지만 여전히 아무 말도 하지 않았다. 그는 나를 보고 숨을 깊이 들이쉬었다.

"사샤, 곰 추격에 대해서 말하지 않아서 미안해. 왜 그랬는지 이미 설명했지만, 내가 멍청한 결정을 내린 걸지도 모르지. 자기의 판단에 따를게. 다만 내가 미안해하고 있다는 것만 알아줘."

나는 눈썹을 추켜세웠다.

"그리고 내가 이 모든 걸…… 심각하게 받아들이지 않았던 것도 미안해. 댄과 루시가 우리에게 말해준 걸 전부 비웃어서 미안해. 산책하면서 루시가 들려준 이야기라며 자기가 나에게 악령 이야기를 했을 때 조롱했던 거 미안해. 지금도 내가 이걸 실제로 입 밖에 내고 있다니 믿을 수 없지만, 이젠 그 초자연적인 미친 짓이…… *존재한다*는 걸 속속들이 믿어. 그게 여기 있고, 그 존재가 우리를 해칠 수 있고, 무엇보다도 널 해칠 수 있다는 걸 믿어. 그 곰 추격인지 뭔지가 벌어진 뒤에 48시간 동안 나는 최선을 다해 계획을 세웠어. 어떻게 하면 자길 설득해서 이사 갈 수 있을까 하고 말이야. 자기가 여기에 계속 살고 싶어 하면, 계속 이사 가자고 고집 부려야 하나, 그래도 싫다고 하면 억지로 납치하는 방법 말고 뭐가 있을까 싶어서."

해리는 두 손으로 내 볼을 감싸 쥐고 키스했다.

"우리는 한 팀이야. 언제까지나 한 팀일 거야. 그러니 그…… 걸 본 순간 자기한테 말했어야 했는데. 그러지 못해서 미안해. 응?"

나는 고개를 끄덕이며 그의 손을 잡았다.

"그렇게 날 빼놓고 행동하면 안 돼. 내가 소식을 듣고 감당할 수 있는지 없는지는 자기가 결정할 문제가 아니야. 내가 어떡할지 예상된대도, 그건 중요하지 않아. 내가 덴버를 떠나서 직장도 그만두고 친구들이나 부모님과의 약속을 깰 거라 생각했다 해도 마찬가지야. 그 소식을 듣고 뭘 할지, 어떤 결정을 내릴지는 모두 나한테 달려 있다고. 알았어? 자긴 나랑 결혼했잖아. 그러니 두 가지는 명심하고 살아야 해. 첫째, 모든 걸 나와 공유할 의무가 있고, 또 그러겠다고 맹세했어. 특히 자기에게 인생이 바뀔 만큼 큰일이 일어난다면 꼭 그래야 해. 둘째, 내가 무슨 소식을 들었다면, 그게 뭐든 내 반응을 인정하고 살아. 하지만 내가 어떤 소식을 듣고 못 듣고를 자기가 결정하면 안 돼."

해리는 고개를 끄덕였다.

"알아. 미안해."

"해리…… 이 상황과 더불어 살아가려면…… 서로 소통하면서 보고 느끼는 모든 걸 끊임없이 알려줘야 해. 그게 여기서 살기 위해 절대적으로 지킬 점이야. 자기는 끔찍한 일을 보아왔고, 겪었지. 나도 알아. 자기에게 어떤 일이 있었는지 하나하나 다 알고 싶어. 하지만 자기가 겪은 끔찍한 일들은 대부분 우리가 서로 알기 전에 생겼잖아. 그러니 캐내거나 꼬치꼬치 묻지 않을 거야. 내가 그런 적 없었다는 거 알지? 하지만 이번 일은 달라. 여기서 일어났잖아. 그러니 대체 뭐든, 얼마나 지독하든, 날 보호한답시고, 아니면 스스로를 보호한답시고 묻어두지 마."

내 말은 우리가 오랫동안 품어왔던 더 깊은 문제를 건드리고 있었다. 하지만 지금은 그래도 된다고 생각했다.

"해리…… 이건 새로운 싸움이야. 새로운 투쟁이라고. 자기와 나 모두에게 말이야. 나는 이 곰 추격이라는 걸 아직 보진 못했지만, 그래도 두렵지 않아. 알겠어? 난 이곳이 두렵지 않아. 우리가 함께 있으니까. 대시도 있고. 처음으로 예전에 친구들과 살던 동네로 돌아가 보니 알게 되었어. 악령이니 뭐니 하는 이야기는 날조와 허구로 치부되는 정상적인 동네지. 그런데 거기서 머무는 내내 자기가 있는 우리 집으로 얼른 돌아가고 싶어서 견딜 수가 없었어. 이 장소와 온갖 이상한 일을 받아들일 마음은…… 어느 정도는 우리가 한 팀으로 헤쳐 나가고 있기 때문에 생긴 거야. 그러니 앞으로 다시는 이러지 마. 우리가 한 팀이 아니라고 생각할 여지를 나한테 주지 말란 말이야."

"알았어. 약속할게."

해리에게 이 말을 하며 난 놀랐다. 지금 내 말이 무척 진심이라는 걸 깨달은 것이다. 오랫동안 살아온 곳에서 사랑하는 친구들과 딱 일주일 있다 온 것뿐인데, 마음만 먹으면 그곳으로 다시 돌아가 이 골짜기의 미친 짓에서 벗어날 수 있는데, 거기에 머무르는 동안 내가 이곳을 얼마나 사랑하게 되었는지 실감했을 뿐이라니. 이건 정말 가정이지만, 어쩌면 그 악령이라는 것이 존재하기에 내가 우리 집을 더욱 특징적인 곳으로 여기고 사랑하게 된 건 아닐까. 앞마당에 서서 산을 올려다보고, 태양의 온기를 느끼면서, 집 너머로 펼쳐진 숲, *집 위에 있는 우리 숲*에서 자라는 나무들이 내는 소리를 듣자, 마음의 준비가 되었다는 기분이 들었다. 악령 의식이라는, 누가 보기엔 말 같지도 않은 소리를 믿어가면서까지 이 지역에 살면서 미묘한 특징을 하나하나 알고 싶었다.

그날 오후, 해리와 나는 그 남자를 처음 본 곳부터 곰이 그를 죽인 곳까지 우리의 소유지를 돌아다녔다. 그 끔찍한 시련이 벌어졌다고 말한 곳에 도착해 그곳을 훑어보았다. 그런데 해리가 갑자기 몸이 굳은 채 바닥에 있는 무언가를 빤히 바라보았다.

"해리, 왜 그래?"

내가 곁에 가서 서자, 그는 내 목소리를 듣고 무아지경에서 빠져나와 정신을 차렸다. 그러고는 나를 재빨리 바라본 다음, 도로 바닥을 보면서 무릎을 꿇었다.

해리가 풀을 옆으로 헤치자 내 눈에도 무언가가 들어왔다. 커다랗고 선명한 곰 발바닥이었다. 발톱 자국이 선명했다.

"이런 제길……."

그는 나를 올려다보았다. 단 한 번의 눈길만으로도 우리는 서로의 생각을 알 수 있었다. *이 지랄이 정말 일어났었네.*

다음 주에는 이곳에 이사 온 뒤로 내가 가장 좋아하게 된 일정이 있었다. 화요일 저녁, 우리는 댄과 루시의 집에 저녁을 먹으러 갔다. 두 분은 우리에게 헛간과 온실을 보여준 다음 스테이크로 바비큐를 했다. 댄은 그릴 앞에 서서 오래되고 녹슨 주걱으로 나무 한 그루를 가리키며 지금 먹는 소고기가 '작년에 저 나무 아래에서 태어난 수송아지'를 잡은 것이라고 했다.

며칠 뒤, 루시는 내게 처음으로 말 타는 법을 가르쳐주었다. 그녀는 자신의 나이 든 암말 중 하나인 '레몬스'를 데려왔다. 루시의 설명에 따르면 "상냥하고 느려서 승마를 처음 배우기에 완벽한 말"이라고 했다. 그녀는 나에게 말안장을 얹는 법과 말굴레를 씌우는 법을 알려주었다. 기본 과정은 아주 간단해 보였다. 몸을 앞으로 숙이면 말이 걷기 시작하고, 뒤로 젖히면 속력이 느려진다. 고삐를 적당히 쥐고, 발꿈치를 내리고 탄다. 몇 분 지나지 않아 나는 말을 타고 울타리 안을 활보하게 되었다. 루시는 내가 울타리 안에서 며칠 더 말을 타면서 레몬스와 알아가는 시간을 보내고 나면, 날 데리고 그들의 목초지 안을 돌고 싶어 했다. 마지막에는 국유림의 등산로로 말을 타고 올라갈 수 있을 거라고 했다. 그때부터 나는 승마에 꽂혀버렸다. 그날 밤 저녁을 먹고 TV를 보면서, 나는 해리에게 이 지역에서 파는 말을 몇 마리 보여주기까지 했다.

다음 날 오후, 댄과 루시는 친구 조앤을 소개해 주었다. 조앤은 양 수십 마리를 먹일 목초지를 찾고 있었고, 우리는 잠시 들른 그녀를 만나자마자 그 기회를 덥석 잡았다. 우리는 둘 다 산불이 빈번하게 일어나는 지역에서 자랐기 때문에, 땅에서 자라나는 풀을 먹어줄 동물이 정말로 필요하다고 생각했다. 목초지의 풀은 벌써 수십 센티미터 높이로 자라 있었다. 그날 오후, 우리는 해리가 헛간을 지으려고 준비한 곳에 조립식 헛간의 구조를 세웠다. 숲속에 있는 자리였는데, 댄과 루시는 양들이 낮 시간을 대부분 숲속에서 보내게 될 거라고 했었다.

오후 5시쯤, 나는 대시와 집으로 가서 볼일을 보고 물을 가져왔다. 내가 막 문으로 들어와 뒷베란다로 향하며 커다란 목화나무 옆을 지나가던 순간이었다. 내가 던져준 막대기를 입에 물고서 종종걸음으로 앞서가던 대시가 뒤를 휙 돌았다. 너무나 재빠른 대시의 몸동작에 나는 깜짝 놀랐다.

"헉, 대시, 왜 그래?"

대시는 막대기를 떨어뜨리고 내 뒤를 바라보았다. 고개를 숙인 개는 낮고 굵은 목소리로 으르렁댔다.

나도 대시만큼이나 고개를 홱 돌려 대체 애가 뭘 보는지 시선을 따라갔다. 팔에 소름이 쭉 돋으면서 입이 말랐다. 이윽고 소리가 들렸다.

어떤 남자가 겁에 질린 목소리로 소리치고 있었다.

나는 마당을 전력 질주해서 뒷문으로 다가가 해리에게 비명을 질렀다. 무슨 말을 해야 하지. 목화나무가 드리운 커다란 가지 근처에 다다르자 해리가 보였다. 집으로 갈 때만 해도 해리는 사다리 위에 올라가 있었지만, 지금은 내려와 빠른 걸음으로 목초지를 지나 마당 뒷문으로 다가오는 중이었다.

내가 뒷문을 바라보던 그 순간, 대시가 쏜살같이 목초지로 빠져 나가더니 실제 몸집보다 훨씬 더 큰 개처럼 울부짖으며 사납게 짖어댔다.

"대시! 대시! 이리 와!"

나는 뒷문으로 대시를 빠르게 쫓아갔다.

해리도 이제 가까이 와 내 왼쪽에서 함께 대시를 향해 달려갔다. 대시는 목초지가 연못 쪽으로 확 낮아지는 곳에 도착해서 멈춰 서더니 다리를 딱 붙이고 서서 고개를 숙인 채 짖으며 으르렁댔다. 대시가 그렇게 분노 어린 소리를 내는 건 처음 봤다.

해리는 내 옆에서 빠르게 달려나가 나보다 먼저 대시를 잡았다. 해리가 왼손에 소총을 들고서 오른손으로 대시의 목걸이를 잡고 내 쪽으로 끌고 오는 모습이 보였다.

바로 그 순간, 나는 눈앞에 나타난 모습에 얼어붙고 말았다.

벌거벗은 남자가 숲속에서 불쑥 나타났다. 남자가 헤치고 나온 가문비나무의 짙은 초록빛을 배경으로 그의 창백한 피부색이 놀랍도록 대비되었다. 그는 머리 위로 팔을 휘저으면서, 들었던 대로 살려달라고 비명을 질러댔다.

나는 믿을 수가 없어서 해리를 바라보았다. 해리는 고갯짓으로 집을 가리키며 일부러 차분한 목소리로 말했다.

"울타리 안으로 들어가. 당장."

눈앞에서 말도 안 되는 상황이 펼쳐지고 있었지만, 대시 때문에 더욱 놀랐다. 대시가 정말로 심하게 화가 났기 때문이었다. 목걸이를 잡은 해리의 손아귀에서 벗어나려고 몸부림을 치면서 목초지를 달려오는 벌거벗은 남자를 향해 으르렁대고 짖다니. 이윽고 나는 울타리 문에 도착했고, 안으로 들어간 다음 해리와 대시가 이어서 들어오도록 옆으로 비켜섰다. 문을 닫은 뒤에는 울타리 기둥 위에 빗장을 지르고 손수레에 든 공구를 쏟아낸 다음 수레를 뒤집어서 문에 기대놓았다.

내 뒤에서 해리의 목소리가 들렸다.

"사샤, 대시를 뒷베란다에 같이 데려다놓자."

"뭐 하려고?"

해리는 소총의 작은 레버를 뒤로 당겼다. 그렇다면 이제 총을 장전한 것이로구나. 다음으로 그는 멜빵을 어깨에 멘 다음 날 바라보았다.

"저 새끼를 쏠 거야. 산 채로 곰에게 먹히는 걸 볼 이유가 없어."

나는 고개를 끄덕였다.

"좋아. 알았어. 하지만 자기랑 같이 있을래. 나도 보고 싶어."

해리는 나와 눈을 마주치고는 지그시 응시했다.

"해리, 나 같이 있을 거야. 토 달지 마."

해리는 고개를 끄덕였고, 우리는 마당 남쪽 울타리 너머로 걸어 갔다. 벌거벗은 남자가 목초지를 가로질러 달려오는 쪽과 더 가까 운 지점이었다. 그는 벌거벗었을 뿐이지 평범한 중년 남자처럼 보 였다. 울면서 애원했고, 위로는 손을 흔들며 아래로는 고추를 덜렁 거렸다.

나는 해리를 바라보았다.

"같은 남자야? 그러니까…… 지난번과 똑같이 생겼어?"

해리는 천천히 고개를 끄덕였다.

"똑같은 놈이야. 전부 다 똑같아."

이제는 곰도 잘 보였다. 내가 보기에는 평범한 흑곰이었다. 정작 놀라운 건 곰이 달려오는 속도였다. 설렁설렁 뛰는 정도로 움직이 고 있었으니까.

나는 다시 해리를 보았다. 그는 하늘을 올려다보더니, 눈을 감고 심호흡을 한 번 한 다음 잠시 숨을 멈추고는 천천히 내뱉었다. 그 러면서 눈길을 내려 남자를 보았다. 그 순간, 해리의 얼굴에 한 번 도 본 적 없는 표정이 드러났다. 화가 난 것 같았다. 위험해 보이기 도 했다.

"해리……."

나는 대시의 목걸이를 놓치지 않으려고 안간힘을 썼다. 미친 듯이 울타리로 달려오는 남자의 형체가 점점 가까워졌다. 이제는 10미터 앞까지 다다랐다.

"해리."

내 목소리에 해리는 퍼뜩 정신을 차린 것 같았다. 그는 나를 바라보았다.

"언제 쏠 거야?"

"울타리까지 오게 할 작정이야. 지난번과 똑같이 행동한다면, 놈은 멈출 거야. 그러면 쏘기 더 쉽지."

나는 고개를 끄덕이고 해리의 얼굴을 바라보았다. 해리는 다시 우리에게 다가오는 남자를 보고 있었다. 이제는 나도 그 남자를 바라보았다. 그는 울면서 침과 콧물을 턱까지 질질 흘렸다.

"제발 살려주세요, 제발, 제, 제발 절 살려주셔야 해요. 전 죽을 거라고요. 제발요."

정말이지 역겨웠다. 구역질이 났다. 이 남자에게, 그러니까⋯⋯ 이것에게 동정심이나 염려는 조금도 들지 않았다. 꾸민 속임수, 별 것 아닌 촌극으로 느껴졌다. 전부 만들어낸 함정 같았다. 이 장면 전체가 그저 혐오스러웠다. 나는 해리를 다시 바라보았다. 그는 금방이라도 거칠게 돌변할 것 같았고, 긴장감이 서린 온몸은 마치 사슬로 칭칭 묶여 있지만 언제든 떨쳐 낼 준비가 된 것 같았다. 솔직히 말해서 해리에게서 한 발짝 떨어지고 싶은 충동마저 들어서 나는 얼른 놀란 마음을 다잡았다.

남자는 울타리로 다가오며 뛰던 속도를 늦추고 걷기 시작했다. 이제는 분명히 눈에 보이는 곰도 뒤에서 똑같이 걸음을 늦추었다.

흑요석처럼 새카만 곰의 털은 늦은 오후의 햇살을 받아 반질반질 빛났다. 눈 역시 털만큼 검었다. 곰은 정말로 멋있었다. 아름답다고까지 말할 수 있을 정도였다.

해리는 울타리 쪽으로 걸어가면서 나를 돌아보았다.

"가까이 오지 마, 알았지? 혹시 무슨 일이 생길 수도 있으니까."

하지만 나는 해리를 따라갔고, 해리는 철망 울타리에서 60센티미터쯤 떨어진 곳에 자리 잡았다. 내가 보기에는 벌거벗은 남자를 멈춰 세우기에 충분한 지점이었다. 나는 해리에게서 약 3미터 뒤에 자리를 잡았다. 놀랍게도, 남자는 정말로 해리 앞에 멈춰 섰다.

남자는 손가락으로 울타리의 철망을 잡고서 두 손 사이 공간으로 얼굴을 들이밀며 애원했다. 대체 뭘 바라고 이러지? 왜 여기 사는 사람들에게만 이런 미친 짓을 하는 건데?

그런데 곰 추격만큼 이상한 상황이 벌어지는 바람에 난 깜짝 놀라버렸다.

해리가 소총을 내리더니 그 남자에게 걸어갔다. 그러고는 남자에게서 불과 몇 센티미터 앞까지 얼굴을 디밀었다. 곰도 여전히 다가오고 있었다. 내가 해리에게 물러서라고 소리치려는 순간, 해리의 목소리가 들렸다.

"이 땅은 이제 내 거야. 내가 뺏었어. 그러니 너는 앞으로 절대 땅을 되찾지 못할 거야."

그러자 놀랍게도 남자의 안색이 갑자기 확 바뀌었다. 이제껏 필사적으로 공포에 잠겨 끔찍했던 표정이 싹 사라졌다. 이목구비를 일그러뜨렸던 공포와 두려움이 마치 가면처럼 얼굴에서 떨어져 나

207

갔다. 이제 남자의 얼굴은 그야말로 감정을 전혀 알 수 없는 상태가 되었다. 하얀 칠판처럼, 그저 텅 비었을 뿐이다.

이윽고 남자는 우리의 왼쪽, 그러니까 서쪽을 바라보았다. 9미터쯤 뒤에 있던 곰의 발걸음이 느려지기 시작했다. 어서 남자를 쏴버리라는 비명이 목구멍까지 치받쳤지만, 남자의 표정이 변하기 시작하자 나는 꼼짝도 못 하고 얼어붙고 말았다.

난 남자의 이마에 살짝 나타나는 주름을 지켜보았다. 이윽고 남자는 무언가 알아챈 기색이 되었다. 마치 무언가 깨달은 듯한 모습이었다. 서쪽으로 이어진 골짜기 아래 경치를 보고 지금 자신이 어디에 있는지 파악한 듯했다.

남자는 돌아서서 해리의 눈을 똑바로 쳐다보았다. 해리의 얼굴에는 다급함이 서려 있었다. 곰은 남자의 바로 뒤에 서더니 몸을 뒷다리로 지탱하고 일어섰다. 순간, 아주 미묘해서 감지하기 어려울 만큼의 분노가 남자의 얼굴을 휙 스치고 지나갔다.

이윽고 해리는 남자를 쏴았다.

갑작스럽게 들려온 총소리에 숨을 헉 들이켠 순간, 총알이 남자의 왼쪽 눈물샘을 정통으로 맞혔다. 그 충격에 남자의 머리가 뒤로 꺾였고, 동시에 내 머릿속에 가득 차 있던 압력과 불안이 풀렸다.

철망을 잡은 남자의 손가락이 느슨해졌다. 핏빛 안개와 두개골 파편, 뇌수가 짙고 노란 오후의 햇살을 받아 남자의 상체에 후광처럼 쫙 퍼졌다. 곰은 다시 네 발로 서서 우리 쪽으로 고개를 돌린 남자를 올려다보았다. 남자의 왼쪽 눈과 콧등은 이지러진 피투성이 분화구 모양이 되었다. 오른쪽 눈알은 머리에서 완전히 튀어나오려다가 눈두덩 어디쯤에 걸렸는지 다 빠져나오지 못한 채였다.

남자의 턱은 마지막으로 드문드문 전달되는 시냅스의 신호에 따라 천천히 위아래로 움직였다. 이윽고 입과 코에서 피가 뿜어져 나오기 시작하면서, 그는 울타리 아래쪽에 높다랗게 자란 풀숲 속으로 무너져 내렸다. 나는 대시를 놓아주고 몇 걸음 걸어가 해리 옆에서 남자의 시체를 가만히 바라보았다.

곰은 벌거벗은 남자의 시체에서 눈을 떼고 나의 얼굴을 바라보았다. 남자의 피와 회색 뇌 잔해가 사납고 어두운 곰의 눈 주변 털에 드문드문 묻어 있었다.

이제 곰은 대시를 바라보았다. 대시는 이제 울타리 앞에 서서 곰을 마주 보고 있었다. 지금껏 사납게 분노하던 대시의 모습은 완전히 사라졌다. 가볍게 헐떡이는 대시의 얼굴은 웃는 것처럼 보였다. 곰이 개에게 고개를 끄덕이는 걸 보자, 나는 믿을 수가 없어서 입을 멍하니 벌리고 말았다. 대시는 꼬리를 흔들며 울타리를 가볍게 발로 짚었다. 해리는 화가 완전히 풀린 얼굴로 나를 바라보았다. 지금은 대시를 가리키며 눈을 휘둥그레 뜨고 놀랄 뿐이었다. 나도 어쩔 수 없이 해리처럼 믿을 수 없다는 눈빛을 했다.

곰은 대시에게서 눈을 떼고 해리와 나에게 눈길을 스치고서 시체를 내려다보며 주둥이로 남자의 구부러진 무릎을 한번 건드렸다. 그러고는 입을 벌려 시체의 정강이와 종아리를 으득 소리 나게 깨물었다. 나는 움찔했지만 눈을 뗄 수가 없었다.

이윽고 곰은 뒤돌아서 벌거벗은 시체를 끌고 목초지로 돌아가기 시작했다. 해리와 나는 동시에 서로의 손을 잡고 흑곰이 조용히 사라지는 모습을 지켜보았다. 그러다 대시가 꼬리를 흔들면서 다리 사이를 꼬물꼬물 파고드는 바람에 상념에서 깨어났다.

방금 있었던 끔찍한 장면 중 잊고 있던 무언가가 떠올랐다. 바로 해리가 총을 쏘기 전 잠시 동안 그 남자에게 말을 건 행동이었다.

나는 고개를 돌려 해리를 마주 보았다.

"해리, 대체 그건 무슨 의도였어? 왜 그랬어?"

해리는 잘못을 저지른 열 살배기 아이 같은 기색으로 소총을 놓았다. 멜빵에 총이 대롱대롱 매달리게 두고서, 아주 오랫동안 눈을 내리깔며 뒷머리를 긁적였다.

"사샤, 솔직히 말하자면, 나도 모르겠어. 그냥…… 그놈의 별것 아닌 낯짝에 생채기를 낼 수 있는지 보고 싶었어."

뭐라고 대답해야 할지 알 수 없었지만, 적어도 한 가지는 알고 있었다. 일부러 이 악령을 화나게 하려고 시비를 거는 건 대단히 멍청하고 바보 같고 위험한 일이었다.

"내가 보기엔…… 이러면 안 돼, 해리. 일부러 이 존재를 놀리는 건 안 좋을 것 같아."

우리는 동시에 베란다로 걸어갔다. 둘 다 본능적으로 어딘가에 앉고 싶었다.

"네 말이 옳아, 사샤. 난 그냥…… 댄과 루시가 그런 이야기 한 적 있어? 루시가 그 남자에게 말을 걸었다거나, 아니면 남자가 그렇게 변하는 걸 본 적이 있대? 그러니까, 그놈이, 음…… 당황하거나 좌절하는 모습 같은 거 봤대?"

"내 기억으론 들은 적 없어. 하지만 어느 쪽이든 여전히 마음에 안 들어, 해리. 왜 그랬어? 대체 뭣 때문에 그런 생각을 한 거야?"

순간 해리의 눈빛에 불안하고 흐릿한 분노가 보였다. 그 남자가 울타리로 돌진해 들어왔을 때 내비쳤던 분노가 다시금 밀려든 것이다. 하지만 재빨리 사라졌다. 해리는 소총을 풀어 난간에 기대어 놓고 현관 계단에 앉았다.

"그 장면을 다시 보게 되니까 그냥 그래야겠다는 생각이 들었어. 네가 대시를 따라 목초지로 뛰어가고, 또 걱정하고, 겁에 질린 네 목소리를 들으니까 그러고 싶었어. 그놈이 꾸며내는 행동 때문에 공포에 질렸던 상태에서 벗어나니까, 그건 그냥…… 잔인하고 사악한 존재잖아. 모르겠어, 자기야. 그냥 화가 나서 그랬어."

해리는 현관 아래 풀밭을 내려다보면서 계속 말을 이었다.

"그놈의 본모습을 보고 싶었어."

그는 고개를 돌려 내 눈을 바라보았다.

해리의 말을 듣자 등골이 오싹해졌다. 그렇지만 무슨 뜻인지 어느 정도 이해했다. 해리가 방금 설명한 내용, 그러니까 그 시련이 교묘하고 잔인하게 사람을 조종한다는 점이 나 역시 역겨웠으니까. 다가오는 곰 추격을 바라볼 때 드는 감정이 뭔지 안다. 나는 해리의 옆에 앉았다.

"해리, 그래도 우리는 이 상황을 제대로 이해해야 해. 그 존재를 자극하고 괴롭혀서 본모습을 드러내게 할 수는 없어. 내가 보기엔…… 그냥 규칙을 따라야 해. 루시와 댄이 조에게서 들은 대로. 규칙을 따르면 여기서 안전하게 살 수 있다고, 댄과 루시가 계속 말했잖아. 정말로 그래야 한다고 생각해."

해리는 고개를 끄덕였다.

"자기 말이 맞아."

그러더니 나를 바라보며 덧붙였다.

"그놈이 또 나타나면 그냥 쏴서 죽여야겠어. 더는 시비 걸지 않을게. 다시는 안 그럴게."

그날 밤 침대에 누워서 몇 시간이고 캄캄한 천장을 바라보며 이 시련을 전체적으로 생각했다. 해리의 도발을 받은 남자의 반응을 봤을 때, 처음으로 이 모든 것의 실제적인 해결책을 생각하게 되었다. 그 남자가 연기하던 태도를 버리고, 표정을 확 바꾸고 실제로 반응하는 것을 보자, 뭔가가 더 있다는 생각이 들었다. 그저 철따라 현현하는 악령을 만나고, 규칙을 따르고, 악령을 내쫓고, 또 이런 일을 반복하는 정형화된 매뉴얼을 넘어 뭔가가 더 있을 것이다. 지금의 현상은 너무 단순하고 가볍지 않은가.

철따라 나름의 소소한 규칙과 의식이 있다면, 아예 그 모든 걸 사라지게 하는 규칙과 의식이 있다는 가설도 미친 소리는 아니지 않나? 적어도 1년간 악령을 한 번에 쫓는 규칙이나 의식은 없을까? 1년보다 더 오래가는 것도 가능하지 않을까? 되풀이되는 이 주기를 깨뜨릴 만한 무언가가 없을까?

✧✧✧

곰 추격이라는 시련을 겪고 나서 또 바쁜 한 주가 이어졌지만,

집중하기가 어려웠다. 그래서 루시에게 물어볼 질문을 종이에 써서 정리하기 시작했다. 곰, 곰과 개, 해리가 남자에게서 끌어낸 반응…… 모든 게 머릿속을 뒤흔들어 놓고 있었다.

그렇지 않아도 산만해진 마음에 더해 나는 어찌어찌 시모어 가족의 기록을 발견하고 말았다. 바로 우리 전에 이곳에서 살았던 가족 말이다. 왜 그런지 모르겠지만 시모어 가족의 기록을 열심히 추적하고 있다고 해리에게 말하기가 꺼려졌다. 시모어 가족의 기록을 발견했을 때, 왜 해리에게 말하지 않은 건지 솔직히 나도 잘 모르겠다. 하지만 난 다짐하며 마음을 달랬다. 일단 뭔가 의미 있는 걸 찾아내면 그때 이야기하면 되겠지.

어느 날 오후, 나는 세인트 안토니에 가서 장을 본 다음 프리몬트 카운티 서기 사무소에 잠깐 들렀다. 하지만 그곳에서 시모어 가족의 정보를 찾으려는 시도는 막히고 말았다. 오래된 복사본을 뒤져본 결과 기록이 있기는 했으나, 우리 소유권 등기부에도 다 있는 내용이었다. 그들의 이름이 적힌 지역권과 행적 같은 것뿐이었다.

하지만 국무부 데이터베이스를 무작위로 뒤져본 결과, 2009년에 설립되어 리처드 시모어와 몰리 시모어가 공동 소유했던 유한책임회사를 찾아냈다. 이제는 없어진 회사였지만, 그 회사의 소유주 이름은 바로 시모어였다. 우리 집에 살았던 부부 말이다.

그 유한책임회사는 몇 년 전에 공식적으로 해산되었으며, 2012년 연례보고서에는 '제출 내용 없음'이라고 적혀 있었다. 2013년에 작성된 '법인 해산'이라는 제목의 문서를 보니 회사가 활동이 없어서 해산되었다는 걸 알 수 있었다. 하지만 2009년부터 2011년까지 연례보고서를 제출한 담당자로 잭 프리먼이라는 이름이 문서에 올라 있었다. 그가 누군지 찾아보니 아이다호 폴스에 개인 사무소를 차린 변호사였고, 시모어 부부의 회사 연례보고서에 올려둔 주소와도 일치했다. 그의 사무소 홈페이지는 상대적으로 최근에 업데이트되어 있었다. 1년 전에 올린 한 페이지짜리 보도자료도 보였다. 그래서 나는 실제로 그를 찾을 수 있을 거라는 희망을 품었다.

그 주의 이른 오후, 해리는 대시를 데리고 국유림으로 등산을 갔다. 나는 화상 회의 업무를 마치고 다음 회의까지 30분 정도 시간이 있었다. 그래서 잭 프리먼의 법률 사무소에 전화를 걸었다. 몇 번 벨이 울린 다음에 전화를 받은 사람은 나이 든 여자였다. 프리먼 씨와 통화하고 싶다고 말하자, 그녀는 잠시 기다리면 통화가 가능한지 알아보겠다고 했다.

어색한 통화 대기 음악이 흘러나오는 가운데 퍼뜩 깨달았다. 나, 사실은 이 사람과 통화할 준비가 전혀 안 되어 있네. 무슨 질문을 해야 할지도 정하지 못했잖아. 해산된 시모어 부부 회사의 정보를 찾으려고 데스크톱 컴퓨터에 띄워둔 PDF를 초조하게 클릭하고 있노라니, 나이 든 남자의 걸쭉한 목소리가 들렸다.

"잭 프리먼입니다."

"아, 네, 안녕하세요, 프리먼 씨. 저는 사샤 블레이크모어라고 해요. 이렇게 연락드린 건 변호사님의 예전 고객이었던 리처드 시모어 씨와 몰리 시모어 씨 일 때문인데요. 변호사님께서 2008년에 설립된 이분들 회사의 법률 담당자로 올라와 있으셔서요. 2011년까지 연례보고서에 변호사님 성함이 있더라고요."

이 이야기까지 하자 더 무슨 말을 해야 할지 알 수가 없어서, 나는 그냥 입을 다물었다.

그는 놀란 목소리로 대뜸 대답했다.

"음, 그것참, 그분들을 떠올린 지도 꽤 됐군요! 맙소사. 네, 리처드와 몰리 말씀이시죠. 제가 10년도 더 전에 그분들의 회사 설립을 도왔던 적이 있습니다. 아까 성함이 세라라고 하셨던가요?"

"아뇨, 제 이름은 사샤예요."

"오, 사샤군요, 죄송해요. 음, 사샤, 어쩐 일로 연락하셨죠? 시모어 부부를 생전에 알고 지내셨습니까?"

방금 '생전에'라고 말했어?

"사실 저는 그분들을 몰라요. 하지만 저와 제 남편이 산 목장이 예전에 그분들 소유였어요. 저희 바로 전에 살던 분들이셨죠. 제가 아는 건 2012년에 부동산 투자 회사가 리처드 시모어 가족의 신탁에서 현재 우리 소유지를 매입해서 산림청과 대규모 토지 교환거래를 하려고 했지만, 오랫동안 미루어졌거나 실패했거나 그랬다는 거예요. 솔직히 어떻게 그렇게 됐는지는 잘 몰라요. 어쨌든 그 토지를 올해 초에 우리가 부동산 투자 회사에서 매입했거든요."

"그렇습니까……."

프리먼의 대답은 그뿐이었다. *제길.* 이 사람에게 정보를 받아내려면 뭔가 더 있어야 했다. 그래서 나는 즉석에서 이야기를 하나 지어냈고, 꽤 괜찮은 이야기 같아 실행에 옮겼다.

"지난 초봄에 이사 왔는데, 와보니 시모어 가족의 물건이 꽤 많이 남아 있더라고요. 중요해 보이는 물건도 있고, 개인적인 추억이 담긴 것도 있어요. 이걸 보관하고 있다는 걸 알려드리고 싶어서요. 연락해서 물건을 돌려줄 수 있으면 좋겠다고 생각했어요."

예상보다 이야기가 술술 나왔다.

"음, 사샤, 안타깝게도 리처드와 몰리는 죽었습니다. 음, 제가 기억하기로 2011년이었던 것 같군요. 잠깐 기다려주시겠습니까? 가서 그분들 파일을 가져오지요."

"네, 그럴게요."

심장이 빠르게 뛰었다. *진정해. 그냥 우연의 일치야. 우연일 수밖에 없잖아.*

1분 정도 기다리자 변호사가 다시 전화기로 돌아왔다. 그가 페이지를 넘기는 소리가 들려서 스피커 모드라는 걸 알 수 있었다.

"아, 사샤. 제 말이 맞습니다. 그분들은 2011년 봄에 사망했습니다. 시모어가에는 자녀가 셋 있었고요. 저도 방금 떠올랐는데, 안타깝게도 자녀 셋 중 둘마저 2011년에 사망했어요. 쌍둥이 마크와 코트니였는데, 정말 슬픈 일이죠. 세상을 떠난 쌍둥이는 열일곱 살밖에 되지 않았거든요. 저는 보이시에 사는 변호사 친구가 있어서 그 사건을 알게 되었어요. 그 친구가 그들이 죽은 다음 해에 제게 연락해서 이런 일이 있었다고 알려주었죠. 그 친구는 리처드가 몇 년 전에 설정한 신탁의 위임 변호사였습니다. 그래서 그 친구가 시모어가의 자산 규모를 파악하거나 프리몬트 카운티의 목장을 판매하는 일을 맡았죠. 제가 보기에 바로 그 목장이 여러분 것이 되었군요."

"잠시만 타이핑 좀 해도 될까요, 프리먼 씨? 제가 지금 컴퓨터로 메모를 하고 있어요."

"물론입니다. 음, 이 정도로 요약되겠습니다. 저는 보이시 쪽 변호사 친구 의견에 동의해서, 그 회사를 그냥 해산시키기로 했습니다. 그게 제일 저렴한 방법이었으니까요. 출원료 같은 기타 부대비용도 없고요. 음, 그게 제가 마지막으로 들은 시모어가의 소식입니다. 비극적이죠. 좋은 분들이었는데 말입니다."

"정말 슬픈 소식이에요, 프리먼 씨. 그런데 그분들에게 자녀가 셋 있다고 하셨잖아요. 하지만 말씀하신 건 사망했다던 쌍둥이 둘 뿐이고요. 그러면 나머지 자녀는 누구인지 아시나요?"

그는 목을 가다듬고 대답했다.

"음, 네, 다른 자녀는 베서니입니다. 리처드가 전부인과의 사이에서 얻은 딸이지요. 베서니는 보이시의 변호사 친구가 담당하는 시모어 가족 신탁의 유일한 수혜자입니다. 여기 제가 적어놨군요. 2012년에 변호사 친구가 베서니를 위해 그분들의, 그러니까 지금은 여러분의 목장이 된 그 땅의 판매를 추진했거든요. 딸의 현재 이름은 베서니 루커트입니다. 제가 아는 건 변호사 친구가 알려준 것뿐이에요. 베서니의 이름과 전화번호죠. 휴대폰이 아닌 일반 전화번호 같습니다. 베서니와 직접 통화해 본 적은 없지만, 당신에게 정보를 드릴 수는 있을 것 같네요. 연락해서 가족 소지품을 전달해 보세요."

나는 정보를 받아 적은 다음 깊은 감사를 표했다. 그리고 전화를 끊자마자 베서니에게 전화했다. 하지만 벨소리를 듣자마자 다음 말이 준비되어 있지 않아 당황했고, 전화가 음성사서함으로 넘어

가자 안심했다. 나는 베서니에게 전화해 달라고 음성을 남겼는데, 그녀의 재산에 대해 할 말이 있다는 식으로 애매하게 얼버무린 다음 전화를 끊었다.

이 모든 일을 10여 분 사이에 해치운 나는 의자에 앉아 숨을 깊이 들이쉬었다. 첫 번째로 든 생각은 시모어 가족이 봄 의식을 망친 다음 떠났다는 루시의 설명이었다. 무슨 일이 일어났는지 밝히길 주저하던 루시의 태도와, 댄과 조가 그들을 구하기 위해서 뭔가 했다는 이야기도 떠올랐다. 그 조각들을 머릿속에서 짜 맞출수록 불안감과 심박 수가 덩달아 증가했다. 나는 억지로 마음을 다잡고 이제껏 알아낸 시모어 가족에 대한 사실을 적었다.

시모어 가족

부모: 리처드&몰리

쌍둥이: 마크&코트니

베서니: 전처와 리처드의 딸

1996년에 목장 구입

2011년 봄, 연못에 빛이 나타났을 때 불을 피우는 데 실패함

2011년 봄, 즉시 집을 떠남

2011년 5월, 리처드와 몰리와 쌍둥이 사망

남은 딸 베서니는 적어도 2012년 봄에 신탁 변호사가

시모어가 재산을 팔 때까지 살아 있었음

적어놓은 사실을 다시 읽어보자, 불안한 생각과 질문이 100만 개

쯤 머릿속을 가득 메웠다. 나는 숨을 크게 들이쉰 다음 목록을 꾸역꾸역 적어 내려갔다. 얼이 빠졌을 때마다 나는 항상 목록을 써내려 가곤 한다.

시모어 가족이 떠난 이유에 대해 루시에게 물어보기

리처드와 몰리, 마크와 코트니가 이곳을 떠난 뒤

몇 주 만에 죽었다는 걸 아는지 루시에게 물어보기

베서니를 찾아내기

15

해리

곰 추격 소동은 잔인하고 징그러웠지만, 반대로 주변 경치는 너무 나 아름다워졌다. 이곳의 여름은 그야말로 놀라워서, 사실 나는 악 령을 만나는 게 트라우마라기보다 그저 모기나 아기의 울음소리 정도의 성가심으로 여겨지기 시작했다. 여기서 여름날을 보내니 너무 좋았다. 게다가 새로운 취미도 생겼고 말이다. 바로 악령을 놀리는 것이다.

곰 추격을 마주친 뒤, 사샤는 그 남자가 울타리에 서 있을 때 어 째서 조롱한 건지 의도를 설명해 달라고 했다. 왜 그 남자를 괴롭 히는지 알고 싶다고 말이다. 나는 거짓말로 잘 모르겠다고 말했다. 다시는 안 그러겠다고도 약속했다.

하지만 나는 내가 왜 그랬는지 정확히 알고 있다. 벌거벗은 남자 를 조롱하는 것은 그를 처음 봤을 때부터 쭉 생각해 온 것이었고,

그 효과는 상상했던 것보다 훨씬 컸다.

나는 이 '여름철 현현'을 실험해 볼 방법을 백 가지 넘게 생각해 보았다. 남자를 우리에 가두면 어떨까, 곰을 쏴볼까, 곰을 쏜 다음에 남자를 가둬볼까, 아니면 둘 다 따로따로 가둬볼까, 곰 퇴치 스프레이를 써볼까, 둘 사이를 갈라놓을 전기 울타리를 설치해 볼까 등 방법은 무궁무진했다. 왜 그런지 모르겠지만, 머릿속에 여러 실현 가능한 선택지가 있었는데도 어쩐지 그 남자에게 다가가는 선택지에 끌렸다.

사샤는 벌거벗은 남자가 목초지를 터덜터덜 달려오는 걸 보고 겁을 먹었다. 대시를 뒤쫓아 가는 그녀의 눈빛에 서린 공포를 보자 나는 전에 없이 분노했다. 그 악령을 괴롭히고 싶었다. 고문하고 싶었다. 대체 그 정체가 뭔지 있는 그대로 보고 싶었고, 어떤 인간을 열받게 만드는 가장 좋은 방법은 바로 조롱하고 괴롭히고 놀리는 것임을 잘 알고 있었다. 내 생각에 그 방법은 악령에게도 통할 것 같았다.

제길. 내 생각은 딱 들어맞았다.

그놈에게 땅을 '내가 뺏었다'라고 말하자마자 놈의 모든 연기가 확 무너졌다. 겁먹은 낯빛이 싹 사라지지 않았던가. 그 모습을 보자 매우 만족스러웠지만, 이유는 알 수 없었다. 어쨌든 나는 그 방법으로 가능한 한 오래 그놈을 괴롭힐 작정이었다. 내가 보기에 그 악령이란 것도 감정이 있다는 게 확인된다면, 아니면 어떤 식으로든 사람과 비슷한 면이 있어서 기분 상하는 반응도 있는 게 확실하다면, 실제로 해칠 방법도 있을 것이다. 사샤는 나의 이런 소소한 계획을 알 리 없지만, 어쨌든 내 생각엔 이게 최선의 방법이다. 사샤의 말에도 나름의 일리는 있다. 잘 알지도 못하는 악령이라는 존재를 도발하면 위험한 것도 맞다. 하지만 그놈이 실제로 무언가에 화를 낸다는 사실을 발견하자 기분이 빌어먹을 정도로 좋았다. 그러니까 그놈도 사람처럼, 포유류처럼 느껴졌다. 인간이든 짐승이든 화가 나면 실수하게 마련이다. 나는 그 모습을 봤고, 실제로 도발해 보기도 했다. 그 점을 속속들이 이용할 작정이고, 이용하지 않더라도 최소한 정보를 좀 수집해 볼 마음이었다.

이런 미친 짓이 일어나긴 하지만, 이곳에서의 삶은 참 좋다. 아니, 대단히 좋기까지 하다. 정원에서는 온갖 식물이 싹을 틔우고, 저녁 시간은 따스하며, 벌과 새가 사방에 날아다닌다. 결국 이 삶에 완전히 휘말려 버린 나는 슬슬 낚시를 시작했다. 봄눈이 녹아 물이 확 불어나는 시기가 지나고 강물이 조금씩 줄어들기 시작해서, 나는 일주일에 두어 번씩 저녁마다 집에서 차로 몇 분 거리에 있는 헨리스포크강과 폴강의 지류를 탐험했다. 둘 다 송어가 어마어마하게 많이 낚이는 곳이었다. 따스한 여름밤에 5파운드짜리 파워 플라이 낚싯대로 송어 낚시를 하는 것만큼 즐거운 일은 흔치 않다. 약에 취해 제정신이 아니었을 때를 빼고는 이만큼 재미있는 게 없었다.

두 번째 곰 추격을 겪고 약 일주일 뒤였다. 나는 그날 오후 댄과 맥주를 마시러 그의 집으로 갔다. 사샤는 이제껏 댄과 더 가까이 지내보라며 날 쿡쿡 찔러댔기 때문에, 결국 댄에게 전화를 해서 여섯 개들이 맥주 한 팩을 가져갈 테니 같이 마시지 않겠느냐고 물어

보았다. 댄은 너무나 좋아했다. 내가 나가는 길에 사샤는 나더러 댄과 '첫 데이트'를 잘하길 바란다며 놀려댔다.

나는 대시를 데려갔다. 우리는 차를 타고 주립 도로를 달려간 다음 스타이너가의 목초지 사이로 길게 난 진입로에 접어들었다. 진입로가 1.6킬로미터도 더 되어서 걸으면 20분이 넘게 걸리지만, 그들의 소유지는 숨 막힐 정도로 아름다웠다. 우리 집보다 국유림에서 살짝 멀리 떨어져 자리 잡은 스타이너가는 우리 집에선 보이지 않는 티턴산맥의 장엄하고도 비현실적인 풍광을 자랑했다. 우리 집은 산이 가파르게 솟기 시작하는 곳에 더 가까이 둘러싸여 있다.

이윽고 본채에서 좀 떨어져 있는 커다란 건초 헛간 두 채 사이로 움직이는 트랙터가 보였다. 트랙터 뒤로 먼지 구름이 쭉 피어나자 트랙터가 희미하게 사라졌다. 바싹 마른 목초지에서 피어오르는 아지랑이가 트랙터를 에워쌌기 때문이다.

집에 가까이 다가간 나는 대시와 함께 차에서 내려 걸어가기 시작했다. 길을 따라서 60센티미터 깊이의 관개용 도랑이 하나 나 있었어서 진gin처럼 맑은 물이 빠르게 목초지로 흘러 들어갔다. 그 도랑은 커다란 폰데로사 소나무 숲을 향해 뻗어 있었는데, 그 숲 그늘에는 약 80여 마리의 소들이 이리저리 흩어져 있었다. 날씨가 더워서 가져온 물병에 도랑물을 채워 목을 축여야겠다는 생각이 들었다. 대시는 곧바로 도랑에 뛰어들어 누워서 입 안 가득 물을 마구 들이켰다. 이윽고 물에서 나온 녀석은 내가 가방에 물병을 다시 넣는 동안 바로 옆에서 몸을 털어 말렸다. 개가 몸에서 떨쳐내는 냄새 나는 물을 맞는 걸 평소엔 별로 좋아하지 않지만, 지금은 시원한 물이 튀기니 기분이 아주 좋았다.

댄이 트랙터에서 뛰어내려 손짓하는 모습이 보였다. 대시는 그에게 달려가 주위를 빙글빙글 돌았고, 댄은 커다란 손으로 녀석의 등을 두드려주었다.

"죄송합니다, 댄. 얘가 좀 젖었어요. 하지만 댁의 관개용 도랑 곁을 지나니 얘도 참을 수가 없었나 봐요."

댄은 손을 내밀었다.

"오오, 그런 건 신경 쓸 필요 없네, 해리."

나는 트랙터를 가리켰다.

"도와드릴까요?"

댄은 내게 미소를 지었다.

"한발 늦었어."

방금 들은 말이 무슨 뜻인지 알 수가 없었다. 나의 표정에도 그런 기색이 드러났는지, 댄은 설명했다.

"일이 *다 끝나자마자* 자네가 나타났거든. 그러니 한발 늦었지. 안 그런가?"

그 말을 들은 나는 웃고 말았다. 이분은 정말 요즘 사람들은 쓰지도 않는 표현을 참 많이도 쓰신다.

"일손이 필요하신 줄 알았으면 일찍 왔을 텐데요."

댄은 내 대답에 손을 내저었다.

"아냐, 그냥 헛소리 좀 해본 걸세, 해리. 난 오늘 할 일을 다 마쳐서 이쯤 할까 했거든. 맥주 하겠나?"

나는 슬쩍 뒤를 돌아 머리로 내 배낭을 가리켰다.

"좋죠. 제가 맥주를 좀 가져왔는데 오면서 미지근해졌을 것 같아 걱정이에요."

댄은 자기를 따라 헛간으로 가자며 손짓했다.

"아, 그건 아무래도 좋아. 찬 맥주 다음으로 좋아하는 게 미지근한 맥주거든."

나는 그를 따라 커다란 헛간으로 들어갔다. 우리는 헛간 옆을 따라 난 계단을 올라가 오래된 건초 보관소 같은 곳으로 들어갔다. 거기에 야외용 안락의자 몇 개와 커피 테이블이 있었고, 커다란 동향 창으로 티턴산맥이 보였다. 나는 창가로 다가가 경치를 바라보았다.

"이거 죽이네요."

나도 모르게 그런 말이 나왔다.

"경치가 대단하지?"

댄은 다가와서 의자에 앉더니 나에게 얼음처럼 차가운 모델로 캔 맥주 하나를 주었다.

내가 의아한 표정으로 눈썹을 들자, 그는 엄지로 어깨 뒤를 가리켰다. 벽에 지저분하고 자그마한 미니 냉장고가 하나 있었다.

"여기다 차가운 맥주를 좀 갖다놓고 앉아서 경치 감상을 해도 좋겠다는 생각이 들었지."

나는 가져온 미지근한 맥주를 냉장고에 넣은 다음 댄의 옆자리에 앉았다. 우리 앞에 털썩 주저앉은 대시는 마치 눈앞에 펼쳐진 푸른 목초지에 어울리는 배경의 한 부분 같았다. 쭉 뻗은 목초지 끝에는 소나무 숲이 있었고, 그 풍경 위로 화강암 골격이 장엄하고 들쭉날쭉한 티턴산맥이 높다랗게 솟아 있었다. 산맥이 어찌나 높은지 두어 봉우리는 우리가 앉아 있는 건초 보관소 창문의 꼭대기까지 닿았다.

"어이구, 대시."

대시는 자신의 이름을 부르는 댄을 바라보며 알아들었다는 듯 꼬리를 흔들었다.

"이런 풍경에 떡하니 앉아 있으니 꼭 모델 같구나, 녀석아."

댄은 나를 슬쩍 보았다.

"그래서, 자네들은 잘 정착하는 중인가? 그간 곰 추격이 두어 번 있었다고 했지? 즐거운 경험은 절대 아니네만, 그래도 자네들이 슬슬 익숙해지고 있다고 생각하고 싶군."

나는 고개를 끄덕였다. 비록 사샤와 내가 이곳의 현실을 인정하고 이 미친 헛짓거리를 침착하게 받아들이고 있긴 하지만, 사샤가 아닌 다른 사람들과 그 이야기를 하자니 아무리 봐도 여전히 미친 소리 같았다.

"네, 보면 볼수록 조금씩 이상한 느낌은 덜해지는 것 같습니다. 두 분은 어떠세요? 저는 우리가 앞으로도 똑같은 지랄을 겪을 것 같은데요. 그러니까, 계절마다 악령이 똑같은 모습으로 현현할 거라는 말입니다. 두 분도 헛간 근처 연못에서 불빛을 보십니까?"

댄은 입을 꾹 다물고 고개를 끄덕였다.

"맞아. 빛이 나타나는 게 그 연못이지. 연못이 하나 더 있긴 한데, 집에서 보이는 건 그곳뿐이거든. 그래서 그 연못에서 빛이 나타난다고 생각하네. 우리에게 보이지 않는 곳에서 빛이 튀어나온다면 공평하다고 할 수 없지 않겠나?"

댄의 말에 뭐라고 대답해야 할지 알 수 없었다. 사람을 놀리는 이곳을 두고 공평을 운운하는 게 과연 맞을까? 하지만 나는 그렇게 말하는 대신 머릿속에 떠오르는 다음 질문을 꺼냈다.

"두 분은 이번 여름에 곰 추격을 보셨습니까?"

댄은 고개를 끄덕이고는 맥주를 한 모금 마셨다.

"물론이지. 두 번 있었네. 검은 머리의 중년 남자지. 바람결에 거시기를 덜렁이면서, 마구 울부짖고 소리 지르면서 살려달라고 애원하지. 늙은 브루노한테 쫓기면서 말이야. 아, 브루노는 내가 그 곰에게 붙인 이름일세. 왜 그런 이름을 지었는진 나도 모르겠는데, 입에 딱 붙더라고. 어쨌든 브루노한테 막 쫓겨 왔지. 매년 여름 똑같다네."

댄은 계속 이야기했다. 그들은 실제로 농장 집을 곰 추격이 있을 때 잘 파악할 수 있도록 부분적으로 재설계해서 배치했다고 했다. 그래서 언제나 곰 추격에서 힘들이지 않고 우위를 점할 수 있었다. 부부는 목초지와 울타리를 잘 설치해 놓은 덕에 남자가 가까이 다가오기도 전에 수백 미터 거리에서 처리할 수 있었다. 올해 여름에 일어난 두 번의 만남에서, 댄은 그 벌거벗은 남자를 볼트 액션 소총으로 쏴버렸다고 했다.

댄이 가장 최근에 겪었던 만남은 불과 며칠 전이었다.

"그래, 놈은 120미터, 아니 130미터가 좀 안 되는 곳까지 다가왔어. 당황했지. 그 망할 놈의 새끼가 불쑥 나타났을 때 난 오줌을 누고 있었거든!"

이어서 우리는 한 시간 동안 이런저런 수다를 떨었다. 댄을 처음 만난 날부터 지금껏, 나는 분하게도 이 노인네를 볼 때마다 점점 좋아하게 되었다. 그는 진정성이 있고, 단순하면서도 침착한 성품이었으며 지성 또한 깊다는 걸 알아볼 수 있었다. 댄은 성인기를 모두 바쳐 이 땅의 기묘한 일을 공부하고 겪어보고 살아냈다.

우리는 그가 목초지에 적용한 순환모델 이야기로 넘어갔다. 소들이 다른 목초지로 이동하기 전까지 얼마나 오랫동안 이곳에 머무르는지, 계절과 풀의 성장에 따라 소들이 풀을 뜯기에 딱 맞는 시기가 언제인지, 목초지 관개에는 어떤 작업이 필요하며 각 목초지에 언제 물을 주기 시작해야 하는지, 관개철에 알아둬야 할 지하수 사용권과 지표수 사용권의 미묘한 차이는 무엇인지, 언제 국유림의 방목 할당 임대지에서 소들을 넣었다가 빼야 하며, 또 왜 그때여야 하는지 이야기했다. 그건 대규모 작업이었다. 댄은 조와 함께 몇 가지 방목 임대 계약을 맺었다고 설명했고, 나는 이 기회를 틈타 조에 대해 좀 파고들었다.

"댄, 조는 어떤 분이죠? 정말로 그분을 만나고 싶습니다. 몇 주 전에 말씀하신 그 회의에서 저희를 만나보라고 전해주셨나요? 물어볼 게 아주 많아요. 이 땅의 역사와, 그분의 아버지, 할아버지, 또 선조들이 악령을 경험하고 다룬 방식도요. 이런 상황에서 아직도 그분을 만나지 못했다는 게 이상할 지경이라고요."

내 말에 댄은 고개를 끄덕였다.

"자네가 인사하고 싶어 한다는 말을 조에게 전했네. 조는 상황이 괜찮을 때 들르겠다고 했지. 하지만 시간을 정하자고 조에게 말하는 건 별 소용이 없네, 해리. 알고 지내자고 강요할 명분이 없어. 전에도 내 말했다만, 조는 언제고 들러서 자기소개를 할 걸세. 하지만 그는 사생활을 중시하는 사람이고, 빌어먹게 바쁘다고. 그의 아들들과 온 식구가 다 같이 그의 목장에서 살고 있지. 손주 녀석들까지 아주 복작복작해. 800만 평 크기의 농장을 운영하면서 아들들이 언젠가 그 목장을 물려받을 수 있도록 일을 확실하게 전수하기만도 바빠서, 외부인의 부탁에 시간을 낼 여유가 없다고. 게다가 어찌어찌 쉬는 시간이 나면 손주들에게 옛 인디언 언어를 가르쳐주거나 사냥감을 추적하고 덫을 놓는 법, 말 타는 법은 물론이고 옛날 방식으로 기도하는 법을 알려준다네."

댄은 맥주를 한 모금 마시고는 이야기를 이어갔다.

"조는 자신을 쇼쇼니족이자 배넉족으로 여긴다네. 부족의 유산에 자부심이 있지. 그의 부족은 수천 년 전부터 스네이크 리버 밸리의 상류에서 살아왔네. 조의 증조할아버지는 포커텔로라는 추장의 친구로서 함께 부족을 운영했지. 하지만 1860년대 말에 조약이 추진되자, 조의 증조할아버지는 포트 홀 인디언 보호구역으로 이주하는 걸 강경하게 반대했다네. 그리고 원래 살던 토지를 불하받는 거래를 감행했지. 오늘날 그들의 집이 있는 곳이 바로 거길세. 조의 말에 따르면, 그의 증조할아버지는 땅에 대한 소유권을 인정받으려면 바보 같은 증서 쪼가리를 얻어야 한다는 걸 깨달았대. 그걸 갖기만 하면 군인들이 자기를 내버려둔다는 걸 알았던 거야. 물론 어느 정도까지만 사실이었어. 조의 가족은 토지를 불하받은 뒤로도 오랫동안 가축 도둑과, 린치를 가하려는 폭도들과, 인디언 머리가죽 사냥꾼과 맞서야 했거든. 어쨌든 조의 말마따나 정부는 그 시기에 인디언들이 백인사회에 동화되기를 바랐고, 그래서 인디언들이 글을 읽고 쓰면서 가축을 기르고 토지 증서를 가지고 있으면 완전히 동화되었다고 판단했네. 그래서 얼마 안 되는 쇼쇼니족과 배넉족만은 대부분 내버려두었지. 그들이 허울뿐이나마 미국 정부의 법적 제재 아래에서 저들의 공동체를 설립했다는 것 때문에 말일세."

나도 이곳에 온 뒤 쇼쇼니족과 배넉족의 이야기를 꽤 읽었다. 댄이 말한 1860년대의 조약과 포트 홀 이야기도 알고 있다. 조의 가족이 그 역사의 일부라는 이야기를 듣자 더욱 그를 만나고 싶어졌다. 그에게 할 질문이 또 추가되었다.

"내 말의 요지는 이걸세. 조의 가족은 미국인들이 이해하는 바와 달리 이 골짜기에서 가장 오래된 지주 가문일 뿐만 아니라, 미국인들이 이 대륙을 발견하기도 전부터 수천 년을 살아왔다는 거야. 조의 가족이 지닌 유산은 그가 부모와 조부모에게서 배웠듯 자녀와 손주에게로만 이어지네. 그는 자식과 손주들이 이 오래된 악령을 상대하면서 미국 놈들과 손잡는 부담을 지길 바라지 않는다네. 그건 그들에겐 확실히 부담이야. 조 자신도 그 부담을 없애려고 아주 오랫동안 열심히 작업해 왔네. 당연히 그렇겠지. 1870년대부터 1940년대까지 이 골짜기는 복작복작했어. 많은 정착민들이 연방정부로부터 토지 불하를 받아서 이곳으로 이주했거든."

나는 고개를 끄덕였다.

"예, 저도 옛날 토지 장부에서 한때 이곳에 열서너 가구가 살았다는 걸 봤습니다."

댄은 고개를 끄덕였다.

"맞아. 그런데 지금은 조의 가족만 남았지. 조는 내 나이쯤 되네. 하지만 말일세…… . 그는 *이 땅의 지식* 같은 사람이야. 우리 모두가 지켜야 할 규칙과 의식의 관리자일세. 사람 나이로 70대지만, *수백 년, 수천 년*의 지식을 영혼에 묵직하게 담고 있다네. 자네와 나는…… ."

댄은 손을 뻗어 산을 가리키며 휘저었다.

"우리는 단지 만물의 거대한 계획 속을 스쳐가고 있을 뿐이야. 조의 가족은 우리 같은 사람이 여기 오기 전부터 살고 있었고, 공기로 숨 쉬는 한 계속 여기서 살아갈 걸세. 그게 얼마나 중요한지 깨달아야 해. 조는 상대방을 즐겁게 하자고 옛이야기나 민담을 들려주는 사람이 아닐세. 특히 여기 온 자네 같은 젊은이라면 더더욱. 자네는 이 계곡에서 오랫동안 살 테니 서두를 필요가 전혀 없다 이거야."

나는 약간 방어적인 태도로 고개를 끄덕였다.

"저도 최선을 다해 조심하고 있습니다. 여기를 입찰할 때, 조가 제 땅을 사고 싶어 하는 줄 몰랐고, 그 집에 지랄 맞은 귀신이 있는 줄도 몰랐어요. 그저, 뭐랄까…… 댄이 이곳에 이사 왔을 때, 조가 악령이 무엇이고 거기에 대처하는 게 얼마나 중요한지 가르쳐줬다고 하셨잖아요. 그래서 저도 그 지식을 좀 전수받을 수 있을까 바랐던 거예요. 진짜 이 지역 주민에게서요…… . 나쁜 뜻은 아니었습니다."

댄은 미소를 지었다.

"해리, 내가 이 목장을 샀을 땐 자네보다 젊었다네. 조와 나는 말일세, 어찌 보면 어릴 적부터 함께 자란 거지. 어리고 고집불통이고 건방진 애송이 시절을 같이 보내서 지금처럼 악랄하고 막돼먹은 늙은이가 된 걸세. 소를 기르고, 사냥을 하고, 산림청과 싸우고, 계절에 따라 의식을 치르면서 이웃들과 우왕좌왕 보냈다네. 하여간 같이 산전수전 겪었다는 거야. 그러니 참고 기다리게. 조가 곧 들를 게야."

내가 너무 밀어붙였나 싶었다. 댄은 이 문제를 새로운 관점으로 보게 해주었다. 내가 아는 것이라고는 아내와 나를 위협하는 고대의 산 악령 놈이 있다는 것뿐이었다. 나는 망할 놈의 세상 어딘가에 정보를 가진 자가 있다면 찾아내 악령에 대해 가능한 한 많이 알려고만 했었다. 이곳에 내가 와서 생기는 영향에 대해서는 지금까지 별로 생각해 본 적이 없었다.

대시와 나는 그날 저녁 느지막이 집으로 걸어갔다. 너무 어두워져서 앞이 안 보일 때쯤 진입로에 다다랐다. 사샤는 나와 댄이 나눈 대화를 죄다 듣고 싶어 해서, 최선을 다해 말해주었다.

어느덧 다음 주가 되었고 그 주는 아주 바쁘게 흘러갔다. 우리가 목초지를 임대해 준 조앤은 스물네 마리도 넘는 양을 데려왔다. 우리는 물과 목초지 대금을 받는 대신 경매에서 양이 팔리면 일정 비율의 수수료를 받기로 거래했다. 새끼 양을 몇 마리 받는 선택지도 추가했다. 주위에 동물이 있으니 재미있었다. 이곳이 진짜 목장처럼 느껴졌다.

이제 여름철이 한껏 무르익어 텃밭에서 난 채소들로만 샐러드를 만들어 매일 저녁 먹을 수 있었다. 상추, 근대, 토마토, 양파, 고추, 무, 방울양배추를 비롯한 야채와 여러 허브는 물론이고 우리가 먹을 수 있는 양을 훨씬 웃도는 감자를 수확했다. 우리는 이곳에선 식물이 자라는 성장 시기가 너무 짧아 제대로 수확이 안 될 거라고 걱정했었다. 정말로 그랬기에 사샤가 온실을 설치하자고 주장한 건 옳은 결정이었다. 온실이 있으니 모든 시기가 완벽하게 맞아떨어졌다.

"자기야, 기분이 어때?"

나는 뒷베란다에 서서 목초지의 연못 주위에서 양들이 풀 뜯는 광경을 지켜보고 있었다. 오후에 몰아치던 뇌우가 막 걷힌 참이라, 젖은 풀 위로 어스름한 초저녁 빛이 온 땅을 아름답게 물들였다. 나는 돌아서서 사샤를 바라보았다.

"기분이 어떠냐고?"

그녀는 목초지를 가리켰다.

"진짜 농장주가 된 기분이 어떠냐니까?"

나는 그녀 옆에 앉았다.

"일단 코요테나 늑대나 쿠거 같은 놈들한테 양들이 모조리 잡아먹히지는 않나 지켜본 다음에 농장주라고 불러야 하지 않을까?"

대시는 베란다 끝에 누워 깊이 잠들어 있었다. 내가 와인 잔을 채우려고 일어나 안으로 들어가려는데, 갑자기 대시가 귀를 쫑긋 세우더니 어깨 너머로 숲 끝에 세운 비가림막 쪽을 보았다.

이어서 1초도 안 되어, 대시는 몸을 굴려 네 발로 일어섰다. 그

동작이 어찌나 재빠르던지 사샤와 나는 서로를 바라보다 다시 대시를 보았다.

녀석은 천천히 고개를 숙이고 귀를 뒤로 젖혔다. 이게 무슨 뜻인지 알아볼 필요도 없었다. 나는 녀석의 본능을 예전보다 더 신뢰하게 되었던지라, 주방을 통과해 총기를 보관하는 옷장으로 달려갔다. 그러고는 M4 매거진을 꺼냈다. 사샤에게 씌울 사격용 헤드폰을 가져갈 생각까지 했다. 다시 주방을 가로질러 뒷베란다로 달려가 보니, 사샤가 대시 앞에 서 있었다. 그녀는 눈을 커다랗게 뜨고 뒤를 흘끔 돌아 나를 바라보았다.

"그 남자가 왔어……."

"소리를 들었어?"

사샤가 나를 보며 고개를 끄덕이자마자 나에게도 소리가 들렸다. 첫 번째로 들려오는 남자의 미친 듯한 외침. 살려달라는 첫 번째 부르짖음이 저 숲속 어딘가에서 흘러나와 집 위를 넘어 북동쪽으로 메아리쳤다.

사샤는 베란다를 가로질러 달리기 시작했다. 갑자기 움직인 그녀 때문에 나는 깜짝 놀랐다. 사샤는 야외용 식탁에 놓아둔 개 목줄을 잡아다가 재빨리 베란다 난간에 두르고는, 막 짖기 시작한 대시의 목걸이에 연결했다. 대시는 배신당했다는 눈초리로 그녀를 바라보며 애원했지만, 사샤는 미소를 지으며 무릎을 꿇고는 개의 귀를 긁어주었다.

"걱정하지 마, 대시. 우리가 알아서 할게."

이런 제길. 사샤는 멍청한 표정으로 그녀를 바라보는 나를 알아챘다.

"왜?"

그녀는 짐짓 잔뜩 화난 얼굴로 물었다.

"아무것도 아니야. 그냥, 자기가…… 정말 열심이다 싶어서. 진짜 제대로 하네."

사샤는 내게 미소 지은 다음, 다시 숲을 보았다. 살려달라며 미친 듯이 울부짖는 소리가 점점 뚜렷하게 들려왔다.

그녀는 진지한 표정으로 나를 응시하더니, 이내 몸을 돌려 똑바로 말했다.

"해리, 내가 저 남자를 쏠게."

내가 무어라 항의하기도 전에 사샤는 말을 이었다.

"해리. 말리지 마. 내가 해야 돼. 이런 일이 있을 때마다 자기를 불러다 놓고 의지할 순 없잖아."

그녀는 내게 소총을 달라며 손을 내밀었다. 반박할 수 없었다. 그 말이 맞는다. 나는 몇 년 동안 사샤에게 카빈 소총 사용법을 알려주었다. 목초지에서 사냥감을 몇 번 쏘면서 알려준 게 불과 두 달 전이었다.

"알았어. 하지만 나랑 같이 가. 동쪽 울타리 쪽에서 사격 지점을 고르자. 그놈은 초원을 지나고 있으니까 제대로 쏘려면 거기로 가야 해."

나는 목화나무를 향해 걸어가면서 계속 이야기했다.

"총을 울타리 위에 받쳐야 할 거야. 그래야 실수로 철망이나 울타리 기둥을 쏘지 않겠지."

울타리에 가까이 다가가자 남자가 보였다. 창백한 피부 때문에 짙은 색 나무 기둥과 낮은 가지 근처에 있을 때는 쉽게 눈에 띄었다. 나는 총구로 남자를 가리켰다.

"저놈 보이지, 사샤?"

그녀는 고개를 끄덕였다.

나는 사샤의 어깨 높이에 맞는 철망을 고른 다음 총신을 철망에 꽂았다. 허리를 굽혀 조준경을 살펴본 다음 뒤로 물러서서 약실을 돌리고 안전장치를 해제했다. 다른 손으로는 사격용 헤드폰의 다이얼을 맞추고서 그녀에게 건네주었다.

"이 헤드폰 어떻게 쓰는지 알지? 내 말소리는 들리겠지만, 총소리는 안 들릴 거야. 명심해, 개머리판을 어깨에 단단히 올리고, 총을 쏠 준비가 되었을 때만 방아쇠에 손가락을 얹어. 조준점, 그러니까 빨간 화살표 끝을 목표물에 정확하게 맞춰. 놈의 가슴을 겨눠봐. 배꼽에서 위로 20센티미터가 좀 안 되는 지점이야. 알았지? 너무 높지도, 낮지도 않게 맞춰."

사샤는 다시 고개를 끄덕였다. 하지만 내 입에서 말이 나오자마자, 그러니까 아내에게 어디를 쏴야 할지, 사람을 어떻게 죽이는지 설명하는 내 목소리가 들리자마자 그냥 총을 확 빼내 직접 쏴버리고 싶은 충동에 사로잡혔다. 사샤는 이런 내 마음을 알아챈 듯, 내 팔에 손을 얹고 날 올려다보았다.

"해리, 내가 하고 싶어. 내가 할 거야. 할 수 있어."

나는 그저 고개를 끄덕이고 그녀에게 소총을 잡으라고 손짓해 보였다.

사샤는 총을 잡았다. 그러고는 심호흡하며 개머리판을 어깨에 얹은 다음 조준경에 눈을 댔다. 이제 저 남자를 지켜봐야 하나. 아니면 그만큼이나 마음을 심란하게 만드는 장면을, 나의 아름다운 아내가 여름 원피스 차림으로 내 소총을 가지고 마구 울부짖는 벌거벗은 악마를 쏘는 모습을 지켜봐야 하나. 모르겠다.

남자는 이제 90미터 정도 떨어진 곳까지 다가와 언덕을 올라 곧바로 우리 쪽으로 달려오고 있었다. 숲에서 완전히 벗어나 목초지를 가로지르는 남자는 울며 소리치는 것부터 거시기를 덜렁이는 것까지 여전했다. 똑같은 놈이 똑같은 기세로 지랄을 떨고 있군. 대놓고 고개를 젓지 않을 수가 없었다. 이게 다 무슨 짓거리야?

사샤는 조준경 위를 보다가 다시 조준경을 들여다보기를 반복하며 남자를 목표물로 설정하고 있었다. 그러다 자리를 단단히 잡자 마침내 목표물을 겨냥한 것 같았다. 이제 그녀는 개머리판을 어깨에 얹고서 소총의 전면 레일에 있는 핸드스톱을 꽉 잡았다.

"좋아. 지금…… 조준점을 맞췄어. 화살표를 가슴에 겨눴어."

사샤의 어깨가 살짝 떨리기 시작했다.

"그냥 심호흡한 다음, 준비되면 언제든 쏴. 탄창에는 30발쯤 있어. 그러니 빗맞아도 다시 쏘면 돼. 내가 보고 그만해야 할 것 같거나 총이 걸리는 일이 있으면 등에 손을 얹어 신호할게. 알았지?"

그녀는 조준경에서 눈을 떼지 않은 채 고개를 끄덕였다. 나는 사샤 뒤로 한 발짝 물러난 다음 왼쪽으로 한 발짝 떨어졌다. 놀랍게도, 고대의 악령이 주관하는 곰 추격보다 아내가 총을 쏘는 모습이 훨씬 더 흥미롭고 심란했다. 대시는 우리 뒤의 베란다에서 제정신을 잃어가고 있었다. 대시가 짖는 소리가 온 언덕배기에 울려 퍼졌다. 고개를 슬쩍 들자 남자가 60미터 남짓 떨어져 있는 게 보였다. 나는 다시 사샤의 얼굴을 바라보았다.

그녀는 숨을 들이마시고 다시 천천히 내쉬었다. 그리고 다시 한 번 숨을 들이쉬면서 총을 쏘았다.

고개를 들자 남자의 몸이 휙 움직이면서 그가 배 왼쪽을 한 손으로 움켜쥔 게 보였다. 살짝 비틀거리며 다른 손을 뻗어 몸을 지탱했지만, 넘어지지는 않았다. 다시 두 발을 땅에 디딘 남자는 전처럼 달리기를 계속했다. 이제는 울타리와 30미터도 떨어지지 않아서 얼굴이 똑똑히 보였다. 그의 배에서 피가 손 아래로 뿜어져 나와 엉덩이로 흐르는 모습이 보였다.

"다시 한 발—"

내 말이 끝나기도 전에 사샤는 빠르게 연속으로 두 발을 쏘았다. 고개를 들자 남자의 팔이 옆으로 축 늘어지며 다리가 풀리고 있었다. 그의 가슴 위로 까만 점 두 개가 보였다. 하나는 왼쪽 젖꼭지에서 3센티미터 남짓 떨어진 지점이었고, 다른 하나는 가슴팍 한가운데에서 5센티미터 아래 지점이었다. 바로 가슴의 정중앙이었다.

남자의 사지가 완전히 늘어졌다. 감정이 싹 사라진 얼굴에는 졸리고 혼란스러운 표정만 남았다. 마치 자그마한 나무처럼 꼿꼿하게 굳은 채로, 달리던 관성 때문에 앞으로 털썩 쓰러졌다. 일자로 쓰러진 남자의 무릎과 얼굴이 동시에 바닥에 부딪히면서 먼지구름이 작게 일었다. 그의 몸은 우리와 곰 사이에 마치 직선처럼 뻗어 있었다.

남자의 몸이 바닥에 닿는 순간, 대시가 짖기를 멈추었다. 이어서 나의 온몸에 행복이 넘실거렸다.

나는 소총에 손을 뻗어 안전장치를 다시 잠근 다음 탄창 손잡이를 잡았다. 다른 손은 사샤의 등에 얹었다. 그녀는 잠시 남자의 시체를 소총의 조준경으로 응시한 다음, 총을 잡았던 손을 놓고서 나를 바라보았다. 그 표정은 마치 방금 마술 묘기를 본 소녀 같았다. 순수한 경이로움 그 자체였다.

"잘했어, 자기야. 멋지게 쐈네."

그녀는 곰을 돌아보았다. 내가 보기에 곰은 우리 너머에 있는 대시를 바라보고 있는 듯했다. 우리는 모두 대시를 바라보았다. 녀석은 이제 진정한 채로 간식을 기다리듯 베란다 바닥에 앉아서 꼬리를 흔들고 있었다.

돌아서자 마침 곰이 남자의 팔뚝을 물고서 숲속으로 커다란 원을 그리며 돌아가는 모습이 보였다. 곰이 돌아서며 남자의 몸이 뒤집히자, 창백한 가슴팍에 난 두 개의 총알 구멍에서 피가 줄줄 흘렀다. 그 외에는 몇 가닥의 풀과 약간의 먼지가 핏자국과 섞여 남자의 몸에 달라붙었을 뿐이었다.

나는 소총을 어깨에 메고 사샤의 등에 손을 얹었다. 곰이 숲 가장자리에 도착하자, 그녀는 천천히 나를 돌아보았다. 얼굴에는 여전히 경이로움과 충격 어린 표정이 보란 듯이 드러나 있었다.

"자기…… 해내니까 기분 좋아?"

그녀는 내 질문을 알아들은 것 같지 않았지만, 한 5초쯤 지나자 눈을 감고 가슴에 손을 얹더니 심호흡을 했다. 다시 숨을 내쉬고서는 눈을 뜨고 나를 바라보았다.

"응. 기분 좋아. 해내야 했어. 그러니까, 난 절대로…… 이게 허튼짓이라고 생각하지 않아."

그녀의 말이 점점 빨라졌다.

"내가 남자를 쐈잖아. 그런데 사람을 쐈다는 느낌이 안 들어. 말이 돼? 심지어 벌레를 죽인 것 같은 느낌조차 안 들어. 그냥 뭔가를 싹 치운 느낌이야. 마치 얼룩을 지워버리듯이."

그날 밤 내내 우리는 남은 와인을 마시며 이 경험을 여러 번 되새겼다. 나는 사샤가 이런 일을 겪게 했다는 죄책감과 그녀에 대한 자부심을 동시에 느꼈지만, 생각해 보면 그녀 역시 여기서 살고 있기에 이 일을 나만큼이나 확실히 처리할 줄 알아야 했다. 이런 규칙이나 단계를 사샤로 하여금 따르지 않아도 좋도록 보호할 방법은 없었다. 그녀는 자신을 자랑스러워하고 확신에 차 있었고, 그 감정이 나에게도 옮았다.

✢ ✢ ✢

그때부터 여름은 별 탈 없이 잘 흘러갔다. 매일이 즐거웠다.

내 대학교 룸메이트의 결혼식에 참석하려고 비행기로 콜로라도에 갔다 오기도 했다. 나로서는 이 지역을 처음 떠나본 셈이다. 댄과 루시는 기꺼이 대시를 돌보고 우리 집을 봐주었다. 나는 이곳을 떠나 무척 불안했지만, 피로연장에서 친구와 지인들에 둘러싸이자 예상보다 우리의 새로운 삶에 감사하게 되었다. 미친 악령이니 뭐니 하는 존재에도 불구하고, 집이 좋다고 느낀 거다. 사샤와 나는 악령에 대한 미친 소리를 친구들 앞에서 대화거리로 꺼내지 않았지만, 모두가 우리의 이사를 열광적으로 기뻐해 주어서, 주말을 마무리 지을 즈음에는 열 개나 되는 모임의 친구들에게 우리 집에 놀러 오라는 열 번의 잠정적인 초대 약속을 했던 것 같다. 실제로 어떻게 될는지는 잘 모르겠다. 악령이 나타날지도 모르는 집에 손님을 초대한다니. 하지만 그건 그때 가서 걱정하기로 했다.

다시 집으로 돌아오는 길 오후였다. 집을 향해 주립 도로를 운전해 가다가 우리 목초지의 가장 낮은 부분이 거의 눈에 들어올 즈음이었다. 사샤가 손을 뻗어 내 뺨을 만졌다.

"기분은 좀 어때? 일을 치르고 집에 오니까 어떤 기분이 들어? 한때 고향이라고 불렀던 곳에 돌아가 사람들을 만난 소감은?"

나는 그녀를 바라보았다.

"숙취가 느껴지네."

사샤는 미소를 지으며 손등으로 가볍게 날 툭 쳤다.

"정말? 다른 생각은 없어?"

"거기 있을 때보다 지금이 더 행복한 것 같다."

"나도 그래, 해리. 나도."

댄과 루시는 대시와 함께 진입로에서 우리를 기다리고 있었다. 대시는 우리가 차에서 내리자 우리의 품으로 뛰어들었다. 우리는 스타이너 부부에게 대시를 맡아주고 양 떼를 봐준 호의를 어떻게든 보답하겠노라고 말하고서, 오늘 밤 저녁을 먹으러 와달라고 어찌어찌 설득했다.

사흘 연속으로 파티를 즐긴 다음 숙취에 시달리며 비행기를 타고, 비행기에서 내려서는 한 시간 반 동안 운전한 끝에 곧바로 이웃 노부부와 저녁을 먹는다니, 평소 같았으면 어떤 대가를 치르더라도 피하고 싶을 끔찍한 일이었을 것이다. 아아, 하지만 나의 이런 고집불통 성미에도 불구하고 댄과 루시는 이제 정말 가족처럼 느껴지기 시작했다.

이 악령과 철따라 거행하는 의식 때문에 유대감이 형성된 것만은 아니었다. 그들은 진짜로 대단한 사람들이었다. 그들이 아이를 갖지 않았기 때문에 해볼 수 없었던 부모 역할을 우리에게 하고 있는 것 같았다. 실제로 루시는 사샤에게 자주 그 비슷한 말을 했다.

하지만 그러다 나는 확실히 깨달았다. 난 정말로 아이를 갖고 싶구나. 지난 몇 달 동안 난 사샤에게 전보다 자주 아이 이야기를 꺼내고 있었다. 물론 이 주제를 그녀가 불쾌하게 받아들이지 않도록 애썼고, 몇 년 전에는 아이 갖는 걸 사샤의 결정에 맡기겠다고 분명히 말한 적도 있었다. 하지만 정말이지, 나는 그녀와 아이를 낳고 싶었다. 이곳으로 이사 온 뒤 아이 이야기를 했을 때 그녀는 나중에 이야기하자고 미루기가 일쑤였다. 처음 몇 달은 이웃이 무언가에 정신 팔린 미친 인간들이라고 생각했고, 그다음 몇 달은 기괴하고 사악한 악령과 사는 현실에 적응하느라 정신이 없었기 때문이다. 하지만 그런 불확실함도 사라지기 시작했기에, 아이를 갖고 싶다는 평소의 욕망이 다시 돌아왔다. 몇 번 더 이야기를 나눈 끝에, 사샤는 허수아비가 나타나는 가을을 지내보면서 이 악령이 우리를 위해 준비한 것을 모두 경험한 뒤에 결정을 내리자고 제안했다. 그때쯤이면 댄이 말한 것처럼 악령의 '비수기'인 겨울에 접어들었을 터였다.

하지만 난 준비가 되어 있었다. 아이를 갖고 싶었다. 이곳에 이사 오기 전부터 아이를 원했고, 하루가 갈수록 이곳에서 가정을 꾸리고 싶은 마음이 점점 커져갔다.

16

사샤

"잘했어, 우리 귀염둥이!"

나는 대시와 초원을 걷고 있었다. 더워도 너무 더웠다. 해리는 오전 내내 우물가에서 일하며 덤불과 관목을 펌프와 계량기 근처에서 치웠다. 관개 수로를 가동할 수 있는 더 강력한 펌프를 설치하기로 했기 때문이다.

지금까지 본 바로는, 해리는 일을 꽤 잘했다. 그는 잡초 제거기를 돌려 기존의 우물 펌프 3미터 반경을 원형으로 깔끔하게 정리한 그는 삽으로 식물 뿌리를 죄다 파내 작업할 공간을 말끔히 치웠다.

해리는 삽을 놓고 장갑을 벗은 다음 팔뚝으로 얼굴의 땀을 닦았다. 그러고는 나를 올려다보며 웃었다.

"와, *카우걸*이 왔네. 말 타러 갈 거야?"

나는 새로 산 카우보이모자를 슬쩍 들어 올리며 해리에게 우스꽝스럽게 과장된 절을 해 보였다. 지난 한 달 동안, 나는 적어도 일주일에 두 번씩 루시와 함께 말을 탔다. 심지어 등산로를 따라 국유림까지 갔다 오기도 했다. 나는 루시가 승마를 가르쳐주면서 내준 늙은 암말 레몬스를 점점 좋아하게 되었다. 이 말의 자그마한 기벽과 버릇에도 익숙해졌다. 이 말이 참 좋고, 말과 맺는 유대감도 좋았으며, 나와 말이 서로 익숙해지는 모든 과정이 마음에 들었다. 이젠 승마에 걸맞은 복장을 고를 만한 명분이 생겼다는 것도 참 좋다.

"나 스바루 타고 루시네 집에 가서 거기서부터 말 탈 거야. 지금 좀 늦었어. 첫 번째 등산로 따라 처음 나오는 커다란 목초지로 갈 거야. 아마 네다섯 시간 걸리겠지. 여기 자기 마실 물 가져왔어."

나는 물병을 삽 옆에 놓고서 해리에게 키스했다.

"조심해, 사샤. 알았지?"

나는 돌아서서 진입로 쪽으로 가다가 어깨 너머로 대답했다.

"그럴게. 걱정 마."

"챙길 건 다 챙겨 가는—"

나는 휙 돌아서서 해리의 말을 끊었다.

"곰 퇴치 스프레이랑, 텀블러랑, 칼이랑, 라이터랑, 간식이랑 무전기 다 챙겼어. 전부 가방에 잘 넣었어."

그는 나를 보며 미소 지었다.

"음, 준비 다 했구나. *그럼 몸조심하고, 자기야. 진짜 조심해.*"

나는 그와 대시에게 손을 흔들어주고 진입로를 운전해 나갔다.

이번에 말을 타고 가는 등산로는 특별하다. 몹시 불안하기도 했다. 말을 탄다는 게 문제가 아니었다. 이제부터 루시와 이야기할 내용 때문이었다.

일주일 전, 서재에서 일하는 도중 모르는 번호로 전화가 왔다. 나는 스팸 전화려니 생각하고 일단 받았는데, 의외로 듣기 좋은 여자의 목소리가 들려왔다.

"안녕하세요, 음, 베서니라고 해요. 2주 전에 이 번호로 전화를 받았는데 며칠 전까지 휴가를 갔다가 방금 음성 사서함을 확인했어요. 저에게 음성을 남기신 분이 제 아버지의 재산인가 신탁인가 때문에 하실 말씀이 있다고 해서 연락드렸어요."

이런 제길. 나는 의자에서 앉은 자세를 바로잡고 놀란 기색을 목소리에서 애써 지웠다.

"어머, 네, 안녕하세요, 베서니. 제가 맞는 번호로 걸었는지 모르겠는데, 혹시 베서니 루커트 씨 맞으신가요? 아버님이 리처드 시모어 씨 되시고요?"

"네, 맞아요. 제가 베서니 루커트예요. 아버지 성함이 리처드고요. 지금 통화하시는 분 성함을 여쭈어도 될까요?"

수화기 너머로 TV 소리와 더불어 아이들이 웃고 떠드는 소리가 들려왔다. 이제 이 여자에게 질문을 해야 한다고 생각하니 불안감이 마음속에서 솟구치기 시작했다.

"그럼요, 먼저 말씀드리지 못해 죄송해요. 전 사샤 블레이크모어예요. 제가 전화드렸던 건요, 제 남편과 제가 지난봄에 프리몬트 카운티에 있는 작은 목장을 샀기 때문이에요. 쭉 말씀드릴 테니, 혹시 틀린 부분이 있으면 제 말을 멈추고 언제든지 정정해 주세요.

음, 우리는 부동산 투자 회사에게서 이 땅을 샀어요. 그 회사는 이 곳에 마지막으로 사셨던 분들에게서 땅을 샀고요. 제가 잘못 안 게 아니라면, 그분들이 바로 리처드와 몰리 시모어 씨예요."

수화기 저편에서 몇 초간 침묵이 흘렀다. 아이들 소리가 들려오지 않았다면, 그녀가 전화를 끊은 줄 알았을 것이다.

"베서니……? 듣고 계세요?"

"죄송해요, 잠시만요."

발소리가 들리더니, 문 닫히는 소리가 이어졌다. 갑자기 아이들의 목소리가 싹 사라졌다.

"기다려주셔서 고마워요. 좀 더 잘 들리는 곳으로 왔어요."

다시금 침묵이 길게 이어졌지만, 이번에는 언제 대답해 줄지 확인할 필요가 없었다.

"죄송한데, 남편분과 언제 그 집으로 이사하셨다고 했죠?"

"지난봄에 이사 왔어요. 지금은 거의 여섯 달쯤 되었어요."

"그러면…… 여러분은…… 실례지만, 사샤, 왜 전화하셨는지 여쭤어도 될까요?"

이쯤에서 진실을 이야기하면 되겠다는 생각이 들어서, 나는 입을 열었다.

"그게, 이곳에 대해 얼마나 잘 알고 계신지 모르겠지만…… 아주 특별한 곳이라서요. 여기 살며 익숙해지는 과정이 아주 흥미로웠어요. 우리는, 그러니까 저와 제 남편은 2011년 봄에 당신의 가족들이 이곳을 떠나셨다는 걸 알게 됐어요. 갑자기 환경이 변해서라고 들었는데요, 베서니. 솔직히 말씀드리자면, 이곳이 참 독특하잖아요. 전에 사셨던 분들은 어땠는지 알면 남편과 저에게 *아주 큰 도움이* 될 거라고 생각했어요. 그리고 어쩌면, 가능하다면 여러분이 떠나게 된 이유에 대해서 알 수 있지 않을까 싶었어요."

그러자 베서니가 가쁜 숨을 내쉬는 소리가 들렸다.

"성함을 다시 말씀해 주시겠어요?"

"제 이름은 사샤예요. 사샤 블레이크모어요."

"그래요, 사샤. 음…… 먼저 말씀드리자면, 저는 1996년 3월에 그곳을 떠났고, 그날 이후로는 프리몬트 카운티에 얼씬도 하지 않았어요. 둘째로, 몰리는 제 어머니가 아니에요. 제 어머니는 아버지가 몰리를 만나기 몇 년 전에 돌아가셨죠. 두 분 사이에서 마크와 코트니가 태어났고, 우리가 그 목장으로 이사 갔을 때 그 애들은 아기였어요. 저는 열여덟 살이 다 된 나이였고요. 저는 거기 산 게 몇 달 안 돼요. 그래서 전…… 두 분께 도움이 될 만한 경험이 별로 없어요. 게다가 너무 오래전이기도 하고요."

"아, 괜찮아요. 멋대로 추측해서 죄송해요. 전혀 몰랐어요. 그러면…… 제가 궁금한 건, 부모님이 왜 이곳을 떠나셨는지 아시나요? 이웃들 말씀을 들어보면, 부모님께서 꽤 특이한 상황에서 떠나셨다는 듯이 말씀하셨거든요. 그래서…… 그냥 무슨 일인지 알아보고 싶었을 뿐이에요."

"사샤, 솔직히 말하자면 저는 그곳을 떠난 뒤로 아빠와 단 한 번도 대화를 나눠본 적이 없다가 아빠가 돌아가시기 일주일 전에야 겨우 이야기를 나눴어요. 몰리나 쌍둥이와도 마찬가지고요. 아빠와 저는 사이가 안 좋아서, 제가 떠날 땐…… 솔직히, 그 땅에서 최대한 멀어지고 싶었어요…….”

등골이 오싹해졌다.

“아, 그러셨군요. 제가 괜한 질문을 했네요. 그렇다면…… 저기,
이야기해 주실 수 있으시다면요. 혹시 아버지께서 돌아가시기 전
왜 이 목장을 떠나셨는지 들으신 게 있으신가요?”

또 한참 침묵이 흐른 뒤에 베서니가 대답했다.

“음, 아빠와 대화를 길게 하지는 못했어요. 그때 전 직장에 있었
는데 모르는 번호로 전화가 왔더라고요. 직원이 아버지 전화였다
고 알려줬어요. 지금 생각하면 후회되지만, 처음에는 아빠에게 전
화하지 않았어요. 며칠이 지나서야 전화해야겠다 싶었죠. 아빠가
남긴 번호로 전화를 해보니, 오리건주 펜들턴 외곽의 작은 모텔이
더라고요. 그 모텔에서 아버지가 묵고 있는 방으로 연결해 주었는
데, 전화를 받은 사람은 코트니였죠. 저는 처음에 누가 받았는지도
몰랐어요. 그냥 아빠를 바꿔달라고만 말했어요.”

베서니는 또 한참 말이 없다가 겨우 이야기를 이어갔다.

“사샤, 그때의 대화는 아주 짧았고, 완벽하게 기억나지도 않아
요. 하지만 아빠는 완전히 제정신이 아니었어요. 미친 사람의 말처
럼 들렸죠. 무언가가 자기들을 쫓아오고 있다고 했어요. 자기와 몰
리와 쌍둥이들을요. 그리고, 흐윽…….”

그녀는 울기 시작했다.

“베서니, 이런 이야기를 꺼내서 정말, 정말 죄송해요. 제가 잘못
했어요. 그냥—”

“아녜요, 상관없어요. 괜찮아요. 그래요, 아빠는 자신들이 갇혀

버렸다는 식으로 말했어요. 계속해서 '그게 우릴 못 떠나게 한다, 그게 우릴 못 떠나게 한다'라고만 말했어요."

베서니는 이제 대놓고 울었다. 그녀의 기억을 되살려서 미안하다는 죄책감도 잠시, 공포가 밀려들었다.

"나는 아빠를 진정시키려고 했어요. 보이시에 와서 나랑 남편이랑 같이 있자고 설득해 보려고 했어요. 와서 아빠의 존재도 몰랐던 손주들도 만나보라고 말이에요. 하지만 아빠는 거절했어요. 그걸, 뭔지는 모르지만, 그걸 달고 우리에게 갈 수 없다고요. 그게 나를 찾아내게 하면 안 된댔어요."

나는 간신히 입을 열었다. 무서워서 손이 덜덜 떨리기 시작했다.

"베서니, 혹시, 아버지께서 무슨 뜻으로 말하신 건지 짐작 가는 게 있으신가요?"

"어…… 있기는 있는데, 맞는지는 잘 모르겠어요. 우리가 목장에 이사 온 지 2주쯤 뒤에, 커다란 목장에 사는 어떤 부부가 찾아왔어요. 이름은 기억이 안 나지만, 처음에는 좋은 분 같아 보였는데…… 모르겠어요. 어쨌든 그분들이 우리에게 말해줬어요. 기억은 잘 안 나요. 벌써 20년도 더 된 이야기니까요. 하지만 그분들이 떠난 다음에 그 이야기 때문에 아빠랑 몰리랑 제가 엄청 싸웠던 기억이 나요. 전 그날 밤 그곳을 떠나고 싶었어요. 그 노부부가 너무 무서웠거든요. 그분들은 한 5주에서 6주 뒤에 다시 왔어요. 이번에는 장작인가 성수인가 하는 걸 놓고 갔어요. '봄 의식'에 필요할 거라고 했죠. 곧 시작될 테니 빨리 손을 써야 한댔어요. 그 대화를 들으니 너무 무서워서 전 바로 흥분했고 그날 밤 아빠랑 또 심하

250

게 싸웠어요. 밤새도록요. 그리고 다음 날 아침에 전 떠났어요. 보이시에 있는 이모랑 같이 살겠다고요. 우리는…… 그 뒤로 다시는 대화한 적이 없어요. 이모는 아빠에게 여러 번 전화해서 내가 안전하게 잘 있다고 했지만 아빠는 나랑 다시는 엮이고 싶지 않다면서, 나한테 잘 살라고 전하라고 했대요. 그게 끝이에요."

나는 방금 들은 말에 충격을 받아 눈물이 핑 돌았다. 애써 마음을 다잡아 대답했다.

"와…… 베서니, 그런 일이 있었다니, 정말, 정말 안타까워요. 여쭈어서…… 죄송해요."

"사샤…… 그게 정말인가요? 그분들이 우리에게 말한 게…… 진짜인가요? 곰이니 인형이니 하는 게 진짜 있는 건 아니죠?"

"그게…… 있는 것 같아요. 네, 제가 아는 한은, 그래요, 진짜예요. 하지만 잠깐요, 뭐 하나 더 여쭈어도 될까요? 대답하고 싶지 않으면 안 하셔도 돼요. 부모님과 형제자매분이 어떻게 돌아가셨는지 말씀해 주실 수 있나요?"

"음…… 네, 괜찮아요. 뉴스에 난 일이거든요. 적어도 지역 뉴스에는 났어요. 오리건 동부에 있는 소규모 신문사들이 다뤘죠. 아빠랑 전화한 지 6일인가 7일째 되는 날에 교통사고가 났어요. 조사관들 말로는 차가 곰을 치고 길에서 벗어났는데, 그 사고 때문에 사람이 사망한 건 아니었대요. 네 사람 모두 차에 있었고, 부서진 차에서 내려서 다른 곳으로 걸어갔어요. 사고 지점에서 5킬로미터쯤 떨어진 곳에서 아빠와 몰리의 시신이 발견되었죠. 두 분은 쓰러진 나무에 깔려 있었어요. 사람들 말로는 커다란 나무였고, 그래서 두 분 다 즉사했을 거라고 했어요. 그런데 조사관들을 혼란스럽게 만든 점이 있었죠. 죽은 나무가 쓰러진 게 아니었거든요. 돌풍 같은 게 불어서 산 나무가 통째로 뽑혀 넘어진 거예요. 뿌리째 뽑혀서요. 그런데 주변에서 그 나무 딱 한 그루만 뽑혔댔어요. 마크와 코트니는 그 자리를 떠나 계속 이동했죠. 조사관들에 따르면, 그 애들은 나무 밑에서 부모님 시신을 끌어내려고 했지만 그럴 수 없어서 포기하고 계속 골짜기를 내려가 그 근처 목장 쪽으로 향했대요. 그 애들은……."

베서니가 다시 울었고, 몇 초간 숨을 쉬느라 말이 끊어졌다.

"그날 어딘가에서 산불이 났어요. 사람들은 번개가 쳐서 불이 붙었다고 생각하더군요. 그 산불은 수백만 평을 태웠죠. 마크와 코트니의 시신은 한자리에서 발견됐어요. 그 애들은 연기와 불꽃을 피하려고 했는지, 불쑥 튀어나온 커다란 바위 밑에 있었대요."

"베서니, 이런 이야기를 들으니 정말 마음이 아파요. 뭐라 말씀을 드려야 할지……."

잠시 뒤 그녀는 말을 이었다.

"그렇게 된 거죠. 아빠는 우리 모두 그 목장으로 이사하기 전에 신탁을 설립했었어요. 저는 그 신탁의 유일한 수혜자였고요. 일이 어떻게 돌아갔는지는 모르지만, 몇 년 동안 변호사들과 주 정부에서 그 땅을 팔아서 나에게 수표를 보냈어요. 그게 끝이에요……."

나는 베서니에게 말해주어 고맙다고 전하고, 어떻게 그녀의 연락처를 알아냈는지 진실을 말했다. 프리먼 변호사에게 거짓말한 점과 가족 소지품을 가지고 있었다고 둘러댄 점을 사과했다. 베서니는 이해했노라 말하면서 필요한 일이 있으면 또 전화해도 좋다고 했다. 하지만 그녀가 마지막으로 남긴 말이 지난 일주일 내내 나의 머릿속에서 맴돌았다. 댄과 루시의 집에 다다른 지금 이 순간까지도. 그녀는 이렇게 말했다.

"사샤, 조심해요."

나는 루시와 함께 마구간에 가서 말에게 안장을 얹었다. 우리는 레몬스에게 집에서 가져온 사과를 준 다음, 말을 타고 스타이너가의 땅을 거쳐 조의 땅으로 들어가는 가축용 문cowboy gate을 넘어섰다. 거기서부터 잘 닦인 길을 따라 문을 하나 더 지났다. 짧은 길은 주립 도로로 이어져 저 아래 국유림의 차량용 도로 기점까지 뻗어 있었다. 여름에 접어들면서 차량용 도로 기점은 등산객과 배낭여행객으로 복작복작했다. 오후만 되면 차가 스무 대씩 올라가기 일쑤였고, 주말이면 그 수가 두 배로 불었다. 국유림 경비원들은 하루에도 몇 번씩 차를 타고 도로를 오르락내리락했다. 사실 나는 그 모습이 좋았다. 우리가 극도로 고립되어 있지는 않다는 느낌이 든달까. 게다가 사람들이 차창 밖으로 우리 땅을 바라보며 얼마나 아름다운지 감상하고 해리나 나에게 손을 흔들며 우리가 마주 손을 흔들어주기를 간절히 바라는 모습이 좋았다.

몇 킬로미터 더 올라가면 아주 근사한 초원이 나왔다. 말을 타고 여러 번 와봤던 주요 산책로 중 하나였다. 이곳에는 자그마한 시내가 흘러서, 루시와 나는 말들에게 물을 먹이고 잠깐 쉬면서 간식을 먹고 수다를 떨었다. 지난번에는 루시가 안장 가방에 챙겨 온 맥주를 두어 병 마셨는데, 정말 멋진 시간이었다.

이번에는 초원에 꽤 빨리 도착했다. 처음에 한두 번 왔을 때는 울퉁불퉁하고 가파른 지점이 몇 군데 있어 무서웠지만, 점차 말을 타는 게 자연스럽게 느껴지기 시작했다. 나는 레몬스를 쓰다듬거나, 허벅지에 살짝 힘을 주거나, 자세를 약간 조절하는 식으로 의사소통하기 시작했다.

루시는 이번에도 맥주를 가지고 왔다. 우리는 말들이 근처에서 풀을 뜯는 동안 시냇가 옆 통나무에 앉았다.

"자, 루시, 여쭈어보고 싶은 게 있답니다. 예전부터 생각하던 건데요."

나의 묘한 말투에 루시는 짐짓 놀란 척하며 나를 바라보았다.

"그러세요, 사샤. 잘 들을 테니 어서 말씀하세요."

나는 심호흡을 했다.

"그게요…… 시모어 가족에게 무슨 일이 있었는지는 우리가 좀 더 서로를 안 다음에 말해주고 싶다고 하신 지도 꽤 되었잖아요. 그래서, 음, 궁금해서요. 베서니 시모어를 기억하세요? 리처드의 장녀 말이에요."

루시는 정말로 깜짝 놀란 듯했다.

"아…… 네, 기억해요. 어렴풋이요. 그 가족이 이사 오고 나서 큰딸은 금세 이곳을 떠났죠. 그 딸은 왜요?"

"그게요, 지난주에 제가 베서니와 전화를 했거든요……."

나는 루시에게 그때 나눈 대화를 이야기했다. 나는 사실 루시에게 어떻게 말할지 차근차근 연습했고, 여러모로 준비했다. 모든 것을 이야기했다. 댄과 루시가 방문했던 일을 베서니가 기억하고 있었던 것부터, 베서니가 리처드와 싸웠다는 것, 그 뒤로 근 15년을 부녀가 연락 없이 지냈다는 것, 그리고 마지막 전화의 자세한 내용, 마지막으로 리처드와 몰리, 쌍둥이가 어떻게 죽었는지까지 말했다.

이야기가 끝날 무렵, 루시는 뺨 위로 눈물을 주르르 흘리며 손으로 입을 가렸다.

나는 루시의 손을 잡고서 그녀의 눈동자를 바라보았다.

"루시, 그분들에게 무슨 일이 일어났는지 말해주세요."

나는 이 상냥한 분이 이토록 속상해하는 걸 보고 어쩔 수 없이, 같이 울기 시작했다.

"이게 무슨 의미인지 말씀해 주셨으면 좋겠어요."

루시는 두 손으로 얼굴을 가리고 장장 15초를 어린애처럼 울었다. 나는 어찌할 바를 몰랐다. 마침내 그녀는 고개를 다시 들었다. 눈은 울어서 새빨갛게 부었지만, 이토록 아름다운 초원에서 오후의 햇빛을 받고 있는 그녀의 모습은 너무나 아름다웠다.

루시는 몇 번 떨리는 숨을 깊이 들이쉬더니 말했다.

"사샤…… 있죠, 우리는 이곳을 떠날 수 없어요. 당신과 해리, 댄, 나는…… 우리는 이 골짜기에서 이사 갈 수 없어요. 우리는 절대로 이 골짜기를 떠날 수 없다고요. 악령이 하는 짓 가운데 그것도 있어요. 이게…… 우리가 빠진 미친 상황이에요."

기절할 것 같았다. 눈앞이 흐려지기 시작했다. 내가 누군가에게 이렇게 반응하리라고는 한 번도 생각한 적 없었고, 특히 루시에게 이러다니 믿을 수가 없었지만, 나도 모르게 벌떡 일어서서 고함을 지르고 있었다.

"루시, 뭐라고요? 지금 장난해요? 아니, 어떻게…… 어떻게 그걸 숨길 수가 있어요!"

나는 곧바로 초원에 털썩 주저앉아 어린애처럼 울기 시작했다. 이제껏 받아왔던 압박감과 스트레스가 한순간에 폭발해 버렸다. 어느새 루시가 다가와 나를 감싸 안았다. 잠시 뒤 내가 숨을 고르자 루시는 몸을 일으켜 내 앞에 앉았다.

"사샤, 정말, 정말 미안해요. 말하지 않아서 정말로 미안해요. 우리가 처음 만나자마자 두 사람에게 말했다 해도, 여러분이 진지하게 들어주었을 가능성은 전혀 없었을 거예요. 특히 해리는요. 사샤도 그 점은 알고 있겠죠. 그리고 두 사람이 이 상황을 심각하게 받아들이기 시작했을 무렵에는 이미 너무 늦고 말았어요."

루시는 심호흡하더니 하늘을 올려다보며 말을 이어갔다.

"조와 그의 가족이 아는 한에서는, 또 댄과 내가 확실하게 말해 줄 수 있는 한에서는, 한 철을 쭉 살기만 해도, 악령이 사람을 잡아 둘 수 있게 돼요. 댄이 즐겨 쓰는 표현이죠. 우리가 목격한 건 헨리 가족 일이었어요. 이곳에 땅을 소유했던 마지막 가족 중 하나죠. 빌 헨리, 버지니아 헨리 부부였어요. 댄과 내가 목장을 샀을 때 이곳에 살던 사람은 조의 가족, 사샤의 집에 살던 제이컵슨 가족, 그리고 거기서 길 서쪽에 있는 12만 평짜리 부지를 가진 헨리 가족이었어요. 헨리 가족은 거기 30년쯤 살았는데, 우리가 이사 온 지 몇 년 뒤에 여기를 그만 떠나겠다고 결정을 내렸죠. 댄과 조가 그 집 진입로에 서서 그들에게 제발 여기 남아 달라고 빌던 날을 절대로 잊을 수가 없어요. 조가 말했죠. 여기를 떠나는 게 어떤 의미인지 알면서 이러느냐고요. 악령이 곧바로 당신들을 찾아내 죽일 거라는 걸 알지 않느냐고요. 그분들은 상관없다고 했어요. 대가를 알지만 기꺼이 치르겠다고 하셨죠. 그분들은…… 글쎄요. 이 골짜기에 갇혀 지내는 것보다는 어디서 죽을지 정하는 쪽을 택하고 싶어 했어요. 그들이 주립 도로를 따라 차를 타고 멀어져 가는 모습을 잊지 못할 거예요. 그 뒤로 3주도 되지 않아 보안관들이 우리 집에 들렀어요. 헨리가의 부동산 매매를 담당한 감정사를 데려오는 길에요. 보안관들이 헨리 부부가 어떻게 죽었는지 말해줬어요. 캘리포니아 북부 해안의 어느 강가에서 캠핑을 하는데 갑자기 물이 불어났대요. 그 강의 유량 최고치를 기록한 홍수였다고요. 두 분은 익사했어요. 헨리가의 소유지는 조가 샀고, 그 뒤로 집을 허물었어요. 하지만 풀밭에 여전히 집터가 남아 있어요…….”

루시는 고개를 저으며 흐르는 눈물을 닦았다.

“그때 이후로 같은 일은 없었는데, 시모어 부부가 또 떠난 거예요. 우리는 시모어 가족의 차 사고 소식을 들었고, 산불로 일어난 쌍둥이 사망 사건도 들었어요. 그래서 이곳을 떠날 수 없다는 사실을 알았죠. 하지만 조는 헨리 가족이 떠나기 전부터 알고 있었어요. 헨리 부부도 1950년대에 다른 가족들이 이곳을 떠나는 걸 보면서 역시 알고 있었고요. 조는 우리가 떠나면 악령이 우리를 죽일 거라고 말했어요. 하지만 여기서 살 수 있다고, 철따라 생존하는 법을 배우고, 이 땅과 함께 사는 법을 배우면 잘 살 수 있다고 했어요. 하지만 떠나면 한 달 안에 죽을 거라고 했죠. 우리는 조에게 애

257

원했어요. 어떻게든 우리를 잡은 악령의 구속을 깨는 방법은 없느냐고, 있다면 말해달라고. 하지만 조는…… 이렇게 말했어요. 이제 더는 그런 방법이 없다고요. 예전에는 있었던 것도 같지만, 악령은 그 방법도 알아냈기 때문에, 이제는 절대로 안 된다고요."

루시는 허리를 펴고서 내 손을 잡았다.

"사샤, 지난 2월에 여러분이 목장을 샀다는 소식을 들었을 때, 우리는 여러분에게 악령 이야기를 어떻게 꺼내야 할지 의논하려고 조에게 찾아갔어요. 우리는 새로 온 이웃에게 한번 이야기한 적이 있었고 그게 바로 시모어 가족이었는데, 일이 꼬여서 가족의 큰딸이 떠났죠. 우리는 그 일로 무척 겁이 났어요. 그래도 여러분에게 말해야 한다는 건 알았죠. 말하지 않는다면 여러분은 결국 연못의 불빛을 보고도 불을 피우지 못할 거고, 그러면 첫 번째 봄에 살아남을 수 없을 테니까요. 하지만 처음 본 사람에게 이 계곡의 규칙을 따르라고 설득하기란 참 어려워요. 당장 떠나라고, 안 그러면 영원히 저주받는다고 말하는 건 말도 못하게 어렵고요. 여러분은 우리가 미쳤다고 생각했겠죠. 난 두 사람이 불붙이기 의식을 진지하게 받아들일 줄은 몰랐어요. 댄이 해리와 첫 대화를 나눈 다음 그러더라고요. 두 사람이 봄에 살아남을 가능성은 반반이라고요. 만약 우리가 강경하게 밀어붙여서 다 말했다고 생각해 보세요. 이 골짜기에서 몇 주만 더 있다가는 영원히 이곳에 갇혀버리게 될 거라고 말했다면, 여러분이 우리를 뭐라고 생각했겠어요? 정말 진지하게 들어주었을까요? 그래서 이곳을 떠났을까요?"

그 순간, 온갖 감정이 몸을 찢어버리는 것 같았지만 이내 깨달았다. 루시의 말이 옳았다.

난 무슨 말을 할지도 모르면서 입을 열어 횡설수설 내뱉었다.

"하지만요 루시, 전 이미 두 번이나 이곳을 떠난 적이 있어요. 여기서 산 뒤로 두 번이나 다른 지역으로 여행을 갔다고요. 그렇지만 아무 일도 일어나지 않았어요."

루시는 두 손을 내밀며 고개를 저었다.

"악령은 알고 있는 거예요. 그냥 여행과 완전히 떠나버리려는 노력의 차이를. 우리도 여행을 해요. 조도 그렇고요. 하지만 언제나 집으로 돌아올 계획이 있었어요. 어떻게 설명할지 모르겠지만…… 악령은 그 차이를 구분할 수 있어요. 다시 돌아오지 않으려는 마음가짐이 있으면 악령이 쫓아와요."

이미 루시가 대답했다는 걸 알고 있지만, 그래도 물어야 했다.

"조에게도 물어보셨나요? 그러니까, 떠날 방법을 알려달라고 다시 애원해 보셨어요? 이 미친 짓을 끝낼 방법이 정말 없냐고요!"

루시는 나에게 천천히 고개를 끄덕일 뿐이었다.

"사샤, 나나 댄이 조의 가족에게 찾아가서 이 괴상한 짓을 멈출 방법을 물을 때마다 25센트씩 모았다면 백만장자가 됐을 거예요."

나는 주저앉아 고개를 저었다.

"베서니가 자기 부모님이 어떻게 돌아가셨는지 말해줬을 때, 난 그들이 봄 의식을 망쳐서 그런 거라고 생각했어요. 그분들이 떠나기 직전에 의식을 망쳤다고 하셨잖아요. 우리가 이곳에 영원히 갇히는 형벌을 받았다고는 생각도 못 했어요……. 그걸 어기면 일종의 사고사를 당하는 줄은 몰랐다고요."

루시의 약속이 기억났다. 더 깊이 친해지면 시모어 가족에게 일어난 일에 대해 말해주겠다던 약속. 그래서 나는 질문을 시작했다.

몸을 앞으로 숙이고 루시의 손을 잡은 다음, 최대한 단호하게 말했다.

"루시, 시모어 가족이 2011년에 봄 의식을 망치고서 무슨 일이 있었는지 정확히 말해주세요. 지금 말해주셔야 해요."

루시는 천천히 입을 열었다.

어느 날 밤 시모어 부부의 막내딸인 코트니가 연못의 빛을 보았는데도 일부러 아무에게도 말하지 않았다. 그 애는 열일곱 살밖에 되지 않은 10대였고, 말하지 않으면 무슨 일이 일어나는지 궁금했던 것이다. 리처드와 몰리는 산에서 나는 북소리를 듣고서야 비로소 빛을 알아차렸다. 북소리가 이미 시작되어 소용이 없었는데도 그들은 미친 듯이 불을 피웠다. 하지만 북소리는 점점 커지면서 가까워질 뿐이었다. 루시는 시모어 가족이 집에 있는 동안 일어난 일에 대해서는 많이 알지 못했다. 다만 댄과 조가 나타나자마자 리처드와 몰리는 그 땅에서 벗어나고 싶은 마음에 미쳐가고 있었다. 그들은 벌써 사흘이나 집에 갇혀 있었던 것이다. 바로 지금 내가 살고 있는 집에 말이다. 시모어 가족이 댄과 조에게 한 말은 그 집이 "포위되었다"는 것뿐이었다. 하지만 뭐가 집을 포위한 건지는 몰랐다.

조와 댄은 리처드와 함께 새로운 관개 시스템 설치를 두고 회의를 하기로 했었다. 그런데 리처드가 오질 않아서, 두 남자는 그가 집에 있는지 보려고 트럭을 타고 갔다. 진입로에 차를 세우고 내려보니, 시모어 가족의 소 서른 마리와 양 떼가 가죽이 벗겨진 채 죽어 있었다. 벗겨진 가죽은 힘줄로 꿰매어져 집을 둘러싼 목화나무와 포플러나무 사이에 괴상망측한 피투성이 돛처럼 걸려 있고, 동물의 내장은 나뭇가지에 주렁주렁 널려 있었다. 가죽이 벗겨진 짐승의 사체는 현관에 쌓여 문을 막아버린 상태였다. 루시는 어떻게, 또 어째서 댄과 조가 나타난 것으로 이 난장판이 멈추었는지는 모른다고 했다. 어쨌든 두 사람이 집에 오고 나서 집을 둘러싼 심란한 포위가 멈추었다. 루시의 말에 따르면 댄과 조가 현관을 가로막은 동물의 사체를 치우자, 리처드와 몰리가 집에서 나오더니 먹먹한 분노에 빠져서 마당에 앉아 고래고래 소리를 질렀다. *지붕에 뭐가 있다고, 그것들이 지붕에서 깔깔대고 비명을 지르고 있다고 말이다.*

나는 경외감에 사로잡혀 루시의 이야기를 끝까지 들었다. 정말이지 정신이 번쩍 드는 이야기였다. 마음 시릴 정도로 아름다운 산속의 초원에 앉아서 이토록 소름끼치고 무시무시한 이야기를 듣게 되다니.

마침내 해가 지기 시작하자 우리는 말을 타고 산을 내려왔다.

내려오는 길에 우연히 다섯 명의 배낭 여행객들을 마주쳤다. 대학생처럼 보이는 어리고 건강한 젊은이들은 파타고니아와 아크테릭스 신상 등산복을 말끔하게 차려입고 있었다. 말을 탄 우리가 등산로를 따라 내려가자, 젊은이들은 일제히 옆으로 비켜서더니 웃으면서 손을 흔들었다. 그중 한 여자아이는 폰을 꺼내서 내게 사진을 찍어도 되냐고 물었다. 그러면서 내 부츠와 모자가 멋지다며,

"야성적이고 끝내주게 멋진" 여자로 보인다며 칭찬했다. 나는 아무런 대답도 하지 못했다. 그저 혼란에 빠진 채 멍하니 그 여자애를 내려다보았고, 레몬스와 함께 터벅터벅 길을 내려왔을 뿐이다.

젊고 행복한 사람들. 나와 몇 살 차이 나지 않는 이들. 이들은 콜로라도에 있는 내 친구들과 다를 게 없었다. 내가 한때 고향이라 불렀던 곳, 이제 다시는 돌아갈 수 없는 곳에 있는 나의 친구들 말이다.

루시는 집에 돌아오자 나에게 사과하며 또 울었다. 우리를 맞이하러 나온 댄은 말안장을 같이 내려주면서 말을 솔질했다. 그는 우리에게 뭔가 안 좋은 일이 있었음을 눈치챘고, 루시가 그에게 한마디 속삭이며 슬쩍 시선을 보낸 것만으로도 모든 걸 파악했다.

떠나기 전, 댄이 다가와 나를 꼭 안아주었다. 그리고 내 어깨를 1분쯤 잡고 있다가 놓고서는 나를 보았다.

"사샤…… 만약 내가 과거로 돌아가서 당신과 해리에게 떠나라고 설득할 기회가 있었다면, 나는 꼭 그랬을 거요. 하지만 아무리 생각해도 여러분이 들어줄 것 같지 않았다오."

몇 시간 전 산에서 이 사실을 알게 된 뒤, 찬찬히 생각할 시간이 있었다. 이분들이 얼마나 힘들었을지 이해했다. 그들에겐 선택의 여지가 있었으나…… 하나는 우리에게 모든 사실을 이야기하는 것으로, 우리는 당연히 그 말을 전혀 진지하게 받아들이지 않았을 것이다. 나머지 하나는 우리에게 봄을 나는 법을 알려주는 것뿐이었다.

그들이 어느 쪽을 택했든, 우리는 이곳을 떠나지 않았을 거다.

적어도 봄 동안은 머물렀겠지. 그랬다면 어차피 때는 이미 늦어버렸을 터였다.

"왜 그런 결정을 하셨는지 이해해요, 댄."

그의 뺨에 한 줄기 눈물이 흘렀다.

내가 집에 가려고 스바루에 올라타려는데, 댄이 나를 불렀다.

"사샤, 뭐 하나 물어봐도 되겠소……? 해리에게 언제 이걸 밝힐 생각이오? 지금 루시를 데리고 숲속에 며칠 숨어야 하는 건 아닌가 싶어서 말이오. 해리가 좋은 사람이기는 하나, 그래도 당신만큼 잘 받아들일 것 같지는 않은 느낌이라서."

나도 이미 그 점을 생각했었다.

"댄, 며칠 더 생각해 보려고 해요. 제 생각엔 우리 모두가 해리에게 같이 이야기해야 할 것 같아요. 어느 쪽이든 제가 루시를 통해서 알려드릴게요."

이윽고 집 진입로에 도착해 차를 세우면서, 나는 6월에 공항에서 돌아왔던 때를 떠올렸다. 그때 나는 해리에게 분노했었다. 곰 추격에 대해 말하지 않은 걸 두고 어마어마하게 화를 냈었다. 지금 내가 이러는 게 위선적이지만, 이 정보는 당분간 비밀에 부치는 게 최선이라는 걸 안다. 이제는 더 좋은 상황을 위해 내가 입을 다물 차례다. 적어도 당분간 비밀을 지키는 데 대한 변명은 되어주겠지.

17

해리

"이것 보세요, 댄. 그냥 대놓고 물어보시죠. 계속 뜸 들이는 걸 견디자니 끔찍하게 힘듭니다. 피곤한 질문에 피곤한 답을 하면서 정보를 캐내는 게 뭐가 좋습니까. 저는 이야기하는 게 무섭지 않습니다. 다만 제 쪽에서 먼저 말하는 법이 없을 뿐이죠. 그러니 먼저 물어보셔도 됩니다."

"좋아. 제길. 해리. 우리는 이런 주제로 말해본 적은 없잖나. 그래서 먼저 넌지시 떠보는 게 좋겠다고 생각했네. 새 소총을 샀을 때나, 여자를 만날 때처럼 말이야. 무슨 말인지 알지?"

나는 키득키득 웃으며 새 맥주에 손을 뻗었다.

우리는 댄의 은신처로 쓰는 자그마한 건초 보관소에서 아름다운 경치를 감상하는 중이었다. 한여름 열기가 땅에 내려앉자 초록색과 연두색투성이던 계곡이 갈색과 황토색으로 변한 모습은 참 놀라웠다. 댄과 나는 건초 보관소에서 맥주 타임을 꽤 규칙적으로 가졌다. 댄은 머리가 비상한 데다 아는 것도 많았다. 댄과 이야기하는 건 상당히 즐거웠다. 댄은 종종 시간을 내 내가 한창 바쁠 때마다 우리 집 일을 도와주기도 했다.

몇 주 전에는 본인이 가진 도랑 파기 장비를 가지고 와서 우리 집 진입로를 따라 새로 도랑을 파주었다. 트랙터에 건초와 양 먹이를 실어 갖다주기도 했지만, 사례금을 드리겠다는 나의 제안을 끝끝내 거절했다. 그러면서 연말이 되면 한꺼번에 갚을 금액을 알려주겠다고만 말했다. 댄은 "자네가 자주개자리◆를 양 사료에 좀 섞었으면 좋겠다고 했잖나. 마침 내가 헛간에 잔뜩 가지고 있어서. 조앤은 양 떼를 굶겨 죽이지는 않지만, 값싼 사료를 먹인다네. 그러니 자네가 가끔 특식을 줘야 하지 않겠나."

심지어 댄은 우리 마당을 지나는 스프링클러의 누수를 고치는 최적의 방법을 보여주기도 했다. 나를 시내 철물점에 데리고 가서 적당한 크기의 커플링 부품을 알려주고 같이 누수되는 부분을 고쳐주었다. 말하자면…… 아버지 같았다. 적어도 내게는 이토록 아버지다운 분은 처음이었다.

그래서 댄이 한참 전부터 물어보고 싶어 했던 질문을 마침내 던지자, 나는 맥주를 땄다.

"그럼…… 자네는 사람을 죽여본 적이 있다는 거지?"

나는 첫 모금을 들이켜고는 고개를 끄덕였다.

◆ 동물의 사료로 쓰는 식물 중 하나.

"네, 몇 사람 죽였죠."

"음…… 몇 명이나?"

"네 명요. 확실한 건 네 명입니다. 쏜 다음 죽는 걸 지켜봤거든요. 하지만 정확히 몇 명을 죽였는지는 모릅니다. 죽였을 수도 있는 사람이 좀 돼요. 전쟁에서는 영화처럼 확실히 죽음의 장면을 볼 수 있는 게 아니니까요. 그 곰 추격에 나타나는 작자를 쏠 때처럼 확실하진 않다 이거죠. 분명히 본 적도 있지만, 대부분은 그렇지 않았어요. 어떤 놈이 우리 위쪽 산등성이에서 순찰대를 향해 총을 쏠 때면, 우리 열두어 명이 그쪽으로 총을 갈기고서 나중에 시체를 확인하곤 했죠. 그러면 실제로 누가 누굴 죽였는지는 모르잖습니까. 아니면 누군가를 쐈는데, 그놈이 넘어졌다가 다시 일어나서 도망치는 경우도 있죠. 그럴 때는 제가 맞혔을 수도 있지만 빗맞혔을 수도 있거든요. 혹시나 도망친 놈의 간을 쐈다면 양귀비 밭으로 도망쳐 들어가서 과다출혈로 죽었을 수도 있고요. 어떻게 됐는지는 아무도 모르죠. 전투에선 흔하게 벌어지는 일입니다."

댄은 어스름한 저녁 빛 가운데서 나를 오랫동안 응시했다.

"뭐, 그런 일도 다 있군. 그럼 처음으로 죽인 건 누군가?"

그 이야기를 꺼내자 여섯 달 전 덴버의 참전군인 병원에 앉아 피터스 박사를 마주하고 같은 설명을 했던 게 떠올랐다. 낡고 지저분한 세단 뒤에 숨어 있던 남자 둘을 쐈던 기억이었다. 나는 댄에게 그날 있었던 일을 꼼꼼히 설명했다. 댄과 함께 침묵 속에 앉아 있으면서, 첫 번째 남자가 얼굴을 땅에 박으며 쓰러지던 모습과 두 번째 남자가 죽기 전에 보여준 경악한 표정을 생각했다.

"음, 그러면 세 번째로 죽인 건 누군가?"

나는 키득키득 웃고는 맥주를 한 모금 들이켰다.

"네, 세 번째로 사람을 죽였던 건 그 이틀 뒤였죠. 나이 들고 털이 부숭부숭한 놈이었습니다. 댄과 비슷한 나이였어요. 아마 쉰다섯이나 예순 정도 됐을 겁니다. 마르자라는 도시에서였는데, 완전 난장판이었습니다. 대단한 전투가 벌어졌죠. 운하 건널목을 방어 중에 L자 형태로 매복 대형을 갖추고 있었어요. 우리 소대는 모두 웅크리고 숨었습니다. 그런데 우리 쪽으로 낡은 도요타 SUV가 두 대 왔죠. 안에 소총 든 녀석들이 가득 타고 있었는데, 놈들이 우리가 길에 방패막이로 세워둔 세단 뒤에 멈추더라고요. 그때 누가 사격을 시작했죠. 누가 쐈는지는 모르겠지만, 갑자기 우리 소대 전체가 그 SUV 두 대에 총을 있는 대로 다 쏘아댔죠. 저는 오른편 작은 흙벽 뒤에서 두 번째 차의 뒷좌석을 겨눴습니다. 뒷좌석 문을요. 그랬더니 그 탈레반 늙은이가 나오려고 하더라고요. 놈이 마지막으로 한 행동은 차에서 나오려던 거였습니다. 그 순간 즉사했죠."

나는 그 순간을 떠올렸다. 차 문은 열리지 않았다. 마치 어린이 보호용 잠금장치가 되어 있는 것처럼. 그래서 그놈은 창문을 열고 밖으로 팔을 내밀어 차 문 손잡이를 잡고 문을 열려고 했고, 나는 놈의 팔을 쐈다. 놈의 팔에 난 구멍에서 어찌나 피가 많이 흐르던지, 그 모습에 충격받았던 기억이 난다. 차 문에 덕지덕지 붙은 먼지 위로 새빨갛게 흐르던 핏물. 놈은 팔을 차 안으로 들였다가, 이번에는 왼손을 내밀어 다시 문을 열려 했다. 그러면서 몸을 숙여 머리를 드러냈고, 나는 곧바로 놈의 머리를 쐈다. 한 방은 턱에, 다른 한 방은 눈썹에…….

"제길, 해리. 그러면 네 번째 죽인 사람 이야기를 해주겠나?"

"네 번째는 몇 주 뒤였습니다. 마르자에서 벌어진 격렬한 전투가 대부분 소강상태에 빠진 뒤였죠. 우리는 헬만드에 있었습니다. 마르자와 같은 지역에 속해 있긴 했지만, 도시가 아니라 시골이었죠. 거긴 양귀비 재배지였습니다. 말하자면 마약촌이랄까요."

내 말에 댄은 웃었다.

"우리는 순찰을 돌다가 매복해 있던 50명 정도 되는 놈들에게 공격을 받았습니다. 하지만 놈들은 다 죽고 결국 넷만 남았죠…… 우리 소대 하사관이 총에 맞아서, 우리는 모두 엎드렸습니다. 저는 기어서 도랑을 따라 양귀비 밭 옆으로 건너갔죠. 거기서 어떤 놈이 달려오는 모습을 봤습니다. 소총을 들고 제 쪽으로 다가오더라고요. 너무 무서웠지만…… 놈을 쐈습니다. 놈이 정통으로 맞았고요. 그래서 양귀비 밭에서 죽었습니다."

사실은 어찌나 무서웠던지 탄창에 있던 총알을 모조리 다 놈의 몸에 갈겼다. 아니, 그쪽을 향해서 간신히 겨누었을 뿐이라고 해야겠다. 너무 심하게 손을 떨어서 반은 빗맞혔으니까. 그래도 분명히 놈의 발과 목, 그 사이 어딘가를 열 군데 넘게 맞히긴 했다. 우리는 서로를 보고 죽을 만큼 무서워했다. 놈이 죽어갈 때의 충격 어린 표정이 아직도 기억난다.

댄은 천천히 고개를 끄덕였다.

"그렇군. 혹시 죽였을지도 모르는 사람이 더 있나? 긴가민가하지 않은 뚜렷한 상황도 있었나? 죽인 것 같다고 확실한 생각이 드는 경우는?"

나는 턱을 긁었다.

"2월에 마르자에서 격렬한 전투를 치르는 동안, 차에 가득 탄 병사들이 우리 구역으로 뚫고 들어와 중대 전체를 헤집었던 적이 있었어요. 그들을 맞닥뜨렸을 때 저는 좋은 위치에 있지 못했죠. 그래서 작은 벽을 지나서 차 뒷좌석에 있던 놈들에게 사격을 시작했죠. 그들이 죽었을 거라 생각합니다. 물론 적어도 열 명에서 열두 명쯤이 우리 쪽에서 이미 발포 중이었기 때문에, 제가 쏠 때까지 놈들이 살아 있었을 확률은 상당히 적지요. 그러니 정확히는 모르겠습니다……. 뒷좌석에 한 놈이 있었고, 제가 쐈지만 말씀드렸다시피 많이들 발포하고 있는 상황이라서 제가 죽인 건지는 모릅니다. 그 딱한 놈들 중 한 명이 반격으로 한두 번 쏘긴 했는데, 우리와 마주치는 순간 피떡이 되고 말았죠."

댄과 나는 맥주를 들고 한동안 가만히 앉아 있었다.

"음, 말해줘서 고맙네, 해리. 자네가 아주 강하다는 건 아네만, 아무리 그렇더라도 그 순간을 떠올리는 건 역시 힘든 법이지. 이야기를 들으면서 푹 빠졌다네. 왜냐하면, 그게…… 내가 죽인 경우를 세어보자면, 엄밀히 말해서 총을 쏴서 사람을 죽인 걸 세어보면, 가만 보자……. 한 200번쯤 되나? 하지만 그건 여름마다 우리를 방문하는 악령을 쏜 거니까. 그리고 그 악령이 진짜 사람처럼 비명을 지르다가 죽어가긴 하지만, 사실은 사람이 아니잖은가. 그러니까 실제로 사람을 죽인 이야기를 들으면 이상한 게 사실이지."

이제껏 그 점을 생각해 본 적은 없었다. 나는 고개를 끄덕이고는 다시 댄을 바라보았다.

"음, 그냥 제 생각일 뿐이지만요, 해부학적 유사성으로 따지자면…… 진짜 사람을 쏘는 것과 그 벌거벗은 남자를 쏘는 건 아주 흡사합니다. 그 악령은 인간의 모든 부분을 구현했으니까요."

댄은 나를 지나쳐 멍하니 저편을 바라보았다. 내 말을 곰곰이 생각하는 듯했다. 나는 손목시계를 슬쩍 보고는 집에 가서 저녁을 먹을 시간임을 알아차렸다. 그래서 일어서며 등을 살짝 펴면서 가겠다고 말했다.

"말씀드릴 게 하나 있습니다."

나는 잠시 주저하면서 이 요청이 어떻게 하면 수상쩍게 들리지 않을지 고민했다.

"저는 사실…… 그러니까…… 오늘 말씀드린 것 중 몇 가지는…… 정확히……."

댄을 바라보니 그는 어리둥절한 얼굴이었다. 나는 한숨을 쉬었다. 이제부터 솔직하게 털어놓으려는 사실이 어느 정도는 민망해서였다.

"이런 이야기를 사샤에겐 한 적이 없습니다. 제가 몇 가지 조심하는 사항이 있어서…… 사샤에겐 알리지 않으려고 조심하거든요. 그런데 사샤가 루시와 친한 만큼, 오늘 말씀드린 사항을 사샤가 몰랐으면 해서—"

"더 말할 필요 없네, 이 친구야. 이해하네. 오늘의 대화는 우리끼리만 알고 있도록 하지."

나는 댄의 얼굴을 찬찬히 살펴보았다. 이렇게 곧바로 동의해 준

게 놀라웠다. 아내에게는 모든 걸 터놓아야 하며 서로 비밀이 없어야 한다는 설교를 들을 줄 알았는데 전혀 그렇지 않았다.

댄은 눈살을 찌푸리며 고개를 끄덕였다. 그 표정이 마치 '그렇다니까'라고 말하는 것 같았다.

그날 저녁 집으로 돌아오는데 계절의 변화가 느껴졌다. 아직 본격적이진 않지만 소소한 부분에서, 이를테면 늦은 오후의 빛이라든지, 포플러 나뭇잎의 끝부분 색이 변했다든지, 바람의 냄새라든지 하는 것에서 말이다.

우리는 이제 또 한 번의 곰 추격이 나타날지, 나타난다면 언제쯤일지 궁금해하고 있었다. 그런데 몇 주가 지날수록 새로운 불안요소가 생겼다. 차라리 어서 곰 추격이 나타나서 해결해 버리고 싶은 마음처럼. 사샤 역시 무엇 때문인지 마음이 무거운 것 같았다. 하지만 가장 기막힌 일은 따로 있었다. 이런 개 같은 문제 때문에, 우리가 자연계에 대해 이해한 모든 것이, 현실이라고 생각했던 모든 것이 뒤바뀐 이 상황을 그저 받아들여야 하는 상황이 오자, 우리는 한때 간단했던 질문들을 더는 간단하게 받아들일 수 없게 되었다. 너 무슨 생각 해? 아니면 뭐 고민이라도 있어? 같은 질문은 지금 상황에서 너무나 우습고도 어울리지 않는, 의미 없는 말이 되어버렸다.

그렇더라도 사샤는 행복해했고, 나도 사샤를 보면 그만큼 행복해졌다. 그녀는 정원 가꾸기와 토지 관리, 가축 기르기 관련 책을 탐독했고, 텃밭에서 난 수확물로 매번 놀라운 음식을 요리했다. 일주일에 몇 차례씩 루시와 함께 말을 타고, 친구란 친구에게는 다 연락해서 화상 채팅을 했다. 지금처럼 미소 짓고 웃던 때가 없었다. 그녀의 행복이야말로 내가 행복하기 위한 유일한 전제조건이었다.

18

사샤

루시와 대화를 나눈 뒤 며칠 동안 나는 혼자 생각에 푹 빠져 있었다. 해리는 나에게 무슨 일이 있다는 걸 눈치챘지만, 나는 일단 마음 먹으면 문제를 뒷전으로 미뤄두는 걸 잘했다. 우리가 여기에 갇혀버렸고, 벗어나고자 한다면 대자연의 농간으로 사고사를 당하게 되므로 이사 갈 수 없다는 점은 말하지 않았다. 하지만 시모어 가족이 봄 의식을 망친 뒤 목장에 온 댄과 조가 무엇을 보게 되었는지는 말했다. 가죽이 벗겨진 동물들의 사체가 문 앞에 쌓여 있었다는 것과, 시모어 가족이 바로 그날 제정신을 잃고서 달아났다는 것을 말이다.

우리가 이 계곡에 갇혀버렸다는 사실을 알면 해리는 어떻게 받아들일까. 난 이 정보를 최대한 알맞은 때에 알려주고 싶었다. 결국, 밝혀야 할 사실 중 나를 가장 괴롭힌 부분은 여기서 평생 살아야 한다는 점이었다. 그런데 그건 어쨌든 우리의 계획이었잖아? 어쩌면 그냥 좀 기다렸다가 말하면 되는지도 모른다. 우리가 여기서 정말로 이사 갈 마음을 먹는다면 악령이 우리를 죽일 거라고.

해리는 점점 이곳을 편안히 느끼고 있었다. 아니, 어쩌면 우리 땅에 고대의 악령이 깃들어 있다는 사실을 아무렇지도 않게 느끼고 있는지도 모른다. 그는 지난 주말에 활로 엘크를 사냥하러 나갔다 왔고, 이제는 뇌조 사냥철을 맞이하여 대시를 훈련시키고 있었다. 그는 천국에 사는 것처럼 즐거워했다. 해리가 행복해하고 만족하는 모습을 보자, 이곳을 영원히 떠날 수 없다는 소식을 숨겨도 되지 않을까, 하고 스스로를 정당화하게 되었다.

어느 날 오후, 해리와 나는 '감자 풍년의 날'이 끝날 무렵 텃밭에 머물렀다. 감자 풍년의 날이 올 줄은 생각지도 못했는데 어쩌다 보니 이렇게 되었다.

우리는 이곳을 꾸밀 때 필요 이상으로 많은 나무 울타리 재료와 흙을 배달받았다. 그래서 원래 계획했던 일곱 개의 텃밭을 만들어 온실에서 싹을 틔운 식물을 모두 옮겨 심은 다음에도 여전히 텃밭을 만들 재료가 많이 남았다. 해리는 남은 재료를 써서 가로 4.5미터 세로 2미터가량의 커다란 텃밭을 추가로 만든 다음 거기에 감자를 심었다. 오로지 감자만 말이다. 그래서 우리는 밤 기온이 너무 떨어지기 전에 감자를 모두 캐서 농산물 시장에 팔기로 했다. 이 땅에서 자란 농산물을 실제로 팔기는 처음이라 마음이 몹시 들떴다.

나는 껍질이 붉은 감자가 열두어 개쯤 달린 줄기를 들어 올려 해리에게 보여주었다.

"해리, 우리가 이걸 키웠어. 이제는 사람들이 집에 가져가서 먹을 수 있게 팔겠지. 너무 멋지지 않아?"

해리는 미소를 짓더니, 내게 다가와 허리를 잡고 자기 쪽으로 끌어당겼다.

"그럼 이제 우리 다른 걸 만들어서 키우는 건 어떨까?"

나는 눈을 흘기고 그에게 키스했다. 해리가 또 '아이 낳자' 소리를 시작하는구나. 지금까지는 그 소리를 들어도 전혀 괴롭지 않았다. 그가 부담을 준 적은 없었으니까. 이런 소리는 대부분 같은 방식으로 흘러갔다. 해리가 농담인 듯 던지면, 나는 흘겨보고, 그런 다음 흐지부지 넘어가는 것이다. 해리는 결혼하기 전부터 아이 문제의 최종 결정은 나에게 맡기겠노라고 말했다. 가끔 이런 식으로 아이 이야기를 했지만, 어쨌든 그때 이후로는 내 의견을 존중했다.

그런데 지금 이 말이 트럭처럼 나를 치고 말았다.

루시가 일주일하고도 반나절 전 산속 초원에서 '우리는 여기에 영원히 갇힌 거예요'라고 말한 다음, 그 현실이 내포하는 100만 가지의 숨은 뜻이 내 머릿속을 스쳐갔다. 하지만 해리의 품에 안겨 우리의 텃밭에 서 있는 지금 이 순간, 처음으로 깨달음이 왔다. 아이를 낳으면 그 아이들도 이곳에서 갇혀 지내야 하는구나. 그것도 평생.

그 생각이 들자 죄책감과 공포가 속에서 솟아오르는 느낌에 구역질이 났다.

"자기야, 왜 그래?"

나는 생각을 떨쳤다.

"아무것도 아니야. 약간 목이 말라서 그래. 오늘 덥잖아."

나는 물을 마시러 집에 들어갔다. 난 언제나 아이 갖기를 망설여왔다. 물론 아이를 낳기 싫다고 생각한 적은 한 번도 없다. 남자애나 여자애를 키우면 얼마나 좋을까, 해리가 아빠가 된 모습을 바라보면 얼마나 좋을까 하는 환상은 있었다. 하지만 그렇다고 아이를 몹시 갖고 싶다고 생각해 본 적도 없었다. 그런데 이 환경이 주는 압박을 깨닫자, 이곳에서 아이를 낳는다면 그 애들도 태어나자마자 악령의 손아귀에 잡혀 살아가야 한다는 걸 깨닫자 눈물이 글썽였다. 이곳을 지배하는 악령에게 분노가 밀려들었다.

이제껏 나는 악령을 그저 일종의 날씨처럼, 아니면 이 땅 자체처럼 인식했다. 시간 개념을 완전히 초월하여 우리 힘으로 제어할 수 없는 존재 말이다. 하지만 우리가 아기를 갖기로 마음먹었을 때 그 악령이 아이에게 미칠 영향을 생각하자 너무나 개인적인 영역까지 침범당하는 기분이었다.

주방에서 현관으로 통하는 스크린도어를 통해 밖에서 손수레에 감자를 싣는 해리를 바라보았다. 그러자 감정이 복받쳐 오르며 눈물이 마구 쏟아지기 시작했다. 나는 욕실로 가서 마음을 추슬렀다.

해리에게 말해야겠어. 더는 이 비밀을 나만 품고 있을 수 없어.

나는 뒷베란다로 나간 다음 수돗가에서 손을 씻는 해리를 바라보았다. 굳이 무슨 일이 있다고 말하지 않아도 그는 벌써 눈치챘다.

"사샤, 왜 그래?"

해리는 수도꼭지를 잠근 다음 근심이 서린 눈으로 나를 바라보더니 계단으로 올라와 베란다에 함께 섰다. 대시는 마당을 가로질러 해리의 뒤를 따라왔다.

"해리, 할 말이 있어."

내가 입을 열자 해리는 어리둥절한 눈빛으로 나를 바라보더니, 말해보라며 고개를 끄덕였다.

나는 잠시 눈을 내리깔았다가 그와 눈을 마주치며 이야기를 시작했다.

"지난주에 루시랑 함께 등산로에서 말을 탔잖아. 커다란 초원까지 올라갔을 때 루시가 해준 말이 있어. 지금이 이 말을 할 적당한 때인지 모르겠어. 어떻게 말해야 할지도 모르겠고."

해리는 아무 말도 하지 않고 그저 눈을 마주할 뿐이었다. 나는 베란다를 가로질러 주방 창문 아래에 둔 벤치에 앉았다.

"댄과 조가 리처드가 잘 있는지 확인하려고 이곳을 찾아왔다고 전에 말했잖아. 그때 마당과 나무에 뭐가 있는지 봤다고. 시모어 가족이 봄에 빛이 나타났는데도 불을 피우지 못했을 때 무슨 일이 생겼는지 말이야. 그런데 그 뒤에 무슨 일이 또 있었는데 내가 말을 안 했어. 그게 무슨 뜻이었는지도……."

거기서부터 나는 막힘없이 모든 내용을 전부 쏟아놓았다. 약간 횡설수설하고 미친 사람처럼 말했지만, 세세한 부분까지 빠짐없이 말했다. 시모어 가족의 딸에게 전화한 것과, 그 가족이 어떻게 죽었는지, 또 헨리 가족은 어떻게 죽었는지, 루시가 우리는 여기에 갇혀버린 것이라고 말했던 일까지 쭉 이야기했다.

내 고백이 이어지는 동안 우리는 자리를 옮겨 야외 식탁에 앉았다. 해리는 한마디도 하지 않고 모든 걸 들었다. 마침내 내가 말을 마치자, 그는 몸을 숙이고서 날 바라보았다.

"그럼 말이야, 내가 제대로 들었는지 확인해 볼게……."

나는 해리를 아주 잘 알았기 때문에, 몇 마디만 들어도 알 수 있었다. 해리는 지금 내가 얻은 정보가 얼마나 타당한지 나 스스로 따져보게 만들 작정이었다.

"헨리 부부가 1970년대에 이곳을 떠나고 나서 2주 뒤 캘리포니아에서 홍수에 휩쓸려 죽었다고 했지. 그런 다음 2011년에 시모어 가족이 떠났는데, 또 2주 뒤에 오리건 동부에서 차 사고가 났고, 나무가 쓰러지고, 산불까지 나는 바람에 죽었다고 했지. 베서니는 첫 번째 봄이 제대로 시작되기도 전에 이곳을 떠났기 때문에 살았다고 했고……. 그렇다면 기본적으로 40년 간격을 두고 두 가족이 죽었다는 거잖아. 그들이 죽은 이유는 홍수와 교통사고, 쓰러진 나무와 산불인데, 이런 사인은 미국 서부에서 매년 보이는 거잖아. 미안하지만 영원히 저주받았다는 *가설이* 전부 알고 보니 40년 간격을 두고 일어난 겨우 두 가지 사건에 기반하고 있다는 거지? 이 이론에 대한 전체 증거가 그것뿐이라는 거잖아? *겨우 두 가지 사건밖에 없는데?*"

우린 이제껏 온갖 기막힌 일들을 목격했다. 댄과 루시가 말한 불가사의한 짓거리들을 본 다음이라, 루시의 말을 의심할 이유는 전혀 없다. 그렇다 하더라도 해리의 말 역시 일리가 있었다. 그의 말을 듣자 모든 이야기가 과연 현실성이 있는지 잠깐이나마 의심스러웠다.

"글쎄, 둘 다 사람들이 이 계곡을 떠난 직후에 일어난 일인 것도 그렇지만, 댄과 루시가 여기로 이사 온 뒤에 떠나면 어떻게 되는지 정확히 들었고, *실제로 그렇게 됐잖아.* 그리고 몇 년 뒤, 다른 가족도 떠나면 죽을 거라는 소리를 들었지만 결국 떠났고, 또 정확히 말한 대로 *됐단* 말이야. 댄과 루시가 우리에게 그랬잖아. 악령이 떠나면 우리가 느낄 거라고. 우린 정말 느꼈잖아. 곰 추격에 대해서도 세세하게 이야기해 줬는데, 정말로 일어났잖아. 심지어 그 *빌어먹을 보안관도* 자기한테 그랬다면서. 댄과 루시 말을 들으라고, 다 진짜라고."

해리가 무어라 반박하려 했지만, 난 그 말을 가로막았다.

"물론 믿을지 안 믿을지는 자기 맘이야. 그렇지? 연못에서 이상한 빛을 보게 되리란 것도 맘대로 안 믿었잖아. 그 빛이 불을 피우면 사라진다는 것도 안 믿었고. 곰 추격도 안 믿었고, 두 눈으로 뻔히 본 뒤에도 악령이 곰 추격을 일으킨다는 것도 안 믿었지. 그러니 이것도 안 믿을 자유가 있어. 하지만 자기가 믿지 않기로 한 것들의 공통점이 뭔지 알아? 지금 내가 똑똑히 말해줄게……. *자기가 안 믿은 일마다 다 현실이 되어버렸어. 그러니 자기는 틀렸어.*"

생각보다 심한 말이 나와버렸지만, *기분은 좋았다.*

난 의자에 기대어 앉아 해리의 얼굴을 바라보았다. 해리가 나를 바라보는 순간이 참 길게 느껴졌다. 이윽고 그는 일어서서 목초지를 내려다보며 베란다 난간을 향해 걸어갔다. 나도 일어서서 그의 곁으로 다가가려는데, 문득 그가 몸을 돌려 나를 보았다.

"일리 있는 지적이었어, 자기야."

"해리, 이 사실을 알고도 말하지 않아서 미안해. 내가 얼마나 위선자인지 알아. 난 그냥⋯⋯."

해리는 잠시 초점 없이 눈을 내리깔더니, 다시 고개를 들어 나를 바라보았다.

"자긴 그냥 적당한 때가 올 때까지 기다리고 싶었던 거잖아."

그러더니 나에게 짓궂은 미소를 지었다. 그 미소를 보자, 안도감이 마구 밀려들었다.

"그럼 비긴 셈이네, 사샤. 내가 처음 곰 추격을 보고도 말하지 않았던 걸 이걸로 갚으면 될 것 같은데."

"아니야. 내가 말하지 않은 게 더 심각한 일이야. 이게 더 중요한 일이잖아. 정말 미안해, 해리. 곧바로 말했어야 했는데. 그러지 말았어야—"

해리는 손을 뻗어 나의 손을 잡았다.

"사샤, 네 맘 알아. 나 화 안 났어. 알았지? 나 같아도 이 문제를 어쩌나 한동안 속을 끓이고 있었을 거야."

나는 그에게 키스했다. 우리는 잠시 난간에 기대어 있었는데, 문득 해리가 다시 입을 열었다.

"이래서야 아이를 갖는 건 끝인 것 같네. 그렇지? 영원히 갇혀 살아야 하는 세상으로 아이를 데려오는 거잖아. 물론 백 년 전에는 상관없었을지도 모르지만⋯⋯ 지금은 옳지 않은 것 같다. 태어나기도 전에 선택지를 빼앗긴다니, 안 될 말이야."

해리의 말을 들으니 곧바로 강렬한 죄책감에 뱃속이 뒤틀리듯 아파왔다.

일주일하고도 반나절이 지나서야, 나는 영원히 이곳을 떠날 수 없다는 것이 아이를 갖는 데 미치는 영향을 생각이라도 해보았다. 하지만 해리에게 가장 먼저 떠오른 생각은 그것이었다. 내 눈에 눈물이 핑 돌기 시작했다. 어쩔 수가 없었다.

"정말 미안해, 해리. 정말 많이 미안해. 자기가 아이를 얼마나 원했는지 알아. 나와 함께 이곳에서 얼마나 가정을 꾸리고 싶어 했는지 알아."

그 순간, 나는 그저 정신을 놓았다. 수문이 열린 것처럼 감정이 휘몰아치면서 어느새 어린아이처럼 울고 있었다. 압박감이 어깨에 무겁게 내려앉았고, 난 꼼짝 못 한 채 죄책감을 느끼며 우리가 처한 현실에 분노했다. 해리는 나를 끌어안았다.

"넌 잘못한 거 없어, 사샤. 우리가 한배를 탔지만, 결국 여기에 오자고 설득한 건 나야. 게다가 우리는 몇 달 동안 대화했잖아. 제아무리 미친 짓이 일어나도 여기서 평생 사는 모습을 그리게 됐잖아. 휴가도 갈 수 있고, 여행도 갈 수 있다는 게 확실하잖아. *다 포기하고 아예 이사 가지 않는 한 괜찮아.* 솔직히 말하자면, 상황이 그리 나쁘진 않아."

나는 해리의 어깨에 눈물을 닦았다.

"알아, 나도……. 그냥 자기가 얼마나 아이를 원했는지 알아서 그래. 나도 동의해. 이 땅에 평생 갇혀 살 걸 알면서도 아이를 낳는 건 잔인한 것 같아. 하지만 기분이 나쁜 거야. 상상해 봤는데, 자기가 절대로 아빠가 될 수는 없겠다고 생각하니까, 아이들을 사랑해 주는 모습을 못 볼 거라고 생각하니까…… 물론 나는 항상 망설이긴 했지만, 그래도 모르겠어……. 가질 수 없다는 사실을 알고 나

281

니까, 기회를 도둑맞은 기분이야. 그래서 너무 미안해."

해리는 몸을 숙여 나에게 키스했다.

"그저 선택의 여지가 없다는 게 아쉬울 뿐이야. 아이를 안 낳는다 해도, 우리가 선택한 것이기를 바랐던 거야. 그게 이 새로운…… *저주의* 가장 큰 단점이 아닌가 싶다."

그 말에 나는 더 크게 울었다. 나는 해리에게 키스했고, 우리는 오랫동안 말없이 그곳에 앉아 있었다.

"댄과 루시에게 화났어? 우리한테 말 안 해줘서?"

해리는 입을 꾹 다물고 눈을 가늘게 뜨더니, 잠시 뒤 고개를 저었다.

"아니, 아니야……. 왜 그분들이 우리에게 바로 말 안 했는지 이해는 가."

하지만 해리의 대답은 별로 진심인 것 같지 않았다.

"해리, 정말이야?"

그는 내게 미소를 지으며 대답했다.

"그분들에게 화 안 났어, 사샤. 너한테도 안 났고."

19

해리

우리는 여기에서 죽음의 위협을 받으며 평생 갇혀 지내야 한다. 그 사실을 사샤가 알려준 다음 날 아침, 나는 두어 시간 낚시를 하겠다 며 집을 나섰다. 낚싯대와 낚시용 가방, 낚시용 부츠를 도요타 4러 너에 실었지만, 정말로 낚시를 갈 마음은 없었다. 내가 향한 곳은 댄과 루시의 집 진입로였다.

그곳에 들어가자 댄과 루시가 함께 있는 모습이 보였다. 두 사람 은 건초 트레일러를 단 트럭에 타서 목초지를 지나고 있었다. 댄은 나를 보자 손을 흔들더니 방향을 돌려 집 쪽으로 가기 시작했다.

나는 차를 세운 다음 내렸다. 솔직히 무슨 말을 꺼내게 될지 알 수 없었지만, 이번 일을 쉽게 넘길 마음 따윈 없었다. 아마 내 얼굴 에서 분노한 기색이 보였나 보다. 두 사람이 차를 세우고 트럭에서 내리지 않고 긴장된 눈빛을 서로 주고받았기 때문이다.

"해리, 자네로군. 잘 지냈나?"

"그러니까…… 우리가 이사 가면 악령이 우릴 죽여버린다 이거죠? 우리가 아이를 낳으면, 그 애들은 여기에 평생 갇혀 있어야 하고요? 그것참 중요한 정보 아닙니까? 여러분께서 아끼신다던 우리에게 당연히 알려주었어야 하는 정보잖아요? 지금 나랑 장난해요? 우리가 여기에 도착한 순간 말해줘야 한다는 생각은 안 했어요?"

지금 줄줄 나오는 이 말은 이제껏 준비했던 말보다는 훨씬 부드럽고 유했다. 나는 밤새 잠도 안 자고 댄을 마구 몰아세울 준비를 했었으니까. 머릿속으로 댄이 더듬거리며 변명과 사과를 하는 모습을 떠올리면서.

그런데 놀랍게도 댄은 짜증스럽고 답답한 눈길로 나를 보더니 장갑을 벗어서 트럭 짐칸에 휙 던졌다.

"잠깐만 내 입장에서 생각해 보게, 해럴드. 평생 본 적도 없는 성질 급한 젊은이가 아무것도 모르고서 이 골짜기에 불쑥 이사를 왔는데, 당장 떠나라고 대체 어떻게 설득한단 말인가? 다짜고짜 꿈에 그리던 집을 포기하고 얼른 도망치라고, 안 그러면 오래 묵은 악령이 너랑 네 아내를 붙잡을 거란 말을 하라고? 말해봤자 한마디도 안 믿을 게 뻔하잖나. 물론 그만큼 미친 소리를 할 수밖에 없긴 했지. 그 집 연못에 빛이 나타날 텐데, 그게 보이면 즉시 불을 피워서 빛을 없애라고, 안 그러면 설명할 수 없는 불가사의한 일이 벌어져서 그쪽이 죽을 거라고 말이야. 자, 말해보게, 해리. 둘 중 무슨 말을 하는 게 낫겠나?"

어떤 말을 해야 할지 알 수 없었다. 댄의 말은 일리가 있었다. 어찌 되었건 나는 말문을 열었다.

"댄, 우리는 떠날 수도 있었어요. *우리한테 이야기만 해주었더라도 여기서 벗어날 수 있었다고요.* 이게 대체 무슨—"

순간, 댄이 너무나 빠르게, 또 큰 목소리로 버럭 소리를 질러서 나는 기겁했다.

"이런 쌍, 해리! 내 말 좀 들어보게. 처음 만났을 때 그 말을 했다면, 자네는 나더러 미친 노인네라며 당장 쫓아냈겠지. 그쯤은 자네도 알 것 아닌가. 이미 나도 알고, 루시도 알고, 사샤도 알지. 내 집에 서서 한다는 소리가 그따위 거짓말이라니, 집어치워. 내가 자네 면전에다 미리 말했다 해도, 자네가 *퍽이나* 다르게 행동했겠군."

제길. 댄의 말이 옳았다. 그의 얼굴에 떠오른 가련한 동정심을 보자 화가 치밀 뿐이었다.

"그럼 그게 정말인지 아닌지는 어떻게 압니까, 댄? 이곳에서 떠난 가족은 딱 둘뿐이었잖습니까. 게다가 그들이 죽은 이유도 매년 흔히 일어나는 사망 사고고요. 그런데 단 두 경우를 근거이자 증거랍시고 여길 떠날 수 없다고 진실로 못 박아버린단 말입니까?"

댄은 허리에 손을 얹고서 트럭에 기댔다.

"음, 해리. 우리가 여기 이사 왔을 때, 내가 들은 말이 있는데—"

나는 댄에게 손을 뻗으면서 말을 끊었다.

"조 이야기죠? 조가 그랬다는 겁니까? 그래요, 댄. 제 말이 맞죠? *조가 그렇다고 했다는 거 아닙니까? 조가 그랬으니까 그 말이 맞는다는 거죠?* 조는 심지어 내게 자기소개도 하러 오지 않았죠. 그 인간이 어떻게 생겼는지도 난 모릅니다. 그러니 만난 적도 없는 개새끼가 하는 말을 반박할 수 없는 진실이라고 받아들이기 힘든 제 입장도 알아주셨으면 좋겠습니다."

댄은 나를 또 짜증스러운 눈빛으로 바라보았다. 이제는 화난 기색도 좀 섞여 있었다.

"조가 우리를 놀려먹는 거라면, 왜 구태여 우리에게 철따라 대처하는 규칙을 말해주겠나? 응? 그냥 입 다물고 한마디도 하지 않으면 될 것을. 그랬다면 우리 모두 지금쯤 다 죽었을걸세. 자네도 그 점은 알겠지. 물론 자네는 조를 모르고, 믿을 이유도 없다는 걸 아네만, 그렇다면 조가 뭐 하러 우리에게 번거롭고 이 지랄맞은 과정을 헤쳐 나갈 방법을 가르쳐준단 말인가? 그냥 입 꾹 다물고 우리가 몇 달 안에 죽어나가는 걸 지켜보면 될 것을?"

할 말이 없었다. 스스로가 바보처럼, 어린애처럼 여겨졌다. 그래서 댄의 부츠 사이 바닥을 가만히 바라보기만 했다.

댄은 커다란 모자를 벗고 팔로 이마를 닦은 뒤 모자를 썼다.

"해리…… 어쩌면 자네 말이 맞을 수도 있네. 헨리 가족과 시모어 가족이 이곳을 떠난 뒤에 수천 킬로미터 떨어진 곳에서 몇 주 만에 모두 죽은 건 우연일 수도 있지. 어쩌면 이 계곡에서 가장 오래 살아온 가족이 그들에게 이사 가면 죽는다고 한 말이 우연히 맞아떨어진 것일지 어찌 알겠나."

댄은 어깨를 으쓱이며 말을 이었다.

"우연일 수 있지. 다 우연일 수 있고말고. 하지만 이것만은 알아두게, 해리……."

댄은 저 너머 땅을 바라보며 두툼한 팔을 산 쪽으로 휘둘렀다.

"이 계곡에서 일어나는 지랄 맞은 일들처럼…… 난 아무리 봐도 그게 우연의 일치가 아닌 것 같네."

나는 숨을 깊이 들이마셨다. 다시 숨을 내쉬자, 분노가 빠져나가면서 대신 좌절감과 민망함이 한없이 밀려들었다.

"이렇게 불쑥 찾아와서 죄송합니다. 전 그냥…… 모르겠군요. 죄송합니다."

이번엔 루시가 내게 다가오더니, 내가 온 이후 처음으로 말을 걸었다.

"해리, 왜 첫날에 우리가 두 사람에게 말하지 않았는지 이해해 주기를 바라요. 두 사람이 우리 말을 진지하게 들을 거라고 생각했다면, 나는 두 사람을 보자마자 당장 짐을 싸서 여기서 나가라고 말했을 거예요. 정말이에요. 하지만 난 여러분이 그러지 않았을 거라고 생각해요. 당신도 알다시피 그런 말을 했다가는 우릴 미쳤다고 생각했을 거고요. 어쨌든 결국, 휴…… 두 사람은 우리가 미쳤다고 생각했었죠."

나는 루시에게 고개를 끄덕였다.

"그 말씀이 옳아요, 루시."

두 사람은 나더러 머물면서 더 이야기하자고 설득했지만, 나는 갈 곳이 있다고 하며 거절했다. 그러고는 눈을 마주치지도 못하고 갑자기 성가시게 불쑥 들어와 화를 낸 점을 다시 사과한 다음 자리를 떴다. 그 뒤론 어린아이가 된 기분으로 정처 없이 차를 몰았다. 무엇보다도 분노가 치밀었다. 여기 갇혀버려서 치미는 분노였다. 어느새 정신을 차려보니 폴강에서 즐겨 낚시하던 지점에 와 있었다. 나는 정말로 낚시를 하고 싶었던 건가.

낚싯대를 빠르게 설치한 다음 드릭스의 낚시용품점에서 고른 애덤스 스타일의 작은 인조 미끼를 달았다. 그러고는 둑 위에 올라갔다. 인기척을 감추고 천천히 움직이며 떠오르는 송어나 고기를 낚을 좋은 접합부를 찾아 물을 훑어보는 것도 좋겠지만, 그러지 않았다. 차분하고 집중력 좋은 낚시꾼처럼 첨벙이며 성큼성큼 강으로 들어가 물 위로 드리워진 버드나무 줄기를 발로 차며 갔다. 그 와중에 자그마한 날도래 떼가 앉은 자리를 주먹으로 치자, 곤충들은 벌써 더워진 여름 아침 햇살 사이로 흩어졌다.

화가 치밀어오를 때마다 나는 그 화를 블루리본 송어 수역◆에 풀곤 했다. 지금도 화가 났다. 작은 모퉁이를 돌아 발 디딘 곳에서 고개를 들어 보니, 마침 커다란 송어가 수면으로 솟아오르며 벌레에게 돌진하는 모습이 보였다. 나는 숨을 들이쉬고 마음을 진정시키면서 버드나무 아래에서 천천히 나와서, 낚시를 하려고 봐둔 둑의 한 지점으로 다가갔다. 릴에서 줄을 뽑아 줄을 던지자, 손에 익은 낚싯대에 무언가 홱 걸린 느낌이 났다. 강가에 드리워진 버드나무 가지를 뒤로 휙 제친 나는 몇 번이고 욕설을 내뱉었다. 내 입에서 흘러나온 거친 말이 강을 따라 메아리치는 소리가 들렸다. 나는 가냘프게 드리워진 버드나무 가지에 손을 뻗어 거칠게 당기고 밀쳐댔다.

◆ 미국에서는 낚시 가능 지역을 분류해 놓는데, 블루리본 수역은 송어의 번식과 성장을 뒷받침하는 서식지가 있는 우수한 수역을 뜻한다.

아까 봤던 커다란 송어가 다시 떠올랐다. 그놈은 어뢰처럼 수면을 박차고 나와 운 나쁜 벌레 하나를 삼켰다. 팔팔하게 먹이를 먹는 저 커다란 송어를 제대로 낚으려면 최적의 순간을 포착해야 한다. 그 압박감이 저 황폐한 계곡에 영원히 갇혀버린 나의 분노와 융합되었다. 귓가에 심장 소리가 두근두근 들리는 듯했다.

나는 플라이 미끼를 풀었다. 이러다 낚싯줄이 이리저리 꼬이고 각도가 어그러질 수도 있지만 무시했다. 숙련된 낚시꾼이라면 낚싯줄을 다시 던지기 전에 고심했을 테지만 그러지 않았다. 나는 몇 번이고 조심스럽게 줄을 던졌다. 송어는 다시 솟아올라 이번에는 온몸을 공중으로 휙 날렸다. 마지막으로 줄을 던지고 나서는 줄을 이중으로 잡아당기고 몸을 앞으로 숙여 낚싯대를 안으로 던졌다. 내 낚싯대에 다시금 구역질나는 충격이 느껴지더니, 이번에는 내가 익히 아는 딱 소리가 들렸다. 이 소리가 뭔지 안다. 내가 낚싯줄을 던지기 위한 예비 동작을 하다가 또 낚싯대를 끊어먹었을 뿐만 아니라 줄까지 완전히 끊어버렸다는 뜻이었다. 낚싯대는 뒤쪽 버드나무 근처 어딘가에서 부들부들 떨리고 있었고, 그동안 낚싯줄과 거기 달린 나머지 목줄까지 낚싯대 없는 채로 강물에 흘러가 버렸다.

이윽고 미끼 없는 빈 낚싯줄이 물 위에 둥글게 말려 가라앉았다. 난 그 모습을 망연자실한 심정으로 지켜보았다. 때마침 그 커다란 송어가 수면 위를 가볍게 돌면서 하루살이 한 마리를 더 흡입했다. 마치 내가 자기를 속여 잡을 기회를 대차게 날려버렸다는 걸 알고 약을 올리는 것 같았다.

눈을 질끈 감자 앞이 온통 빨갰다. 나는 낚싯대를 내 앞 얕은 강물에 푹 꽂고서 강에 대고 소리를 질렀다. 그 고함 소리에 상류에 있던 오리 떼가 꽥꽥 소리를 지르며 강에서 멀리멀리 벗어났다. 메아리치는 비명에 새의 날갯짓 소리가 섞여들었다. 꽂아놓은 낚싯대가 물살에 밀려 하류로 떠내려가려 해서, 그걸 낚아채 뒤쪽 버드나무 쪽으로 던지고는 강둑에 털썩 주저앉았다. 관자놀이를 문지르면서 아름다운 강을 멍하니 바라보았다. 분노가 마음속을 흘러가게 내버려두자 아무것도 보이지 않았다. 머릿속에는 똑같은 말만 울릴 뿐이었다.

넌 여기서 아이를 가질 수 없어. 넌 절대로 아버지가 될 수 없어.

나는 강둑에 한 시간 넘게 앉아서 커다란 계곡이 의기양양하게 물을 꿀렁꿀렁 흘려보내는 가운데 다른 송어들이 물결에 합류하는 모습을 지켜보았다. 분노는 사라지고 일종의 회한이 느껴졌다. 결국 내가 사샤에게 한 말이 진심이었음을 깨달았다. 여기 갇혀버렸다는 걸 알기 전에도, 난 이미 평생 사샤와 함께 여기서 살아가는 미래를 현실적으로 그리기 시작했다. 악령이 벌이는 사악한 헛짓거리가 있더라도 말이다. 이런 세상에 아이를 낳는다는 건 잔인한 일일 테지. 태어나자마자 갇히는 절망적인 저주를 제대로 받아, 악령이라는 빌어먹을 것이 머무는 장소에 평생 묶이는 삶이라니.

그날은 그렇게 친절한 이웃을 욕하고 부끄러운 마음으로 아침을 보낸 뒤 집으로 돌아왔다. 이어지는 몇 주 동안, 현실을 받아들이면서 후회에 사로잡혀 보냈다. 이곳으로 이사하고 싶어 한 것은 나였고, 이곳을 찾은 것도 나였고, 사샤를 종신형에 처한 것도 나였다. 이곳에서 영원히 이사 갈 수 없다 하더라도 행복할 수는 있겠지만, 아이를 낳아서 우리와 같은 운명에 묶는 것을 정당화할 방법은 아무리 봐도 없었다. 나는 그 뒤로 며칠 동안 어떻게든 아이를 낳아도 괜찮다는 명분을 찾아내려고 노력했지만 번번이 실패했다. *어쩔 수 없는 일이다.*

사샤는 그 어느 때보다도 행복한 모습이었다. 그래서 이 골짜기의 미친 짓을 받아들이기가 혼란스럽고 불안하긴 해도, 나 역시 예전만큼은 여전히 행복했다. 만약 어떤 신이나 악령, 아니면 빌어먹을 램프의 요정이 나타나 여생을 어디서 보내고 싶으냐고, 하지만 그곳을 평생 떠날 수는 없다는 조건을 내걸며 묻는다면, 우리는 분명히 이런 장소를 그렸을 것이다. 그 사실을 깨닫자 현실을 받아들이기가 약간 더 쉬웠다.

8월 하순의 어느 오후였다. 곧 있으면 대형 사냥감을 잡을 수 있는 사냥철이라 소유지 남쪽 끝에 소총용 목표물을 몇 개 설치했다. 사냥용 소총의 조준경을 확실하게 맞추기 위해서였다. 이 소총은 쏠 때 꽤 시끄럽고, 발포한 뒤의 총기 온도도 분명히 100도가 넘어갈 것이기 때문에, 사샤는 오후 내내 집 안에서 즐겁게 일하는 편을 택했다.

나는 거리 측정기로 연못 위쪽 목초지에서 소총 거치대를 둘 장소를 몇 군데 골랐다. 거치대와 과녁을 잇는 직선이 국유림과 동쪽으로 나란히 평행하도록 설정했다. 다음으로 과녁에서 180미터 떨어진 곳에 거치대를 하나 세우고, 270미터 떨어진 곳에 하나 더 세웠다. 거치대는 각 장소에 비치 타월을 펼쳐놓고 모래주머니를 쌓아 만들었다. 30-06 사냥용 소총의 탄창을 네 번 비우면서 만족감을 느낀 나는 3.08구경 소총으로 바꾸어 사격을 시작했다. 이 총은 조준경을 교체했기에 쏠 때 더 많은 노력이 필요했다. 60미터쯤 되는 지점에 2각대 소총 받침을 세워놓고 몇 발 쏜 뒤, 180미터 떨어진 거리에서 상자에 든 총알을 전부 쐈다. 마지막 다섯 발은 과녁에 명중했다. 난 내 솜씨에 아주 만족했고, 이젠 저 끝에 설치한 270미터짜리 과녁으로 연습하려고 총알 상자 하나를 더 집었다.

나는 수건 위에 엎드린 다음 소총을 얹을 모래주머니를 설치하고서 약실에 총알을 넣었다. 그러고는 내가 있는 자리에서 마당을 보며 대시가 아직 뒷베란다에서 자고 있는지, 혹시 사격하는 근처로 몰래 산책 나온 건 아닌지 확실히 봐두었다. 대시는 울타리 문 아래로 몸을 비집고 밖으로 나가는 법을 알아냈는데, 녀석이 찾아낸 개구멍을 아직 수리하지 못했다. 지금 대시는 베란다 그늘 아래 늘어져서 자고 있었다. 오늘 오후 총을 스물네 발 쏘기 전에 확인한 자리 그대로였다. 나는 과녁에 초점을 맞춘 다음, 조준경의 조준점을 살짝 올려 추가 범위를 설정했다. 이윽고 편안해지면서, 천천히 방아쇠를 당기자 소총의 반동이 어깨를 치는 느낌이 났다. 반동이 다한 뒤, 나는 눈을 깜빡이면서 총알이 목표물에 정확히 맞았는지 파악하기 위해 눈을 깜빡여 시야를 가다듬었다. 이번에도 명중이었다. 이 총은 조정이 잘되어 있어서 언제든 쏠 수 있다.

나는 사격용 헤드폰을 벗고 모자를 고쳐 썼다. 귓가에 귀뚜라미의 합창이 들려왔다. 다시금 귀에 헤드폰을 쓰려던 순간, 이제까지 단 한 번밖에 듣지 못했던 소리를 들었다.

주변에 있던 귀뚜라미가 문득 일제히 입을 다물었다.

아드레날린이 얼굴에 확 몰렸다. 귓가에 두근거리는 심장 박동이 느껴졌다. 나는 무릎으로 일어서서 소총의 볼트를 다시 젖히고 약실에 새로운 총알을 집어넣었다. 숨을 잠시 죽이고서 내가 곧 보게 되리라 생각하는 것을 잘 보려고 주변의 수목한계선을 훑어보기 시작했다. 바로 곰에게 쫓기는 벌거벗은 남자였다.

평소처럼, 그놈을 보기 전에 절박하고 애처로운 울부짖음이 먼저 들렸다. 다행히도 이번에 그 소리는 내가 있는 곳과 완전히 반대편 숲에서 들려왔다. 바로 내가 오후 내내 사격 연습을 했던 곳의 뒤쪽이었다. 숲의 마지막 나무 사이에서 목초지로 들어오며 몸을 뒤흔드는 남자의 창백한 피부를 보자, 그 순간이 시적으로 느껴지면서 헛웃음마저 나왔다. 오후 내내 연습하며 조준점을 맞춰놓은 사냥용 소총 두 자루를 들고 있는 순간, 이 웃긴 곰 추격이 내 눈 앞에 벌어지다니. 나는 정확히 지금 남자가 다가오고 있는 쪽을 노려서 연습했었다.

전에 느낀 분노가 서서히 몸속에 퍼지는 느낌이 들었다. 나는 재빨리 집 쪽을 바라보며 사샤가 밖으로 나오지 않았는지 확인한 다음 다시 남자를 바라보았다. 지난번에 이 우습지도 않은 곰 추격이 일어났을 때 남자의 겁먹고 공포 어린 모습이 주던 신비함은 싹 사라져 버리고 없었다. 이 추격전 연기에 동참하는 것은 공허하고 의미 없는 짓이었다. 방금 본 이 광경이 얼마나 혐오스러운지, 또 얼마나 사람을 교묘하게 조작하려 드는지 파악했다. 이건 사람의 보호본능을 건드려 우위에 서려는 계략이다. 나는 저것을 상처 주고 싶었다. *고문하고 싶었다.*

나는 사격 지점에 다시 엎드린 다음 조준점이 남자의 가슴을 겨 누도록 설정했다. 그의 얼굴을 보자 분노가 일었다. 잠시 몇 초간 그저 마당으로 전력 질주 하고 싶었다. 그러면 이 남자와 다시 한 번 마주할 수 있으니까. 저놈을 조롱하고, 재촉하고, 또다시 기회 를 채 놈을 수치스럽게 한 다음 벌을 주고 싶었다. 저 악령을 말이 다. 그래서 곰이 발톱으로 놈을 찢어 죽이는 동안 그 얼굴에 대고 비웃음을 날리고 싶었다.

순간 또 다른 생각이 떠올랐다. 이 미친 짓거리를 처음 목격했을 때부터 곰곰이 생각한 것. 곰을 쏘면 어떻게 될까? 댄과 루시는 그 러지 말라고 한 적이 없다. '규칙에 어긋나는' 것이었다면, 절대 그 러지 말라고 했겠지. 하지만 두 사람이 말한 것은 남자가 날 건드 리게 두지 말라는 말뿐이었다. 남자를 죽이거나 곰이 남자를 죽이 게 놔두라고만 했었지.

나는 울고 있는 벌거벗은 남자의 어깨 위로 조준경을 조정했다. 그러고는 곰의 가슴에 닿도록 조준점을 맞추었다. 이제 곰과 남자 는 약 230미터 정도 떨어져 있었다. 내 마음속 어딘가가 말했다. 어 서 남자를 쏘라고, 해왔던 대로 그냥 해버리라고. 하지만 또 다른 마음이, 아마도 분노가 공격적인 조수처럼 말했다. 곰을 쏘라고, 이 전체 시스템을 망쳐보자고, 악령에게 엿을 먹이자고. 나는 곰의 무게중심에 조준경의 10자선을 겨누었다. 곰이 부자연스러울 만큼 느릿하고 어색하게 남자를 추격하며 위아래로 몸을 움직이는 동 안, 조준경 안으로 새카만 털이 한가득 보였다. 나는 방아쇠를 당졌다.

총알이 명중했다. 곰은 걷고 있었기에 앞다리가 들려 있다가 앞으로 몸이 고꾸라졌다. 몸무게와 속력 때문에 커다란 몸집이 휘청거리더니 완만한 비탈길에 크게 굴러 떨어졌다. 곰은 저절로 뒤집힌 채로 땅에 쿵 쓰러졌고, 바닥에선 먼지구름이 솟았다. 그러다 고개를 들어 골수까지 서늘해질 만큼 높다랗고 먹먹한 굉음을 질렀다. 골짜기에 곰의 고함이 메아리쳤다. 곰의 주둥이와 코에서 뿜어져 나온 피가 뜨거운 여름 공기에 구름처럼 서린 가운데, 폐에서 솟아오른 포효가 그 피 구름 사이를 헤치고 나오는 모습이 눈에 보이는 것 같았다. 총탄에 어디 한 군데가 마비되었는지, 이제 곰이 제대로 움직일 수 있는 건 앞발뿐인 듯했다. 곰은 그 앞발로 몸을 질질 끌고 숲속으로 향했다. 뒷다리로 바닥을 미친 듯이 걷어차는 모습이 마치 몸무게를 지탱하려는 것 같았다. 곰의 뒤로 말라붙어 금빛이 된 죽은 여름풀과 먼지가 뭉텅이로 던져졌다. 곰은 괴로운 듯 계속 울부짖으며 고함을 내질렀다. 나는 총을 쏜 지 1초도 되지 않아 잘못을 저질렀다는 걸 깨달았다. 난 방금 그릇되고 부자연스러운 짓을 했다.

다시금 약실에 총알을 채웠다. 하지만 이제는 남자를 쏴야 할지, 아니면 정신이 먹먹해질 정도로 고통받는 곰을 한 번 더 쏴서 편안하게 해줘야 할지 알 수가 없었다. 곰이 초조하고 비참하게 울부짖는 소리를 들으니 정말로 귀가 아팠고, 생각만으로도 고통을 느끼는 신경이라도 생긴 것처럼 머리가 아팠다. 나는 조준경을 남자에게 맞추다가 깜짝 놀랐다. 그놈은 실제로 달리는 속도를 조절해서,

달리던 걸 늦추어 걷다가 이제는 완전히 멈추어 그 자리에 섰다. 놈은 전혀 감정 없는 얼굴로 나를 응시하고 있었다. 여름의 뜨거운 목초지에서 피어오르는 아지랑이 사이로 나를 보는 남자. 소총 조준경 너머로 그 눈빛이 똑바로 나를 향했다. 나는 온몸이 잠시 마비되었다. 남자는 거기 서서 멍한 얼굴로 전혀 움직이지 않고 나를 바라보았다. 반면에 곰은 계속 발버둥 치고 몸을 질질 끌며 남자의 뒤쪽 수목한계선으로 향하고 있었다. 온몸에 소름이 돋으면서 공포가 몸을 타고 흘렀다. *내가 지금 무슨 짓을 한 거지?*

남자의 가슴 한가운데에 조준경을 맞추고 이미 방아쇠를 건 손가락에 압력을 주기 시작한 순간, 시야 한구석의 오른쪽 풀밭에서 번쩍이는 붉은빛을 보았다. 나는 총구 방향을 바꾸지 않은 채로 그 색깔이 움직이는 곳을 슬쩍 보다가, 그게 뭔지 파악하기도 전에 비명을 질렀다. 난 엎드린 자세에서 벌떡 일어나 달리기 시작했다.

대시였다. 대시는 전속력으로 목초지를 가로질러 남자에게 달려가고 있었다. 이제껏 봤던 어느 때보다도 빨랐다. 아니, 내가 본 어떤 개보다도 빨리 달리고 있었다. 나도 대시의 이름을 힘껏 소리치면서, 대시가 쏜살같이 달려가는 뒤를 전속력으로 따라갔다.

나는 잠깐 정신을 차리고 대시가 뛰어가는 모습을 확인했다. 대시가 저놈에게 달려들기 전에 놈을 쏴야 해. 그렇다면 쏘기까지 남은 시간은 단 5초에서 6초뿐이었다. 남자는 80미터 정도 떨어져 있었다. 나는 소총을 어깨에 메고 대시의 등을 지나 남자를 겨누었다. 손이 나뭇잎처럼 바들바들 떨려서 총구를 어떻게든 안정시키려고 노력하면서, 조준경에 들어온 남자의 흔들리는 모습을 겨누었다. 남자 뒤에 있는 곰은 이제 몇 미터만 더 가면 숲에 다다를 수 있었고, 이미 근처 나무에 가려서 잘 보이지 않았다. 나는 숨을 깊이 내쉬면서 아주 잠깐 안정을 찾았고, 조준점이 남자의 가슴 위를 스치는 순간 방아쇠를 꾹 눌렀다.

총알은 빗나갔다. 이제 대시가 남자에게 닿기까지 1초밖에 남지 않았다. 나는 다시 볼트를 젖히고 약실을 채운 다음 조준경을 통해 남자를 바라보았다. 방아쇠를 당기기 직전, 알아차릴 수 없을 정도로 짧은 그 순간, 대시가 남자로부터 1미터도 안 되는 곳까지 다가간 그때, 그놈은 미소를 지었다.

목구멍에 쓴 물이 확 밀려들어 나는 곧바로 고개 숙여 헛구역질을 했다. 누군가 손가락으로 편도선을 건드린 것처럼 숨이 막혔다. 내가 잠시 비틀거린 그 짧은 순간은 대시가 남자에게 달려들기에 충분한 시간이었다. 녀석은 전속력으로 남자에게 달려들었다. 30킬로그램이나 나가는 개의 몸뚱이가 남자의 가슴을 세차게 들이받아 빠르게 넘어뜨렸다. 남자는 넘어지며 손으로 몸을 지탱할 겨를도 없이 바닥에 쿵 부딪쳤다.

대시의 목에서 으르렁 소리가 나왔다. 내가 들어본 적도 없는 날카로운 울음이었다. 녀석은 다시 몸을 일으켜 남자에게 돌진했다. 남자는 팔을 내밀어 대시의 공격을 막으려 했지만, 대시가 그 팔을 물고 어찌나 심하게 흔들어댔던지 내가 선 곳에서도 남자의 팔이 부자연스럽게 꺾이는 게 보였다. 나는 최대한 빠르게 그 난장판으로 달려갔다.

남자는 아까만 해도 씩 웃으면서 나와 눈을 마주쳤지만, 지금은 부러진 팔을 보호하듯 가슴 쪽으로 당기며 고통스레 비명을 지르고 있었다. 다른 팔로는 대시의 공격을 막아내는 중이었다. 대시는 남자의 다른 손을 꽉 물더니 어마어마한 힘으로 홱 당겨서 그의 손가락이 개의 입에서 찢어지고 말았다. 남자는 다시 애처로운 비명을 질렀다.

남자는 딱 봐도 부러지고 심하게 피가 나는 한쪽 팔로 망가진 손을 가리고 두 발로 대시를 밀어 떼어내려 애썼다. 대시는 한 걸음 물러나 무게중심을 뒷다리로 옮긴 다음, 힘없이 발길질하는 남자 위로 몸을 날려 이제는 남자의 얼굴을 물어뜯었다. 남자가 등을 바닥에 대고 쓰러지자, 대시는 무시무시한 광기에 휩싸였다. 녀석은 남자의 얼굴과 목덜미를 물고 가르고 찢어댔다. 남자는 이젠 비명을 지르며 가련하게 흐느꼈다.

나는 대시를 떼어내고 남자의 가슴에 총을 쏘려던 계획을 포기하고 싸움판에 달려들었다. 남자는 이제 뭉개져 피가 철철 나는 두 손과 팔로 필사적으로 대시의 공격을 막으려 했다. 그 순간, 대시가 남자의 목젖을 흉포하고도 정확하게 무는 게 보였다. 대시가 있는 힘을 다해 목을 위로 물어뜯자 남자는 공포로 눈을 휘둥그레 떴다. 대시의 턱 아래로 남자의 살점이 보이면서 몇 리터는 됨직한 피가 상처에서 뿜어져 쏟아지기 시작했다. 이윽고 남자의 입에서 나오던 겁에 질린 비명은 꼬르륵대는 중얼거림으로 변해버렸다.

이제 몇 미터 앞까지 다가온 나의 발걸음이 느려지자, 남자의 근육에서 힘이 빠지더니 눈구멍 안에서 안구가 도르르 굴렀다. 대시는 남자의 목덜미를 물던 입을 벌렸다. 이제 남자가 확실하게 죽은 걸 느꼈다는 듯이. 남자는 손가락이 몇 개 남지 않은 망가진 손으로 목의 상처를 서툴게 눌렀다. 이토록 심한 출혈을 막을 방법이 있기라도 한 것처럼. 대시는 이제 남자의 발목을 물더니, 놀랍게도 남자를 숲 쪽으로 끌고 가기 시작했다.

나는 다시 대시에게 소리 지르며 손을 뻗어 목걸이를 잡으려 했다. 그러자 대시는 물고 있던 남자의 발목을 놓더니 몸을 휙 돌려 나를 바라보았다. 그 행동이 어찌나 빠르던지 나는 움찔 놀라 몸을 사리며 소리를 질렀다. 내가 개 목걸이에 얼마나 가까이 손을 뻗었는지도 알 수 없었다. 다가가던 내 손을 대시가 물어뜯으려 했기 때문이다. 녀석은 사납게 으르렁대며 짖었다. 개의 이빨이 딱딱 맞부딪치는 소리가 내 뒤 초원까지 메아리쳤다. 대시는 나와 잠시 눈을 마주치며 무엇에 씐 듯 나직하게 으르렁거렸다. 이쪽을 가늘게 바라보는 포식자의 눈매는 늑대의 것 같았다. 녀석은 다시 천천히 몸을 돌리더니 남자에게 다가갔고, 신중하게 나를 바라보며 남자의 발목을 다시 물었다. 그러고는 이제는 완전히 숨이 끊어진 시체를 끌고 내 왼쪽 숲으로 향했다.

나는 충격을 받은 나머지 움직일 수 없었다. 이제껏 곰을 잊고 있었다는 생각에 고개를 들어보니, 곰은 사라져 있었다. 다만 노란 여름철 풀숲에 피가 묻은 자취가 숲으로 이어져 있었을 뿐이다. 다시 고개를 돌리자 대시가 숲의 맨 앞에 있던 나무 아래를 지나는 모습이 보였다. 그쪽으로 한 발짝 내디뎌 따라가려던 찰나, 대시는 남자를 끌고 가던 걸 멈추었다. 하지만 물고 있던 발목을 놓지 않은 채 다시금 내 쪽을 보며 낮게 경고조로 으르렁댔다. 누가 봐도 의미를 알 수 있었다. 사람의 말만큼이나 명백했다. *따라오지 마.*

대시는 숲속으로 사라졌다. 그 뒤로 피투성이로 망가진 벌거벗은 남자의 시체가 끌려갔다. 나는 완전히 몸이 굳어버린 채 대시가 사라지는 모습을 보며 그대로 서 있다가, 집 근처에서 사샤가 점점 더 겁에 질려가는 목소리로 내 이름을 소리쳐 불렀을 때에야 멍한 상태에서 깨어났다. 고개를 돌리자 사샤가 보였다. 그녀는 입구를 지나 달려오며 나를 찾아 이곳저곳을 두리번대고 있었다. 그녀에게 손을 흔들어주자, 안도감을 느끼는 것 같았다. 그녀는 숲의 가장자리를 따라 내가 선 곳까지 달려오기 시작했다.

방금 일어난 일에 대해 대체 뭐라고 말하지? 남자 대신 곰을 쏘기로 한 이후 처음으로, 내가 얼마나 끔찍한 결정을 내렸는지 비로소 깨달았다. 이 사건 전체의 의미와 무게감이 서서히 나를 짓누르면서, 그만큼 큰 공포와 혼란이 찾아왔다. 사샤는 지금 내 뒤까지 바짝 따라와 소리를 질렀다.

"*해리, 무슨 일이야? 대체 이게 다 무슨 소리야?*"

나는 돌아서서 그녀를 마주 보았지만 무어라 할 말이 없었다. 어떻게든 말하려고 숲 쪽을 가리켰던 순간, 내가 처음에 보고 있던 지점에서 무슨 소리가 들렸다. 나는 다시금 휙 돌아서서 소총을 어깨에 올리고 뒷걸음질 쳤다. 그 소리가 들려오는 곳으로부터 사샤를 막아서야 했으니까.

그 순간, 대시가 보였다.

녀석은 아까 사라졌던 숲의 바로 그 지점에서 나타났다. 숨을 헐떡이며 꼬리를 앞뒤로 흔들면서 자박자박 걸어 나왔다. 곧장 내 쪽으로 달려오는 대시는 평소에 흔히 보여주던 몸짓을 했다. 입가와 코끝은 물론 눈 주위까지 피를 잔뜩 묻힌 얼굴은 무스의 내장으로 잔뜩 배를 불린 늑대처럼 보였다. 녀석이 내게 뛰어들자 나는 주저했지만, 개는 마치 미소 짓는 듯한 표정으로 나를 올려다보며 내가 '물어 와' 놀이를 시작하기를 기다리고 있었다.

나는 천천히 한쪽 무릎을 꿇고서 다가오는 개를 맞이했다.

"대시, 이 녀석아…… 이리 와."

대시가 다가오는 동안 나는 소총의 안전장치를 걸고서 바닥에 천천히 내려놓았다. 그리고 지금 이 개가 방금 보았듯 벌거벗은 남자를 물어뜯어 죽인 무시무시한 악마견이 아니라 부디 내게 익숙한 그 개이기를 바랐다. 대시는 나에게 성큼성큼 다가와 내 다리를 몸으로 누르며 무릎 사이로 들어가 앉으려 했다. 그리고 언제나처럼 얼빠진 표정으로 나를 올려다보며 내 얼굴을 핥았다.

사샤는 내 옆에 무릎을 꿇고 앉더니 나와 대시를 믿을 수 없다는 눈빛으로 바라보았다. 대시는 옆머리를 쓰다듬어 주는 사샤의 얼굴을 신난 듯 핥았다. 나는 어쩔 수 없이 웃고 말았다.

사샤는 깜짝 놀라 자기 손을 바라보았다. 이제야 피범벅이 된 대시의 얼굴을 보았던 것이다.

"해리, 이거 설마 대시의 피—"

"아니야, 대시는 괜찮아. 내가 보기엔 아무 문제 없어. 이건 대시 피가 아니야."

그녀는 심하게 겁을 먹고 믿을 수 없다는 눈빛으로 날 보았다가 다시 대시를 바라보았다.

"……어떻게 된 거야?"

나는 어떻게든 말해보려 했지만, 대체 어디서부터 이야기를 시작해야 할지 몰라 그저 믿을 수 없다는 기색으로 고개를 젓고 말았다. 대시는 이제 벌떡 일어나 내 어깨에 발을 얹었더니 급기야 내 이마를 핥기 시작했다.

"알았어, 녀석아, 알았다고……."

나는 대시의 머리를 두 손으로 잡고서 잠시 개의 귀를 긁어주었다. 녀석의 애정과 흥분이 진심이라는 데 경외감마저 일었다. 아까만 해도 원시적인 사악한 짐승이었는데 이토록 빨리 평소의 골든리트리버로 돌아오다니, 아무리 생각해도 경이로웠다. 나는 일어서서 이 모든 장면이 벌어진 곳을 다시 바라보았다.

내가 막 이야기하려던 순간, 마침 사샤도 아까 했던 질문을 반복했다.

"사샤, 자긴 아마 들어도 못 믿을 거야……."

그 뒤로 두어 시간 동안, 나는 사샤에게 목초지에서 일어난 시련을 차근차근 이야기해 주었다. 그러고는 뒷베란다로 돌아가서 다시 처음부터 이야기했다. 그녀는 내가 규칙을 따르지 않고 곰을 쐈다는 말에 한바탕 욕설을 날렸지만, 경멸과 비난은 길게 이어지지 않았다. 대시가 한 행동을 듣고 도무지 믿을 수 없어 하는 반응이 더 컸다. 우리는 다시 대시를 바라보았다. 쳐다봐 주자 대시는 우리 둘 사이를 왔다 갔다 하며 핥고 애착을 보이는 등 관심을 즐기는 것 같았다.

낮의 더위가 좀 누그러지자, 우리는 목초지가 내려다보이는 잔디밭 한쪽에 담요를 깔고 여섯 개들이 맥주를 나눠 마시기 시작했다. 나는 곰을 쏘았다가 대시를 위험하게 만들어버린 결정을 수도 없이 사과했다. 사샤는 계절의 규칙을 철저하게 지키는 건 매우 중요하다고 거듭 강조했다. 마침내 우리는 말없이 앉았고, 대시는 우리 사이에서 담요를 깔고 몸을 뻗어 잠들었다.

오랫동안 편안한 침묵이 이어진 끝에, 사샤가 입을 열었다.

"대시가 그 곰이 *되었나* 보네. 아니면 자기가 곰의 임무를 이어받아 끝내야 한다는 걸 알았거나."

나는 어깨를 으쓱이며 고개를 저었다.

"그러니까, 맞아. 네 말이 지금 그 어떤 것보다 일리 있다고 생각해……"

사샤는 대시를 물끄러미 바라보다가 손을 뻗어 내 손을 잡았다. 그녀의 눈초리는 걱정스레 가늘어졌다.

"그런 짓 하면 안 돼, 해리. 악령을 건드리지 마."

나는 그녀의 손에 입 맞춘 다음 몸을 기울여 이번에는 입술에 키스했다.

"네 말이 맞아. 나도 알아. 미안해."

사샤는 내 손을 꼭 잡더니 내 어깨에 머리를 기댔다. 우리는 다시 고요함으로 되돌아가 이 아름다운 계곡을 살펴보았다. 목초지 위로 늦여름 밤의 황금빛 햇살이 비스듬히 떨어지자, 빛을 받은 잠자리와 각다귀가 다이아몬드처럼 도드라지게 반짝였다.

오늘 경험한 것 중 단 하나 말하지 않은 것이 있었다. 말해봤자 사샤가 화내고 걱정하기만 할 사소한 사항이었다. 그 남자가 미소 지었다는 이야기는 하지 않았다. 그 미소를 보자 배에 주먹을 맞은 것 같았고, 그 미소 때문에 토할 뻔 했다는 말도 하지 않았다.

산에서 가볍고 따스한 돌풍이 휙 불어왔다. 사샤와 나는 불어오는 바람결에 기분 좋게 바스락대는 나뭇잎 소리에 이끌려 우리 위로 보이는 커다란 목화나무를 바라보았다. 그리고 자그마한 나뭇잎들이 가지에 달렸다가 흩어져 바람을 타고 목초지로 날아가는 모습을 지켜보았다.

"아, 저기 왔구나."

나는 사샤를 바라보았다. 그녀는 아직도 우리 머리 위로 맴돌며 춤추는 나뭇잎들을 지켜보고 있었다.

"뭐가 왔는데?"

그녀는 나를 바라보며 미소 지었다.

"가을의 첫 낙엽이 왔어."

제4부

가을

20

사샤

여름에서 가을로 접어드는 속도는 빨랐다. 9월 1일까지만 해도 마른 산에 열기가 가득했건만, 몇 주 만에 가을색이 완연해진 풍경이 마치 그림엽서 같았다. 포플러나무들은 이글거리듯 노란빛으로 타올랐고 저녁은 차츰 건조해졌으며 우리 소유지 위 능선에서는 엘크들이 울부짖는 소리가 들려왔다. 개울의 물살도 느려져서 나지막이 졸졸 흘렀고, 티턴산맥의 화강암 봉우리 위에는 새로운 눈이 내렸다. 매일 저녁 해가 조금씩 일찍 지는 게 느껴졌고, 귀뚜라미 우는 소리도 전날 밤보다 한층 조용하게 들렸다.

우리가 여기에 꼼짝없이 갇혀버렸고, 영원히 이사 갈 수 없으며 떠나면 사고사로 죽는다는 저주에 대해 해리와 처음으로 대화한 이후 며칠이 흘렀다. 그동안 나는 해리를 매의 눈으로 지켜보며 이 현실을 그가 어떻게 받아들이는지 살펴보았다. 처음엔 주로 댄과 루시에게 분노를 퍼부을 거라 생각했었다. 하지만 그 소식을 접한 해리의 대처를 보면서 난 계속 놀라고 있었다. 그는 내 예상보다 현실을 훨씬 더 잘 받아들였다.

하지만 해리가 남자 대신 곰을 쏘기로 결정한 뒤로 상황은 전부 바뀌었다. 그는 가끔 넘지 말아야 할 선을 넘고 싶은 충동에 사로잡히는 어린아이 같았다.

사실 전에도 해리의 이런 모습을 본 적이 있다.

처음으로 데이트한 지 얼마 되지 않았을 때 볼더 서편 협곡으로 함께 하이킹을 갔다. 깎아지른 듯 가파른 절벽을 따라 걸으면서 60미터는 아래에 흐르는 개울을 바라보았던 기억이 난다. 해리가 부츠로 절벽 가장자리에 놓인 바위를 건드렸다. 바위가 쉽게 움직이는 걸 본 해리는 바위를 가장자리로 밀었다. 바위는 절벽의 표면을 몇 번이고 쿵 치면서 어마어마한 소리를 냈고, 결국 수십 미터 아래 바닥에 쾅 하고 떨어졌다. 돌덩이가 산산조각으로 부서지는 굉음이 메아리가 되어 몇 킬로미터 바깥으로 이어졌다. 바위가 떨어지며 깨지는 모습을 바라보는 해리의 얼굴에는 어린아이가 보일 법한 순수한 경이로움이 가득했다. 내가 *대체 왜* 나에게 말도 없이 이런 짓을 했느냐고 물어보자 그는 진심으로 놀란 표정을 보였다.

"미안해……. 잘 모르겠어."

나는 아래에 등산하는 사람이나 카약 타는 사람이 있었으면 어떡할 뻔했냐고 마구 비명을 질렀다. 그때 해리는 내 말이 옳다는 걸 깨닫고 진심으로 걱정하고 놀란 것 같았다. 그러고는 아래 협곡을 훑어보며 사람의 흔적이 있는지 확인했다. 아무도 없다는 걸 확인하자 해리의 얼굴에 무척 안도한 표정이 떠올랐고, 이어서 민망한 기색이 이어졌다.

몇 년 뒤에도 비슷한 순간이 있었다. 어느 가을날, 우리는 데슈트강을 따라 배를 타고 내려가며 캠핑 여행 중이었다. 그런데 아침에 이상한 소리가 나서 어리둥절한 채로 텐트에서 일어나 보니, 해리가 나보다 조금 일찍 일어나 불을 피워놓고 커피를 끓이는 중이라며 내게 속삭인 기억이 어렴풋이 난다. 그때 나는 여전히 침낭에서 나오지 않은 채 앞으로 몸을 쪼그리고 앉아서 바깥을 보려고 텐트 입구 지퍼를 내렸더랬다. 순간, 이상한 소리의 정체를 알게 된 나는 숨을 헉 들이켰다. 커다란 방울뱀이 보였다. 방울뱀은 똬리를 틀고 머리를 뒤로 젖힌 채 구슬 달린 꼬리를 치켜들고 계속 경고음을 울렸다. 나는 미친 듯이 텐트 지퍼를 올리다가 왼쪽에 있던 해리를 보았다. 그는 통나무 위에 앉아서 한쪽 다리를 꼰 채, 방울뱀으로부터 불과 2미터도 안 되는 지점에서 뱀을 응시하고 있었다. 나는 해리에게 앞에 뱀이 있다고 나직하게 주의를 주었다. 그가 아직 뱀을 보지 못한 게 분명하다고 생각했기 때문이었다. 그런데 알고 보니 해리는 손에 조약돌을 한 움큼 쥐고서 그걸 하나씩 천천히 똬리 튼 방울뱀에게 던지고 있었다. 뱀의 몸에 맞은 조약돌이 계속 튕겨져 나갔고, 약 오른 뱀은 고개를 앞으로 휙 뻗으며 해리 쪽 허공을 물어댔다. 해리의 모습은 마치 고요한 연못에 아무렇게나 돌멩이를 던지는 사람 같았다. 그렇게 뱀 쪽으로 10여 개의 조약돌을 던지던 해리는 내 목소리를 듣고 무아지경에서 확 깨어난 듯이 벌떡 일어났다. 그러고는 뒤편에서 말라죽은 기다란 세이지 가지를 집어 들고서 덤불 속으로 뱀을 몰아넣었다.

나는 그때도 대체 이게 무슨 짓이냐고 물었고, 해리는 "모르겠어, 그냥 잠이 덜 깨서 그런가…… 몰라"라고 얼버무렸다.

그런 순간들은 빈번하지는 않았고, 그럴 때 해리의 행동이 미친 듯이 극단적이지만도 않았다. 게다가 내가 일깨워 줄 때마다 해리는 항상 진심으로 놀랐다. 객관적으로 따져보면, 그는 병적인 아드레날린 중독자는 아니다. 항상 위험한 짓을 하지도 않고, 자신의 안전 따위 완전히 무시하는 짓을 하지도 않으니까. 그는 운전도 안전하게 하고, 스키도 안전하게 타고, 절대 누군가에게 먼저 싸움을 걸지도 않는다. 다만, 이 세상에 자기 혼자 있는 것처럼 행동하는 이상한 순간이 있을 뿐이다. 그때는 자신이 정말로 살아 있는지 완전히 확신하지 못하는 사람처럼 그를 둘러싼 세상을 무심히 시험하는 것 같았다.

해리가 계절마다 나타나는 악령의 규칙을 자꾸만 어기는 행동을 하는 것도 내겐 비슷하게 다가왔다. 그가 악령을 조롱하거나, 울타리에서 벌거벗은 남자를 자극하거나, 곰을 쏘았던 행동을 지적하면 그는 사과했고, 내가 말하는 조목조목 격하게 동의했으며, 본인이 어째서 그런 나쁜 결정을 내렸는지 정확하게 설명했다. 기본적으로는 내가 듣고 싶어 하는 말을 정확하게 들려주었다.

그렇지만 마지막 곰 추격이 숲에서 일어났을 때, 해리는 분명 절벽에서 바위를 걷어찼을 때나 방울뱀에게 조약돌을 던졌을 때나 말벌 둥지를 찔러댔을 때와 똑같은 표정을 짓고 있었을 것이다. 비록 그곳에 내가 있지 않았지만 분명히 그런 표정을 지었다는 데

*1000*달러를 걸 수 있다. 결과가 어찌 될지는 위험할 만큼 아랑곳하지 않는 어린아이의 호기심이 드러났겠지.

곰을 쏜 직후의 저녁 시간, 식사를 하면서 나는 그 점도 해리에게 말했다. 그는 방어적인 태도를 보이지 않았고, 자신의 입으로 나에게 동의한다 말했으며 앞으로는 선을 넘지 않겠다고 다짐했다. 그 말 역시 *정확히* 내가 듣고 싶은 말이었다.

다음 날 오후, 댄과 루시가 우리 집에 들렀다. 겨울에 쓸 장작을 쪼개기 위해 우리가 빌려달라고 부탁한 장작 유압도끼를 가져온 것이다. 두 분은 우리에게 유압도끼 사용법을 알려준 다음, 함께 베란다로 나가 앉았다.

우리는 이 순간이 오리라는 걸 이미 알고 있었다. 댄이 입을 열기도 전에 해리와 나는 서로를 바라보았다. 한순간의 눈빛으로, 나는 그에게 잘 들으라고 재촉했다. 해리의 눈빛에는 회한이 서려 있었고, 초점이 또렷했다. 해리가 내게 고개를 끄덕이자마자 댄이 입을 열었다.

"음, 가을이 왔으니, 공식적으로…… 가을철에 대해 우리가 몇 자 적어놓은 것에 대해 말해주는 게 좋겠다고 생각했네. 모두 읽어봤겠지만, 어쨌든 간단하게 쭉 말해주겠네. 우리는 가을 악령을 '허수아비'라고 부른다네. 허수아비는 봄의 빛과 여름의 곰 추격과는 달리, 가을에 두세 번밖에 나타나지 않아. 게다가 우리가 잠을 자는 밤에만 나타나지."

댄은 두 손을 내밀어 강조 표시를 만들었다.

"잠에서 깨면 알게 될 걸세. 그냥…… 허수아비가 집 근처 약

20미터 안의 거리에 있다는 걸 말일세. 허수아비는 사람 크기고, 마대자루와 캔버스로 만들어져 있네. 뭔지 알겠지? 많이 봄직한 인형이지. 안에는 짚을 채웠고, 낡은 옷을 입혀두고, 바느질한 얼굴은 사람을 아주 많이 닮았다네. 키는 150센티미터에서 180센티미터쯤 되고, 무게는 13킬로그램에서 18킬로그램쯤이야. 허수아비는 편안한 자세, 그러니까 사람처럼 벤치나 돌담에 앉아 있을 걸세. 아니면 지금 우리처럼 베란다 계단에 앉아 있을 수도 있고, 울타리 기둥 같은 데 기대 있기도 하지. 하지만 절대로 숨어 있지는 않아. 마치 우리가 바깥에 나가는 순간 금방 찾아내 주기를 바란다는 듯이. 허수아비에게 다가가면 생명이 전혀 없다는 게 보이네. 건드리면 아마 풀썩 넘어질 거야. 젖은 지푸라기로 가득 찬 것처럼. 하지만 그놈을 빨리 옮겨야 하네. 그리고 이게 핵심인데, *그걸 불태워야 하네.* 방법은 그것뿐이야. 그 허수아비의 재료는 우리가 보던 물질과는 전혀 다르다네. 일단 제대로 불이 붙기만 하면 금방 타버리거든. 부채질 같은 걸 하지 않아도 돼. 몇 초 만에 재가 돼버리니까. 매번 그랬지. 어쨌든 허수아비는 전혀 무겁지 않고, *반드시 옮겨야 하네. 집 반경 20미터 안에서는 불을 붙이면 안 돼……. 그게, 허수아비가 살아나거든.*"

이 노인네가 방금 허수아비가 살아난다고 말했나? 나는 댄을 바라본 다음, 루시를 보았다. 그녀는 내 머릿속 질문을, 아니 나의 불신을 감지하기라도 한 듯 고개를 끄덕였다. 해리는 베란다 벽에 등을 기대고서 별 표정 없이 댄을 빤히 바라보기만 했다.

"허수아비가 불이 붙은 채로 살아나면, 자네들 집에 다가가려 할 걸세. 그러니 *반드시 허수아비를 멀리 옮겨야 하네.* 그런데 옮기는 동안에 기분 나쁜 일이 벌어지지. 살아난 허수아비가 자네와 맞붙어 싸우지는 않겠지만, 경련 같은 걸 일으키면서 시끄럽게 굴 거야. 하지만 놈을 옮기는 동안에만 그래. 불을 붙이는 곳까지 허수아비를 데려갈 때까지만. 가만히 있을 때는 전혀 살아나지 않아. 그리고 살아나는 시간도 아주 짧지. 아주 놀랍지만 살아나는, 아니 깨어나는 기간은 단 몇 초뿐이야. 허수아비는 자네들 손을 덥석 잡거나 일어서거나 묶였던 밧줄을 풀려고 할 걸세. 아, 녀석들을 밧줄로 묶으면 좋네. 직접 접촉하지 않아도 되니까. 개중에는 힘센 허수아비도 있거든. 가끔 허수아비가 주먹을 휘두를 수도 있네. 하지만 그 순간은 아주 짧고 경련처럼 일어나. 그런 다음엔 다시 축 늘어지지."

댄은 무게중심을 옮겨 앉고는, 해리와 나를 번갈아 살펴보다가 말을 이었다.

"허수아비는 살아나는 순간 겁을 먹는다네. 죽을까 봐 무서워하는 게야. 죽는다는 걸 아는 거지. 깨어나는 순간 말도 할 걸세. 소리치고, 울고, 이런저런 걸 하지만 그것도 잠깐뿐일세. 어쨌든 애원하고 빌면서 경련을 일으키며 우리 손에서 벗어나려고 할 거야."

댄은 허공에 손을 내저어 나의 눈길을 끌었다.

"허수아비가 뭘 하든 무시하게. 녀석들은 발견된 그 즉시 일몰 전까지 태워야 하네. 자네 둘에게 다시 말하네만 지금 우리가 말하는 건 아주 간단한 행동이네. 허수아비를 찾으면, 집에서 멀리 끌고 가. 옮기면서 녀석들이 깨어난다 해도 무시하고, 그대로 태워버려. 그렇게만 하면 되네. 알겠지?"

나는 알았다며 묵묵히 고개를 끄덕였다. 댄의 태도는 무척 진지했고 그가 허수아비 이야기를 하면서 내비치는 불편한 기색에는 분명히 영향력이 있었건만, 대답하는 내 모습에는 불신과 걱정, 좌절감이 가득 섞여 있었다. 댄은 이제 해리를 빤히 바라보았다. 해리는 댄 너머를 멍하니 응시하며 집 너머 숲을 바라볼 뿐이었다.

"해리, 내 말 잘 들었나?"

해리는 깊은 숨을 내쉬고는 고개를 끄덕였다. 그리고 여전히 시선을 멍하니 둔 채로 대답했다.

"네, 죄송합니다. 그것 참 흥미로운 이야기로군요⋯⋯. 저는, 알겠습니다."

해리는 눈을 비비고서 몸을 살짝 일으켜 앉은 다음 댄을 바라보았다.

"그것들이 살아서 펄떡인다고 하셨죠? 하지만 무시하고 집 멀리까지 가서 태워버리라고요."

댄은 고개를 끄덕였다.

"그래. 그렇게만 하면 되네."

내가 입을 연 순간 세 사람은 일제히 나를 바라보았다.

"그러면 겨울에는 아무 일도 일어나지 않는 게 확실하죠? 정말이지 전 여기서 더 놀라고 싶지는 않거든요. 다른 가족들도 겨울에는 아무것도 보지 못한 게 맞죠? 조와 여러분만 겨울에 아무것도 못 본 게 아니라는 것도 확실하죠?"

댄은 짧게 어깨를 으쓱이고는 씩 웃었다.

"아니야, 사샤. 겨울은 이곳에서 가장 좋은 계절일세. 악령이 나타나지 않는 때니까."

나는 그저 웃으며 고개를 끄덕이는 루시를 보았다. 댄은 말을 이었다.

"겨울에는 아무 일도 일어나지 않아. 마지막 허수아비를 불에 태운 다음 봄 연못에 처음으로 빛이 나타날 때까지 악령은 겨울잠을 자지. 길진 않지만 멋진 휴식기라고나 할까."

나는 눈썹을 들어 올리며 고개를 끄덕였다. 더 질문하고픈 마음은 최선을 다해 참았다. 댄은 실망한 표정으로 시선을 내리 깔고는 가죽처럼 두툼하고 커다란 손으로 천천히 무릎을 쓸기 시작하며 입을 열었다.

"좀 더 설명할 수 있다면 좋겠지만, 내가 아는 건 여기까지일세. 겨울에는 악령이 멀리 가버린다네."

그는 커다란 어깨를 으쓱이기만 했다.

✛ ✛ ✛

그 뒤 며칠이 흐르고 몇 주가 흘렀다. 해리와 나는 매일 아침 일어나서 집 주변을 바라보며 귀신 들린 허수아비 같은 게 있나 찾아보았다. 난 그 어느 때보다도 끔찍한 기분으로 잠에서 깨곤 했다. 예전에 루시와 함께 말을 타러 갔을 때, 가을이 제일 싫다던 루시의 말이 떠올랐다. 이제 그 마음을 이해했다.

어느 날 저녁, 식사를 마친 해리와 나는 불을 피워놓고 댄과 루시가 쓴 설명서에서 가을 부분을 다시 훑어보았다. 댄과 루시는 가을을 '허수아비 철'이라고 했다. 우리는 지난주에 그 부분을 수십 번이나 읽었다. 여름을 보낸 뒤, 해리는 이 신비로운 악령에 대한 의심을 싹 거둔 지 오래였다. 그는 가을 악령을 만나는 일을 무슨 업무 프로젝트처럼 준비하기 시작했다.

해리와 함께 소파에 앉은 다음, 나는 두 분이 쓴 설명서를 소리 내어 읽었다.

왜 그런지 몰라도, 소소한 계절 의식을 묘사해 둔 이 내용을 읽자 봄이나 여름 의식보다 가을 의식이 *훨씬 더* 심란하게 느껴졌다. 허수아비가 살아나 움직인다니. 울고불고 몸부림친다니. 봄의 빛과 여름의 곰 추격도 나름대로 사람을 미치게 만들었지만, 가을 내용을 읽으면 어쩐지 머리카락이 곤두섰다. 그저 댄과 루시의 설명을 읽는 것만으로도 피부에 소름이 쫙 돋곤 했다.

해리는 이 의식을 처리하는 건 본인이 맡겠다고 확실하게 말했다. 적어도 내가 준비될 때까지는 말이다. 루시는 자신도 나와 같은 마음이라고, 허수아비처럼 싫은 게 또 없다면서 댄이 알아서 처리하게 놔둔다고 했다. 허수아비 근처에 갈 때마다 공포에 질리곤 한다고, 가을날 아침에 움직이지도 않고 그 자세로 가만히 나타나 있는 것조차 너무 무섭다고 말했다.

그런데 해리는 심지어 신난 것처럼 보였다.

"댄과 루시가 왜 그렇게 허수아비를 싫어하는지 모르겠어. 무섭게 생긴 것도 아니라잖아. 그냥 실로 얼굴을 만들어놓은 삼베 자루라면서. 우리는 지난 몇 달간 곰 추격이라는 웃긴 짓거리를 겪어왔어. 애원하는 사람을 죽이지 않으면 그자가 잔인하게 갈가리 찢겨죽는 걸 봐왔다고. 그에 비하면 이건 식은 죽 먹기야. 헤드폰을 끼고 제임스 브라운 음악을 튼 다음에 허수아비에 올가미를 걸고 장작더미로 끌고 가서 불을 붙이면 끝이야. 자, 덤벼보라지."

"실전에 들어가서도 자신만만하셔야 할 텐데요, 아저씨."

나는 그를 놀렸다. 해리는 미소를 지으면서 자신의 손을 내려다보았다.

"아니…… 그러니까, 두고 보긴 해야겠지만, 난 할 수 있을 것 같아. 일단 장작더미를 쌓아놓고, 가스통을 챙기고, 올가미도 준비해야겠지. 난 언제나 만반의 준비가 된 멋진 인간이라고, 자기."

해리는 이런 말로 나를 웃겼다. 가을 의식 때문에 해리가 괴로워하지 않아 다행이었다. 나는 생각만 해도 불안했으니까. 하지만 해리는 확실히 가을 악령을 대비해 두었다.

그는 먼저 집까지의 거리를 측정하여 반경 20미터 지점을 정한 다음, 뒷문 밖에 모래를 잔뜩 깔아두고 장작더미를 쌓았다. 그러고는 가스통을 하나 골라 방수 성냥 박스와 함께 문 옆에 비치했다. 심지어 농장용품점에서 전문가용 밧줄 올가미까지 구입해 놓고 연습을 시작했다. 허수아비와 떨어져 서서 올가미로 묶은 다음 너무 가까이 가지 않은 상태로 장작더미에 던져버린다는 계획은 내가 보기에도 현명했다. 댄과 루시도 같은 생각이었다.

며칠 뒤, 우리는 댄과 루시를 초대해서 저녁을 대접했다. 그전부터 우리는 매주 우리 집 아니면 그분들의 집에서 식사를 하곤 했다. 해리는 허수아비 불태우기 계획을 자랑스럽게 시연해 보였다. 그런데 우리가 뒷베란다로 올라갔을 때, 댄이 던진 한마디에 나는 앞으로 다가올 일을 조용히 걱정하게 되었다.

"저 올가미를 준비한 건 잘했네, 해리. 허수아비는 발견하는 즉시 태워버려야 하니까. 그놈들을 자르거나 찢어서는 안 돼. 그러면 큰일이 날 수 있어. 어쨌든 발견하는 대로 태우게."

우리는 바깥에 앉아 오랫동안 푸짐하게 식사를 했다. 아마도 올해의 따뜻한 저녁 날씨는 지금이 마지막일 것 같았다. 이후에는 새로 산 야외용 의자에 둘러앉아 기지개를 켜고 소화를 시켰다. 대시는 우리 넷 사이를 이리저리 돌아다니며 머리를 긁어달라고 졸라댔다.

우리는 이제 이곳의 구전 지식을 상의하기 시작할 만큼 가까워졌다. 해리와 나는 이 악령이라는 존재에 대해 우리가 알 만큼 다 알고 있다는 사실을 아직 믿을 수 없었기에, 두 분과 있을 때마다 자세한 사항을 세세하게 캐물었다. 루시와 댄은 우리가 당장 이사가지 않으면 영원히 여기 갇힐 거라는 사실을 처음부터 말하지 않았다는 사실에 대해 끊임없이 사과했다.

우리는 두 분에게 왜 그런 결정을 하셨는지 다 이해한다고 확실하게 다시 말했고, 악감정이 없다는 걸 거듭 언급했다.

그날 저녁 해리와 댄, 루시의 말을 들으려니까 문득 어떤 생각이 들었다. 나는 그들의 대화에 집중하고 있지 않았다. 그저 쌀쌀한 가을 공기에도 용감하게 살아남아 조용히 우는 몇 마리 귀뚜라미 소리에 세 사람의 목소리가 섞여드는 걸 들으며 어둠을 가만히 바라볼 뿐이었다.

어느 순간, 나는 전혀 예상하지 못했던 감정에 사로잡혔다. 마치 열정처럼. 몇 주 전에 해리가 했던 말에 대한 감정이었다. 우리는 절대로 이사 갈 수 없다고, 그러니 아이를 어떻게 갖겠느냐고 이야기한 그때, 해리는 그 사실을 알고 화가 났지만, 그 이유는 아이를 낳아 그 아이에게 안전한 삶을 줄 기회를 빼앗겨서가 아니었다. 내가 아이를 낳을 *선택지*를 빼앗겼기 때문이었다. 이건 너무나 *개인적인* 영역을 침범하는 일이었으니까. 이 저주는 나의 자율성을 겨냥한 사적인 공격이었다. 그리고 지금, 내 안에서는 이 악령을 이겨야겠다는, 정체를 알아내고 극복해야겠다는 분노의 추진력이 악령에 압도당하는 공포를 제치고 자리 잡았다.

해리와 맨, 루시가 활기차고 다정하게 나누는 대화 가운데 무언가가 있었다. 어두운 목초지로 흘러가는 그들의 목소리를 듣고 있으니 느껴졌다. 저 어둠 속에 위협이 존재하고, 그것은 우리의 대화와 저녁 시간과 이런 순간들을 끝장내 버리고 싶어 한다.

그 순간 나는 결심했다. 갑작스러운 결심이지만 이 결심에 모든 걸 바칠 것이다. 만약 우리가 정말로 여기 갇혀 산다면, 그래서 정말로 떠날 수 없다면, 이 악령이 우리의 삶을 정말로 차지했다면, 이제 와서 잃을 게 뭐겠는가?

모든 것이 어떻게 정리되는지 다시금 생각해 보았다. 연못에 빛이 나타나면 불을 피워야 하고, 곰 추격이 시작되면 남자를 쏴야 하고, 허수아비가 나타나면 불에 태워 없애야 하는 의식의 인과관계를. 여기에는 아주 균형 잡힌 특성, 말하자면 주는 게 있으면 받는 게 있다는 특성이 있었다. 그렇다면 다른 의식도 분명히 있다고 생각할 수밖에 없었다. 이 외에도 *부가적인* 규칙이 있을 것이다. 악령을 몰아내거나 완전히 잠재울 더 크고 포괄적인 규칙이 있을 것이다.

나는 그 자리에서 결심했다. 우리를, 우리의 땅과 몸을 사로잡은 이 악령의 굴레를 깰 방법을 찾아내리라. 내일 당장 알아낼 수는 없겠지. 어쩌면 올해 안에도 못 할 수 있다. 하지만 결국 알아내리라. 내가 늙어 죽든, 아니면 악령의 노여움을 사서 죽든, 방법을 알아내다 죽으리라 각오했다.

21

해리

휴대폰에서 기분 나쁜 알람 소리가 울렸다. 나는 어둠 속에서 손으로 협탁을 더듬거리며 휴대폰을 찾아내 온갖 버튼을 마구 눌러 껐다. 사샤는 옆으로 돌아누워 내 쪽으로 못마땅한 신음을 흘렸다.

대시의 자그마한 발톱이 거실 나무 바닥을 톡톡 치는 소리가 들렸다. 녀석이 잠자리에서 일어나 우리 방으로 오고 있었다. 이미 전체 시스템을 파악해 놓은 개였다. 녀석은 정말이지 죽도록 귀여웠다.

오늘 아침 대시를 데리고 산으로 뇌조 사냥을 떠날 참이었다. 지난 주말에 국유림에서 활사냥을 하면서 봐둔 지점이 있었다. 엘크를 찾지는 못했지만, 목도리뇌조 떼는 잔뜩 플러싱해서 잡았다. 전날 밤, 나는 서재에 온갖 사냥 용품을 모아두었다. 고지대용 사냥 조끼와 산탄총, 대시의 목걸이, 내 배낭을 비롯한 온갖 장비였다. 사냥 조끼와 산탄총을 꺼낼 때마다 대시는 사냥철이 왔다는 걸 알아차리고는 크리스마스이브를 맞이한 아이처럼 더없이 들뜨곤 한다. 새 사냥은 녀석이 세상에서 가장 좋아하는 일이다.

침대에서 몸을 굴려 일어나려는데, 갑자기 몸이 움찔하며 움직일 수 없었다. 순식간에 다리에서 불길 같은 통증이 치밀어 올라 무릎에서 복부까지 이어졌다. 손을 뻗어 흉터를 문지르자 둔하지만 따끔한 고통이 등에 퍼졌다. 이런 제길. 이토록 아픈 건 몇 년 만에 처음이었다. 나는 가쁜 숨을 내쉬고 어깨를 돌리며 계속 다리를 움직였다.

사샤는 내 등에 손을 얹었다.

"자기야, 괜찮아?"

그녀에게는 정말이지 내 통증과 아픔을 똑같이 느끼는 듯한 육감이 있었다.

"응, 그냥 좀 아파. 계속 자. 몇 시간 있다 돌아올게. 알았지?"

내가 애써 일어서자 사샤는 고개를 끄덕이고서 다시 베개에 얼굴을 파묻었다. 그러고는 기지개를 쭉 펴서 침대의 내 자리까지 차지했다.

아프가니스탄에서의 마지막 기억은 군용 지프차 뒷좌석에 앉아 먼지 날리는 길을 달린 기억이다. 시골길을 바라보던 내 눈앞에 번뜩이는 푸른빛이 확 비쳤다. 그다음은 들것에 칭칭 묶여 커다란 비행기 화물칸에 실려 가던 기억이다. 사실 그게 지프차를 타고 달린 날로부터 며칠 뒤라는 걸 나중에야 알았다. 내 옆 보조 좌석에는 어떤 해군 하사관이 앉아 있었다. 그녀의 목소리는 상냥했다.

"일어났군, 일병. 우리는 지금 독일로 가는 중이다."

그 뒤로 그 하사관을 다시 본 기억은 없다.

독일에 실려 가고 나서야, 그때 봤던 푸른빛이 사제폭탄이 폭발하는 섬광이었으며, 우리가 탔던 지프차가 깔끔하게 두 동강 났다는 소식을 들었다. 내 친구 스콧이 옆에 앉았던 기억이 났다. 그는 왼쪽 다리를 잃었다. 또 다른 친구 바스케즈는 조수석에 앉아 있었다. 그는 차가 부서지며 생긴 조각이 뒤통수를 파고들어 즉사했다. 두개골 윗부분이 깨끗하게 잘려나갔다고 들었다. 운전석에는 터커라는 친구가 앉았는데, 그 새끼는 가벼운 뇌진탕에 걸렸을 뿐 완전히 멀쩡한 채로 생채기 하나 없이 차에서 걸어 나왔다. 대체 어떻게 그럴 수 있었는지 전혀 모르겠다.

나 역시 상당히 운이 좋았다. 등과 왼쪽 다리 전체에 파편을 맞았고 얼굴에 유리 조각이 잔뜩 날아왔지만, 진짜 부상은 폭발로 인한 골절이었다. 어깨뼈가 산산조각 났고, 왼쪽 대퇴골이 깨끗하게 부러졌으며 왼쪽 무릎부터 발까지 여러 군데 골절이 생겼다. 왼팔뼈 두 개가 보기 좋게 부러졌고, 왼손가락 네 개와 손뼈 두어 개, 갈비뼈 여섯 대가 부러지고 폐에 구멍이 났다. 온몸이 만신창이였지만 그래도 사지와 손가락, 발가락, 눈과 불알은 다 붙어 있었다. 다른 친구들에 비하면 그리 나쁘지는 않았다.

꿰매지고 철심이 박힌 내 몸은 위생병에게 치료를 받았다. 나는 전방작전기지에서 부상자로 분류되어 사상자 후송 의료진에게 넘겨지고, 칸다하르에 있는 의사들에게 갔다가 독일에서 더 많은 의사에게 치료받고, 그다음엔 미국으로 와서 월터 리드에서 두 번의 수술을 받았다. 그 뒤 몇 달 동안 회복기를 거치면서 매일 체력 훈련을 받고 사제폭탄에 몸이 부서진 사람들로 가득 찬 시설에서 살았다.

이런 일이 생기리라고 누가 생각이나 했겠나? 세계에서 가장 빠르고 비열하며 강력한 데다 최고의 장비를 갖춘 전사들로 구성된 전투 부대를 글도 못 읽는 십 대 소년 몇 명이 구소련 시대의 폭발물과 절연 테이프, 삽과 원격 자동차 조종기로 쓰러뜨리다니. 전쟁은 확실히 예전과 달라진 것 같았다.

나는 서재에서 잠시 스트레칭을 한 다음 통증이 가시자 옷을 입고 커피를 만들기 시작했다. 대시는 우리가 오늘 아침 뭘 하러 갈지를 정확히 알고 내가 조끼와 짐, 산탄총을 쌓아놓은 문 옆과 나 사이를 왔다 갔다 하며 어서 나가자고 재촉했다. 나는 보온병에 커피를 채우고 사샤가 고른 크림 대체품을 몇 방울 떨어뜨렸다. 캐슈넛인가 아몬드인가 대마인가 그랬다. 뭔지 몰라도 하나같이 애매하고 실망스러운 맛이 났다.

나는 대시에게 목걸이를 채우고 2연발 산탄총을 어깨에 멘 다음 밖으로 나갔다. 그러고는 두 손으로 최대한 조용히 문을 닫았다.

베란다에서 한 걸음 떼는 순간, 목구멍에서 뭔가가 확 받쳐 올라왔다.

베란다 오른편에 어떤 남자가 서 있었다. 현관과 주방 베란다 사이 중간쯤이었다.

나는 숨을 헉 들이켜고 팔을 마구 휘둘러댔다. 두 손을 들어 올리자 그걸 본 대시가 짖기 시작했다. 나는 뒷걸음질로 베란다에 올라가면서 목을 빼 좀 더 자세히 보았다. 그러자 피부에 소름이 돋았다.

가을 아침 해가 뜨기 전 희미하게 비치는 은빛 어스름 속에서 나타난 존재, 우리의 첫 번째 허수아비였다.

대시가 짖는 소리에 잠을 깬 사샤는 여전히 어깨에 담요를 덮고서 잠기운을 떨치지 못한 채 겁먹은 눈동자로 현관문을 홱 열었다. 그녀는 바깥에 나오기도 전에 무슨 일인지 이미 알아차린 것 같았다. 걸음을 늦추고 문틀에 손을 댄 채 눈을 둥그렇게 뜨고 나를 보고 있었다. 고개를 끄덕이는 것만으로 대답은 충분했다. 그녀는 천천히 밖으로 나와 현관을 내다보며 대시가 짖는 쪽으로 고개를 돌렸다.

댄과 루시가 말한 대로, 마대자루로 만든 커다란 인형이었다. 단정한 캔버스 셔츠 위로 햇볕에 바랜 데님 멜빵바지를 입고 머리에는 밀짚모자를 쓴 인형. 마대로 어렴풋이 발 모양을 만들었고, 손은 사슴가죽으로 만든 작업용 장갑에 지푸라기를 채워놓은 모양새였다. 바느질한 옆얼굴을 슬쩍 보기만 했는데, 이목구비가 충격적일 정도로 섬세하게 표현되어 있었다. 허수아비는 푸른 눈에 차분하게 미소 짓는 중년 남자였다. 똑바로 서서 팔을 구부린 채로 장갑의 엄지손가락 부분을 멜빵바지 끈에 걸고 있었다.

차분해진 대시는 이제 허수아비 앞에 서서 기묘하게 생긴 마대자루의 발 냄새를 맡았다. 그게 마치 새 가구라도 된다는 듯이. 사샤는 허수아비를 향해 두어 걸음 다가갔다.

"대체 저게 어떻게 서 있지? 몸체를 지탱하는 틀이나 뭔가 잡아주는 게 있는 건가?"

그것이야말로 사실 이 허수아비의 가장 이상한 점일지도 모르겠다. 이상한 덩어리 모양 발이 땅에 닿을락 말락 했는데도 허수아비는 똑바로 서서 견고하기 그지없는 자세를 취하고 있었다.

나는 허수아비를 지탱하는 선이나 끈이 있는지 찾아보았다. 허수아비의 머리 위로 손을 올려보았지만, 이내 고개를 저었다.

"모르겠어. 댄과 루시는 발견하는 허수아비마다 사람 같은 자세를 취하고 있다고 했잖아. 하지만 옮기기 시작하는 순간 젖은 짚더미처럼 쓰러질 거랬지."

나는 낙엽이 떨어지기 시작할 무렵부터 현관 앞에 두었던 빗자루를 움켜쥐었다. 허수아비의 가장 가까운 다리 쪽에 빗자루 손잡이를 가져다대면서 사샤에게 동의를 구하는 눈길을 보냈다. 그녀는 고개를 끄덕였다. 이윽고 허수아비의 무릎을 쿡 찌르자, 아니나 다를까 허수아비는 나뭇잎을 채운 자루처럼 풀썩 주저앉았다. 댄과 루시가 말한 대로, 인간의 자세와 외양이 한순간에 사라져버리는 모습은 가히 충격적이었다. 사샤와 나는 이제 이상한 마대 뭉텅이가 된 그것을 가만히 바라보았다. 대시가 허수아비의 머리 냄새를 킁킁 맡았다. 몸통에 붙은 징그럽고 작은 머리 위로 일그러진 이목구비는 이상한 더미에서 튀어나온 돌출부처럼 보일 뿐이었다.

보고 있자니 불쾌했다. 우리는 안으로 들어갔고, 나는 소소하게 준비해 둔 허수아비용 장비를 모았다. 올가미와 성냥, 작은 알루미늄 디젤 연료 통이었다.

"사샤, 내가 할게, 진짜로. 여기 대시랑 있어. 시끄러울 수도 있으니까 음악 틀어놔. 가능한 한 10분 내로 처리할게."

나는 안심하라며 사샤에게 미소를 지었다. 그녀는 걱정스러운 표정을 짓더니, 이내 고개를 끄덕였다.

"알았어. 몸조심해. 제발. 이거 정말 미치게 불안하니까."

더 말할 필요가 없었다. 벌써 백 번도 넘게 연습을 해놓았다.

나는 밖으로 나가서 현관문을 닫은 다음 주저앉은 허수아비를 마주 보았다. 돌아버릴 듯한…… *분위기*라 해야겠지. 압도적이었다. 허수아비 너머 뒷문 바깥에 내가 만든 장작더미를 바라보았다. 일단 베란다에서 내려가 현관 반대편으로 간 다음 허수아비의 주저앉은 몸에서 툭 튀어나온 뭉툭한 머리에 올가미를 거는 게 좋겠다는 생각이 들었다. 그러면 주방 뒷베란다에서 마당으로 이어지는 계단을 통해 주저앉은 허수아비를 끌고 내려갈 수 있을 것이다.

하지만 올가미를 던지는 건 뜻대로 되지 않았다. 대여섯 번을 던져서야 겨우 머리에 올가미가 걸렸다. 마침내 올가미를 거는 데 성공한 나는 천천히 밧줄을 당겨서 허수아비의 목이 꽉 졸리는 과정을 지켜보았다. 제길, 그저 젖은 지푸라기를 마대에 넣어놓은 것뿐이잖아. 아까는 대체 어떻게 서 있었던 건지, 물리적으로 전혀 말이 안 되는데. 어쨌든 나중에 생각하자. 나는 허수아비에게 올가미를 천천히 두르며 뒤로 걷기 시작했다. 꽤 무거워서 처음에는 잘 움직이지 않았지만, 더 힘을 주면 결국 움직일 수밖에 없다는 걸 알고 있었다. 그렇다면 이 현상은…… 내 마음이 아직 준비가 덜 된 것 같다.

가슴이 쿵쿵 뛰었다. 가을이 온 뒤로, 루시와 댄이 묘사해 준 대로 허수아비가 살아나서 겁에 질려 말하고 움직이는 상상이 머릿속을 지배했기 때문이다. 서 있는 곳을 작게 한 바퀴 돌면서 떨리는 손을 한 번에 하나씩 내밀었다. 심호흡을 한 다음 허수아비를 계단에서 최대한 빠르게 확 당겨 계단 아래로 끌고 가 베란다에서 완전히 끌어냈다. 이어서 밧줄을 단단히 잡아 어깨에 걸친 다음, 시선을 계속 장작더미에 둔 채로 마찰력이 느껴질 때까지 계속 걸었다. 그러면서 큰 소리로 숫자를 셌다.

"셋, 둘, 하나."

그렇게 밧줄을 힘껏 잡아당기며 확 뛰었다.

허수아비의 몸통은 다소 두툼했지만 엄청나게 무겁지는 않았다. 그래도 분명히 15킬로그램 정도는 됐을 것이다. 2, 3초 만에 허수아비가 베란다 계단을 탁탁 끌려 내려오는 소리가 들렸다. 나는 허수아비를 뒷마당으로 끌고 가며 살짝 뒤돌아보았다. *지금까지는 별문제 없군.* 나는 잔디밭에 깊은 발자국을 내며 계속 돌진했다. 울타리 입구까지 온 힘을 다해 전속력으로 달렸다. 그런 다음 돌아서서 멈추려는데, 기다렸던 일이 일어났다.

처음에 본 건 허수아비의 목까지 확 뻗어오는 두 손이었다. 허수아비는 머리를 내 쪽으로 향한 채 등을 대고 누워 있었다. 그것이 미친 듯이 목에 감긴 올가미를 잡아당기는 모습이 보였다. 올가미를 손바닥으로 잡아끄는 작고 떨리는 손길이 느껴지자, 놀라고 불안해졌다. 그래서 밧줄에 거미라도 덮여 있는 것처럼 옆으로 던져버리고 비켜섰다. 그것이 숨 쉬는 소리가 들렸다. 마치 성인 남자가 잇새로 숨을 가쁘게 내쉬며 이를 악무는 소리 같았다. 나는 살짝 몸을 숙이고 허수아비의 모자 챙 아래로 드러난 얼굴을 보려 했다. 그 순간, 허수아비는 발과 어깨에 몸무게를 전부 싣고서 등을 구부려 골반을 하늘로 확 튕기며 목을 감은 밧줄을 열띤 손길로 풀어버리려 했다. 그러더니 더할 나위 없이 비통하고 괴로운 소리를 질렀다. 그토록 *귀신* 들린 듯한 비명은 아프가니스탄에서 돌아온 뒤로 처음 들었다.

잠시 뒤, 마치 전등 스위치로 조종되듯 허수아비의 몸에서 삶과 힘의 흔적이 싹 사라지더니 이제는 또 생기 없는 덩어리로 풀썩 돌아가 버렸다. 나는 믿을 수가 없어서 허수아비를 계속 바라보았다. 비명의 메아리도 이내 희미해지면서 들려오는 건 귓가에서 천둥처럼 울리는 내 심장 소리뿐이었다.

제길. 나는 울타리 출입구를 열고서 천천히 올가미를 잡은 다음 조심스럽게 목초지의 장작더미로 다가갔다. 그러면서 허수아비가 또 움직이지는 않는지 유심히 지켜보았다. 밧줄을 최대한 팽팽히 당기며 뒤로 물러선 다음, 다시 휙 돌아 어깨에 밧줄을 걸치고 장작더미를 향해 돌진했다. 장작더미를 약 2미터쯤 지나서 멈추었다. 이쯤이면 내가 데려온 지푸라기 허수아비가 있어야 할 곳에 자리할 것이다.

어깨 너머를 슬쩍 돌아보며 허수아비의 위치를 확인해 보려는데, 순간 그것이 다시 살아났다.

이번에는 허수아비의 얼굴이 보였다. 목둘레를 조르는 올가미가 있어서였다. 슬쩍 보기만 했는데도 다시 올가미를 집어던지고 말았다. 접촉을 끊으면 이 심란한 장면에서 어쩐지 내가 빠져나올 수 있을 것 같은 기분이 들었다. 허수아비는 손을 뻗어 밧줄을 잡으려 했다. 바느질한 얼굴은 기괴하리만큼 사람과 똑같았고, 어쩜 저럴까 싶은 방식으로 움직였다. 상상보다도 훨씬 섬뜩했다. 허수아비는 목을 길게 빼 땅에 누운 채로 나를 똑바로 바라보더니 이번에는 말을 했다. 아니, 비명이라 봐야 할지도 몰랐다. 한마디뿐이었지만 목소리의 크기와 그 안에 서린 두려움과 본능적 공포가 음절마다 커다랗게 울렸다.

"하지 마, 하지 마, 하지 마, **하지 마!**"

이내 허수아비는 살아났던 것만큼이나 빠르게 뒤로 주저앉아 모래 위에 만든 장작더미에 쓰러졌다. 이번에는 차가운 잿빛 목초지에 비명의 메아리가 채 사라지기도 전에 다시 생기가 빠졌다.

구역질이 났다. 죄책감이 느껴졌다. 곧 사형당할 사람을 실제로 볼 때의 느낌이 이럴까. 그 순간 댄과 루시의 경고가 떠올랐다. '녀석들에게 동정심을 느낄 수도 있겠지만, 무시하게. 태워버려야 해.' 나는 사실 동정심을 무시하는 데 아주 능숙하다. 그래서 정말로 무시했다.

허수아비에게 빠르게, 또 조심스럽게 다가간 다음 허리를 굽혀 올가미를 부드럽게 끌렀다. 묘하게 정교한 허수아비의 얼굴과 밀짚모자 위로 밧줄을 떼어냈다. 돌아서서 디젤 연료통을 잡고 뚜껑을 연 다음 허수아비의 다리에 조금 부었다. 마지막으로 성냥을 켠 나는 "잘 가시게, 친구"라고 말한 다음 허수아비의 다리에 떨어뜨렸다.

댄의 말은 옳았다. 그건 빌어먹을 정도로 잘 탔다. 5초도 되지 않아 온 몸뚱이가 화염에 휩싸였고, 30초 안에 먼지가 되었다. 마치 디젤 연료에 흠뻑 젖은 듯이 말이다.

윽, 빌어먹게 역겹네. 연기가 피어오르는 재를 가만히 내려다보며 이 모든 경험이 무섭다기보다는 역겹다는 걸 깨달았다. 하지만 생각했던 것보다 나쁘지는 않았다. 곰 추격을 한 번 하느니 차라리 허수아비 불태우기를 열 번 하는 편이 나았다.

나는 집으로 들어가서 식탁에 앉은 사샤를 보았다. 그녀는 공포와 궁금증이 뒤섞인 얼굴로 나를 바라보았다. 나는 미소를 지었다.

"다 끝났어, 사샤. 불에 타서 없어졌어. 걱정할 거 하나도 없어."

그녀는 3초 만에 질문을 다섯 가지나 와르르 뱉었다.

"경련이 있었어? 비명이나 울음소리는 못 들었는데, 어땠어? 그게 뭐래? 옮겼을 때 살아나면 얼마나 힘이 세?"

나는 손을 들었다.

"진정해, 자기야. 그냥…… 허수아비야. 인형이라고. 가만히 있다가 아주 잠깐 풀려나려고 버둥거렸을 뿐이야. 뭐라 뭐라 짧게 중얼거렸다가 다시 생기 없는 무더기가 돼서 픽 쓰러졌어. 장작더미까지 끌고 가서 불붙였더니 기름을 흠뻑 먹은 걸레처럼 타더라. 말 그대로였어. 진짜 별로 나쁘지 않았어."

사샤는 걱정스러운 눈초리를 했지만 그만큼 안심한 것 같았다. 그녀는 고개를 끄덕이고서 옷을 입었다. 나는 그녀에게 모래 위에 짙은 회색 재로 남아버린 잔해를 보여주었다.

그 일이 일어난 뒤 곧바로 자리를 뜨기가 편치 않았다. 초자연적인 허수아비를 불에 태워버리고 나서 아무렇지 않은 척 행동할 수가 없었다. 그래서 난 한 시간 정도 더 기다리면서 볼일을 보고 샤워를 한 다음에 대시를 데리고 뇌조 사냥에 나서기로 마음먹었다.

샤워를 한 다음 다시 옷을 입은 나는 서재로 들어갔다. 사샤는 지금 화상회의 중이었다. 나는 문을 가리키며 대시를 데리고 사냥을 간다고 알려준 다음, 몸을 숙여 그녀의 뺨에 키스했다. 돌아서서 떠나려는데, 사샤가 손가락을 들어 잠깐 기다리라는 손짓을 하더니 휴대폰을 음소거하고 헤드셋을 벗은 다음 날 쳐다보았다.

"자기야, 오늘 아침에 같이 처리하러 가지 못해서 나 기분이 너무 안 좋아."

나는 그저 고개를 저었다.

"사샤, 그런 바보 같은 소리 하지 마. 내가 알아서 할 수 있어. 루시도 건드리지 않는댔잖아. 댄에게 시킨다며. 나도 기꺼이 해줄게. 정말 별거 아니었어. 자기가 다음번에 하고 싶다면, 아니면 도와주고 싶다면 그렇게 해. 하지만 충분히 나 혼자 할 수 있어. 어쨌든 난 자기가 그 망할 놈의 허수아비 근처에 안 갔으면 좋겠어."

그녀는 내 손을 꼭 잡고 눈을 내리깔았다.

"알았어. 그럼 다음번에 하자."

사샤는 고개를 들고 미소를 지었다. 그때 대시가 현관문을 앞발로 커다랗게 긁는 소리가 들렸다. 고개를 돌리자, 뒤돌아선 녀석이 거실 너머로 우리를 빤히 바라보며 조급하게 꼬리를 흔드는 모습이 보였다. 어서 아침 사냥을 떠나고 싶은 모양이었다.

대시를 차에 태운 나는 곧바로 전에 찾아둔 뇌조 사냥터로 떠났다. 그곳은 북쪽으로 폴강이 보이는 산비탈로, 포플러나무가 완연한 가을빛으로 타오르는 멋진 경치를 자랑했다. 대시와 함께 1.6킬로미터 정도 등산을 하자, 이윽고 녀석이 '새 냄새'를 슬슬 맡기 시작했다. 이건 사냥개에게 좀 어려운 일이겠지만, 새 사냥개가 사냥감이 될 새의 냄새를 맡으면 하나같이 흥분하면서 몸짓 언어가 극적으로 변한다. 그 새가 꿩이든, 메추리든, 바위자고새든, 자고새든, 뇌조든 마찬가지다. 새 냄새를 맡은 대시는 빠르고 날카롭게 이리저리 몸을 돌리면서 냄새를 쫓아 앞뒤로 땅을 긁었다. 여기서 사냥 훈련을 받은 개와 그렇지 않은 개가 구분되는데, 사냥 훈련을 받지 않아서 새에게 조용히 다가가는 법을 익히지 못한 개들은 그저 냄새를 따라 돌진한다. 결과적으로 새들을 산탄총의 사정거리 바깥으로 날려버린다. 그래서 새가 가까이 있는 걸 알면서도 사냥개가 가만히 있게끔 훈련을 시키는 것이야말로 가장 중요했다. 여기서 사냥개가 되느냐 마느냐가 갈리는 것이다. 사냥에는 절제된 열정이 필요하다.

플러싱 사냥개가 일하는 모습은 몇 번을 봐도 감탄할 만큼 야성적이었다. 그 모습을 보면 개가 얼마나 원시적인 동물인지 알 수 있다. 대시는 커다란 포플러나무 사이로 난 작은 공터를 앞뒤로 질주하는 동안에도 숲 바닥에 코를 딱 붙이고 있었다.

"대애애시, 진정해, 녀석아. 가까이. 여기 가까이 있어."

대시는 내가 알아볼 만큼 좌절한 눈빛으로 나를 재빨리 흘겨보았다. 이런 뜻이었다. '야, 잡아야 할 새가 가까이 있잖아. 나 귀찮게 하지 마.'

대시는 바짝 마르고 옹이진 커다란 통나무 기둥 근처로 곧장 다가가기 시작했다. 온몸을 앞뒤로 움직이고 바닥을 긁으면서, 꼬리를 빠른 속도로 붕붕 돌려댔다.

나는 총의 안전장치를 풀었다.

대시는 다시 한번 날카롭게 돌았다. 여전히 코를 바닥에 댄 채였다. 이윽고 한 쌍의 뇌조가 대시 앞 열두어 걸음 떨어진 풀숲에서 확 날아올랐다. 사람들이 뇌조를 가리켜 '심장마비 닭'이라고 부르는 데는 다 이유가 있다. 한 마리는 내 바로 앞에서 낮게 날아 멀어지더니, 숲의 아래쪽으로 재빨리 사라졌다. 다른 한 마리는 내 오른편으로 접근하면서 공터 위 탁 트인 하늘로 날아올랐다. 내가 총을 쏘자, 이어서 뇌조가 공중에서 생기를 잃는 모습이 보였다. 아침 햇살을 받으며 떨어지는 새 위로 깃털 한 줌이 부유했다.

새가 바닥에 떨어진 순간 대시가 달려들었다.

"대시, 가져와."

녀석은 입으로 부드럽게 뇌조를 물고 내게 터벅터벅 다가왔다. 나는 무릎을 꿇고서 손을 내밀었지만, 대시는 새를 내 바로 앞에 떨어뜨리고는 앞발을 내 손에 갖다 댔다. 마치 내가 악수하자고 말한 것처럼 행동하는 녀석에게 나는 웃어주었다.

"음, 이것도 좋아, 녀석아. 잘했어, 잘했어, 대시!"

앉아서 헐떡이는 대시는 휴가철에 기념사진을 찍듯이 미소를 짓고 있었다. 입가에는 둥그렇게 깃털이 묻어 있었다. 나는 이런 순간을 위해 사냥 조끼에 치즈 스틱을 넣고 다닌다. 오늘도 치즈 스틱 비닐 포장을 하나 까서 대시에게 한입 크게 먹으라고 주었다.

"오늘 밤은 푸짐하게 먹겠네, 대시. 잘했어. 몇 마리 더 잡자."

우리는 몇 시간 더 사냥을 하면서 세 쌍의 뇌조를 더 찾아냈다. 첫 번째 쌍과 두 번째 쌍에서 각각 한 마리씩을 잡았지만, 마지막으로 쫓은 뇌조는 둘 다 놓쳤다. 저녁으로 뇌조를 세 마리 먹게 되겠군. 새를 총으로 맞히지 못하고 놓치면, 대시를 다시 오라고 불러야 했다. 그러지 않으면 내가 산탄총을 정확하게 잘 쏜다는 그릇된 믿음을 품은 녀석이 매번 총에 맞아 쓰러진 새를 찾으려고 계속 돌진하기 때문이다. 아무래도, 대시는 내가 새를 빗맞혀서 그냥 돌아오라고 부를 때마다 나에게 실망스러운 표정을 지어 보이는 법을 익힌 듯했다. 그 표정은 마치 '네가 맡은 일 하나 제대로 못 하면 어떡하냐. 난 이렇게 열심히 일하고 있는데. 정신 똑바로 차려' 라고 말하는 것 같았다.

집에 돌아와 보니 사샤는 훨씬 더 편안해져 있었다. 그녀는 이미 루시와 댄에게 처음으로 허수아비를 만났다고 충분히 이야기해 두었다. 나는 그날 저녁으로 뇌조를 요리했다. 뇌조는 내가 가장 좋아하는 먹거리로, 삼촌들에게서 조리법을 배웠다. 다리와 가슴을 소금에 절인 다음 버터를 듬뿍 발라 프라이팬에 굽는 것이다. 나는 대시의 사료에 뇌조를 조금 섞어주었고, 사샤와 함께 버섯 필라프와 올해 텃밭에서 거둔 마지막 채소들로 만든 샐러드를 곁들여 나머지 고기를 먹었다.

이후로도 삶은 계속 흘러갔다. 이제껏 잘 지내왔듯이 이번에도 마찬가지인 듯했다. 그때까지는 10월이야말로 내 인생 최고의 달이었다는 생각이 든다. 우리는 낙엽으로 정원 텃밭을 덮어두고 마당에 설치한 스프링클러 줄에서 물을 빼고, 거의 매일 길을 따라 댄과 루시의 목장 너머로 등산을 했다. 심지어 사샤를 데리고 뇌조 사냥도 몇 번 다녀왔다.

활 사냥철인 전달에는 혼자 엘크 사냥을 하러 갔는데, 너무 어렵다는 걸 깨달았다. 대학 시절 활로 엘크를 단 한 번 쏴봤을 뿐이라서, 지금 똑같이 하기란 쉽지 않았다. 게다가 이젠 장소도 달라졌으니 더욱 어려웠다. 그래서 사슴을 소총으로 잡을 수 있는 사냥철이 되자 나는 진지하게 사냥을 나가기로 했다. 냉동실을 사슴 고기로 꽉 채워놓고 싶었다. 사샤와 나는 직접 키우거나 잡은 고기와 생선, 사냥감만 먹고살자는 꿈을 키워가고 있었기 때문에, 그 철에 반드시 수사슴 한 마리를 잡고 싶었다. 그래서 나는 사슴을 보았거나 목이 좋아 보이는 국유림 곳곳에 사냥용 카메라를 설치했다. 우리 소유지에서도 아침 일찍 사슴 몇 마리를 본 적이 있다.

사샤는 내가 집에 가져온 사냥감을 요리해 먹는 걸 무척 좋아했지만, 그렇다고 동물이 죽어가는 모습까지 좋아하지는 않았다. 뇌조와 꿩, 오리까지는 그럭저럭 봤지만, 커다란 짐승 사냥에는 관심이 없었다. 포유동물에게는 감정적인 선을 긋는 듯했다. 사슴 사냥철의 첫날 아침, 나는 아주 일찍 일어나서 집 위로 2킬로미터 넘게 떨어진 고지대 초원으로 올라갔다. 그곳에서 사슴을 많이 봤기 때문이다. 어둠 속에서 헤드램프를 켜고 초원을 힘겹게 올랐다. 그러자 지금과 비슷했던 옛날이 떠올랐다. 해병대 시절 그곳에서 맺은 관계나 유대감이 있지만, 나는 그 시절을 그리 애틋하게 추억하지는 않는다. 하지만 지금 이 순간처럼 소총을 손에 쥐고 무거운 군장을 진 채로 온 세상이 잠든 이른 아침에 가파른 비탈을 돌진해 올라가던 기억이 떠오르면 그리움에 가슴이 시큰해진다. 지금 떠오르는 그리움은 주로 나와 같은 부대 녀석들을 향한 것이다. 게으름뱅이에다 지칠 정도로 헛소리나 하던 녀석들. 그들 없이 혼자 여기 있자니 조금 쓸쓸해졌다.

동이 트자마자 한 무리의 암사슴들이 내가 잠복한 숲속 공터로 빠르게 들어오기 시작했다. 사슴 무리는 내 앞 90미터까지 다가왔다. 나는 뮬 사슴을 많이 잡아봐서, 그들이 발정기일 때가 아니더라도 암사슴이 잔뜩 있을 때는 근처 어딘가에서 수사슴이 한 마리쯤 따라오고 있을 가능성이 충분하다는 걸 알고 있었다. 나는 암사슴들을 지켜보며 그들이 나온 숲속으로 308구경 소총의 조준경을 맞추었다.

이런, 몸집이 커다랗고 뿔이 세 갈래씩 뻗은 뮬 수사슴이 공터로 어슬렁어슬렁 걸어 나왔다. 놈은 천천히 공터 안으로 들어오면서 두 걸음마다 위험한 것이 없는지 샅샅이 살폈다. 그놈이 숲의 공터 가운데로 걸어와 사정거리 안에 들자, 나는 방아쇠를 당겼다. 수사슴은 도망치다 쓰러졌고, 나머지 암사슴 떼는 사방으로 잽싸게 달아났다.

나는 큰 사냥감을 야외에서 도축하는 걸 별로 좋아하지 않는다. 몇 번을 해봐도 언제나 불쾌하다. 도축한 고기를 다시 텐트로 가져와 트럭에 싣거나 지금처럼 집으로 가져가는 지난한 과정은 말할 것도 없다. 동물을 해체해서 손질한 첫 번째 고기를 집으로 가져가기까지는 몇 시간이 걸린다. 하지만 사샤는 상당히 신나 했다. 가게에서 고기를 사지 않아도 된다고 좋아했다. 그녀와 대시는 나를 따라 두 번째로 고기를 가지러 왔다. 우리는 가슴살과 어깨살, 앞다리 살과 갈비, 등의 힘줄과 허리살, 양지머리와 간, 염통은 물론이고 골수와 가죽까지 다 챙겼다. 작업을 마치자 공터에 남은 것은 사슴 창자 더미와 갈비뼈뿐이었다.

그날 밤, 우리는 야생 버섯과 텃밭에서 수확한 감자를 곁들여 사슴 안심을 먹었다. 저녁 식사 뒤에는 옷을 껴입고 뒷베란다에 앉았는데, 이곳에 오고 나서 처음으로 국유림에서 우는 늑대의 소리를 들었다. 우리가 사슴을 해체한 곳에서 나는 소리 같았다. 울음소리는 똑똑히 들렸고, 이따금 으르렁거림과 깽깽대는 소리도 숲속에서 희미하게 메아리쳤다.

늑대들이 내가 남긴 사슴의 잔해를 두고 싸움을 벌이고 있군. 사샤와 대시, 늑대들과 나는 모두 그날 밤 저녁으로 같은 고기를 먹은 셈이다.

우리는 사슴 고기로 스테이크와 소시지, 육포와 햄버거를 만들었고, 정원과 텃밭에서 수확한 것들로 만든 잼과 처트니를 곁들여 먹었다. 멋진 식사를 몇 번이고 즐겼고, 그 뒤로도 몇 주 동안 매일 밤 새로운 조리법을 시도했다. 우리는 왕족 부럽지 않은 식탁을 차려냈다. 하루하루가 마지막 날인 것처럼 웃고 사랑했다.

10월의 마지막 토요일, 아침에 볼일을 보고 있을 때였다. 주방에서 사샤가 다급하게 날 부르는 소리가 들렸다. 목소리에서 뭔가 이상한 낌새가 느껴졌다. 감이 왔다. 두 번째 허수아비구나.

주방으로 들어가자 사샤는 가운 차림으로 서서 창문을 내다보고 있었다. 대시는 창턱에 앞발을 들고 섰다. 나는 가까이 다가가 그들 너머를 바라보았다. 불쾌한 광경이었다.

이번에는 여자 인형이었다. 10대 소녀 같았다. 짚으로 채운 자그마한 하얀 장갑 차림 손을 무릎에 가지런히 올린 채로 등을 곧게 펴고 앉아 있었다. 마당을 따라 세운 작은 돌담 위에 앉은 소녀 허수아비는 구식 드레스와 하얀 보닛 차림이었다. 얼굴을 보자 솔직히 좀 귀엽기까지 했다. 고요하고 평화로운 표정이라 더 소름 끼쳤다. 사샤는 나를 바라보았고, 나는 그녀를 감싸 안았다.

"내가 알아서 할게, 자기야."

함께 처리하길 바라는 사샤의 마음은 알았지만, 난 그녀가 가까이 가지 않기를 바랐다.

"식은 죽 먹기야. 대시랑 안에 있어. 지난번보다 좀 더 시끄러울 수도 있으니까 음악 틀어놔. 15분 뒤에 돌아올게. 알았지? 원한다면 같이 해도 되지만, 진심으로 내가 알아서 하고 싶어."

허수아비를 지그시 바라보는 사샤는 혐오스럽다는 표정을 지었다. 지난번보다는 덜하다 해도 여전히 거부감이 느껴지는 모양이었다. 그녀는 심호흡하고 나서 대답했다.

"미안해, 난 저것 옆에 가고 싶지 않아, 해리······."

나는 괜찮다고 그녀를 다독인 다음, 둘이서 저걸 처리할 필요는 없다고 최선을 다해서 설득했다. 그런 다음 현관으로 가서 옆에 둔 다양한 허수아비용 장비를 모으기 시작했다.

밖으로 나가 돌담에서 뒷문까지 허수아비를 끌어낼 전략과 최선의 탈출로를 가늠해 보았다. 한동안 허수아비를 응시하면서, 저걸 이다지도 정교하게 인간 같은 자세로 지탱해 줄 와이어나 막대기나 틀 같은 게 있지는 않은지 다시금 살펴보았다. 저 축축하고 얄팍한 지푸라기 자루가 건드려지기 전까지 어떻게 저만큼 단정하고 깔끔한 자세를 유지할 수 있단 말인가. 다시 봐도 충격적이었다. 허공에서 불쑥 나타난 건가? 아니면 제 발로 숲속에서 어슬렁어슬렁 걸어온 건가? 그렇게 생각하자 등골이 오싹해졌다. 나는 숲의 시작점을 바라보았다. 마음 한편에서 다른 허수아비들이 숲속을 돌아다니거나 멀리서 나를 보고 있을지도 모른다는 생각이 들어서였다.

산의 저주인가 보네. 설명이 불가능한 지랄들이 최근에 기하급수적으로 늘어나는 바람에, 나는 이것 또한 계속해서 늘어가는 '그런가 보다' 범위에 넣어버렸다.

이번 판에는 미리 문을 열어놓은 다음 허수아비에게 다가갔다. 두 번 만에 올가미를 정확히 던졌고, 올가미가 여자의 허리를 감싸자 밧줄을 꽉 죄기 시작했다. 계속 손에 힘을 준 끝에 마침내 허수아비가 풀밭으로 넘어졌다. 그러자 이제껏 인간 같던 자세와 숙녀다운 위엄은 한순간에 사라져 버렸다. 이젠 그저 불룩한 지푸라기 자루에 불과했다.

나는 마음을 단단히 먹고 밧줄을 어깨에 걸친 다음 마당을 가로질러 출입구와 그 너머에 있는 장작더미 쪽으로 돌진했다. 이번 허수아비는 전보다 살짝 가벼웠다. 크기도 겨우 150센티미터 정도밖에 되지 않았으니까.

그런데 출입구에 거의 다다랐던 순간, 밧줄에서 부자연스러운 당김이 느껴졌다. 그걸 느끼자마자 등에 확 끼쳐오는 공포가 어찌나 강렬하던지 나는 머리 위로 밧줄을 던져버리고서 옆으로 도망치고 말았다. 그러다 고개를 돌린 순간, 눈에 보이는 광경에 그만 토할 뻔했다.

허수아비는, 아니, 소녀는 옆으로 누운 채 지푸라기를 채운 하얀 장갑 차림 손으로 허리에 감긴 밧줄을 어색하게 더듬으며 묵묵히 울고 있었다. 이윽고 보닛을 쓴 머리를 들어 나를 보았다. 난 혐오감과 불신으로 얼어붙었다. 허수아비의 얼굴 위에 섬뜩할 정도로 생생한 바느질선이 이리저리 움직이며 겁먹은 아가씨의 얼굴을 심란할 정도로 현실감 넘치게 그려냈다.

"선생님, 이러실 필요까진 없잖아요. 부탁이에요, 절 해치실 필요 없잖아요. 그럴 필요가—"

그것도 잠시, 순식간에 생기를 잃어버린 허수아비는 도로 무생물로 돌아갔다. 깨어났을 때만큼이나 충격적이었다. *이런 망할, 정말 역겹네.* 나는 소녀 주위를 짧게 한 바퀴 돌아서 올가미 끝부분으로 다가갔다. 그러고는 손을 마구 털어 손끝까지 피가 돌도록 했다. 소녀의 목소리에는 공포가 서려 있었다. 애원에는 진실함마저 느껴졌다. 그래서 다시금 악령이라는 존재가 미웠다. 그 사악한 방식에 익숙한 분노가 치밀었다. 이 악령은 갑자기 나타나는 것도 모자라 이젠 내 머리까지 돌아버리게 만든다.

나는 화가 나서 올가미를 휙 올렸다. *마음 같아서는* 허수아비가 다시 깨어났으면 싶었다. 굳이 고개를 돌리지도 않은 채로 그걸 질질 끌고 출입구로 향했다.

출입구를 다 통과하자 허수아비가 다시 살아났다. 소녀는 이번엔 숨을 헐떡이면서 상체를 무릎 위로 둥글게 말고 두 팔로 가슴을 감싸면서 몸을 보호하는 자세를 취했다. 동시에 울면서 이마가 땅에 닿을 만큼 몸을 앞뒤로 흔들어댔다. 나는 가만히 서서 허수아비를 내려다보았다.

소녀는 천천히 나를 올려다보았다. 처음 봤을 때만큼이나 역겨운 광경이었다.

"서한테 왜 이러시는 거예요? 제가 뭘 잘못했는데요? 제가 무슨 잘못을 했는지 알려주세요, 제발요, 제발—"

소녀의 몸에서 생기가 빠져나가면서 다시 주저앉은 허수아비 덩어리가 되자, 이번엔 곧바로 올가미를 들어 지체 없이 그걸 장작더미 한가운데에 던져 넣었다. 허수아비가 애원하는 게 어찌나 현실감 넘치고 충격적이던지 머릿속으로 주문을 외워야 했다. 저건 악령이야, 여자애가 아니야. 저건 악령이야, 여자애가 아니라고.

나는 아까와 마찬가지로 허수아비 쪽으로 슬그머니 다가가서 올가미를 부드럽게 풀기 시작했다. 이제 허수아비를 최대한 건드리지 않고 밧줄을 머리 위로 천천히 올리려는 순간, 다시금 허수아비에 생기가 불쑥 깃들면서 살아나는 바람에 나는 장작더미를 둘러싼 모래주머니 위로 비틀거리고 말았다.

소녀는 마치 얼음이 가득 든 욕조에서 막 끌려 나온 것처럼 숨을 헐떡이더니, 이제는 주먹을 쥐고 눈을 가리며 울기 시작했다. 나는 부들부들 떠는 허수아비에게 다가가 그 얼굴을 빤히 바라보았다. 소녀는 손을 내리고 애원하는 눈망울로 나를 올려다보며 말했다.

"왜 이러세요? 왜 저를 해치려고 하세요?"

순간, 이 연극 같은 짓거리에 화가 났다. 이 가련한 존재의 애원을 듣고 있자니, 영혼이든 악마든 뭐든 간에 이것이 벌이는 극적인 장면들에 분노만이 일었다.

나는 아무렇지도 않게 소녀의 작고 기묘한 고풍스러운 드레스에 디젤 연료를 뿌리고는, 귀신 들린 허수아비가 다시 생기를 잃기 전에 대답해 주었다.

"이 땅은 이제 내 거니까. 내가 너한테서 뺏었거든."

울부짖는 작은 괴물이 다시 생기 없는 허수아비로 돌아가기 직전, 내 말을 들은 소녀의 얼굴에서 감정이 싹 사라졌다. 방금 본 게 진짜인지 확신할 수 없어서 내가 살짝 주저하던 것도 잠시, 나는 성냥을 그어 허수아비 위에 떨어뜨렸다. 불길이 확 일었고, 20초 만에 모든 것이 화르르 타올라 연기 나는 재가 되었다.

허수아비가 사라졌다는 데 안심한 사샤와 함께 걸으며 그 모든 일을 설명했고, 갑자기 살아나 가련한 생명력을 보이며 움직였던 허수아비와 그것이 내뱉은 말을 다 알려주었다. 사샤는 허수아비를 같이 없애지 못해 미안한 기색으로 자책했지만, 나는 다시 그녀를 안심시키며 내가 혼자 처리해서 더없이 다행이라고 말했다.

"사샤, 댄과 루시도 그랬잖아. 허수아비들은 보통 한 해에 두세 번밖에 보이지 않는다고. 이번에도 그럴 거야. 이제 허수아비들이 안 나타날 수도 있어. 곧바로 겨울 '비수기'에 들어가는 거지. 그러면 얼마나 좋을까. 봄의 연못 불빛이 보일 때까지 아무 일도 없다면 정말 좋겠어."

사샤는 조금 전까지 우는 십 대 소녀였던 잿더미를 바라보다 고개를 들었다.

"그렇다면야 정말 좋겠지……. 하지만 잘 모르겠어. 봄에 불을 피웠을 때나 여름에 벌거벗은 남자를 죽였을 때 확실하게 *느꼈던* 것처럼 악령이 떠나가는 느낌은 안 들었다는 게 이상하지 않아?"

그 점은 생각해 본 적이 없었다. 그래서 사샤의 말이 옳다는 걸 깨닫자 좀 화가 났지만 어쩜 이런가 싶은 무지막지한 악령에 대해서 아직도 모르는 점이 있다고 해서 더 궁금해하거나 불평할 마음은 추호도 들지 않았다. 어쨌든 우리는 지난 몇 달 동안 행복했는 걸. 웃기도 많이 웃었고. 한동안 이 악령이라는 말도 안 되는 현상에서 벗어나고픈 마음이 간절했다.

그래서 어깨를 으쓱이고는 사샤를 껴안았고, 우리는 몸을 돌려 집으로 들어갔다.

"글쎄…… 모르겠어, 자기야. 하지만 이젠 그 작고 막돼먹은 허수아비가 불타서 마음이 아주 후련해졌어. 대시도 그렇고."

사샤는 우리 앞을 이리저리 걸어가는 대시에게 미소를 지었다. 녀석은 그녀가 방금 집어 든 막대기를 어서 던져주기를 기대하며 폴짝폴짝 뛰었다. 사샤는 대시를 위해 막대기를 획 던져 물어 오게 한 다음 내게 돌아서더니 미소를 지으며 고개를 끄덕였다.

"그래. 내가 생각이 과했어. 허수아비는 불타 없어졌지. 우린 이제 무사해."

22

사샤

나는 발밑의 돌멩이를 바라보았다. 이제껏 100미터쯤 걸으며 계속 발로 차 왔던 돌멩이였다.

"허수아비를 불태웠는데도 악령이 사라지는 느낌이 전혀 안 들었다는 게 좀 이상했어요. 이제껏 악령이 나타날 때마다, 그러니까 연못의 빛이 보이거나 목초지에서 벌거벗은 사람이 나타날 때마다 왔구나, 하는 느낌이 들었거든요. 규칙에 따라서 불을 피우고 남자를 죽이면 악령이 떠나는 느낌이 들었어요. 하지만 허수아비랑은 그런 느낌이 없었다는 게 이상하지 않으세요? 그러니까, 악령이 주는 기분 나쁜 느낌 있잖아요, 악령이 현현할 때의 그 느낌이 어째서 가을철에는 나타나지 않는 걸까요?"

나는 루시의 얼굴을 바라보면서 혹시나 걱정이나 불안이 나타나는지 꼼꼼히 살폈다. 하지만 그런 기색은 없었다.

"모르겠어요, 사샤. 그러니까…… 사람마다 조금씩 차이가 있는 게 아닐까요? 이상하다는 건 인정해야겠죠. 나는 댄이 장작더미로 허수아비를 끌고 가는 걸 수십 년 동안 수백 번 봐왔고, 그게 불탈 때마다 무언가 느꼈던 것 같아요. 심지어 올가을에도, 지난주에도 느꼈어요. 하지만…… 뭐라 설명을 못 하겠네요. 그치만 꼭 걱정할 필요는 없다고 봐요."

루시는 허리를 굽혀 테니스공을 집어 들었다. 집에서 나올 때 같이 따라온 대시가 물어 온 공이었다. 그녀는 시골길을 향해 공을 던졌다. 우리는 그 길을 따라 한가로이 거닐며 우편물을 가지러 가는 중이었다. 진입로에서 우편함까지 1.6킬로미터가 넘기 때문에 평소에는 차를 타고 우편물을 가져오지만, 가끔은 우편함에 갔다 오는 것이 오후에 기분 좋게 산책할 구실이 되어주기도 한다.

어째서 우리가 허수아비를 불에 태웠을 때 다른 때와 달리 환희가 느껴지지 않는가에 대한 루시의 대답은 별로 도움이 되지 않았지만, 나는 가만히 고개를 끄덕였다.

이 악령을 속속들이 조사해서 이길 방법을 찾아내기로 결심했을 때부터 계속 떠오르는 생각이 있었다. 바로 해리가 올여름 악령에게 자신이 이 땅을 차지했다고 말하며 조롱했다는 사실이었다. 그때 벌거벗은 남자의 표정에서 공포가 싹 사라지면서 혼란과 좌절이 드러났다고 했지. 무언가 잘못된 느낌이었고, 기분이 안 좋았다고 했다.

"루시, 모든 일의 이면에 어떤 의미가 있는지 모르겠어요. 대체 악령의 목적이 뭘까요? 악령이 뭔가를 상징하는 게 있을 텐데요.

아니면…… 악령이 자신을 표현하는 모티브가 있거나요."

나는 루시가 고개 숙이는 모습을 지켜보았다. 이제껏 한 시간 동안 우리가 이야기한 주제를 더 깊이 생각해 보겠다는 몸짓이었다.

"음, 사샤, 전에도 말했지만 나는 만물의 바탕에는 균형을 이루는 특성이 있다고 생각해요. 주는 것이 있으면 받는 것이 있다는 거죠. 혹은 음양이라고 할까요. 물속에 나타나는 빛이 악이라면, 불을 피우는 것이 선이라서 서로 상쇄되는 거죠. 벌거벗은 사람이 악을 상징하면, 그자를 잡으러 오는 곰이 선이 되어 상쇄하고요. 허수아비로 나타나는 악은, 글쎄요…… 그 징그러운 놈을 태워버리는 걸로 상쇄된다고 생각해요."

루시는 몇 걸음 앞서가다가 나를 돌아보았다. 내가 아무런 대답이 없어서 그런 듯했다.

"자, 나의 분석이 말이 안 된다고 생각하나요, 사샤?"

"모르겠어요. 말씀하신 건 허수아비와는 맞지 않잖아요. 그러니까, 자는 동안 무시무시한 허수아비가 어디선가 나타났는데, 그냥 그걸 없애는 걸로 선악의 균형을 맞춘다는 말씀이잖아요? 앞의 두 가지 상황과 비교하면 안 들어맞는 것 같지 않으세요?"

루시는 맞는다며 고개를 끄덕였다.

"나도 생각해 봤어요. 음…… 이 악령은 어쩌면 *인간의 충동을 아는* 능력만 있는 게 아닐까요. 인간들의 헛짓거리에 자리 잡은 깊은 뉘앙스를 이해하는 것 같지는 않아요. 어떻게 보면, 악령이 나타나는 방식이 상징하는 바가 *인간의 충동*일 수도 있어요."

나는 고개를 갸웃거렸다.

"그게 무슨 말씀이시죠?"

루시는 잠시 생각에 잠겼다가 말했다.

"생각해 봐요. 여기서 이사 가려고 하면 악령이 우리를 죽여요. 하지만 잠시 휴가를 떠날 때는 죽이지 않죠. 마음과 생각 속에 다시는 돌아오지 않겠다는 의도를 품었을 때만 해당하는 거예요. 우리가 떠나고 싶어 하면, 이곳의 이상하고 오래된 산 악령과 이상하게 공존하면서 살지 않겠다는 충동이 들면, 우리는 그 충동을 피해야 해요. 아니면 궁극적인 대가를 치르게 되죠. 봄을 생각해 봐요. 물속에서 빛으로 나타나는 사악하고 위험한 존재가 눈에 직접 보이잖아요. 그러면 내 가족을 악에서 보호하기 위해 집 안에 불을 피우는 게 규칙이에요. 불을 피워서 집을 따뜻하게 만드는 행위는 내 가족을 추위로부터 보호하는 것이기도 하죠. 여기엔 본질적으로 인간적인 면이 있지 않나요?"

"그래요……. 하지만 곰 추격과 허수아비는요? 인간의 충동이 어떻게 나타나는데요?"

"곰 추격에는 벌거벗은 채 애원하는 남자가 있죠. 인간의 충동을 따르자면 그 남자를 보호하고 적대적인 야생 짐승을 해쳐야 해요. 그런데 의식은 정반대로 하라고 해요. 인간 본성을 거슬러야만 안전해지는 거예요. 가을에 인간의 충동을 따른다면 인간처럼 생긴 허수아비에 공감해 살려주겠죠. 하지만 의식은 오히려 그것을 불에 태우라고 해요. 아니면 반대로 말할 수도 있죠. 가을이 되면 우리는 인간의 충동을 오히려 받아들이게 된다고. 너무 인간처럼 생겨서 소름 끼치는 허수아비가 나타나면 대부분의 사람은 일단 그걸 없애려고 할 테니까요. 집에서 멀리 갖다 버리려고 할 거고요."

"그렇군요⋯⋯. 하지만 이 계절이라는 것의 본성을 파악하기가 힘들어요. 봄, 여름, 가을이 다르고, 겨울에는 또 아무 일도 일어나지 않잖아요. 어쩌면 한 해의 특정한 때를 상징하는 것일지도 모르겠어요. 겨울은 성장이 멈추는 시간이니까요. 자연의 대부분이 죽거나 겨울잠에 들어가는 시간 말이에요. 하지만 이게 어떻게 인간의 본성과 연결되죠?"

루시는 잠시 생각하다가 대답했다.

"사계절을 딱 잘라 구분하는 건 오로지 인간밖에 없을지도 몰라요. 물론 새와 동물에게도 짝짓기 철이 있고 겨울잠 철이 있죠. 하지만 뚜렷한 경계로 사계절을 구분하거나, 계절에 따라 악령이 다르게 나타난다는 인식은 오로지 인간의 것이잖아요. 어쩌면 계절마다 다른 악령이 나타나는 건, 끊임없이 흐르는 시간을 자연의 변화에 따라 칼같이 분류하는 인간의 방식을 악령이 이해하기 때문일지도 몰라요. 꽃과 온기는 봄이고, 더위와 생명은 여름이고, 낙엽과 서늘한 공기는 가을이고, 겨울은 뭐랄까⋯⋯ 재시작이겠죠. 다음 순환을 위해 깨끗이 씻어야 하는 기왓장 같은."

나는 고개를 젓고 머리를 휙 젖혔다.

"맙소사⋯⋯ 정말 머리가 어질어질하네요, 루시. 평생 목장에서 사신 분 맞아요? 어디 LSD 하는 밀교 단체 같은 데 있다 오신 거 아니에요?"

우리는 둘 다 웃었다.

"사샤, 나는 책을 많이 읽어요. 그리고 있음직하지 않은 초자연적 현상이 벌어지는 아름다운 저주의 계곡에 평생 묶여 사는 신세죠. 그래서 이런저런 생각이 많아요."

나는 루시를 서둘러 따라잡은 다음 그녀와 팔짱을 꼈다.

"루시는 어여쁜 산속 마녀 같아요. 왜냐면, 젊은이에게 악령을 쫓는 오래된 의식을 알려주는 영적 지도자잖아요. 산속을 누비며 열매와 버섯을 따서 스튜를 끓이고 차를 우리는 것도 그렇고."

우리는 한목소리로 웃었다. 루시는 짐짓 토라진 척을 하며 내 어깨를 가볍게 살짝 쳤다.

"뭐, 더 나쁜 말도 있을 텐데 마녀 정도면 그나마 다행이네요."

우리는 각자의 우편물을 챙긴 다음 돌아오는 길에 잠시 벤치에 앉았다. 그 벤치는 루시가 몇 년 전에 만들어둔 것으로, 죽은 폰데로사 소나무의 굵은 기둥을 도로와 평행하게 놓고서 세로로 위쪽을 납작하게 움푹 파내 앉을 자리를 깎은 형태였다.

11월의 공기에서는 전에 느끼지 못했던 새로운 냉기가 느껴졌다. 우리가 처음 이사 온 3월도 춥긴 했지만, 그래도 공기에서 느껴지는 냄새나 습기에 앞으로 날이 따뜻해질 기미가 있었다. 하지만 지금 불어오는 바람은 어서 집 안으로 들어가야겠다는 생각이 들만큼 사나웠고, 겨울잠을 자러 들어가라 말하는 듯한 냄새와 감촉이 감돌았다. 마치 앞으로 더 길고 추운 밤이 찾아오리라 확실하게 일러주는 외로움의 냄새, 마지막 노란 낙엽의 냄새랄까.

루시는 나의 허벅지를 가볍게 쳤다.

"왜 여기에 대해 그토록 깊이 파고드는 거죠, 사샤? 물론 이 골짜기에 사는 사람이라면 누구나 자연스럽게 생각해 봄직한 것이지만, 너무 이 문제에만 골몰하지는 말아요…… 어차피 생각할 시간은 아주 많으니까요."

나는 가짜 미소를 지으며 루시 뒤로 뻗은 티턴산맥을 바라보았다. 산은 날이 갈수록 점점 눈에 덮였고, 화강암 바위와 봉우리, 굽이굽이 이어지는 산등성이는 점차 겹겹이 쌓여가는 눈발 아래에서 희미해져 갔다.

"글쎄요…… 뭐라고 말해야 할지 모르겠어요."

루시는 몸을 숙여 부츠에 달라붙은 풀과 흙을 턴 다음 고쳐 앉아서 나를 똑바로 바라보았다.

"그래도 말해봐요."

나는 잠시 할 말을 생각하고서 입을 열었다.

"이 순환을 깰 방법이 없다는 걸 못 믿겠어요. 악령을 잠재울 방법이 없다니. 이 모든 게 영원히 반복된다는 특성을 받아들여야 한다니. 철마다 규칙과 의식이 있잖아요. 그렇다면 악령 자체를 평생 잠재울 규칙이나 의식은 왜 없는 거예요?"

나는 루시에게 고개를 돌렸다.

"생각해 봐요……. 이 골짜기에 터 잡고 사는 사람들의 일생과 악령 사이에는 분명히 어떤 연결 고리가 있어요. 이 땅에서 한 철을 보낸 사람도 연결되고요. 그게 아니었다면 시모어 가의 큰딸인 베서니도 여기를 떠나려고 했을 때 죽었을 테죠. 베서니에게는 악령이 관여할 수 없었어요. 뭔진 모르겠지만…… 반드시 요구되는 조건이랄까, 그러니까 연결 시간 같은 게 모자랐던 거죠. 이 골짜기에서 사람이 죽으면, 악령은 다른 사람이 와서 살 때까지 활동하지 않잖아요. 연못의 빛이나 곰 추격이나 허수아비가 시모어 가족이 떠나고 우리가 이사 오기 전까지도 우리 집에서 계속 나타나진 않았을 거 아녜요? 게다가 악령이 떠난 사람을 어디서든 죽일 수 있다는 사실은 궁극적으로 악령이 장소가 아니라 사람과 연결되어 있다는 뜻이에요."

루시는 생각에 잠겨 고개를 끄덕이면서 계속 말해보라고 했다.

"또, 악령은 누군가 이곳에 땅을 소유하고 있다는 점과도 관계가 있는 것 같아요. 물론 악령이 재산법이 뭔지 알 리 없고 토지 조사를 하거나 주 사무소에서 소유권 문서를 연구하지는 않겠지요. 토지 자체보다는 이 토지가 진심으로 자기 땅이라고 느끼는 사람의 감정과 더 연관되어 있을 거예요."

루시는 깔깔 웃으면서 동의한다는 듯 고개를 갸웃거렸다.

"그러니까, 사샤의 말은 이 골짜기의 땅을 두고 사람이 인식하는 소유권 같은 걸 악령도 알아챈다는 거로군요. 내 거다, 내게 소유권이 있다는 생각을 악령도 감지하거나 식별할 수 있다는 이야기죠? 하지만 말하고 싶은 게 있어요. 헨리 부부는 이사 가는 날 조에게 본인들의 땅을 팔았답니다. 차에 타기도 전에 조에게 소유권과 문서를 양도했어요. 그러니 사람이 인식하는 소유권에만 연관된 것은 아니에요."

나는 열심히 고개를 끄덕였다.

"그렇다면…… 제길."

나는 키득키득 웃으며 졌다는 듯 어깨를 늘어뜨렸다. 루시도 같이 웃었다.

"루시, 저는 이 굴레를 깰 방법이 있다고 생각하게 됐어요. 악령은 인간의 삶이 없으면 나타나지 않고, 악령의 현현은 인간의 믿음이 없으면 이뤄질 수 없는 구조예요. 그러니까…… 그 배열을 살짝 바꿀 방법이 없을 리 없잖아요? 공식을 망쳐버려서 악령이 우리에게 가하는 힘을 무력하게 만들 수 있지 않을까요?"

루시는 나의 눈을 바라보면서 아주 오랫동안 천천히 고개를 끄덕이더니, 굳은살이 박인 손을 내려다보고는 그 손으로 다른 손을 주물렀다.

"좋은 지적이에요. 악령이 요구하는 것도 그렇고, 모든…… 의식이 인간의 삶과 믿음에 연결되어 있죠. 사샤의 말이 맞아요. 공식이 성립하려면 악령은 우리가 보고 느끼는 방식으로 존재해야한다는 점은 맞아요. 하지만 이거 아니요? 그 공식을 어떻게 중단시켜야 할지는 기본적인 사항조차 하나도 모르겠어요. 어떻게 바꿀 수 있는지도요. 그리고 하나 더 말해둘게요. 어떤 방법을 떠올리더라도, 너무너무 무섭게 들려요."

그 점은 루시에게 동의하지 않을 수 없었다.

다음 주가 다 지나갈 무렵, 우리와 함께 목양 사업을 하는 조앤이 암양을 번식시킬 숫양을 데리고 잠깐 우리 집에 들렀다. 해리는 대시와 함께 뇌조 사냥을 나간 참이라, 내가 내려가서 조앤에게 인사를 했다.

"안녕하세요, 조앤. 잘 지내셨나요?"

그녀는 사료 포대를 들어 트럭 뒤에 던지고는 힘겨운 목소리로 대답했다.

"뭐, 그럭저럭 살아는 있죠."

나는 진입로에서 목초지로 들어가는 입구에 기대 선 조앤 곁에 다가갔다. 그녀는 새로운 룸메이트를 보려고 온 불안한 암컷 양 떼 주위를 어슬렁거리는 새 숫양을 지켜보고 있었다. 조앤은 다부 진 여자로, 거칠고 각진 몸에 날카로운 눈매와 태양빛을 받아 남보 다 인생을 세 배는 산 듯한 얼굴을 지녔다. 나는 그녀의 거친 성미 를 나름 좋아하게 되었다. 조앤이 양을 확인하고 양에게 예방주사 를 놓고 사료를 주려고 잠깐 들를 때마다 나도 함께하는 습관이 생 겼다. 특히 요즘은 양들이 목초지 풀을 거의 뜯어먹은 뒤라 조앤이 사료를 주러 자주 오곤 했다.

사실 조앤은 나를 그렇게 좋아하지 않는 것 같았다. 나는 진보적 이고 자유주의적인 도시 사람이었으니까. 하지만 내가 보기엔 조 앤은 나를 좋아하지 않는 스스로를 어쩐지 즐기고 있었다. 나름 티 내지 않는 방식으로 말이다. 나와 그리 규칙적이지 않은 짧은 대화 를 나누면서, 자신과 너무나 다른 나 같은 사람과 맺는 기묘한 인 간관계를 재미있어한다는 생각마저 들었다.

나는 조앤의 커다란 트럭과 숫양을 싣고 온 말 트레일러를 바라 보았다. 트럭에 붙은 커다란 범퍼 스티커에 검은 선으로 늑대가 그 려져 있었고, 늑대 몸통 한가운데에 소총의 십자선 조준점이 빨갛 게 표시된 디자인이었다. 마치 금방이라도 늑대를 쏠 것처럼. 그림 아래에는 필기체로 '하루에 한 떼씩은 쏘죠'라는 글자가 보였다.

"이 범퍼 스티커는 뭔가요?"

조앤은 스티커를 슬쩍 보더니 나를 잠깐 바라본 다음 다시 양 떼를 보았다.

"난 늑대를 별로 좋아하지 않아요. 자연 보호론자들이 이 땅에서 늑대를 억지로 되살리려고 싸우는 이유를 모르겠어요. 자기들은 늑대와 싸우지 않는다 이거죠. 우리가 늑대를 죽인 건 다 이유가 있어서인데. 그것도 아주 빌어먹게 합당한 이유가 있죠. 늑대 새끼들은 목장주들의 생계를 위협해요."

뭐라고 대답해야 하려나. 난 늑대를 무척 좋아했다. 제일 좋아하는 동물이라고도 할 수 있었다.

"음…… 1800년대에 양과 소를 몰고 미국 서부를 횡단하던 목장주들은 늑대가 주변에 많았어도 잘 지냈던 것 같은데요. 그분들은 늑대를 어떻게 상대했죠?"

조앤은 목초지 입구에 침을 뱉고서 대답했다.

"보자마자 쐈겠죠, 자기. 그들도 아주 철저하게 늑대를 처리했다고요."

이런, 내가 조앤에게 이야기할 멍석을 깔아줬구나. 놀랍게도 조앤은 나를 도발하지 않고 이야기했다.

"자연 보호론자들은 늑대를 '핵심종'이라고 부르지만, 놈들은 그냥 포식자예요. 파괴자들이라고요. 놈들은 먹을 수 있는 건 다 먹어요. 심지어 같은 늑대도 잡아먹지. 그거 알아요? 늑대는 자기가 다쳤다는 걸 숨기는 천성이 있어요. 그래서 늑대에서 갈라져 나온, 집에서 기르는 개들도 똑같은 천성이 있죠. 늑대가 절뚝거리거나 숨길 수 없을 만큼 심하게 다치면, 그 무리의 늑대들이 흥분해서 놈을 갈기갈기 찢어 먹어요. 이제까지 알고 지낸 적도 없는 것처럼. 놈들은 총으로 쏴 죽이기에도 아까운 족속이야."

"인간이랑 비슷하지 않나요? 인간들도 그렇게 행동하잖아요. 늑대와 우리는 외모는 딴판이지만 알고 보면 공통점이 많을걸요."

조앤은 대답 대신 무어라 투덜대더니 나를 보며 말했다.

"정말 그럴까요?"

그녀는 장갑 낀 손으로 국유림과 산이 있는 동쪽을 가리켰다.

"저기 사는 엘크와 사슴과 동물을 보호하는 법이 있어요. 우리도 나름의 선을 만들어놨어요. 희귀종을 보호하고 자연을 보호해야 할 당위를 우리도 안다 이거예요. 이게 인간이 자연을 관리하는 방법이지. 그런데 늑대를 보호하라고? 그놈들은 우리가 지키는 숲을 헤집어놓고 아무것도 남지 않을 때까지 죄다 찢어대요. 심지어 자기 동족마저 굶어죽을 때까지. 물론 인간도 끔찍한 짓을 저지르지만, 그래도 인간은 스스로가 틀려먹었다는 걸 알잖아요. 하지만 늑대는 과연 알까요? 천성이 파괴적인데."

나는 고개를 끄덕였다.

"하지만 그게 핵심 아닌가요? 늑대의 천성이 그렇다는 게, DNA가 그렇다는 게, 생존본능으로 움직인다는 게요. 늑대는 무리를 이루어 살고 특유의 위계질서가 있어요. 완전히 돌아버려서 피만 보려는 기계 같은 놈들은 아니잖아요. 자신을 돌보고 살아남기 위해서 할 줄 아는 걸 할 뿐이죠. 단지 파괴적인 성질이 있다고 해서 싹 멸종시켜야 한다는 건 너무한 것 같아요."

그러자 조앤은 낡고 지저분한 카우보이모자 챙 아래로 눈을 흘겼다.

"그렇죠. 놈들의 천성이 그거죠. 하지만 인간의 천성 역시 늑대만큼 더러워요. 그러니까 숲에서 튀어나와서 우리가 아끼고 먹고 살려고 키우는 가축을 잡아먹는 짐승을 죽일 수밖에요. 인간은 동굴에 살던 옛적부터 그런 짓을 해왔으니까, 그러니 소리나 질러대는 개 같은 놈들을 죽이는 것도 우리 본성이죠. 아닌가요?"

나는 조앤을 바라보면서 고개를 살짝 기울이고 다시 목초지를 보았다.

"글쎄요…… 지금은 감사하게도 인간이 원시인처럼 동굴에 살지는 않잖아요? 엄밀히 말하면 우리 인간들도 먹을 수 있는 모든 걸 죽이고 먹어치웠던 적이 분명히 있었죠. 조앤과 저도 그런 본성의 노예였겠죠. 다행히도 인간은 그 단계를 지나 진화했고, 폭력적인 본성을 동굴 시절에 남겨두고 올 수 있었어요. 그렇지 않다면 지금 세상이 어떨지 누가 알겠어요……."

조앤은 나를 곁눈질하며 콧구멍을 벌름거렸지만, 그 외의 반응은 없었다. 그래서 나는 약간의 승리감을 느꼈다. 잠시 뒤, 그녀는 나를 돌아보았다.

"동굴 사는 원시인을 뭐라고 부르는지는 나도 알아요, 혈거인이라고 하던가?"

나는 웃었고, 심지어 조앤도 씩 웃고 말았다.

"전 집에 가볼게요. 나중에 봐요, 조앤."

내가 진입로를 걸어가자니, 조앤이 내게 소리쳤다.

"저 위쪽 나무들한테 좀 잘해줘야 할 것 같네요. 사샤가 좀 안아 주든지."

나는 조앤을 바라보고서 웃으며 손을 흔들었다. 그녀는 빙그레 웃고는 장갑 낀 손가락을 모자에 대 인사했다.

+++

11월이 다가왔다. 1년 중 가장 아름다운 시기지만, 어두운 기운 역시 서려 약간 우울하기도 했다. 초록빛이 전부 사라지고 낙엽이 지는 11월 오후의 산에는 특히 강렬한 무언가가 있었다. 가을빛에 서린 느낌이나, 바람이 집 위의 산과 나무를 깊이 헤치며 울부짖는 게 그랬다. 사람을 흔히 우울하게 만드는 방식으로 우울하다기 보다는, 조심하라 타이르는 어머니의 잔소리가 바람에 스민 듯했다. 마치 바람이나 확 떨어진 기온, 소리가 우리에게 겨울을 날 만큼 충분한 음식을 저장했는지, 장작은 많이 준비해 두었는지, 따뜻한 담요는 넉넉한지 확인하라며 일러주는 것 같달까.

해리는 댄이 빌려준 장작 패는 유압 도끼를 이제껏 잘 사용해 왔다. 그런데 어느 날 유압 도끼가 작동을 멈추어서 그날 오후 댄이 건너와 엔진을 다시 살려주었다. 그런 뒤 나는 댄과 해리와 함께 뒷베란다에 앉아서 이제껏 우리가 처리한 두 허수아비에 대해 이야기를 나누었다. 허수아비를 태울 때…… 악령이 주던 신체적 느낌이 없었다는 말도 했다. 댄은 그 이야기를 듣고 어리둥절해했고, 솔직히 말해서 그 점을 약간 걱정하는 듯했다.

우리는 옥신각신했다. 해리는 허수아비가 불탔을 때 우리 몸에 아무런 느낌이 없는 건 중요하지 않다고 주장했다. 반면에 댄과 나는 그게 꼭 불길한 의미는 아니어도, '별것 아니다'라는 해리의 태도에는 확실히 반발했다. 야외용 탁자의 벤치에 앉은 댄과 나, 그리고 베란다 난간에 기댄 해리는 가벼운 대화에 적대적인 분위기를 더해갔다.

댄은 모자를 벗고 굵은 팔뚝으로 이마를 닦았다. 나는 댄의 이런 소소한 버릇을 좋아했다. 사랑스러운 행동이었다.

이윽고 댄은 해리를 보며 입을 열었다.

"해리, 내가 이 악령의 짓거리에 무슨 전문가는 아니긴 해. 그렇지? 하지만 난 자네가 태어나기 전부터 매년 그 소름 끼치는 지푸라기 자루들을 장작더미로 끌어다 불태웠다네. 하지만 매번 태울 때마다 그게 사라지는 느낌이 반드시 들었단 말일세. 물론 큰일이 났다거나, 자네들이 느끼지 못하니 어떡하냐는 말은 아니야. 다만 난, 뭐냐…… 당황했다고. 좀 황당하기도 하고."

해리는 곧바로 대답을 던졌다.

"황당이나 당황이나 그게 그거 아닙니까, 댄?"

댄과 나는 어쩔 수 없이 키득키득 웃으며 대답 대신 해리에게 눈을 흘겼다.

해리와 댄은 확실히 친해졌다. 게다가 서로를 긁어대는 걸 즐기는 게 분명했다. 그 모습이 어찌나 귀엽던지.

나는 엄지로 해리를 가리켰다.

"쟤는 구제불능 잘난 척 대마왕이에요, 그렇죠?"

댄은 고개를 저었다.

"저런 놈을 어떻게 데리고 사는지, 사샤는 참 불쌍하기도 하지."

해리는 씩 웃으며 팔짱을 꼈다.

"보세요, 댄. 저는 댄을 대단히 믿어요. 언제나 그럴 거고요. 하지만 이번 일은 일어난 그대로라고요. 아시겠어요? 허수아비를 장작더미로 끌고 갔더니, 놈들이 몇 번 깨어나서 울며 애원했죠. 그 다음에 제가 태워버렸고요. 그게 뭐 대수라고요? 정말 걱정되신다면, 조에게 전화해서 잠깐 들르라고 해요. 어쨌든 조를 만나고 싶어 죽겠으니까요. 생각해 보니 이제껏 한 번도 못 만났다는 게 참 이상해요. 어쩌면 조는 왜 허수아비를 태워도 기분이 날아갈 듯하지 않은지 알려줄 수 있겠죠. 하지만 전 이게 왜 문제가 되는지 모르겠어요."

댄은 턱을 살짝 들어 손가락으로 긁으면서 동쪽에 있는 산을 바라보았다.

"그럼 이러면 어떤가, 잘난 척 대마왕."

그는 내게 살짝 웃어주고는 해리를 올려다보았다.

"이번 주에 조와 그 아들 한 명을 만날 걸세. 그때 조에게 여기서 일어난 일을 말하고 어떻게 생각하는지 물어봐 주겠네. 가능하면 들르라고도 하겠네. 우리가 최근에 허수아비를 본 날짜는 11월 29일일세. 그러니 자네가 만약 이번 가을의 세 번째 허수아비를 보게 된다면 2, 3주 내에 나타날 거란 말이지. 그러니 몇 주 안에 세 번째 허수아비가 나타나면 나한테 전화 한 통 해주겠나? 내가 즉시 오지. 자네 방식을 보면서 실컷 비판해 주고 싶으니까 말이야."

해리는 고개를 한 번 끄덕였다.

"물론입니다. 댄이 제 올가미 솜씨를 보셨으면 좋겠군요."

나 역시 기분이 좋았다. '어르신들을 모셔놓고' 소소하게 악령 대처 전략을 짜고 나면 언제나 기분이 좋았다. 해리도 겉으로는 태연한 척했지만, 사실은 댄과 루시와 이 문제를 논의한 뒤에는 반드시 기분이 좋아진다는 걸 알고 있었다.

다음 날 아침, 나는 일찍 일어나 대시와 함께 우리 우편함으로 가는 주립 도로로 조깅을 했다. 거기까지 갔다 오면 왕복 5킬로미터 정도 되어서 달리기에 딱 좋았다. 나는 신발을 신고 장갑과 모자, 스웨터 차림으로 곰 퇴치 스프레이를 챙겨 밖으로 나갔다. 이어폰을 귀에 꽂고 출입문을 닫으려던 순간, 갑자기 메스꺼움이 확 밀려왔다. 나는 간신히 머리카락을 뒤로 제친 채 진입로의 자갈 위에 토했다. 대시는 걱정스러운 눈빛으로 다가와 코로 나를 쿡쿡 찔렀다.

나는 무릎을 꿇고 침을 몇 번 뱉은 다음 주저앉아 숨을 깊이 들이쉬었다. 대체 왜 이러지? 어젯밤에도 기분이 아주 좋았는데. 내가 지난주에 만들어둔 재료로 저녁에 수프를 먹었는데. 그건 사흘 밤 연속으로 먹어도 멀쩡했는데. 설마 임신한 건 아니겠지? 오랫동안 피임했으니 그럴 리 없었다. 나는 두 달 전 자궁 내 피임 기구를 제거했다. 부작용이 무척 심했기 때문이다. 하지만 다시 약을 먹으며 피임한 지 한 달째였고, 그사이 비는 기간에는 해리와 함께 조심했다. 적어도 조심했다고 생각은 했는데…….

제길. 나는 집으로 뛰어가 차 키를 갖고 나왔다. 그리고 대시를 차에 태운 다음 시내로 운전했다. 거기서 임신진단 키트를 다섯 개나 충동 구매한 다음 집으로 빠르게 돌아왔다. 해리는 아직 잠에서 깨지도 않은 시각이었다. 나는 바깥을 이리저리 돌아다니며 물을 꿀꺽꿀꺽 들이켰다가, 아침 첫 소변을 이미 봤다는 사실을 깨닫고 심하게 당황했다. 지난 2주간도 끊임없이 소변을 봤지. 나는 거실에 있는 작은 화장실에 가서 임신진단 키트를 두 개 뜯었다. 머지않아 키트 두 개에 모두 양성 표시가 떴다.

제길, 제길, 제길. 나는 마음을 다독이면서, 무슨 이유에선지 오늘밤까지 기다렸다가 나머지 키트로 검사를 해보자고 마음먹었다.

그날은 엿가락처럼 질질 늘어질 뿐 시간이 통 가질 않았다. 드디어 저녁이 되자, 나는 검사 키트 두 개를 더 가지고 욕실로 들어갔다. 그러고는 포장을 뜯으면서 제발 음성이 나오기를 빌었다.

그로부터 한 시간 뒤, 나는 뒷베란다에 앉아 터지려는 눈물을 온 힘을 다해 참았다. 나 임신했어. 임신해 버렸다고. 너무 흥분해서 하마터면 엄마에게 전화할 뻔했다. 이토록 스트레스받는 상황에서 하고픈 행동치고는 참 이례적이었다. 게다가 이 임신은 단순한 임신이 아니었다. 이 땅에서 태어날 내 아이는 자신의 의지 없이, 자유 없이 평생 이곳에 살게 될 것이다. 나처럼 세상에 나가서 미래를 선택하는 일 따위는 없을 것이다. 더욱 놀라운 점은, 조금 전까지도 그렇고, 누군가 한 달 전의 나에게 임신하면 어떻게 할 거냐고 물어봤다면 난 아무런 거리낌도 주저함도 없이 낙태하겠다고 대답했으리라는 것이다.

하지만 지금 그저 화가 났다. 나 자신에게, 해리에게, 무엇보다도 이게 뜻하는 바에 화가 났다. 나는 선택의 자유를 바랐다. 앞으로 어떻게 할지 결정할 자유를 원했다.

그런데 이제는 선택의 자유가 없어진 데다 아이를 갖는 게 얼마나 무책임한 짓인지 너무나 분명해진 상황이라 벌써 선택지는 나와 있었다. 아이에게 이런 미친 짓에 묶인 삶을 줄 수는 없다. 어림도 없다고. 난 그 선택지를 빼앗겼다. 정말 분통이 터졌다. 이 악령의 미친 짓을 끝장낼 방법을 찾아내지 못하는 한, 악령을 떼어내고, 추방하고, 아니 죽여버리지 못하는 한, 나는 제정신으로 살아갈 수 없다.

그러니 이 짓을 끝낼 방법을 찾아야 한다.

그 뒤 며칠 동안, 나는 스트레스를 전혀 티내지 않는 데 세계적인 수준에 도달했다고 할 만큼 인내심을 발휘했다. 물론 전에도 '우리가 이곳을 떠나려 하면 모두 죽는다'는 사실을 해리에게 숨기는 잘못을 한 적이 있다. 하지만 지금 이 문제는 달랐다. 이건 나 개인의 문제였다. 아이를 키워 태어나게 하고, 그래서 이 악령의 비참한 노예로 만드는 주체가 바로 내 몸이란 말이다. 그러니 이 소식은 내가 정한 시간에 내가 정한 조건으로 알릴 것이다.

지금 그보다 중요한 것은 따로 있다. 이 아이가 악령의 먹잇감이 되지 않는 방법은 대체 뭘까. 분명히 이겨낼 방법이, 부숴버릴 방법이 있을 텐데. 그 방법을 알아내다가 죽을 수도 있겠지. 전에도 그 점을 느꼈지만, 지금처럼 본능적으로 느낀 적은 없었다.

추수감사절이 다가올 때까지도 세 번째 허수아비는 나타나지 않았다. 댄과 루시는 그 지역의 점잖은 농장주들을 초대해 성대한 추수감사절 만찬을 열었다. 다들 좋은 사람이었고, 그중에는 우리가 이사 온 뒤 만난 사람도 있었다. 조앤 역시 그 자리에 와서, 나는 그녀 옆에 앉아 저녁 식사 내내 수다를 떨었다. 모두 기분 좋게 취했다. 물론 나는 아니었지만.

다행히도 아무도 내가 술을 마시지 않았다는 걸 눈치채지 못한 듯했다. 대시를 비롯한 다른 손님의 개들은 식탁 아래를 어슬렁거리며 음식 찌꺼기를 찾았다. 식사가 끝나고 루시는 낡은 피아노로 캐럴을 연주했고, 우리는 모두 노래를 불렀다. 댄과 루시는 정말로 우리에게 가족이 되어주었다. 방을 둘러보자 이제껏 내 맘을 꽉 메웠던 악령 생각도 눈 녹듯 사라졌다. 이 사랑스럽고 행복한 농장주 부부가 아름다운 집에서 친구들에게 둘러싸인 걸 보며, 해리와 나는 방 건너편에서 서로를 바라보았고, 같이 미소를 지었다. 해리 역시 나와 함께 이 광경을 음미하고 있었다.

악령 따위 망해버려라. 우리는 여기서 정말 행복하게 살 거야. 좋은 삶을 살아갈 거라고.

23

해리

추수감사절이 지나고 그 주 토요일, 나는 대시를 데리고 헨리 포크 강을 따라 송어 낚시와 뇌조 사냥을 가기 위해 일찍 일어났다. 옛 날 방식으로 낚싯대를 던져 낚는 것이었다. 강은 곧 얼어붙을 것이 라, 나는 겨울이 본격적으로 오기 전에 다시 낚시를 해야겠다고 마음먹었다.

나는 잠이 덜 깬 채 커피를 마시러 주방으로 들어갔다. 대시가 베란다로 나가는 문을 가만히 바라보고 있어서, 잠시 뒤에 오줌을 누러 나가게 해줘야겠다고 중얼거렸다. 식기세척기에서 머그잔을 꺼내려고 몸을 숙이는 순간, 갑자기 뭔가가 느껴졌다. 깜짝 놀라서 고개를 홱 들고 뒷베란다를 바라봤더니, 아니나 다를까. 세 번째 허수아비가 나타나 있었다.

이번엔 남자애였다. 열네 살쯤 먹은 소년은 허름한 캔버스 바지에 밧줄을 허리띠처럼 둘렀고, 단추 달린 더러운 셔츠 위로 새빨간 끈으로 된 머리카락이 바가지 모양으로 늘어뜨려져 있었다. 게다가 재수 없게도 씩 웃는 얼굴이었다. 개새끼라는 말이 절로 나왔다. 지푸라기를 채워 넣은 장갑을 낀 손으로 양쪽 팔뚝을 감싸며 팔짱을 낀 자세였다. 놈은 커다랗고 화려한 점토 화분에 꼬리뼈를 기대고 서 있었다. 그 화분은 사샤의 어머니가 놀랍게도 시간을 내 보내준 이사 선물이었다. 허수아비는 한쪽 다리를 곧게 펴고 다른 쪽 다리는 무릎을 구부린 채 발을 화분에 올리고 서 있었다.

그놈이 다른 두 허수아비와 결정적으로 다른 점이 하나 있었다. 앞서 나타난 중년 남자와 10대 소녀는 본질적으로 징그러워도 나름 평화로운 표정이었고, 우리가 발견했을 때는 그저 앞을 멍하니 바라보고 있을 뿐 특별히 뭔가를 보고 있지는 않았다. 묘한 마대자루 얼굴 위로 생각에 잠긴 듯한 표정을 했을 뿐이다. 하지만 이 새끼는 고개를 오른쪽으로 기울이고 얼굴에 소름 끼치게 거들먹거리는 미소를 띤 채 주방 창문을 똑바로 쳐다보고 있었다.

난 생각했다. 이 새끼가 깨어나면 생기가 빠져나가기 전에 반드시 멍청한 놈이라고 욕해줘야지.

약속한 대로 나는 조리대에서 휴대폰을 들고서 댄에게 전화했다. 그는 보통 새벽 4시 반쯤 일어나기 때문에 벌써 일어난 지 두 시간은 되었겠다고 생각했고, 내 예상은 옳았다. 신호음이 한 번 울리자마자 댄은 전화를 받았고, 하던 일을 마무리하는 대로 곧바로 오겠다고 했다.

침실에 들어가 보니, 나갔다 온 지 5분밖에 되지 않았는데도 사샤가 침대에 똑바로 앉아서 눈을 커다랗게 뜨고 악령처럼 창백한 얼굴을 하고 있었다.

"해리…… 그게 왔어, 악령이 왔어. 느껴져. 바로 여기 있어."

그녀의 말투와 목소리에 담긴 공포를 느끼자 심장이 쿵쿵 뛰기 시작했다. 나는 침대에 앉아서 그녀의 어깨에 손을 얹었다.

"알아, 자기야. 방금 봤어. 뒷베란다에 있어. 지난 두 경우와 똑같아. 똑같다고. 벌써 댄에게 전화했어. 지금 오는 중이야. 그리고 내가—"

사샤는 내 말을 끊고 앞으로 몸을 내밀었다. 그 순간, 나는 내 목소리가 겁먹은 기색을 감추지 못했다는 걸 깨닫기 시작했다.

"아니야, 전과 달라, 해리. 난 느껴져. 자긴 안 느껴져? 느낀다는 거 알아."

그녀는 울기 시작했다. 나는 그녀를 끌어당겨 두 팔로 안았다.

"자기야, 괜찮아. 문제없어, 사샤. 전에도 했었잖아. 지금도 잘 처리할 거야. 앞으로도 마찬가지고."

한 마디 한 마디 할 때마다 점점 느껴졌다. 사샤가 전적으로 옳았다. 연못에 빛이 나타났을 때나 울타리를 향해 달려오는 남자를 봤을 때의 느낌 그대로였다. 전염병 같기도 하고, 마구 번지며 침입하는 낯선 두려움 같은 것. 마음속에서 생기는 게 아니라 밖에서 강제로 밀어닥치는 감정이었다. 귓가에서 뛰는 심장 소리가 울려왔다.

댄과 허수아비를 태울 때까지 사샤에게 침대에 있으라고 했지만, 사샤는 지켜보겠다고 고집을 부렸다.

"싫어, 해리. 봐야겠어."

나는 그녀를 따라 주방으로 갔다. 대시는 여전히 주방문 앞에 서서 고개를 숙이고 목털을 세운 채 낮고 깊은 으르렁 소리를 내고 있었다. 그 광경만으로도 온몸에서 아드레날린이 뿜어져 나와 손과 얼굴에 펌프처럼 쏟아졌다. 대시는 앞서 나타났던 두 허수아비에는 거의 반응하지 않았는데, 지금은 연못에 빛이 나타났을 때나 낯뜨거운 남자와 곰의 추격전이 펼쳐질 때와 똑같이 행동하고 있었다.

우리는 말없이 서서 뒷베란다의 화분에 천연덕스럽게 기대 선 허수아비 소년을 응시했다. 그놈은 우리 둘을 똑바로 바라보며 위협적으로 살짝 미소 지었다. 들리는 소리라고는 대시의 목구멍에서 흘러나오는 낮은 으르렁거림과 커피머신에서 떨어지는 물소리뿐이었다.

나는 사샤를 돌아보았다.

"봤지, 자기야. 전이랑 똑같아."

하지만 말을 끝맺자마자 사샤가 몸을 구부리고 주방 바닥에 토했다. 토사물이 쏟아지면서 싱크대와 주방 한가운데 아일랜드 식탁 사이에 깔아놓은 러그를 적셨다. 토사물 조각과 점액들이 찬장문에 흩뿌려졌다. 갑작스러운 사태에 나는 숨을 헉 들이켰다.

나는 사샤의 어깨를 잡아 일으켜준 다음 싱크대로 데려갔다. 대시는 이제 짖기 시작했다.

사샤는 몇 번 침을 뱉고 나서 수건으로 입을 닦았다. 그러고는 수도꼭지를 틀어놓고 멍하니 개수대를 바라보았다.

나는 허수아비와 대시, 사샤를 번갈아 바라보았다. 제길. 냉정해야 해. 사샤에게 물 한 잔을 따라주고 어깨를 주물러주었다.

"괜찮아, 사샤. 우리 준비했잖아. 어떻게 해야 하는지도 알고. 지금 저건 아무런 위협이 되지 않아."

하지만 그녀는 천천히 고개를 저었다. 뺨 위로 눈물을 주르르 흘리며 나를 올려다보았다.

"해리, 뭔가 이상해. 저건 그저…… 인형이 아니야. 다른 허수아비들과 달라. 느낄 수 있어. 나쁜 존재야. 어딘가 이상하다고."

사샤는 덜덜 떨더니 말을 채 맺기도 전에 와락 울음을 터트리고 말았다. 나는 그녀를 잠시 안아주고 거실로 데려간 다음 소파에 함께 앉았다. 이 상황을 바로잡아야 했다.

나는 점점 커지는 분노를 억누르고 사샤를 위해 애써 침착하게 행동했다. 그녀의 얼굴을 잡고서 키스한 다음 미소를 지어주었다.

"댄이 곧 올 거야. 댄이 오면 잽싸게 나가서 저 악마 같은 인형을 태워서 지옥에 처넣을게. 그런 다음 라테를 마시자. 아보카도 토스트는 어때? 우리끼리 아침을 아주 멋지게 보내는 거야. 좋지?"

사샤는 고개를 저으며 마지못해 조금 웃었다. 나는 바보처럼 굴어도 괜찮을지 감이 잡히지 않았고, 사샤의 미소가 재빨리 사라지며 다시 두려움으로 바뀌자 지금은 바보처럼 굴 때가 아니라고 판단했다. 나는 방에서 나가 대시에게 다가갔다. 녀석은 이제껏 주방에서 제 분에 못 이겨 문을 향해 으르렁거리며 마구 허공을 물었다. 나는 대시를 잡아다가 거실에 데려가 어떻게든 달래려 했지만, 녀석은 내 손에서 꿈틀대며 빠져나가 사샤 앞에 떡 버티고 서더니 고개를 낮추고 거실에서 주방으로 향하는 복도를 향해 으르렁댔다.

이윽고 댄의 트럭이 진입로를 달려와 자갈이 튕겨나가는 소리가 들렸다. 그래서 나는 허수아비 퇴치용 장비를 모으기 시작했다. 현관문을 열고 나가려는데, 사샤가 내 손목을 잡았다.

"해리, 조심해. 알았지?"

나는 그녀에게 키스하고 머리를 귀 뒤로 넘겨주었다.

"그럴게. 너는 여기 있어. 알았지?"

나는 현관을 열고서 틈을 다리로 막아서 쏜살같이 빠져나가려는 대시를 제어했다.

"넌 여기서 엄마랑 있어, 녀석아."

대시는 나에게 '뭔 헛소리야, 자식아. 우리는 팀 아니었어?'라는 특유의 표정을 지어 보였지만, 나는 문 옆에 쪼그려 앉아서 올가미와 디젤 연료통, 커피를 챙기고 문을 닫았다.

댄을 만나려고 현관 앞 베란다 계단을 내려갔더니, 댄이 대문으로 들어오고 있었다.

"안녕, 해리! 세 번째 놈이 나타났다고? 음, 그렇다면 가을은 이걸로 끝이군! 그건 어딨나?"

나는 댄이 일부러 바보처럼 아무렇지 않게 행동한다는 걸 눈치챘다. 조금 전 내가 사샤에게 그랬듯. 그러자 오히려 불안해졌다.

우리는 집 앞을 쭉 걸어 주방 앞에 이어진 뒷베란다에 다다랐다. 나는 커피 잔을 든 손으로 문제의 '소년'을 가리키며 댄이 걱정스러운 반응을 보이는지 살펴보았다.

댄은 허수아비의 크기를 가늠했다.

"꼬마로군? 뭐, 그럼 시작하자고. 자네가 그 올가미를 얼마나 멀리 던지는지 한번 보지."

나는 단번에 성공했다. 올가미는 허수아비가 팔짱을 낀 위쪽 흉곽에 안착했다. 나는 저항이 느껴질 때까지 매듭을 조인 다음 그 어린 놈의 거만한 자세를 흐트러뜨려 생기 없는 마대와 지푸라기 덩어리로 만들어버렸다. 댄은 내게 고개를 끄덕였다. 불안한 표정이었다. 나 역시 불안했다.

나는 밧줄을 길게 늘이면서 걸었다. 그러고는 현관 계단 쪽으로 허수아비를 끌어당길 수 있는 지점까지 간 다음, 밧줄을 놓고 울타리 뒷문을 열었다. 앞으로 벌어질 이런저런 소소하고도 두려운 상황에 대한 기대로 심장이 쿵쿵 뛰었다. 매우 불쾌했다.

마대와 지푸라기로 만든 소년의 몸이 현관 계단 위를 퉁퉁 떨어져 내려오는 느낌이 들었다. 제길, 이 허수아비는 셋 중 가장 무거웠다. 못해도 20킬로그램은 훌쩍 넘는 것 같았다. 나는 허리를 굽히고 밧줄을 꽉 쥔 다음 온 힘을 다해 허수아비를 뒷마당에 질질 끌며 뒷문으로 다가갔다.

12미터쯤 남았군. 이제 9미터. 나는 전속력으로 달리려 했다. 6미터쯤. 이제 3미터. 뒷문에 도착했는데, 그 조그마한 자식은 그새 50킬로그램은 더 늘어난 것처럼 무거웠다. 어깨와 다리가 심하게 아팠다. 나는 밧줄을 떨어뜨리고 몸을 돌려 댄을 바라보았다. 그는 허수아비 뒤에서 열두어 걸음쯤 떨어져서 오고 있었다. 나는 거칠게 숨을 쉬면서 허수아비를 가리키며 말했다.

"이렇게 멀리 끌고 오는 동안 허수아비가 한 번도 깨어나지 않은 적이 있습니까? 이게 눈 한 번 깜짝하지 않은 적이 있어요?"

댄은 전보다 훨씬 불안해 보였다. 벌써 하얗게 질린 얼굴로 생기 없는 허수아비에게서 눈을 떼지 않고서 대답했다.

"없어, 해리. 그런 적 없어."

나는 무릎에 두 손을 얹은 채 등 대고 누운 허수아비를 바라보았다. 그 잘난 척하는 미소가 설핏 드리워진 얼굴, 멍청해 보이는 바가지 모양 머리를. 댄은 주위를 훑어보았다. 마치 공기를 관찰하는 듯하던 그는 다시 나를 돌아보았다.

"여기 와 있네. 악령 말이야. 여기 있다고. 그 전에 두 허수아비가 나왔을 땐 없었던 것 같지만, 지금은 진짜로 와 있어."

부정할 수 없었다. 신체에 느낌이 있었으니까. 공포가 촉수처럼 머릿속을 파고들었다. 바람이 점점 빠르게 불었다. 여기에 서 있는 동안 가벼운 미풍은 사라지고 사방을 뒤흔드는 돌풍이 몰아치며 머리 위의 거대한 목화나무를 뒤흔들었다. 댄과 나 둘 다 목화나무를 바라보았다. 오싹함이 몸에 내려앉아 뼛속까지 스몄다.

댄은 나무를 보다가 내 얼굴을 내려다보았다.

"이걸 끝내세. 당장 끝내자고."

나는 낙엽으로 뒤덮인 잔디밭에서 밧줄을 홱 잡고 허수아비의 무게가 느껴질 때까지 뒷걸음질을 쳤다. 그러고는 줄다리기를 하듯 온 힘을 다해 뒤로 달렸다. 서리가 뒤덮인 장작더미로 발을 마구 내디뎠다. 그렇게 허수아비의 머리가 뒷문을 넘은 순간, 일이 일어났다.

허수아비가 갑자기 벌떡 일어나 앉았다. 내 손에서 밧줄을 어찌나 빠르게 확 채가던지 나는 뒤로 엉덩방아를 찧고 말았다. 무서워진 나는 어린애처럼 소리를 질렀다. 허수아비는 내게 등을 돌리고 댄을 똑바로 마주 보았고, 댄은 순간 뒤로 비틀거리다 나처럼 넘어졌다. 이제 그 소년, 아니 그것은 완전히 앉은 자세를 갖추더니 *비명을 질렀다.*

처음에는 어린 소년의 비명처럼 들리던 소리는 점점 음색이 깊어지고 폭이 넓어지면서 동시에 다섯 가지의 서로 다른 비명처럼 들려왔다. 남자의 소리, 여자애의 소리, 말의 소리, 돼지의 소리까지. 기압이 높아지면서 귀가 터질 듯 아팠다. 곧바로 구역질이 나고 숨이 쉬어지지 않았다. 몸이 마치 점도 높고 묵직한 진흙 그릇 속에 처박힌 느낌이었다. 손을 들어 귀를 막으려는데, 문득 허수아비의 얼굴에서 생기가 일순간 싹 꺼지더니 다시금 지푸라기 채운 마대 덩어리가 되어 뒤로 턱 쓰러졌다. 여전히 그 징그러운 미소를 띠고 멍하니 하늘을 바라보고 있었다.

나는 주섬주섬 일어나서 허수아비를 내던지고는 댄에게 급히 달려갔다. 그는 팔꿈치로 몸을 지탱한 채 눈을 부릅뜨고 악마 같은 허수아비를 이글거리는 눈빛으로 바라보았다.

댄의 옆에 무릎을 꿇자, 그는 나를 올려다보았다.

"음, 이런 적은 처음이네만, 모든 일에는 처음이 있는 법이지."

나는 댄의 초연한 유머 감각이 고마웠다. 그 말을 듣자 나의 현실감각도 돌아왔다. 둘이서 몇 초 동안 숨을 고르고 있자니, 댄이 내 등에 손을 얹고 말했다.

"이제 내가 왜 이놈들을 왜 이리 싫어하는지 알겠지. 하지만 이런 비명은 처음 들어. 마치 지옥의 합창단 같군."

무어라 대답해야 할지 알 수 없었다. 그래서 댄이 지시했던 말을 반복했다.

"어서 이 지랄을 끝내버리자고요."

댄은 고개를 끄덕이고는 디젤 연료통을 들었다. 우리는 둘 다 재빨리 울타리 뒷문을 통과했다. 생기 없는 허수아비 곁을 멀리 피해서 돌아갔다. 내가 쌓은 장작더미를 지나 뒷걸음질 치면서, 앞서 불에 태웠던 두 허수아비의 재를 밟아 발자국을 남겼다. 그것들은 이놈에 비하면 얼마든지 같이 지낼 만한 것들이었네. 계속 뒷걸음질 치자 드디어 밧줄에 무게감이 느껴졌다. 나는 댄을 바라보았다. 이 순간, 평생 누군가와 함께했던 어느 때보다도 댄이 함께 있어주어서 감사했다. 그는 나를 진중하게 바라보며 고개를 끄덕였다.

나는 밧줄을 힘껏 끌어당기며 이를 악물고 온 힘을 다했다. 허수아비를 질질 끌고서 놈의 허리를 뒷문에서 거의 빼냈을 무렵, 또 일이 일어났다.

허수아비는 두 팔을 한쪽으로 휙 뻗더니, 재빠른 동작으로 몸을 뒤집어 배를 바닥에 깔고서 네 발로 기는 자세를 취했다. 그러고는 발과 무릎, 사슴가죽 장갑을 낀 지푸라기 손을 땅바닥에 단단히 박았다. 나는 놈의 저항에 맞섰지만, 마치 댄의 트럭을 밧줄로 당기는 것처럼 버거웠다. 다시금 밧줄이 내 손에서 휙 빠져나가면서 나는 뒤로 넘어졌다. 댄은 천천히 허수아비에게서 물러났다. 놈을 내려다보는 댄의 휘둥그레진 눈에 공포가 서렸다.

허수아비는 천천히 고개를 들기 시작했다. 빨간 실로 만든 머리카락 사이로 나를 똑바로 쏘아보는 눈이 보였다. 나는 벌떡 일어나 올가미 쪽으로 달려들었다. 내 손이 올가미를 잡으려는 순간, 소년은 다시 밧줄을 홱 당겼다. 밧줄이 놈의 앞에 돌돌 말려 뭉치는 모습을 나는 겁에 질린 채 바라보았다. 그 순간, 소년이 키득키득 웃기 시작했다.

처음에 키득대던 웃음소리는 이내 기괴한 낄낄거림이 되었다. 그 소리를 듣자 혈관이 오싹하게 얼어붙고 온몸에 소름이 돋았다. 점점 커져가는 웃음소리가 요란하고 깊게 소년을 둘러쌌다. 그 굵고 진정 어린 웃음은 배와 골수에서부터 흘러나왔다. 놈은 눈을 가늘게 뜨고서 사납고 이글거리는 푸른 눈동자로 나를 찌를 듯이 바라보았다. 온몸에 벌레가 뒤덮인 듯 피부가 근질거렸다. 근육이 죄다 수축하면서 울고 싶어졌다.

그때, 악마 같은 소년 허수아비의 생기가 나타났던 것만큼이나 빠르게 사라졌다. 몸통이 다시 곡식 자루처럼 땅에 쿵 떨어졌다.

나는 댄을 올려다보았다. 나를 바라보는 댄의 눈빛에는 진짜 공포가 담겨 있었다. 그에게서 보리라고는 전혀 예상하지 못했던 눈빛이었다. 나는 나뭇잎처럼 파르르 떨었다. 잇새로 위산이 울컥 올라오는 게 느껴졌다. 애써 몸을 일으키자 토할 것 같은 느낌에 무릎에 손을 얹고 모래 더미에 연거푸 침을 뱉었다. 호흡을 고른 다음 간신히 말을 짜냈다.

"예전에도 허수아비가 웃었던 적이 있습니까?"

댄은 대답하지 않았다. 나를 바라보는 시선을 떨구지도 않았다. 그는 천천히 좌우로 고개를 젓다가, 이내 몇 마디 말을 외쳤다.

"자네, 같이 어서 이걸 문 밖으로 꺼내자고."

이제 나는 감정이 완전히 폭발해 버렸다. 전에는 느껴본 적 없는 감정이었다. 동시에 백 가지나 되는 다양한 감정이 더없이 격렬하게 극점으로 치달았다. 머릿속과 배 속에서 소용돌이가 빙글빙글 돌며 하얗게 작열했다. 순간 분노가 회전하는 느낌이 들자, 나는 생명줄처럼 그 분노를 잡아챘다. 이게 마지막 기회인 것처럼.

그렇게 허수아비에게 달려들었다. 구역질 나는 작은 얼굴 위로 온몸을 내던져 앉았다. 번들거리는 빨간 실이 달린 놈의 머리를 잡고서 온 힘을 다해, 온몸과 영혼을 다해 뒷문에서 끌어냈다. 가슴이 터져라 비명을 지르면서 내 발이 장작더미의 모래주머니에 닿을 때까지 허수아비를 당기고 또 당겼다.

장작더미에 놈을 떨어뜨리던 순간, 공포가 폭풍처럼 덮쳤다. 허수아비가 기괴하고 작은 손을 불쑥 뻗어서 내 팔을 죔쇠처럼 꽉 잡고 조인 것이다. 사슴가죽 장갑 속에 차가운 강철이 들어 있는 것 같았다. 나는 다른 손으로 놈의 손을 미친 듯이 잡아 뜯으며 어떻게든 내 팔에서 떼어내려고 했다. 댄도 얼른 옆으로 다가와 허수아비에게 잡힌 내 팔을 풀어주려고 했다. 언제부터인지는 모르겠지만, 댄과 나는 동시에 비명을 지르고 있었다. 혐오와 공포, 절실한 노력이 뒤섞인 포효였다.

허수아비는 천천히 고개를 들어 나를 바라보더니, 다른 팔을 쑥 뻗어 어마어마한 힘으로 댄의 목을 졸랐다. 나는 잡힌 내 팔을 풀려던 노력을 멈추고 놈의 다른 팔을 잡아당기기 시작했다. 놈의 손아귀 힘이 어찌나 센지 장갑을 낀 손가락이 댄의 목 근육을 완전히 파고든 거나 다름없었다.

댄의 눈과 혈관이 불룩 튀어나오면서 얼굴이 점점 보라색과 붉은색으로 짙어지기 시작했다. 댄의 입에서 흘러나온 피가 턱으로 흘러내리고 귀에서 굵은 핏방울이 뚝뚝 떨어지는 모습을 나는 하릴없이 지켜보았다. 댄의 오른눈이 눈두덩에서 튀어나오고, 푸른 각막이 수직으로 찢어지면서 체액이 터지더니 피와 뒤섞여 줄줄 흘러 허수아비의 팔을 적셨다.

나는 허수아비를 바라보았다. 놈은 여전히 천천히 고개를 들면서 내 얼굴을 바라보려 했다. 그러다 나와 눈이 마주치자, 미소를 지었다.

곧바로 댄의 방광과 엉덩이에서 소변과 대변이 흘러나왔다. 나의 코와 귀에서도 피가 흐르기 시작했다. 안구가 진동했다. 치아가 마치 구더기로 변하는 것처럼 우그러지는 느낌이 들더니, 잇몸에서 빠져나오려는 듯 꿈틀거렸다. 움직일 수가 없었다. 그저 머릿속에서 부자연스럽게 혈류가 고함치는 듯한 소리만 들릴 뿐이었다.

섬뜩하게 바느질해 놓은 허수아비의 입이 뒤틀리더니 움찔대며 단어를 만들어내기 시작했다. 하지만 그건 음성을 전달하는 게 아니었다. 음성은 전혀 나오지 않았는데도 이제껏 들어본 적 없는 어마어마하게 커다란 소리가 들렸다. 허수아비는 딱히 발음하지 않고도 목소리를 낼 수 있었다. 목구멍에서 울리는 깊고도 빨아들이는 소리가 기괴한 억양으로 내 머릿속을 찢어발기고 쿵쿵 울렸다.

"네가 내 땅을 뺏었다고? 짐승도 인간도 절대로 내 땅을 빼앗을 수 없다, 여행자여. 여행자들은 무리를 이루고 떼를 지어 이 땅을 차지하려고 옛날부터 왔었지. 바위 조각가, 사냥꾼, 조련사, 쇼쇼니족, 배넉족, 모피 상인, 광부, 사제, 농부 할 것 없이 모두 와서 이곳이 자기 땅이라 하더군. 나의 정수가 씨앗이 되기 전에 너의 뼈는 그들의 뼈를 비롯한 모든 뼈와 마찬가지로 먼지가 될 것이다. 나는 이 땅이다."

순식간에 놈이 손아귀를 풀었다. 댄과 허수아비, 나는 동시에 모래더미 위로 쓰러졌다. 나는 근육을 제어할 수가 없어서 얼굴을 바닥에 대고 엎드린 채로 토했다. 입속에 쓴 물이 가득 차올라 발작적으로 기침이 나온 것이 오히려 몸의 반사 조절 기능에 반동을 주어 다시 정신을 차릴 수 있었다. 이제 허수아비는 다시 헐렁한 지푸라기 자루가 되어 있었다. 그것에게서 얼른 몸을 굴려 떨어진 나는 무릎을 대고 일어나 앉아 애써 숨을 쉬어보았다. 하늘을 바라보며 힘겹게 숨을 고르다가, 눈앞이 보이지 않는다는 걸 깨달았다. 눈을 가린 젖은 모래를 쓸어내고서 눈이 떠지는지 확인했다. 눈을 떴는데도 앞이 여전히 보이지 않자 온몸에 더럭 공포가 흘렀다. 하지만 그 때문에 처음으로 머릿속이 맑아지기도 했다.

머릿속을 처음 스친 생각은 사샤였다. 사샤. 나 때문에 우리가 위험해졌어. 내가 사샤를 위험하게 만들었어. 내가 무슨 짓을 한 거지? 내가 무슨 짓을 한 거냐고!

다음으로 댄이 떠올랐다. 미친 듯이 더듬더듬 댄을 찾자 그의 뻣뻣한 청바지가 만져졌다. 나는 그의 발목을 붙잡고 몇 미터를 끌고 갔다. 다시 우리가 쓰러진 곳으로 돌아와 허수아비를 더듬어 찾았다. 그놈의 형체를 찾자마자 나는 움찔 물러섰다. 주머니를 더듬어 성냥을 찾아낸 다음 성냥갑을 꺼내고 엄지로 사포 부분을 찾았다. 성냥 서너 개를 뭉텅이로 꺼낸 다음 천천히 더듬거려 허수아비의 등을 찾아냈다. 그놈의 위치를 머릿속에 최대한 새기고서 성냥을 그어 들어 올렸다. 불꽃이 송진을 태우며 지글거리는 소리에 귀를 기울였다. 그러고는 생기 없는 마대와 지푸라기 인형 위에 떨어뜨렸다. 그것이 불길에 휩싸이면서 얼굴에 열기가 훅 끼치고 기침이 터지고 나서야 불이 붙었음을 확인했다. 나는 댄을 뉘여둔 곳으로 몸을 굴렸다. 그의 다리가 다시 만져졌다.

이제 모든 기억이 되돌아왔다. 허수아비가 내 팔과 댄의 목을 잡았던 게 마약을 했을 때처럼 멍한 흐릿함을 꿰뚫고 속속들이 떠올랐다. 나는 울고 있었다. 어린아이처럼 울면서 댄의 몸을 더듬대고 팔로 껴안았다. 울타리 뒷문이 어디 있는지 어렴풋이 추측만 할 수 있었지만, 이 불꽃으로부터 멀리멀리 댄을 끌고 가야 했다.

하지만 몇 미터 가지도 못했는데 근육에 쥐가 나고 말았다. 나는 뒤로 넘어졌고, 댄도 덩달아 내 위로 쓰러졌다. 그의 몸무게에 눌리자 그렇지 않아도 힘겨운 호흡이 더 힘들어졌다.

어느새 나도 모르게 살려달라고 비명을 지르고 있었다. 스콧의 이름을 외쳤다. 터커도 불렀다. 군용 조끼를 더듬으며 지혈대를 어디 뒀는지 찾았다. 헬멧 끈을 찾으려고 목을 긁었다. *스콧은 방금까지 내 옆에 있었어. 그 자식도 죽었나? 제길, 분명 죽었을 거야. 우리는 이 지점에서 떠야 해.* 나는 위생병을 소리 높여 불렀다. *내 소총은 씨발, 어딨지? 소총이 있어야 해. 움직여야 해. 망할 내 소총을 찾아서 씨발 여기에서 피해야 한다고. 씨발, 위생병은 어디*

있지? 제길, 난 여기서 뒈질 거야. 씨발, 난 여기서 뒈질 거라고.

마지막으로 비명을 지르다 또 발작적인 기침이 나왔다. 기침이 어찌나 심했는지 또 토하고 말았다. 불쾌한 감각 덕에 내가 지금 어디 있는지 다시 기억이 났다. 기절하기 직전, 대시가 나의 얼굴을 핥는 느낌과 더불어 사샤가 내 이름을 목이 찢어져라 부르는 소리가 들렸다.

24

해리

다시금 정신을 차렸을 때 나는 앉은 채로 무언가를 손에 들고 있었다. 몸이 따뜻했다. 앞도 보였다. 나는 두 손으로 잔을 들고 입술에 댄 채로 무언가를 마시고 있었다. 어떻게 여기 왔는지 몰라 더럭 겁이 났지만, 그래도 마시지 않을 수 없었다. 나는 눈을 감고 컵에 든 것을 전부 꿀꺽꿀꺽 마셨다. 마지막 모금을 삼킨 다음에는 크게 숨을 쉬었다.

다시 눈을 뜨자 커다란 손이 내 앞에 다가와 빈 잔을 가져가더니 또 잔을 가득 채워서 주었다. 진한 초록색 미네랄 같은 액체였다.

이어서 낯선 목소리가 들렸다.

"마셔."

지금 그보다 더 바랄 게 없었기에, 나는 기꺼이 그 말을 따랐다. 잔의 반을 비운 다음 숨을 한 번 쉬고 트림을 했다. 그리고 나머지

반을 또 마셨다.

사샤. 나는 한 손을 매트리스에 얹고서 다리를 휙 돌려 침대에서 벌떡 일어나려 했지만, 커다랗고 힘센 손이 내 어깨를 잡고 다시 부드러운 침대에 눕혀 꼼짝도 못 하게 했다.

"사샤? 사샤!"

나를 누르고 있는 남자의 낯선 얼굴을 바라보았다. 내 눈은 여전히 빛과 형체 정도만 분간할 수 있을 뿐이라서 나는 미친 듯이 눈을 깜빡이며 시력을 회복하려고 했다. 분노가 발끝부터 머리끝까지 솟았다. 내가 어깨를 누르는 남자의 엄지손가락을 움켜쥐고 그 손을 떼어내려고 하는 순간, 낯선 남자가 입을 열었다.

"이런, 이런, 진정해, 친구. 사샤는 괜찮아. 사샤는 무사하다고. 대시! 대시, 이리 와라!"

남자는 내게서 한 손을 떼고 이불을 두드리기 시작했다. 그러자마자 대시가 침대로 껑충 뛰어올랐다. 꼬리를 어찌나 격하게 흔들던지 앞뒤로 마구 흔들리는 엉덩이를 주체하지 못한 대시는 내 위로 올라와 얼굴을 핥았다.

"사샤는 괜찮네, 해리. 지금 루시와 있어. 내가 자네와 함께 있겠다고 사샤에게 말해놓았네."

나는 대시의 머리를 양손으로 긁었다. 대시의 애정 덕분에 마음에 위안이 되고 또 이 느낌이 친숙하기도 했지만, 녀석이 나를 완전히 숨도 못 쉬게 만든 데다 눈앞까지 가리고 있어서 좀 치우고 싶었다.

남자의 굵은 목소리가 다시 말했다.

"숨 좀 쉬게 해줘라, 녀석아. 대시, 이리 와."

대시는 내게서 몸을 휙 돌리더니 바닥으로 뛰어내렸다. 나는 몸을 다시 일으켜 침대 헤드보드에 등을 기대고 반사적으로 눈을 비볐다. 마치 이러면 대체 무슨 일이 일어났는지 알아낼 수 있기라도 한 듯이 말이다.

눈을 깜빡일 때마다 시야에 점점 빛이 들어오면서 눈앞이 선명해졌다. 목소리가 들리는 쪽을 바라보았다가 눈앞에 드러난 광경에 깜짝 놀라고 말았다.

내 침대에서 몇 미터 떨어진 곳에 거대한 남자가 서 있었다. 몸이 놀랍도록 탄탄하고 키가 큰 사람이었다. 기름때가 묻은 낡은 칼하츠 멜빵바지에 플란넬 셔츠 차림에다 길고 새카만 머리카락을 뒤로 한데 묶은 남자는 댄과 비슷한 일흔 초반으로 보였다. 하지만 어깨가 내 옷장만큼 넓었고, 겸손한 자세에 내재된 힘 또한 숨길 수 없었다. 놀랍게도 대시는 남자의 발치에 앉아 꼬리를 흔들면서 그가 마치 우주의 왕이라도 되는 듯이 지그시 올려다보았다.

나는 말을 이어가는 남자를 바보처럼 충격받은 얼굴로 올려다보았다.

"해리, 나는 조라고 하네."

그는 침대를 향해 한 걸음 다가오며 포수의 미트 같은 손을 내밀었다. 그 손을 잡자 마치 참나무 가지를 잡는 느낌이 났다.

"조, 조…… 안녕하세요, 조, 그런데 사샤는 어디에—"

조는 내 말을 가로막았다.

"사샤는 루시와 있네. 그 집에 있지. 이 쪽지를 남기고 갔네."

그는 내게 작은 종잇조각을 내밀었다. 그 위에는 짧은 글이 적혀 있었다.

해리곰돌아 난 안전해.

루시랑 있어.

금방 올게.

조랑 이야기하고 있어.

그리고 좀 쉬어. 자기는 좀 쉬어야 해.

사샤는 내가 직접 그녀를 보기 전까지 의심할 거라는 걸 알고서 일부러 내 옛날 별명을 썼고, 글씨도 특유의 필기체로 써두었다.

나는 쪽지를 떨구고 눈을 비빈 다음 관자놀이를 문질렀다. 그러고는 조를 다시 바라보았다.

"조…… 무슨 일이 있었습니까?"

조는 일말의 표정 변화 없이 대답했다.

"그건 자네가 말해줘야겠지."

나는 이마에 손을 대고서 마사지를 하면 머리가 작동되어 뇌에 기억이 돌아올 것처럼 문질렀다. *허수아비, 소년, 푸른 눈, 놈의 목소리, 그 빌어먹을 목소리. 말을 했었지.* **댄.**

나는 다시금 조에게로 휙 시선을 돌렸다. 온몸에 미친 듯한 공포가 새로이 훅 끼쳤다. 몸을 앞으로 숙인 나는 물었다.

"조, 댄은 어떻게—"

조는 다시 다가와서는 거대한 손을 내 어깨에 얹었다. 손에는 아까보다 힘이 덜 들어갔지만, 손짓만큼은 여전히 내 입을 다물게 하는 효과가 있었다. 그의 눈에는 동정심이 서렸다.

"해리, 댄 스타이너는 죽었네. 어제 아침 사샤가 자네들을 찾을 때만 해도 살아 있었지만, 끝내 이겨내질 못했어. 오늘 아침에 죽었다네."

온갖 감정이 파도처럼 밀려왔다. 분노와 혼란, 증오와 죄책감이 속에서 부글부글 끓어올랐다. 그러자 조는 내 감정을 끊어야 할 필요를 느꼈다는 듯 내 어깨를 꽉 쥐고서 살짝 흔들었다.

"해리, 옷을 입고 밖에서 보세. 이야기 좀 합세."

나는 고개를 끄덕이고 말았다. 초등학교 5학년 때 쇼핑몰에서 딱지를 훔치다가 걸려서 경비실에 잡혀 있다가 이쪽으로 다가오는 엄마를 바라보던 그때 그 꼬마가 된 기분이었다. 조는 잠시 나와 시선을 가만히 맞추다가, 천천히 돌아서 내 방에서 어슬렁어슬렁 나가면서 그 뒤를 열심히 따라가는 대시를 슬쩍 바라보았다.

나는 얼굴을 두 손으로 가리고 족히 1분을 어린애처럼 울었다. 이제껏 있었던 일들을 맞추어 보는 머릿속이 핑핑 돌았다. 허수아비가 우리를 잡았던 순간부터, 놈이 한 말과 맹목적으로 그걸 불태우려 했던 일, 불꽃으로부터 댄을 끌어냈던 일이 처음부터 끝까지 기억났다.

결국 나는 침대에서 몸을 일으켜 바지를 입고 후드 티셔츠를 머리 위로 뒤집어썼다. 그리고 옷장에서 낡은 부츠를 꺼내 발을 욱여넣었다. 조가 어디에 있는지 모른 채로 천천히 방에서 나오자, 마치 전날 밤 술에 취해 정신을 잃었다가 남의 집에서 깨어나 몰래 빠져나가는 기분이 들었다.

주방을 들여다보니 뒷베란다에 서서 산을 바라보는 조가 보였다. 뒷문을 열자 그가 이쪽을 돌아보았다. 찌를 듯한 햇빛이 느껴져서 눈을 가늘게 뜨고 초점을 맞춰야 했다.

조는 목초지 쪽으로 손짓했다.

"좀 걷지."

나는 그저 고개를 끄덕이고는 조의 뒤를 고분고분 따라갔다.

우리는 말없이 목초지를 거닐다가 연못 쪽으로 내려갔다. 대시는 내 옆에서 터벅터벅 걸으며 손을 핥아주었다. 이윽고 연못 위의 볼록 솟은 지형에 다다르자 조는 걸음을 늦추더니 이내 발걸음을 멈추었다. 그러고는 작업복 양쪽 어깨끈에 엄지를 끼운 채로 저 산맥을 바라보았다.

나는 조금 떨어진 곳에 서서 조의 대단한 존재감과 우아함에 경외심을 느끼며 그를 우러러보았다. 지금 조가 저 산맥을 바라보는 마음으로, 나는 조를 바라보았다. 그는 아주 오랫동안 아무 말도 없었다. 얼마나 오랫동안 말이 없었던지 나는 마지막 기억을 이리저리 더듬어보다가 그만 기절할 뻔했다. 울고 비명을 지르고 오줌을 지리고 토하고 피를 흘렸던 기억. 이윽고 그가 돌아서서 나를 응시하자, 나는 삽시간에 현실로 끌려왔다. 깜짝 놀란 내 모습이 아무도 오지 않는 인도 위에 말라붙은 똥처럼 느껴졌다.

"댄과 루시가 자네와 자네 부인을 매우 좋게 평가하더군. 나도 사샤가 맘에 드네. 강하고 현명한 사람 같아."

나는 고개를 끄덕였다.

"맞습니다."

지금 난 조와 어떻게든 잡담을 이어가려고 안간힘을 쓰고 있었다. 댄이 죽었다는 소식에 머리가 욱신거리고 가슴이 아팠기 때문이다.

"우리는…… 이곳은 특별한 곳이지 않습니까. 조의 지혜가 아니었더라면, 우리에게 그 지혜를 나눠주지 않으셨다면, 사샤와 저는 여기서 오래 살아남지 못했겠죠."

조는 나를 빤히 바라보았다. 그 눈빛이 나를 꿰뚫었다. 잠시 뒤, 그는 산맥 쪽으로 완전히 몸을 돌리고서 입을 열었다.

"자네가 그 악령의 가면을 벗기려 했던 것 같더군."

"제가…… 뭘요? 악령의 뭘 말입니까?"

"악령을 자극했잖나. 약 올리려 하지 않았나?"

전부 들킨 기분이었다.

"저는…… 모르겠습니다. 그러니까…… 그저 악령을 멀리 쫓아버리려고 했습니다. 아니, 더 이해해 보려고 했던 것도 같고요, 혹시…… 네, 약 올리려 한 건 맞습니다. 그저, 혹시 악령이 저희를 내버려둘 방법이 있지 않나 싶었습니다."

조의 옆얼굴을 가만히 보자, 그가 슬며시 웃는 모습이 보였다. 그는 나를 돌아보지 않고 대답했다.

"그건 먹히는 방법이 아니야, 이 깡패 녀석아."

이윽고 나온 내 목소리에서 분노와 당황이 여실하게 느껴졌다.

"아니, 그럼 대체 무슨 짓이 벌어지는지 제가 어떻게 압니까, 조? 전 이곳에 대해 모릅니다. 이 지랄에 어떻게 대처해야 하는지 모른단 말입니다. 여길 아는 건 당신이잖습니까. 그런데 이제껏 여기 오지 않다가, 결국 이 끔찍한 일이 벌어진 다음에야 나타나셨죠. 이게 대체 무슨 지랄인지 저는 아무것도 모르는데요. 그리고 악령이 우리를 내버려둘 방법이 전혀 없다니요? 당신네들은 지금쯤이면 알아냈어야 하지 않습니까? 이 계곡에서 주야장천 수천 년을 사셨잖아요. 그러면 전통 의식 같은 해결책이라도 있어야 하는 거 아닙니까? 하다못해 악령의 춤 같은 거라도—"

그때였다. 조는 휙 돌아서더니 내 코앞까지 성큼 다가왔다. 그 몸짓이 어찌나 빠르고 세차던지 옆에 있던 대시가 펄쩍 물러섰고 나는 뒤로 비틀거리다 넘어질 뻔했다. 조는 드러내 놓고 노여워하거나 짜증 내지 않았다. 다만 순수한 힘을 억제하지 않고 그대로 실어 말했다.

"우리 부족이 이걸 통제할 수 있다고 생각하나? 이게 우리 부족과 관계가 있다고 생각하나? 자네 좋으라고 인디언들이 와서 춤이나 좀 추고 노래 좀 불러주면 이게 다 고쳐질 수 있다고 생각하나, 백인 자식아? 자네는 아무것도 몰라. 이 악령은 나보다 오래되었네. 우리 부족보다도, 저기 우뚝 솟은 바위보다도 오래되었단 말이야. 악령은 이 골짜기에 살았던 모든 이를 지배해 왔네. 이 골짜기에 발을 디딘 최초의 사람들부터, 우리 부족이 여기에 오기 수천 년 전부터 지배해 왔다고. 우리 부족이 너희를 위해 해줄 수 있는 유일한 일이 뭔지 아나, 백인? 바로 멍청하게 굴지 말라고 계속 상기시켜 주는 것뿐이야."

조는 내게서 눈길을 돌리고는 목초지에 침을 뱉었다. 그리고 커다란 팔뚝으로 입가를 닦은 다음 이글거리는 눈으로 나를 바라보았다. 처음으로 그의 목소리에 날이 섰고 분노가 서렸다.

"댄은 나의 가장 오래된 친구였네. 그런데 자네의 멍청함 때문에 죽고 말았어. 자네가 바보짓을 해서 죽었다고. 사샤가 아니었더라면, 루시와 댄이 자네 아내를 참 좋아하지 않았더라면, 자네도 지금쯤 땅 속에 묻혔을걸세. 내 말 알겠나? 댄은 내게 여러 번 말했어. 자네는 좋은 놈이라고. 자네는 댄에게 목숨을 빚졌네. 댄이 아니었더라면, *자넨 오늘 아침에 깨어나지도 못했을 거야.*"

나는 매우 놀랐다. 할 말이 하나도 생각나지 않았다. 사죄하듯 두 손을 들었을 뿐이다. 결국 조는 몇 걸음 물러서더니 다시 팔짱을 꼈다. 긴장된 침묵이 점점 심해지다가 그가 입을 열었다.

"잘 듣게. 다른 말은 안 듣겠다 해도 이건 들어둬. 악령의 가면을 억지로 벗기려는 짓이야말로 절대로 해서는 안 돼. 이미 보았듯, 그래봤자 자네만 더욱 위험해질 뿐이야. 댄과 루시가 알려준 대로 따랐더라면 안전했을 텐데. *그렇게만 해도 문제가 없었을 거라고. 내가 지금 해줄 수 있는 말 역시 그뿐일세.* 규칙을 따라. 그러면 여기서 잘 살아갈 수 있어. 자네의 심장이 뛰는 한, 이 땅에 있는 한, 자네는 그 규칙을 따라야 하네. 이제 그러겠다고 약속해 주게."

그는 내게 한 걸음 다가와서 내 발 사이의 땅을 가리키며 내 얼굴에 대고 몸을 숙였다.

"*당장 약속해.*"

나는 즉시 약속했다. 아무런 생각이 들지 않았지만, 내 영혼 깊숙한 곳에서부터 조의 말이 진실이라는 걸 알고 있었다.

"약속하겠습니다, 조. 약속합니다."

조는 눈썹을 추켜세우더니 고개를 한 번 끄덕였다.

"좋아."

그는 내 바로 앞에 있던 몸을 다시 산맥 쪽으로 돌렸다.

조에게 하고 싶은 질문이 만 가지나 되었지만, 들을 수 있는 대답은 하나밖에 없으리라는 걸 알고 있었다.

"조, 제가 한 짓을…… 돌이킬 수 없습니까? 사샤가 위험해진 건가요? 제가 이 사태를 수습하고 여기서 안전하게…… 아니, 이 일이 전부 일어나기 전과 똑같이 안전하게 살 수 있습니까?"

결국 서너 가지 질문이 섞여버렸다.

조는 산을 올려다보며 재밌다는 기색과 짜증이 뒤섞인 미소를 지었다.

"악령은 원한을 품지 않네, 해리. 궁금한 게 그거라면 답할 수 있지. 악령은 교훈을 줄 뿐이야. 내 보기엔 자네는 교훈이 필요했던 것 같네만?"

그는 나를 마주 보며 말을 이었다.

"악령이 어제처럼 기존 방식을 깨는 행동을 하려면 전제 조건이 많이 필요해. 한동안은 그런 짓을 쉽사리 할 수 없을 게야. 뭔가 그럴 만한 이유가 있을 때만 다시금 악령이 반응하지. 기존 방식이 다시 이어질 걸세. 하지만 봄과 여름, 가을의 규칙은 말이지, 자네 같은 사람이 그 규칙을 잘 지켜줄지는 솔직히 모르겠지만……."

수치심과 죄책감, 안도감이 뒤섞였다. 무엇보다도 혼란까지 나를 세차게 뒤흔드는 바람에 울고 싶어졌다. 조는 집 쪽으로 돌아서서 몇 발자국 걷다가 이내 멈추었다. 그리고 나를 돌아보지도 않고서 커다랗고 단호한 목소리로 말했다.

"자네는 전사지. 그 점이 자네와 가족이 이런 오래된 지역에서 살아남는 데 도움이 되겠지만, 모든 면에서 좋은 것만은 아니야. 전사의 마음은 반드시 절제되어야 해. 자존심과 분노를 품고 살면 자네 같은 멍청한 사람은 어디서나 죽기 딱 좋지만, 이런 오래된 지역에서는 특히 위험해. 자네 아내 사샤는 현명하고 직관력이 좋아. 앞으로는 함께 생각하고 행동하게. 혼자 경솔하게 행동하지 말고. 그리고 저 개, 대시는 튼튼한 녀석일세. 자네가 아는 것보다 더 많은 걸 보지. 녀석도 자네 가족일세. 가족을 믿게. 우리 가족이 자네 가족에게 알려준 방법을 신뢰하게. 그러면 계절 내내 악령과 함께 살아갈 수 있네."

나는 조의 뒷모습에 고개를 끄덕였다.

"알겠습니다. 저희는 여기에 집을 짓고 삶을 꾸려가려고 왔으니까요."

조는 등을 돌려 나를 마주 보았다. 그의 표정에는 호기심이 서려 있었다. 그는 내 얼굴을 찬찬히 훑어보더니 천천히 고개를 끄덕이며 입을 열었다.

"그럴지도…… 하지만 자네와 아내가 이곳에서 살아갈지, 아니면 다른 곳에 가서 살게 될지는 앞으로 올 날들에 어떻게 대처하느냐에 달려 있네."

"잠깐만요…… 그게 무슨 말씀이십니까? 무슨 뜻으로 하신 말씀이죠?"

내 얼굴을 빤히 바라보는 조의 표정은 마치 무언가를 해독하려는 듯했다. 말 그대로 내 이마에 글자가 쓰여 있어서 읽어봐야겠다는 듯했다.

나는 계속 다그쳤다.

"제가 알아야 할 게 또 있습니까? 왜 말씀을 안 하십니까?"

조의 호기심 어린 시선은 계속 이어졌다. 그의 눈길은 내 얼굴을 이모저모 살피며 깜빡이는 것 같았다. 그러자 재향군인국에서 평가당할 때 심하게 움츠러들던 기억이 떠올랐다. 그때 난 주어진 질문에 더듬더듬 답하면서도 이런 질문이 사람을 주눅 들게 한다고 생각했었다. 조는 결국 팔짱을 끼고서 나를 보던 눈길을 옮겨 목초지를 바라보았다.

"이 계곡의 겨울은 자네 같은 거친 짐승에겐 길고 어둡고 혹독할지도 모른다네, 해리. 남들보다 더 길고 어둡고 혹독하지."

알쏭달쏭한 대답에 그만 비명을 지르고 싶었다. 그래서 관자놀이를 문지르며 마음을 가라앉혔다. 조는 내가 또 다른 질문을 하려고 시동을 거는 걸 감지하고는 손을 들어 막았다.

"해리, 더 이상의 이야기는 나중에 하지. 지금은 루시에게 가봐야겠네. 자네도 사샤와 있어줘야 하고. 오늘은 여기까지 하지."

그의 태도와 어조가 어우러지자 그저 더는 묻지 말라고 설득하는 것 이상의 효과가 느껴졌다. 그건 명백한 금지였다. 조는 휙 돌아서서 집을 향해 힘찬 발걸음으로 걸어갔다. 그를 막 따라가려던 순간, 무언가 차가운 것이 내 목덜미에 살며시 내려앉았다.

고개를 돌려 목초지를 바라보자, 눈이 내리고 있었다.

25

사샤

우리는 12월 첫째 주 화요일에 댄 스타이너의 장례를 치렀다.

나는 지난 며칠 동안 루시와 함께 지냈다. 그녀는 때로 슬픔에 겨워 완전히 폐인이 되었다가도, 또 어느 때는 놀라울 만큼 상황에 잘 적응한 현실주의자가 되기를 반복했다. 나의 감정도 루시와 비슷하게 널을 뛰었지만, 그래도 내가 약간 더 침착했다. 루시에게 어떻게든 기운을 불어넣고 지지해 주자고 애써 다짐했다. 심지어 처음 이틀 동안은 내가 임신했다는 사실조차 까맣게 잊기도 했다.

댄과 루시의 수많은 친구들이 끊임없이 집을 드나들었다. 오랫동안 알고 지낸 지인들은 소규모 군대도 거뜬히 먹일 만큼의 음식을 가져왔다. 여름 동안 댄의 목장에서 종일 일해준 인부들은 각기 몬태나, 오리건, 와이오밍에서 차를 끌고 왔다. 진짜 카우보이들로 강인하고 의리가 있었다. 그들의 얼굴에 난 주름살과 손에 난 흉터

들은 차가운 바람과 뜨거운 태양, 고된 노동을 견디며 살아온 이들만의 것이었다. 그들은 루시가 손 하나 까딱하지 않아도 목장을 운영할 수 있게 해주겠다고 장담했고, 임금을 올려달란 말도 전혀 없이 곧바로 일하러 갔다. 물론 나중에 나는 조가 그들의 임금을 확실하게 쳐주겠다고 약속하는 말을 엿듣긴 했다.

조는 '사고' 이후 며칠 동안 댄과 루시의 집에서 나와 함께 많은 시간을 보냈다.

그들은 댄이 트랙터를 몰다가 사고를 당한 것으로 하자고 조용히 합의를 보았다. 보안관은 그날 오후 일찍 찾아왔다. 조는 보안관을 문에서 만났고, 나는 주방에서 설거지를 하며 그들이 짧은 대화를 나누는 모습을 지켜보았다. 보안관은 아무것도 묻지 않았다. 심지어 댄이 어떻게 죽었는지조차 묻지 않았다. 일이 어떻게 된 건지 정확히 알기 때문에 더 이상 설명이 필요 없는 게 분명했다. 그저 고개를 끄덕인 보안관은 루시를 위해 가져온 꽃을 현관 옆 탁자에 놓은 다음 조와 악수하고서 떠났다. 솔직히 전혀 놀랍지 않았다. 그래서 설거지를 하고 차를 끓이는 일을 계속했다.

이런 오래된 지역에서는 이상한 일이 일어나는 법이니까.

모든 일이 일어난 그날 아침, 댄과 해리가 허수아비를 처리하러 나간 동안 난 소파에 앉아 있었다. 몇 분간 마음을 침착하게 먹으려고 노력했다. 그러다가 지금 일어나는 일에서 신경을 끄려면 뭐라도 해야겠다고 마음먹었다. 생각해 보니 조금 전에 주방에 온통 토했던 걸 까맣게 잊었다 싶어서, 주방을 치우러 갔다.

그 순간, 난데없이 집의 전기가 나갔다. 동시에 공포가 마치 폭발의 충격파처럼 내 몸을 강타했다. 아무 말도 할 수 없고, 숨도 제대로 쉬기 힘들었다. 다만 아주아주 이상한 일이 일어났다는 것만 분명히 깨달았을 뿐이다. 나는 주방 바닥에 앉아서 심호흡하려고 했다. 대시는 심하게 당황해 울고 낑낑대면서 내 앞을 이리저리 서성거렸다. 그러다 난데없이 고개를 문 쪽으로 홱 돌리더니, 댄과 해리가 있는 방향을 바라보며 영혼까지 뒤흔들 만큼 무시무시하게 울부짖었다. 이게 어떻게 골든리트리버의 울음소리지? 대시는 물론이고 다른 어떤 짐승에게서도 그런 소리는 들어본 적 없었다. 짐승 소리에 퍼뜩 정신을 차리고 주방문을 열어젖히자, 들려오는 해리의 목소리에 난 덜컥 겁을 먹고 말았다

그는 비명을 지르고 있었다.

나는 울타리 뒷문으로 있는 힘을 다해 달려갔다. 대시는 바로 나를 스쳐 앞으로 돌진했다. 커다랗고 옹이진 목화나무 기둥에 다다라 돌아섰다가 보이는 광경에 나는 숨을 헉 들이켜고 말았다. 피와 모래에 뒤덮인 해리가 댄 밑에 깔린 채 비명을 지르고 있었다. 댄은 아무런 움직임이 없었다.

해리는 위생병을 목 놓아 불러댔다. 위생병이라는 단어는 그가 자다가 악몽을 꿀 때만 들어본 적 있었다. 그런데 지금 내 남편이 위생병을 외쳐 부르다니. 추운 아침 공기 사이로 메아리쳐 울리는 공포 어린 비명은 내 평생 잊을 수 없을 것이다.

나는 댄의 망가진 얼굴을 보았다. 무력하게 해리를 흔들며 제발 진정하라고, 어서 일어나라고 애원했다. 그는 환각을 보는 것 같았다. 해리가 불러대는 남자들은 내가 알기로 해리와 해병대에 같이

있었던 동료들이었다. 나는 결국 집으로 달려가 루시에게 전화를 했고, 그녀는 5분도 되지 않아 진입로에 나타났다. 그런데 몇 분 뒤에 또 다른 트럭이 도착했다. 나는 차가 미처 서기 전에도 그게 조라는 걸 알 수 있었다. 조의 아들인 엘크도 같이 왔다. 그날 나는 엘크가 시내에서 병원을 운영하는 보조 의사◆라는 걸 알았다.

조는 해리를 우리 침대로 옮겼고, 엘크는 댄을 돌보았다. 두 사람은 댄을 집으로 옮겼다. 엘크는 댄이 일종의 혼수상태에 빠진 것 같다고 했다. 그는 직원 몇 명을 댄과 루시의 집에 보내 방 하나를 임시 진료소로 꾸몄다.

해리는 거의 스물여섯 시간을 잤다. 다음 날 아침, 조는 문을 두드리고는 댄이 새벽이 오기 전에 죽었다고 말했다.

우리는 식탁에 잠시 앉아서 커피를 마셨다. 나는 샤워도 못 하고 옷도 갈아입지 못한 상태였다. 사실 전날 아침부터 수분도 거의 섭취하지 못했다. 댄의 죽음이 현실이 되자 난 결국 무너져서 울었다. 조는 내 상태를 보고도 동요하지 않았다. 그저 대시를 쓰다듬었을 뿐이다. 대시는 조에게 홀딱 반한 것 같았다.

그렇게 나는 낯설고 몸집이 커다란 조라는 사람과 단둘이 주방에 앉아 있었다. 지난 8개월 동안 조를 처음으로 만날 날을 상상하며 날마다 몇 시간이고 그에게 할 질문을 연습했었다. 하지만 막상 만난 지금, 우리는 조용히 앉아 있을 뿐이었다. 들리는 소리라고는 주방 벽에 걸린 낡은 시계 소리, 마당에 선 앙상한 나뭇가지 사이

◆　교육과정과 시험을 거쳐 진찰과 치료, 간단한 수술 등 의사의 일부 업무가 가능한 사람.

로 바람이 불어와 창문에 먹먹하게 부딪치는 소리, 그리고 내 울음 소리뿐이었다. 딱 봐도 내 인생에서 가장 이상한 순간이었다.

조는 마침내 나를 바라보았다.

"어제 아침에 무슨 일이 일어났는지 좀 아시오?"

난 정말 아무것도 몰랐다.

조는 커피를 한 모금 마신 다음 손을 따뜻하게 데우듯 두 손으로 잔을 감쌌다.

"악령이 이런 짓을 쉽게 하지는 않고, 이런 일이 아무렇지 않게 일어나지도 않소. 댄이 죽기 전에 무슨 일이 있었는지 조금 적어 주고 갔다오. 듣자하니 허수아비가…… 말을 했다던데. 댄이 많이 적지는 못했지만, 읽어보니 해리와 악령이 대화를 나눈 게 처음이 아니라는 얘기였소."

나는 충격받았지만, 생각해 보니 충격받을 일이 아니었다. 이어 지는 15분 동안 나는 조에게 모든 걸 털어놓았다. 빛을 봤던 경험 과 네 번의 곰 추격, 해리가 벌거벗은 남자에게 자신이 이 땅을 빼 앗았다고 말하자 남자가 울며불며 애걸복걸하기를 그만두고 서쪽 을 응시했던 점, 그리고 마지막 두 허수아비 이야기까지 모두 말했 다. 결국 조는 손을 들고서 자세하게 설명해 준 나에게 고맙다고 했다. 그러고는 한동안 조용히 앉아서 천천히 커피를 마셨다.

"사샤, 해리는 군인이었소?"

"아뇨, 해리는 해병이었어요. 아, 죄송해요. 그러니까 군인이었 던 건 맞아요. 보병이었죠. 하지만 해병대 소속이었거든요. 해병들 은 군인이냐는 질문을 들으면 해병과 일반 군인은 다르다며 예민하게 반응하거든요. 저한테도 그런 태도가 옮았나 봐요."

맙소사, 분위기가 너무 어색했다.

조는 고개를 끄덕였다.

"보니까 해리의 몸에 흉터가 있던데. 그건 어디서 생긴 거요? 보병이었을 적에 생긴 건가?"

나는 고개를 끄덕였다.

"네, 해리는…… 폭탄에 맞았어요. 사제폭탄에요. 우리가 만나기 전에 사고가 있었어요. 군 생활 말미에요. 2주 뒤에 아프가니스탄에서 본국으로 돌아오기로 되어 있었는데 사고를 당했어요."

조는 고개를 끄덕였다.

"아프가니스탄에서 해리가 했던 일에 대해 알고 있소? 죽였을지도 모르는 사람들 이야기를 아시오?"

그 질문에 나는 깜짝 놀랐다. 그러고는 불편하게 자세를 바꾸면서 예상치 못한 수치심에 따끔한 고통을 느꼈다. 조에게 해줄 수 있는 말이 아무것도 없었으니까. 내 남편이 겪은 일인데 아내로서 자세히 설명할 수 없다니 부끄러웠다.

"그건 해리에게 물어보셔야 할 것 같아요."

조는 고개를 끄덕이고는 커피 잔을 내려다보았다. 우리는 다시금 긴 침묵에 빠져들었고, 그러면서 조에게 하고 싶었던 질문들이 떠오르기 시작했다. 나는 이것저것 따져보면서 알아낼 수 있는 가장 가치 있는 정보가 뭘까 애써 생각했다. 지금은 기지를 발휘할 때였다. 그러다 그만 엉뚱한 짓을 저질렀다. 왜 그랬는지는 알 수 없다. 벽시계의 초침 소리 때문이었을까. 아니면 내 남편 때문이었을까. 전날 그의 피와 토사물, 대소변을 닦아냈기 때문이었을까. 그도 아니라면 수면 부족 때문이었을지도 모른다. 내게 아버지와도 같은 분이 뒷마당에서 잔인하게 살해된 뒤라서 스트레스와 슬픔을 겪은 탓이었을 수도 있다. 아니, 모든 게 복합적으로 작용해서였을 것이다. 어쨌든 그 말이 튀어나오고 말았다.

"조, 저 임신했어요."

조는 나를 올려다보았다. 놀랍다는 표정이 잘 드러나지 않을 것 같은 엄한 얼굴에 최대한의 놀라움이 드러난 표정이었다. 그는 족히 15초는 나를 빤히 바라보다가 대답했다.

"아이를 계획해서 가진 게 아니라는 느낌이 드네만."

나는 눈물을 떨구며 고개를 저었다.

"계획한 게 아니었어요. 그리고 해리는 아직 몰라요."

조는 고개를 갸웃했다.

"그런데 왜 내게 말하는 거요?"

이번에도 나는 적당한 대답을 준비하지 못했다. 지금 느끼는 대로 말하자면, 나름의 해결책을 찾아낼 때까지는, 아니, 찾아내지 못한다면 영원히, 우리에게 아이가 생겼다는 사실을 해리에게 말할 용기가 없었다. 어떻게든 이 악령을 물리칠 방법이 있어야 했다. 우리 아이가 이 땅뙈기의 노예로 살아가지 않을 방법이, 초자연적 위험을 피하기 위해 억지로 의식을 치르지 않아도 좋을 방법이 있어야 했다. 나는 이 악령을 물리치고 싶었다. 하지만 창피해서 차마 입 밖에 낼 수가 없었다. 얼마나 뻔뻔한 일인가. 여기서 채 1년도 살지 않았으면서 모든 걸 해결할 방법을 찾아낼 수 있으리라 생각했다니.

나는 조를 바라보았다. 이제는 얼굴 위로 눈물이 줄줄 흘렀지만, 목소리가 떨리지 않도록 다잡았다.

"이 악령을 없앨 방법이 있다는 걸 알아요. 영원히 없애는 방법이요. 분명히 있을 거예요. 댄과 루시에게 그런 건 없다고 말씀하셨다는 것도 알아요. 어쩌면 그렇게 말씀하신 이유는 그 방법이 너무 위험하고 어려워서일 수도 있겠죠. 하지만 답이 있다면, 뭐든 방법이 있다면, 지금 저한테 알려주셔야 해요, 조."

그는 오랫동안 나를 응시하다가 마침내 입을 열었다. 조가 나의 간청을 알아들었다는 기미는 가늘게 뜬 눈뿐이었다. 나는 눈을 깜박이지 않도록 애쓰면서 그와 눈을 계속 마주쳤다.

"사샤, 당신은 여기서 살아가는 법을 잘 배웠소. 이 땅에 계속 귀를 잘 기울여왔소. 이 땅을 이해하는 것 같더군. 그건 내게도 참 중요하오. 하지만 오늘 아침에는 당신에게 부탁할 것이 있소. 루시와 같이 있어주었으면 하오. 나는 해리가 깨어나면 대화를 해봐야겠으니까. 루시를 지금 혼자 두고 싶지 않소. 루시는 당신을 딸처럼 사랑하니, 지금 우리는 그녀를 돌봐야 하오. *부탁하오.*"

난 그의 말대로 했다. 그날 아침부터 장례식을 치르며 댄의 무덤에 설 때까지 나는 한시도 루시의 곁을 떠나지 않았다. 해리에게 내가 필요하고, 내게도 해리가 필요하다는 건 알았지만 그래도 루시의 곁에 있고 싶었다. 지금 상황이 이러한 만큼, 그녀의 입장을 이해하기가 어렵지 않았으니까. 루시와 함께 있는 매 순간 그녀의 강인함에 나는 경외심을 느꼈다.

그래도 며칠 밤은 해리와 함께 보낼 수 있었다. 그는 완전히 다른 사람 같았다. 아니, 다른 사람보다는 오래전 처음 대학교의 술집에서 처음 만난 그 사람 같았다. 완전히 움츠러든, 자신만의 생각에 빠져 있는 사람, 죄책감에 짓눌려 죽을 것 같은 사람 말이다.

그날, 루시가 해리의 얼굴을 두 손으로 감싼 모습을 나는 울면서 지켜보았다. 두 사람 모두 얼굴 위로 눈물을 죽죽 흘렸다.

"해럴드 블레이크모어, 잘 들어요. 당신 잘못이 아니에요. 난 앞으로 이 땅을 떠날 때까지 매일 생각할 거예요. 댄의 죽음은 당신 잘못이 아니란 걸 안다고요. 우리의 삶은 매 시간 이 악령의 기분과 변덕에 달려 있었어요. 우리는 그걸 알고 있고, 결국엔 그 악령이 우리 모두를 집어삼키겠죠. 댄은 당신을 사랑했어요, 해리. 그러니 그럴 수밖에 없었을 거예요."

나도 지난주에 루시의 집에서 나와 우리 집에 와서 자면서 해리에게 똑같은 말을 했다. 해리가 어둠 속에 가만히 누워 있는 가운데, 나는 그의 등을 쓰다듬으면서 말했다. 이 책임을 네가 짊어질 필요는 없다고, 죄책감을 품고 살 수는 없다고. 그는 조용히 누워 있을 뿐이었지만, 그렇게 반응하리라는 것도 난 알고 있었다.

댄을 묻던 날, 무덤에 선 조의 모습을 지켜보았다. 조의 아들들과 며느리들, 손자들도 지켜보았다. 조의 뺨 위로 흐르는 한 줄기 눈물도 보았다. 내가 바라보는 가운데, 조는 악령이 지배하는 골짜기의 전설적인 족장에서 오랜 벗을 묻는 노인으로 변했다. 그의 좋은 점이 보였다. 그가 댄을 아꼈다는 점이었다. 우리는 허수아비 사건이 터지고 난 뒤 댄의 장례식 때까지 한 주 동안 댄과 루시의 집에서 짧은 대화를 나누었을 뿐이지만, 조가 나를 아낀다는 걸 알 수 있었다.

조 역시 이 악령을 부숴버릴 방법이 있다는 걸 안다. 내가 그걸 어떻게 알 수 있는지는 모르지만, 그건 확실했다. 그의 눈빛에 나타나 있었다. 그렇다면 왜 혼자서만 그 비밀을 간직하고 있는 건지 알 수 없어서 화가 났다. 하지만 조가 아는 그 방법이 무엇이든, 악령의 속박에서 사람을 풀어줄 의식이 얼마나 오래되었든, 분명 끔찍한 대가를 치러야 하겠지. 하지만 난 상관없었다. 그게 뭐든 알아낼 작정이었다. 그리고 모든 일이 끝나면…… 그 대가가 얼마나 무시무시하든, 그 천 배를 곱한 값이라도 치를 작정이었다.

제5부
겨울

26

해리

허수아비 대참사가 일어나고 댄의 장례식이 있었던 그 주와 그다음 주 동안, 나는 거의 불면증에 걸린 것처럼 멍하니 돌아다니기만 했다.

난 사샤를 제대로 위험에 빠뜨렸고, 화를 참지 못하고 일을 다 망쳐서 댄이 죽었다. 난 악령을 조롱하고 꾀어내려 했다. 악령은 제대로 반격하고 자신의 몫을 챙겨 갔다. 그 어느 때보다도 나 자신이 쓸모없게 여겨졌다.

이제껏 나는 이 땅을 두고 자신감과 편안함을 느껴왔다. 하지만 지금 눈 덮인 목초지를 바라보면 적대적인 낯선 행성의 표면을 보는 듯했다. 이곳에서 살아가기 위해 감내해야 할 상황까지 생각하면, 정말이지 더는 스스로를 믿을 수 없었다. 사샤는 최선을 다해 댄이 죽은 건 나 때문이 아니라고 설득했다. 루시 역시 마찬가지였다. 제길. 조는 댄의 장례식에서 나를 옆으로 끌고 가서 지난 여덟 달 동안 댄이 나를 얼마나 칭찬했는지 말해주기까지 했다. 그들 모두 좋은 의도로 그랬다는 건 알고 있다. 하지만 그들의 말이 죄다 헛소리라는 것도 알고 있다. 이건 전적으로 내 탓이다.

그 주에 사샤가 조와 나눈 이런저런 대화를 듣고 생각을 정리해 보았다. 둘이 우리 집 주방에서 나눈 대화나 루시의 집에서 루시를 돌보고 댄의 장례 준비를 하며 나눈 대화들 말이다. 그 대화를 통해 사샤는 새롭고 놀라운 자신감을 얻었다. 허수아비가 개지랄을 떨어놓은 뒤 며칠 동안 그녀에게 어떤 변화가 일어난 것이다. 사샤는 이곳과 더 끈끈한 연결 고리를 맺고 더 의미 있는 이해를 한 것 같았다. 나는 질투가 났지만, 스스로 그런 연결고리를 만들려는 노력 따위는 전혀 하지 않은 것도 사실이다.

댄이 죽고 난 뒤 첫 주 동안 머릿속에 떠오른 건 장작을 쪼개야 겠다는 생각뿐이었다. 그 일을 이제껏 미뤄놓았기 때문이다. 그래서 매일 통나무를 베고, 유압 도끼에 나무를 올리고 레버를 당기면서 도끼날이 천천히 장작을 쪼개는 모습을 바라보며 줄담배를 피워댔다. 그 시간은 명상 시간 같았다. 아니, 그냥 정신을 다른 데 팔고 있었을 뿐인지도 모른다. 뭐, 어찌 됐든 나는 그 시간을 자기반성과 자기연민에 빠져 보냈다. 하지만 어찌 된 일인지 그렇게 장작을 만드는 동안 처음으로 내가 그동안 얼마나 초조했는지 돌아볼 수 있게 되었다.

아프가니스탄에서 돌아온 뒤, 다시 민간인의 삶에 떨어지면서 나는 스스로를 '바로잡는' 데 시간이 좀 걸렸다. 신체를 바로잡는 건 오래 걸리지 않았다. 몸을 회복하고 물리치료를 하는 일은 차라리 쉬웠다. 진짜 문제는 어떻게 다시 정상인으로 돌아가느냐 하는 것이었다. 그 과정의 대부분은 트라우마를 찬찬히 받아들이고 그걸 인생의 뒤안길에 버리는 것이었다.

열여덟 살 생일을 맞았을 때, 나는 인생 경험이라곤 전혀 없는 멍청한 쓰레기였다. 고등학교 미적분학 시간을 째고 시내로 가는 버스에 올랐다. 그러고는 인류 역사를 통틀어 젊은이들을 분해해 고릴라 수준의 지능을 가진 전쟁 용사로 재조립하는 데 가장 뛰어난 조직에 내 영혼을 팔아넘겼다. 그 뒤로 6년 동안 해병대 소속 재래식 전투 보병으로서의 삶이야말로 나의 전부였다. 그 시간 대부분은 형광등 불빛 때문에 잠을 제대로 잘 수 없는 단조로운 상황일 뿐이었다. 가끔 미 서부로 가서 울타리가 길게 뻗은 훈련소에서 복무할 때도 있었다. 그리고 나머지 기간은 아프가니스탄에서 보냈다.

비록 삶의 모든 결정을 내가 직접 내리긴 했어도, 아프가니스탄이야말로 생전 처음 자유를 느꼈던 곳이다. 진정한 자유와 독립 말이다. 내가 독특하다는 걸 처음 알게 된 곳이 여기였다. 나보다 높은 사람, 내가 우러러보는 사람에게 인정받은 곳도, 내가 남을 위로해 줄 수 있는 존재라는 걸 처음 경험한 곳도 그곳이었다. 그곳에서 또래 친구와 남자들, 또 다른 바보들이 나에게 감사하는 일도 처음 겪었다.

또한 나는 남자들의 '전투 경험'에도 빠져들었다. 전투란 주요하고도 뿌리 깊은 인간의 상호작용 유형이자 공익적 활동이다. 잔치나 춤, 일대일 로맨스나 음악, 사냥만큼이나 오래된 의식이며 농경

문화보다 더 오래된 것이 바로 전투다. 거시적 차원의 전략과 지정학적 요소 따위를 들먹이는 '전쟁'을 말하는 게 아니다. 지금 말하는 것은 '전투'다.

본질은 간단하다. 전투의 기본은 오늘날까지도 시대와 문화적 배경을 초월해 전해지고, 그래서 오래된 것과의 연결점을 만들어 낸다. 한층 더 깊고 비극적인 인간다움을 느끼게 해주는 것 말이다. 전투는 기본 모양새가 엉망진창으로 이루어질지언정 해방감을 준다고까지 할 수 있다. 본질적으로 전투는 아주 정직하고 간단한 사업이다.

나는 그의 몸을 불꽃과 강철로 갈기갈기 찢으려고 이 춥고 먼지 날리는 계곡에 온 것이다……. *그 역시 나에게 똑같은 짓을 하려 들겠지.*

그 점이 비참하고 무시무시할 만큼 분명해서 넋이 나가버릴 것 같았다.

하지만 아프가니스탄에서 보낸 시간은 대부분, 뭐랄까, 답답했다. 해병대 보병대대는 빠르고 강하고 경쟁적이면서도 멍청한 18세에서 22세 사이의 남자애들을 가득 모아놓은 곳이었고, 그 애들은 유리를 먹어서라도, 무슨 짓을 해서라도 서로를 보호하라고 철저하게 교육받은 녀석들이었다. 그러니 그 집단은 무시무시한 짓을 저지를 만한 무시무시한 능력이 있었다. 해병대 보병대대는 어떤 일에든 사용할 수 있는 만능 도구가 아니었다.

신병 훈련소를 거쳐 보병대대로 가는 사람들은 소총병이 된다. 0311이라는 번호를 부여받은 졸병이 되는 것이다. 이들은 적을 죽이고, 해변에 상륙하고, 요새를 포위하고, 침략의 선두에 서고, 그러다 죽어간다는 분명한 목적을 위해 설계된 자들이다.

내가 보기엔 해병대 신입에게 민간인 지역에 들어가 민간인으로 위장한 반란 세력을 색출하라며 순찰 도는 경관 역할을 시키는 건, 웃기는 짓일 뿐 아니라 환장하게 멍청한 짓이었다. 그런데 안타깝게도 우리에게 주어진 임무가 바로 그것이었다. 검문소를 세우고, 차를 수색하고, 노인들을 몸수색하고, 스나이퍼에게 당하고, 여기저기 차를 타고 돌아다니면서 절연테이프로 둘둘 감아 도로 밑에 묻어둔, 35년 묵은 사제 폭발물 더미에 폭사되는 게 우리의 임무였던 것이다. 씨발, 닥치라고.

그로부터 약 1년 뒤, 우리 대대는 7개국 연합군에 합류해 마르자 침공을 준비했다. 그때가 나의 전성기였다. 제대로 된 전투를 치렀다. 우리는 사람 패는 경찰 노릇에서 벗어나 강한 탈레반 전사들과 싸우기 시작했다. 탈레반은 내가 기저귀에 똥 싸던 시절부터 소련군에 맞서 경험을 쌓은 자들이었다. 그들은 쿠슈와 파키스탄 부족에서 온 악당으로, 이 전쟁은 종교 재판이라고 자랑스럽게 드러내 말했다. 우리가 이놈들을 죽이면 여자와 아이들이 색 있는 옷을 입거나 집에서 노래를 부른다는 이유로 구타당하지 않을 수 있고, 젊은이들이 기타를 치거나 뒷담화를 한다는 이유로 살해되는 일이 없어진다. 그래서 그 전투는 의미가 있었다.

하지만 그 작전이 끝나갈 무렵, 나는 우리가 다시금 나처럼 평범한 바보들과 하찮게 싸우는 나날로 되돌아간다는 느낌이 들었다. 그저 심사가 뒤틀린 젊은이들끼리의 싸움으로 말이다.

끝났다. 불꽃같은 열정은 죽어버렸다. 빌어먹을 경관 따위는 되고 싶지 않았다. 그런데 폭탄에 맞은 것이다. 폭탄에 맞은 일은 몹시 끔찍했지만, 그래서 탈출할 기회를 빠르게 얻었기에 난 곧바로 탈출했다. 하지만 그 말은 곧 내가 이 삶에서 *분리되어* 21세기의 미국에 *통합되어야* 한다는 뜻이었다. 그리고 놀랍게도 나는 해냈다. 결코 쉽지는 않았지만, 해낸 것이다.

사샤를 만난 덕이 컸다. 하지만 다른 친구들을 만난 것도 도움이 되었다. '진정한 나를 찾기 위해' 비명을 지르고 공황에 빠져 죽을 필요는 없다는 걸 알게 되었으니까.

그 뒤로 나는 점차 온화해지고 자상해졌으며, 해병대가 *아닌 곳에서의* 경험과 인간관계도 무척 가치 있다는 점을 인정하게 되었다. 그 뒤로 세상에 태어난 목적이 싸우기 위해서라고 느끼지 않게 되었다.

그렇긴 하지만, 물리적인 위협이 닥쳤을 때 차분하게 다시 한번 곰곰이 생각해 보는 능력은 없다. 곧바로 날 위협한 놈에게 침을 뱉고 대가리를 박게 된다. 그리고 날 위협한 놈이 쓰러졌을 때 그의 손가락 관절과 불알을 뒤꿈치로 밟아버리는 능력밖에 남지 않았다.

그러므로 기묘하고 무시무시하며 폭력적인 고대의 미친 산 악령인가 뭔가 하는 놈이 우아하게 돌아다니는 꼴을 본다면, 게다가 그 악령이 나의 평안과 안정적인 정신에 맞춰 아주 독특하게 혐오감을 준다면, 그 상황은 나의 본성과 절대적으로 반하게 된다.

일주일 동안 내내 담배를 피우고 장작을 쪼개면서 자기 연민에 빠져 지내는 동안, 내 머릿속에 계속해서 떠올랐던 것은 조가 해준 말이었다. 방에서 정신을 차리고 일어나 조를 처음 봤을 때 들었던 수수께끼 같은 말. 지금 그것이 나를 괴롭히기 시작했다. 나 같은 남자들이 이곳의 겨울을 다른 계절보다 더 힘들게 느낄 수 있다고 했지. 그는 우리가 앞으로 여기서 살아갈 수 있을지, 앞으로 다가오는 날들을 버틸 수 있을지 모르겠다고 막연하게 말했다. 처음 며칠 동안은 혹시 내가 자살할까 봐 걱정된다고 말한 걸까 생각했지만, 점차 그건 아니라는 생각이 들었다.

조의 말에 대해 사샤와도 이야기해 보았다. 사샤는 내가 아프가니스탄에서 폭탄에 맞기 전 무슨 일을 했는지 조가 물었다고 했다. 그래서 사샤는 내게 그 경험에 대한 일화를 캐묻기 시작했다. 나는 언제나처럼 화제를 돌리는 기법을 썼지만, 그녀는 내가 절대로 말해주지 않는 경험을 그 어느 때보다도 더 알고 싶어 하는 것 같았다.

댄의 장례식이 끝나고 그다음 주, 사샤는 루시의 집에서 머무는 시간을 줄여갔다. 전에는 그 집 소파에서 자고 낮에는 종일 그 집에 머물면서 말 그대로 죽치고 있었지만, 이제는 아침과 저녁에 들러 루시가 잘 있는지 확인하는 수준이 되었다. 나도 사샤와 함께 이따금 찾아가 루시가 괜찮은지 확인하곤 했다. 나도 언제까지나 루시 곁에 있어줄 마음이라는 걸 그녀가 알아주기를 바랐다.

놀랍게도 루시는 사실 아주 잘 지냈고, 날이 갈수록 나아졌다. 그녀는 현실주의자였다. 그녀는 악령이 그들을 평생 이곳에 처박아 두고 떠나면 곧바로 죽여버린다는 현실을 오래전부터 잘 받아들인 것 같았다.

하지만 루시를 보고 있자니 내가 힘들었다. 루시와 사샤는 아니라고 말했지만, 댄이 죽은 건 내 잘못이라는 걸 나는 알고 있었다. 내가 악령을 도발했기 때문에 그 결과로 허수아비가 폭발했고, 그래서 댄은 몸에 끔찍한 손상을 입어 결국 죽었다. 그러므로 내 멍청한 짓거리 때문에 죽어버린 남자의 아내가 오히려 나를 위로해주고 내가 그녀의 남편을 애도하는 이 상황은 도저히 참을 수가 없었다. 오히려 반대로 내가 위로하고 그녀가 슬퍼하는 식이 되어야 하지 않는가.

나는 사샤에게 죄책감과 슬픔, 분노를 애써 감추었다. 댄과 내가 모두 망해버린 그날 아침부터, 그녀는 앞장서서 행동했다. 사샤는 나를 돌보고, 루시를 돌보고, 댄의 묘석을 급히 주문하고, 루시에게 애도를 표하며 미트로프를 그릇에 담아 온 수많은 조문객을 상대했다. 심지어 댄과 루시의 목장 관리도 거들면서, 이제는 댄이 감독할 수 없는 목장의 모든 게 차질 없이 운영되도록 직원과 조와 더불어 일했다. 무엇보다도 내가 악령이 벌여놓은 아수라장과 어쩔 수 없는 무력감에 굴복하는 동안, 사샤는 지금 같은 새로운 추진력을 보여주었다. 그녀는 열광적일 만큼 악령에게 집중하며 미묘한 차이와 복잡함을 마치 퍼즐처럼 풀어갔다. 사실상 이 골짜기의 악령 조사관이 되기로 마음먹은 듯했다. 이 모든 일을 해내는 사샤를 지켜보며, 또 그녀가 정신을 잃은 나의 피와 토사물, 대소변을 닦아내고 호스피스 입원 환자처럼 나를 물수건으로 씻겨주었다는 사실을 생각하면서, 나는 지난 몇 수간 종종 한심하게 울곤 했다. 사샤는…… 나에겐 과분한 여신이었다.

411

그녀에게 보답하기 위해서, 그녀의 곁에 있어주기 위해서 내가 생각할 수 있는 유일한 것은 정신을 애써 다잡는 일뿐이었다.

그날도 나는 대시와 함께 밖에서 올해 초여름에 우리가 지은 장작 창고에 나무를 쌓고 있었다. 그날 아침 일찍 사샤는 루시의 집으로 신나게 달려갔다. 루시가 댄이 죽은 이후 처음으로 말을 타고 목장을 한 바퀴 돌고 싶어 했기 때문이었다. 루시는 평생 말을 타온 사람이었고, 사샤 역시 지난 여덟 달 동안 승마를 꽤 잘하게 되었다. 하지만 나는 사샤가 말을 탄다는 생각만 해도 심하게 위축되었다. 그래서 사샤가 승마를 마치고 전화를 할 때마다 언제나 한시름 놓곤 했다. 그날 오후에 걸려온 전화의 진동을 느낄 때도 마찬가지였다.

전화를 받자마자 알 수 있었다. 사샤의 목소리가 이상했다. 울고 있거나 아니면 눈물을 꾹 참는 목소리였다.

"사샤, 왜 그래? 괜찮아? 루시도 무사하고?"

"해리, 응, 난 괜찮아. 우린 다 무사해. 그냥 지금 여기 와줬으면 좋겠어. 대시를 데려와줘. 부탁이야."

나는 얼른 대시를 도요타 4러너에 태우고 주립 도로를 미친 듯이 달렸다. 댄과 루시의 목장으로 꺾어들어 갈 때는 차가 붕 뜰 지경이었다. 집과 헛간 사이에 있는 널따란 자갈 바닥에 차를 세우자, 사샤가 타는 커다란 밤색 암말 레몬스가 보였다. 말은 여전히 안장을 얹은 채로 집 앞 울타리에 묶여 있었다. 이어서 두 여자가 보였다. 사샤는 댄과 루시의 집 현관 계단에 앉아 두 손을 뺨에 대고 울고 있었다. 루시는 한 칸 높은 계단에 앉아 옆에서 두 팔로 사샤를 감싸 안으며 사샤의 어깨에 턱을 댄 채 그녀의 팔을 부드럽게 토닥이고 있었다.

너무 당황스러웠다. 내가 차에서 천천히 내리는 동안, 대시는 앞좌석에서 뛰어내리고는 사샤와 루시에게 달려갔다. 내가 다가가자 사샤는 눈물을 닦았고, 루시는 사샤의 머리에 입 맞추었다. 그러고는 둘 다 팔을 벌려 대시를 반겨주었다. 녀석이 두 사람의 무릎 위로 껑충 뛰어들자 둘이서 대시를 마구 쓰다듬어 주었다. 알고 보니 루시도 울고 있는 것 같았다. 두 사람은 여전히 승마 부츠와 청바지 차림이었고, 말을 타고 산길을 돌다 온 바람에 머리끝부터 발끝까지 진흙이 덕지덕지 묻어 굳은 채였다. 내가 다가가자 둘 다 대시를 보다 말고 나를 바라보았고, 루시는 여전히 눈물이 그렁그렁한 채로 내게 따스하고 이해심 넘치며 진심 어린 미소를 지었다.

사샤는 자리에서 일어나 최선을 다해 내게 미소를 지으며 걸어왔다. 하지만 그런 노력도 결국 사그라지고, 두 손으로 눈을 가린 그녀는 내 품에 얼굴을 묻고 흐느끼기 시작했다.

"사샤, 자기야, 왜 그래? 응? 무슨 일이야?"

나는 루시를 바라보았다. 그녀는 계단에 앉은 채 대시의 얼굴을 두 손으로 잡고 녀석의 뺨과 귀를 긁어주고 있었다. 대시는 루시를 보고 미소를 지으면서 그녀의 코를 핥았다. 그녀는 대시의 이마에 길게 입을 맞춘 뒤 일어서서 눈물을 닦았다. 그러고는 사샤의 상태와는 전혀 맞지 않는 차분한 미소로 나를 바라보더니 걸어왔다.

나는 사샤의 등을 토닥이면서 루시에게 고개를 흔들어 보이고는 왜 이러는지 답을 찾으려고 그녀의 얼굴을 살폈다.

"사샤, 루시…… *지금 이게 무슨 일인지?*"

사샤는 내 가슴에서 고개를 젖히고 깊은 슬픔과 애도의 눈빛으로 날 바라보았다. 그리고 떨리는 목소리로 숨 가쁘게 말했다.

"해리, 루시가…… 루시가 떠난대."

"뭐?"

나는 루시를 바라보았다. 그녀는 입을 꾹 다물고 미소를 지으며 고개를 끄덕이더니, 커다란 트럭 쪽으로 고갯짓했다. 트럭을 살펴보니 이제야 짐칸이 눈에 띄었다. 거기엔 가방과 상자, 물병과 캠핑 장비 같은 것이 넉넉한 수량으로 가지런히 쌓여 있었고, 장작도 꽤 많이 실려 있었다.

"루시가 떠난대, 해리. 이 골짜기를 떠나겠대."

나는 루시를 다시 바라보았다. 그녀는 나와 눈을 마주치며 천천히 고개를 끄덕였다. 사샤가 말해주지 않아도 알 수 있었다. 루시는 이 골짜기를 영원히 떠나는 것이다. 그녀는 평온한 표정을 짓고 있었다. 단호한 결심이 어린 표정이었다.

나는 사샤의 어깨를 꾹 쥐고서 이마에 키스한 뒤 품에서 놓아주었다. 그리고 루시에게 다가갔다.

"루시, 아니, 어디로…… 어디로 가시는데요?"

루시는 몇 걸음 다가와 나와 마주 보았다. 대답 대신 손을 내 뺨에 얹고서 잠시 섰다. 그녀의 얼굴에 미소가 번지더니, 이내 커다란 포옹이 이어졌다. 우리는 한참 동안 서로를 안고 있었고, 이내 루시가 두 손으로 내 손을 잡더니 한 발짝 물러서서 말했다.

"이제껏 당신에게 뭘 부탁하는 일은 없었죠. 하지만 지금은 두 가지 부탁이 있어요. 첫째, 댄의 죽음을 계속 가슴에 품고 있지 말아요. 슬픔이 잊히도록 놔둬요. 과거로 흘려보내요. 어쨌든 그건 당신이 짊어져야 할 슬픔이 아니야. 그러니 부탁할게요. 슬픔을 품지 말아요."

그녀는 심호흡하고서 내 뒤에 선 사샤를 바라보더니 다시 나와 눈을 마주쳤다.

"두 번째는 말이죠, 사샤를 사랑하고 칭찬하고 지지해 주라는 거예요. 사샤는 대단한 사람이에요. 그러니 아내를 신뢰하세요. 무슨 말을 하든 잘 들어주고, 기쁘고 놀라운 일을 만들어주고, 무슨 일이든 상의하고, 용기를 북돋아 줘요. 때로는 맞서주고, 반대편에서 토론해요. 하지만 무엇보다도, 이 세상 마지막 날까지 온 힘을 다해 이 여자를 사랑하라는 게 내 부탁이에요."

어느새 내 뺨 위로 눈물이 주르르 흘렀다.

"이 두 가지 부탁을 들어줄 수 있겠어요, 해리?"

"물론입니다, 루시."

나는 대답했다. 루시는 내 손을 놓더니 한 발짝 물러서서 내 뒤로 펼쳐진 목초지를 바라보았다.

그녀는 깊은 숨을 길게 들이마시더니 자신과 댄의 소유인 커다란 트럭으로 성큼성큼 다가갔다. 그리고 트럭 바퀴를 두세 번 탁탁친 다음 아름다운 미소를 지으며 나를 돌아보았다.

"나는 길을 떠날 거예요, 해리. 떠나서 다시는 돌아오지 않을 거랍니다. 난 늙은 여자예요. 이 골짜기에서 오랫동안 행복하고 충만한 삶을 살았고, 온갖 기이한 일과 아름다운 것을 경험했죠. 좋은 남자를 평생에 걸쳐 사랑했고, 계획적으로 살았어요. 세상에 이런 일도 있나 싶게 자연과 연결도 되어보고요. 하지만 이제는…… 주도적으로 살아보고 싶어요."

내가 무어라 끼어들려는 순간, 루시는 눈치채고 계속 말했다.

"알아요, 해리. 내가 다시는 돌아오지 않을 작정으로 이곳을 떠난다면 어떻게 되는지 나도 잘 알아요. 그래서 떠나는 거예요. 내 운명은 내가 책임질 테니까요. 떠나면 오래 버티지 못하겠지요."

그녀의 표정에는 자신감과 확신이 가득했다.

"괜찮아요. 댄이 없는 삶에는 별로 흥미가 없어요. 이건 내가 바라는 거예요, 해리. 나에게 필요한 거예요."

나는 심하게 더듬대면서 물었다. 막상 질문이 나오기 전까지는 사실 내가 뭘 묻고 싶은지조차 몰랐다.

"그럼 목장은 어떡하고요? 어디로 가시려고요?"

"여러분이 오기 전에 조가 왔다 갔어요. 조도 내 계획을 마구 비웃더니 고함을 질렀죠. 최선을 다해 나를 설득하더라고요. 하지만 내가 마음먹었다는 걸 알아주었어요. 난 거의 반강제적으로 조가 계약서에 서명하도록 했죠. 이제 이 땅은 조의 소유가 됐어요. 우리는 이 땅의 시간을 빌려서 살았고, 그 시간을 1분도 후회하지 않지만 결국 이 땅은 실은 우리의 것이 절대 아니었어요. 당신과 사샤에게 주려고 헛간에 몇 가지 물건과 장비를 남겨놨어요. 댄이 끝까지 버리지 않았던 낡은 고물 트랙터도 있고요. 내 생각엔 그게 두 사람 땅에 필요할 수도 있을 것 같아요."

나는 말문이 막혔다. 머릿속이 빙빙 도는 가운데 멍청히 서서 이어지는 루시의 말을 그저 계속 들었다.

"댄과 나는 매년 오리건 남부 해변에 놀러갔어요. 트럭을 타고 숲길을 지나 모래 언덕을 통과하면 나오는 해변이죠. 거기서 캠핑을 했어요. 우리 말고 사람이 거의 없는 곳이죠. 망성어와 게를 잡을 수 있고, 커다란 모닥불을 피울 수도 있어요. 모래 언덕 위쪽 숲에는 담수 시냇물이 흘러요. 우리는 언제나 지나가는 말로 그랬어요. 세상이 망해버리면 여기로 와서 여생을 보내자고요. 거기 가려고요. 이젠 그곳이 나의 새로운 고향이 되겠죠."

루시는 나를 보고 미소를 짓더니 트럭 범퍼에 올라 두 손을 모아 산을 향해 소리쳤다.

"들으셨죠? 저는 다시는 이 계곡에 오지 않을 거예요. 새 고향이 생겼으니까요. 잘 있어요, 오랜 친구."

그녀는 다시 범퍼에서 내려와 사샤와 나를 보며 미소 지었다.

루시의 눈빛에 타오르는 열기가 보였다. 70대 여성의 얼굴에서 찾아보기 힘든 젊음의 생동이었다. 그녀는 행복해 보였다. 진정으로 살아 있었다.

루시는 사샤에게 다가와 꼭 껴안아 주었다. 둘은 껴안은 채 한참 울었고, 이내 루시는 사샤에 귀에 대고 무어라 속삭였다. 그러자 그 말을 들은 사샤는 더 크게 울면서 루시를 꽉 껴안았다. 루시는 마침내 한 걸음 물러나 엄지로 사샤의 눈가를 닦아주었다.

"사랑해, 사샤 블레이크모어. 나는 당신을 내 딸처럼 사랑한답니다. 자기는 할 수 있어요. 할 수 있다고. 그러니 내가 떠나면 꾸물대지 마요. 이제 할 일이 있다는 거 알죠?"

루시는 이제 나에게 다가와 다시 빠르고 격한 포옹을 한 다음, 대시의 이마에 입을 맞추고는 트럭에 올랐다.

사샤와 나는 서로의 허리에 팔을 두른 채로 옆으로 물러서서 루시가 후진으로 트럭을 돌리는 모습을 지켜보았다. 이제 차를 몰던 루시가 우리 곁에 잠시 차를 세우고 창문을 내렸다.

"두 사람은 댄과 나에게 축복이었어요. 둘은 잘 해낼 거예요. 둘의 사랑만으로도 이 세상에 물리치지 못할 게 없어요. 이 망할 악령도 마찬가지로. 그럼……."

루시는 트럭 운전석 어딘가에서 선글라스를 꺼내어 쓰고는 우리를 바라보며 미소를 지었다.

"이젠 내가 고삐를 잡을 때가 왔군요. 두 사람, 잘 있어요."

사샤와 나는 주립 도로를 따라 멀어져 가는 루시의 트럭을 바라보며 서로를 꼭 껴안았다. 사샤는 나에게서 한 발짝 물러서더니 두 손으로 내 옷깃을 움켜쥐고 얼굴을 아래로 끌어내려 격렬한 키스를 퍼부었다. 그 기세에 나는 깜짝 놀라고 말았다.

그녀는 입술을 떼고 나서 나를 똑바로 바라보며 말했다.

"해리, 나 임신했어."

순간 가슴이 철렁 내려앉았다. 무슨 말을 해야 할까 생각하는 동안 흥분과 기쁨, 공포와 두려움이 배 속에서 한꺼번에 요동쳤다. 그래서 사샤의 얼굴을 잡고서 다시금 키스했을 뿐이었다.

그날 오후 처음으로 그녀는 나에게 미소를 지어주었다. 나도 그저 웃으면서 고개를 저었다.

"사샤, 언제……? 아니 어떻게—"

"해리, 사랑해. 이 세상 무엇보다도 자길 사랑해. 아이에 대해 좀 이야기를 해야겠지만, 지금은 내가 할 일이 있어. 아주 중요한 일이야. 게다가 나 혼자 해야 해. 알았지? 날 믿어. 대시를 데리고 집에 가 있어. 몇 시간 뒤에 돌아올게."

나는 완전히 할 말을 잃고 말았다. 그렇지 않아도 몰아치던 감정에 이제는 혼란스러움까지 더해졌다. 사샤는 서 있던 곳에서 경쾌한 발걸음으로 레몬스를 향해 다가갔다.

그러고는 레몬스의 등에 고삐를 던져 얹은 다음, 빠른 동작으로 단번에 부츠를 등자에 걸고 몸을 휙 돌려 안장에 올라탔다. 그 모습은 평생 말을 타온 사람처럼 능숙해 보였다. 그녀는 말을 내 쪽으로 몰고 왔다.

나는 잠시 멍하니 서서 사샤를 그저 우러러보았다. 온통 진흙투성이가 되었지만 그녀의 눈동자만큼은 불이 붙은 듯 이글거렸다. 한 갈래로 땋은 머리카락 위에 멋지게 낡은 카우보이모자를 썼다. 이 순간의 사샤는 이제껏 본 어느 때보다도 아름다웠다.

"사샤…… 어디 가는 거야?"

"말 타고 조에게 갈 거야. 할 말이 있거든. 조심해서 갔다 올게."

사샤는 레몬스를 몰아 진입로로 달리기 시작했다. 그리고 대문을 지나 목초지를 향해 나아갔다.

27

사샤

베리크리크 목장까지 가는 길은 멀었다. 이토록 멀리까지 말을 몰아본 건 처음이었다. 하지만 댄과 루시의 소유지 경계에서 조의 농장까지는 1.6킬로미터밖에 되지 않았다. 말을 타고 언덕을 오르자 삼삼오오 작게 무리 지은 소 떼가 물러서 길을 내주었다. 언덕 아래로 옹기종기 자리 잡은 헛간과 마구간, 그리고 커다란 단층집이 보였다.

　가까이 다가가자, 초원에 있는 집에서 조금 떨어진 곳에 설치된 정자에서 연기가 피어오르고 있었다. 그 광경을 더 잘 보기 위해 말의 속력을 늦추자, 정자 아래에 있는 불구덩이 옆 돌 의자에 앉은 조와 그의 아들 엘크가 보였다. 나는 레몬스를 그쪽으로 몰고 가서 농장지를 끼고 호 모양으로 달렸다. 그러면 굳이 대문을 지나는 일 없이 말을 타고 목초지를 통과할 수 있었다. 결국 나를 알아본 조는 일어서서 크게 손을 흔들었다.

가까이 다가가자 엘크가 무릎에 어린 딸 중 하나를 앉힌 게 보였다. 아이는 깊이 잠든 채였다. 둘 다 내게 고개를 까닥여 인사했고, 조는 불 쪽으로 손짓해 나더러 같이 앉자고 청했다. 나는 레몬스에서 내려 고삐를 말안장에 던지고는 말이 알아서 풀을 뜯게 놔두었다. 그러고는 자그마한 카우보이 문을 통과해 오솔길을 따라 불구덩이 쪽으로 갔다. 조가 나를 기다리고 있다는 걸 알았지만, 막상 불 가까이에 다다르자 무슨 말을 해야 할지 알 수 없어서 그저 "안녕하세요, 엘크, 안녕하세요, 조."라고 인사하고서 바람에 부르튼 차가운 손을 불가에 댔다. 이윽고 손가락에 감각이 돌아오며 따끔해졌다.

한동안 아무도 말이 없었다. 결국 나는 조와 엘크가 앉은 돌 의자 근처 빛바랜 의자에 가서 털썩 주저앉았다.

조가 말없이 몸짓으로 신호를 하자, 엘크는 어린 딸을 들어 올리며 일어섰다. 아이는 살짝 몸을 뒤채다가 아빠의 목덜미에 머리를 얹었다.

"그럼 저는 들어가 보겠습니다. 만나서 반가웠어요, 사샤. 그리고…… 지난 몇 주간 루시를 돌봐주어 고마웠어요. 다시금 말씀을 드리고 싶었어요. 당신이 있어 루시는 운이 좋았습니다."

"별말씀을요. 제가 좋아서 한 거예요."

그 뒤에도 조와 나는 한참을 말없이 앉아 있었다. 그러다 마침내 그가 나를 훑어보았다.

"루시가 떠나게 되어 유감이오. 나와 내 아내에게 자매 같은 사람이었는데. 하지만 루시는 어쩔 수 없다는 걸 알고 있었소."

지난 몇 주 사이 나는 조의 아내가 20년쯤 전에 세상을 떠났다는 것을 알게 되었다. 천수를 누리지 못하고 간 것이다.

루시를 생각하니 슬픔으로 가슴이 미어졌다. 앞으로 다시는 볼 수 없겠지. 몇 주 동안 그녀에게 일어날 만한 무수한 죽음 중 대체 무엇이 닥칠까 어쩔 수 없이 곰곰이 생각하게 되겠지. 그렇더라도 루시 생각을 하자 꼭 해야 할 질문이 떠올랐다.

"루시는 꼭 떠나야 했나요? 저 밖에서 홀로 죽어야 하나요? 우리가 손쓸 방법이 전혀 없나요?"

조는 한참 아무 반응이 없다가 결국 나를 올려다보았다.

"당신이 알아야 할 게 더 있소. 이 장소 이야기요. 앞으로 다가올 것이 있소."

나는 고개를 숙이면서 말해보라는 뜻을 내비쳤다. 내가 이어질 말을 기다리고 있다는 기색을 최대한 분명하게 보였다. 조는 솟아오르는 흰색과 회색 연기 가닥을 가만히 바라보더니 입을 열었다.

"도모."

나는 그 말을 따라해 보려 했다. 하지만 내 입에서 나오는 발음이 조악하게 들려올 즈음에 조가 내 말을 잘랐다.

"겨울. 우리에게 다가올 계절이지."

그의 눈이 나와 마주쳤다.

"*비수기죠*. 댄과 루시가 겨울은 비수기라고 했어요. 이 모든…… 것으로부터 잠시 쉬는 기간이라고요."

하지만 조의 굳은 표정을 보자 뭔가 더 있다는 게 드러났다.

"누군가에겐 비수기일 수 있소. 하지만 아닌 사람도 있지."

그 말을 듣자 속에서부터 병적으로 차가운 아드레날린이 훅 끼쳐왔다.

"아닌 사람이라니요? 그게 무슨 말씀이세요? 지금 무슨 말씀을 하시는 거예요?"

그는 손을 들어 내 질문을 막고서 눈을 지그시 마주했다.

"해리가 사람을 죽인 적이 있소?"

조의 질문에 나는 가렵지도 않은 팔을 긁었다. 그리고 어깨를 으쓱였다.

"음…… 네, 몇 명 죽였어요. 그런 것 같아요. 하나가 아니었다는 것만은 분명해요. 그런데 왜요? 조, 그건 왜 물으세요?"

조는 몸을 살짝 젖히고서 불을 바라보았다.

"그게 말이오, 사샤. 겨울에도 악령이 현현하긴 한다오. 하지만 타인의 생명을 완전히 앗아간 적 있는 사람만이 경험하지."

몇 초 안 되는 시간이 아주 길게 느껴지면서, 나는 무감각해졌다. 그 말에 모든 감정이 싹 지워졌다. 마침내 충격과 공포, 혼란이 스멀스멀 다가왔고, 조는 방금 자신이 한 말을 내가 더듬더듬 알아듣고 있다는 걸 감지하듯 침묵에 빠졌다.

나는 다시 울었다. 하루에 이토록 많이 울 수 있으리라고는 생각 못 했는데. 하지만 난 감정을 꾹 누르고 물었다.

"조, 그럼 앞으로 무슨 일이 일어나나요? 겨울 악령은 어때요?"

조는 코트 주머니에서 천천히 손을 빼더니 몸을 앞으로 숙이고 팔꿈치를 무릎에 댄 채 손깍지를 꼈다.

"겨울에 악령은······ 그 사람이 죽인 사람의 모습으로 현현하오. 이곳, 자네들 땅에. 만약 여러 명을 죽였다면, 다 같이 나올 거요. 악령이 어딘가에서 그들을 찾아내기 때문이지. 적어도 죽은 사람들의 겉모습이 어땠는지는 알아내는 것 같소. 악령이 그들을 이끌어 살인자가 있는 곳으로 데려다주고, 그 살인자를 고문할 수 있게 해준다오. 당신은 죽은 자들을 보지 못할 거요, 사샤. 해리만이 볼 수 있지. 하지만 당신도 그들의 존재는 느낄 거고, 가끔은 소리도 들을지 모른다오. 동물도 그들을 느낄 수 있고."

"왜 해리만 볼 수 있나요?"

"악령은 사람을 죽인 자와 살해당한 자 사이의 진실을 이해하는 사람들에게만 모습을 드러낸다오. 살인이란 순식간에 일어나기도 하지만, 거기에 걸린 시간이 길든 짧든 목숨을 빼앗는 행위는 둘 사이를 아주 내밀하게 연결하지. 영구적 연결 고리가 만들어지기에, 죽음의 무게를 이해하고 느끼는 자만이 악령의 모습을 볼 수 있소."

조는 몸을 젖히고 다리를 꼰 다음 말을 이어갔다.

"곧 나타날 거요. 내일일 수도, 다음 주일 수도 있지. 2월이 다 되어서야 나타날 수도 있소. 해리는 바깥에 나갔다가 자신이 죽인 사람들을 보게 될 거요. 내가 알기로, 악령은 죽기 직전과 똑같은 모습으로 보인다오. 죽인 사람들의 실제 영혼으로 보이지는 않지만, 겉모습은 똑같지. 악령들은 한 달쯤 그 땅에 머무를 거요. 증조할아버지가 할아버지와 아버지에게 말씀하신 바에 따르면, 가장 오래 머무르는 기간이 6주라더군. 내가 들은 바로는, 악령들이 힘을 얻어 집 가까이 오려면 며칠이 걸린다오. 하지만 결국엔 *점점 더 가까이 다가올 능력을 갖게 되지.* 당신들 근처에 있는 걸 아주 편안히 여기게 될 거고. 당신들이 밖으로 나올 때면 문 밖에서 기다리고 있을 거고, 침실 창문 밖에서 아침에 당신들이 볼일을 보러 나오기를 기다리는 식이지. 방에 누워 있으면 방 바깥에서 비명과 고함을 지를 거요. 해리의 관심을 끌려고 무슨 짓이든 할 거란 말이오. 자기들을 보아 달라고, 소리를 들어 달라고. 살인은 부자연스러운 행위이기에, 살해당한 자의 영혼은 불안해진다오. 만족스럽지 못한 상태가 되는 거지. 그래서 책임져야 할 사람에게 자길 알아봐 달라고 요구하는 거요."

나는 고개를 저으면서 방금 들은 정보를 받아들이려고 애썼다. 조는 말을 이어갔다.

"이들에게서 스스로를 보호하기 위해서 꼭 해야 할 일이 있소. 바로 겨울 규칙이지. 해가 지고 나서 다시 뜰 때까지, 악령들이 당신들 땅에 머무는 동안 집 안에 촛불을 켜두시오. 한 명당 하나씩 켜야 하오. 해리가 죽인 사람에 수에 맞추어서. 촛불이 타는 한은 악령들이 당신들을 해치거나 집 안에 들어올 수 없소. 악령들은 그 땅에 머무는 기간이 길어질수록 더 공격적으로 변할 것이오. 복수심이 강해지다 결국 필사적으로 집 안에 들어오려고 할 테지만, 촛불이 켜져 있는 한 당신들과 접촉할 수 없소. 당신들도 악령과 접촉할 수 없고."

이 모든 이야기를 받아들이자 무인가 자꾸만 마음을 파고들었다. 내가 미처 생각을 정리하기도 전에 질문이 튀어나오고 말았다.

"이해가 안 가요. 이게 다 서로 무슨 상관인가요……. 그러니까, 빛이랑 곰이랑 허수아비랑, 전부 무슨 연관이 있는지……."

정신을 차려보니 나는 두서없이 내뱉은 말을 끝맺지도 못했다. 애써 마음을 가라앉히고 심호흡한 다음, 나는 다시 물었다.

"제 질문은요, 왜 이 계절 악령이 우리랑 연관된 모습으로 현현하냐는 거예요. 해리가 죽인 사람들이 계절 악령과 무슨 상관이라고요?"

조는 고개를 젓더니 다시 불을 바라보았다.

"자연에 속한 인간의 위치가 그러니까. 그게 자연의 이치지."

조는 불구덩이 둘레에 두른 돌에 기대놓은 자그마한 부지깽이를 집더니 나와 자기가 앉은 자리 사이 흙바닥에 동그라미를 그렸다.

"빛의 구는 모든 창조물의 용광로를 나타내오. 시작이자, 우리 모두의 어머니, 모든 생명이 나오는 자궁 말이오."

그는 다음으로 곰을 어설프게 휘갈겨 그렸다.

"곰과 인간은 자연과 투쟁하는 인간을 나타내오. 인간이 먹이사슬 위에 있는 게 아니라, 그 안에 있다는 뜻이지. 인간 역시 먹이사슬의 일부이며, 언덕에 사는 인간과 짐승은 끝없이 갈등해야 한다는 걸 상징하지."

다음으로 선 몇 개로 그린 허수아비가 나타났다.

"그다음 허수아비는 주변 자연계를 압도할 수 있다고 믿는 인간을 나타내오. 토양과 씨앗을 다루는 권위로 자연을 통제하고 자연 자체를 속이려고 하는 인간을 나타낸다오."

이어서 그는 흙바닥에 X자 표시를 했다.

"마지막 겨울 악령은 인류가 자신의 기원을 넘어 자라날 때, 인류가 포식자를 길들이고 땅을 지배할 때, 우리가 품은 최악의 본능이 드러날 때만 나온다오. 바로 서로를 배신하는 본능이지. 서로의 피를 흘리는 것, 동족을 죽이는 것보다 자연을 심하게 침해하는 일은 없으니까."

나는 멍하니 흙바닥에 그려진 그림을 바라보았다. 계절과 그에 따른 의미를 연결하는 단순한 고리가 서서히 이해되었다.

나는 조를 올려다보며 천천히 고개를 저었다.

"어떻게 아셨어요? 이 의미랑…… 그 뒤에 숨은 메시지를 어떻게 아셨어요?"

조는 슬쩍 웃었다. 그가 그렇게 웃는 모습은 처음 보았다. 이윽고 그는 어깨를 으쓱였다.

"모르오. 이건 이야기일 뿐. 우리 부족에게 구전으로 내려오는 이야기지. 이 악령은 우리보다 오래되었소. 이 오래된 시골에 처음으로 산 나의 시조보다도 오래되었지. 시간이 지나면 어느 집단에서든 결국 설명할 수 없는 것에 의미를 부여하는 것 아니겠소."

나는 손을 바라보며 손가락을 쭉 폈다. 이곳의 추위 속에서 말고삐를 잡고 승마를 했더니 내 손가락은 점점 뻣뻣해졌다.

"당신의 부족에게 이 악령을 무찌르거나 떠나보낸 사례는 전승된 게 없나요? 아니면 악령을 끝장내고 영원히 골짜기를 떠나는 이야기에는 어떤 게 있나요?"

고개를 들자 나를 지그시 응시하는 조가 보였다. 그는 천천히 시선을 들더니 그의 집 위에 있는 길고 헐벗은 수풀 능선을 바라보았다. 마침내 그는 커다란 한 손을 들어 자신이 보고 있는 방향을 손가락으로 가리켰다.

"저 집 위 능선을 따라 번개가 친 적은 한 번도 없었소. 내 평생 단 한 번도 말이오."

이제 그는 손을 슬쩍 움직여 먼 남쪽을 가리켰다. 더 높은 산과 능선이 깎아지른 티턴산맥 봉우리 아래로 펼쳐져 있었다.

"하지만 번개는 매년 봄과 여름 내내 저 산의 오래된 나무들에 내리친다오. 이미 불타버린 나무들에 말이오."

저 먼 봉우리들 가운데 어떤 산을 말하는 것인지는 분명하지 않았다. 나는 어깨를 으쓱이고는 고개를 한 번 저었다.

"알겠습니다……."

조는 불 쪽으로 몸을 숙이고서 불꽃 방향으로 손바닥을 펴더니 두 손을 비비면서 나를 바라보았다.

"번개 같은 자연의 힘은 저 하늘에 존재하오. 분노하며 며칠을 이 구름 저 구름 떠돌며 보내지. 그러다 우리에게 내려올 때가 있소. 산 것들의 땅에 말이오. 바로 번개가 무언가와 연결되었을 때, 자신을 쏟아부을 무언가가 보일 때만 내려온다오. 번개가 자신의 영역에서 인간의 영역으로 내려오려면 일종의 숙주가 필요하오. 아니, 번개니까 도관이 필요하다고나 할까."

조는 다시 몸을 젖히고는 커다란 외투 주머니에 양손을 찔러 넣었다.

"조상들은 악령을 번개에 비유했소. 우리 사람 안에 무언가가 있어서 악령의 공격을 유발한다고 했지. 그것 때문에 악령이 우리의 영역에 들어오는 거라고 말이오. 하지만 그게 뭔지 말할 수는 없었소. 그건 느낌으로 알게 되는 거라서."

조와 나는 그곳에 한 시간 더 앉아 있었다. 내가 그에게 바보 같은 질문을 하면, 그는 참을성 있게 대답해 주었다. 그는 이 계곡에서 겨울 악령에게 시달린 사람을 알고 지낸 적은 없다고 했다. 오랫동안 이곳에는 누군가를 죽인 사람이 없었다는 것이다. 하지만 가능한 한 모든 수단을 동원해서 우리를 도와주겠다고 약속했다.

하지만 난 알고 있었다. 조가 할 수 있는 건 많지 않을 것이다. 이제는 해리와 대시, 나에게 달린 문제가 되었다. 해가 지기 시작하자, 나는 레몬스를 타고 최대한 빠르게 말을 몰아 조의 목장을 거쳐 집으로 향했다.

28

해리

사샤는 앞으로 무슨 일이 벌어질지 말해주었다. 악령이 겨울에도 나타난다는 사실을 들은 나는 족히 한 시간은 아무것도 듣지도 보지도 생각하지도 못했다. 이 상황을 믿지 못한 나머지 소파에 앉은 채로 힘이 빠져서 살짝 기절 비슷한 것을 했다. 그러나 그 뒤 며칠 동안은 내가 죽인 사람의 영혼이 산 악령에 씌어 곧 나타날 거라는 상황에 대해 꽤 많은 이야기를 나누었다.

사샤와의 대화는 내 예상보다 어려웠지만, 앞으로 몇 주 내로 말 그대로의 악령이 나타난다는 불안하기 짝이 없는 조의 설명 때문은 아니었다. 그녀와 대화를 하면서 오히려 이제껏 내가 아프가니스탄 시절에 대해 사샤에게 거의 말하지 않았다는 사실을 깨닫게 되었다. 가끔 그 시절을 설명할 때마다 나는 언제나 자세한 사항이나 뉘앙스를 생략하곤 했다. 우리는 몇 년 전에 사실상 무언의 거래를 효과적으로 체결했다. 사샤는 '트라우마 경험'을 말하라고 내게 강요하지 않기로 했고, 나는 그 대가로 정신 차리고 퇴역군인회의 심리치료 과정을 거치기로 한 것이다. 그래서 조의 말에 따라 한두 달 동안 나의 감정적인 짐을 말도 안 되게 엉망이고 웃긴 방식으로 대처할 준비를 하는 동안, 이제껏 몇 년을 함께한 사샤에게 전투에서 벌어진 일화를 거의 말한 적이 없다는 걸 깨닫고 정말 놀랐다.

어느 날 아침, 사샤는 나에게 아주 간단한 질문을 했다. *사람을 얼마나 많이 죽였느냐고.* 그 질문을 받은 나는 너무 놀라서 멍하니 그녀의 얼굴을 바라보았다.

질문의 무게 때문에 놀란 건 아니었다. 솔직하게 대답하고 싶지 않아서 주저한 것도 아니었다. 내가 그녀에게 그걸 이제껏 말한 적이 없다는 사실을, 또 그녀가 대놓고 물어본 적도 없다는 사실을 깨닫고 망연자실해졌던 것이다. 이 주제를 놓고 말을 아끼고 모호하게 둘러대 온 만큼, 나는 대충 '네다섯 명쯤이야. 정확히는 몰라. 두고 보면 알겠지' 같은 대답을 했다. 그리고 이 주제를 두고 사샤가 세운 기준에 걸맞게, 그녀는 내가 실제로 몇 명을 죽였는지 크게 신경 쓰지 않았고, 나와 있을 때는 그저 평화롭고 자신만만한 모습을 보였다.

사샤가 이번 겨울에 열릴 악령과의 조우에 우리가 대비할 수 있는 건 별로 없다고, 그저 앞으로 겪게 될 일에 대해서 최대한 내면의 평화를 유지해 보라고 한 말 역시 타당했다. 조는 사샤에게 "당신들은 이걸 있는 그대로 받아들여야 하오. 가장 좋은 건 그냥 정신을 똑바로 차리고 촛불을 계속 켜놓는 것뿐이오"라고 했었다. 그 이후로 조는 나와도 겨울 악령에 대해 짧게 대화하면서 가르침을 주었다.

그래서 나는 내면의 평화를 유지해 보려고 했다. 그 과정은 놀랍게도 아주 근본적인 깨달음을 주었다. 나 때문에 죽은 이들에 대해서 곰곰이 생각하고, 거기다 댄의 죽음과 아마도 곧 죽게 될 루시까지 생각하자, 결과적으로 기이하게도 마음이 평화로워졌다. 필멸성이라는 묘함에 계속 집중하자, 나 자신이 작고 하찮은 존재라는 생각이 편안하게 다가왔다. 그리고 확실히 현실을 좀 더 밝게 받아들일 수 있었다.

악령이 오기를 기다리는 우리는 묘하게도 힘이 샘솟는 수용적 상태에 빠져들었다. 나보다 사샤가 더했다. 나는 그게 루시가 떠나는 모습을 본 것과 관련이 있다는 생각이 들었다. 루시가 악령의 힘과 위엄, 그리고 악령이 초래할 결과와 필멸성을 다 알면서도 그에 맞서는 모습을 보았기 때문에 가능한 일이었다.

사샤와 나는 깨달은 듯했다. 이 골짜기에 사는 동안, 요리하고 식사하고 주방에서 함께 커피를 내려 마시는 순간, 키스하고 사랑을 나누고 서로를 안는 매 순간이 어쩌면 마지막일 수도 있다는 사실을. 이런 깨달음은 병적이기보다는 차분하게 왔다. 우리는 운명에 이끌려 여기 왔고, 그래서 눈 덮인 이 골짜기에 자리 잡은 아늑하고 작은 집에 머무는 것 외에는 달리 할 수 있는 게 많지 않았다. 하지만 사샤가 그런 마음가짐에 빠지는 건 내게 비극이나 다름없었다. 그 점이 나의 의지에 원동력과 전투력, 결심을 더해주었다.

우리는 지난 계절에 그랬던 것처럼 살아남을 것이다. 우리는 여기서 삶을 꾸릴 것이다. 매일 눈밭을 뛰어다니며 노는 대시를 보며, 아침에 주방에서 춤추는 사샤를 보며 나는 맞서 싸우겠다고, 살아남겠다고 다짐했다.

그날 밤, 사샤는 나와 잠시 이야기를 나눈 다음 내 가슴에 머리를 대고 누웠다.

"정말로 아기를 낳고 싶어?"

내가 묻자, 사샤는 몸을 일으켜 나를 내려다보더니 키스했다.

"응. 정말로 낳고 싶어. 내가 이렇게 확실하게 말하게 될 줄은 몰랐어. 하지만 지금은 확신해. 난 이 아이를 낳고 싶어. 엄마가 되고 싶어. 그게 내 선택이고, 난 해낼 거야."

그녀는 내게 다시 키스하더니 물었다.

"자긴 이 아기를 낳았으면 좋겠어?"

나는 고개를 끄덕였다.

"응, 낳았으면 좋겠어. 무엇보다 그걸 바라. 하지만 네가 선택했으면 좋겠어. 네가 다시 선택권을 가졌으면 좋겠어. 난 우리가 다시 선택권을 가지기를 바라."

그녀는 다시 내 가슴에 고개를 얹었고, 지난 며칠 밤과 마찬가지로 우리는 말없이 가만히 누워서 앞으로 무슨 일이 벌어질까 생각에 잠겼다.

+ + +

12월 21일 아침이었다. 나는 지난 일주일 동안 그랬던 것처럼 자리에서 일어나 앉아 주변을 돌아보다가 곧바로 목초지로 난 창을 내다보았다. 하지만 아무것도 보이지 않았다. 다만 눈이 꽤 많이 내리고 있었다. 잠에서 깨면 으레 찾아오는 공황이 가라앉자 사샤가 침대에 없는 게 보였다. 그러자 다시 공황이 시작되었다.

나는 사샤가 침대에 없으면 절대로 잠을 자지 않았다. 지난주엔 특히 심했다. 대시가 방귀를 뀌거나 벽난로에서 부스럭 소리만 들려도 나는 극도로 예민해져서 벌떡 일어나곤 했다.

"사샤?"

나는 혹시 그녀가 화장실에 있나 보려고 큰 소리로 불렀다. 그러고는 일어나 거실을 지나 달려가다시피 주방으로 향했다.

"사샤?"

"자기야, 나 주방에 있어!"

그녀의 목소리에 웃음기가 감돌았다. 난 곧바로 차분해졌다. 주방으로 들어가자 그녀가 커피와 책을 식탁에 올려두고 앉아 있었다. 대시가 그녀의 발치에 있다가 종종걸음으로 나를 맞아주었다.

"제길, 미안해. 자기가 일어난 줄 몰랐어. 난, 윽······."

나는 고개를 저으며 몸을 굽히고 사샤에게 키스했다. 몸을 다시 일으키자 그녀가 내게 미소를 지었는데, 어쩐지 묘하게 뭔가가 있다는······ 기색이 느껴졌다. 그게 뭔지는 모르겠지만, 난 그녀를 잘 알기 때문에 대번에 알 수 있었다.

"왜 그래?"

나는 사샤에게 물었다. 내 입에서 질문이 나오자마자, 그녀는 다시 미소를 지었지만, 여전히 묘한 감정을 내비치고 말았다.

"자기야, 왜 그러냐니까?"

난 다시 물었다. 이번에는 진지한 어조였다.

사샤는 책을 덮고 심호흡했다. *이건 뭐지? 혹시 또 임신했다고 말하려는 건가?* 그녀는 일어서서 내 손을 잡더니 내 눈을 지그시 들여다보았다. 그녀의 눈빛은 강렬한 힘과 확고한 신념을 지녔다. 그 모습이 어찌나 놀랍던지.

이윽고 사샤는 말했다.

"해리, 난 한 시간 전에 일어났어. 해가 뜰 때. 하지만 자기가 계속 자게 두고 싶었어. 느낄 수 있었어. 맞을 수도 있고 아닐 수도 있지만, 지금 말할게. 악령이 여기 있어……. 난 알아."

그녀의 강인한 태도는 조금도 변하지 않았다. 하지만 나는 속이 확 치받치면서 아드레날린이 사지로 뻗어갔다. 뭐라 말해야 할지 생각이 나지 않았다. 내가 과연 말을 할 수 있을지도 알 수 없었다. 준비가 되었다고 생각했건만, 악령이 유발하는 은은한 두려움은 이미 다 보고 느꼈다고 생각했건만, 다 틀렸다.

사샤의 말대로였다. 나도 감지할 수 있었다. 악령이 왔구나. 주방에 서서 토할 것 같은 기분을 느끼며, 아내의 아름답고 강인한 얼굴을 바라보면서, 나는 공기 속에 존재하는 악령을 느꼈다. 빛 가운데서 그것을 보고, 목구멍으로 맛을 느꼈다. 그 순간, 내 인생에서 지금보다 더 어린애처럼 공포를 느낀 적은 없었다. 마치 악몽을 꾸는 기분이었다. 어두운 방에 갇혀서 움직이지 못하고 있는데 내가 아는 무언가가 나를 잡으려고 복도를 천천히 다가오며 깔깔 웃는 것 같았다.

그들이 느껴졌다. 다섯이었다. 내가 다섯 명을 죽였다는 걸 깨달았다. 남자 다섯이었다. 보지 않아도 알 수 있었다. 무엇보다 악령의 존재가 강하게 느껴졌다. 나의 주위 반경이 어두워지기 시작했다. 귓가가 울려대고 얼굴에서 두근두근 뛰는 맥이 느껴졌다. 나는 심호흡을 하고 눈을 감았다. *진정하자. 숨 쉬어. 그 새끼들을 보지도 못하고 기절하면 안 돼.*

"해리."

나는 순간 정신을 차리고 사샤의 눈을 바라보았다. 그녀는 여전히 내 두 손을 잡고 있었다.

"해리, 넌 할 수 있어. 우린 할 수 있어. 알지?"

나는 고개를 끄덕이고는 다시 숨을 쉬었다.

"다섯 명이야. 내가 다섯 명을 죽였어. 그들이 여기 있어. 느껴져. 네 명은 누군지 아는데, 마지막 한 명은 모르겠어."

내 대답을 들은 사샤의 얼굴에 한 줄기 두려움이 퍼뜩 스쳤지만, 그녀는 애써 두려움을 억누르고 강인함을 끌어내며 숨을 깊이 들이마셨다.

"그렇구나. 다섯 명이구나."

공황을 느끼자 이에 대한 해독 작용으로 반사적인 감정이 정신 나간 조수처럼 확 치고 올라왔다. 바로 악령과 싸우고픈 욕망이었다. 하얗게 달아오른 공격성이 비명을 지르듯 내게 화를 내라고 애원했다. 그 욕망이 나를 꼼짝 못 하게 잡았지만, 나는 머릿속으로 스스로와 대화하며 그 욕망을 이성적으로 달랬다. *아니야. 이미 해 봤지만 지난번엔 효과가 없었잖아, 이 멍청한 새끼야.*

나는 개수대로 가서 물을 좀 마셨다. 대시를 내려다보자 나를 올려다보는 개와 눈이 마주쳤다. 북실북실한 꼬리가 마구 흔들렸다.

다시 사샤를 바라보았다. *맙소사, 이 둘을 만나다니 나는 얼마나 운 좋은 놈이었나?* 너무 큰 고마움과 공포, 수치심과 기쁨을 동시에 느낀 나는 그만 울고 싶어졌다.

"사샤…… 나가서 그들을 찾아봐야겠어. 내가 직접 찾아야겠어. 허튼짓 절대로 하지 않을게. 울타리 밖으로 멀리 나가지도 않을게. 약속해. 나 혼자 나가서 보고 싶어. 이번만은."

사샤는 도전적인 눈빛으로 나를 바라보더니, 이내 고개를 끄덕였다.

"그럼 대시를 데려가. 그리고 나도 10분 뒤에 나가는 조건으로 가. 알았지?"

나는 고개를 끄덕였다.

"응, 당연하지."

처음엔 혼자서 그들을 마주하고픈 욕망을 설명해야 할 것 같았지만, 어쩐지 설명하지 않는다 해도 우리는 둘 다 그 필요성을 느끼는 듯했다.

나는 옷을 입고 쌍안경을 챙긴 다음 대시를 따라 마당으로 나갔다. 열 걸음마다 멈춰 서서 우리의 소유지를 바라보았다. 그렇게 대문까지 갔지만, 아무것도 보이지 않았다. 대시와 나는 목초지로 잠깐 걸어갔고, 우연히 우리 소유지 한구석을 보게 되었다.

그 순간, 오싹한 기운이 퍼지면서 얼굴에서 핏기가 가셨다.

쌍안경은 필요 없었다. 남자 다섯 명은 200미터도 더 떨어져 있었지만, 몇 미터 간격으로 한 줄을 이루어 선 게 똑똑히 보였다. 심장이 쿵쿵 뛰었다. 멀리 떨어진 거리에서도 가운데 선 남자가 눈에 띄었다. 그는 키가 가장 컸고, 그가 걸친 페라한 툰반♦과 판초 크기의 스카프, 파콜♦♦은 모두 새카맸다. 나는 쌍안경을 들었다. 남자는 내 눈을 똑바로 노려보고 있었다. 내가 매복했을 때 죽였던, 먼지투성이 트럭에서 나오려고 발버둥 치던 노인이었다.

이건 절대로 현실이 아니야. 나는 하얀 하늘을 올려다본 다음 다시 집을 바라보며 눈을 비비고는 쌍안경을 들여다보았다. 남자는 움직이지 않았다. 이번에는 다른 남자들을 살펴보았다. 그들은 어리둥절한 표정이었다. 이어서 내가 처음으로 죽인 남자 두 명을 알아보았고, 다음으로 내가 양귀비밭 끝에서 쐈던 남자가 보였다. 그리고 다른 사람은…….

제길, 결국 그때 누군가를 더 죽였나 보다. 우리 전선을 돌파하려는 트럭의 뒷좌석에 있던 놈 중 하나 같았다. 다섯 번째 남자는 열일고여덟 정도 된 어린애였다. 차분하게 서서 산을 멍하니 응시하는 소년의 눈은 사납고 거칠었다. 나는 다시 나이 든 전사에게로 시선을 옮겼다.

♦　　Perahan tunban, 아프가니스탄과 파키스탄 일부 지역에서 입는 남성복.
♦♦　pakol, 베레모와 비슷한 납작한 남성용 모자.

내가 다시 노인의 얼굴에 초점을 맞추자, 그는 아직도 보란 듯이 나를 빤히 바라보았다. 마치 자식을 꾸짖는 부모의 눈빛 같았다. 그는 내 쪽으로 한 발짝 다가와 멈추었다. 그러자 입이 바짝 마르며 손에 감각이 없어졌다. 다른 네 사람은 혼란스러운 듯 노인을 바라보더니, 네 명 모두 동시에 나를 바라보았다. 쌍안경 안쪽으로 나를 똑바로 바라보는 시선을 보자, 그들이 나를 알아봤다는 걸 알 수 있었다. 믿을 수 없다는 희미한 기색은 이내 분노로 바뀌었다. 하지만 가장 어린 소년, 내가 죽였는지도 '몰랐던' 아이는 달랐다. 그 애는 고개를 살짝 숙이면서도 나와 시선을 마주했고, 그 눈빛에는 차분하고 침착하면서도 *사람을 죽일 듯한* 증오가 담겨 있었다.

이내 숨을 쉬자, 다섯 명의 격노와 공포, 슬픔과 고통, 혼란이 유독가스가 되어 나의 폐로 훅 끼치는 것 같았다. 호흡할 때마다 그 유독가스는 속을 뒤틀고 몸 속 곳곳에 스며 욱신거렸고, 비명을 지르는 뜨거운 낭종이 되어 배를 찢어대고 신경계에 퍼졌다. 나는 몸을 부르르 떨면서 기침하기 시작했고, 이내 숨이 컥 막혔다.

정신을 차리자 대시가 내 다리를 발로 치고 있었다. 나는 대시의 머리를 쓰다듬으며 말했다. 사실은 녀석이 아니라 나에게 한 말이기도 했다.

"괜찮아, 녀석아. 다 괜찮다고."

화가 났다. 처음에는 이 남자들에게 화가 났지만, 이내 분노는 다른 곳에 초점을 맞추었다. 거의 자동으로, 나의 분노는 고기 갈고리에 주둥이가 꿰인 짐승의 사체를 던지듯 악령에게 향했다. 마치 악령이 내가 분노하고 경멸하기를 바란다는 듯이.

그 순간, 나는 퍼뜩 깨달았다. 지금 악령은 내게서 구실을 찾으려는 것이구나. 악령은 나의 분노를 원하고 있구나. 나는 허수아비 사건이 일어난 다음 이렇게 생각한 적이 있었지만, 체감한 건 처음이었다. 그렇다면 이번엔 놈에게 구실을 주지 않을 것이다. 놈에게 구실을 줄 수 없었다.

악령들을 바라보다 궁금해졌다. 그들의 옛 자아는 과연 그 안에 있을까. 남자들의 기억이나 열정이나 영혼이 그 모습 안에 엮여 있을까. 난 다시 어린애가 된 것 같았다. 고철 집하장 울타리를 따라 걸으며 맹렬하게 분노하는 짐승에게 쫓기던 아이 말이다. 근육이 수축하고 하얗게 달아올라 언제라도 목숨을 걸고 전력 질주할 준비가 되어 있던 그 어린아이. 그러자 죄책감이 느껴졌다.

이 남자들을 죽여서 느끼는 죄책감은 아니었다. 그보다는 그들이 고향에서 죽었다는 게, 그게 아니더라도 비교적 고향과 가까운 곳에 있다가 지구 반대편에서 날아온 나 같은 놈 때문에 죽었다는 게 미안했다.

나는 오래전에 현실을 받아들였지만, 지금만큼 또렷하게 다가온 적은 처음이었다. '조국을 위해 봉사한다'거나 '전쟁에 나간 자의 고질적인 천성'이나 '자유를 위한 싸움' 같은 말로 제아무리 의미를 부여해도 저 다섯 남자가 *나를 죽도록 미워할 권리가* 절대로 사라지지 않는다는 점은 확실하다. 그런데 지금 저들은 이곳에, 내 집 바깥에 와 있다.

나는 돌아서서 마당을 향해 걷기 시작했다. 대문을 닫으려 하자, 대시는 뒤를 흘끔 돌아보며 고개를 갸웃거렸다. 마치 뇌조의 냄새를 맡았을 때처럼. 그러더니 다급하게 나를 바라보았다.

"알아, 녀석아. 안으로 들어가자."

나는 사샤 옆에 앉아 그 다섯 명이 누군지 말해주었다. 그녀는 조에게 전화해서 악령이 공식적으로 나타났다고 말했다.

"그럼 '새로 나온' 애 이름은 뭐라고 지을 거야?"

사샤는 지난 며칠간 내가 죽였던 네 사람에게 이름을 붙여보라고 제안했다. 덕분에 사샤에게 그늘에 대해 묘사하거나 무슨 일이 있었는지 또 내가 뭘 봤는지 설명하기가 쉬웠다. 이름을 붙인다는 건 실용적이지만 또 빌어먹을 만큼 암울한 아이디어이기도 했다. 나는 마르자 전투 초기에 죽였던 첫 번째와 두 번째 남자를 행크와 피트라고 부르기로 했다. 트럭에서 내 총에 맞은 노인은 브리저라고 이름 붙였고, 열 번쯤 쏴서 죽였던 네 번째 남자에게는 벅이라는 이름을 지어주었다.

"모르겠어……. 생각해 볼게."

내 인생은 대체 어쩌다 이 모양이 되었나?

그날 내내 사샤는 최대한 긍정적으로 지내려 했다. 크리스마스 캐럴을 틀어놓고, 세계 방방곡곡에서 전쟁 동지를 어떻게 기념하는지 설명한 오래된 역사책을 큰 소리로 읽었다. 나도 장단을 맞춰주려 했지만, 사실 힘들었다. 그러고 보니 겨울 악령이 동지에 나타나는 건 꽤 장난기 다분하고 적절한 설정이로군. 나는 생각했다. 창밖으로 목초지를 내다보며 악령이 가까이 다가오기 시작했는지 계속 살펴보았다.

우리는 진입로 아래에서 발견한 자그마한 가문비나무를 장식용으로 쓰려고 꺾어두었다. 사샤는 자신과 함께 나무를 가지러 가겠느냐고 물었다. 내 기분이 계속 가라앉은 이유가 뭔지 맞혀보라고 하지 않아도 그녀는 이미 다 알고 있었다.

"해리, 우리는 저 악령에게 휘둘리는 삶을 살 순 없어. 알지? 자기를 몰아붙이고 싶지는 않아. 난 악령을 볼 수 없으니까. 하지만 우리가 이 상황에 주체적으로 대처하는 방법은 휘둘리지 않는 거라고 생각해."

그녀의 말이 옳았다.

"그래. 해보자."

우리는 톱을 챙기고 눈밭에 새로운 발자국을 내면서 진입로를 걸었다. 우리를 앞질러 뛰어가던 대시의 불그스름한 금빛 털이 하얀 눈 위로 따스한 불빛처럼 도드라졌다.

내가 목초지를 바라보자, 날 보는 사샤의 눈빛이 느껴지더니, 질문이 날아들었다.

"악령이 보여?"

악령 중 넷은 목초지의 연못에 전보다 가까이 다가와 우리를 바라보고 있었다. 브리저는 알아볼 수 있었지만, 나머지 셋은 분간할 수 없었다.

"다섯 중 넷이 보여. 마지막 하나는 어디 있는지 모르겠어."

내가 대답하자 사샤는 다정하게 나의 손을 꼭 쥐었다.

"나도 악령을 볼 수 있다면 좋을 텐데. 안타깝게도 못 봐……."

나는 그녀의 뺨에 키스했다.

"못 봐서 정말 다행이야."

이윽고 우리는 진입로 아래 자그마한 가문비나무에 다다랐다.

"이거지?"

사샤는 짐짓 열정적으로 대답했다.

"완벽하네. 대시, 예쁘지?"

나는 미소를 지었다. 사샤가 어찌나 열심히 분위기를 띄우려고 노력하는지 죄책감과 애정이 찡하게 느껴졌다.

나는 무릎을 꿇고서 가문비나무의 자그마한 기둥을 톱질하기 시작했다. 반쯤 자르고 난 다음에는 톱을 들지 않은 손으로 나무를 잡고서 잘라놓은 부분을 당겨 날이 좀 더 들어가게끔 벌렸다. 그러자 나뭇가지에 덮였던 눈이 우수수 떨어지면서 내 재킷 뒤로 눈덩이가 들어갔다. 셔츠 안으로 파고든 얼음에 나는 깜짝 놀랐다.

"아, 씨!"

나는 웃었다. 사샤도 나를 보고 웃는 소리가 들렸다.

돌아서서 그녀에게 눈덩이를 던지려던 순간, 눈에 들어온 광경에 공포로 뒤덮인 아드레날린이 온몸에 전기처럼 퍼졌다. 어찌나 심하고 빠른 충격이었는지 나는 비명조차 지르지 못하고 투덜대는 소리를 내고 말았다.

내가 심하게 놀란 모습을 보자 사샤도 웃음기를 거두고 공포 어린 표정이 되었다. 그녀는 즉시 얼굴에 손을 가져다 댔다.

"자기야, 왜 그래?"

악령이, 내가 죽인지 몰랐던 어린아이가 사샤 바로 옆에 서 있었다. 그녀를 마주 보고 주먹을 쥔 채 그녀의 옆얼굴을 향해 몸을 내밀고 있었다. 내가 일어서자 사샤는 나에게 한 걸음 다가오며 내 시선이 향한 방향으로 고개를 돌렸는데, 그 순간 악령이 비명을 질렀다.

인간이 벌릴 수 있는 최대한의 넓이로 입을 벌린 악령은 마치 그의 몸을 죄다 입속에 넣을 것처럼 보였다. 놈은 두 가지 높이로 거친 비명을 질러댔다. 그 소리가 브레이크를 밟지 않은 트럭이 사슴을 치듯 내 고막을 강타했고, 나는 움찔했다.

악령의 입이 용광로인 양 열기를 훅 뿜어대 시야가 물결치듯 왜곡되는 가운데, 비명이 어찌나 세차던지 사샤의 털모자가 벗겨져 떨어지고 머리카락이 휘날렸다. 그녀 주위로 내리던 눈발이 옆으로 흩날렸다. 그녀는 겁먹은 나머지 발을 헛디뎌 옆으로 세게 넘어졌다. 나는 벌떡 일어나 그녀에게 달려갔다. 대시는 길길이 날뛰면서 소리 나는 쪽을 향해 으르렁대고 송곳니로 허공을 물어댔지만, 짐승다운 야만성을 어느 쪽으로 퍼부어야 할지 모르고 있었다. 지금 대시는 온몸의 근육을 바쳐 공격할 태세였다.

"사샤, 괜찮아?!"

그녀의 눈에 눈물이 고였다. 충격 어린 눈길로 자신을 향한 비명이 터져나온 눈발을 바라보고 있었다. 그녀는 눈을 깜빡이며 충격을 떨치고는 고개를 끄덕이면서 억지 미소를 지으며 나를 바라보았다.

"난 괜찮아, 진짜 괜찮아. 그냥 넘어졌을 뿐이야. 이쯤이면 멍도 안 들어. 알지?"

나는 그녀를 부축해 일으키고는 함께 돌아서서 진입로로 올라갔다. 우리는 둘 다 대시에게 따라오라고 소리쳤다. 나는 나머지 악령 넷을 슬쩍 바라보았다. 그들은 이제껏 움직이지 않았다.

"그게 나한테 소리 지르기 전에 자기한테는 보였어?"

사샤가 물었다.

"응. 아주 잠깐 보였어. 갑자기 나타났어."

나는 고개를 돌려 다시 대시를 부르려 했다. 녀석은 아직도 계속 사납게 으르렁대고 있었다. 젊은 악령은 도발과 악의가 서린 눈빛으로 나를 보며 미소 짓고 있었다. 놀랍게도 개가 있어 살짝 불안한 듯했다. 대시가 짖으며 달려들 때마다 보일락 말락 움찔대면서 우리와 대시 사이를 번갈아 바라보았다. 마치 대시를 너무 오랫동안 외면하면 개에게 여지를 준다는 듯이.

"어느 악령이었어, 해리? 아직도 거기 있어?"

사샤가 물었다.

"응, 아직 거기 있어……."

악령이 개를 무서워한다는 사실이 분명해지자, 그가 날 보며 건방지게 웃었을 때보다 분노가 들끓었다. 마치 그게 내가 이용해야 할 약점인 것처럼, 부서진 코 같은 약점을 찾았을 때 계속 주먹을 날려야 할 듯한 느낌이었다. 나의 분노를 감지한 사샤는 내 턱을 잡고서 자기를 억지로 보게 했다.

"해리, 괜찮아. 자기야, 괜찮아. 그냥 저 악령 때문에 놀랐을 뿐이야. 꺼지라고 해. 응? 우린 저녁 먹으러 가자."

사샤는 여전히 눈물을 글썽이고 있었다. 한쪽 눈에서 결국 눈물이 흘러내려 빨갛게 얼어붙은 뺨 위를 스쳤다. 비록 억지 미소였지만, 그 미소에는 진심이 담겨 있었다.

산악 지대의 눈 내리는 오후, 억눌린 침묵 가운데 대시의 짖는 소리가 더욱 크게 울렸다.

나는 심호흡하고서 악령을 다시 바라보았다.

"맞아. 악령 따위 꺼지라고 해. 우리 나무를 가지러 가자. 응?"

사샤는 미소를 지으며 내게 잘했다는 듯 끄덕였다.

"그래. 우리 나무를 가지러 가자."

진입로를 향해 다시 돌아섰지만, 한 발짝 떼기도 전에 심장이 목구멍을 꽉 막고 배 속이 뒤집히는 느낌이 들어 얼어붙고 말았다.

나머지 악령 넷은 이제 연못을 건너 우리 쪽에 와 있었다. 50여 미터쯤 떨어진 곳에 서서 나를 노려보는 악령들은 새로운 대형을 갖추었다. 사람이라면 이토록 짧은 시간에 도달할 수 없는 거리였다. 눈길에 발자국 하나 남기지 않은 것도 사람과는 달랐다.

"왜 그래?!"

사샤는 내 손을 꽉 잡으며 물었다.

나는 심호흡을 한 번 하고 그녀를 돌아보며 억지 미소를 지었다.

"아무것도 아니야, 자기야."

나는 톱 쪽으로 성큼성큼 걸어갔다. 그러자 이왕 시작한 일을 끝내려는 우리의 계획을 알아차린 것처럼 대시가 진정하더니 나를 바라보며 꼬리를 흔들고 사샤에게 달려가 그녀와 악령 사이에 버티고 서서 고개를 낮추었다. 나는 톱을 들고 소년을 바라보았다. 악령의 미소가 점차 사라지면서 대신 분노가 나타나자, 그 모습에 이제는 *내가* 미소를 지었다.

"넌 개가 싫은가 보네? 그럼 고양이를 더 좋아하나?"

나는 허리를 굽혀 나무를 마저 톱질했다. 작고 차가운 가지를 잡고 조그마한 나무를 들어 어깨에 메고서 소년을 향해 돌아섰다.

소년의 얼굴에서 이제껏 거드름을 피우던 기색은 사라지고, 증오로 일그러진 미소가 나타났다. 이 악령들은 살아 있는 사람과는 꽤 달랐지만, 그래도 외양의 차이는 적었다. 일단 투명하지 않았다. 피부에 난 모공과 흉터도 보였고, 셔츠가 찢어진 곳과 긁힌 곳도 보였다. 그렇더라도 악령을 보는 건 편두통에 시달리면서 사물을 보는 것과 비슷한 면이 있었다. 다시 말해, 팔다리와 몸통, 머리까지는 다 있다는 걸 알지만, 정말로 그걸 다 보지는 못하는 식이다. 내 눈길이 곧바로 닿는 곳만 분명하게 볼 수 있었다. 그 주변부는 알아보기 힘들 만큼 모호하게 인식되어 자세히 설명하기가 어려웠다.

우리는 몇 분 동안 서로를 응시했다. 그는 죽기 전, 우리가 마지막으로 만났을 때의 나보다 겨우 몇 살 어렸던 모양이다.

이 소년의 모습을 나는 기억했다. 우리 소총대 한 사람이 십 대인 이 애의 발목을 잡고서 죽은 시체를 늘어놓은 곳으로 질질 끌고 갔다. 길가의 요철에 소년의 셔츠가 걸려서 머리 위로 벗겨지는 바람에 총에 맞은 구멍과 배부터 가슴까지 엉겨 붙은 피가 드러났다. 그를 제대로 눕히고 셔츠를 내리자 얼굴이 드러났는데, 아직 애였다. 기껏해야 열다섯 정도였을까. 그러다 사샤의 얼굴에 비명을 지르던 소년의 얼굴이 확 떠올랐다.

나는 톱으로 소년을 가리키며 고개를 끄덕였다.

"진짜 매끄럽게 움직이던데. 놀래키는 솜씨가 최고 수준이야. 그러니 널 크립스라고 불러줄게."

노려보는 소년의 눈빛에 증오에 이어 혐오감이 더해졌다. 돌아서서 사샤에게 가는 내 심장이 덜컥 내려앉으면서 아드레날린이 솟구쳤다.

나머지 악령 넷은 초원에서 불과 10여 미터 떨어진 곳에 모여 있었다. 브리저는 다른 이들 앞에 서 있었다. 그는 심판하듯 이글대는 눈길로 나를 보았다. 귓가에 터질 듯한 심장 소리가 들리고 손이 덜덜 떨렸다.

우리의 눈이 마주치자, 머릿속에 오랫동안 잊었던 세세한 점들이 기억이 가라앉은 자리에서 들춰졌다. 혹시 자살폭탄 조끼를 입지는 않았는지 불안한 마음으로 그의 몸을 수색하던 기억, 그의 옷에서 나던 매캐한 소나무 냄새, 그의 몸뚱이 위로 몸을 숙이고 소총 멜빵을 푼 다음 트럭에서 끌어냈던 기억, 그리고 꺼져가는 엔진이 작게 덜컹이던 소리. 연기가 피어오르고 피범벅이 된 트럭의 잔해 속에서 인정사정없이 그를 끌어내 길에 내려놓았던 기억이 났다. 그의 몸뚱이 밑에서 부서진 유리를 보고 반사적으로 그의 머리에 손을 뻗어 자해하지 못하게 했던 기억도 났다. 내 안에 일말의 인간성이 남았다는 사실에 잠깐 충격을 받았던 기억도 났다. 나에게 그런 사려 깊은 본능이 남아 있다는 생각에 솔직히 자부심을 느꼈었다.

"해리, 왜 그래?"

나는 이상한 기억에서 빠져나와 사샤를 바라보았다. 그녀는 걱정스러운 기색이었다. 나는 고개를 저었다.

"아무것도 아니야, 내 사랑. 가서 트리 꾸미자."

그날 밤은 아주 길었지만, 그 뒤로 이어지는 밤들은 이보다 훨씬 더했다.

29

사샤

그날 저녁, 악령들과 처음 조우한 해리와 나는 자그마한 크리스마스트리를 장식하고 저녁을 지었다. 우리는 되도록 긍정적으로 지내려고 했지만, 그 경험 때문에 둘 다 무척 심란했다.

나는 악령이 나타난 첫날 밤과 그 뒤를 준비하기 위해 이미 작은 촛불 거치대를 설치한 다음 아주 많이 연습했다. 지난 몇 주간, 우리는 조와 함께 규칙이 어떻게 작용하는지 적어도 네다섯 번은 검토했다. 조는 직접 겨울 악령을 경험한 적은 없었지만, 그의 증조할아버지는 경험했기 때문에 조는 이 '촛불 의식'이 정확하며 효과적이라고 확신했다. 해 질 무렵부터 다음 날 해가 뜰 때까지 촛불이 켜져 있기만 하면, 이 악령들이 여기에서 몇 주를 있든 한 달을 있든 그동안 우리를 건드리거나 집 안으로 들어올 수 없다는 것이었다.

나는 인터넷에서 아주 튼튼해 보이는 20시간 지속 '방풍' 촛불을 찾아내 대용량으로 주문했다. 그리고 주방에서 쓰는 쟁반에 촛대를 접착제로 붙여서 필요할 때마다 옮길 수 있게 만들었다. 또 양옆이 뚫린 커다란 유리 구체도 주문했다. 이 안에 촛불을 넣어 외풍으로부터 보호하는 용도였다.

그날 밤 우리는 초에 불을 붙이고 저녁을 먹은 다음 뒷베란다로 나가서 목초지의 악령을 내다보았다. 물론 나는 볼 수 없지만 말이다. 나는 악령을 바라보는 해리를 지켜보았다. 그들이 무엇을 하고 있는지 물어보는 것은 나의 일상이 되었고, 그러면 자연스럽게 다섯 악령들이 무엇을 하는지 간단히 묘사하는 게 해리의 일상이 되었다. 연못 근처에는 셋이 모여 이리저리 배회하고, 브리저와 나머지 하나는 숲 근처에서 있었지만, 다섯 모두 우리를 똑바로 노려보고 있는 듯하다고 해리가 말했다. 나는 소름이 끼쳤다.

나는 레몬스를 댄과 루시의 집에서 지내게 했다. 그래서 내 암말은 헛간에서 다른 말들과 함께 지냈고, 댄과 루시가 우리에게 한철은 날 만큼 남겨준 건초를 먹으며 악령과는 멀찍이 떨어져 지냈다. 양 떼는 어쩔 방법이 없었는데, 나와 해리가 모두 놀란 사실이 있었다. 양들은 악령의 존재를 별로 거슬려하지 않았다. 해리는 악령과 양이 서로를 볼 수 없는 것 같다고 말했다. 하지만 서로의 존재를 마치 '자그마한 로봇 청소기들이 서로를 피하듯' 피했다.

첫날에 솔직히 해리는 나보다 잘 잤다. 나는 계속 앉아서 촛불을 확인하면서 침실 위 창문을 통해 눈 덮인 목초지를 바라보았다. 저 어둠 속에 내가 볼 수 없는 무언가가 있는데 그것은 나를 응시하고 있다니 어쩐지 흥분이 되었다.

다음 날 아침, 우리는 일찍 일어나서 옷을 껴입고 대시를 산책시키러 나갔다. 날씨는 추웠다. 콧물이 순식간에 얼어붙을 정도의 추위였다. 우리는 집 뒤로 걸어가 목초지를 바라보았다. 다시금 해리가 묘사해 준 바에 따르면, 악령들은 현재 우리 소유지에 흩어져 있고, 산 위로 솟은 구름을 붉게 태우는 해가 뜨기 전, 어스름한 빛 가운데 모두 우리를 바라보고 있다고 했다.

나는 저들과 악령의 관계에 대해 많이 생각했다. 그리고 저들이 악령이라는 결론을 내렸다. 저들은 악령의 수족이자 도구였다. 저것들이 *진짜* 살아 있던 사람의 *진짜* 악령이라고 생각하면 마음이 심란해졌다. 사후세계에 머물다가 정신을 차려보니 강제로 아이다호 산악 지대로 끌려나와 자신을 죽인 살인자를 응징하라고 풀려난 것이다. 마치 장기 말처럼 자신들이 알지도 못하는 악령에게 예속되어, 그들이 한 번도 들어본 적 없는 언어로 사악한 목적과 계획을 속삭이는 걸 들으며 악령의 지시를 받는 처지가 되다니. 이 악령은 우리에게 낯선 만큼이나 그들에게도 낯설 텐데, 그런 존재가 시키는 대로 겨울의 섬뜩한 일상을 수행하게 되다니. 이렇게 생각하니 마음이 좋지 않았다. 그 대신, 악령은 그저 이 골짜기의 거주자가 과거에 죽였던 사람의 모습을 떠올리게 하는 능력이 있어서, 그 능력으로 해리의 마음을 찢어놓는 것이 아닐까 생각하고 싶었다.

그날, 집에 돌아온 우리는 짐을 싣는 작은 썰매에 현관으로 가져갈 장작을 싣고 있었다. 난 해리에게 물었다. 악령의 본질에 대해 어떻게 생각하느냐고, 그 모습에 그들의 영혼이 남아 있을지, 자신들이 누구였는지 기억을 간직하고 있을지 말이다. 해리는 장작 몇 조각을 더미 위에 쌓은 다음, 똑바로 서서 차고 벽을 응시했다. 마치 거기에 알아볼 수 없는 손 글씨가 있어서 읽는 것 같았다.

잠시 뒤, 그는 나에게 돌아서서 목초지를 가리켰다. 그의 대답은 이게 우리 둘 다 머릿속으로 곰곰이 생각해 왔던 것임을 암시했다.

"만약 저게 진짜 사람이 깃든 악령이라면, 말도 안 되는 전제조건이 두 가지 있어야 해. 아무리 이곳이 이상한 골짜기라도 말이야. 첫째, 사람이 죽은 다음에도 실제로 어딘가에 그 영혼이 떠돈다는 게 가능해야 해. 둘째, 이 악령이 살해당한 사람의 영혼에 다가가서 그걸 제어할 수 있어야 해. 저게 진짜 존재했던 사람의 영혼이라면, 이 오래된 악령은 말이지, 이렇게 말해도 될지 모르겠지만…… 거룩하고 전능한 존재일 거야. 대부분의 유일신론자들이 말하는 신과 다를 게 거의 없는 존재일 거라고. 하지만 악령이 정말로 대단한 힘을 가진 신이라면, 죽은 자들의 영혼을 데려다가 1년에 몇 주 이어지는 쇼나 벌이고 있단 말이야? 그 힘으로 한다는 게 겨우 이 자그마한 산골짜기에서 나같이 뭣도 없는 놈에게 으스스한 연극을 보여주는 거라고? 아닐 거야. 이 이상한 곳에 제아무리 기괴하고 미친 분석을 갖다 대봐도, 그건 너무 과한 해석이야."

해리는 목초지 쪽을 돌아보았고, 나는 그에게 다가가 손을 잡았다. 그가 돌아보자 나는 싱긋 웃었다.

"자기 말이 다 맞았으면 좋겠어. 그렇지 않다면 우리는 지금 쓸데기 없는 짓을 하는 거니까."

해리는 미소를 지었다. 그리고 우리의 발치를 내려다보며 웃나 싶었지만, 이내 다시 텅 빈 목초지를 바라보았다. 적어도 내 눈에는 아무것도 보이지 않았으니까.

"나도 내 말이 다 맞았으면 좋겠어."

그 뒤로 며칠 동안 악령은 목초지에서 머물며 저 멀리서 해리를 바라보았다. 하지만 매일 밤 점점 가까이 다가오기 시작했다.

나도 악령을 느낄 수 있었다. 다른 계절과 똑같은 느낌은 아니었지만, 은은한 냄새나 소리, 옅은 빛처럼 악령의 존재가 다가왔다. 우리는 사실 첫 며칠은 밤에 그럭저럭 잘 수 있었다. 물론 해리는 악령들이 울부짖고 비명을 지르고 쾅쾅 소리를 내는 등의 악질적인 장난을 치진 않을까 불안해서 계속 깨긴 했지만 말이다.

나흘째 되는 날은 크리스마스이브였다. 저녁을 먹기 전에 우리는 옷을 껴입고 해가 지기 바로 전에 밖에 나가서 악령들이 무엇을 하는지 살펴보았다. 이건 어느새 우리의 작은 습관이 되었다. 바깥에 나갈 때마다 나는 해리의 눈빛을 지켜보았다. 그 눈빛이 지금 무슨 일이 일어나는지 알려주기라도 한다는 듯이.

그는 자신을 바라보는 나의 시선을 눈치챘다. 그러자 살짝 죄책감이 든 나는 눈길을 돌렸다.

"미안해, 난 그냥…… 악령을 못 보니까, 어쩔 수가 없었어. 그들이 어디 있는지 알고 싶어서 그랬어."

해리는 내 어깨에 팔을 두르고는 머리에 키스했다.

"괜찮아, 사샤. 난 신경 안 써."

해리는 악령들이 뭘 하는지 설명해 주었다. 지금 보이는 바로는 마당 울타리를 따라 걸으면서 서로 떨어져 있다고 했다. 주머니에 손을 넣거나 뒷짐을 진 채로 우리와 대시, 숲을 바라보고 있다고 말이다. 마치 교도관 같네. 나는 생각했다.

그날 밤, 우리는 부모님을 비롯한 가족들에게 전화를 걸었다. 나는 우리가 잘못될 수도 있다는 생각을 하며 감상에 젖었다. 최악의 상황이 닥치면 어쩌나. 만약 우리가 이 의식을 제대로 지키지 못하게 되면 어쩌나.

요즘엔 삶이 영원하지 않다는 생각이 전보다 훨씬 더 강하게 들 때가 많다. 그런 인식은 예상치 못했던 방식으로 나타난다. 거실 구석을 보면서 저기를 어떻게 다시 꾸밀까 생각하거나, 냄비나 램프를 바꿔야겠다고 기억해 둘 때, 전구를 새로 갈아야겠다는 아주 사소한 일을 마주하다가, 문득 내가 다시는 그런 소소한 일들을 할 수 없게 될지도 모른다는 현실이 따끔하게 뒤따라 오는 것이다.

하지만 난 슬프지 않았다. 그런 느낌은 근본적인 것이었다. 덕분에 소소한 순간에 감사할 수 있었으니까. 해리가 내 머리카락을 뒤로 넘겨주는 순간, 대시가 내 무릎에 고개를 올려놓는 모습, 누군가 시간을 내 쓴 책의 한 문장, 빵의 맛과 불의 향기가 모두 감사했다. 나는 어느 때보다도 주변과 교감하며 살았다. 앞으로도 여기서 지낼 방법을 찾을 수 있다면 이렇게 계속 살아가기를 바라는 마음으로, 그 순간을 오롯이 살았다.

그리고 내 몸 안에 있는 작은 사람, 작은 아이를 생각했다. 그러자 힘과 낙관적인 마음을 가질 수 있었다. 아직 이 집에 아이가 없어서 다행이고, 임신 초기라서 무거운 몸을 뒤뚱대지 않아도 되는 점도 감사했다. 하지만 나는 아기를 느꼈고, 그 작은 심장을, 그 자그마한 몸이 형성되는 것을 느꼈다.

해리는 집을 안전하게 지키는 방법에 집중하면서 차분해진 것 같았다. 혹시나 창문을 가려야 할 경우를 대비해서 커다란 창문에 맞게 합판을 잘라놓았고, 집의 여기저기를 시험해서 문이나 창문이 쾅 닫힌다면 미풍이 어느 지점에서 강해지는지 확인하고, 어디에 촛불을 놓으면 꺼질 위험이 있는지 찾아냈다. 그리고 만질 수 없는 악령을 총으로 물리칠 수 있기라도 한 듯, 집 안 사방에 너무 많다 싶을 만큼 총을 숨겨두었다. 나는 실제로 그 점을 지적하며 해리를 놀렸다. 실체 없는 산 악령에게 어떤 총알이 가장 잘 먹히느냐고 물어도 보았다. 그러자 이런 예방 조치가 어리석다는 걸 깨달은 해리는 자신을 비웃었지만, 그래도 이런 조치로 해리가 좀 더 안심하는 것 같았다. 어느 날 밤에는 차고에서 조끼를 입고 있는 해리를 본 적도 있었다. 조끼에 달린 온갖 주머니는 탄창 따위를 넣는 용도였는데, 해리는 그 자그마한 주머니와 끈들을 일일이 확인했다. 내 남편이 옛 근육 기억을 불러와 예전에 수없이 했던 일을 다시 하는 모습을 보자니 기분이 묘했다. 그가 전에 이러는 건 본 적이 없었으니까.

그런 행동은 해리의 소소한 방어기제였지만, 그는 열린 마음으로 그 점을 인정하고 이런 행동을 내가 놀릴 때 같이 웃었다. 심지어 자신이 아프가니스탄에서 썼던 것과 똑같이 만든 소총을 '애착 담요'라고 부르기도 했다. 가끔은 내가 어쩌다가 *이 남자*에게 홀딱 반했는지 이해가 안 갔다.

그러나 겨울이 점점 길어질수록 악령들은 집에 점점 더 가까이 다가왔고, 해리가 할 수 있는 건 더 이상 없었다. 그가 악령들이 머무는 땅으로 나가기 전, 실제로 총 따위 아무런 쓸모가 없음을 알면서도 굳이 소총이 장전되었는지 확인하는 모습을 바라보고 있자니 음울하고 으스스하게 사랑스러웠다.

해리가 '애착 담요' 소총을 메고 마당에서 일하는 모습을 보면 비극적이기도 했다. 소총을 들고 걷는 남편을 보면서, 눈 덮인 마당을 거닐며 너무나 스스럼없이 총을 다루는 모습을 보면서, 자신이 죽인 사람들이 이제는 자신만이 볼 수 있는 악마가 되어 나타난 상황에서, 그들을 바라보며 그들을 죽인 총을 들고 다니는 모습을 보자니 비극적이었다. 해리를 생각해도 슬프고, 또 인류 전체를 생각해도 슬픈, 그야말로 비극이었다.

바로 그 소총이, 내가 알지도 못하는 소년의 삶과 그 소년의 공포와 폭력성이, 이 겨울 악령과 악령이 데려온 영혼의 진짜 근원이었다. 겨울이 왔을 때, 이 악령들이 해리에게 돌아왔을 때, 해리는 같은 폭력성을 지니고 같은 무기를 들고서 옛 적군들을 대할 때와 같은 준비를 함으로써 평화를 찾았다.

30

해리

크리스마스는 어느덧 끝났다. 이제껏 악령들이 보여준 소심함과 어리둥절함도 크리스마스와 함께 사라진 듯했다. 날이 갈수록 악령들은 대담해지고 목표를 정확히 인식했으며, 나에게 더 집착했다. 그들의 '평범한 단계'는 해가 지면서 분명하게 시작됐고, 조가 우리에게 본인이 배운 것을 말해준 대로, 악령들은 겨울철 출몰이 이어짐에 따라 점점 시끄럽고 공격적으로 변했다.

1월 1일 밤이었다. 사샤는 침대에 앉아 책을 읽었고, 나는 자기 전 저녁 의식을 수행하러 갔다. 우리가 많은 시간을 보내는 곳에 놓아두었던 촛불을 모아다가 침실 서랍장 위에 놓는 것이었다. 그리고 내가 가볍게 '악령 정찰'이라고 부르는 것을 계속해 갔다.

나는 어쩔 수 없이 최대한 거칠고 우스꽝스러운 목소리를 자아내며 말했다.

"악령 정찰 다녀올게, 자기야. 금방 올 거야."

사샤는 눈을 흘기며 씩 웃었다. 그녀의 얼굴에 드러난 피로를 보자 가슴이 창에 찔린 것처럼 죄책감으로 아려왔다. 하지만 죄책감은 나타나자마자 빠르게 사라졌다. 나는 심호흡한 다음 현관을 향해 걸어갔다.

바보 같은 행동이지만, 나는 잠자리에 들기 전에 한 번쯤은 어둠 속에 서서 그 무시무시한 자식들의 위치를 찾아내며 만족감을 얻는다. 자신들이 밤새도록 어디 있었는지 아주 분명하게 알려줄 거라고 생각하면, 나의 이런 만족은 오래가지 못할 터였다.

나는 스포트라이트를 챙기고서 문을 슬쩍 열었다. 아무것도 보이지 않았지만 오른편에서 속삭임이 들렸다. 현관 베란다가 주방 바깥까지 연결되는 쪽에서 들려오는 소리였다. 밖으로 나온 나는 오른쪽으로 몸을 기울였다가 그만 온몸이 얼어붙었다. 공포가 명치를 강타했다.

현관을 내다볼 수 있을 만큼 몸을 숙인 순간, 크립스와 피트가 보였다. 그들은 주방 창문에서 흘러나오는 희미한 노란 불빛 속 베란다 끝부분에 나란히 서 있었다. 고개를 살짝 숙인 채 눈을 홉뜨고 나를 노려보고 있었다. 그 모습에 나는 움츠러들었고 문을 쾅 닫아버리고 싶은 욕망이 들면서 근육 경련이 일어났다. 그들은 1초도 되지 않아 눈앞에서 싹 사라지더니 이제는 집 반대쪽 베란다로 내려갔다. 그들의 발소리가 잦아들자, 이제는 내 심장이 얼마나 심하게 쿵쿵대는지 느껴졌다. *그래, 이렇게 지랄이 시작되는군.*

나의 시선은 그들이 물러선 어두운 지점에 달라붙었다. 거기서 또 누가 튀어나올 거라는 확신이 들었다. 대시는 내 왼다리 옆에 서서 으르렁거렸다. 나는 대시 쪽을 내려다보지 않고 말했다.

"알아, 대시. 쟤들 나쁜 새끼들이야."

나는 문틀 안으로 몸을 젖혔다. 현관 베란다에서 내려가는 계단에 시선을 돌리는 순간, 머리보다 몸이 먼저 반응했다.

엄청난 소음이 들려와 귀에 물집이 잡힐 것 같았다. 나는 움찔하고 팔을 들어 올려 얼굴을 가리고서 악령에게서 물러섰다. 내가 감지했던 그것은 곧바로 현관 왼쪽, 불과 60센티미터 떨어진 곳에 서 있었다. 그는 내 귀 가까이에 비명을 질렀다.

대시는 내 옆을 스쳐 문밖으로 나가더니 마당으로 이어지는 현관 계단에 버티고 서서 어두운 밤을 향해 사납게 짖었다. 나는 손을 내리고 벅을 올려다보았다. 그는 옆으로 떨리는 손을 늘어뜨린 채로 발볼을 바닥에 디뎌가며 제자리에서 가볍게 뛰었다. 그는 숨을 거칠게 몰아쉬며 1라운드 종이 울리기를 기다리는 맨주먹 권투 선수처럼 타오르는 분노를 눈에 담고 나를 노려보았다.

침대에서 벌떡 일어난 사샤가 거실로 달려오는 소리가 들렸다. 그녀는 거실에 서서 무슨 일이냐며 나에게 소리를 지르기 시작했다. 나는 심호흡을 하고 대답했다.

"괜찮아, 자기야."

나는 벅 옆을 지나 허리를 숙이고 대시의 목걸이를 잡아 현관으로 끌었다. 대시는 지금 화가 났다. 내가 벅을 지나쳐 대시를 끌어당기자, 녀석은 빠르고도 힘차게 악령을 향해 이빨을 벌렸다. 턱이 맞부딪치는 소리가 차가운 밤공기에 메아리쳤다. 벅은 물리지 않으려고 움찔하더니, 개를 막으려는 듯 손을 슬며시 내밀었다.

그의 반응이 놀라워서 난 그 자리에서 굳었다. 대시는 벽이 어디 있는지도 모르는데. 개는 그저 짖으면서 사방에 분노를 뿜어댈 뿐, 근처에 뭐가 있다고만 느끼는 게 분명한데. 악령 쪽으로 허공을 문 건 그저 우연이다. 저들은 정말로 개를 무서워하는구나…….

"대시를 데리고 들어와, 자기야."

사샤는 나와 함께 대시를 끌어들였고, 나는 문틀에 기대서 고개를 돌려 벽을 보았다.

그는 화가 부글부글 끓었지만, 그 분노하는 눈빛 속에 분명히 민망해하는 기색도 있었다. 맹세할 수도 있다. 심장이 쿵쿵 뛰었지만 나는 마음을 가라앉혔다. 날씨가 몹시 추웠던지라 사샤는 어서 안으로 들어와 문을 닫으라고 소리쳐 댔다.

나는 악령의 묘한 시선을 맞추며 그에게 고개를 끄덕였다.

"여기는 개의 현관이야. 그 녀석이 왕인 곳이라고, 친구."

악령은 그저 나를 노려보았다. 그 눈빛에 깊은 미움이 보였다. 한 사람에게 화난 게 아니라 만사에 화난 사람 특유의 표정이었다.

나는 문을 닫고서 문 안쪽에 기댔다. 사샤는 지친 눈빛으로 나를 바라보았다. 그녀에게 무슨 일이 일어났는지 말해준 다음, 잠자리에 들었다. 밤에 악령이 베란다를 뛰어다니는 소리를 몇 번 들었지만, 그럭저럭 잠들 수 있었다. 물론 중간에 열두어 번쯤 잠에서 깨어나 미친 듯이 수납장 위에 올려둔 촛불을 두리번거리긴 했지만 말이다. 이제 밤마다 매 시간 깨어 견디는 게 일상이 되었다.

1월 첫째 주가 끝날 무렵 상황은 좋아졌다. 낮 동안 우리는 바깥

출입을 삼가기 시작했다. 악령들의 괴롭힘 덕분에 확실히 은둔성을 기르기는 했지만, 그보다는 겨울철 악령 현현에 딱 맞추어 혹한과 바람, 눈이 몰아쳤기 때문이었다. 우리는 식량과 다른 것을 쇼핑하기 위해 몇 번 도시에 갔지만, 이제 마을 북쪽과 동쪽 통로는 폐쇄되었다. 근처에는 네다섯 시간 안에 갈 만한 곳도 없었다. 퍼즐과 오락 프로그램, 영화, 오디오북과 기타 잡일, 수많은 요리도 있었고, 사샤는 하루에 한두 번씩 업무 회의가 있어서 우리는 바쁘게 지냈다.

우리는 대시를 데리고 주립 도로로 가서 매일 아침 스노슈즈를 신고 산책을 하거나 크로스컨트리 스키를 타서 대시의 힘을 빼주었다. 그렇게 운동하니 확실히 정신을 말짱하게 유지할 수 있었다. 악령들은 문가에 있다가 내가 문을 열면 비명을 지르며 겁주었고, 할 수 있는 데까지 우리를 따라 진입로를 밟다가 소유지가 끝나는 곳 바깥으로는 나오지 못하고 눈 덮인 도로에서 멈춰 섰다. 그곳은 저주의 묘한 경계인 듯했다. 내가 내 땅으로 내면화하고 내 골짜기라고 주장해 악령을 화나게 한 소유의 개념이 저주의 경계 같았다. 악령들은 거기서 기다렸다가, 우리가 돌아오면 다시 뒤따라 집에 왔다. 이 모든 일은 점점 의식이 되었다.

악령들이 도착한 지 2주 반쯤 되었을 때, 우리는 실제로 이 상황을 잘 처리할 수 있겠다는 생각을 하기 시작했다. 물론 촛불 중 하나가 꺼졌을 때 밤에 무슨 일이 일어날지 생각하면 여전히 암울하고 불쾌했지만 말이다. 우리는 밤에 촛불 몇 개를 소중하게 켜놓는 의식에 익숙해졌고, 악령들의 패턴과 습관도 꽤 정확히 예측할 수 있었다.

내가 무슨 이유로든 밖에 나가기만 하면, 한두 명은 나를 기다리고 있었다. 그들은 내게 소리 지른 다음 내가 가는 곳마다 따라다녔다. 마치 피를 흘리면서 지쳐가는 엘크를 따라다니는 늑대 무리처럼. 대시와 같이 다니면 그들은 약간 거리를 두고 따라왔다. 날씨가 나쁘면 상황은 더 견딜 만해지는 것 같았다. 이곳 겨울은 너무 추운 데다 거센 바람이 그들의 존재만큼이나 정신을 사납게 했다. 솔직히, 낮에는 대부분 사샤와 함께 실내에서 보냈기 때문에, 그렇게 나쁘지는 않았다.

하지만 확실히 밤은 최악이었다. 인정할 수밖에 없었다. 밤은 점점 더 나빠져만 가는 듯했다. 우리는 촛불을 꺼트리면 안 된다는 강박관념과 모성애급 책임감을 지니고서 계속 경계 태세를 갖추었고, 그래서 깨지 않고 편안하게 잠자기란 불가능했다. 해가 지고 나서 잘 시간까지, 주방에 있을 때면 악령들이 베란다에서 미친 듯이 속삭이는 소리가 들렸다. 창문을 내다보면 그들이 전력 질주하거나 눈 덮인 마당에 선 모습, 현관 전등이 내뿜는 동그란 빛 바깥에 보일락 말락 서서 독기 어린 눈으로 집 안을 들여다보는 모습이 보였다.

1월 둘째 주의 어느 날 저녁이었다. 나는 대시와 함께 스포트라이트를 들고서 사샤의 차에 충전기를 가지러 갔다. 이번에도 악령과 기분 나쁘게 마주치리란 것만은 확실했다. 바깥에는 눈이 쏟아붓듯 내리는 중이었다. 거대한 눈송이들이 침묵 속에서 바람 한 점 없이 귀를 울리는 가운데 느릿하게 폭설이 쏟아지는 모습은 그 자체로 보고만 있어도 홀릴 것 같았다. 차까지 가는 동안 악령은 한 명도 보이지 않았다. 그대로 충전기를 집어 들고 돌아선 순간 얼어붙었다. 아드레날린이 홍수처럼 얼굴과 양손에 밀려들었다.

브리저였다. 그는 약 6미터쯤 떨어진 트럭 뒷문에 서서 팔짱을 끼고 나를 내려다보았다. 나와 공구 창고 문밖 조명의 불빛 사이에 선 그의 머리 뒤에 후광처럼 동그랗게 빛이 비쳤다. 불빛을 받은 눈송이가 반짝반짝 빛나는 모습을 배경으로 선 그는 무슨 화산의 폭풍재 안에 선 악마 대공 같았다. 나는 대시를 소리쳐 불렀다. 그리고 브리저를 계속 바라보며 울타리 안으로 들어가서 새로 쌓인 눈을 밀치며 대문을 밀고 대시를 안에 들여보낸 다음 문을 닫았다. 현관 베란다까지 가서 다시 뒤를 돌아보자, 그는 사라지고 없었다.

그날 밤, 악령들은 침실 아래를 서성이면서 꽥꽥 소리치고 함성을 지르고 별안간 울부짖었다. 다음 날 밤에는 악령 하나가 지붕에서 난리를 치며 집 이쪽저쪽을 마구 뛰어다녔고, 나머지 악령들은 추운 밤 내내 비명을 지르고 신음을 흘려대면서 집 옆을 두드렸다. 침실에는 환기용 팬이 있어서 그걸 틀어놓으면 소음이 덜 들렸고, 나는 진작부터 귀마개를 끼고 자기도 했다. 하지만 밤에 세 시간 이상 자기가 쉽지 않았다.

1월 둘째 주가 끝나는 금요일 밤, 우리는 난롯가에 앉아 책을 읽으며 차를 마시고 있었다. 그때, 소리가 들렸다. 나에게는 라인배커◆가 현관문을 몸으로 치는 소리로 들렸고, 사샤에게는 누가 커다

◆ linebacker, 미식축구에서 상대 팀 선수에게 태클을 걸며 방어하는 수비수.

란 손바닥을 펴고 문을 치는 소리로 들렸다.

사샤는 깜짝 놀라며 가슴에 손을 얹었다. 대시는 광분한 채로 허공을 깨물며 문을 향해 으르렁거렸다. 나는 벌떡 일어섰다. 이젠 지치고 짜증스러웠다. 부츠에 발을 거칠게 밀어 넣고 거실 창문을 내다보았다. 크립스와 피트가 베란다에 서서 악마처럼 문을 응시하고 있었다. 다른 악령 셋은 모습이 보이긴 했어도 눈 덮인 마당에 서서 어둠 속에 흐릿하게 보일 뿐이었다.

나는 문을 벌컥 열고서 팔을 들어 극적이고 우스꽝스럽게 인사를 했다. 그리고 팔을 베란다 쪽으로 저으며 대시가 밤공기 사이로 사납게 짖으며 바깥으로 나가게 두었다.

"저 멍청이들이 놀고 싶대, 대시!"

악령 둘은 잽싸게 뒤로 물러섰다. 대시가 이를 드러내고 으르렁대며 돌진하자, 피트는 분노하면서도 좌절한 듯 가까이 다가오는 개를 내려다보며 현관 베란다 난간 뒤로 물러섰다. 그는 나를 차가운 증오의 눈빛으로 노려본 다음 난간 아래로 뛰어내려 어두운 마당으로 사라졌다. 크립스는 자리에 버티고 섰다. 나는 그에게 한 발짝 다가서면서 눈썹을 추켜세우고 대시에게 손짓했다.

나와 개 사이를 번갈아 쳐다보는 크립스의 얼굴에 혐오와 분노가 서렸다. 마치 내가 부정행위를 하고 있다는 듯한 반응이었다. 하지만 악의에 찬 얼굴 위로 불안인지 공포인지 모를 기색이 퍼지며 표정이 일그러지기 시작했다. 대시는 크립스를 느끼고는 주둥이를 그의 무릎께에 막연히 겨누었다. 녀석은 조용해지더니 입술을 말고서 이를 드러내더니, 뒷다리에 몸무게를 실으면서 공격 의도를 다분히 드러내었다. 크립스는 대시에게 몸을 숙이고 얼굴을 흔들더니 귀청이 떨어질 만큼 격하게 소리를 지르며 분노와 공포를 터트렸다.

대시는 비명을 지르는 악령 쪽으로 목줄을 끊어버릴 정도로 격하게 몸부림치며 달려들었다. 크립스도 곰같이 굵은 목소리로 으르렁거렸다. 크립스는 베란다에서 뛰어내렸고, 대시는 비명을 지르며 그를 쫓아 마당으로 내려갔다. 악령들은 모두 흩어졌다.

우리는 대시를 집 안으로 불러들여 진정시켰다. 이걸로 오늘 밤에는 악령이 오지 않기를 바랐다.

하지만 바람은 이루어지지 않았다.

몇 시간이 지났다. 새벽 2시쯤 나는 기억도 나지 않는 꿈에서 퍼뜩 깨어나 침대에 몸을 일으켜 앉았다. 침대 위 창문 밖에서 귀를 찢을 듯한 비명이 들려왔다. 인간의 것이 아니라 짐승의 울부짖음에 가까웠다.

몸을 돌려 무릎을 대고 창문을 가린 두꺼운 커튼을 옆으로 밀어 바깥을 바라보았다. 커튼을 몇 센티미터밖에 열지 않았건만, 순간 나는 창문에서 확 몸을 떼냈다. 비명을 지르며 침대에서 떨어질 뻔했다.

커튼을 연 순간, 크립스와 피트가 서리 낀 유리창에 이마를 딱 붙인 채 이를 드러내며 나를 보고 웃고 있었다. 정신 나간 증오의 눈빛을 띤 채였다. 그렇지 않아도 지친 상태에서 충격을 받은 나는 헤드보드를 내리치며 커튼을 친 다음 창문에서 물러서서 분노와 민망함 섞인 욕설을 퍼부었다.

잠에서 깬 사샤가 겁에 질려 멍한 상태로 소리쳤다.

"뭐야, 해리, 왜 그래?"

우리는 침대 발치에 몸을 웅크리고 서로를 껴안은 채로 가만히 앉아 있었다. 우리 침대에서조차 이렇게 있을 수밖에 없다니. 결국 대시도 침대 위로 뛰어올랐고, 나는 몇 시간 동안 바깥에서 악령들이 낄낄대며 비명을 지르는 소리를 들었고, 사샤는 그런 나의 얼굴을 바라보았다. 악령의 울부짖음이 너무 커서 나만 느낄 수 있는 인식의 범주를 넘어설 때마다 사샤와 대시는 가끔 움찔했다. 어느 악령이 내는 소리인지 나는 분간할 수가 없었다. 소리가 미친 듯이 고동치는 수준이었다. 어떤 소리는 창문 바로 바깥에서 들렸다. 어떤 소리는 목초지에서 아스라이 들려왔다. 악령 하나는 지붕 위를 달리며 몇 시간이고 짐승처럼 소리쳤다.

1월 셋째 주 중반, 이 겨울 악령이 나타난 지도 거의 한 달이 되어갔다. 나의 감정과 육체 모두 이토록 심하게 지친 게 참으로 오랜만이었다. 사샤도 피곤했지만, 그래도 낙천적인 기분을 애써 유지했다. 악령이 주변에 있다는 느낌도 점점 심해졌다. 악령 가까이 갈 때면 나의 옛 상처도 경련과 통증을 일으켰다. 처음 몇 주 동안 그럭저럭 그러모았던 차분함과 평정심은 사라진 지 오래였고, 머릿속엔 아무런 질문도 남지 않았다. 봄과 여름, 심지어 가을조차도 이 지랄에 비하면 훨씬 나았다.

아침 식사 뒤, 나는 장작을 썰매에 실어 집 안에 들여오려고 밖으로 나갔다. 현관을 내려와 눈 덮인 길을 걸어 차고와 장작 창고로 향하는 동안, 악령 여럿이 옆에서 울부짖고 비명을 지르고서 시야를 어른거리며 따라왔다. 그들이 낮 동안 나를 괴롭히는 건 마치 졸피뎀의 약효처럼 복합적인 효과를 일으켰다. 나는 감방으로 끌려가는 죄수가 된 기분으로, 새로운 수감자를 본 기존 재소자들이 신입을 향해 외치는 요란한 함성 같은 악령들의 소음 속에서 묵묵히 내 발걸음을 바라보며 걸었다. 지금의 분위기는 앞으로 고통만 있을 것이라는 조롱과 침방울이 서린 무거운 감방과 다를 것이 없었다. 악령들, 아니 악령은 확실히 나의 반응에 자극을 받는 듯했으니, 나는 가능한 한 그들이 인정받았다는 욕구를 느끼지 못하게 해줄 참이었다.

처음에, 그러니까 악령들을 처음 봤을 때는 저마다 독특하고 개성이 뚜렷한 고문 가해자들 같다는 느낌을 받았다. 마치 내가 그들을 죽였을 때 완전히 박탈했던 실제적이고 현실적인 인격과 경험을 지닌 개별적 존재로 이곳에 온 것처럼. 하지만 과연 그럴까. 의심이 내 속에서 점점 커졌다. 다시금 곰곰이 생각하며 피트의 악령을 슬쩍 바라보고 마당 울타리 문을 열었다. 피트는 차분한 공격성을 드러내며 나를 보았다. 분노는 그를 위로하고 힘을 더해주는 것 같았다. 나는 눈을 가늘게 뜨고 그의 얼굴을 살폈다. 그러면 마치 무슨 대답이라도 그가 무심코 드러낼 것처럼.

"아니, 네 속에 진짜 피트가 있을 리 없어. 안 그래?"

나는 피트에게 고개를 저었다. 마치 그가 자신이 확실히 피트의 영혼이며 그 출신이 분명하다고 설득했지만 실패했다는 듯이. 악령들은 그 전부터 내 머릿속에 있던 존재이지 않았나.

새된 비명이 왼쪽 귓가를 강타했다. 소리가 어찌나 크던지 코에 주먹을 맞은 것처럼 눈앞이 아찔해졌다. 소음을 피해 몸을 움츠린 나는 마당을 비틀거리며 피트 쪽으로 다가갔다. 뒤를 돌아보자 내가 피트의 영혼을 생각하며 섰던 왼편에 크립스가 보였다. 그는 눈을 가늘게 뜨고 나를 바라보며 미소 지었다. 울컥 분노가 치밀었지만 애써 진정하고 숨을 쉬었다. 그리고 썰매를 잡은 다음 두 악령을 뒤로하고 장작 창고 쪽으로 계속 내려갔다.

썰매에 장작을 반쯤 채우고 양손으로 장작 묶음을 하나 더 집으려던 순간, 행크가 갑자기 장작더미에서 일어섰다. 난데없이 느릿하게 일어나 모습을 드러내는 방식은 어쩐지 전속력으로 벌떡 일어서는 것보다 훨씬 불쾌했다. 이제껏 낮에 날 놀라게 하던 악령의 행동 중에서 지금이 가장 무서웠다.

행크는 최대한 입을 크게 벌린 채로 일어났다. 눈을 까뒤집은 채로, 그는 부상당한 것처럼 숨을 크게 들이쉬고 내쉬며 비명을 질러댔다. 겁을 잔뜩 먹은 필사적인 비명은 마치 산 채로 잡아먹히는 사람의 소리 같았다. 그 소리에 놀란 나는 비틀거리며 뒤로 쓰러지면서 장작이 실린 썰매에 발이 걸려 눈밭에 엉덩방아를 찧었다.

내가 뒤로 넘어지자마자 행크는 마치 고블린처럼 네 발로 장작더미 위를 마구 기어오르더니 거기서 기어 내려와 내 무릎에 올라탈 뻔했다. 나는 몸을 움츠렸지만, 그의 얼굴이 내 코앞까지 다가와 무슨 소리인지 모르겠는 비명과 고함을 마구 질러댔다. 나는 눈을 감고서 심호흡했다. 일어서서 다시 썰매에 장작을 실으려 했지만, 행크는 벌떡 일어나 주변을 빙빙 돌며 내가 가는 방향마다 앞을 가로막았다. 귓가에 울리는 심장 소리가 터질 듯이 뛰었다. 행크를 피할 수가 없었다.

"씨발!"

결국 나는 소리치며 장작개비를 눈밭에 내던졌다. 눈물이 핑 돌았다. 내가 화를 내자 행크의 얼굴에 광기 어린 승리의 미소가 떠올랐다. 결국 난 썰매를 놔두고 뛰다시피 집으로 도망쳤다.

거실에서 이 모습을 지켜보던 사샤는 내가 들어오자마자 안아준 다음 '자긴 최선을 다했어'라는 눈빛으로 엄마처럼 위로했다. 너무 화가 났다. 민망하기도 하고 기진맥진했지만 감정을 표현할 기력이 없었다. 그저 우두커니 서서 멍한 얼굴로 패배감을 느끼며 온몸이 굳어 있었다.

이렇듯 음울한 순간이 많았지만, 그다지 오래가지는 않았다. 내가 할 수 있는 일이라고는 사샤를 바라보는 것뿐이었다. 그러면 차분함이 나를 감쌌다. 현 상황이 정말 나쁘지만 곧 끝나리라는 것을 알기에 약간 위안도 되었다. 이 세상 존재가 아닌 손님들이 저지르는 고문의 순간이 다하면, 곰에게 사지가 찢기는 남자나 경련을 일으키며 비명을 지르는 허수아비쯤은 다시 보고 싶을 만큼 편안하고 친숙하게 느껴질 것이다. 이 순간도 거의 다 끝나가고 있었다.

31

사샤

1월 말의 어느 날 밤, 해리와 나는 침대에 누워 이야기를 나누었다. 악령들이 이곳에 온 뒤로 처음으로 행복하고 방해받지 않아 기쁜 순간이었다. 우리는 이 악령의 활동기도 거의 끝나간다는 사실을 되새겼다. 며칠 전에도 조에게 전화해서 물어본 사실이었다. 솔직히 조에게 적어도 열 번도 넘게 전화를 해대 악령의 출몰 기간이 알려주신 대로가 맞는지 확인해 달라고 부탁했다. 조는 그럴 때마다 거듭 우리를 안심시키면서, 그 기간은 보통 한 달 정도 지속된다고 늘 들어왔으며, 길어봤자 6주 정도라고 장담했다. 우리는 그날 밤 조의 말을 믿을 수밖에 없었다. 그 말이 사실이라면 이제 일주일 뒤면 이런 삶도 끝난다는 뜻이었다.

조는 이 철을 직접 겪어본 적이 없기 때문에 그가 틀렸을 가능성도 있었다. 하지만 이제껏 조가 알려준 규칙과 의식이 다 검증되었기 때문에, 솔직히 이 말도 안 되는 일이 벌어지는 기간에 대해 의심해 봤자 소용이 없었다. 해리와 나는 사람들이 서로를 죽이는 일이 지금보다 흔하던 1800년대 후반에 출몰하던 악령들은 어땠을지, 그들의 영혼은 누구의 것이었을지 정기적으로 이야기를 나누곤 했다. 하지만 그날 밤, 우리 둘 다 이 기간이 거의 끝나가고 있다는 느낌을 받았다. 나는 해리가 잠든 모습을 지켜보았다. 우리는 해가 지고 다음 날 해가 뜨기까지 촛불을 설치해 놓은 곳에서 자는 습관이 들었다. 촛불이 멀리 떨어진 곳에서 머물고 싶지 않아서였다. 저 촛불은 마치 생명 유지 장치 내지는 신장 투석기, 바다의 구명정처럼 느껴졌다.

다음 날 아침, 나는 커피와 차를 끓이려고 일어났다. 아침마다 스트레칭을 하느라 여념이 없는 대시의 위를 슬쩍 넘어 거실을 지나 주방으로 가려는데, 침실에 둔 내 휴대폰이 울렸다. 해리의 휴대폰 역시 동시에 울렸다. 침실로 돌아가 보니, 해리는 걱정스러운 표정으로 나를 빤히 바라보았다. 우리의 휴대폰 두 대가 모두 오늘 밤 심각한 겨울 폭풍에 대비하라는 경보 문자를 띄우고 있었기 때문이다. 초속 35미터의 강풍과 660밀리미터의 강설량이 예상된다고 했다. 바람은 연약한 촛불의 적이었다. 우리의 생명에 주요한 위협이었다.

해리는 경보 문자를 다 읽고는 휴대폰을 협탁에 두고서 천장을 바라보았다. 아무런 감정이 없어 보였지만, 어쩌면 이제껏 본 얼굴 중 가장 지친 얼굴이었는지도 모르겠다. 해리는 침대에 천천히 앉아서 팔을 발가락 쪽으로 뻗었다. 전에 입은 부상에서 비롯된 고통이 아침에 점점 심해져서 다리와 갈비뼈, 등과 팔로 뻗어나가 해리는 얼굴을 찡그렸다. 내가 다가가 등을 문질러주자, 그는 길게 숨을 내쉬고는 나를 바라보았다.

나는 그에게 키스하며 말했다.

"거의 다 끝나가, 해리. 곧 있으면 이 시기가 끝날 거야."

해리는 내 뒤를 멍하니 응시하며 천천히 고개를 끄덕였다. 그러다 나를 돌아보더니 싱긋 웃으며 어깨를 으쓱였다.

"맞아. 거의 끝났지. 거의 지나왔어. 그러니까…… 제길, 집을 완전히 만반의 준비를 갖춘 요새로 만들어야겠어. 폭풍이 불어온다니까 어떤 위험도 감수하지 말자. 집에 바람 한 점 들게 하지 말자고!"

그는 침대에서 벌떡 일어나 곧바로 작업에 착수했다. 우리는 거실과 주방, 침실과 서재의 커다란 창문마다 합판을 대고 못질했다. 수리해야 할 일이 생길지도 몰라 여분의 목재도 집 안에 들었다. 해리는 너비 15센티미터에 두께 5센티미터짜리 기다란 널빤지를 잘라 짧게 만들고는 현관문과 주방문 옆에 세워두고 기다란 못과 망치도 두었다. 지난 몇 주 만에 처음으로 그는 즐거워했다. 목적이 있었으니까.

해리가 주방문 옆에 널빤지를 다 쌓자, 나는 미소를 지어주었다. 그는 얼굴을 살짝 붉히고서 쑥스러운 미소를 지어 보이더니, 현관 근처에 둔 널빤지 쪽으로 고갯짓을 했다.

"바람이 아주 세차게 불어서 문이 부서질지도 모르니, 대비하려고. 문틀이 부서져서 이 집을 다시 싹 칠하기를 바라지는 않지만,

473

혹시 몰라서 준비해 두는 게 좋을 거 같았어. 이해하지?"

나는 책을 내려놓고 해리에게 다가가 키스했다.

"알아. 현명해. 날씨가 나빠지면 문에 판자를 못질하자. 이 집을 봉쇄할 준비를 하자. 이제 겨울도 끝나가. 그러니 위험을 무릅쓸 필요는 없잖아?"

우리는 그 뒤로 약간 기묘하고 이유 없는 행복감에 빠져서 보냈다. 이제 이 시기가 다 끝나가고 있어. 하지만 자연이 우리를 두고 음모를 꾸미는 것 같았다. 마당에 우뚝 솟은 목화나무의 앙상하고 커다란 가지 사이로 돌풍이 스치며 새된 소리로 울부짖을 때마다 속이 뒤틀리는 느낌이었다.

해리 역시 침착해 보였다. 정신을 가다듬어 차분했다. 그는 예전에 위험 지역으로 정찰을 떠나기 전에도 이런 기분이었다고 했다.

"다 그런 거지, 어쩌겠어. 그냥 잘 견디는 수밖에."

우리는 그날 저녁을 일찍 먹었다. 식탁은 잔칫상이었다. 올가을 해리가 잡은 사슴의 마지막 안심을 구운 야채와 커다란 샐러드, 집에서 만든 파이와 함께 곁들여 먹었다. 정말 맛있었다. 저녁 식사 뒤에도 해가 지려면 한 시간 정도 시간이 남아서 우리는 대시를 데리고 길을 따라 산책했다. 눈이 심하게 내렸고, 돌풍 수준이었던 바람은 집 위로 보이는 작은 숲을 지나면서 돛을 떠밀 정도의 바람으로 바뀌어 있었다. 마구 울부짖는 바람 소리는 귀신 들린 곡소리 같았다. 대시는 산책 내내 초조해 보였고, 우리 곁에서 절대 멀리 떨어지지 않았다.

해리는 차고에 한 번 더 갔다가 현관에서 장작더미를 한 묶음 더 가져왔다. 그러고는 새 장작을 거실 벽난로 옆에 가지런히 쌓아둔 장작더미 위에 놓았다. 사실 장작은 지금도 상당히 많았다. 따스한 불꽃의 열기에 닿자 차가운 장작이 김을 뿜기 시작했다.

해리는 통나무를 불 속에 넣고서 방을 가로질러 현관문 근처 창턱에 다가가 장갑을 벗어놓았다. 그리고 문 옆에 쌓아놓은 널빤지를 바라보다 나와 눈을 마주쳤다. 우리는 굳이 상의하지 않았고, 굳이 입을 열지 않고도 둘 다 현관문과 주방문에 널빤지를 대기 시작했다. 내가 널빤지를 가만히 잡고 있으면 해리가 커다란 못을 문틀에 대고 망치질했다. 그렇게 함께 조용하고 빠르게 일했다.

지난 몇 주간 그랬듯이 우리는 촛불을 켜놓고 집 안 어디를 가든 가지고 다니며 곁에 두었다. 해리는 그걸 자그마한 '전투 쟁반'이라고 불렀다. 해가 질 무렵이 되자 주방에서 가장 좋아하는 음반을 틀어놓고 30분가량 춤을 추었다. 그러다 커다란 돌풍이 불어와 집이 흔들려 삐걱대고 전기가 들어왔다 나갔다 하자, 우리는 서로를 잡은 손에 더욱 힘을 주었다.

날이 완전히 어두워지자 앞으로 다가올 폭풍에 우리 둘 다 살짝 초조해졌다. 불어오는 바람에 휘어진 나뭇가지는 펴질 줄을 몰랐다. 널빤지를 덧대놓지 않은 자그마한 주방 창문으로 바깥을 바라보며 스포트라이트를 마당에 비추자, 눈이 옆으로 몰아치고 있었다. 해리는 나에게 테니스화를 신고 두꺼운 바지와 칼하트 코트를 입으라고, 그리고 장갑과 털모자를 코트 주머니 속에 넣어두라고 당부했다.

해리는 사격장에서 차던 '탄띠'를 후드 위로 맸다. 자그마한 주머니들이 달린 탄띠에는 칼과 권총, 그리고 여분의 권총과 소총용 탄창이 담겨 있었다. 그는 AR15*보다 조금 작은 소총 하나를 옆에 있는 조리대에 올려놓았다. 지난 몇 주 동안 나는 현 상황을 고려하여 평소 같았으면 엄격하게 요구했을 총기 보관 수칙을 말없이 해제했다. 해리는 옆에 소총을 두기만 해도 기분이 한결 좋아졌고, 나는 그를 괴롭히는 악령들을 볼 수 없었기 때문에, 해리의 기분이 좋아지면 내 기분도 좋아졌다.

주방에는 우리가 바깥을 볼 수 있도록 널빤지를 완전히 대어놓지 않은 창문이 있었다. 그곳을 통해 해리는 바깥을 바라보았고, 나는 그의 모습을 지켜보았다.

"목화나무 때문에 걱정이야, 해리?"

해리는 천천히 고개를 끄덕이면서 나를 보지 않은 채 대답했다.

"자칫하면 창문을 깰 만한 가지들이 많잖아. 지금도 저렇게 흔들리는데……. 물론 저 가지들은 지금보다 더 심한 눈보라에도 끄떡없이 살아남았다고 생각하고 싶지만 말이야."

우리는 주방 탁자에서 자정이 되도록 카드놀이를 했다. 잠자리에 들 만큼 피곤하지는 않아서였다. 대시는 우리의 발치에 누워 이따금 고개를 들고 낑낑거리며 세찬 돌풍 소리가 나는 쪽을 바라보았다. 바깥바람은 비명을 지르는 수준이었고, 이처럼 심하게 내리는 눈은 내 평생 처음인 것 같았다. 게다가 옆으로 휘몰아치는 눈은 미친 듯한 눈보라 속으로 다시 빨려 들어갔다.

◆ 구경 0.223인치의 가스 작동식 반자동 소총.

내가 차를 끓인 다음 찻주전자를 난로 위에 다시 내려놓는 순간, 지옥이 펼쳐졌다.

커다랗게 금속이 뜯겨나가는 소리가 현관에서 들려오는 바람에 주방에 있던 우리는 현관으로 이어지는 문을 바라보았다. 현관을 보니, 우리가 못질해 놓은 널빤지가 바람을 이기지 못하고 문틀의 압력에 의해 안쪽으로 휘어져 있었다. 바람의 힘을 곧바로 받은 널빤지는 마치 나무로 만든 돛 같았다. 문틀에 널빤지를 박아놓았기 때문에 문이 열리거나 주방으로 바람이 들어오지는 못했지만, 그래도 1센티미터가량 문틈이 벌어져 있었다.

쿵 소리가 들리자마자 사나운 바람과 더불어 상당량의 눈보라가 집 안으로 밀고 들어와 얇은 공기층을 형성했다. 대시는 갑자기 집 안에 들이닥친 폭풍의 소리를 듣자마자 벌떡 일어났다.

눈 폭풍이 충격적으로 파고든 지 1초도 되지 않아, 비명을 지르듯 울어대는 바람이 문틈으로 들어와 가늘고 강력한 칼날처럼 내 얼굴을 휙 쳤다. 나는 눈을 깜빡이며 고개를 뒤로 젖히고 말았다.

바람이 들어왔어.

해리와 나는 주방 저편에서 서로를 마주 보았다. 해리의 얼굴에 서린 날카로운 두려움과 공포는 아마 내 얼굴에도 똑같이 드러나 있을 것이다. 우리는 우리 사이에 있는 주방 탁자를 바라보았고, 둘 다 같은 것을 보았다. 바로 초의 불꽃이었다. 불꽃은 허리케인에 펄럭이는 깃발처럼 옆으로 누워버렸고, 겉에 씌워놓은 유리구도 이토록 세차고 집중적인 바람엔 별 도움이 되지 못했다. 그 불꽃들이 바람을 타고 미친 듯이 펄럭이는 모습을 본 것은 불과 1초였지만, 마치 시간이 멈춘 듯 길게 느껴졌다.

해리가 문을 향해 전력으로 달려가는 동안, 널빤지 하나가 결국 못 박은 자리에서 확 뜯겨 바닥에 나동그라졌다. 해리는 안으로 자꾸만 열리려는 문을 간신히 잡고서 온 힘을 다해 문을 쾅 닫은 다음 어깨에 몸무게를 실어 밀었다. 문이 닫히고 비명을 지르는 바람은 주방에 불어오지 않았지만, 해리는 마치 안이 더욱 시끄러워진 것처럼 움찔했다.

그의 눈빛을 보자 귀신들이 비명을 지르기 시작했다는 걸 짐작할 수 있었다.

나는 촛불 위를 몸으로 감쌌다. 이러니까 둥지에서 알을 품은 새 같았다. 그러다 쿵 소리가 들려와 고개를 들어보니, 바깥에서 무언가가 문을 쳐대는 것처럼 해리의 몸이 자꾸 움직였다. 잠시 뒤, 문을 치는 힘이 세게 작용했고, 해리가 그의 몸무게로 감당하지 못하는 틈을 타서 주방 쪽으로 몇 센티미터 문이 열리고 말았다. 나는 얼른 달려가 어깨와 손바닥으로 문을 밀며 해리를 도와주었다.

온몸의 근육에 잔뜩 힘을 주느라 몸이 불타듯 아팠다. 대시는 문을 향해 분을 내며 눈을 가늘게 뜨고, 전에 본 적 없던 맹수의 모습으로 전에 들은 적 없던 날카로운 목울음을 내면서 공격 준비를 했다. 어느새 해리와 나는 공포에 떨며 온 힘을 주느라 신음을 흘리고 있었다. 그러다 다시금 문을 쳐오는 바람이 어찌나 강하던지 우리 둘 다 몸무게를 싣고 문을 밀던 자리에서 튕겨 나와 똑바로 서버리고 말았다.

뒤를 돌아보자 촛불을 놔두고 온 주방 탁자가 보였다. 꺼져버린 심지에서 올라오는 두꺼운 연기 기둥이 천장에 달린 조명을 향해 구불구불 올라가며 퍼져갔다. 해리와 나는 눈을 마주쳤고, 내가 주방으로 달려가는 동안 해리는 어서 촛불을 켜라고 소리쳤다.

나는 앞을 가로막은 조리대 위로 몸을 날려 촛불을 둘러싼 유리 보호구 위로 허둥지둥 다가가서는 쟁반에 둔 라이터를 켰다. 손이 어찌나 심하게 떨리던지 불꽃을 심지에 간신히 댔다. 불을 다시 붙이려는 순간, 지축을 뒤흔드는 쾅 소리가 들리더니 방 안에 눈보라가 휘몰아치면서 라이터와 촛불을 적시고 말았다.

나는 문 앞에 선 해리와 대시를 바라보았다. 모든 것이 슬로모션으로 움직이는 것 같았다. 저 두 생명체가, 내가 이 세상 무엇보다 사랑해 마지않는 인간과 개가, 고대의 탐욕스러운 분노와 보복의 화신과 대면하고 있었다. 우리의 가장 신성한 공간으로 죽음과 폭력과 도륙을 불러들이는 존재와 조우하고 있었다. 나는 라이터에 계속해서 불을 붙이다 결국 불꽃을 만들어냈고, 덜덜 떨리는 손으로 최선을 다해 한 번에 하나씩 심지에 불을 붙였다. 해리와 촛불을 번갈아 바라보느라 손을 데기도 했다.

해리의 몸에 서린 긴장이 보였다. 근육은 격한 긴장에 움찔거리며 꿈틀댔고, 그는 저 문으로 들어오는 것이 무엇이든 잔인함을 모조리 실어 폭발적으로 공격할 준비가 되어 있었다.

그 순간, 모든 것이 멈췄다. 문틀에서 덜컹거리던 문이 조용해지면서 갑자기 사방에 정적이 내려앉았다. 불안하고 위험한 고요였다.

32

해리

만약 눈보라가 몰아치거나 촛불이 어쩌다 꺼져 주방이나 거실에 있는 게 정신없어진다면, 우리는 침실로 가자고 미리 상의해 놓았다. 침실은 우리가 최후의 저항을 할 공간이었다. 그곳은 우리만의 알라모 요새◆였다.

악령의 소음과 비명이 그치자, 나는 다섯 개의 촛불 중 세 개를 다시 켜놓은 사샤를 바라보고서 소리를 질렀다.

"대시랑 촛불 가지고 침실로 들어가서 전부 켜! 어서!"

사샤는 양초 사이에 라이터를 놓은 쟁반을 들고 대시를 부르며 움직였다. 사샤가 조심스럽게 주방을 지나는 사이, 싱크대 너머 주

◆ Alamo, 미국 텍사스주에 있는 요새로 1836년 멕시코군에 포위된 미국인 187명이 전멸한 곳.

방 창문에 덧댄 널빤지를 무언가가 세차게 쳤다. 널빤지가 부서지면서 앞에 있던 전자레인지를 강타해 산산조각으로 깨뜨렸다. 폭발해 부서진 유리창의 잔해가 널빤지와 함께 사샤의 몸 오른쪽을 쳤다. 그녀는 파편과 집 안으로 몰아치는 눈발을 휙 피하면서도 걸음을 멈추지 않았다.

식탁 너머 내 뒤로 유리창이 산산조각 나는 소리가 들렸다. 몸을 돌리자 깨진 창문과 널빤지 사이로 몸을 비집고 기어 들어오는 다섯 악령이 보였다. 그들의 비인간적인 비명이 중첩되어 귀를 찢을 듯한 고음이 되었다.

나는 주방으로 들어오는 악령을 피해 뒷걸음질 치면서 조리대에 둔 소총을 들어 장전하고 안전장치를 푼 다음 방아쇠에 손가락을 걸었다. 마치 자전거를 타는 느낌이었다. 이윽고 총을 쏘자, 밀폐된 집 안에서 총신이 짧은 카빈 소총이 내는, 캔 찌그러지는 듯한 끔찍한 소리가 내 귀를 긁었다.

나는 집에 연달아 총알이 박히는 모습에 충격을 받았다. 물론 총을 쏴봤자 이 세상 것이 아닌 존재에 아무런 해도 입히지 못하고 그저 통과하리라는 예상은 했다. 하지만 *만약에* 촛불이 꺼져서 악령들이 우리를 해치려고 집 안으로 들어올 수 있다면, 그들에게 해를 가하는 것도 가능하다고 생각했다. 놀랍게도 총알은 그들에게 닿았다. 피를 흘리지는 않았고 눈에 보이는 부상도 없었지만, 연달아 쏜 총알은 마치 돌이 질척한 얼음을 통과하듯 그들의 형체에 파장을 만들어냈다. 총을 쏘니 악령들의 행동이 느려졌다. 그들은 움찔하며 얼굴을 찌푸렸다. 산산조각 난 창문으로 기어 들어오는 저

덩어리들에, 몸부림치는 기묘한 형체에 총을 쏘자, 악령들은 이제껏 들어본 중 단연 잊을 수 없을 만큼 뼛속까지 오싹한 신음을 내질렀다. 그 낮은 소리에는 초조함과 공포가 가득했다. 납덩이 총탄으로 저들을 죽일 수는 없겠지만, 총탄을 느끼는 건 분명했다. 저들은 총에 맞는 느낌을 좋아하지 않는군. 그 사실을 알자 흥분과 분노가 차올랐다. 이런 게 살육의 욕망인가 보다.

시간은 느릿느릿 흐르다 못해 기어가는 것 같았다. 나는 폐허가 된 집 안에 섰다. 조각 난 나무와 산산이 부서진 유리로 바닥이 어지러웠다. 문이 열리는 걸 막으려고 밀다가 팔이 다 까졌지만 익숙한 몸놀림으로 소총을 다루고 있던 나는 뒤늦게야 깨달았다. 내 피가 잭슨 폴록의 작품처럼 온 바닥에 흩뿌려져 있었다. 나의 시간 인식 능력은 예전에 전투를 치렀을 때의 수준으로 되돌아갔다. 시간이 천천히 흘러감에 따라 나는 아주 세세한 사항까지 인식할 수 있게 되었다. 다섯 악령은 지금 주방에 들어와 나를 덮치고 있었다. 마치 꿈 같았다. 그들은 차지한 공간에 비해 어마어마하게 거대해 보였고, 아주 느리게 움직이는 건지, 아니면 번개처럼 빠르게 움직이는 건지 분간이 되지 않았다.

나는 익숙한 동작들을 수행했다. 볼트가 다시 잠길 때까지 방아쇠를 꾹 누르고, 빈 탄창을 빼 바닥에 던지고 새 탄창을 집었다. 군용 벨트에서 꺼낸 탄창을 삽입구에 퍽 꽂아 넣은 다음 계속 사격했다. 총을 쏠 때마다 악령들은 귀청이 터질 듯이 분노로 울부짖으며 계속 가까이 다가왔다.

거실로 들어가 복도를 돈 다음 침실로 향했다. 악령들은 이제 60

센티미터 앞까지 다가왔다. 그들은 사지가 하나로 얽히고 한목소리를 내는 하나의 덩어리가 된 것 같았다. 탄창이 텅 빌 때까지 계속 쏘았다. 가장 가까이에 있던 브리저가 손을 뻗었다. 그의 손은 마치 보도블록에서 올라오는 열기에 시야가 왜곡될 때처럼 일그러져 있었다. 그가 가까이 올수록 압박감이 느껴졌다. 우리가 자석의 같은 극이라도 된 듯한 느낌이 들었다. 나는 권총을 빼 들고 그의 가슴에 총구를 들이댄 채 마구 쥐어짜듯 쐈다. 권총이 그의 몸에 푹 박혔지만 살점이 닿을 때의 저항은 느껴지지 않았다. 그의 몸이 마치 두툼하고 마른 진흙으로 이루어진 정전기인 양 파장 같은 것이 느껴졌을 뿐이다. 브리저는 포효하면서, 내 가슴 한복판으로 손바닥을 내밀고 돌진했다.

그 바람에 나는 날아가듯 복도에서 침실 쪽으로 밀려났다. 사샤가 있는 침실이었다. 내 등이 닫힌 문에 어찌나 세차게 부딪쳤던지 경첩이 떨어져 나갈 뻔했다. 내 가슴에서 공기가 훅 빠져나갔다. 안에서 사샤가 지르는 비명과 대시가 미친 듯이 짖는 소리가 들렸다. 난 기침하며 호흡을 고르고 사샤에게 절대로 나오지 말라고 소리를 질러댔지만 막상 나의 목소리조차 들리지 않았다.

브리저는 다른 놈들과 떨어진 채 혼자서 내게 돌진해 왔다. 내 두피에서 피가 흘러내려 눈앞이 흐려졌다. 몸 어딘가가 심하게 잘못되었다는 느낌이 들었다. 뼈가 여러 군데 부러졌구나. 갈비뼈와 쇄골 즈음이었다.

큰일 났구나. 알겠다. 지금 나는 타깃이 된 거다. 난리 났군. 이제 내가 골로 갈 차례다. 그래도 끝까지 놈들에게서 사샤를 보호하다 죽을 것이다.

그 순간, 오래전 느꼈던 익숙한 감각이 나를 덮쳤다. 예전에 날 지배했었던, 하지만 오랫동안 잊고 있던 감각. 막판이 되어야만 일어나는 고요한 받아들임의 자세였다. 온갖 변덕과 변화와 혼돈의 현실에 순수하게 녹아든 차분한 수용. 항복이 아니었다. 오히려 나를 둘러싼 종말의 폭력과 이루는 교감이었다. 총격전이 정말 심해지고, 공기가 소음 속에서 끓어오르고, 친구들이 피를 흘리며 비명을 지르고, 내가 움직일 수 없는 마지막 순간, 움직여야 하지만 손가락과 갈비뼈가 부러지고 뇌진탕이 일어나고 입에 피가 고이고 눈에 흙이 들어가서 움직일 수 없는 그 마지막 순간에 일어나는 차분한 수용이었다.

공포가 극심해져서 무너져 내리면서 동시에 공포가 싹 사라지는 절체절명의 순간에 나타나는 감각. 이건 그저 곧 죽겠다는 생각 정도로 맛볼 수 있는 감각이 아니다. 죽겠다는 생각이 든다면 아직 멀었다. 이 감각은 죽음의 실재에 맞서서 엎치락뒤치락 싸우다가 결국 죽음에 굴복하고 나서도 한참 뒤에야 다가오는 것이다. 곧 죽을 것임을 알았을 때에야, 내가 이미 죽었다는 걸 알았을 때에야 비로소 나타나는 감각이다.

나는 악령들을 올려다보다 문득 궁금해졌다. 이들도 내가 죽이기 전에 이런 감각을 느꼈을까.

브리저가 내 위로 다가온 순간, 그는 돌연 정지된 애니메이션처럼 행동을 멈췄다. 그의 표정이 분노와 좌절로 일그러졌다. 마치 보이지 않는 철사에 매달린 꼭두각시 인형처럼, 집 밖에서 보이지 않는 힘이 이들을 잡아당겨 이 공간에서 찢어내는 것처럼, 악령들이 일제히 집 바깥으로 끌려가기 시작했다.

어떻게 된 것일까. 궁금했던 것도 잠시, 깨달음이 왔다.

33

사샤

침실로 들어오고 나서야 내 꼴이 어떤지 알게 되었다. 유리와 나무 가시가 얼굴에 박혀 있었다. 두피에서 피가 흘러 어깨에 떨어졌다. 주방에서 총성이 울릴 때마다 눈이 질끈 감기며 심장이 쿵쿵 뛰었다. 그러다 총소리가 그치고 망가진 고막에 개가 울부짖는 소리가 들리면서 나는 움찔거리기를 멈추었다. 떨리는 손을 애써 추스르며 쟁반 위 초를 똑바로 세웠다.

방으로 뛰어들었을 때 나뭇조각과 유리가 우박처럼 몰려드는 바람에 촛불은 죄다 꺼져버렸다. 나는 꺼져버린 심지에 라이터를 두 번 튕겼지만 두 번 다 불붙이기에 실패했다.

"제발! 제발 붙어!"

다시 불을 붙이면서 분노와 공포에 사로잡혀 비명을 지른 순간, 갑자기 무언가가 침실 문에 쾅 부딪쳤다. 사람의 몸이었다. 바로 해리의 몸 말이다. 그 소리에 충격받은 나는 손을 더듬거리다 라이터를 떨어뜨렸다. 떨어진 라이터가 문으로 쭉 미끄러졌다. 해리가 문 너머로 지르는 비명이 들렸다.

"절대로 나오지 마! 내 말 들려? 방 안에 있어!"

그의 목소리에 서린 진실을 들었다. 해리가 다쳤구나. 라이터를 낚아채는 나의 얼굴 위로 눈물이 흘렀다. 나는 잠시 눈을 감고 남은 집중력과 침착함을 최대한 그러모았다.

찰칵. 방 안이 주홍빛으로 빛났다. 나는 첫 번째 양초의 심지를 시작으로 차례차례 초에 불을 붙였다. 바깥의 바람 소리와 집이 무너지는 소리가 점점 세차게 들려왔다. 마치 폭풍이 우리 집 복도로 곧장 밀려드는 것 같았다. 두 번째 촛불이 켜지자, 불빛은 더 강렬하고 따스해졌다. 나는 최대한 빠르게 불을 붙였다. 불꽃 사이로 손을 들자 손바닥에 타는 듯한 고통이 느껴지고 머리카락이 타는 냄새가 났지만 아랑곳하지 않았다. 그렇게 다섯 개의 촛불이 안정감 있게 타오르자, 모든 게 변했다.

이런 게 폭풍의 눈일까. 밖에서는 여전히 바람이 울부짖고 있었지만, 방금까지 점점 심해지던 폭풍의 맹공이 한순간에 가라앉았다. 머릿속 압력이 풀렸고 근육과 관절에 서렸던 긴장도 누그러들었다. 내가 미처 알아차리지도 못했지만 사실은 따갑던 피부의 화상도 서서히 괜찮아지기 시작했다.

"불을 켰어, 촛불을 켰어, 해리!"

침실 문의 손잡이가 돌아갔다. 이어서 문틈이 열리더니 해리의 몸뚱이에 문이 휙 밀렸다.

"세상에, 해리—"

나는 그를 방으로 끌고 들어왔다. 문을 닫기 전, 망가진 거실이 언뜻 보였다.

해리는 벽에 몸을 기대며 움츠렸다. 상태는 처참했다. 나처럼 온통 긁히고 베인 상처투성이다. 움직임과 호흡으로 미루어 보아 갈비뼈가 부러진 게 확실했다. 촛불 아래 드러난 피투성이 몸이 온통 시커멨다.

그는 손을 뻗어 내 뺨에 손바닥을 대고 안도의 한숨을 작게 내쉬었다.

"무사했구나."

그는 손을 내려 내 배를 사랑스럽게 쓰다듬었다. 나는 눈물을 줄줄 흘리기 시작했다.

"너희 둘 다 무사했어."

대시는 우리 사이에 서서 살짝 낑낑대면서 피투성이 얼굴을 핥았다.

순간, 해리는 갑자기 움찔하며 벽을 바라보았다. 지난 몇 주간 내가 알아낸 바에 따르면, 이 행동은 악령들이 또 비명을 지르기 시작했다는 뜻이다. 바람은 여전히 집을 마구 때려댔고, 눈보라는 산산조각으로 부서진 주방 창문 안으로 새된 소리를 지르며 몰아쳤다. 부서진 집의 파편이 벽과 지붕을 가로지르며 덜컹였다.

그런데 문득 해리가 내 배에 손을 얹었다. 나도 그의 손에 손을 얹었다. 그 순간, 머릿속을 스치는 말이 있었다. 조가 한 말이었다.

살인은 부자연스러운 행위이기에, 살해당한 자의 영혼은 불안해

진다오. 만족스럽지 못한 상태가 되는 거지. 그래서 책임져야 할 사람에게 자길 알아봐 달라고 요구하는 거요.

그러자 서서히 어떤 생각이 떠오르면서 머릿속이 잠시 휙휙 돌아갔다. 거의 본능적이었다. 정말이지 이런 짓을 하리라고는 추호도 생각해 본 적이 없었으나 마지막 남은 선택지 역시 이것밖에 없었다.

"해리, 들어봐. 내 말 잘 들어봐."

나는 곧바로 그의 앞으로 다가가 고개를 움직여 억지로 해리와 눈을 마주쳤다.

"날 믿지?"

그는 피곤한 기색으로 고개를 끄덕였다.

"그럼. 당연히 널 믿지."

나도 고개를 끄덕이면서 오랫동안 해리를 응시했다.

"초를 꺼버리자. 악령을 집에 들여."

"뭐?! 그게 무슨 소리야? 우린─"

"이 촛불 의식은 이제까지 우리의 안전을 위한 거였어. 악령을 멀리 떨어뜨리는 거라고. 하지만, 만약에 그들이 정말로 원하는 걸 해준다면 어떨까? 악령들은 무엇보다 모습을 드러내길 원하잖아. 자신들을 느껴주기를 바란다고. 그들은 네가 알아차리길 바라고 있어……."

말을 꺼내기가 망설여졌다. 해리를 비난하는 말을 하려니 목이 메면서 혀끝에서 차마 말이 나오지 않았다.

"네가 한 짓이 뭔지 알아차리기를 바라고 있다고."

해리는 그 말에 입을 다물고 나를 빤히 바라보았다.

"조가 그랬어. 악령이 원하는 건 자기를 죽인 사람이 자기를 알아봐 주는 거라고. 그들이 느꼈던 분노를. 그렇다면 우리가 악령들을 무서워하거나 맞서 싸우지 말고 오히려 들어오게 해주면 어때? 그래서 그들이 보여주고 싶어 하는 걸 보여주게 하면 어떨까. 네가 느꼈으면 하는 감정을, 분노와 슬픔, 혼란을 말이야. 그들이 하고 싶은 대로 하도록 해줘야 해."

해리는 고개를 저었다. 그의 눈이 그렁그렁해지며 눈물이 터지려 했다. 이 표정을 나는 알아보았다. 해리가 악몽을 꾸고 깨어나기 전만의 독특한 표정이었다. 희미한 불빛 아래서 이 표정을 본 밤이 얼마나 많았던가. 고통, 트라우마가 휘감은 그 표정.

"난 못 해…… 사샤. 그건 미친 짓이야. 말도 안 되는 짓이야."

그는 고개를 떨구었다.

나 역시 눈물을 뚝뚝 흘렸다. 해리의 얼굴을 가만히 내려다보면서 말했다.

"내가 그들을 못 봐서 미안해, 해리. 정말 미안해. 너와 함께 악령과 맞서지 못해서 미안해."

해리의 눈을 바라보면서, 나는 불구덩이 너머로 들려오던 조의 말을 떠올렸다. 닳고 닳은 노인의 낮고 굵은 목소리가 이렇게 말했었지.

죽음의 무게를 이해하고 느끼는 자만이 악령을 볼 수 있소.

순간, 자신만 들을 수 있는 악령들의 울부짖음에 다시 움찔하는 해리를 보자, 또 다른 깨달음이 밀려왔다.

"해리, 내 말 들어봐."

그는 고개를 들고 나와 눈을 마주했다.

"말해줘. 네가 무슨 짓을 저질렀는지 말해줘."

"뭐? 그게 대체 무슨—"

"나한테 말해줘. 무슨 일이 있었는지. 저 사람들한테 무슨 짓을 했는지. 무슨 짓을 했어야 했는지……."

"사샤, 대체 너 무슨—"

나는 다급하게 쉿소리를 질렀다.

"*해리! 내 말 들어!*"

시시각각 지날수록 나의 생각은 확고해졌다. 내가 무엇을 해야 하는지, 우리가 무엇을 해야 하는지 확실하게 알겠다.

나는 두 손으로 해리의 얼굴을 잡고서 눈을 똑바로 쳐다보았다. 그러고는 고개를 재빠르게 끄덕이며 말했다.

"난 세상 그 누구보다도 자길 잘 알아. 하지만 자긴 그곳에서 무슨 일이 있었는지 내게 한 번도 알려주지 않았어. 말을 안 했다고. 말하고 싶어 하지 않았지. 그 이유를 알아. 난—"

"사샤, 그만해. 우린—"

"왜 말하고 싶어 하지 않았는지 다 *이해한다고*. 설명할 수 없는 죄책감이 있다는 거 알아. 내가 상상도 못 할 일을 저질렀다는 것도 알아. 내가 절대로 용서할 수 없는 일을 했다는 걸……."

내 말을 듣던 해리의 눈에 눈물이 차올랐다. 그 모습을 보자 나도 어쩔 수 없이 더 크게 울고 말았다.

"그래도 난 널 사랑해. 네가 한 짓의 무게가 얼마나 크든, 다 지고 갈 수 있어. 너랑 같이 견뎌낼 수 있다고."

해리의 표정을 보자 그는 내가 지금 뭘 하려는지 이해하지 못한다는 게 드러났다. 그 순간, 바람이 불길하게 울부짖으면서 점점 거세지는 폭풍에 촛불이 흔들렸다. 이젠 나 역시 이게 맞는 건지 확신할 수 없었다.

하지만 난 해리에게 더 가까이 가며 말했다.

"날 믿어. 날 믿어줘. 우리는 함께 해낼 수 있어."

34

해리

"그래서…… 그래. 그랬어. 벽을 그렇게 죽였어. 내가 마지막으로 죽인 게 벽이야. 그 얼굴과 표정…… 공포가 다 기억나. 걔는 그저 죽여 마땅한 적군이 아니었어. 알 거야. 걔는 그냥…… 그냥 사람 이었어. 분명히 아내와 아이가 있었을 거야. 그리고, 그리고 겁먹은 채였어. 걘 무서워했어. 나도 무서웠어. 걔는 무서워했고, 죽고 싶어 하지 않았어. 하지만 죽였지. 내가 죽였으니까."

내 입에서 흘러나오는 말이 들렸다. 내 앞에 있는 사샤가 얼굴에서 눈물을 닦아내는 모습이 보였다. 하지만 아직도 마음 한구석애서는 내가 무슨 말을 하는 건지 믿을 수가 없었다. 오랜 시간 무의식적이지만 조심스럽게 이런 말을 사샤에게 하는 걸 피해왔건만. 내가 저질렀기에 나의 일부가 되어버린 짓을 내가 사랑하는 여자에게 전부 드러내다니.

시계를 보았다. 우리가 이렇게 앉은 지도 벌써 한 시간이 흘렀다. 침실 문으로 바깥과 단절된 채, 대시를 발치에 두고 몸으로 몇 자루의 작은 촛불을 보듬어 지키면서 내가 저지른 짓을 고백했던 한 시간.

이야기를 끝내자 우리 사이에 침묵이 내려앉았다. 그 순간 깨달았다. 내가 그토록 오랫동안 피하려 했던 것이 이 침묵이었구나. 이 여자에게, 너무나 사랑스럽고 선량하며 상냥한 이 여자에게 내가 저지른 짓의 진실을 밝히고 난 뒤에 다가올 침묵이 두려웠구나. 모든 것이 바뀔 가능성을 잉태한 침묵이었다. 하지만 이 공포의 순간, 그토록 오랫동안 마주하기를 두려워했던 이 순간 오히려 일종의 해방감이 느껴졌다. 어쩌면 처음으로 느껴보는 정직함. 마침내 난 모든 걸 밝혔다.

사샤는 얼굴을 닦고서 바닥을 가로질러 내게 다가왔다. 그러고는 몸을 숙여 내 이마에 키스하고 자신의 품에 끌어안았다.

얼마나 그러고 있었을까. 대시가 낑낑댔다. 집 위로 드리워진 나뭇가지를 스치는 돌풍이 거세졌다. 나는 사샤를 바라보다 다시금 갑작스레 들려오는 울부짖음을 들었다. 분노에 찬 비명이 귀가 먹먹해질 정도로 밖에서 커다랗게 들려왔다.

고막을 찢을 듯한 소리에 움찔했는데…… 사샤 역시 마찬가지였다. 우리는 큰 충격에 휩싸인 채 잠시 눈을 마주했다.

"자기도……?"

그녀는 미친 듯이 고개를 끄덕였다.

"이제 자기도 저 소리를 들을 수 있어?"

그녀는 나를 보며 계속 고개를 끄덕였다. 휘둥그레 뜬 눈에는 살짝 놀라움이 서렸다.

"응."

우리는 함께 욕실에 난 작은 창문으로 다가갔다. 목초지 쪽으로 난 창을 바라보자, 흩날리는 눈발 사이로 악령들의 형상이 보였다. 그들은 복싱 링 반대편에서 열성적으로 몸을 푸는 도전자처럼 좌우로 미친 듯이 움직여댔다. 그러면서 간간이 움직임을 멈추고는 비명을 질렀다. 허리를 굽히고 필사적으로 비명을 내질렀다. 온몸이 부들부들 떨리는 분노의 비명이었다.

나의 시선이 이리저리 움직이다 사샤의 얼굴에 닿았다. 나는 그녀가 악령들을 바라보는 모습을 지켜보았다.

35

사샤

그들이 보였다.

"사샤, 그들이 보여?"

나는 천천히 고개를 한 번 끄덕일 힘밖에 남아 있지 않았다. 휘날리는 눈보라 사이로 다섯 명의 형상이 왔다 갔다 하며 우리가 선창문 쪽으로 슬쩍 눈길을 던지는 모습이 또렷하게 보였다.

시간이 좀 지나서야 무슨 일이 일어난 건지 깨달았다. 어쩐지 모든 게 이해가 되었다. 본능적으로 이것이 조가 내게 했던 말과 관련이 있다는 걸 알았다. 해리가 느끼는 죽음의 무게를 나도 느낄 수 있다면, 나 역시 그 악령들을, 해리의 악마들을 보게 되리라는 게 본능적으로 이해가 되었다.

이제 어떻게 해야 할지도 본능이 알려주었다. 가슴이 쿵쿵 뛰는 가운데, 머리는 앞으로 내가 하려는 일이 미친 짓이라는 걸 알고 있었다. 하지만 마음 한구석은 이 방법밖에 없다고 분명히 말했다. 지금 난 전에 느껴본 적 없는 깊은 자신감으로 활기에 차 있었다.

"그들이 보여."

고개를 돌려 해리를 바라보자, 그는 경외감 어린 눈빛으로 나를 바라보았다. 퉁퉁 부은 얼굴 한쪽에 피딱지가 말라붙어 있었다.

"해리, 나 믿지?"

표정이 결연해진 그는 이내 고개를 끄덕였다.

"널 믿어."

나는 해리의 손을 잡았다. 그는 내 손을 꽉 쥐었다.

이윽고 침실 문을 열었다. 그러자 눈앞에 폐허가 된 집 안이 드러났다. 우리는 함께 문가에 서서 손을 잡았고, 대시는 우리 옆에 섰다. 다른 때에 봤다면 마치 가족사진을 찍는 것 같았으리라.

"사랑해."

해리는 내게 돌아서서 말했다.

"나도 사랑해."

그 말을 끝으로, 나는 몸을 숙여 촛불이 놓인 쟁반을 들어 올렸다. 그리고 불꽃 사이로 해리를 바라보며, 촛불을 껐다.

36

해리

나를 덮쳤어야 할 공포나 두려움이 있었겠지만, 지금 나는 전혀 느끼지 못했다. 어쩌면 사샤 덕분일 것이다. 아니면 마침내 진정으로 아끼는 이에게 나의 죄책감을 상당 부분 정화시키고 떠넘겼다는 카타르시스 때문일지도 모른다. 하지만 꺼진 촛불에서 연기가 피어오르면서 악령이 귀청을 찢을 듯 고함을 지르며 다가오자, 나는 이 순간을 평온하게 받아들였다. 사샤는 쟁반을 내려놓고 내 손을 잡았다. 대시를 내 다리 사이에 서게 두고서 우리는 망가진 거실 너머로 집 앞을 응시했다.

악령들이 다시금 격노하며 현관으로 쿵쿵 달려오는 소리가 들렸다. 현관문 경첩이 떨어져 나갔고, 우리가 현관을 막을 때 썼던 너비 15센티미터에 두께 5센티미터짜리 기다란 널빤지가 부서져 방 안에 나뒹굴었다. 커다란 문이 날아가 떨어지며 커피 테이블을 부쉈다. 창틀에 금이 가면서 창 테두리 장식과 석고판과 페인트와 유리가 박살 나 방 안에 흩날려 조각이 우리에게 날아오고 악령들이 안으로 밀려들었다. 대시가 안으로 들이닥친 악령들에게 돌진하지 못하도록 대시의 몸통을 다리로 단단히 죄었던 순간, 우리 둘은 한 몸처럼 움찔했다.

현관을 넘어 집으로 들어온 악령들은 이윽고 방 저편에서 멈추었다. 모두 분노에 가득 찬 채 일그러진 신기루 같은 형상으로 죽 늘어섰다.

나는 내 멜빵에 달린 소총을 잡으려고 손을 뻗다가 움찔했다. 사샤는 내 손동작을 알아보고 내 손을 꽉 쥐었고, 나는 그녀를 훑어보았다.

그녀는 악령들을 바라보며 말했다.

"저들과 싸우지 마. 이젠 안 돼."

나는 사샤의 말에 따랐다. 그녀를 믿어서였을 수도 있고, 그녀가 이 상황에 내보이는 자신감에 져준 것일 수도 있었다. 하지만 고요한 마음 한구석에서는 지금 보이는 사샤의 행동을 이해했다. 이젠 때가 되었다. 우리는 그들을 들일 것이다.

그렇게 우리는 작게 한 발짝을 내디뎠다. 우리가 천천히 다가가는 모습을 본 악령들의 얼굴에 당황한 표정이 드러났다. 두려워하지 않고 공격하지 않는 우리를 본 그들은 어떻게 행동해야 하는지 감각을 잃은 것 같았다.

천천히. 한 걸음 한 걸음, 우리는 함께 집의 한가운데로 나아갔다. 나는 그들을 똑바로 쳐다보았다. 서로를 대면하는 순간은 길게 느껴졌다. 오랫동안 숨어 있던 부족과 처음으로 접촉할 때처럼, 서로가 뭔지 알 수 없었다. 악령들의 공격성과 분노가 이제는 당황스러움은 물론이고 호기심이라고 봐야 할 정도로 불확실한 감정으로 변해 있었다.

그들은 사샤와 나 사이를 바라보았다. 조용한 가운데 표정이 천천히 변하면서 분노는 사그라지고 궁금해하는 것 같기도 하고 어리둥절해하는 것 같기도 한 얼굴이 되었다. 그 순간, 나는 이 골짜기로 이사 온 뒤 가장 불쾌한 감정에 사로잡혔다. 조금 전 내가 완전히 마음을 열고 사샤에게 진실을 토로한 다음 그녀가 받아들이기를 기다렸을 때 느꼈던 감정과 흡사했다. 마치 악령들이 나를 꿰뚫어 보는 듯한 느낌이었다. 그들이 이곳에 온 뒤로 줄곧 보여왔던, 적나라한 증오로 똘똘 뭉친 집중력이, 사적인 앙금이 사라져 있었다. 사냥감을 포기한 포식자처럼, 우리를 향한 악령들의 관심이 희미해지면서 여기 도착한 뒤 안개처럼 이 골짜기에 낮게 드리웠던 묵직하고 독한 악의가 걷혔다. 마치 그들과 나를 연결한 굴레를 내가 끊어버린 것 같았다. 악령과 내가 이제껏 함께 디젤 발전기에 연결되어 있었다면, 이 순간 그 엔진이 마침내 털털거리며 연기를 내뿜더니 연료가 떨어져 돌아가기를 그친 것처럼.

이어서 모든 게 한꺼번에 일어났다.

집의 기압이 확 뒤바뀌었다. 안구와 고막을 찢을 듯한 압력이 가해졌다. 이어서 굉음이 들려왔다. 처음에 희미했던 소리는 빠르게 커졌다. 집의 한가운데부터 바닥, 벽, 기반, 심지어 망할 놈의 배관에서도 들려오는 듯한 소리가 점점 커져서 마치 동굴 속을 휘몰아치는 바람의 울부짖음처럼 들렸다. 다리는 제자리에 꼼짝없이 얼어붙었고, 폐가 콘크리트로 가득 찬 것처럼 답답해졌다. 나는 사샤를 바라보았다. 천장에 달아놓은 등에서 아직 꺼지지 않은 불빛이 점점 줄어들더니 작은 촛불 하나를 켜놓은 수준으로 희미하게 사그라졌다. 나는 하늘에서 낙하하는 기분이었다. 속이 뒤집혔다. 굉음이 점점 커지면서 기절할 것 같았다. 순간, 열인지 전기인지 액체인지 바람인지 모를 강력한 힘이 확 분출하여 집 한가운데서 바깥을 향해 폭발했다. 마치 공간의 구조 자체가 깊고도 거대한 한숨을 내쉰 것 같았다. 곧바로 불빛이 다시금 환해지면서 깜빡이는 빛의 고리가 폭풍우처럼 확 밀려나가며 악령들이 사라졌다.

안도감이 어찌나 무겁게 느껴지던지 마치 그 자체로 하나의 힘이 된 것 같았다. 사샤와 나는 둘 다 주저앉아 물에서 빠져나온 것처럼 호흡했다. 숨을 쉴 때마다 정맥 주사로 맞은 마약이 터지는 느낌이었다. 그것은 악령이 떠나갈 때의 느낌이었지만, 그 어느 때보다도 강력하고 깊으며 더없이 아늑했다.

우리는 서로를 향해 기어서 대시를 사이에 넣고 꼭 껴안았다.

37

사샤

해리는 현관에 떨어진 기둥과 지붕 들보를 걷어찼다. 현관문을 이루던 온갖 자재들은 죄다 무더기로 무너져 내려 문을 막고 있었다. 그는 잔해가 옆으로 밀려날 때까지 들어 올렸고, 그렇게 하나하나 무더기를 치워가며 거실에서 나갈 탈출구를 만들었다.

해리는 나를 돌아보며 피곤한 미소를 지었다. 나 역시 그를 보며 웃었다.

"음, 다시 인테리어를 해야 할 이유가 생겼네. 내친김에 바닥도 새로 깔까?"

해리는 떨리는 숨을 내쉬었다. 아마도 어떻게든 웃어 보이려는 최선의 시도 같았다. 애써 웃음 비슷한 것을 지은 해리는 만들어놓은 출구를 가리켰다. 대시는 자그마한 출구를 통해 슬며시 마당으로 빠져나갔고, 해리는 뒤로 손을 뻗어 내 손을 잡은 다음 부서진 현관의 잔해 사이에 난 좁은 통로로 내가 나갈 수 있게 안내했다. 바깥에는 사방에 눈이 높게 쌓여 있었고, 그 위로 떨어지는 아침 햇살이 보석을 박은 금처럼 찬란하게 반짝였다.

마침내 밖으로 나가자, 해리는 현관 계단 아래에 사지를 대고서 그대로 쓰러졌다. 맨손이 눈 속으로 푹 빠졌다.

나는 해리의 옆에 엎드려 어깨 사이에 손을 얹었다. 그는 무릎을 대고서 몸을 일으켰다. 손가락 하나가 끔찍하게 부러져서 45도 각도로 뒤틀려 있었다. 나를 돌아보며 비뚜름히 웃는 해리의 입술 사이로 오른쪽 치아들이 빠지고 산산조각 나 있었다. 나는 피투성이가 된 그의 뺨에 손을 대고서 울고 또 웃었다.

해리는 엉덩이를 땅에 대고 내 옆에 웅크려 앉았다. 그러고는 내 턱을 살며시 잡고는 좌우로 움직이며 내 얼굴을 살펴보았다. 아마도 지금 내 몰골은 해리 못지않을 것이다.

나는 그를 보며 웃었다. 뺨과 이마가 나뭇조각과 유리 파편 때문에 따끔거렸다.

"나 어때?"

그는 내게 고개를 숙이고 키스했다.

"완전 엉망이지. 강해 보이고. 정말 아름다워."

에필로그

연못의 표면에 파장을 일으키는 자그마한 움직임이 보였다. 마치 수천 개의 자그마한 유성이 하늘에서 떨어지는 것 같았다. 주홍빛 저녁 빛이 비치는 연못에서 작은입우럭이 뻐끔대며 수면의 벌레를 뒤루룩 삼켰다. 벌레와 새들과 나무를 스치는 바람. 백 가지의 제 각기 다양한 소음은 저마다 자연스러웠다. 하지만 이상하게도 또 아무런 소리도 들리지 않는 것 같았다.

이렇듯 고요하되 고요하지 않은 마법 같은 순간도 조가 내 옆에 서자 깨지고 말았다. 우리는 조의 집 서쪽 목초지에 있는 연못가에 가만히 앉아 있었다. 낚시하러 나오긴 했지만, 이미 30분 전부터 낚싯대를 던지는 일 따위는 그만두었다.

나는 고개를 갸웃거리며 조를 올려다보았다. 몇 분 전에 던진 질문은 아직도 대답을 듣지 못해 우리 사이에 멍하니 맴돌았다.

조는 긴 한숨을 내쉬었다.

"모르겠군."

그건 절대로 듣고 싶지 않았던 대답이었다. 차라리 내가 틀렸으니 정신 바짝 차리라는 소리를 듣고 싶었다. 그래서 난 조를 다그쳤다.

"날씨가 매일 따스해지고 있잖습니까, 조. 내일이면 26도는 가뿐히 넘을 거라고요. 강물 수위도 떨어지고, 독수리들이 모두 돌아왔습니다. 그러니까…… 여름이 훌쩍 다가왔는데도 빛이 나타나지 않았습니다. 한 번도 없었다고요."

포근한 봄날이 몇 주간 이어졌는데도 빛이 나타날 낌새가 전혀 없자, 혹독했던 겨울을 지낸 우리는 그것을 반가운 행운이라고 생각했다. 그건 부서진 집을 수리하느라고 인부를 고용해서 집 안팎을 타인에게 내주어야 했던 상황에도 상당히 편리했다. 우리는 인부들에게 2월의 폭풍 때문에 집이 부서졌다고 설명해 두었다.

며칠이 지나고 몇 주가 흘러도 악령이 여전히 나타나지 않았다. 빛이 안 보이자 혹시나 하는 희망이 점점 커져갔고, 기대감을 그저 내버려두었다. 나는 어떨 때는 빛을 '보고 싶은' 마음, 그러니까 익숙한 루틴에 그냥 빠지고 싶은 마음이 들다가도, 또 어떨 때는 뭔가 중요하게 바뀌었을지도 모르겠다는 훨씬 더 큰 희망에 사로잡히기도 했다. 우리가 해낸 일이 일종의 평화를 주었다고, 더 나아가서 그 악령을 자동으로 해결해 버렸다고 생각하고 싶었다.

나는 낚싯줄을 감고서 줄 끝에서 플라이를 물어 떼어냈다. 그러다 플라이가 내 틀니를 쳐서 제자리에서 밀어냈다. 나는 셔츠에 손을 닦고서는 손가락으로 틀니를 제자리에 끼웠다. 그러고는 이를 악물고 서서 오래된 흉터 아래로 고통이 허벅지까지 쭉 찔러 오는 느낌을 견디며 조를 바라보았다. 그가 나를 내려다보자 그가 얼마나 위압적인 체격을 지녔는지 다시금 실감이 났다.

조는 마침내 조심스럽게 대답했다.

"그건…… 변화가 맞아."

"그렇군요. 좋아요. 그러니까, 변화라고요. 어쩌면 우리가……아니, 모르겠어요……."

조는 불확실한 기색으로 나를 쳐다보았다.

"우리가 그럼 악령을 없앤 걸까요?"

조는 조용히 웃으며 고개를 저었다.

"악령은 그 땅 자체라네, 해리. 땅을 어떻게 없애겠나. 악령은 인간이 자연과 조화를 이루지 못할 때, 그 방식에 맞추어 인간과 맞선다네. 그런데 악령이 자네들을 내버려두기로 결정했다면……."

조는 깊은 생각에 잠겨 어딘가를 응시하다가 말을 이었다.

"그렇다면 자네들이 어떻게든 스스로를 증명해 낸 것인지도 모르지. 어쨌든 뭔가 변했다는 것만은 확실해. 아마 자네들은 여기에 있는 게 더 좋을 거야. 평화가 주어질지도 모르고."

나는 고개를 끄덕였다. 지금 들은 말이 마음에 들었지만, 그래도 지난 몇 주 동안 악령 없이 살아오면서 쌓였던 불안감을 해소할 만큼 확신이 들지는 않았다.

"아니면……."

단 한 마디 말에 또 배가 조여 들었다. 고개를 들어 조를 바라보자, 조 역시 나를 바라보았다.

"아니면…… 어쩌면 자네가 악령을 또 화나게 한 것일 수도 있어. 그래서 더 심한 일이 벌어질 수도 있지. 시간이 지나봐야 알게 되겠지."

조는 오래된 릴을 들고 널찍하게 뻗은 자신의 목장을 향해서 걷기 시작했다. 그곳에선 아이들의 웃음소리가 아스라이 들려왔다.

"조……."

내가 부르는 소리에 조는 느릿한 기색으로 반쯤 뒤를 돌아 나를 마주 보았다.

"여쭈어 볼 게 있습니다. 솔직하게 말해주세요. 아셨죠?"

조는 고개를 끄덕이지도, 눈을 깜빡이지도 않았지만 나는 계속 물었다.

"단 한번이라도, 가족이나 다른 사람의 말을 통해서라도, 이곳에 살면서 계절 악령을 겪었는데도 이사를 가서 *살아남은* 사람 이야기를 들어보신 적이 있습니까?"

조는 한참 동안 나를 빤히 쳐다보다가 골짜기 아래를 지그시 바라보며 대답했다.

"그래. 있지."

나의 눈이 휘둥그레졌다. 조는 나를 향해 몇 걸음 다가왔다.

"사실인지 아니면 꾸며낸 전설인지 알 수는 없지만, 들은 적이 있네……. 할아버지가 말씀해 주셨지. 할아버지 시대 이전에 이 골짜기에 살던 어떤 노인이 있었다고. 그분이 이 골짜기에서 여러 해를 살다가 마침내 이주해서 샐먼강이 갈라지는 곳에 정착했고,

거기서 덫을 놓아 사냥하고 작은 오두막에서 살다가 죽었다는 이
야기야. 할아버지 말에 따르면, 우리 조상들이 가끔 그곳에 가서
노인과 거래를 하고 어떻게 떠나게 됐는지 이야기하셨다 했네."

나는 말문이 막혔다. 조는 내 얼굴을 보고 상황을 파악한 다음
어설프게 웃었다.

"그냥 전설일 뿐일세, 해리. 사실인지 아닌지는 나도 몰라. 그게
사실이라면, 자네들 같은 여행자가 이곳을 떠나려면 어떻게 해야
할지 내가 알고 있었을 걸세. 그랬다면 몇 달 전에 말해줬겠지. 그
래야 자네들이 이곳에서 썩 물러나서 날 더는 괴롭히지 않을 게 아
닌가. 난 자네들 걱정을 하기엔 너무 늙었으니까."

나는 고개를 저었다. 이제 무슨 말을 할까 골라보려 했지만 이미
말이 알아서 나와버리고 말았다.

"조, 그렇다면 그 노인께서는 어떻게 하신 겁니까? 그러니까, 조
의 조상들이 노인이 떠나기 위해 뭘 했는지 전해주셨습니까? 뭔가
더 아시는 게 분명 있으시잖습니까?"

조는 고개를 끄덕이면서 시선을 돌렸다.

"그래. 전설의 일부가 더 있지. 하지만 그다지 구체적이진 않아.
사실 아주 모호하다네. 세대를 거쳐 전해 내려오는 전설이 으레 그
렇듯, 매번 새로운 특징과 반전과 취향이 더해지지."

나는 그가 선 곳으로 걸어가며 물었다.

"그게 뭡니까? 비결이 뭐였습니까?"

조는 나를 보며 키득키득 웃었다.

"들어도 마음에 안 들 텐데, 해리."

나는 멍하니 서서 조를 가만히 바라보며 그가 대답해 주기를 기다렸다. 그는 눈살을 찌푸리고는 나를 짜증스럽다는 눈빛으로 바라보았다. 한참 뒤, 조는 손을 들고 턱 아래를 긁더니 다시 내 눈을 빤히 바라보며 입을 열었다.

"전설에 따르면 그 노인이 떠날 수 있었던 건, 으음, 자네 같은 젊은이들이 알아듣기 쉬운 세간의 용어로 말하자면, 그 노인은 마침내…… *자기가 싼 똥을 치웠기 때문일세.*"

나는 무슨 말을 해야 할지 모른 채 그저 눈을 빠르게 깜빡였다. 조는 허리에 손을 얹고서 이야기를 계속했다. 천천히 말하는 조는 이제 내가 아닌 어딘가를 바라보고 있었다.

"그 노인은 감정적인 짐을 지고 있었어. 그 감정을 털어버리고 나자 떠날 수 있었던 거라더군."

그는 커다란 어깨를 으쓱이더니 나를 다시 바라보며 말했다.

"자네가 이해할 수 있을 만큼 풀어 말해줄 것은 이뿐이야."

나는 눈을 가늘게 뜨고 조를 응시했다.

"뭐라고요? 그게 대체 무슨 뜻입니까?"

하지만 조는 그저 고개를 저으며 미소를 지었다.

"가자고, 해리. 배고프네."

나는 한동안 그를 바라보다가 다시 연못으로 돌아선 다음 얼마 지나지 않아 그를 따라갔다. 그리고 조의 가족에게 작별 인사를 건넨 뒤 차를 타고 집으로 향했다.

그날 저녁 나는 대시를 발치에 두고 현관 앞에 앉았다. 이윽고 사샤가 주방문에서 나왔다. 프라이팬에서 음식이 익어가는 소리와 오디오에서 흘러나오는 음악 소리가 목장의 복잡하고도 위협적인 침묵 사이로 반갑게 울려 퍼졌다.

"낚시는 재미있었어?"

나는 미소를 지으며 고개를 끄덕였다.

"여유롭게 했지."

그녀는 나를 바라보다가, 내가 보는 연못으로 눈길을 돌렸다.

"아직도 아무 일 없어?"

나는 심호흡을 하고 대답했다.

"아무것도 없어."

내 대답에 사샤는 내 무릎에 앉고서 나의 머리카락을 손으로 넘겨주었다. 나는 이제 꽤 불러온 그녀의 배에 손을 얹었다.

난 더 이야기하고 싶었다. 무언가 좋아졌다고 믿고 싶었다. 사샤가 한 게 무엇이었든 그 때문에 이 모든 혼란이 잠잠해진 거라고 간절하게 믿고 싶었다.

그녀는 고개를 숙여 내게 키스했다. 난 눈을 감은 채 입술 위로 포개지는 그녀의 입술을 느끼며, 우리 사이에 아이를 두고서 그녀를 꼭 안았다. 그러자 앞으로 무엇이 오든, 우리는 함께 맞서리라는 걸 알게 되었다.

"이리 와서 같이 저녁 차려. 내가 뭐 네 엄마인 줄 알아?"

"자긴 확실히 엄마 같긴 해."

사샤는 집 안으로 다시 들어가며 웃었다. 나는 대시를 돌아보며 문 앞에서 머뭇거렸다. 난 예전보다 훨씬 더 많이 대시를 돌아보게 되었다. 우리 개의 눈길이 어디를 향하는지 살펴면서, 대시가 무슨 신호라도 주기를 기꺼이 바랐다. 대시는 이 작은 골짜기이라는 깊고 깊은 탄광에서 위험 신호를 알려주는 우리만의 카나리아가 되었다. 대시가 이 악령과 어떤 관계인지는 모르겠지만, 악령을 감지하는 대시의 인식 능력은 화재경보기만큼 가치 있는 생명줄이었다. 말하자면 우리의 보초병인 것이다.

대시가 우리 땅의 경계를 돌아보며 꾸준하게 불어오는 미풍에 흔들리는 흐릿한 나무들을, 그 어둠을 응시하는 모습을 난 지켜보았다. 가벼운 바람이 얼굴에 불어오자 개의 귀가 쫑긋 서며 콧구멍이 벌름거렸다. 대시는 공기의 따스함을 알아차렸을까. 바뀌어가는 계절을 파악하고 있을까. 봄이 지나고 여름이 다가왔다는 걸 알고 있을까. 그 의미가 뭔지 이해할까. 난 궁금해졌다.

문득 어린 시절 고철 집하장의 개가 떠올랐다. 내 곁에서 개가 사납게 날뛸 때 근육에 서렸던 옛날의 긴장감이 여전히 느껴졌다. 나는 대시의 시선을 따라갔다. 집까지 구불구불 이어지는 소나무 산등성이 가운데, 티턴산맥의 차갑고 거대한 화강암 봉우리들이 하늘을 찌를 듯이 솟아 있었다.

대시가 숨을 깊이 들이쉬는 소리가 들렸다. 다시 아래를 내려다보자, 개의 고귀한 시선은 여전히 수평선을 향해서 흔들림 없이 뻗어 있었다.

지켜보며 기다리는 시선이었다.

옮긴이 심연희

연세대학교와 동 대학원에서 영문학을 전공하고 독일 뮌헨대학교에서 언어학과 미국학을 전공했다. 현재 영어와 독일어 전문 번역가로 활동 중이며 다수의 저서를 옮겼다. 그중 대표적인 것으로 『레슨 인 케미스트리』 1, 2권 『어둠의 눈』 『빅 엔젤의 마지막 토요일』 『퍼펙트 마더』 『어른이 되기는 글렀어』 『고양이는 내게 행복하라고 말했다』 『마쉬왕의 딸』 『이사도라 문』 시리즈, 『캡틴 언더팬츠』 시리즈 등이 있다.

이웃 사냥

초판 1쇄 인쇄 2023년 7월 10일
초판 1쇄 발행 2023년 7월 17일

지은이 해리슨 쿼리, 매트 쿼리
옮긴이 심연희
펴낸이 김선식

경영총괄이사 김은영
콘텐츠사업본부장 임보윤
기획편집 이상화 **디자인** 윤신혜 **책임마케터** 배한진
콘텐츠사업2팀장 김보람 **콘텐츠사업2팀** 박하빈, 이상화, 채윤지, 윤신혜
편집관리팀 조세현, 백설희 **저작권팀** 한승빈, 이슬, 윤제희
마케팅본부장 권장규 **마케팅3팀** 권오권, 배한진
미디어홍보본부장 정명찬 **영상디자인파트** 송현석, 박장미
브랜드관리팀 안지혜, 오수미, 김은지, 이소영, 문윤정, 이예주
지식교양팀 이수인, 염아라, 석찬미, 김혜원, 백지은
크리에이티브팀 임유나, 박지수, 변승주, 김화정, 박성완 **뉴미디어팀** 김민정, 이지은, 홍수경, 서가을
재무관리팀 하미선, 윤이경, 김재경, 이보람, 장세진
인사총무팀 강미숙, 김혜진, 지석배, 박예찬, 황종원
제작관리팀 이소현, 최완규, 이지우, 김소영, 김진경, 양지환
물류관리팀 김형기, 김선진, 한유현, 전태환, 전태연, 양문현, 최창우

펴낸곳 다산북스 **출판등록** 2005년 12월 23일 제313-2005-00277호
주소 경기도 파주시 회동길 490
대표전화 02-704-1724 **팩스** 02-703-2219 **이메일** dasanbooks@dasanbooks.com
홈페이지 www.dasanbooks.com **블로그** blog.naver.com/dasan_books
종이 신승지류 **인쇄** 한영문화사 **코팅 및 후가공** 평창피앤지 **제본** 다온바인텍
ISBN 979-11-306-4469-1 (03840)